O BOSQUE DO SILÊNCIO

O BOSQUE DO SILÊNCIO

ORGANIZAÇÃO: STÉFANO STELLA

lura

Copyright © 2024 por Lura Editorial.
Todos os direitos reservados.

Gerente Editorial
Roger Conovalov

Coordenação Editorial/Organização
Stéfano Stella

Preparação e Revisão
Gabriela Peres/ Mitiyo S. Murayama

Diagramação
André Barbosa

Capa
Rafael Nobre

Projeto Gráfico
André Barbosa/Stéfano Stella

Todos os direitos reservados. Impresso no Brasil.
Nenhuma parte deste livro pode ser utilizada, reproduzida ou armazenada em qualquer forma ou meio, seja mecânico ou eletrônico, fotocópia, gravação etc., sem a permissão por escrito da editora.

DADOS INTERNACIONAIS DE CATALOGAÇÃO NA PUBLICAÇÃO (CIP)
(Câmara Brasileira do Livro, SP, Brasil)

B744
  O bosque do silêncio / Organização de Stéfano Stella. -- 1. ed. -- São Caetano do Sul, SP : Lura Editorial, 2024.

  Vários autores

  416 p. 15,5 x 23 cm

  ISBN: 978-65-5478-163-3

  1. Conto. 2. Antologia. 3. Literatura brasileira. I. Stella, Stéfano (Organizador). II. Título.

CDD: 869.91

Índice para catálogo sistemático
1. Conto : Literatura brasileira : Antologia
Bibliotecária Janaina Ramos – CRB-8/9166

[2024]
Lura Editorial
Alameda Terracota, 215, sala 905, Cerâmica
09531-190 – São Caetano do Sul – SP – Brasil
www.luraeditorial.com.br

Quando o sol se põe
e um vento soturno começa a soprar,
tudo pode acontecer.
E é bem provável que logo se descubra
o verdadeiro sentido da palavra desespero.

STEPHEN KING

APRESENTAÇÃO

A Lura Editorial apresenta *O bosque do silêncio*, um passeio por um universo misterioso, onde o terror se esconde em cada sombra e sussurro das árvores.

Com 62 histórias que exploram as profundezas do medo, esta coletânea destaca um conto inédito e estendido de André Vianco, figura proeminente da ficção fantástica e dark fantasy nacional. Autor, roteirista, dramaturgo e diretor, Vianco nos leva para o coração do bosque com sua narrativa envolvente e aterrorizante.

Esta antologia é um marco na trajetória da Lura Editorial. Com o maior número de inscrições já recebidas em nossas coletâneas de terror, *O bosque do silêncio* promete ser uma obra inesquecível para os amantes do gênero.

A capa, concebida pelo premiado ilustrador e designer Rafael Nobre, captura a essência enigmática e assustadora do bosque, preparando o leitor para o que está por vir.

A curadoria e organização ficaram a cargo deste editor que, além de avaliar cada texto, também contribui com um conto próprio, aprofundando ainda mais a atmosfera de mistério e medo.

Cada página é um passo mais fundo nesse lugar onde a saída é incerta e os segredos são muitos. Prepare-se para sentir calafrios enquanto desvenda os mistérios que o bosque guarda — uma atração irresistível que já capturou aqueles que ousaram entrar.

Te aguardamos ao final desta jornada.

Boa leitura!

Stéfano Stella
Editor/Organizador

SUMÁRIO

TRÊS ROSAS 13
André Vianco

O MESTRE DO ENGANO 26
Stéfano Stella

O CASARÃO SÃO BENTO 33
André L. Castagini

AS RAÍZES DO MAL 42
Aquilas Coelho

TOMARA QUE TENHA MINGAU! 50
Barbara Garrett

FOME DE UMBUZEIRO 57
Amaro Braga

ECOS DO BOSQUE 62
Carmem L. Marcos

O LUAR DOS INOCENTES 69
Cecilia Torres

BANDIT 76
Célio Marques

FAÇAM SILÊNCIO 84
Cieli Silva

YORGOS E A ONÍRICA FLORESTA 91
Edyon Mendonça

SUSSURROS DO SILÊNCIO 97
Emanuella Vicente

A BENGALA DE PRAGA 104
Fábio R. Peracini

ONDE OS GRITOS SÃO SILENCIADOS... 110
Felipe R.R. Porto

HYBRIS 116
Fellipe Montezano

HELENA 124
Fernanda Filgueiras

RUÍDOS 130
Flavio Igor

CORRIDA NOTURNA 134
Gil Marcel Cordeiro

INICIAÇÃO 141
Guilherme M. Bonfim

A CAPELA DO EXCOMUNGADO 149
Guilherme Rezk

AMOR INFERNAL 155
Henri Vaz

SILENCIANDO A MENTE 161
Henrique D. Dentzien

O SINISTRO DESTINO DE MARY ANN 168
Henrique D. Dentzien

RENASCIMENTO 175
Isaac Viana

A GAROTA DO BOSQUE 180
Ilma Guedes

ABRA OS OLHOS 186
J.R. Valadares

O BOSQUE DOS DESENCANTOS 190
Jack Forest

O CONTO DO PASSARINHO 197
Júlio César Bombonatti

CICATRIZES TEMPORAIS 203
João Lunge

EXERCÍCIO NOTURNO 210
Juan Sebastian L. F.

PALAVRAS SEM SOM 217
Kai Sodré

A TRILHA DO FOGO-FÁTUO 225
Leonardo Zamprogno

OLHOS DO MEDO 231
Liver Roque

O QUE ESCONDE O BOSQUE 237
Lucas Alves

ENTRE AS ÁRVORES FALANTES 244
Rodrigo Pascal

A CANÇÃO DOS PÁSSAROS MORTOS 251
Rodrigo Pascal

A FLORESTA DAS SOMBRAS 255
Lucas Steenbock

ATRAVÉS DOS SEUS OLHOS 260
Maison dos Anjos

MALDITO ACAMPAMENTO 266
Marcela Leonhardt

PANTERA 273
Marcella Boehler

O PRISIONEIRO E O HOMEM DE TERNO 279
Márcio Pacheco

EU NÃO MATEI BERENICE 286
Marcos Tourinho Filho

TADLY TALL – O JOGO INFERNAL 293
Maryah J. Cruz

SOB A LUZ DA LUA, O BOSQUE SILENCIA 301
Mel Moscoso

A CABANA 307
Miguel T. Sergio

ATALHO PELO BOSQUE 312
Murilo J. Catâneo

O CADERNO 316
Oseas História

O ESPÍRITO DO BOSQUE 322
R.A. Szeliga

O LADRÃO DE VOZES 328
R.F. Jorck

O GUARDIÃO 335
Raquel Saraceni

O HOMEM DA MALA PRETA 342
Renzo Traspadini

BÁLSAMO DESCELESTIAL 348
Rick Bzr

DO OUTRO LADO DA COLINA CINZENTA 353
Rômulo Acácio

ELE 360
Rosangela Soares

O SOM DO SILÊNCIO 364
Roseli Lasta

HINO DO INVERNO BRANCO 366
S. Malizia

MALDIÇÃO EM FAMÍLIA 372
Stella Becker

FOME 380
Tati Klebis

OS OBSERVADORES 388
Tereza Cristina

A APARIÇÃO DA CASTANHEIRA 394
Tito Prates

SUCESSO 402
Ulisses Mattos

DOÇURA MORTAL 408
Valdemar Francisco

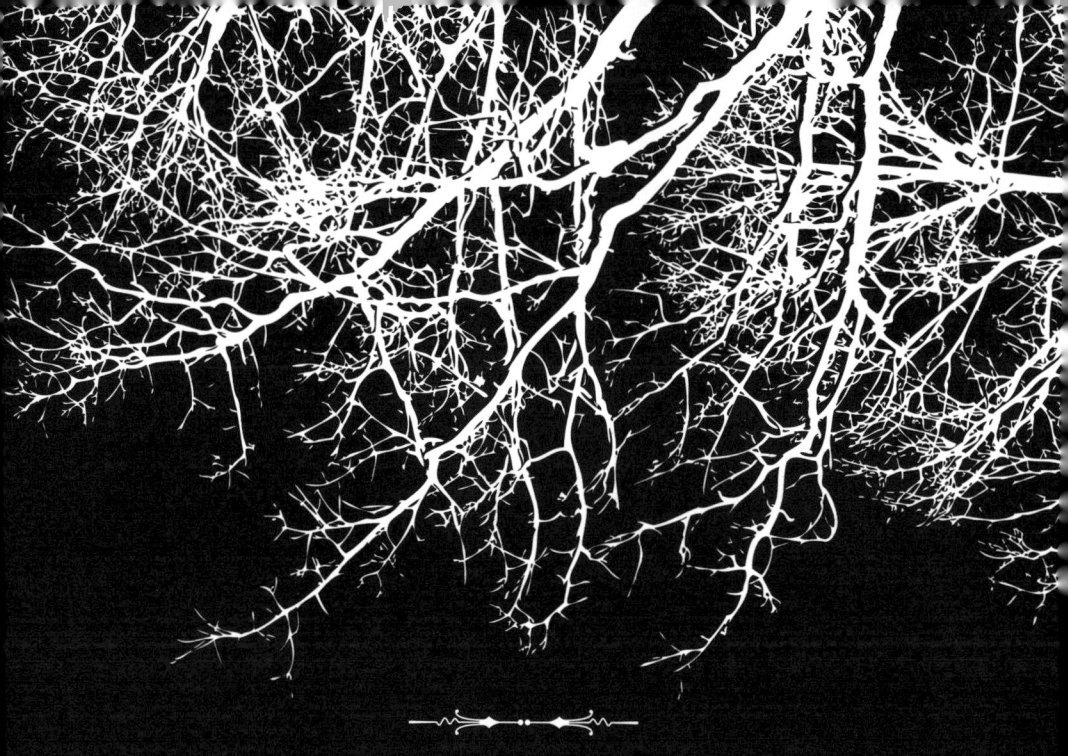

TRÊS ROSAS

André Vianco

O som do trovão calou fundo, mas não vi relâmpago nenhum. O breu da madrugada não dava chance para divisar de onde vinha aquele sacolejo. Meus pés estavam gelados pela água que batia no resto do bote avariado, que havia perdido sua magia de flutuar e me entregava à margem negra do rio inesperado.

Não trazia a tontura da embriaguez, de minha vontade de me perder e ver tudo se enevoar, só que a cabeça me doía um bocado quando saltei do bote que tinha encalhado no banco de areia e engatinhei até sentir a vegetação embaixo de meu corpo.

O barco, o naufrágio, o desejo e a coragem eu deixaria para trás. Sobrava em mim apenas a curiosidade de compreender, de ter pistas e explicações, em qual dos reinos vim afundar. Nunca fui menino medroso nem levei desaforo. Por isso, estranhei meu corpo hesitante a cada metro avançado, quando minhas mãos buscavam sentir o gramado temendo espinhos, insetos e picadas de cobras rasteiras.

Depois de ouvir um breve marulhar às minhas costas, só pensei no bote livre de meu peso e pronto para afundar. Silêncio. Mais nenhuma voz a pedir socorro, nenhuma outra alma infeliz com a interrupção abrupta da viagem. Achei estranho.

Sentado e escorado a uma árvore, eu tiritava de frio. Aproveitei para especular minha cabeça e investigar minhas costelas. Tudo molhado, mas nada perfurado. Tinha me saído bem daquela situação. Fosse ela qual fosse, tinha me saído muito bem.

Homem feito agora, não mostrava medo nem admitia rimas e cantigas de chacota de adversário nenhum. Quando havia de resolver, era assim, na hora, com o sangue quente, com o nervoso, com os músculos. Usava o que viesse à mão e qualquer coisa virava arma. Não existia mais lugar para medo em mim. Não permitia.

Mesmo descobrindo que um véu era arrancado de meus olhos me deixando perceber estrelas salpicando o céu. Eram estrelas ordinárias, as mesmas de todas as noites sobre a terra ou o mar, as quais os marinheiros usavam para nos guiar além das águas frias empunhando seus mágicos sextantes, e dar a cada um de nós com a proa no porto certo, no momento preciso e organizado, quando negociávamos a viagem. Extraordinária era a celeridade com que se moviam aquela noite. Deslocavam-se pelo manto escuro do espaço solto acima de nossas cabeças em grande velocidade, sem parar. Eu sorri e senti a falta de alguém para dividir aquele instante, compartilhar aquela charada.

Foi nesse momento que o cheiro de rosas infestou o ar, e vi passar um vulto escondendo parte das estrelas, sombra provocada por um pássaro de tamanho magnífico, a julgar pela envergadura surpreendente de suas asas, que sumiam entre a copa das árvores que margeavam o bosque à minha frente. Seria uma fera rapineira pronta para me devorar? Seria possível existir gavião com tamanho suficiente para erguer um homem do chão?

Cheio de perguntas e vazio de respostas, instintivamente levei a mão à coronha de minha pistola e aconteceu de meus olhos não acharem mais nada no ar, mas os ouvidos aguçados captaram passos ligeiros pisando o chão gramado, e escutei. Era inegável que algo vinha em minha direção. Coisa que parecia atender às minhas preces e ao meu desejo imediato e secreto de apontar o dedo para o céu e comentar a velocidade das estrelas. Juro que meus pelos se arrepiaram. Estaria eu sonhando, ainda deitado no convés ao relento, coberto por meu fino e longo poncho como uma mortalha? Ainda com a pistola escondida em minha guaiaca?

Minhas costas ainda tinham o tronco da árvore para me dar segurança, e me pus em pé para receber a visita de uma notável senhora, que ousava trazer em sua mão a centelha de uma luz divina, profanando aquela escuridão do bosque que era toda minha. Admito que muito fiquei confuso quando percebi que, na outra mão, a bela senhora segurava uma criança pequena, que ali, naquele abraço doce, dormia reconfortada.

A senhora parou bem à minha frente e me examinou com seus grandes olhos dourados da cabeça aos pés. Bela senhora a carregar a criança, o que ali fazia? Sujeito que estranha fácil de qualquer coisa, botei a mão no cabo de minha faca e esperei o próximo passo, certamente era ela quem o daria. Conheci nessa vida um bocado de emboscadas e não cairia em qualquer uma como se tivesse nascido ontem. E, de certa forma, acertei. A senhora com cheiro de rosas e nardo abriu a boca e falou:

— Boa noite, viajante. Teu barco subiu o rio e esqueceu de ti? Estava em mãos de marujos apressados?

Meus olhos cismados acompanhavam a mão dela, que estava fechada como pronta para um murro e donde escapava uma intrigante luzinha. Era cálida, e nada entre nós dois revelava, a não ser a sombra da criança aninhada em seus braços.

— Não senhora…

— Rosa. Me chame assim.

— Meu barco, senhora Rosa, é triste reconhecer, foi a pique. Mal chego à margem num bote avariado.

A mulher não mudou a feição. Continuou me encarando, calada. A criança mexeu os pezinhos, roubando minha atenção.

— Em geral, sou eu quem cuida dos naufrágios, mas não me foi avisado esta noite. Fiz minha ronda comum, não me negarei a te guiar. Vem ao bosque?

O silêncio foi crescendo. Meu corpo, gelado pelo banho repentino, talvez tornasse a se aquecer se eu caminhasse ao lado daquela bela senhora com o bebê ao colo. Mas e minhas coisas, minha vida toda deixada ali na beira do rio? Talvez com a aurora…

Mais uma vez me senti invadido por aquela bela senhora:

— Vamos, decida se vem ou se fica. Não tenho tempo para resolver por ti! Comigo é tudo depressa! Gosto das coisas ainda verdes, não resolutas, coisas feitas a ti, tropeiro. As frutas mais maduras caem fácil demais. Não terá outra luz por aqui tão cedo. Vem ao bosque?

Eu sabia que meu coração ia ficar ali, entremeado às raízes daquela árvore, mas naquela escuridão. Cofiei meu cavanhaque e vi que a bela senhora já se ia.

— Bah! Acompanho a senhora, para que não vá sozinha nesse breu.

Segui o cheiro de rosas e o lume do pirilampo preso na mão direita da senhora.

— Já que vem comigo, tem algo para me doar? Sua chegada foi súbita. Nenhum aviso. Agraciar tua guia, tropeiro, não ia ser mal.

Bati a mão em minha guaiaca e fiquei um instante a refletir, sem perder o passo para não me afastar. Lembrei-me do pássaro, olhei para as estrelas, agora apagadas vez ou outra pelas ramas das árvores daquele bosque. Voltei a mente à pergunta da senhora. Queria ela o quê? Eu tinha meu punhal, que não daria a ninguém. Foi me presenteado por meu avô e só depois de minha morte ele seria entregue a um possível filho no futuro, ou a um possível neto, em um futuro ainda mais distante. Enquanto eu estivesse vivo e fosse homem de decisão, não daria aquele punhal nunca. Minha pistola? Foi então que meu sangue enregelou mais uma vez. Minha pele, com os poros todos recrudescidos, só faziam me lembrar do frio daquela jornada. O que era feito de minha pistola? Olhei para trás. Pura sombra. Não acharia nada, talvez nem mais a margem daquele rio. Ia me esvaziando de mim cada vez mais, a cada passo. Tudo o que vi em toda minha vida, tudo o que tive em toda minha existência, o que poderia ser dela? O que poderia eu dar à bela senhora? Talvez meu desconforto por perder minha arma de fogo. Ainda que toda a pólvora estivesse encharcada e a arma tivesse se tornado inútil naquela margem do rio, me incomodava não estar mais com ela. Vasculhei os bolsos da guaiaca e pisei ligeiro, vendo que estava ficando para trás. O relógio. Também era algo que estimava demais, mas, na qualidade de viajante com necessidade de uma guia, foi o que lancei.

— Senhora Rosa, tenho aqui um bom relógio — gritei.

Ela parou, olhando para mim. Mais vaga-lumes se juntaram, rasteiros, ao gramado do caminho estreito, dando um ar fantasmagórico para aquela gentil senhora que carregava a criança. As criaturinhas faziam seu natural bailar, aparecendo aqui e ali, tracejando a escuridão com seus rastros verdes. De novo, pensei no sonho. De novo, pensei no convés por onde tinha caminhado aquela tarde. Como minha arma perdida, perdido também estava meu passado, pois não me lembrava do "ontem".

Ela tomou o relógio de minha mão e sorriu. Eu não conseguia enxergar todo o rosto dela por causa da negridão agora com que as estrelas eram obliteradas, cobertas pelo dossel de ramos acima de nossas cabeças. Nem lua pendia lá do alto, como se tivessem me atirado a um lugar encantado. Se assim fosse, se estava eu mesmo vivendo um sonho estranho, enfeitiçado por minha bela senhora, por certo acordaria.

— É um belo relógio. Me lembra que precisamos seguir ligeiro ou perderemos a próxima viagem. Vem. Me segue, moço. Já vamos encontrar a outra Rosa.

Quando ela girou, ouvi o som das asas do pássaro mais uma vez. Aquele som tão característico e penetrante me distraiu por um segundo. Vasculhei o que via de ramos acima de mim, ainda fechados em dossel, e não via mais a criatura presumidamente emplumada. O que significava essa história de outra Rosa? Seria uma tocaia? Droga de arma perdida! Não me entregarei assim tão fácil.

— Ali vai ela — me avisou a guia.

Chegamos a uma ravina. Nada de árvores. O silêncio brutal foi se dissipando com o relinche de um cavalo e seu trote, que diminuía de ritmo conforme se aproximava.

De fato, meus olhos enxergaram os contornos da montaria, que ficou parada, esperando por nosso trio. Quando a nova Rosa ergueu uma lamparina que passou a nos banhar com uma iluminação mais generosa, veio meu novo calafrio. Olhei para trás, para o bosque e para o caminho. Se eu pudesse escapar daquele sonho que se encarnava em pesadelo, agora seria a hora. Eu só não entendia como eu tinha ido parar daquele lado do rio.

— Boa noite, viajante — cumprimentou a nova senhora, enquanto meus olhos buscavam os sinais dos pirilampos para me indicar a trilha que eu já tinha percorrido.

Com o coração a galope, encarei a nova senhora. Com ela, veio também o renovado odor de flores e uma visão infernal. Ela não vinha sozinha. Tinha na garupa do andaluz a figura de uma moça de face serena, mas, no entanto, com uma mão apoiava-se na condutora e com a outra trazia uma longa gadanha. A nova Rosa parecia uma cópia da primeira, só que mais velha, mais pálida, com a mão esquerda segurando a rédea e com a mão direita empunhando a lanterna de onde a chama bailava e iluminava.

— Ele é daqueles que falam pouco, Rosa. Te avisaram desse naufrágio?

A segunda Rosa balançou a cabeça em sinal negativo e voltou a me encarar.

— Te dei boa noite, viajante.

— Boa noite, senhora.

— Tens nome, náufrago? — indagou a Rosa montada.

Era por certo uma emboscada. Aproveitando das sombras, dando mais dois passos para trás, escorreguei minha mão até o cabo da fiel adaga.

— Me chamo Aquiles, divina senhora.

Ela balançou a cabeça em sinal positivo repetidamente. O cheiro de nardo e aquele aroma de rosas prosperaram mais uma vez, parecendo que mais nada eu respirava. Enjoado, olhei para minha guia de pele tão bela e odor tão intenso e a comparei com a que chegou mais tarde. Eram parentes por certo, apesar da velhice da segunda. Talvez assaltantes de desatentos na estrada, de degredados pelo rio. Tantas incertezas deveriam me fazer suar, mas só me enchiam mais daquele frio que agulhava todo o meu corpo, tamanho era o vazio.

— Veja, Rosa, o jovem Aquiles me presenteou com isso.

A senhora mais velha, que estava no cavalo, sorriu e respondeu:

— Minha princesa, filha de longa linhagem de reis e rainhas, dona de mil montarias como esta em que busco cavalgada, dotada de grande beleza frente a tantas bênçãos e tantas posses, não trouxe delicada joia. Veio com o que tinha à mão. Achei apropriada a lanterna. Não teríamos luz alguma até a aurora.

A primeira Rosa levantou a mão soltando o vaga-lume, que passou a girar sobre sua cabeça emoldurada por um lenço negro que balançava com um leve vento. O vaga-lume fazia uma trilha de luz girar como auréola, parecendo fazer graça, remetendo a bela senhora à figura de um anjo, que trazia outro em seu colo, protegido, defendido, amparado naquele pesadelo que deveria ser só meu e por minha vontade. O rostinho da criança ia tão colado à sombra da senhora que eu não poderia jamais descrevê-lo e, ainda assim, aquilo me perturbava.

Voltamos a caminhar. A moça não olhava para mim, o que me enchia de ansiedade. Queria que ela me visse, pelo menos de esguelha, para a nossa salvação. Dois fugindo seria melhor que um. Não conseguiria abandonar a majestosa princesinha e nem a criancinha. Eu tinha que dar um jeito de escapar daquela armadilha que ia se fechando, certeira, mas a culpa me consumiria se me abaixasse sozinho, mergulhando na escuridão, e desse em fuga. Seríamos uma trindade em cumplicidade. Precisávamos daquele conluio. Se surgisse uma oportunidade de subir no cavalo, melhor então! A fuga seria em disparada. Dava para fugir! Duas senhoras cheirando tanto a rosas, saberíamos exatamente a hora em que elas estivessem se aproximando de novo caso encontrassem pista.

Já tive cavalo. Antes do barco, antes do rio. Era cavalo fiel, bem domado, parecia extensão de meu braço. Mergulhado nos despojos de minhas memórias, em meus pensamentos revoltos, me peguei sentindo o tecido molhado de minhas roupas se enregelando na noite fria, frigidez realçada por aquele vento débil. Meus braços cada vez mais pesados e lentos não me fiavam agora, para o bote certeiro, de tão duros que iam ficando meus músculos em crescente teimosia. Que história era aquela de naufrágio com data marcada? A visão do barco ia ficando cada vez mais difusa em minha lembrança, como se os passos dados naquele bosque guardassem quilômetros deitados sobre uma nostalgia que eu jamais daria conta.

Passei a mão involuntariamente em meus bastos cabelos que já iam secos, procurando por alguma ferida, por algum galo, porque minha cabeça doía, e a dor se repetia e se repetia e se repetia, me afundando, cada vez mais, naquele horror.

— Senhorita princesa. Podes me dizer teu nome? — não resisti em forçar um olhar entre nós dois.

Ela torceu o corpo enquanto o cavalo a carregava. Encarou-me com olhos assustadoramente baços. A segunda Rosa ergueu a lanterna aluminando o caminho e só agora eu via na mocinha-princesa as veias escuras subindo por seu pescoço e desenhando em seu rosto pequenos rios que corriam até sua boca e me acendiam tanto a repugnância quanto um lampejo de remorso. Aqueles olhos eram os meus olhos também, nascidos em minha ambição de uma história ainda não contada.

— Graça.

Suas janelas estavam veladas e não havia mais alma morando ali, só o reflexo e aquela pele de marfim atrelada à moldura dos cheiros que nos encarceravam, de repente, de forma dura, lapidando a certeza indizível, nos afunilando por aquele estreito caminho que só poderia dar num certo lugar que ninguém nesta vida queria pisar... a criança em silêncio com a bela senhora, tudo ainda mais me enregelava e inaugurava em mim um luto precoce, rançoso, e que, tão duro, começava a rasgar a minha pele. Eu tinha que sair daquele séquito, daquela procissão rumo ao fim, daquele desastre encomendado. Eu não seria pego de jeito fácil.

De novo, desci minha mão ao punhal, mas desta vez eu não achei o cabo e nem a guaiaca. Petrifiquei. Não dei mais um passo.

A primeira Rosa tornou-se para mim, com voz calma e poder de atração.

— Vem, Aquiles. Vem. Não podemos perder tempo. O novo barco vai zarpar, e você não vai querer ficar aqui para sempre.

— Anda, Aquiles! Anda! Você está vindo muito devagar — disse a segunda.

Ainda que eu estivesse confuso, ainda que minha cabeça doesse tanto, fui capturado pela voz da Rosa do cavalo e obedeci ao seu comando, imaginando minhas janelas também se velando, mantendo minha boca muda e obediente, pois nada poderia ser mais tão certo e pertinente do que seguir a lanterna. O que mais faltava eu experimentar nesta vida? Meu amor proibido assim continuaria, e minha nobre senhorinha, minha prenda, ceifadora de flores do jardim, assim permaneceria escondida em minha mente, pois essa lembrança refulgiu e a capturei na hora, sabendo que só podia ser dono da lembrança e ninguém jamais a tomaria.

Ao agarrar minha última recordação, fui arremessado por uma força desconhecida e devastadora para a ponta oposta de meu castelo de memórias, a casa, a fortaleza da consciência de minha primeira alvorada. Agora era a voz de minha mãe que eu ouvia, cantando ao meu ladinho, me fazendo naninha. Sim, tão natural quanto aceitar seguir aquela trilha também me pareceu o recordar da outra senhora. Minha mãe girando o dedo em meus cabelos enquanto eu queria sair de seu colo e ganhar o mundo. O som do pássaro me fez despertar daquele mergulho e erguer meus olhos para as duas senhoras e para o céu novamente aberto, agora que íamos deixando para trás aquele bosque harmonioso. Vi outra vez as estrelas girando em grande velocidade, mas nada da ave que nos sobrevoava.

Um calafrio imenso cobriu minha pele, num mórbido jogo de repetição de perguntas sem respostas e certezas sem indagação. Sempre gostei de ter meu nariz guiado pelo instinto, e meu instinto só fazia confirmar, confirmar e confirmar. Meus olhos viam as estrelas céleres, refletidas numa bacia espelhada que ia até o horizonte. O mar das almas estava ali adiante. Lugar para onde tinha mandado tantos valentes quando em vida, agora era eu quem pisava o palco de uma brincadeira nunca vivida. Nunca corri de desafios nem arredei de combates, por que iria criar façanhas agora? Não, não acordaria daquela jornada com a testa molhada e sorriso aberto dando graças ao bendito. Elas estavam ali, e eu já via uma terceira senhora ainda mal contornada porque, apesar das estrelas, ainda havia escuridão. Ela não se deu por nós, apenas sinalizava para as águas de onde deslizava um bote a remo impulsionado por força fantasma. Fomos também nos aproximando para selar o encontro.

— Olá, Rosa! — cumprimentaram a terceira em coro as duas irmãs.

A terceira senhora respondeu ainda de costas:

— Bem na hora. Não é sempre que dá assim tão certo.

— Quedê o seu viajante? — perguntou a senhora no cavalo.

— Vem descendo.

A terceira senhora, também com um lenço negro cobrindo sua cabeça branca, encurvava-se e apanhava grossa corda a puxar o bote até o atracadouro.

— Pronto, seu Chico, aqui está o seu porto seguro.

A terceira Rosa estendeu a mão ao ancião, que precisou de ajuda para deixar o bote e pisar no pavimento de madeira. O homem veio vindo e a abraçou.

— Muito obrigado, senhora cheirosa. Muito obrigado por tudo.

Quando ela se virou, agora bem próxima da lanterna, vi que ela trazia um cajado e o rosto era feito só dos ossos de sua caveira. Visão tétrica, de fato o ardil tinha sido completado e não tinha necessidade de me debater dentro da gaiola.

Enquanto eu ainda assimilava o que via, a senhora do cavalo já tinha desmontado e soltado a rédea do andaluz. Detrás do equino, permaneceu a figura da mocinha-princesa ao lado do ancião. Ela também abraçou sua guia e disse com voz calma:

— Que pena. Eu ainda estava tão entusiasmada.

As três senhoras se reuniram, uma ao lado da outra, e para mim olharam enquanto na enseada vinham crescendo os contornos de um novo navio, um grande, marulhando sobre as águas.

— Vem, Aquiles, não tema. Vem pegar o próximo barco — falaram em coro.

Meus olhos, rasos d'água, encararam a embarcação. Meus pés obedeceram, enquanto eu ainda sentia um frio na barriga.

— Por que tenho que ir agora? Escolho ficar. Ainda quero ficar — teimei.

A lanterna teve a luz fortalecida, enquanto um enxame de pirilampos nos engolfou fazendo resplandecer aquela luz esverdeada. Eu não tinha medo. Não era isso.

Vi minha guia, a primeira Rosa, revelar o imenso par de asas que vinha em suas costas, descortinado pelo brilho que se avolumava, enquanto seu rosto murchou num instante, tornando-se caveira também. Vi a segunda Rosa percorrer o mesmo destino. Eram elas agora, perto da aurora, três esqueletos de pouca pele, vivacidade perdida e cavidades oculares sombrias, ainda que vazias, pesando sobre quem encaravam. Tal transformação faria qualquer um correr em disparada, exceto a mim e meu coração curioso, que sentiu vindo delas a vontade de falar, vontade que em mim já faltava. Ali ficamos, nós quatro visitantes, a criança, a menina, o moço e o ancião.

As três Rosas moveram as bocas feito caveiras, que conseguiam de forma encantada projetar a voz, nos enrodilhando em coisa de cantiga, coisa de sermão, quando se mexiam eram como se fossem uma só:

— Tudo que estes teus olhos viram nós vimos também. Muitos têm medo de mim, mas eu só sou mais uma das forças da natureza, sucedemos de forma comum. Ninguém que você conheceu, ouviu ou viu não surgiu sem também ser visto, ouvido ou conhecido por mim também. Eu sou a que devora com a mesma fome que você tem. Eu não tomo nada de ninguém, nem pétala nem flor nem fruto. Nada aqui deste lado se perderá, pois tudo que existiu continuará sua jornada.

A terceira Rosa, que estava no centro, abriu suas asas longas e largas, e o trio uníssono voltou a falar:

— Você, Aquiles, só experimentou essa experiência, mas seu coração já foi outro coração, e também já teve medo de outros medos antes de temer me encontrar e a mim aceitar. Às vezes tenho pressa, às vezes eu demoro, mas para todos um dia eu chego.

A sombra do barco ia se avolumando e, como areia correndo no vidro da ampulheta, se projetando até o pequeno cais. O horizonte ganhava um fino dourado inaugurando no cenário uma nova luz, e enquanto isso as três Rosas diziam:

— Não sou o fim do caminho, não sou a escuridão nem mesmo a justiceira. Sou a liberdade e a união. Não escapa deste encontro nem o homem mais rico nem mesmo o mais pobre, não prefiro as fêmeas aos machos. O ser mais alto ou a criatura mais rasteira de mim não receberá distinção. Do imperador ao mais raso lacaio, todos tomarei pela mão.

Agarrado por aquela trama que me enredava, pondo sentido em cada palavra, olhei para trás mais uma vez. Nada de bosque havia, nada de trilha nem retorno ao rio. Era só escuridão. Baixei a cabeça e mais uma vez deixei meus ouvidos baterem com aquelas vozes, aquelas mensagens que conseguiam, mesmo com o jogo revelado, causar-me imenso arrepio.

— Nada e, escute bem isso, escarnifique em teu coração, NADA destas poeiras de estrelas vão se perder, apenas renascerão de novo, de novo e de novo… tampouco poeira alguma será adicionada. Do pó das estrelas vieste, Aquiles, ao pó das estrelas retornarás, Aquiles. De igual, sou filha do tempo a ser levada em seu colo… Nada que importa escapa aos meus olhos. Só as palavras não ditas, as carícias não trocadas, os amores não vividos, as estradas não pisadas. Não sou bem-vinda nem sou "olá!" ou "boa noite". Vem em meu trilho pois sou a portadora da luz, trago e ilumino o próximo caminho para teu novo coração viver uma nova experiência na graça do abandonar teu sepulcro para renascer invadido por novo dia. Vai com coragem e agora iluminado, desencovado, e sê tu um novo soldado, arauto das minhas notícias antes de esquecer que comigo já estiveste mil vezes.

Eu via a aurora no horizonte e a ponte que descia da embarcação de madeira a subir e descer nas dobras da água. As estrelas foram sendo obliteradas por tamanha luz.

— Vem, Aquiles, não negues tua morte, aceita apenas e abre teu coração ao teu crepúsculo e começa a nova jornada, pois só depois de mim conhecerás as novas auroras. Não temas.

O ancião foi o primeiro a cruzar para dentro do barco. A bela senhora fez parar a menina-princesa e pediu:

— Leve esta criança, princesa. Ela lhe cai bem nos braços.

Graça apanhou o bebê, que choramingou um instante e passou a segurar o cabelo da menina-princesa, que por sua vez olhou para mim, estendeu-me a mão livre e me convidou:

— Vem, Aquiles. O sol já vai alto.

Abracei por fim a bela senhora, o cheiro de rosa e de nardo empapando minha mortalha.

— Foi tão rápido! — murmurei.

— Vai então e conhece novas moradas.

A mão morna da menina-princesa me puxou à borda, ergui a minha para cortar a luz fulgurante do horizonte, quente e dourada.

A nave deslizou sobre a água e lá atrás, ainda à margem, a luz morria. Jazia quieta e sentinela a bela senhora, montada no andaluz. Rosa de grandes asas abertas, segurando em uma das mãos a candeia e na outra a ceifadeira, enlutada em seu manto negro, sem galhardia nem esplendor. Era só um ajuntamento de ossos que já fora três Rosas que conheci na travessia do bosque silencioso, bela senhora ao chegar, ao meio caída, ao final consumida, e nem tinha se passado um dia que aos meus olhos ela existia.

— Foi tão rápido! — repeti.

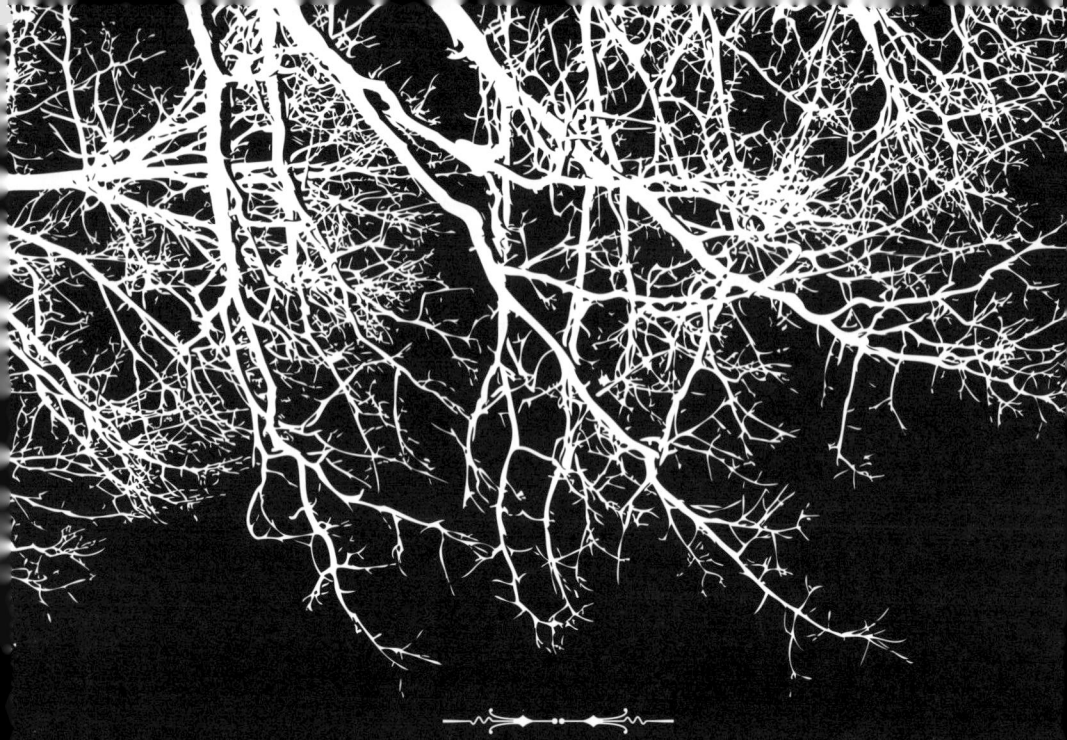

O MESTRE DO ENGANO

Stéfano Stella

A garota se aproximava lentamente, como se não quisesse dar passos na direção do casal. Apesar de bonita, seu rosto não demonstrava emoções. Parecia o de uma boneca de cera, não só pela rigidez, mas pela coloração extremamente pálida de sua pele. Seu olhar intenso sugeria poder enxergar o íntimo da alma. Não era possível divisar mais detalhes, pois, além da distância em que se encontrava, a parca iluminação produzida pela lua não ajudava no intento. A tempestade seguia intensa, sem o menor sinal de trégua. Trovões constantes estrondeavam ao longe, mas silenciavam no bosque, causando ainda mais estranheza ao casal. A claridade prolongada pelos inúmeros relâmpagos conferia vida momentânea ao ambiente sombrio e gélido. Nada disso parecia incomodar a menina. Erik, desconfiado, se adiantou:

— Boa noite, pequena. O que faz aqui a uma hora dessas? Onde estão os seus pais?

Entreolharam-se, incrédulos, com a cena mórbida que se revelou diante de seus olhos após a luminosidade extrema cessar. Olhando na direção da garota, aguardando sua resposta, não foram mais capazes de ver a infante, apenas o amontoado de corpos que jaziam inertes por toda a extensão do bosque. Em desespero, conferiram o telefone. Sem sinal. A dupla ponderou se seria possível retornar pelo percurso que haviam feito, mas o cenário estava diferente. Era como se o acesso por onde haviam chegado tivesse desaparecido ou se modificado por completo. Freixos colossais, de troncos grossos e imponentes, impediam a saída.

Com o desaparecimento da garota, munidos dos pequenos halos de luz dos telefones celulares, avançaram pelo bosque, observando atônitos os cadáveres que formavam uma trilha mórbida. Ao que parecia, ninguém havia sido poupado. O silêncio era incômodo, e o cheiro de pele queimada era nauseante. Os cadáveres estavam todos no mesmo estado, ressequidos, tão desidratados que a pele rachada revelava os ossos enegrecidos. As mortes foram imediatas e sem explicação. Parecia que a energia vital havia sido drenada.

O silêncio do lugar, outrora barulhento e cheio de vida, era de enregelar o sangue. O casal procurava pela garota sem trocar uma palavra sequer. Ainda assim, pareciam se entender, em sintonia, como se conversassem por telepatia.

Um vento inesperado passou a soprar forte, desfolhando as árvores ao redor. Os dois enfrentaram o vendaval e conseguiram se segurar no tronco das árvores mais próximas. A promessa de uma noite romântica deu lugar à luta pela sobrevivência. O bosque parecia avisar que sair não era uma opção. Naquele ambiente inóspito, suas vidas poderiam ser ceifadas em segundos.

— Amor, vou buscar ajuda. Eu volto, eu juro.

Antes que o homem pudesse esboçar uma reação, Kiara formulou uma espécie de cálculo de trajetória e se soltou, deixando o vento guiar seu corpo, que parecia não ter peso. Bateu forte na lateral de outro tronco.

Segurou-se em suas reentrâncias, onde foi capaz de visualizar uma vez mais a menina, que com apenas um olhar fez a ventania cessar imediatamente.

A mulher levantou-se do chão pútrido e morrediço. Tentou novamente um diálogo com a pequena que, desta vez, apenas a observava.

— Não quer pelo menos me dizer o seu nome?

A garota, que estava acompanhada por um cão preto, ignorou completamente a fala da mulher e caminhou em direção às árvores, até desaparecer. Kiara não tinha certeza de para onde seguir, queria apenas sair dali depressa e buscar ajuda. Jurou a si mesma que retornaria para resgatar o amado. O bosque era umbroso, silencioso e misterioso.

Uma claridade intensa, diferente dos relâmpagos, aproximava-se lentamente. A mulher aproveitou a calmaria para correr, sem rumo, bosque adentro. Não era capaz de raciocinar sob pressão. A luz se aproximava cada vez mais, e ela mudava de lugar, procurando algum esconderijo mais eficaz. Dessa vez, a luminosidade não vinha somente de cima, mas de todos os cantos, iluminando e invadindo todos os espaços. Ela suava muito, sentia as gotas escorrerem, ensopando sua blusinha. A luminescência extrema fazia seus olhos arderem e seus braços e pernas queimarem ao entrar em contato com os pequenos feixes de luz que irrompiam pela copa das árvores. Estranhamente, como tudo no bosque, o clarão parou de avançar. Era o momento oportuno. Tinha que jogar o jogo com as regras disponíveis.

As aparições da garota a intrigavam. De vez em quando, ela surgia e esperava que a mulher a acompanhasse por algum tempo, para então desaparecer. Parecia desejar tal reação. Com a luz diminuta de que dispunha, seguiu no encalço da pequena. A bateria não duraria para sempre. Avançou pela escuridão em busca de ajuda.

— Ei, menina, espere! Não desapareça outra vez, eu imploro.

Kiara gritou, mas era como se não tivesse voz. Sua boca mexia, mas não era capaz de emitir som algum. O silêncio era absoluto. Notou que não ouvia mais nada no entorno, somente as batidas aceleradas do próprio coração. No intuito de seguir a garota, tropeçou e foi ao chão com violência, perdendo-a de vista novamente. Ajoelhou-se, pressionando os ouvidos na tentativa de destapá-los. Em meio ao silêncio lúgubre e ao odor inesquecível de pele queimada, dessa vez prestando atenção ao caminho, contornou os corpos ressequidos e fumegantes dos cadáveres e alcançou um tipo de clareira. Lá estava a pequena, parada, em um solo díspar do que se costumava ver em um bosque. O chão era formado por cristais dourados. Um lago congelado separava as duas.

— Por que se atreveu a vir aqui à noite? — a voz da garota era fria e cortante.

— Você consegue me ouvir agora?

— Responda logo!

— Eu vim em busca de paz, ficar a sós com meu amor, apenas nós dois, longe de tudo.

— Aqui, a paz não existe, somente almas perdidas silentes. Está viva e se aventura em um lugar onde a morte é um perigo iminente…

A mulher não compreendia o que a garota dizia e sua respiração se tornava irregular.

— Eu só quero sair daqui, voltar para a minha casa e fingir que nada disso aconteceu.

— Vejo que está completamente perdida. Venha comigo, eu guiarei você pelo bosque.

— Mas e o Erik, meu noivo?

— Não se preocupe. Ele ficará bem, e logo vocês estarão juntos. Eu prometo!

Desconfiada, mas sem opção, Kiara resolveu seguir a menina misteriosa, que sempre lhe ofertava a mesma face.

— Aonde estamos indo?

— A questão não é o lugar, mas, sim, o porquê.

O medo passou a tomar conta de suas ações. As pernas tremiam a cada passo, porém, ela continuou firme. A garota era estranha e enigmática, mas parecia conhecer muito bem o local. Se precisava segui-la para sair, assim o faria. Talvez ela tivesse guiado Erik pela mesma saída.

Um grande muro se fez notar em um repente, mas a mulher já não se deixava surpreender.

— Chegamos ao limite. Esta é a única saída, mas você não pode cruzar por este portão. Deve encontrar uma alternativa para sair. Descubra por si mesma.

Mal acabou de proferir a última frase, a menina irrompeu através do portão, que se fechou em seguida, voltando a ser apenas um imenso muro branco.

Impactada com a notícia quando estava prestes a encerrar aquele pesadelo, Kiara sentou-se no chão e pensou no que poderia fazer, já que não seria possível escalar uma parede alta e completamente lisa. Ouvia somente os latidos do cão do outro lado. Naquele local, o clima parecia outro. A tempestade não existia mais, mas uma densa névoa cercava o bosque, tanto que não era possível divisar o fim da muralha. Ela esperaria o tempo necessário até que forjasse uma solução. Entretanto, mudou de ideia rapidamente ao notar que a claridade voltava a avançar. O resultado era previsível, dado tudo o que tinha observado ao longo do caminho e por ter, literalmente, sentido na pele. Superaria o muro, sairia dali, encontraria Erik e abandonaria toda a bizarrice daquele local. Caso contrário, era fato que sucumbiria ao bosque.

Apesar da colônia de carrapichos que a acompanhava e enfeitava suas vestes, estava completamente sozinha, sem ninguém com quem dividir suas angústias e medos. Colocou-se de pé diante da alvura intransponível da barreira, respirou fundo e se concentrou. Estava determinada. Ficou claro para ela que o sobrenatural governava o bosque, mas o ímpeto pela liberdade era maior do que qualquer temor. Olhou ao redor, buscando desesperadamente uma solução. Não havia tempo para pensar. Algo assombrava aquele bosque e ceifava vidas sem explicação. Os sons produzidos pela noite eram mais intensos, cada sombra era uma ameaça potencial. O terreno irregular sob seus pés parecia querer atrasá-la. Estendeu as mãos para tocar a parede, e antes que a alcançasse, sentiu um forte empurrão, caindo do outro lado, transpassando-o completamente como se fosse um holograma. O bosque, até então silencioso, passou a sussurrar em agonia.

— Eu não consigo entender, eu quero, eu preciso, mas não sou capaz. É como se algo me impedisse de conhecer a verdade.

As lamúrias cessaram e a garota se materializou, ficando cara a cara com Kiara.

— Na verdade, Erik não está mais aqui, entenda isso em primeiro lugar. Você está só.

A figura sombria da menina vestia uma máscara pálida de dor e desespero, seus olhos eram de um azul intenso, o olhar gélido e vazio.

— Meu deus, o seu rosto...

— Este bosque não se curva às suas urgências e não pertence ao mundo dos vivos há séculos. Muitos dos que aqui se aventuraram eram como vocês, incautos, presos entre a vida e a morte, em estado indefinido entre o tangível e o intangível, entre o real e o irreal, entre o repouso e o agir.

A realidade atingiu a mulher como um raio.

— A verdade nunca condiz com as nossas expectativas, minha cara mortal.

A mulher estava tão atordoada que quase não ouviu o que a menina disse em seguida.

— Serei benevolente frente à sua pequenez e ignorância. Guiarei você ao encontro do seu destino.

A garota estendeu a mão em direção à mulher, em uma oferta silenciosa de auxílio.

A decisão era difícil; a situação, impensável, mas não podia permanecer no bosque por mais tempo. Já não estava certa de estar viva, de o bosque ser o inferno ou de aquilo tudo não passar de um sonho ruim, do qual acordaria em casa, na segurança de seu edredom. Seguiu a menina e seu cão por uma trilha longa e tortuosa. Não teria conseguido avançar sozinha por aquele labirinto de desolação. Sentia o gosto amargo do desconhecido. A pequena caminhava à frente, seu olhar seguia fixo adiante como se visse além da névoa, sem parecer se incomodar com a luminosidade que avançava mais rápido do que nunca, quase as alcançando. Os murmúrios do bosque, outrora silencioso, cresciam ao redor delas, uma cacofonia de vozes distantes e sussurros inquietantes. A cada passo, o entorno se transformava em uma mescla de sombras e árvores retorcidas.

O cão, agitado e alerta, farejava o ar como se soubesse o que estava por vir. Alcançaram outra clareira, ampla e deserta. Ao centro, um portal indistinto de tom avermelhado parecia pulsar com sua luz incandescente.

— É aqui que nos despedimos. Eis a sua liberdade.

A mulher encarou o portal, sentindo um misto de medo e esperança. O desconhecido a aguardava, mas também a promessa do fim da agonia naquele lugar maldito. Sem olhar para trás, irrompeu pelo manto avermelhado, emergindo em um cenário familiar. Percebeu que não havia saída, que estava presa ao bosque. Andara em círculos o tempo todo. Tinha sido enganada pela garota. Não compreendia o motivo. Kiara sentiu seus olhos se fecharem involuntariamente, enquanto a pele queimava sob um calor insuportável. Bolhas pululavam por todo o corpo como marcas de um tormento implacável, e sua glote se fechava lentamente, levando sua agonia ao auge da dor humana.

Um silêncio sepulcral envolveu o bosque enquanto duas figuras singulares irrompiam de suas profundezas. Um homem e uma garota observavam o tormento da mulher, ao mesmo tempo em que a claridade extrema, que até então era uma ameaça, engolia a mulher, sem dar a ela a mínima chance para reflexões mais aprofundadas.

O bosque retornava ao silêncio absoluto, guardando uma vez mais os seus segredos do mundo exterior.

— Mais uma missão cumprida, Hela. Você será uma julgadora esplêndida em pouco tempo.

— As aparências enganam, não é, pai? E o parceiro dela?

— Cuidei dele pessoalmente, filha. Também foi consumido pela luz.

— Essas pessoas são engraçadas, né? Têm medo de tudo, não aproveitam a vida e tomam decisões erradas o tempo todo.

O homem, com sua roupa e capa pretas, tocou os cabelos emaranhados e oleosos da garota, encarando sua face, meio humana, meio cadavérica.

— Não há nada pior do que a escuridão, seja ela da vida, seja da alma ou da morte. É isso o que eles verdadeiramente deveriam temer.

— É verdade, pai, as pessoas não entendem. Se nós não as guiássemos...

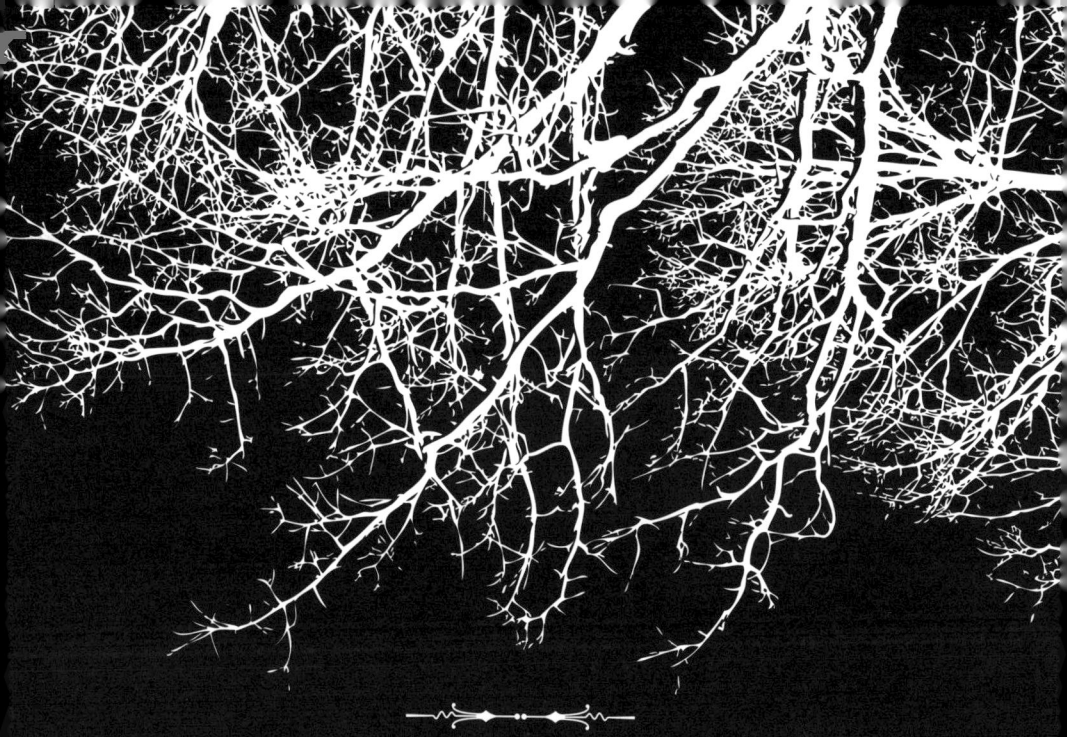

O CASARÃO SÃO BENTO

André L. Castagini

Dias atuais

O carro com quatro amigos parou no acostamento à beira da rodovia e o grupo desceu. Munidos de pás, picaretas, enxadas e lanternas, eles entraram no bosque.

Passava das 23 horas e a escuridão da noite engolia tudo.

— Vamos rápido — disse Jônatas, com um livro muito antigo na mão. — Tenho certeza de que o tesouro deve estar por aqui.

Ele passou por entre duas copaíbas centenárias e foi seguido pelos outros.

O Bosque do Silêncio, como era chamado, fazia jus ao nome. Mesmo sendo um local amplo e cheio de árvores, não havia nenhum tipo de ruído. Parecia não existir vida ali, apenas uma leve brisa. Tudo remetia àquela mesma paz que habita os cemitérios. O escuro e a pouca visibilidade provindos das luzes das lanternas criavam imagens que enganavam os olhos e iludiam o cérebro. Os galhos das árvores eram como braços gigantes, prontos para agarrar alguém a qualquer momento. Arbustos tomavam formas de animais monstruosos e o chão era um mar de folhas, dando a impressão de estar prestes a afundar.

Quando o grupo chegou ao ponto indicado pelo livro, bem no centro do bosque, havia uma cruz de madeira apodrecida pelo tempo, que reforçava a ideia de ser exatamente o local que eles procuravam.

Começaram a cavar.

O medo fazia com que eles sempre estivessem alertas a qualquer sinal de anormalidade.

Uma hora depois, a picareta fez um barulho diferente ao atingir algo. As lanternas miraram uma tábua. Escavaram em volta do que parecia ser um caixote de madeira de lei. Juntos, arrastaram para fora do buraco o pesado artefato, envolto por grossas correntes enferrujadas presas a um cadeado antigo.

O cadeado foi quebrado e o caixote aberto.

Brasil, Colônia Portuguesa
Agosto de 1758

A estrada de terra esburacada e cheia de cascalho não parecia ser obstáculo para a carroça puxada por dois cavalos. O ranger das rodas já não incomodava o condutor, que parecia acostumado com aquele som agudo. O mesmo não se podia dizer dos dois passageiros, que praguejavam a cada solavanco.

Uma parada repentina chamou a atenção deles. O mais velho colocou a cabeça pelo vão da janela e tentou ver o que estava acontecendo. Sem conseguir identificar a causa, gritou ao condutor.

— Por que paramos?

Nenhuma resposta. Ele decidiu descer e averiguar por conta própria, seguido pelo passageiro mais jovem.

Logo à frente havia três indígenas agredindo e proferindo ofensas contra uma mulher indígena. Ao se aproximar e perceber que a vítima não se defendia, ele se apressou e entrou no meio do grupo, impedindo outros ataques.

— O que está acontecendo aqui?

— Quem *ser* vocês para saber assuntos de nossa aldeia? — perguntou um dos indígenas em tom de ameaça.

Mostrando a batina por baixo da roupa, ele respondeu:

— Sou o padre jesuíta Francisco Honório de Sousa e esse é o meu aprendiz, padre Stefano. — Em seguida, apontou para o jovem que o acompanhava. O indígena deu um passo para trás em respeito ao sacerdote. — Agora, me diga o que essa infeliz fez para merecer tal castigo?

— Ela *ter* mau comportamento, *fazer* coisas estranhas, *deitar* com homem branco, *ser* vergonha para toda tribo, deve deixar aldeia.

Padre Francisco olhou para a jovem encolhida sentada no chão, que devia ter entre 14 e 16 anos, o corpo machucado, o olhar perdido. Por vezes, ela batia com a mão na lateral da própria cabeça e fazia barulhos com a boca. Sua fisionomia era triste e melancólica. A barriga protuberante chamava a atenção. O padre se aproximou. Ela cobriu a cabeça com as duas mãos e fechou os olhos, esperando por uma nova agressão.

— Venha, levante-se. Qual o seu nome?

Ao abrir os olhos, ela viu o padre lhe estender a mão. A jovem indígena aceitou a ajuda e ficou de pé.

— Tauane Acatauaçu.

Depois de responder, ela se escondeu atrás do padre, sob nova ameaça de investida de seus algozes.

Padre Francisco reparou novamente na enorme barriga dela, então enfiou a mão no bolso e tirou um saco com moedas. Pegou algumas e estendeu ao indígena.

— Isso deve servir para diminuir a vergonha que sua tribo passou.

Enquanto os indígenas contavam as moedas, o padre Francisco empurrou Tauane até a parte de trás da carroça, se acomodou e acenou ao condutor para que seguisse viagem.

Padre Stefano, ainda se ajeitando no seu lugar, falou ao ouvido do mais velho, sem tirar os olhos da indígena encolhida que, por sua vez, observava os homens da sua tribo ficarem distantes.

— O que vamos fazer com ela? Não pensa em levá-la para o Casarão São…

— Padre Stefano — interrompeu Francisco. — Todos os seres vivos são filhos de Deus… Até serem corrompidos pelo Diabo. E para descobrir o quanto uma pessoa está comprometida com o mal, só mesmo um ritual de exorcismo.

A garota indígena, sentada no fundo da carroça, estralava os dedos, fazia caretas e barulhos estranhos com a boca.

Stefano franziu as sobrancelhas.

— Ritual de exorcismo? Acha que ela pode ser uma bruxa ou um demônio?

— Na verdade, não sei o que ela é, mas sei que depois do ritual que faremos com ela, não restará dúvida sobre com o que estamos lidando.

Uma hora e meia depois, avançando por estradas ainda piores, a carroça parou em frente a um enorme casarão no meio da mata. O portão de madeira maciça dava a impressão de estar diante de uma verdadeira fortaleza.

Ao adentrar o recinto, os padres foram recebidos por um homem de idade bastante avançada que andava com dificuldades. Frade Luiz de Nazaré se mostrou surpreso com a indígena que chegou com eles.

— Quem é essa indígena barriguda?

— Tauane foi expulsa de sua tribo por seus comportamentos estranhos e talvez carregue uma gravidez não desejada. Uma ótima razão para o ritual. Não acha?

— Se sua desconfiança estiver correta, o trabalho de esconjuro vai revelar o mal que se esconde naquele corpo.

Tauane foi trancada em um cômodo sem janelas, onde havia apenas uma cama de palha e um pote de barro sobre uma mesinha.

O Casarão São Bento era uma grande construção antiga de taipas. Os dezessete cômodos eram divididos entre a cozinha, a sala de reuniões, a capela e os quartos. Ali moravam sete padres jesuítas que cuidavam de pessoas com algum tipo de perturbação mental ou espiritual. Àquela altura havia doze pacientes, cinco mulheres e sete homens, que eram expostos a algum tipo de ritual para serem libertados de algum encosto ou possessão maligna. Aos fundos da construção, na área externa, havia um descampado onde estavam enfileiradas dezenas de cruzes de madeira, indicando que ali certamente seria um cemitério. Os rituais muitas vezes eram tão severos que muitos exorcizados não resistiam, e os mortos tinham seus corpos depositados ali. A notícia da chegada da décima terceira pessoa deixou o Casarão agitado, pois esse número sempre causava alvoroço.

Os gritos de angústia e de dor que eram ouvidos pelo Casarão durante o dia e a noite amedrontavam a indígena, que tentou fugir por diversas vezes.

Na semana seguinte, o quarto de Tauane foi preparado para o trabalho. Sete velas foram acesas e colocadas em volta da cama. Ela foi obrigada a ficar deitada. Mesmo assustada, não se opôs, ficou observando tudo com olhos arregalados. Francisco e Stefano estavam presentes. O frade Luiz de Nazaré, usando uma sobrepeliz e uma estola roxa, segurou um crucifixo de ouro com a mão esquerda e a bíblia aberta em Salmos 22 com a direita. E então começou a rezar o "Litaniae Sanctorum".

"Kyrie, eleison
Christe, eleison

Kyrie, eleison
Christie, audi nos
Christie, exaudi nos
…"

Padre Francisco segurava um rosário e murmurava uma oração. Padre Stefano balançava um defumador que expelia uma fumaça com essências de rosa e arruda.

"…
Et ne nos inducas um tentationem. Sed libera nos a malo.
Amém."

Terminada a ladainha, o frade começou a andar em círculos, erguendo o crucifixo e falando alto.

— *Adjure te, spiritus nequissime, per Deum omnipotentem.* Eu ordeno, espírito imundo. Quem quer que sejas tu e todos os teus servos que se apossou desta pobre criatura de Deus. Me diz qual é o teu nome e o dia e hora da tua partida.

Silêncio.

Tauane, calada, continuava deitada na cama.

O frade Luiz de Nazaré murmurou:

— Padre Francisco, o demônio não quer se manifestar, temos que usar aquele último recurso.

O padre se aproximou da indígena e a puxou pelos cabelos. Ela gritou. Rapidamente, o padre pegou algo no bolso, enfiou na boca de Tauane e tapou suas narinas. Sem conseguir respirar, ela engoliu uma bolota amarga e fedorenta. O padre a soltou e ela tossiu duas vezes.

Algo estranho aconteceu.

Tauane começou a suar e a gemer, contorcendo-se de dor. As lágrimas vieram e ela começou a murmurar palavras em seu idioma nativo.

Padre Francisco se aproximou e a segurou na cama. As pernas dela foram se abrindo devagar, os murmúrios deram lugar aos gritos alucinantes. Padre Stefano virou o rosto e não demorou muito para que a criança começasse a aparecer. A gestante arfava e fazia força até que o recém-nascido saiu totalmente.

Silêncio outra vez.

O Casarão foi inundado pelo choro de um bebê, chamando a atenção para o seu nascimento. Um menino perfeito, ainda preso ao cordão umbilical da jovem mãe, assustada e ofegante.

O odor da placenta e do sangue se espalhou pelo cômodo.

Um uivo agudo foi ouvido dentro do quarto.

As velas se apagaram.

Tauane arregalou os olhos e pegou o menino no colo.

No outro canto do cômodo, o jovem aprendiz Stefano largou o defumador, caiu de joelhos e começou a vomitar a bile escura. Seus olhos ficaram vermelhos e ele se contorceu, seu corpo mudou de forma, se transformando numa criatura peluda, com uma boca grande e uma língua comprida, o uivo agudo se transformou numa voz rouca.

— Lamashtu! Lamashtu! Lamashtu!

Salivando, a fera avançou contra Tauane, arrancou o filho dos braços dela e começou a comer a carne do recém-nascido com seus dentes afiados.

Tauane entrou em pânico e chorou, babando de medo, proferindo uma palavra na sua língua nativa.

— Jurupari! Jurupari!

Padre Francisco se mostrou animado.

— Eu sabia! O demônio que possuiu padre Stefano se manifestou.

Frade Luiz arrancou a parte de cima do crucifixo e um punhal de prata surgiu. O sacerdote se aproximou do demônio e enterrou a arma na sua barriga. Lamashtu se virou e passou sua enorme garra no pescoço do Frei, o sangue jorrou. O frade caiu no chão, se debatendo. A criatura demoníaca arrancou o punhal da própria barriga e o jogou no chão. O urro horripilante que a fera deu fez Tauane chorar.

Padre Francisco pegou o pote de barro sobre a mesinha, tirou a tampa, colocou no chão e mencionou algumas palavras santas. Sem entender o que estava acontecendo, o espírito demoníaco se transformou numa fumaça preta e foi puxado para dentro do pote de barro. O corpo de padre Stefano ficou largado para trás, pálido e sem vida.

Tauane ficou boquiaberta, sem entender o que havia acontecido. O padre pegou o pote e colocou a tampa de volta. Embaixo dele havia um desenho de um pentagrama com um círculo.

Tudo ficou silencioso, como se o tempo tivesse parado. Nem mesmo as pessoas doentes que moravam ali voltaram a gritar.

O pote de barro foi colocado num caixote de madeira, amarrado com correntes e enterrado no cemitério no quintal do casarão com uma cruz pesada marcando o lugar.

Os padres, Tauane e os outros pacientes foram embora. Padre Francisco ficou sozinho e se tornou uma espécie de guardião do cemitério e do Casarão São Bento. Plantou duas árvores na frente da residência e passou os últimos dias escrevendo um livro sobre onde havia enterrado algo de grande relevância. Em 1959, o Marquês de Pombal redigiu um documento expulsando os padres jesuítas das terras pertencentes a Portugal. O Casarão São Bento foi confiscado e transformado em local de parada para os bandeirantes, que não entendiam a calmaria daquele lugar. Com o passar do tempo, o local foi abandonado, a casa ruiu e a natureza invadiu, as árvores crescendo e dominando tudo. Ali, restou apenas um bosque em silêncio.

O pote de barro foi tirado do caixote e destampado. Não havia nada dentro, embaixo apenas um símbolo desconhecido. Furioso, Jônatas deixou o pote cair e quebrar.

A leve brisa deu lugar a uma ventania forte. Uma rasga-mortalha passou voando por eles, fazendo um barulho horripilante. O silêncio fúnebre deu lugar à algazarra de animais silvestres e aos gritos de homens e mulheres que ninguém sabia de onde vinham. Os quatro amigos decidiram sair correndo daquele lugar. Passaram entre as duas copaíbas e chegaram no carro. Jônatas parou, deu a volta nas árvores e chegou por último. Ele entrou no veículo, colocou as chaves no contato, deu partida e arrancou com o carro. Enquanto os amigos riam do episódio, os olhos de Jônatas brilharam rubros.

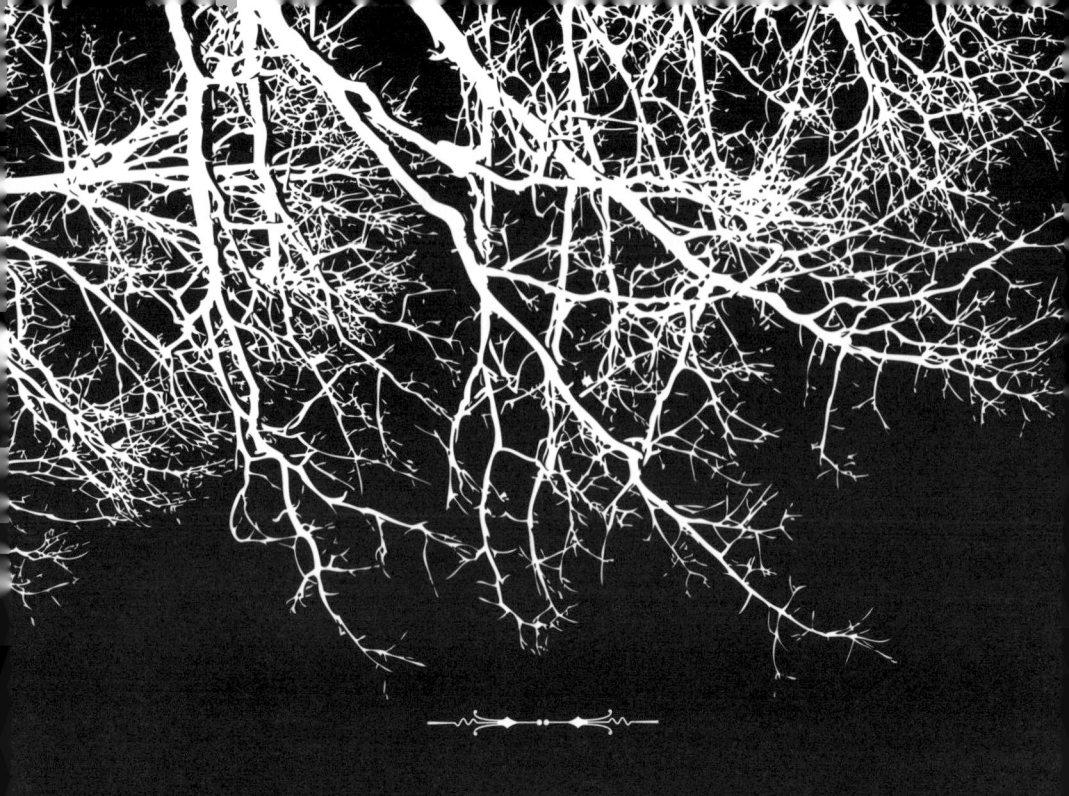

AS RAÍZES DO MAL

Aquilas Coelho

O bosque estava repleto de gritos.

Entre as árvores, ecoavam as vozes dos voluntários e policiais ao longe. Todos chamavam por Melina. Tomás seguia entre as árvores retorcidas logo atrás de dois policiais, equipados para resgate em mata.

Acompanhado de um cão farejador, o grupo produzia sons de estalos ao partir galhos e esmagar folhas abaixo de suas botas militares.

Era crucial para Tomás que ao menos um dos grupos de resgate encontrasse alguma pista da posição de sua filha, ainda antes do anoitecer. Caso contrário, ela passaria outra noite perdida naquele bosque sombrio. A angústia não cabia no peito dele. Imaginar que a menina já tinha passado toda uma noite com fome e com frio. Qualquer tragédia já poderia ter acontecido. O homem desejou ter sua voz de volta ao menos uma última vez, para que sua filha pudesse escutá-lo chamar.

De súbito, o cão correu em disparada mata adentro, forçando a guia nas mãos do policial Souza.

— Acho que o cachorro encontrou algo! — disse o Cabo, seguindo-o.

Ao preço de algumas escoriações nas mãos e braços, Tomás seguiu o animal, que latia frenético para as profundezas do bosque. Massas de galhos e arbustos passavam rápido pela visão do homem, que lutava para não perder o cão e os policiais de vista.

Por favor, que seja Melina!, pensou.

Mais no âmago do bosque, Tomás encontrou Souza. Ele segurava com força a coleira do cão, que latia furioso para um covil formado por um tronco grande, tombado.

O rádio comunicador do agente Souza chiou e emitiu um som cortado.

— ... Souza, na escu...? Temos somente... uma hora... do anoitecer. Vocês... voltar agora! — Era a voz do capitão da operação.

— Merda de rádio, parou de funcionar — praguejou o Cabo.

O grupo estava à frente da pequena vala escura. O cão parou de ladrar, mas permaneceu agitado. Não havia barulho de insetos. As vozes dos outros grupos tinham desaparecido. O bosque estava quieto. Tomás tinha a atenção fixa no local. Ele carregava uma lanterna da polícia na mão.

Souza passou sua pequena machadinha para Tomás. O policial parecia contar com ele para usar a arma.

— Tem alguma coisa errada nesse lugar. — A voz da policial Maria soou como um sussurro.

O homem guardou o machado no cinto e percebeu quando a soldado se deteve com a lanterna para clarear o local. Notou a tensão em seu rosto.

Tomás cerrava os olhos como se isso pudesse fazê-lo enxergar melhor. Tentava controlar a respiração ofegante. O coração batia forte contra o peito. Ele temia encontrar o corpo de Melina sem vida, abandonado naquela vala escura. Com fome, com frio, sozinha. Morta. Ele sentiu o nó na garganta e a pressão nas têmporas.

Mas precisava descobrir.

Deus, me dê forças, pensou.

O pai da menina engoliu em seco e lançou a luz da lanterna no pequeno covil. Era um corpo. Os insetos já percorriam o cadáver. Havia sangue, olhos vítreos, orelhas e focinho. Era outro cão farejador, com certeza perdido de outra equipe de resgate.

Tomás ajoelhou-se, aliviado, e puxou o ar fundo.

Souza aproximou-se do corpo do animal, com um dos joelhos no solo.

— Foi recente — constatou o policial. — O que é isso? — perguntou, intrigado.

De repente, o corpo do cão foi puxado de forma violenta para dentro dos arbustos.

— O quê?! — Maria se afastou de súbito.

Tomás observava aturdido, procurando algo com o feixe de luz da lanterna. Parecia ter visto algo longo em volta do cadáver do cão.

— Tomás, você viu o que era?! — perguntou Souza.

— O que foi isso?! — questionou Maria a todos, com olhos abismados.

Tomás negou com a cabeça. Na tentativa de comunicar-se, emitia sons não compreensíveis para os policiais.

— Viu algo?! O que você viu?! — insistiu Souza, aflito.

O cão que os acompanhava voltou a ladrar, agitado. Tomás não ouvia mais os sons dos outros grupos.

— É melhor irmos, deve ter sido um animal perigoso. Está muito escuro — sugeriu Maria.

Tomás iluminou algo na vala onde o cadáver do cão estava. Abaixou-se e apanhou uma peça de roupa. Era um lenço de Melina.

Graças a Deus, pensou.

Finalmente havia encontrado uma pista.

Tomás fez gestos de mãos no rosto e altura do peito para comunicar-se em sinais com os policiais. Entregou a peça para Souza.

— Desculpa, Tomás, mas eu não entendo o que você está falando — comentou Souza. — O que eu sei é o seguinte. Parece ter um animal perigoso aqui. Já anoiteceu e temos esse lugar para investigar melhor. Estamos sem comunicação, então vamos continuar amanhã — determinou.

Souza tentava acalmar o cachorro, depois fez com que farejasse o lenço de Melina.

Não, agora não, pensou o pai da garota.

Era a oportunidade de encontrá-la. Tomás precisava fazer os policiais continuarem. A cada noite diminuíam as chances de encontrá-la com vida. O bosque já estava frio e escuro como um cemitério. O homem controlava a mente para não imaginar a filha morta, como aquele cão.

Tomás agarrou os ombros de Souza e fez sinais com as mãos, usando o rosto e o tórax. Ele tentava convencer os policiais a continuarem por mais tempo.

— O Souza está certo, Tomás. Não dá para avançar de noite — explicou Maria, com semblante preocupado.

O homem mudo não conseguia fazer com que os policiais o entendessem. Ele percebeu que Maria tentava esconder o nervosismo, mas não podia perder a chance da melhor pista que tinham encontrado. O cão estava no rastro de Melina e ele precisava libertá-lo. Não havia opção.

De repente, ele arrancou a guia com toda força das mãos de Souza e libertou o cão. O animal correu entre as árvores sinistras, afundando nas sombras do bosque.

— Não, homem! Não — gritou Souza, desacreditado.

Tomás correu atrás do cachorro, ouvindo a voz dos policiais se afastarem. Quando se deu conta, já havia seguido os latidos. Devido à escuridão, ele tropeçou em uma raiz grossa que o fez ir ao chão. Levantou-se rápido, mas já não ouvia os ladrados do animal. Perdeu o cão de vista. As vozes tensas dos policiais aproximavam-se conforme eles cortavam o breu com as lanternas.

Apesar do escuro, Tomás percebeu a silhueta de uma casa abandonada em uma clareira que se abriu mais à frente.

Talvez Melina tenha se abrigado nessa casa, pensou.

Com a luz da lanterna, Tomás averiguou a construção tomada por rachaduras e vinhas. No chão, entre raízes, avistou a guia do cão ensanguentada.

Os contornos das janelas ao lado da porta central pareciam dois olhos sombrios à espreita. Raízes grossas atravessavam os vãos como longas serpentes de madeira. A porta aberta lembrava uma boca sinistra. Toda a fachada era como um rosto monstruoso.

O coração de Tomás batia forte nas têmporas. Sua mente viajava em imagens de sua filha com sangue entre as raízes, morta. Suas pernas tremeram e ele apoiou-se no tronco de uma árvore.

Mas precisava descobrir.

Reuniu forças e usou a luz da lanterna para guiar os policiais. Eles logo chegaram como fantasmas entre as árvores.

— Cometeu um erro, Tomás! Ao menos encontrou o cão?! — perguntou Souza, irritado.

Tomás negou com a cabeça e apontou a guia suja de sangue. Souza abaixou-se e examinou a coleira antes de dizer:

— Não escuto o barulho de nenhum animal.

Em seguida, o policial se pôs a observar a construção com a luz da lanterna, de um lado a outro.

Tomás segurou nos ombros de Maria e apontou para a casa tenebrosa.

— Seu louco! Você não devia ter feito isso — disse Maria, desvencilhando-se. — Tem alguma coisa errada neste bosque — sussurrou, trêmula.

— Não vejo nenhum animal próximo, mas fiquem calmos. Vou chamá-la. Se ela não atender, nós voltamos amanhã! — Souza decretou.

— Melina! — gritou o policial, quebrando o silêncio do bosque.

De súbito, Tomás ouviu o farfalhar de muitos galhos ao redor. E algo muito rápido cortando o ar.

— O quê?! Mas o quê?! — Souza berrou.

Tomás viu o homem ser erguido no ar por alguma força. Houve barulho de uma pancada forte. A lanterna de Souza caiu ao chão, ainda acesa. Quando a luz o iluminou, viram que ele estava preso a uma árvore retorcida. Galhos e raízes grossos se enrolavam em seu corpo. Um dos cipós rondava-lhe a garganta. O homem estava sendo enforcado.

— Não! Não!

Os gritos dele eram desesperadores.

Souza retorcia-se e arfava em agonia, lutando como um animal contra as vinhas em seu pescoço. Suas pernas agitavam-se no ar. Uma raiz serpenteou bem à frente de seu rosto e deu o bote em sua garganta. O homem silenciou.

— Meu Deus, meu Deus, socorro! — Maria berrava enlouquecida.

O estômago de Tomás se revirou. Seus olhos inundaram em lágrimas. Ele viu muitas raízes avançarem através da porta escura. Como tentáculos, enredaram a mulher no pescoço, braços e pernas. Maria foi arrastada aos gritos para dentro da casa.

O homem escondeu-se atrás de uma árvore, cobrindo a boca com as mãos. Ouvia os lamentos desesperados de Maria chicoteando seus ouvidos.

— Não, por favor, não! — Maria berrava em diferentes tons de desespero.

Até que se silenciou.

E outra voz agrediu a audição de Tomás. Uma voz aberrante. De dentro das trevas da casa.

— Calem-se! Cala a boca! — gritava a voz gutural, raivosa.

O som da voz parecia engolir Tomás. Ele tinha que escapar. Todos os seus instintos gritavam para se afastar da casa. O fim dos policiais era culpa dele. Mas havia chances de Melina estar dentro da construção. Ele sabia que algo maligno estava prestes a sair da porta maculada a qualquer momento.

O homem segurava a respiração para que o mal não o ouvisse.

As raízes se agitavam no ar, saindo das aberturas da casa como se tivessem vida própria.

De repente, Melina irrompeu desvairada através da porta escura. Estava suja e com o vestido rasgado. As várias vinhas a seguiam como cobras prestes a dar o bote.

Está viva!, pensou ele.

A adrenalina tomou o corpo de Tomás, que se levantou de súbito e grunhiu frenético. Era o suficiente para que Melina o reconhecesse.

— Pai! Pai, por favor! — berrou a menina.

O homem avançou, agarrando o braço da filha com força. Ele partiu em disparada, sem direção. Afastava-se como podia das árvores tenebrosas. Galhos e cipós se moviam por todos os lados.

— Silêncio! Para de falar! — A voz os perseguia.

A vontade de viver atravessou a mente do homem como um estrondo. Finalmente tinha alcançado Melina. Não podia desperdiçar a chance. Ele só precisava correr, fugir o mais rápido que pudesse com ela. Mas as pernas curtas da menina não o acompanhavam.

A voz ordenou silêncio. Talvez isso signifique algo!, pensou.

Tomás puxava a filha depressa, até que ela perdeu o equilíbrio e foi ao solo. A garota gemia de desespero. Ele tampou a boca de Melina com as mãos. Olhou-a por um instante e a amordaçou firme com um pedaço de tecido de seu próprio vestido. Ela tremia, com os olhos repletos de lágrimas e em completo silêncio. O homem preparou-se para a colocar nas costas e disparar. De repente, as raízes a alcançaram. Uma vinha a agarrou na perna, como um tentáculo.

Não! Minha filha vai viver, pensou o pai.

Tomás agiu por instinto. Agarrou a raiz e a atacou com a machadinha de Souza, golpeando-a com a violência de uma fera. Na terceira machadada, a raiz se partiu e jorrou um espirro de sangue em seu rosto.

— Não! Meus ouvidos! — a voz choramingava.

Dezenas de raízes próximas agarraram Tomás. Seu braço armado, pernas, tronco e cabeça. Por um instante, ele conseguiu proteger o pescoço com a mão livre. As raízes apertavam todo o seu corpo, como o ataque de múltiplas cobras. A vinha tentava estrangulá-lo.

O homem percebeu que as raízes passaram por Melina, ignorando-a após seus golpes. Talvez ele pudesse servir como isca.

Em um impulso, Tomás encheu os pulmões de ar e olhou para a garota.

— Melina! Foge, filha, corre! — Tomás bradou forte e alto.

Como um milagre, sua voz havia retornado.

As raízes do mal se emaranharam contra o homem, vindas de todos os lados. Agarrando-o, dominaram seu corpo.

Tomás viu a filha Melina fugir. As plantas não mais a tocavam. Amordaçada e em silêncio, a menina desapareceu entre as árvores.

Que Deus tenha misericórdia do que fiz, pensou o homem.

A visão de Tomás escureceu, tomada pelas raízes.

E restou apenas silêncio no bosque.

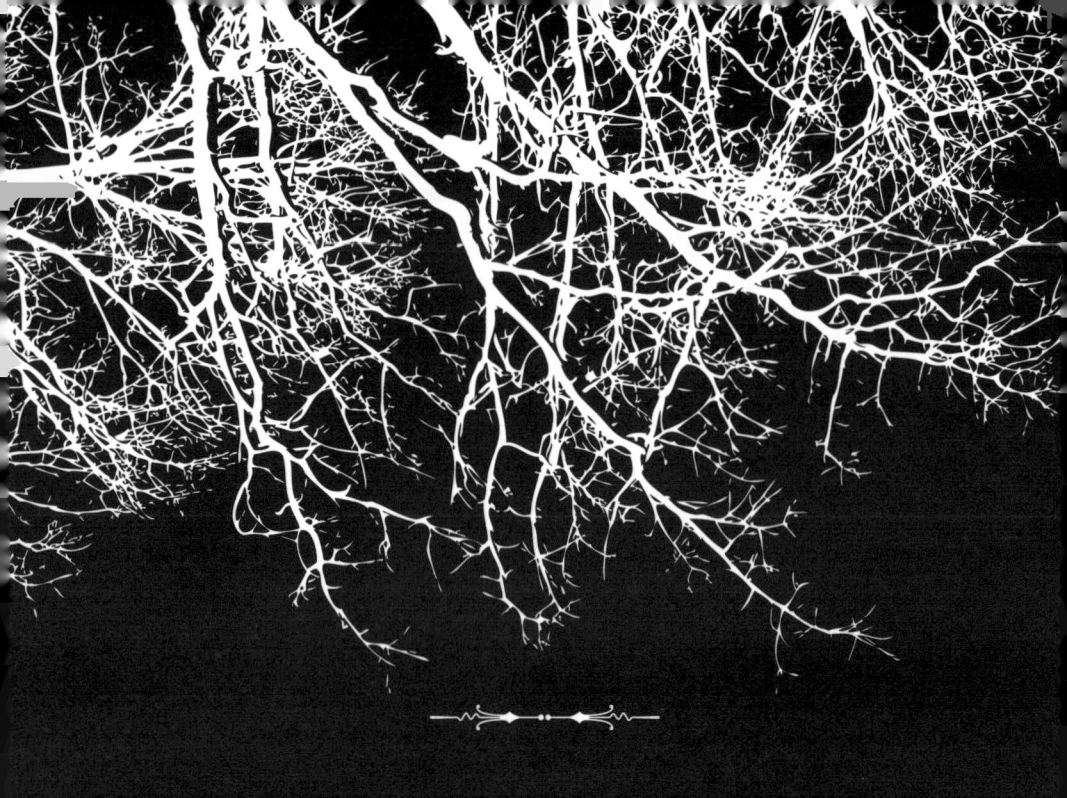

TOMARA QUE TENHA MINGAU!

Barbara Garrett

Abro a porta de casa e sinto uma lufada de vento frio no rosto. Estamos em julho e o inverno está intenso este ano.

A rua está vazia. Nem os passarinhos que fazem o escândalo matinal se dignaram a dar o ar da graça.

Seis horas. Vou chegar adiantada no estágio, mas tudo bem, prefiro chegar cedo, assim dá tempo de preparar a sala de aula e colocar a matéria no quadro antes que a professora e os alunos cheguem.

Splash! Piso em uma poça e encharco minha calça jeans e meus tênis. Perfeito. Volto em casa pra trocar? Não. Estou feliz em estar adiantada. Ninguém vai notar.

Me encolho e cruzo os braços. Ajeito a mochila nos ombros e subo o morrinho que dá para o Bosque do Silêncio. Aquele lugar é lindo. E é exatamente do que preciso, silêncio.

Eu amo lecionar, quero muito dar aulas de português, mas a gritaria das crianças é insuportável.

Caramba... está frio demais. Alguém deve ter uma muda de roupa na escola pra me emprestar.

A chuva recomeça. Choveu a noite inteira! Paro e pego na mochila meu guarda-chuva novo.

Eu o abro e continuo a caminhada.

A escola não fica longe da minha casa. Eu sempre corto caminho pelo Bosque do Silêncio. Ele tem esse nome justamente por esta característica: o silêncio total e absoluto.

O lugar perfeito na Terra!

A boa e velha trilha me aguarda. Algumas poças pelo caminho já eram de se esperar, mas já estou toda molhada mesmo! Na escola estarei aquecida e alimentada, vou pegar o café da manhã com as crianças. Tomara que tenha mingau!

O cheiro das folhas aqui do bosque é delicioso. Conforme piso na grama, o perfume do orvalho misturado com a seiva penetra minhas narinas. Isso me acalma.

Embora a chuva esteja forte, as árvores barram os pingos grossos sobre mim. Fecho o guarda-chuva que está atrapalhando minha passagem por entre as plantas.

O que é isso? Um tremor? Paro um segundo e sinto a terra tremer sob meus pés. Que estranho.

Percebo um zumbido em meu ouvido esquerdo. Estou ficando gripada? É melhor continuar a caminhada. Mais um pouco e chego do outro lado do bosque.

E isso agora? Um som de motor? Aqui no bosque? Será que estão derrubando alguma árvore? É cedo para trabalharem por aqui.

Lembro que, quando criança, expulsaram a empresa que queria derrubar as árvores aqui do bosque e o transformaram em um local de proteção ambiental, por causa da diversidade botânica que abriga.

Apuro os ouvidos. De onde vem esse som? Parece que vem... da copa das árvores?

Olho para cima e um holofote com luz branca e azulada queima meus olhos, então os fecho por instinto.

Só que... não consigo fechá-los direito. Faço força pra fechar os olhos e eles se arregalam ainda mais.

Sinto meu corpo enrijecer. Meu Deus, será que estou tendo um infarto? Só tenho vinte anos! Como pode?

Está difícil respirar. Meu corpo se inclina para trás e meus olhos ardem com a luz forte e azulada que os invade.

Meu coração está disparado! Os pelos dos meus braços estão eriçados. O que está acontecendo comigo?

Estou na ponta dos pés. Como isso é possível? Meu corpo se curva mais ainda para trás. Eu vou cair!

Só que eu não caio. As árvores estão caindo? Não. Eu estou subindo. Levitando. Percebo que meus pés não tocam mais o chão.

A chuva está mais forte conforme me aproximo devagar da copa das árvores. Os galhos estão batendo no meu rosto e no meu corpo, me arranhando e rasgando minha roupa.

Minha mochila pesada está escorregando por meus braços. Ela vai cair.

Sinto o impulso de agarrá-la, mas é em vão. Ela cai, em silêncio. Assim como o Bosque do Silêncio. No entanto, há uma confusão de sons dentro de minha cabeça. No fundo dos meus ouvidos.

O zumbido forte persiste. O som de motor também. O último galho da árvore mais alta passa por mim e algumas folhas batem no meu rosto.

Meu corpo está contraído como nunca. Se eu cair daqui, me quebro toda!

E de repente vejo a origem do som, a origem do tremor.

Uma nave. Prata. Quase transparente diante do céu nublado e da chuva intensa. Uma abertura redonda emana a luz forte e ela se abre mais para que eu possa passar.

Passo por ela, que se fecha atrás de mim. O que vejo agora é a escuridão.

Abro os olhos devagar. Tenho medo do que vou ver. Estou em um quarto. Sem porta. Sem nada. Limpo. Silencioso. Como o bosque.

O som do motor e o zumbido no meu ouvido pararam. Não sinto cheiro. Não sinto mais frio. E minhas roupas estão inacreditavelmente secas.

Olho meus braços. Imaginei que estaria arranhada, repleta de pedaços de musgo, folhas e galhos. Mas estão limpos.

Me levanto e ando pelo cômodo. É estranhamente confortável. Sinto meus pés afundando, como se ele fosse fofo, macio.

Olho para o chão. O até então metal em que eu pisava torna-se macio e meus pés afundam conforme avanço.

E a temperatura está aumentando.

Sinto sono. Meus olhos pesam. Não fará mal se eu dormir um pouco, não é?

O clima está gostoso aqui. E este perfume de flor… Aspiro o cheiro de flor. Fecho os olhos e me deito no chão mole e macio.

Que dor é essa?

Abro os olhos e vejo o que eu temia e o que eu não imaginava existir.

Quatro criaturas ao meu redor. Eles são altos. Magros e finos. E a pele é enrugada, sebosa, brilha sob as luzes da sala de cirurgia.

Eu disse sala de cirurgia?

Pois é exatamente o que parece ser.

Mais uma vez, meu corpo não responde aos comandos. É como se eu estivesse drogada, sob uma sedação forte, mas meus olhos estão abertos e estou bastante consciente. Consigo enxergar o que acontece.

Olho para a direita e avisto outras criaturas no meu campo de visão, curvadas sobre outros leitos. Não consigo escutar nada.

Ai! Um puxão na minha barriga. O que é isso?

Não consigo me mexer, mas olho para baixo, tentando enxergar o que está havendo comigo.

Vejo braços ágeis se movendo sobre mim. Eles seguram instrumentos, acho que são cirúrgicos, não são feitos de metal. São feitos de luz. Uma luz prateada que eles manipulam com habilidade. Causa dor. Muita dor.

"O que vocês estão fazendo comigo?", grito dentro da minha cabeça.

O sujeito à minha direita me encara com seus olhos pretos, enormes e repletos de muco, depois aproxima sua cabeça triangular do meu rosto como se tivesse me escutado.

Um rumor começa dentro do meu cérebro, rompendo os meus domínios mentais. Ouço claramente dentro da minha cabeça: "Você agora trabalha pra mim."

Em seguida, ele aponta o instrumento cirúrgico para o meu rosto e o enfia entre meus olhos. Mais uma vez, silêncio e escuridão total.

Respiro fundo. Passo a língua pelos lábios secos e percebo que não estou mais paralisada. Tento me movimentar, mas não consigo.

Ergo meu braço, mas cadê meu braço?

Olho para os lados e percebo que estou no interior de um tanque, imersa em um líquido salino, pois sinto meus olhos arderem.

Movo meus olhos para um lado e para o outro. Tento erguer os braços e empurrar o vidro daquele tanque.

Meus braços se foram. Minhas pernas não estão mais aqui.

Olho ao redor e meus olhos batem na parede escura diante de mim, e percebo o reflexo do meu corpo no vidro do tanque que me abriga.

Perdi meu corpo. Eu sou olhos, cérebro, coração e coluna. Tento gritar de pavor, mas o grito não sai do meu cérebro.

Algumas bolhas sobem. Sou mantida viva, nada mais.

Estou sonhando. Isso não pode ser verdade. É um sonho e vou acordar daqui a pouco.

Estou indefesa como uma boneca. E os sujeitos me deixaram aqui sozinha.

Devem ter ido almoçar.

Será que comeram a minha carne? Será que se alimentam de nós, humanos?

Ouço algo.

"Enfim você despertou."

Ouço a voz dentro do meu cérebro. Sem querer, sou obrigada a encarar aquela criatura feia e nojenta.

"O que você fez comigo?", grito dentro da minha cabeça.

"Eu te abençoei. Agora você é uma de nós."

A criatura bate com o longo dedo no vidro do tanque em que parte de mim boia. Silêncio e escuridão mais uma vez.

Abro os olhos devagar. Folhas. Mato. O Bosque do Silêncio! Voltei!

Me levanto e vejo que está tudo normal. Está tudo bem. Estou com meu corpo perfeito novamente. A chuva continua. Meu guarda-chuva novo está caído ao meu lado.

Olho ao redor. O silêncio da mata permanece, sendo cortado apenas pelo som da chuva caindo sobre as folhas.

Me levanto e, apreensiva, olho para o alto.

Apenas as copas das árvores balançando suas folhas ao vento e à chuva.

Devo ter passado mal, minha pressão caiu e eu apaguei aqui, no meio do bosque.

Pego meu celular no bolsinho da frente da mochila. Seis e quarenta. Devo ter passado uns vinte minutos desmaiada.

É melhor voltar pra casa. Estou suja de folhas. Vou ligar pra escola e marcar um médico pra mim.

Coloco a mochila nas costas. Ela está leve.

Percebo os sons do bosque. Sons que eu não percebia antes. Olho para a árvore ao meu lado e consigo escutar as patas de uma aranha tecendo sua teia.

Sinto a brisa das asas da borboleta que passou rente a mim.

Meus sentidos estão aumentados.

Fecho os olhos e aspiro o ar do Bosque do Silêncio, mas o cheiro que sinto é do mingau que será servido agora para as crianças.

Não vou em casa trocar de roupa. Não vou ao médico. Quero comer.

Sigo para a escola e o aclive do bosque não me incomoda mais. A força das minhas pernas aumentou e em poucos passos cruzo a distância que faltava. Em poucos minutos, estou na saída do bosque.

Atravesso a rua e entro na escola. As crianças ainda não chegaram, mas a cozinha está a todo vapor.

Abro a porta. As merendeiras andam atarefadas de um lado para o outro, sem se importarem com a minha presença.

Agora, o cheiro do mingau está mais forte.

Que delícia, que delícia!

"Sirva-se, tia."

A merendeira sorri para mim.

Ela me olha estranho.

Algo em mim chama a atenção das merendeiras.

Sinto-me mais forte, com mais energia.

Percebo meu estômago borbulhar. Ele incha. Algo quente sobe por meu esôfago.

Sinto minha boca se encher de água. Deve ser a vontade alucinada de comer o mingau com canela da escola.

Minha boca se abre. As merendeiras estarrecidas me encaram com olhos arregalados de terror.

Da minha boca, junto a um líquido viscoso que fabrico, saem minúsculos vermes brancos que, ágeis, caem no chão e sobem pelas pernas das merendeiras, penetrando em suas narinas, olhos e ouvidos.

Os outros entram nas panelas de mingau, de feijão e de carne, que estão destampadas sobre o fogão, onde as mulheres trabalhavam.

As merendeiras não conseguem gritar. Assim que os vermes entram em seus corpos, buscam seus cérebros e lá se alojam, controlando-as. A mutação começará.

Os olhares apavorados em minha direção transformam-se em olhares serenos e conformados.

Um leve sorriso pousa no rosto de cada uma enquanto voltam ao trabalho.

Saio dali com a sensação de dever cumprido. Outra escola me aguarda.

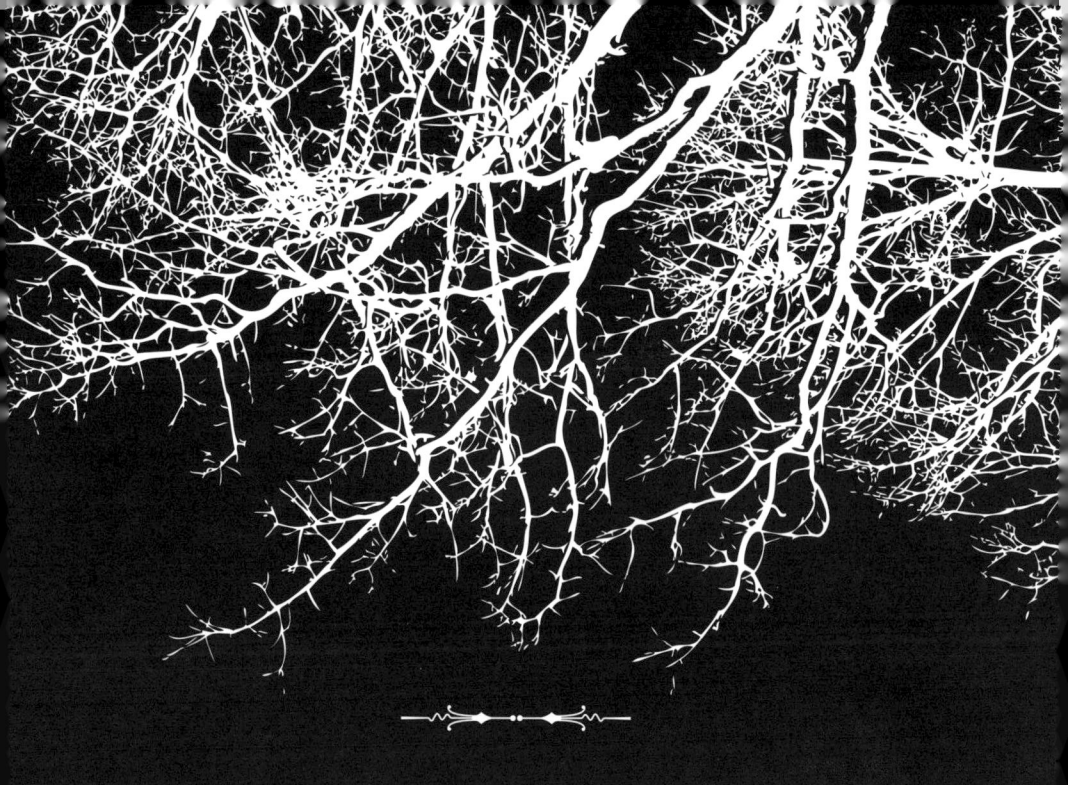

FOME DE UMBUZEIRO

Amaro Braga

No árido sertão nordestino, onde o sol é escaldante e castiga a vegetação escassa, há um lugar esquecido pelos mapas e evitado pelas pessoas, mas sussurrado pelas bocas: um pequeno vale escondido entre as serras. Neste local isolado, cercado por formações rochosas e afloramentos calcários, lutando contra a erosão desértica, encontra-se um bosque singular e misterioso.

Este bosque é um oásis de vida em meio à aridez do sertão. As árvores, principalmente umbuzeiros, resistem bravamente ao clima severo, com troncos retorcidos e folhas resistentes que oferecem sombra escassa em meio ao calor abrasador. A vida resiste na vegetação rasteira e pelas cactáceas espinhosas, testemunhas silenciosas de uma história carregada de mistério e medo.

Entre os moradores das pequenas vilas ao redor, o bosque é evitado não apenas pelo seu isolamento geográfico, mas também pela aura de escuridão que o envolve. Conta-se que aqueles que se aventuram além dos limites conhecidos desapareçam misteriosamente, devorados por uma presença invisível que habita as sombras profundas. Quando surgem pessoas estranhas andando pelas vilas, logo se fala, à boca miúda: "É um perdido do bosque. Se cuida!" Havia um mistério que nenhum morador das aldeias vizinhas ousava enfrentar. Dizia-se que quem se aventurasse além dos limites conhecidos nunca mais retornaria, ou voltaria mudado, possuído por uma escuridão insondável.

Maria, filha de um casal humilde que cultivava suas terras áridas com suor e esperança, viu a família ser dilacerada por uma seca implacável que ceifou suas cabras e a escassa plantação de mandioca, feijão e palma e, por fim, seus entes queridos. O desespero e a dor a consumiram, transformando sua existência em um vazio insuportável. Foi neste cenário que a jovem, marcada pela perda e pela dor, encontrou um motivo doloroso para desafiar o tabu. Maria buscava respostas para seu sofrimento insuportável. Maria estava sozinha. Maria estava com fome.

Ela vivia em uma casa rústica e precária, isolada de um pequeno povoado. A moradia de barro e palha pisada pelos pés de seus pais era um reflexo da vida solitária e desamparada que a menina levava após a perda dos familiares para a seca implacável. Sentada à mesa de madeira gasta, seus olhos cansados e famintos relembravam dos tempos felizes em que colhia umbuzeiros nas margens do bosque proibido, quando fora repreendida com uma surra de cipó de goiabeira, bem fininho, pela avó, por ter se aventurado naquele local proibido. Mas aquele era o seu fruto favorito, com polpa suculenta e azeda, que alimentava tanto o corpo quanto a alma nos dias difíceis. Com a lembrança do sabor das frutas que de repente pareciam tão distantes, Maria decidiu que precisava encontrar os umbuzeiros novamente, mesmo que isso significasse adentrar o bosque sombrio de onde histórias macabras ecoavam.

Movida por um desespero crescente e pela esperança de encontrar uma redenção para sua barriga vazia, ela decidiu enfrentar os segredos daquele lugar.

Com o coração pesado e determinação feroz, Maria cruzou a fronteira invisível que separava a segurança de sua taipa desolada da incerteza mortal do bosque. Enfrentou o medo infante, fruto das memórias de causos de horror contados pelos mais velhos, ecoados nas noites estreladas.

A possibilidade de aliviar a fome confrontava com o coração apertado que tamborilava no peito e os olhos marejados de lágrimas que sussurravam em silêncio "desculpa, voinha!". Maria adentrou as sombras profundas do bosque proibido, pois não havia mais umbuzeiros em suas margens. Os galhos retorcidos do arvoredo se entrelaçavam como garras em direção ao céu, traziam a sombra e o frescor e, ao mesmo tempo, escuridão. Aquelas sombras não eram normais. Quanto mais ela avançava mais era engolfada pelas sombras, até que o dia virou noite. O silêncio era palpável, apenas quebrado pelo farfalhar das folhas e galhos secos sob seus pés ou do chão de barro seco que se despedaçava, migalhando-se sobre seu leve peso. O barulho do silêncio era quebrado pelos sussurros indistintos que pareciam ecoar entre as árvores. Era como se o lamento das rezadeiras em um enterro cochichasse na forma de vento.

Não demorou muito para que Maria sentisse que não estava sozinha. Uma sensação de ser observada a envolveu, como se uma presença invisível a acompanhasse a cada passo. Seu coração batia freneticamente quando começou a ouvir passos rápidos atrás dela. Uma perseguição silenciosa se iniciara, com a escuridão se fechando em torno dela como garras geladas. Aquilo era medo.

Maria tentou correr, mas cada vez que virava uma esquina de árvores retorcidas, parecia apenas se aprofundar mais no labirinto sombrio. Até que, finalmente, chegou a uma clareira pequena onde a lua lançava uma luz pálida. Lá, no centro, estava um resplandecente e gordo umbuzeiro.

O umbuzeiro se erguia como um guardião solitário da vida em meio à desolação. Seus galhos retorcidos e espinhosos se estendiam em todas as direções, como braços quebrados buscando desesperadamente alcançar o céu sem nuvens. As folhas ressecadas, pontiagudas e coriáceas sussurravam ao vento, que parecia murmurar segredos antigos, gritos de medo e urros de lamento. Sob a sombra escassa do umbuzeiro, o chão era coberto por uma fina camada de folhas secas e espinhos caídos, testemunhas da luta constante contra a seca e o sol inclemente.

Apesar do seu tamanho, a seca havia maltratado aquela árvore. As raízes profundas do umbuzeiro se entrelaçavam com as pedras e o solo árido, em uma busca incessante pela água que se escondia nas profundezas da terra. Mas Maria sabia. Todos sabiam. Em tempos de escassez, como aquele em que viviam, os frutos suculentos e dourados da árvore eram uma dádiva para os habitantes locais, oferecendo um alívio fugaz da fome e da sede que assolavam a região. Mas, à noite, sob a lua prateada que iluminava o sertão, o umbuzeiro parecia adquirir uma presença sinistra, seus contornos distorcidos pelas sombras lançadas pelas estrelas distantes. Bolotas verdes e amareladas adornavam a copa e preenchiam todo o chão ao redor. Maria correu com um sorriso nos lábios e se deleitou. Aqueles breves segundos fizeram o medo se esvair por completo quando o primeiro fruto saiu de seus dedos para a boca.

Quando os lábios se fecharam em torno do fruto extremamente azedo, o rosto dela se contorceu em uma máscara de agonia repentina. Um dos olhos se arregalou, enquanto o outro ficou entreaberto pela pálpebra. As sobrancelhas se erguiam involuntariamente, quase como se tentassem escapar da dor aguda que percorria cada fibra dos nervos. Os lábios, inicialmente cerrados com determinação, de repente se curvavam em um gesto de desconforto, expondo os dentes em uma expressão contorcida entre riso e careta, como se a própria acidez do fruto lhe corroesse as feições. Um gemido abafado escapou da garganta, ecoando como um lamento angustiado, enquanto ela lutava para conter a reação física diante da intensidade do sabor avassalador que parecia preencher e explodir com o líquido azedo. Colocava aquelas bolotas na boca, uma atrás da outra, sem nem mastigar. A baba doce escorria pelos cantos dos lábios enquanto os dedos se enchiam de fartura. Finalmente, de olhos fechados, parou para mastigar e roer os caroços, enquanto depositava sua colheita no peito envolvido pela camisa de tecido fino. Mal havia cuspido dois ou três caroços quando seus olhos se voltaram para além do campo visual seguro que mantinha à frente e avistaram um arbusto estranho. Parecia um corpo imóvel, contorcido em uma pose de agonia.

Aquilo era uma pessoa. Ou tinha sido. Estava com os buracos dos olhos abertos em um olhar vazio e a expressão congelada de terror, enquanto ervas brotavam de seu corpo.

O horror gelou o sangue de Maria. Não houve grito. Sua boca estava ocupada roendo os caroços. Ao seu redor, o bosque parecia pulsar com uma presença malévola, uma força invisível que se alimentava do medo e da escuridão. Sentiu-se encurralada, sem saída, enquanto o pânico a envolvia como uma mortalha.

Foi então que a onipresença do bosque se revelou. Sombras começaram a se contorcer ao seu redor, formando figuras indistintas que pareciam dançar nas margens de sua visão. Um sussurro frio sibilou em seus ouvidos, murmurando palavras que penetraram sua mente como garras afiadas: "fooooome".

Maria mal conseguiu articular um grito antes de sentir algo frio e viscoso envolvê-la, arrastando-a para as profundezas do chão. Era o barro, farinhento, que tinha se amolecido e a feito afundar. Cada galho daquele umbuzeiro parecia mais próximo. O destino dela se misturou ao dos que tinham vindo antes, perdidos para sempre na escuridão implacável que dominava aquele lugar amaldiçoado.

Maria havia se tornado uma daquelas árvores, pequenas, a brotar no chão seco. Suas lágrimas alimentavam as raízes, enquanto o que lhe restava de consciência se desvanecia ao imaginar seu velho corpo enraizado… entre o apagar de sua visão só se ouvia um lamento, na forma de farfalhar das árvores que a ladeavam e lamentavam seu destino e continuavam a sussurrar: "foooomeeeee!".

E assim, o bosque sombrio continuou a guardar seus segredos, enquanto Maria descansava em um sombreiro com a boca repleta de umbus. Uma comensal sinistra em um trono de terror e desespero. Maria passava a ser uma das sombras inquietantes dançando ao redor daquele tronco venerável do umbuzeiro. E, sim, naquele momento, a fome não era mais um problema. Todos haviam comido.

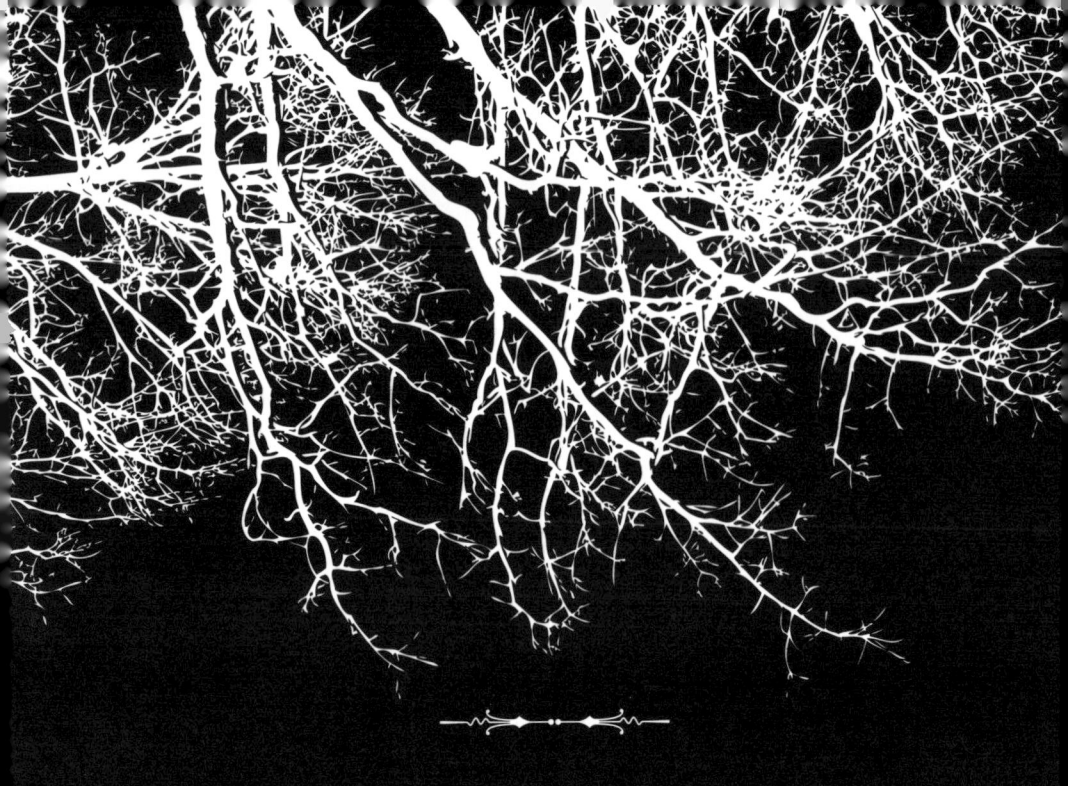

ECOS DO BOSQUE

Carmem L. Marcos

"No silêncio do bosque,
só o que se percebe são os ecos
de seus medos mais profundos."

E la abre os olhos lentamente. Visão embaçada, mente confusa. Só consegue pensar na dor pulsante em sua cabeça, que se irradia pelo pescoço e ombros. Ao tentar se mover, com bastante dificuldade, percebe que o chão sob seu corpo é frio e úmido, coberto de folhas e gravetos. Ao seu redor, um bosque mergulhado em um silêncio assustador, no qual não se ouve nem um farfalhar de folhas.

Num esforço tremendo, se senta. O que teria acontecido? Fragmentos de memória disparam como flashes: uma luz intensa vindo em sua direção, som estridente, impacto violento. Seu coração dispara. Afinal, ela havia sofrido um acidente de carro?

Um sentimento intenso de angústia a assola. Desolação... algo errado está acontecendo. Uma intuição.

Levanta-se cambaleando, apoiando-se em uma árvore próxima. Olha ao redor, tentando se localizar, buscar algum sinal do veículo. Nada. Apenas árvores, sombras, frio e aquele silêncio opressor. Respira fundo, tentando acalmar a mente e organizar os pensamentos. Mas não se lembra! Não se lembra sequer o próprio nome. A angústia cresce dentro dela.

Passa a caminhar, com passos dolorosos e incertos, enquanto o bosque parece se fechar ao seu redor, as árvores formando um labirinto de troncos escuros, galhos retorcidos e a sensação de que rostos sinistros se formam entre a vegetação e a suave névoa que permeia tudo ao redor.

Enquanto caminha, uma sensação de déjà vu começa a surgir e visões da infância perpassam a sua mente. Recorda da avó contando coisas assustadoras sobre um bosque, de onde ninguém volta. A avó insistia que o lugar amaldiçoado teria roubado sua filha mais velha, que sua mãe afirmava nunca ter existido, por ser filha única, assim como ela.

O lugar parece carregado de uma energia sinistra, como se as próprias árvores estivessem observando seus movimentos.

De repente, um som rompe o silêncio: o choro de um bebê.

Ela para abruptamente, o coração batendo descompassado.

"Meu bebê!". O som parece vir de algum lugar nas profundezas do bosque, um chamado desesperado que a faz esquecer a dor e o cansaço.

Ela começa a correr na direção do choro, tropeçando em raízes e galhos. Mas, a cada passo, a realidade se torna mais confusa. As árvores parecem se mover, as sombras se alongam de maneira impossível. Ela sente a presença de algo ou alguém a observando, mas não consegue ver nada além das árvores. Sua mente está à beira do colapso, incapaz de distinguir entre o real e o imaginário.

Já exausta, chega em uma clareira onde visualiza as ruínas de uma construção muito antiga, totalmente tomada pela vegetação. Só restaram as paredes de pedra. A luz é bastante tênue naquele local, por estar coberto por uma abóbada de copas de árvores, qual uma catedral verde.

O choro cessa abruptamente e ela cai de joelhos. Olha ao redor, mas não há sinal de seu bebê. Lágrimas escorrem por seu rosto, misturando-se com a sujeira e o sangue da face castigada pela vegetação. Sente-se presa em um pesadelo do qual não consegue despertar.

O bosque parece agora um inimigo silencioso, implacável. Ela precisa resgatar seu bebê e encontrar uma saída, mas a dúvida corrói sua mente. Estaria realmente ali, ou tudo não passava de uma ilusão criada pelo trauma do acidente? Havia afinal ocorrido um acidente? Onde estaria então o veículo?

A sensação de déjà vu persiste, cada vez mais forte, como se aquele lugar fosse mais do que um simples bosque. Algo antigo e poderoso a transportou até ali, e ela percebe que, para escapar, terá que confrontar não apenas os perigos do lugar, mas também segredos e demônios que habitam sua própria mente.

"Onde você está, meu bebê?", sussurra, a voz embargada pela dor. O silêncio foi sua única resposta.

Nas ruínas, ela percebe a presença de uma luz cálida, bruxuleante. Entre as paredes de pedra parcialmente recobertas por lianas e hederas muito antigas, o silêncio é rompido por um som que começa a emergir. Um murmúrio grave e ressonante, como um cântico antigo.

Ela sente uma força maligna se expandir e, mais adiante, a sombra de uma figura alta e imponente, com chifres retorcidos que se projetam de sua cabeça, passa a tomar forma. Os olhos brilham com um vermelho intenso, irradiando uma malevolência que gela seu sangue.

— Finalmente você está aqui, Ana.

"Sim! Eu sou Ana." Agora ela se lembra.

A entidade maligna avança, cada passo reverberando no solo como um trovão distante. O ar ao redor dele parece vibrar com uma energia ancestral e maléfica. Ana instintivamente se vira e corre desesperadamente para fora das ruínas, mas as trilhas parecem mudar de lugar, e a floresta se torna um labirinto sem fim. O chão se move debaixo de seus pés, levando-a de volta à clareira, às ruínas, ao demônio.

— Sacrifícios vêm sendo feitos em meu nome há milênios. Sangue derramado para saciar minha fome. — A voz da criatura é gutural e aterrorizante. — Agora, você está aqui, assim como sua ancestral já esteve, para pagar o seu tributo.

Ana treme, lutando para conseguir se manter de pé, tamanho é o pavor que a assola.

— Eu... eu só quero minha filha — consegue dizer, com a voz embargada pelo medo.

O demônio inclina a cabeça, um sorriso cruel e rasgado que se estende e se ergue quase até os cantos dos olhos numa visão assustadora.

Uma nova figura é lentamente delineada a partir das sombras. Um ser etéreo, quase translúcido, com traços delicados e uma expressão de tristeza infinita. Nos braços, carrega um bebê que chora suavemente. A presença desse ser etéreo é opressiva, como se estivesse preso a uma vontade maior e maligna.

O demônio dirige o olhar para o ser etéreo com um brilho de satisfação nos olhos flamejantes.

— Você a conhece, Ana? — A voz gutural e aterrorizante do demônio está carregada de um tom jocoso. — Sua tia, minha serva, pois dívidas devem ser pagas e tratos devem ser cumpridos. É assim que tem sido há muito tempo.

Ana se lembra das histórias aterradoras que a avó contava sobre a criatura que vivia no bosque.

— A entidade demoníaca do bosque se alimenta do sopro de vida de recém-nascidos. Ele roubou sua tia de mim.

— Pelos céus, mãe! Não assuste a menina com essas histórias — protestava a mãe de Ana. — Você nunca teve outra filha além de mim, mãe. Não comece com isso outra vez.

Ana se recorda da avó abaixar o tom de voz para não ser ouvida.

— Sua tia está no bosque. Não é coisa da minha cabeça. Ela está lá! — garantia a avó.

A tia dela realmente estava no bosque. A avó não era louca. Mas como seria possível, se nem chegou a ter essa outra filha?

O demônio dá uma gargalhada que por muito pouco não faz Ana desfalecer de pavor. Ela percebe que ele consegue ler sua mente.

— Todas as primogênitas de cada geração da sua linhagem, Ana. Esse é o tributo a pagar. E não importa que não tenham nascido no plano físico. Elas são retidas por mim antes mesmo de irem ao mundo. A primogênita de sua mãe eu tirei do ventre. Vocês, humanos, chamam de aborto espontâneo.

Ana vê muitas outras figuras espectrais surgindo das sombras por entre a vegetação. Todas são figuras etéreas femininas, silenciosas, resignadas, com olhos vazios e tristes. Elas se tornam dezenas e, em alguns minutos, são centenas. Ana fica paralisada diante dessa revelação, e por um momento se pergunta como tudo isso começou.

— O bosque físico onde sua ancestral fez nosso pacto não existe mais. Não no seu plano. Mas existem muitas moradas, muitas dimensões além dessa em que vivem vocês, humanos. Meu bosque se localiza numa dimensão que mantém contato com a sua através de um portal.

Ana começa a compreender que a luz intensa e o barulho estridente que viu e ouviu antes de ir parar naquele lugar não tinham sido resultado de um acidente automobilístico, e sim as impressões de sua passagem por um portal dimensional.

— Houve uma época — prossegue o demônio — em que este bosque era um local de grande poder. As pessoas temiam e reverenciavam as forças que habitavam aqui. Sua ancestral, Esyllt, era uma mulher ambiciosa, desejando mais do que a vida simples de uma aldeã. Ela ansiava por magia que a elevaria acima de todos os outros. — O demônio gesticula com a mão escura e nodosa, agitando a névoa ao redor, revelando visões de um passado distante.

Ana vê uma jovem mulher, sua beleza marcada por uma determinação feroz. Ela caminha pelo bosque e carregava um bebê nos braços, cujo choro ecoa por entre as árvores.

— Esyllt procurou por mim — continua o demônio —, desejando obter os segredos da magia antiga. Eu concordei em ajudá-la, mas em troca exigi um sacrifício. Um bebê inocente foi o meu preço. Ela não hesitou. Trouxe a criança, e com uma adaga de obsidiana realizou o sacrifício aqui mesmo, onde você está agora.

A visão se transforma em uma cena horrível: Esyllt segurando a adaga sobre o bebê. Com um golpe rápido, ela sela o pacto, e o sangue da criança mancha o solo do bosque. O demônio emerge das sombras, absorvendo a energia vital do sacrifício.

— Com esse ato — diz o demônio, com a voz cheia de satisfação —, Esyllt ganhou os poderes que tanto desejava. Ela se tornou uma poderosa feiticeira, temida e respeitada. Mas esse poder teve um preço. Sua descendência ficou ligada a mim. A cada geração, eu cobro o meu tributo e vou buscar uma primogênita para compor meu séquito obediente.

Ana sentiu um calafrio ao ouvir a história

— E agora — continuou o demônio — é a sua vez, Ana. Sua filha primogênita será minha. Algo que você poderia nem ter descoberto. Mas, apesar de se recusar a usá-lo, seu poder a fez intuir a existência de sua filha, a saber que ela corria perigo, o que a trouxe até aqui.

Por um segundo, Ana percebe que talvez sua presença naquele local seja uma surpresa até mesmo para a entidade à sua frente.

— Façamos um novo acordo, você e eu — propõe o demônio. — Apesar de você desprezar e não desejar a magia, posso então conceder que você leve sua filha. Façamos um acordo!

Apesar de ainda se encontrar estarrecida por tudo o que tinha ouvido daquele ser, Ana sente que o momento de tomar uma atitude, de fazer algo, era aquele.

— Eu não faço acordos!

Numa atitude rápida e inesperada, Ana corre em direção à entidade espectral que segura sua filha no colo e toma a criança de seus braços. Ao segurá-la, consegue sentir o peso e o calor daquele ser amado. A visão de seu rostinho rosado lhe inspira um novo ânimo, proporcionando-lhe uma força que sequer sabia possuir. Mesmo sem saber como sair dali com a filha, Ana recorre à sua poderosa intuição.

— Através do vínculo com minhas ancestrais, eu retorno à minha mãe! Minha mãe!

Um clarão seguido de um barulho semelhante ao de um trovão a cega temporariamente.

— Eu estou aqui, minha filha. Estou aqui, Ana. Ela está acordando! — Ana consegue ouvir a voz de sua mãe, e ela parece tão perto. — Chamem o médico, por favor!

— Minha mãe! Minha mãe! — Ela se vê repetindo a frase enquanto busca sua própria filha num abraço vazio. — Meu bebê! Onde está meu bebê?

— Se acalme, minha filha. Eu estou aqui. Você está segura. — A mãe tem dificuldade para acalmá-la. — Que bebê, minha filha? Você não tem filho algum, minha querida.

O médico se aproxima e, com empatia e calma, examina Ana e garante que ela e o bebê estão bem, apesar de Ana ter atentado contra a própria vida e ter ficado dois dias desacordada.

A mãe de Ana olha o médico sem acreditar no que está ouvindo, enquanto Ana leva as mãos ao ventre, numa atitude protetora. Então Ana conseguiu, ela trouxe a filha de volta consigo.

Um vento repentino balança as árvores lá fora e faz um galho bater contra o vidro da janela. Ana olha para fora e, em meio às folhas e galhos, parece ver uma forma tênue.

Com as mãos ainda sobre o ventre, Ana murmura:

— Ninguém nunca vai te fazer mal, minha filha. Eu não permitirei.

Ela se sente segura agora, mas naquela dimensão sombria os ecos da dívida milenar continuam a reverberar. Ana sabe que tudo ficaria bem, por enquanto, mas que essa é uma batalha que está apenas começando.

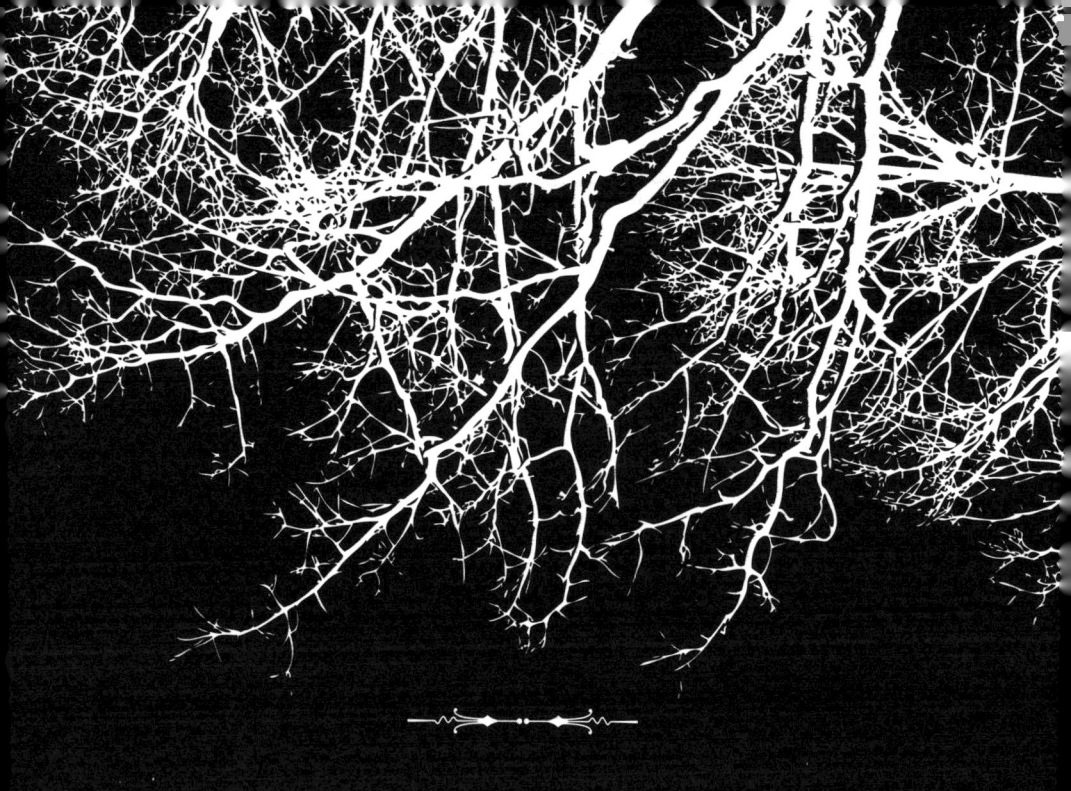

O LUAR DOS INOCENTES

Cecília Torres

— Olhe, mamãe, são vaga-lumes!

Sabrina se entusiasmava querendo alcançar um deles. Os pequenos pirilampos iam se evadindo na escuridão do bosque, pareciam tomar formas de olhos piscantes na imensa mata...

— Sim, filha, nunca se aproxime deste lugar. Pessoas que entraram nele nunca mais foram vistas, você está me ouvindo? Nunca, viu? É um bosque muito perigoso, tem gente má nele... eles te pegam e acabam com sua vida. — Marisa fazia um gesto com as mãos, mostrando um degolamento. — Mesmo que seus amiguinhos brinquem perto daqui, nunca entre, entendeu? Ou te dou um castigo, viu?

A menininha de seis anos assentia com a cabeça, já com medo das ameaças da mãe e do perigo que o lugar representava. Às vezes, uma bola ia rolando até lá e minutos depois era um pesadelo para encontrar novamente a criança. Cães farejadores, helicópteros, polícia investigativa e repórteres... raramente a criança aparecia. Nenhuma informação do que acontecia por lá. Os adultos não acreditavam nos depoimentos dos pequenos que se safavam, diziam se tratar da imaginação fértil de criança, pois eles relatavam ver monstros e luzes.

Muito mistério circundava o vilarejo. Pessoas alegavam ouvir choros e gritos vindos daquela região, outros confessavam ver espaçonaves e extraterrestres gigantes nas imediações do bosque, e ainda tinha gente que jurava ser um maníaco pedófilo que atraía crianças, abusava, matava e por lá mesmo enterrava. Segundo eles, era por esse motivo que não conseguiam rastrear o paradeiro delas, embora as crianças não fossem as principais vítimas. Alguns jovens e adultos também já haviam desaparecido por lá. Apesar de os pequenos serem a maioria, os alertas eram sempre lembrados pelos moradores. Placas já anunciavam "Perigo, zona de risco", "Mantenham as crianças afastadas deste lugar".

Num DHPP mais próximo ao bairro do bosque, Sônia estudava um meio de achar uma solução para o caso de tanto desaparecimento. A detetive usava câmeras interligadas ao local, assistia à reprodução dos vídeos todos os finais de tarde até o anoitecer para analisar e poder desvendar por que tantas vidas desapareciam ali. A detetive bocejava de sono e, cansada de tanta dedicação, sempre procurava uma ligação das vítimas com aquele lugar: faixa etária, cútis, cabelos, estatura, escolas e lugares que frequentavam, até mesmo as roupas que usavam. Queria ver se tinha alguma ligação e interesse do suposto maníaco que fazia desaparecer tanta gente sem deixar rastros.

— Como você encara os desaparecimentos? Existe alguma pista no local? — A repórter sempre cercava Sônia na saída do trabalho.

— Estamos todos contribuindo a fundo nas investigações, mas não temos nada de concreto que possa comprovar com eficiência os casos dos desaparecimentos. Ainda estamos com pistas rasas e não podemos elucidar para os parentes das vítimas o que está realmente por trás de tudo... isso é só o que tenho para falar até o momento.

A detetive já se apresentava desgastada com tantas cobranças sem solução.

A câmera apontava para o lado de Sônia, à espera da coletiva de imprensa. A população queria uma resposta e todos sabiam que a detetive se empenhava ao máximo para acompanhar a situação, juntamente com o delegado e outros policiais. Seu companheiro de profissão Júlio, aliás, também pesquisava o caso e coletava material para análises.

— Não vejo a hora de pôr as mãos nesse *assassino em série*, ele ainda vai vacilar e deixar uma sombra de pista...

Muito perspicaz, apesar de inexperiente, o sangue jovem fazia aguçar a vontade de vencer aquela batalha, mas a falta de criatividade o deixava muito longe de resolver aquele difícil quebra-cabeça.

Mais uma madrugada se aproxima. Era uma noite fria encoberta por um forte nevoeiro, o vento soprava como assovios horripilantes e sacolejavam fortemente as árvores do bosque. Nesse dia, as pessoas pareciam ter dado uma trégua nas investigações. Sônia acabou dormindo na cadeira do escritório de sua casa, como uma boa e dedicada profissional, seu envolvimento era tanto que um *pen drive* acabou sendo trazido para o lar para dar continuidade às investigações.

A janela começou a bater com força por conta do vento, que era violento naquela época do ano, e juntamente com o frio gélido fez despertar a profissional, que acabou tremendo e esfregando as mãos de tão geladas. Foi nesse momento que ela olhou para a tela de seu notebook e uma grande surpresa a envolveu. Esfregou os olhos, quase não acreditando no que via: as raízes de algumas árvores se sobressaíam através da terra com formatos de mãos e pés, como se tentassem agarrar qualquer ser que ousasse aparecer em seu caminho.

— Júlio, achei uma coisa. É algo sobrenatural, não consigo descrever. Corra até a minha casa, urgente!

Ela deixou a mensagem no WhatsApp do rapaz, que dormia no aconchego da própria casa e sonhava profundamente. A coberta estava deslizando de sua cama, puxada por algo estranho. De súbito, ele saltou, tremendo de frio e pelo susto do celular vibrando com o alerta de mensagem. Ele a visualizou e viu que era sua companheira de polícia, Sônia.

Mais que depressa, vestiu uma calça e blusa e calçou os sapatos. Exibia um corpo esbelto trabalhado por academia, apesar de não ser um Van Damme, mas até que se parecia um pouco com seu ídolo. Colocou o distintivo e rapidamente foi até a garagem pegar o carro. Foi aí que notou uma vegetação que se alastrava pelo local. Estranhou tudo aquilo. Como que, da noite para o dia, tinham surgido tantos galhos e raízes assim? Tudo bem que morava em zona de mata, mas tanta vegetação rasteira não brotaria do nada, tão repentinamente.

Ele mal conseguia dar partida, porque os galhos e raízes o impediam. Deu vários tiros e os troncos esguichavam sangue e gemidos. Depois, arranjou um facão para se livrar e poder sair o mais depressa possível.

As ruas igualmente começavam a se fechar com as raízes e a formação de galhos, troncos e folhagens, com formatos meio humanoides. Aquilo já começava a instaurar pânicos e confusões, gritos e desespero. Carros buzinavam e batiam uns nos outros e atropelavam os troncos e raízes, que se alastravam rapidamente. Tudo muito confuso, um verdadeiro caos. Júlio largou o carro e resolveu seguir a pé para a casa de Sônia.

Seis anos antes...

— Tranque a porta, Gustavo, não está sabendo que tem um maníaco à solta por aí? — Marisa foi em direção à porta para trancá-la prontamente e agachou-se para dialogar com o filho: — Quando você voltar do quintal, não se esqueça de selar a porta. Não ultrapasse o portão. Não converse com estranhos. Seu pai está numa viagem a trabalho e somos só nós dois e sua irmã que está para nascer. — A mãe colocou a mão do filho sobre a barriga para ele sentir os empurrões da bebê.

Adalberto tinha sete anos. Era um garoto obediente e tranquilo, brincava com sua bola de futebol no quintal e conversava com amigos imaginários. Na escola tinha poucos colegas, mas tinha gosto pelos estudos, sonhava ser veterinário. Seu cão chamava-se Pinguim, porque tinha coloração branca e preta, era meio estabanado e parecia andar cambaleando, todo desengonçado, parecido com o jeito dos simpáticos pinguins; ia pulando de um lado ao outro para pegar a bolinha quando seu dono brincava com ele.

Certa vez, a bolinha do Pinguim foi parar longe e atravessou a rua, indo correr nas imediações do bosque. E lá foi o cachorro atrás da bolinha até se aprofundar na densa vegetação. Depois disso, nunca mais foi visto. Gustavo sentiu remorso, se abatendo por uma profunda culpa e tristeza por perder o companheiro das brincadeiras. Seu pai, o renomado advogado Dr. Rubens, prometeu fazer buscas, colocar cartazes e anunciar em redes sociais o desaparecimento do Pinguim. No fim, acabou comprando um novo pet, da raça husky siberiano, muito dócil e inteligente, mas o menino continuava inconformado.

Um dia, a mãe já se apresentava em trabalho de parto, e Rubens correu para socorrê-la; pediu para a empregada cuidar de Gustavo e chamar a sogra para dormir e fazer companhia para Guto naquele dia. Marisa ficou internada para a cesariana e tudo correu dentro da normalidade, não fosse o filho se aventurar pelo bosque em busca do Pinguim. Foi um vacilo da empregada e Dona Dolores, a vó, que ao chegar em casa, já não encontrou o neto. Foi um grande susto, acionaram o resgate através do amaldiçoado bosque. Só restaram os brinquedos no quintal e o novo cachorro, que não entendia o motivo de tanta agitação.

Agora, Rubens e Marisa sofriam com a falta do filho e de Pinguim, à espera de as autoridades providenciarem buscas e pistas de tantas pessoas que por lá desapareciam. Seria uma espécie de abdução? Um maníaco? Tráfico de pessoas? Especulações, nada mais. Nada podia provar o fim dessas pessoas, pois quando desapareceram nem portavam celulares e documentos e não deixaram qualquer pista para trás. Foi aí que decidiram sinalizar o bosque como uma região de zona perigosa.

De volta à casa de Sônia...

Júlio com muito custo conseguiu chegar à casa de Sônia. Como apertou a campainha e chamou-a insistentemente e nada, acabou arrombando a porta e adentrou para o andar de cima. Na escada, já se enlaçavam as raízes e galhos tentando fisgá-lo. Ele conseguiu uma motosserra que estava no jardim e deste jeito ia se livrando dos possíveis monstros que o impediam. No quarto, Sônia estava abraçada por uma árvore gigantesca em forma humana. Júlio usou a motosserra e conseguiu livrar a amiga, que caiu em seus braços, e juntos eles fugiram do local. O dia estava prestes a surgir depois de tanta batalha. O jovem conseguiu lutar e salvar muita gente. Havia muitas pessoas precisando de ajuda, e até os animais estavam sendo entrelaçados. Quando o dia foi clareando, tudo foi se retirando e voltando para a penumbra do bosque. Aquilo parecia ter sido um enorme pesadelo e a vida começava a voltar à normalidade.

Júlio e Sônia dirigiram-se ao DHPP e lá relataram o ocorrido e mostraram as imagens coletadas. Em seguida, o delegado Antunes ordenou que ateassem fogo em todos os bosques, só assim poderiam resgatar os desaparecidos. Não havia outra solução, pois já havia perdido muitos de seus homens que tinham tentado elucidar o caso, entrando na mata e igualmente desaparecendo. Assim, não havia como lutar contra esse desconhecido fenômeno. Era tacar fogo e mais nada...

Os familiares souberam da intenção do delegado e rapidamente o povo formou um cordão ao redor do DHPP, impedindo que os policiais acatassem o pedido, pois, e se o fogo matasse as pessoas que estavam perdidas por lá? Eles gritavam em megafones e portavam cartazes contra esse ato insano.

— Minha filha desapareceu lá dentro, isso é genocídio. Fogo vai matar as árvores e animais que lá vivem! Existem pessoas perdidas lá dentro, vamos impedir os senhores que pratiquem esse ato estúpido e insano — berrou uma mãe exaltada.

— Fora Antunes! Fora Antunes!

O povo protestava, impedindo os policiais.

A imprensa logo chegou, tudo foi televisionado ao vivo para o mundo inteiro saber do que estava ali acontecendo. O delegado precisou se explicar em rede nacional, causando uma estranheza para quem não estava por dentro do acontecimento.

— Vocês devem confiar nas autoridades, estamos lidando com algo acima da nossa compreensão, o que tem lá não é humano, temos que exterminá-los, eles vão nos atacar e dominar toda a cidade. Acreditem; evitem sair à noite, tranquem tudo, não deixem espaços, nem brechas, ou eles vão invadir suas casas. Temos que lutar, eles são muitos.

Alguns cidadãos zombavam das palavras do delegado, sem acreditar. Outros que já eram infiltrados no meio do povo tinham olhos como pirilampos, suas mãos e pés mais se pareciam com caules e flores. A floresta estava querendo retomar o que lhe tinham roubado, os extraterrestres estavam escondidos em cada árvore, em cada bicho, ajudando na retomada. Pessoas inocentes dormiam ao luar para vigiar a natureza, agora faziam parte da floresta, eram amantes dos animais e iriam colaborar nessa empreitada. As sementes são muitas, são demoradas, mas elas estão lá, abraçando o parque, abraçando a vida, eis que surge um novo ser, metade homem, metade vegetal, um híbrido. Acreditem: estão aqui escondidos, eles estão entre nós...

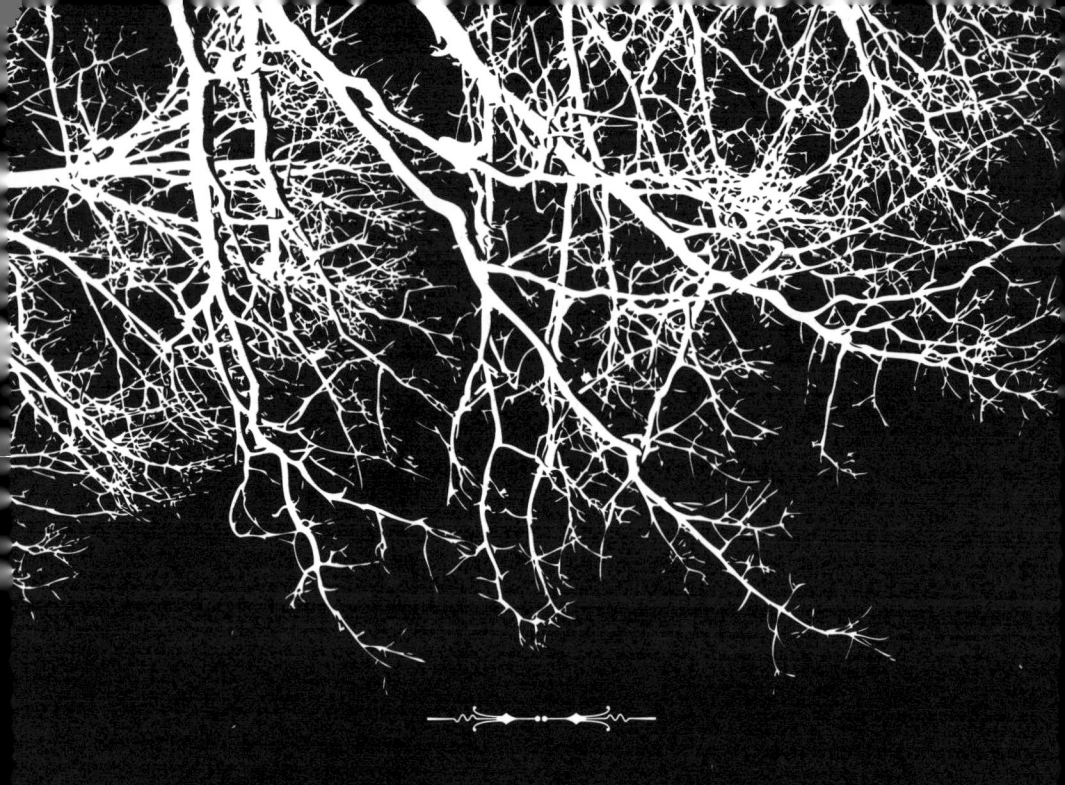

BANDIT

Célio Marques

João Martins estava sentado nos degraus da escada da casa, ocupado em relembrar recortes de sua vida enquanto cutucava, com seu canivete, um galho de muiracatiara, tentando montar os cacos de memória da mesma forma que esculpia a madeira avermelhada.

Fazia isso para criar um quadro que pudesse interpretar, montando, e montando, algo que mostrasse quando aqueles caminhos estranhos iniciaram na sua vida. O evento mais longínquo remontava à infância, quando morava com a família nas margens do imponente Solimões, cercado pela água barrenta e a mataria silenciosa e imponente. Do pouco que recordava, mais sensações que de fato lembranças, uma imagem surgia povoando o embaralhado de ideias na cabeça.

Bandit.

Na meninice, até os seis anos, conviveu com um pequeno cachorro cor de caramelo, de raça indefinida, pertencente ao seu pai. O nome do animal, Bandit, foi uma homenagem da mãe, que gostava de um desenho famoso que passava na televisão da vila nessa época, cujo significado, descobriu tempos depois em um dicionário, era bandido. Não poderia ter um nome melhor, o bicho era mesmo um bandido.

O cachorro furtava tudo ao seu alcance, de frutas a roupas, passando por objetos e animais domésticos, tais como galinhas, patos e perus pequenos. E demonstrava uma inteligência que chegava a assustar quem não convivia com sua presença e, às vezes, olhava com os olhos negros para João como se quisesse falar, conversar sobre a vida ou o mundo, se bem que da perspectiva canina seu mundo fosse bem mais interessante que o de João Martins, ao menos até aquela altura.

A família de João o deixava solitário na casa, quando todos iam trabalhar na roça de mandioca para a fabricação de uma farinha que vendiam no mercado de Itacoatiara, cidade sede do município onde moravam, e colher sazonalmente malva e juta. O caso era que ele temia ficar a sós com Bandit. Não havia uma causa provável para esse receio, apenas um aviso que soava na cabeça do menino, mas que para os adultos passava despercebido.

E um dia chegou, e para o azar de João Martins, seus receios se materializaram.

Aconteceu na época da colheita da juta, nos perigosos beiradões alagados, morada das cobras aquáticas e feras da água. O trabalho árduo exigia que todos se empenhassem nesses terrenos alagadiços pertencentes à família. A mãe, que tinha o nome de Dora, levava os maiores para a lida, temendo pela segurança do pequeno com o trabalho, que era realizado quase sempre às margens do rio Solimões, lugar dos mais perigosos para as crianças.

Naquela sexta-feira, o pai, seu Miro, estava acamado. O pouco que Dora sabia era que Miro tinha ido caçar com Bandit e se perdera, demorando três dias para retornar. A mulher já estava pronta para chamar pelos vizinhos e organizar uma busca quando Miro surgiu na canoa, com o cachorro ao lado. Disse que tinham caído dentro de uma caverna com morcegos, mas que não o morderam. A mulher quis cuidar dele, mas Miro se esquivou, carregando Bandit para dentro da casa.

Dora preparava toda a comida para levar, deixando um pouco para os dois comerem, até que ela regressasse da plantação com os filhos e o cunhado, cujo nome era Firmino. Tio Firmino.

João Martins, com seis anos, discernia a realidade com uma objetividade tão natural que a mãe pensava estar tratando com uma miniatura de homem. Ele já sabia sobre a morte e o fim, uma vez que velara dois de seus irmãos mais velhos na mesa da casa, com as velas lançando uma luz amarela em todos os presentes. O primeiro morreu por causa de um raio, que atingiu a árvore na qual se abrigava contra um temporal medonho, em uma pescaria. O outro morreu picado por uma surucucu e o fartum impregnou a narina de João Martins, pois sua mãe recusava-se a enterrar o filho antes da chegada de uma tia, querida por todos e de quem o morto era afilhado. O veneno putrefara a carne do irmão, e o cheiro da morte tomou conta da casa. No fim, a irmã de Dora chegou e o afilhado pôde ser, para alívio de todos, enterrado. Desde então, passou a evitar o contato com os animais de peçonha, já que eles representavam a morte, assim como os raios, que também a pressagiavam.

Na manhã da sexta-feira, quando todos já tinham ido para o trabalho na roça, o menino foi brincar na floresta perto da casa. Pequenos lagartos passavam correndo pela campina, que era formada por inúmeras capoeiras de roça. Ele se divertia perseguindo os lagartos teiú, com seus passinhos rápidos usando as patas traseiras. Foi perseguindo um destes animais que o menino assistiu, ou melhor dizendo, ouviu uma coisa que lhe tiraria o sono por noites sem fim.

O lagarto estava tomando seu banho de sol, tranquilo, em um galho de cuieira, alheio ao perigo que o rondava. O golpe fendeu o ar e o assovio provocado pelo espeto fino foi mais que suficiente para alertar o teiú, que pulou, erguendo-se nas patas, e correu para a casa principal. A perseguição iniciara, e terminaria quando o menino capturasse o fujão. Aquilo era a sua alegria, brincadeira predileta dele e do irmão, companheiro dessas aventuras fantasiosas. Correndo veloz, o lagarto alcançou a capoeira limpa de mato, refugiando-se embaixo da casa. O menino passara a temer os cantos sombrios, pois as cobras dormiam nestes lugares. Quando chegou à beira do assoalho erguido em cima de toras de madeira, ele olhou para a escuridão e, como não pressentiu nada de perigoso no lugar, resolveu continuar a brincadeira da perseguição. Os irmãos e a mãe tinham limpado o chão embaixo do assoalho, retirando todas as folhas e os paus podres. João começou a rastejar em busca do amigo lagarto, quando parou, pois escutou vozes acima de sua cabeça. Ficou ensimesmado, já que pensava não haver outra pessoa dentro da casa com o pai. Tentou reconhecer a voz que dialogava com seu velho, não conseguindo identificar nenhuma de seu convívio que possuísse um timbre parecido com a que ouvia. Curioso para saber quem parlamentava com seu pai, rastejou em silêncio para o ponto onde conseguiria ver o pai e seu desconhecido amigo pelas frestas existentes na junção das tábuas de madeira do assoalho. Uma vez lá, se ajeitou e, quando tentou ver, apenas observou o rosto do pai em perfil, do outro escutou a voz. Captou o final da conversa, e as poucas palavras foram suficientes para deixar seu coração aos pulos, mas não foi o pior.

— Ela espera por mim? — Era o pai falando, identificou João.

— Com ardor. — Dessa vez o estranho amigo, pensou João.

— Nada posso fazer, a mulher não vai me largar. Depois da morte do Leandro mordido de cobra a mulher ficou atenta, agora ela observa cada passo meu, ainda não sabe de nada, mas ela pode intuir minhas mentiras.

— É o coração dela, com o coração ela pode me desmascarar, pode me desmascarar.

— Calma, companheiro, calma. Vou me livrar dela, é só ter paciência.

— Minha patroa aguarda, mas vá rápido com a solução, tu tens de oferecer o resto do combinado na lua cheia, sem isso não haverá acordo.

— E os meus pedidos?

— Cada um a seu tempo, já faço muito em roubar pra tu, safado.

— Quero sair daqui, amigo, não aguento mais mato e água.

— Primeiro a carne que ofereceste, depois tua paga, foi esse o combinado. E ela?

— Logo chega o dia dela passar.

— E o pequeno?

— João? Deve estar por aí pelo mato caçando calango.

— Ele é perigoso, deve ir antes dos outros, o coração dele também é poderoso.

— Se for preciso.

— Ela não precisará dele, é pouca carne.

João compreendeu parte da conversa, pois ainda que fosse criança na idade, para sua sorte a sagacidade avançara muitos anos à frente da sua linha de tempo. Ele correu para uma moita de plantas rasteiras, de onde esperava ver o interlocutor do pai saindo pela porta. Por detrás não saíra, portanto continuava dentro da casa. Logo o pai apareceu na porta, com a perna meio dura por causa de uma ferroada que ele insistia ter sido obra de arraia, apoiada em uma muleta improvisada. O velho olhou o céu e capengou indo para o banheiro de buracão nos fundos. A pessoa ficou lá por dentro da casa, talvez esperando o momento mais oportuno para deixar o lugar. O tempo foi passando e o pai retornou do banheiro, com a cara aliviada. Entrou, e depois disso apenas o cachorro correu desabalado rumo à mata. João continuou na moita, vigilante, esperando para ver o estranho que tinha proferido ameaças contra a mãe e contra ele.

Não enxergou a pessoa sair.

Quando o sol começou a baixar, pôde escutar as vozes dos irmãos, da mãe e do tio regressando do trabalho. Seus olhinhos buscavam a fuga iminente da pessoa guardada pelo pai. Nada aconteceu. O grupo retornou, e como de costume seus irmãos foram tratando de guardar os utensílios de trabalho nos locais adequados, enquanto Dora entrava na casa, acompanhada pelo tio dele.

Teria a pessoa saído sem que o menino percebesse?

— João! — gritou Dora, da soleira da porta.

João Martins correu para ela, abraçando-a. Tinha esquecido as palavras ditas por um desconhecido que tinha certeza de ainda estar lá dentro, mas com a presença da mãe todo seu medo havia desaparecido.

— Meu filho, não comeu nada, meu anjinho?
— Não — respondeu João.
— Por quê?

João se aferrou mais ainda à mulher, que riu da rara e emotiva demonstração daquele afeto. Passou as mãos nos cabelos do filho e o levou para a mesa da casa. Deu de comer ao pequeno, e serviu os outros três ternamente, para não causar estranhamento e ciúmes. Ao final da janta, foi para a maromba lavar a louça, acompanhada do caçula, que levava a cuia cheia de sabão de coco e uma esponja grande. Quando chegaram à maromba, a mulher depositou as louças na prancha de madeira e começou a lavá-las com cuidado. Ela olhava o filho com curiosidade, perguntando de forma tão inusitada que ele apenas respondeu, sem sequer refletir sobre o que falava. Tempos depois, já adulto, ele recordaria a conversa tecendo associações com terríveis mistérios que foram revelados aos poucos. Contou sobre a estranha conversa que flagrou, sobre o amigo secreto do pai, que apesar da vigilância não testemunhou sair. Dora apenas balançava a cabeça, como que concordando com as palavras do pequeno. Naquela noite, João flagrou a mãe em uma conversa com o tio Firmino. Ela expunha os fatos maravilhosos narrados por João, acrescidos de outros segredos envolvendo personagens terríveis que moravam na floresta e nos rios. E sobre uma caverna de morcegos que ficava em um bosque dentro da floresta, feito por mãos desconhecidas, onde cresciam plantas estranhas. Era um local de poderes inexplicáveis e onde era terminantemente proibido ir.

— Se o Miro foi até aquele lugar, pode ter encontrado a entrada da caverna.

— Não entendo — respondeu Dora.

— Poucos entendem, mas o perigo é mortal Dora, os Mura sofreram para esconder a caverna e encobrir o Bosque das Asas dos olhos da cobiça. Eles encontraram aquele lugar fugindo das tropas portuguesas, buscando salvação, mas no final encontraram a morte.

— O que tu sugere?

— Vamos ficar vigilantes, de repente é só visagem nossa, acendemos velas de andiroba e rezamos.

Dora olhou para Firmino.

— Deu certo para os Mura?

— Não, mas é o que podemos fazer.

Quando por fim acabaram o relato, Firmino tocou o ombro de Dora e se retirou. João olhava para o tio, um homem sisudo que perdera a mulher para outro, isso o menino soube muito depois. O tio sorriu para João Martins e foi picar tabaco no cachimbo.

Uma noite, o céu escureceu prometendo temporal, com raios que coruscavam no horizonte, provocando trovões que soavam distantes. A mãe Dora ressonava na rede colada na dele, e Bandit guardava a porta do quarto do pai, que dormia solitário. João acordou e ficou olhando para o cachorro sonolento, dividindo sua atenção entre o cão e a figura do tio Firmino, enrolado em uma manta emborrachada aos pés do fogareiro de carvão. Os olhos do menino pesavam cada vez mais, suas piscadas demorando uma eternidade, quando, enfim, mergulhou em um profundo sono. Todos os sons foram se equilibrando e a casa passou a dormir, imersa nos sonhos doces de seus inquilinos, ou nos amargos pesadelos que atormentavam alguns deles.

A noite avançava com um vento frio, que refrescava, em oposição à transpiração das folhas da floresta. Os sapos coaxavam em uníssono de forma organizada, outras vezes calavam-se todos, por cansaço ou precaução. Em determinado momento, o menino abriu os olhos, semidesperto, para assistir a uma cena que seu cérebro absorveu inconsciente, pois não sabia interpretar o que via como sendo algo de concreta substância ou uma realidade vaporosa feita da mesma matéria dos sonhos.

O cachorro olhava-o com atenção, balançando a cabeça, demonstrando visível reprovação, em uma atitude assustadoramente humana. Por entre as névoas da imaginação, João Martins começou a se inquietar com a visão fantástica. O animal se pôs de pé, analisando com frieza malévola os outros que dormiam no ambiente. Ele mais parecia uma espécie de macaco ou um tamanduá, erguido nas patas traseiras. Quando teve a certeza de que estavam imersos em sono profundo, aproximou-se de João e iniciou uma horrenda transformação que só poderia se dar no mundo sem regras das ilusões profanas.

O corpo principiou a ter uma série de tremores canhestros, embora estes não o fizessem perder o equilíbrio. Com uma ação teatral comum aos homens quando sentem dores de cabeça, o animal ergueu as patas dianteiras e as pôs nas têmporas. Grunhiu, uma vez que o som saído da garganta daquele animal não poderia ser classificado como latido, sequer rosnado.

A pele repuxou-se e o som de um rasgo sinistro indicou que em algum ponto ela se distendera ou rompera, e o volume real do ser que ocupava o corpo de Bandit foi se materializando ante os olhos de João, que assistia a tudo isso protegido pela inocência falsa do inconsciente. O que emergiu de dentro do cachorro tinha a aparência acinzentada de um grande morcego frugívoro, mas também possuía as feições humanas caricatas. Estruturas finas, como as membranas sanguíneas de alguns animais da mata, brotaram de suas costas atadas a pequenas hastes, e logo ficou evidente tratar-se de asas ou coisas semelhantes. O ser abaixou-se e o apanhou nos braços monstruosos. O menino lembraria que a coisa medonha tinha soprado uma espécie de veneno em seu rosto e aquele cheiro doce o entorpeceu. Entretanto, ainda que por baixo da falsa tranquilidade da não realidade dos devaneios de um pesadelo sem sentido, um aviso de perigo indescritível soou alertando-o para acordar, e se não conseguisse despertar certamente jamais o faria outra vez. João fitava os olhos da criatura quando reparou neles a surpresa nascida do flagra.

As únicas lembranças que restaram foram o clarão e depois, ao acordar já nos braços do tio Firmino, correndo para a margem do rio Solimões. O menino ainda olhou para trás, assistiu à casa em chamas com labaredas que subiam a alturas incríveis, e por anos manteve as lembranças das fagulhas que voavam em aspirais e das sombras malignas no céu acima deles. Não avistou mais seus parentes, nem a mãe, nem os irmãos, nem o pai ou Bandit. O tio e ele embarcaram na canoa que era usada para irem até a cidade de Manacapuru, sumindo na noite e escapando pelo rio, sem olharem para trás.

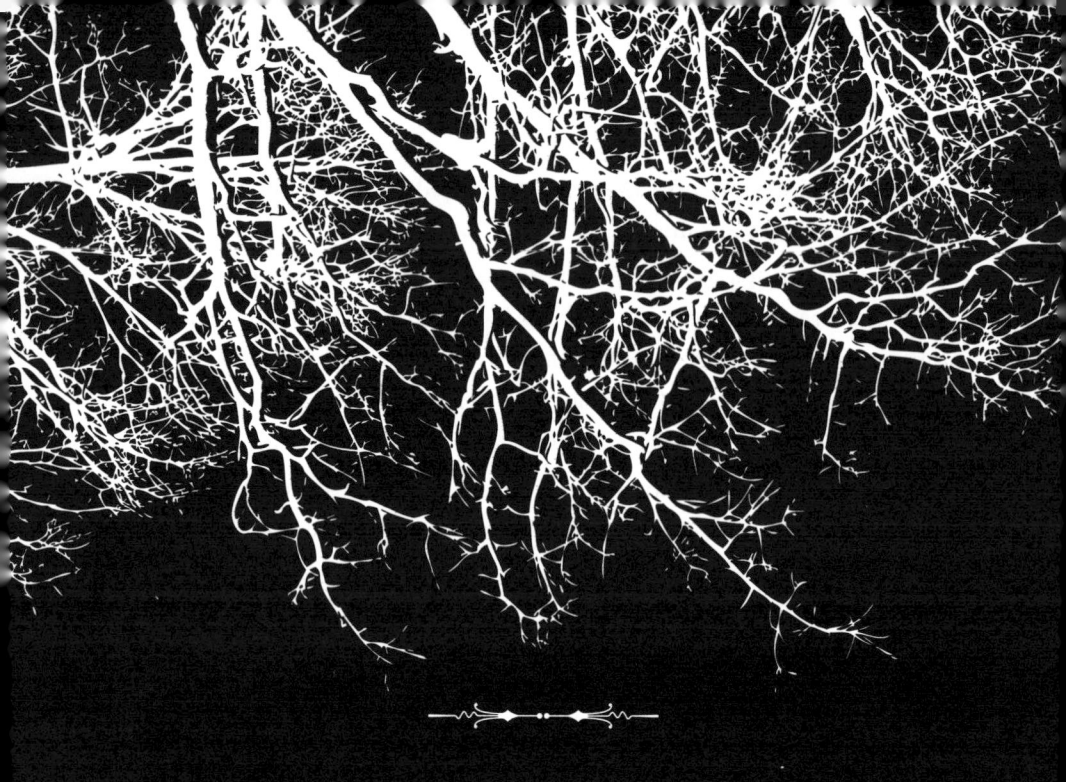

FAÇAM SILÊNCIO

Cieli Silva

Acordo com o toque do meu celular, que indica que estou recebendo mensagens. Ao olhar no visor, vejo quatro novas de Lorena, minha amiga desde que me entendo por gente.

"*Bom diaa,*
Levanta!
Estamos na frente da sua casa te esperando.
Não aceitamos não como resposta."

Começo a digitar uma resposta negativa, mas desisto quando escuto barulho de buzina. Me levanto, vou até a janela e lá estão, Lorena e Erick abraçados, encostados no carro de Julian, que está no volante com a mão socada na buzina.

Aceno para que Julian pare de buzinar e mostro o dedo do meio para Lorena, que me manda um beijo em resposta. Perco alguns segundos observando o horizonte por cima das casas, o céu ainda escuro começando a ganhar a cor laranja, indicando o sol nascendo para iluminar mais um dia. Uma cena perfeita, e não me recordava quando foi a última vez que havia parado para admirar.

Pego o celular e digito em caixa alta "JÁ VOU", demonstrando minha total insatisfação com a situação, pois já havia avisado Lorena de que não me sentia à vontade em ir para o bosque depois dos recentes acontecimentos.

O bosque de São Leopoldo era famoso na região por ser um local tranquilo, com uma variedade de árvores, pássaros e animais, sendo um ponto turístico para quem desejasse fazer trilha e se conectar com a natureza. E o melhor estava do outro lado do bosque: os aventureiros que topassem atravessar os cinco quilômetros de mata eram agraciados com uma belíssima cachoeira, um lago com água cristalina e um espaço amplo, limpo e plano para acampar. A vista era de tirar o fôlego.

Já havíamos visitado o local algumas vezes, mas há dois meses, um grupo de amigos se deparou com uma verdadeira cena de filme de terror. Encontraram corpos decepados logo no início da trilha, entre eles, uma criança. No momento não se sabia quantas pessoas eram, pois havia pedaços jogados por todo lado. A região não abrigava animais de grande porte que pudessem ter feito aquilo, então só podia ser obra de algum psicopata maluco. Posteriormente, os telejornais informaram que as vítimas eram uma família de cinco pessoas.

O bosque ficou interditado por dois meses para que a polícia pudesse investigar, mas não foi encontrada nenhuma pista que pudesse levar ao responsável por aquela brutalidade com a família. Não conseguiram identificar nem mesmo o tipo de arma utilizada, pois os corpos estavam destroçados, como se tivessem se desintegrado de dentro para fora. Não apresentavam marcas de cortes feitos por faca, machado, ou qualquer outro objeto cortante. O caso tomou grande repercussão, fazendo especialistas renomados investigarem, mas ninguém tinha uma resposta exata do que podia ter acontecido.

Minha amiga, estudante de investigação criminal, ficou doida quando soube do ocorrido e aguardava a liberação do bosque para poder, segundo ela, dar uma olhadinha.

Seu namorado, Erick, foi obrigado a acompanhá-la, mesmo sendo o homem mais medroso que já conheci na vida. Julian, irmão mais velho de Lorena, também foi arrastado para ir, pois era o único com um carro para fazer a viagem de duas horas até a entrada das trilhas do bosque.

E eu era a melhor amiga de Lorena e a acompanhava para qualquer lugar. Além disso, já tinha ficado uma vez com Julian, então a ideia era dividir a barraca com ele para que não ficasse sozinho. Eu não queria ir, por medo do que pudesse acontecer, mas Lorena afirmava que não teria perigo, visto que Julian era policial e estaria armado. Mesmo assim, meu senso de perigo gritava em meus ouvidos, dizendo que não seria uma boa ideia ir até lá.

Eu me arrumo rapidamente, pego a mochila que já estava pronta com tudo o que era necessário para o passeio no bosque, pois já imaginava que Lorena iria passar em casa pela manhã mesmo eu tendo falado que não queria ir. Conheço muito bem minha amiga, afinal, nascemos praticamente juntas, são dezenove anos ao lado de Lorena. Eu sabia que ela não se daria por vencida.

Passo pela cozinha, pego uma penca de bananas da fruteira e saio conferindo se fechei os portões direito.

Lorena e Erick estão sentados no banco de trás, restando o banco do passageiro e uma torta de climão para mim e Julian, que não nos víamos desde a festa de aniversário de Lorena. A fatídica festa em que bebemos demais e fomos parar no quarto e a boca de Julian foi parar no meio das minhas pernas.

O casal no banco de trás logo adormeceu e a viagem foi feita em silêncio, ouvíamos apenas a voz de Bon Jovi saindo dos alto-falantes do carro. Eu ainda estava um pouco envergonhada por ter transado com Julian, afinal, crescemos juntos, ele e Lorena eram como irmãos para mim.

Chegamos no campo na beira da estrada, onde os visitantes costumavam deixar seus veículos para se aventurar no bosque.

— É, parece que a galera está com medo, não tem nenhum carro aqui e é sempre tão cheio. Temos o bosque só para nós — falou Lorena com animação.

Retiramos todas as mochilas e equipamentos do carro e nos encaminhamos em direção à trilha de entrada do bosque.

— Galera, vamos fazer uma oração primeiro? Eu estou com mau pressentimento — sugere Erick, mostrando visível incômodo na entrada da trilha.

— Tá com medo, cuzão? — responde Julian, zombando da cara de Erick.

— Para, Julian, vamos orar, mal não vai fazer — diz Lorena, defendendo o namorado medroso.

Damos as mãos e Erick realiza uma breve oração, finalizando com um Pai-Nosso, acompanhado por todos nós.

Já passa das nove da manhã, o sol brilha forte, mas ao adentrarmos o bosque, a temperatura cai uns dez graus. Foi como se tivéssemos ultrapassado um portal para outra cidade em pleno inverno. Por ter muitas árvores grandes, fazendo muita sombra, o terreno é úmido e frio, mas eu não me recordava de ser tão frio assim na última vez que estivemos ali.

O bosque está escuro, como se já estivesse anoitecendo. Confiro meu relógio e ainda são nove e quarenta da manhã. Estamos caminhando há cerca de meia hora, mas parece que já caminhamos o dia todo.

Nosso ritmo é lento, pois Lorena para a qualquer sinal de alguma pista. Observa as árvores em busca de marcas, a vegetação rasteira e até mesmo as pedras do chão, não encontrando nada significativo. Mesmo caminhando devagar, o cansaço é nítido em todos nós, até mesmo em Julian, que tem excelente preparo físico devido a sua profissão. Parece que o bosque está sugando nossas energias.

Olho para o céu, buscando o sol pelas frestas na copa das árvores, mas vejo apenas nuvens escuras como se fosse chover. Pego o celular e tento conferir a previsão do tempo na região, mas sem sucesso, pois não tem sinal de internet.

Não existem pássaros voando e fazendo a algazarra de sempre. Não vejo nenhuma raposa ou esquilo, animais que sempre aparecem enquanto realizamos o trajeto.

Percebo que o bosque está em total silêncio, igual na viagem de carro, e dessa vez não tinha nem a voz de Bon Jovi para melhorar o clima. Os únicos sons eram de nossas botas batendo nas pedras e na terra da trilha e de nossas respirações ofegantes pelo esforço desempenhado.

O bosque não tem mais a vitalidade e brilho de antes. Parece um bosque morto.

— E aí, Sherlock, já viu alguma coisa? — pergunta Julian para Lorena enquanto ri e a cutuca.

Nesse momento, um trovão nos pega de surpresa, nos fazendo pular de susto.

— Oh, Lo, você não disse que hoje não tinha previsão de chuva? — Julian questiona a irmã, que foi quem organizou toda a viagem.

— Mas não tinha! A previsão era de sol quente — responde Lorena, confusa.

Mais um alto trovão explode sobre nossas cabeças, dessa vez mais próximo, nos ensurdecendo. Me curvo com as mãos nos ouvidos, que doem pelo barulho, e olho para frente na trilha.

Apenas uns dez passos adiante há uma criança branca como leite de cabelos negros. Uma pequena menina. Veste uma camiseta branca, calças jeans e All Star cor-de-rosa. Em sua mão, carrega um coelho de onde escorre um líquido vermelho. Sangue pinga nos pés dela, sujando os tênis.

Tomo um susto e escorrego em uma pedra solta da trilha, caindo sentada no chão, toda torta com as pernas abertas. Na tentativa de me levantar, apoio as mãos na sacola com as bananas e as amasso, mais uma vez escorregando e indo dessa vez de cara no chão.

— Pérola, está bem? — pergunta Julian enquanto estende a mão, me dando apoio para levantar.

Apenas balanço a cabeça em afirmativo, passo as mãos no rosto e cabelos para retirar a terra e olho mais uma vez para a trilha, procurando pela menina.

— Você se espatifou no chão. — Lorena explode em risos, sendo acompanhada por Erick.

Novos trovões estouram acima de nossas cabeças como se fossem fogos de artifício.

Eu me encolho junto a um tronco de árvore, e ali atrás está a menina, com o dedo indicador na frente dos lábios fazendo "shhh" para mim.

Mais uma vez me assusto, dando um grito mudo, paralisada pelo medo, pois dessa vez, além de escorrer sangue do coelho, escorria também de um de seus olhos. Me encolho o mais próximo da árvore que consigo, quase me deitando no chão, sem ter coragem de olhar novamente para o local onde está a menina.

Meus amigos estão gritando e xingando, desesperados com os raios que caem a centímetros de seus corpos, como se estivessem sendo mirados para acertá-los, mas o atirador fosse ruim de mira. Lorena está abraçada com Erick.

Mais uma vez, olho na direção da garotinha.

— Diga para ficarem quietos. Ele não gosta de barulho. Peça para fazerem silêncio — diz a garotinha estranha, tão perto do meu rosto que consigo sentir seu hálito fétido, que faz o meu estômago revirar.

Observo meus amigos. Lorena grita desesperada e, nesse momento, uma névoa negra envolve seu corpo a puxando, fazendo se soltar dos braços de Erick. Lorena é elevada a uns quatro metros do chão, chegando no topo de uma árvore, e lá um raio a acerta como se estivesse entrando por sua boca, fazendo o corpo dela se encher com uma luz azulada. Logo em seguida, ela desaba como se fosse uma pluma e não pesasse nada. Conforme vai se aproximando do solo, a luz se intensifica mais, tornando quase impossível de olhar, e quando chega ao chão, seu corpo está dividido em diversos pedaços, dando um banho de sangue no perímetro que caiu.

Meu corpo paralisa e eu não sei o que fazer, apenas me agarro com mais força no tronco da árvore.

Julian grita em desespero ao ver a irmã em pedaços, saca sua arma e atira em direção às árvores, tentando acertar a grande névoa negra que se move sobre sua cabeça.

— Diga para ele parar. O barulho dos tiros só vai irritar ainda mais o silêncio — diz a garotinha, ainda ao meu lado.

Vejo Julian descarregar a arma até emitir um estalo seco, indicando que acabou a munição. Ele joga a arma em direção à bola de fumaça negra que se aproxima, mas nada a faz parar. Assim como Lorena, Julian é jogado para o alto, mas a força é tanta que ele se choca contra o raio que cai em sua boca, estourando a cabeça dele lá no alto. O corpo de Julian cai na terra, sem a cabeça, quebrando o restante dos membros, parecendo que foi pisoteado por uma manada.

Erick está encolhido em um canto chorando e observando tudo, assim como eu, com os olhos arregalados.

Numa tentativa de sobreviver, ele corre na trilha.

— Isso não é uma boa ideia. O silêncio não gosta de quem corre — a garotinha sussurra em meu ouvido, arrepiando toda a minha espinha.

Erick para de correr, se chocando contra uma parede invisível que o faz cair de costas contra o chão. A terra se mexe, como se fosse areia movediça, sugando-o para o chão. Um segundo se passa e o corpo dele é arremessado, como se estivesse saindo de um vulcão em erupção, e igualmente se despedaça no ar, sujando tudo ao redor com seu líquido vermelho.

— Só falta você. Se for esperta, saia daqui sem fazer nenhum barulho. Aqui agora é o local que ele escolheu para morar. Vá e diga para todos que aqui é o bosque do silêncio. O silêncio é frio, intolerante e indiferente, ele não quer a bagunça e barulho de ninguém.

Eu me levanto e caminho com as pernas bambas, sem fazer nenhum ruído. Quem diria que um tumor em minha garganta que me deixou muda há apenas dez dias, algo que me impede de gritar, seria a minha salvação.

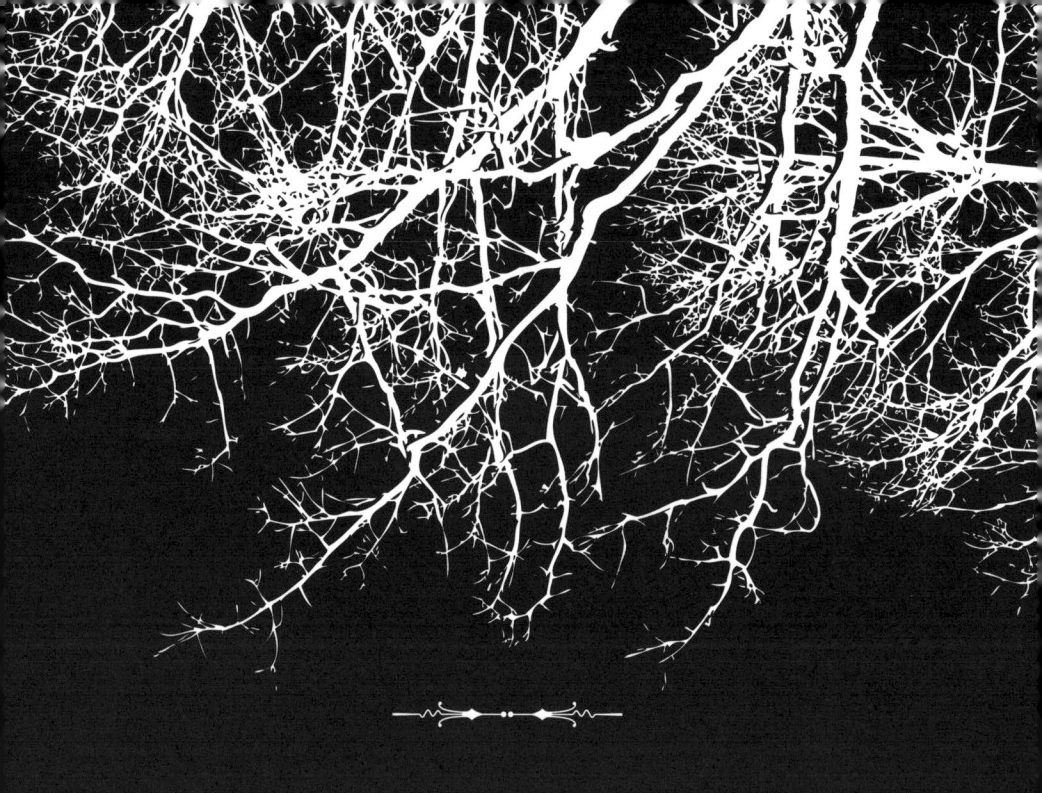

YORGOS E A ONÍRICA FLORESTA

Edyon Mendonça

Na agonia, no sofrimento, na aflição, perdido está aquele que não se conhece, perdido no interior de si mesmo, perdido em seu bosque pessoal, entre as árvores das lembranças desconexas, consumindo os frutos dos traumas, vagando sem rumo nas veredas do acaso. E ao andar no bosque da consciência, o tolo colhe as flores da alegria e da beleza, e elas padecem em suas mãos.

Na mata calma, havia silêncio, sossego, uma névoa cinza e fria esgueirava-se por entre os troncos das árvores. Não se via animais, insetos, nem o horizonte apagado pelo cenário que embrumasse. Quebrando o silêncio, ouviu-se os galopes de um corcel veloz que logo irrompeu a nuvem cinzenta com seu cavaleiro. Em galopes fortes, rápidos e decididos, Yorgos, o caçador, cruzou o cenário em uma urgência desmedida. Era início de inverno, o bufar do corcel e a respiração ofegante do cavaleiro deixavam para trás suas marcas quando o ar era expulso de seus pulmões com rastros de uma fina bruma que se dissipava em instantes. Assim seguiam.

Yorgos, o caçador, não tinha um ofício comum, de forma alguma. Não se engane pela nomenclatura simplória de sua classe, pois não caçava animais; nenhum urso, javali ou lobo, não, tampouco criaturas mágicas, nenhum goblin, vampiro, lobisomem nem fantasmas. Não. O homem que galopava veloz pela mata fora contratado para matar um espectro, um ser quase onírico, de origem desconhecida, mas que sem dúvidas era tão velho quanto a raça humana. Yorgos faz parte de um grupo de pessoas que veem um mundo em nosso mundo, um mundo que se alimenta de nossas tristezas, de nossos pensamentos desonrosos, de nossas ações vis, de tudo aquilo que nos corrompe, que enferruja nossa alma.

Cada ser deste outro mundo que aqui habita está constantemente incitando nossos desejos e pensamentos para o caminho que nos derruba, para que desta forma eles possam nos parasitar, nos consumir, deixando-nos mais tristes ou irritados, ou nos levar cada vez mais a imaginar cenários de sofrimento, de erro... ou mesmo, nos induzir a cometer crimes, a atos de bestialidade, de deturpação.

Para derrotar tais criaturas, Yorgos e todo o seu grupo tinham quatro requisitos, que geralmente as pessoas não gostariam de ter, nem mesmo eles. Listando sem grau de importância, os caçadores teriam que ser: pessoas profundamente tristes, desoladas. Teriam que ter diversos traumas, ou um trauma dilacerador, uma ferida incurável na alma. Esse segundo era o atributo de nosso caçador. Teriam que ser pessoas bastante esclarecidas em relação ao mundo e à vida, inteligentes, pessoas que conhecem cada dobra, cada curva de suas almas. E, por fim, mesmo com tudo isso, teriam que possuir, incubar, uma forte esperança.

No auge do dia, quando o sol alcançava o topo de nossas cabeças, Yorgos chegou a um descampado, em cujo centro ficava a casa daquele que o chamara para atender sua filha suicida. Descendo do seu corcel, um pequeno rapaz correu para o recepcionar. Yorgos retirou seu longo casaco marrom-escuro e o arremessou nos braços do pequeno rapaz, um menino loiro, com rosto calmo, centrado, que correu para casa e gritou por seus pais.

Nas horas seguintes, Yorgos foi recebido com grande alívio pela família, que contava com seis integrantes, os pais, um casal de irmãos e duas idosas, a mãe do patriarca e a mãe da matriarca. Tal família vivia isolada, agricultores que ganhavam a vida com a criação de ovelhas e uma pequena plantação de repolhos ao lado da casa de pedras e madeiras. Yorgos observou todos ali, bastante atenciosos, deram-lhe água, leite com pães, água para o corcel, como também o alimentaram.

Ettie era a jovem que precisava de cuidados. Tinha apenas dezesseis anos e, nos últimos dois, tentara desistir da vida quase uma dezena de vezes. Não dormia, não se alimentava adequadamente, não saía de casa, dizia que na floresta alguém morava, mas a criatura não era humana, mas sim uma sombra que se expandia para todas as direções, uma sombra que falava, que lhe revelava certos aspectos sobre si que ela mesma não sabia existir.

Ettie demonstrava sinais de esquizofrenia, era o que os amigos que costumavam visitá-la geralmente saíam a falar. Ettie saiu do quarto, sentou-se em uma cadeira de madeira velha, olhou nos olhos profundos de Yorgos, que observou os olhos assustados dela. Ettie viu tristeza nele, e ele a angústia que a dominava.

De início, Yorgos não notava nada em volta da garota, nada em volta da casa. Nada de anormal existia ali, nada e nenhuma criatura rondava aquela família. Contudo, continuou a investigar. Conversaram sobre a vida, as visões de mundo que cada um tinha. Ambas eram tristes, melancólicas, quase iguais. Ele observou algumas cicatrizes na garota, como nos pulsos, na lateral do pescoço e nas mãos: eram marcas de suas tentativas. As outras não eram possíveis de observar, pois se escondiam nas suas longas e grossas camadas das vestes. Novamente fitando o olhar da menina, o caçador notou uma aura inebriada, como um véu a encortinar, cobrindo a realidade nos olhos da garota.

Então pegou sua adaga e fez um furo na ponta do dedo. Uma gota de um vermelho intenso saiu e ele a pôs na pálpebra inferior de seu olho esquerdo. Em seguida, entoou palavras em uma língua desconhecida, e assim fitou novamente os olhos de Ettie. O sangue de um caçador é repleto de esperança, e juntamente com uma série de palavras de um antigo dialeto que ele mesmo não sabia a origem, a gota de sangue torna-se enfeitiçada, permitindo ao caçador não ser enganado como as pessoas ao seu redor.

Fitando o olhar de um verde-pálido, Yorgos notou que estava diante de uma criatura diferente de todas as outras que já enfrentara na vida, conhecida por ele apenas pelas histórias daquele que o ensinou a arte do ofício da caça. A criatura não estava mais em nosso mundo, não era possível vê-la, pois a besta que consumia suas tristes emoções e forçava a permanência de Ettie em profunda reflexão, perdida sem saída em um labirinto de angústia, fizera de sua consciência a moradia ideal. Ettie estava sendo parasitada por uma criatura que se abrigava em seu íntimo, alimentando-se de suas memórias, tornando-as tristes, mesmo que antes não tivessem sido, queimando o vale das árvores dos bons pensamentos, derrubando os pinheiros dos dias felizes. Ela estava perdida e via a floresta ser devastada por uma sombra, estava aprisionada na deteriorada floresta de seus pensamentos.

O homem alto de cabelos longos coçou a barba, olhou meio sem jeito para toda a família, baixou o olhar e saiu da casa sem dizer palavra. Lá fora, ele respirou fundo, andou até uma árvore, sentou-se ali embaixo de sua leve sombra naquele dia sem vida. Depois assobiou para o corcel, que nunca ficava preso onde parava, e o animal veio até a árvore. Yorgos retirou do alforge de couro preto um pequeno livro, sentou-se e começou a ler. Lá o caçador se demorou, imerso no livro de capa verde-musgo desgastado, de lombada quadrada, chamuscado e molhado. A família pôs-se a observar o homem em sua leitura obstinada, todos em apreensão, todos já desesperançosos. O caçador então encerrou sua leitura, informou à família tudo o que iria se suceder e pediu alguns materiais. Enquanto isso, a jovem pálida Ettie observava tudo da janela, com seu olhar desanimado, pesado, envolto em olheiras escuras, estampada em um rosto fino, magro, envolvido por longos e finos cabelos ruivos.

Yorgos tirou as dúvidas da família e da garota. Geralmente, as criaturas enveredavam pelos cantos da casa, andando ao lado de cada um, escondendo-se em um cômodo, dominando a casa com sua energia, induzindo as pessoas a se comportarem da maneira que ele queria a partir desse lugar, observando o comportamento de todos, sussurrando em seus ouvidos, murmúrios sem palavras, sem som, contudo, de sua boca saíam as intenções, as vontades que acabavam por torná-los seus prisioneiros da vontade.

De noite, o caçador organizou os galhos, fez deles uma pequena pirâmide de madeira e capim, depois retirou do saco de pano alguns cogumelos, posicionou-os no centro da fogueira, quebrou ali em cima um ovo negro de algum tipo de pássaro, e por fim, ateou fogo na pequena fogueira, que, ao acender, revelou um fogo esverdeado, não quente.

Enquanto Ettie se sentou perto da fogueira, Yorgos sentou-se do outro lado, ambos no chão de terra. Yorgos pediu para a garota respirar fundo, inalar a fumaça que saía da estranha fogueira esverdeada, e ela obedeceu. Yorgos a observou do outro lado, por entre as chamas, seu rosto fino oscilando juntamente com a ondulação do fogo com o vento. Ela respirou fundo, ele entoou outras palavras, um feitiço que havia acabado de aprender, e a menina fechou os olhos involuntariamente enquanto sua mente se abria para Yorgos.

Penumbra, não havia vento, nenhum tipo de lufada, não havia som, barulho, estalo, apenas penumbra. Yorgos caminhou, sentiu a terra molhada, de locomoção difícil, um pântano. Até que ao fundo de lugar nenhum, saindo da penumbra, veio Ettie, mais jovem, uma criança, com cabelos brilhantes, trajada em vestes brancas, contudo, o mesmo olhar triste, assustado e perdido. Com ela, logo atrás, caminhava uma criatura disforme, como quem cuidava, entretanto, em seu olhar existia malícia.

A criatura sussurrou ao ouvido da pequena Ettie. Os cabelos da pequena brilharam ainda mais intensamente, iluminando todo o cenário decadente onde se encontravam. Não era bem um pântano, mas um pequeno bosque que estava se transformando, moldando-se em um pântano sem vida, de cores mórbidas, tudo era mofo, em tudo uma grande mancha de mofo branco tocava, como uma doença a se alastrar.

Tudo que se sucedeu a partir deste ponto foi orquestrado pela criatura.

Conselhos a sombra deu, Ettie obedeceu, mostrando-se perdida em lugar que era seu, sem conhecimento sobre tudo o que viveu. Seu guia era o monstro que a atormentava, sussurrando somente a desgraça, queimava a floresta por onde passava, marcava a grama e Ettie não via, não falava, não agia. O bosque de sua consciência estava em perdição, queimando e mofando, nada tinha salvação.

Naquele mesmo instante a criatura sorriu, elevou Ettie às alturas, seu sussurrar ecoava pelo ar. Dizia que Ettie sozinha iria se arruinar, sairia por conta própria, já teria feito o seu dever. Então, soltou a menina, que despencou. No chão ela se chocou e, como pó brilhante, seu corpo se desintegrou. A criatura, a sombra negra em Yorgos avançou, afogando-o no lago de onde chegou, encobrindo-o e tapando toda sua visão. Yorgos morreu com Ettie oniricamente, em um mundo de sonhos e de ilusão.

No dia seguinte, tudo voltou ao normal. Quando Yorgos acordou, Ettie brincava no quintal, sorria e corria, nada teve, nada tinha... A família o homem abraçou, todos agradeceram, Ettie finalmente retornou e pagaram felizes tudo o que prometeram. Yorgos descansou e, no início da tarde, partindo, ele acenou. Contrariado, desconfiado, mas nada viu, nada notou, se em paz eles estavam, então em paz ele ficou.

Anos depois, Yorgos passou por ali e foi observar como Ettie estava, contudo, onde antes existira uma casa, agora só havia ruínas. A criatura a todos enganou, esgueirou-se na escuridão e por ali ficou. Ettie, machucada psicologicamente, atraiu um monstro ainda pior, manipulando e degradando ainda mais sua floresta que tentava renascer. Ettie não suportou, e meses depois veio a falecer. Sua família o luto cultivou, a primeira criatura disso se alimentou. Anos e anos em completa devastação, viram uma avó adoecer, a outra morrer, a mãe enlouquecer e, do álcool, o pai veio a padecer. O pequeno rapaz foi o último que suportou, depois de um tempo viu a criatura e com ela lutou, rasgou, cortou e queimou. Destruiu o palácio da besta que sua vida arruinou.

Perdido está aquele que vive assustado em uma vida a enveredar pelo bosque das emoções e sentimentos feridos, cicatrizes não entendidas, vagando pela floresta vazia e entendida de sua própria alma. Contudo, resiste ao terror do dia a dia aquele que conhece cada dobra de seu espírito.

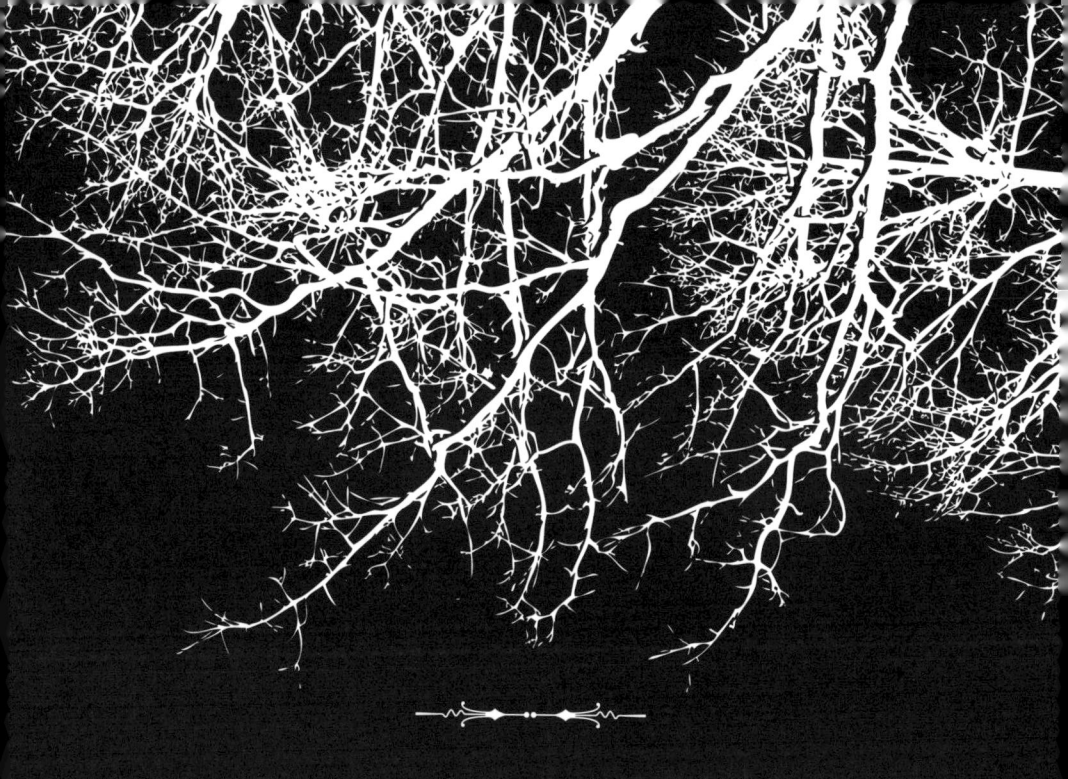

SUSSURROS DO SILÊNCIO
Emanuella Vicente

Pouco depois que meu pai faleceu em um acidente, minha mãe decidiu mudar da cidade grande para uma muito menor. Era o final dos anos 1980, época em que não existiam celulares, e computadores eram usados em bibliotecas.

Minha mãe era enfermeira, e conseguiu um emprego na emergência do hospital local, onde trabalhava à noite. Isso não era um problema para mim, pois eu ia ao colégio pela manhã e gostava de ficar sozinha em casa à noite.

Como era recém-chegada, ainda não tinha feito amigos.

Eu era uma garota normal com cabelos compridos, divididos ao meio. Não atraía a atenção das pessoas e fazia questão de manter certa distância.

Acreditava que, se estudasse bastante, teria a oportunidade de ir para uma boa faculdade. Não estava preocupada com amigos e garotos, só queria começar minha "vida de adulta" o mais rápido possível.

Em uma manhã chuvosa entrou um aluno novo na minha turma. Ele estava muito bem vestido, especialmente para um adolescente. Era alto e magro, com uma pele pálida, cabelos lisos e pretos com um toque azulado e olhos que pareciam vazios. Mesmo assim, ele era bonito. Teodoro era seu nome.

Um estranho arrepio percorreu meu corpo quando nossos olhares se cruzaram, enquanto ele se apresentava. Pelo jeito, todo professor gostava de constranger os alunos com essas apresentações. Enquanto o garoto falava, todos pareciam encantados. Será que só eu havia percebido algo estranho?

No dia seguinte, um professor resolveu que seria uma boa experiência formar duplas para um trabalho que duraria um semestre.

Eu não sabia com quem poderia fazer isso, pois ainda não tinha certeza de quem eram os melhores e os piores alunos, estes últimos para evitar. Foi então que o professor escolheu as duplas e adivinhem com quem fui escolhida para ficar?

Isso mesmo: o estranho aluno novo! A esta altura você deve estar pensando em outro casal, como Edward Cullen e Isabella Swan. Mas quem me dera ele fosse um vampiro romântico, de sangue frio e apaixonado por mim...

Enfim, marcamos de nos reunir na minha casa para fazer o trabalho. Minha mãe estava no hospital. Tentei marcar por volta das cinco da tarde, assim até às sete da noite estaria livre e poderia voltar para os livros que adorava ler.

Porém, ele disse que não seria possível, somente depois das 20 horas. Como eu queria acabar logo com aquilo, aceitei, afinal, até às 22 horas ele teria que ir embora.

Ele chegou pontualmente, e começamos o trabalho. Com o passar do constrangimento inicial, eu me sentia menos incomodada com a presença dele, embora sentisse algo estranho. Por outro lado, notei que ele estava totalmente à vontade, como se me conhecesse, ou estivesse acostumado a conversar com desconhecidos. Então, perto das dez, ele disse que precisava ir embora. Eu perguntei se ele não poderia ficar mais meia hora, assim, provavelmente, terminaríamos o trabalho daquela semana. Ele simplesmente disse "não", se levantou da cadeira e saiu. Isso se repetiu todos os dias daquela semana.

Após este curto período de tempo, estávamos mais próximos, porém somente naquelas duas horas que ele ficava na minha casa fazendo o trabalho, porque durante o dia ele fingia não me ver na escola. Mas eu não me importava com isso.

Alguns dias depois, ele perguntou se eu tinha namorado. Respondi que não. Ele me olhou de uma maneira sinistramente provocativa e disse que, a partir daquele dia, seria meu namorado. Eu apenas ri, pois achei que era brincadeira, afinal, já conversávamos sobre tudo e tínhamos nos tornado amigos.

Sentia algo estranho, que não sei descrever. Na escola, ele continuava a falar somente o indispensável.

Nessa noite, descobri que a casa dele ficava a apenas alguns passos da minha, do outro lado da praça. Achei estranho, pois aquela casa estava sempre com as luzes apagadas, parecendo abandonada.

Mais tarde, tomei um banho e fui para cama. Foi uma noite cansativa, não conseguia dormir; parecia que estava meio acordada e, quando dormia, tinha pesadelos. Ouvia sons estranhos, e não conseguia identificar se vinham dos pesadelos ou se eram reais.

Finalmente, o alarme tocou! Me troquei e saí correndo para a escola, ansiosa para encontrar meu amigo, mas ele não apareceu.

Morávamos bem perto do conhecido Bosque do Silêncio, um lugar repleto de mistérios e segredos. Ao passar por ele, parecia que podíamos tocar o silêncio e o ar gélido que emanavam dali. Não havia canto de pássaros ou sons de animais.

E se Téo, como eu o chamava, não soubesse que deveria manter-se distante e tivesse se aventurado em um passeio no bosque? Será que eu perderia meu melhor amigo por isso?

Uma das assustadoras lendas do bosque dizia que se alguém entrasse lá, só sairia morto. Em outras, as pessoas eram devoradas por ele, que buscava espíritos inocentes para se alimentar. Ouvi tantas de um morador local, que vivia perambulando alcoolizado pela praça, que nem me lembro mais.

Passei o dia todo pensando que nunca mais veria meu amigo, estava convencida disso!

No dia seguinte, quando nossa aula começou, o professor nos alertou para mantermos distância do bosque, pois algo havia ocorrido por lá novamente.

Logo me desesperei, pensando o que poderia ter acontecido com Téo, mas senti um enorme alívio quando, ao me virar, o vi me olhando de longe.

Curiosa, fui correndo à biblioteca para usar o computador e pesquisar sobre o que estava acontecendo. Descobri que uma garota de dezesseis ou dezessete anos da cidade vizinha e seu namorado, aparentemente morador daqui, teriam desaparecido ao visitar o Bosque do Silêncio.

Os amigos dela, segundo eles mesmos disseram, não conheciam o tal namorado, e ninguém sabia seu nome ou endereço. Fiquei imaginando quem poderia ser, afinal, todos dessa idade frequentavam a mesma escola que eu, e nenhum dos garotos dali namorava alguém de outra cidade.

Pensei que eles tinham inventado essa visita ao bosque por saberem dos mistérios acerca dele, mas, na verdade, haviam fugido para viver em outro lugar. Às vezes, jovens de cidades pequenas se aventuram por aí.

Segui com minha rotina e os encontros escolares com o Téo. Nós nos reuníamos três vezes por semana. E nos divertíamos juntos, ele era engraçado de forma estranha, seu humor era ácido, mas isso não me incomodava.

Observei que todas as noites, após ele sair, eu não conseguia ter uma noite boa de sono. No dia seguinte, me arrastava como um zumbi e não entendia nada durante as aulas.

Duas semanas após o desaparecimento daquele casal, outro evento semelhante ocorreu da mesma forma. Mais uma vez, uma garota da cidade vizinha e o namorado misterioso teriam ido visitar o Bosque do Silêncio.

Busquei por mais informações e descobri que, a cada treze anos, sete garotas da minha cidade ou das cidades vizinhas desapareciam, todas com idades entre quinze e dezoito anos. Isso ocorria havia mais de duzentos anos, sempre na mesma época do ano. As garotas tinham um namorado que ninguém sabia quem era ou como descrever, e nenhum deles jamais foi encontrado.

Téo não pareceu ter interesse nesse assunto, mesmo assim, decidi que iria arrastá-lo para uma investigação.

Havíamos combinado de nos encontrar naquela noite para estudar, mas, na verdade, era uma desculpa para atraí-lo em meu projeto investigativo. Tinha certeza de que ele não recusaria resolver um grande mistério.

Téo chegou no horário de sempre. Dessa vez, nos sentamos no sofá, e ele parecia desconfortável. Não que o sofá fosse velho, mesmo assim entendi que ele não queria estar ali, ao contrário das outras vezes que esteve em minha casa. Acredito que ele queria me dizer algo, mas por algum motivo não podia fazê-lo.

Após algum tempo de conversa sobre séries, filmes e livros (conversa em que eu falava e ele apenas assentia com a cabeça), resolvi convidá-lo para a investigação.

Comecei dizendo o quanto os boatos sobre o bosque me intrigavam. Perguntei a opinião dele, que pareceu reticente. Após alguns minutos, ele me disse que não havia nada de errado com o bosque, que as pessoas apenas não o entendiam. Provavelmente fiz uma careta ao ouvi-lo falar do bosque como se fosse uma pessoa, mas ele continuou:

"Ninguém se lembra de quando o lugar era florido e frequentado pelas famílias, com suas crianças brincando todas as tardes de verão. Os pássaros cantando toda a manhã, e o local se chamava Bosque da Alegria. Assim como não se lembram do fogo que destruiu todo o bosque numa noite de outono. O lugar foi simplesmente abandonado por todos. Mesmo assim, sem o risco daquelas famílias que alimentavam a essência do bosque, ele conseguiu voltar, mas voltou diferente do que era."

Depois de ouvir isso, não sabia o que dizer ou como reagir. Esperei um pouco e retomei meu discurso. Ele não respondeu, apenas saiu às 22 horas, como de costume.

Mais uma noite de sons estranhos e a sensação de uma presença sinistra na minha casa. Como não teria aula, decidi sair da cama e averiguar o que estava se passando, fosse em minha cozinha ou em um vizinho, dessa vez, estava decidida: iria descobrir o que causava os barulhos.

Estávamos no outono e durante a madrugada esfriava bastante. Mesmo assim, me levantei da cama e calcei meus tênis, pois se fosse preciso correr dali, seria mais fácil estar preparada.

Quando cheguei na porta da cozinha, acendi a luz e todos os armários estavam abertos. Notei algumas latas derrubadas, arroz espalhado pelo chão, mas não havia ninguém. Foi aí que percebi que os grãos de arroz meio que formavam uma palavra, acho que interrompi o que estava acontecendo, pois estava escrito "CUID…"

De repente, tudo ficou escuro. Antes de chegar ao chão, pude ver alguém alto e magro saindo pela porta da frente. Quando abri os olhos, já era de manhã e eu estava congelando no chão. Não sei se caí, desmaiei ou se alguém bateu na minha cabeça. Estava atordoada. Me levantei devagar enquanto o cômodo girava, e consegui me agarrar ao pé da mesa. Fui subindo até ficar em pé e olhei novamente a cozinha, intacta, como se nada tivesse acontecido.

Para não perder a sanidade, concluí que estava sonhando e tivera um episódio de sonambulismo. Sabe aquelas pessoas que andam, falam enquanto dormem, como se estivessem acordadas? Na minha mente, era a única explicação possível!

Na noite seguinte, eu seria direta e obrigaria Téo a participar da minha investigação, estava obcecada. Então, ele chegou no horário de sempre, entrou e eu comecei imediatamente a falar. Ele me perguntou: "Você tem certeza de que quer saber o que houve com essas garotas? Está preparada para isso?" Sem pensar, assenti. Ele continuou: "Me espere às dez, virei buscá-la para a sua investigação."

Eu estava ansiosa e, às 22 horas em ponto, ouvi a campainha. Téo estava mais sombrio do que nunca, com os olhos ainda mais vazios. Senti muito medo, mas algo em sua voz me fez esquecer. Ele trouxe um chá para me aquecer no caminho. Eu não queria, mas ele insistiu que tomasse ao menos um gole. Após tomar o chá, não sei o que aconteceu.

Quando acordei, estava dentro do Bosque do Silêncio! Sentia como se pudesse flutuar. Havia uma névoa no ar que me impedia de ver claramente, mas forcei a vista e vi Téo com uma pá, cavando um buraco. Fiquei pensando por que ele estaria fazendo aquilo. Ouvi claramente a palavra "CUIDADO", sussurrada em meu ouvido. Me lembrei do estranho episódio ocorrido na cozinha e me virei lentamente, tentando entender o que estava acontecendo. Vi inúmeras garotas ao meu redor sussurrando que ele podia nos ouvir e, caso isso acontecesse, nos devoraria por completo. Outra garota mencionou tê-lo visto fazendo isso e disse que foi a pior coisa que poderia ter visto. Me lembrei do homem da praça e suas lendas. Olhando novamente, vi meu corpo azulado e estendido, já sem vida, no chão frio.

Foi assim que eu soube o que aconteceu com cada uma delas.

Eu continuo aqui, observando a cidade e as novas garotas que chegam. Espero que alguém encontre meus ossos e consiga sair daqui.

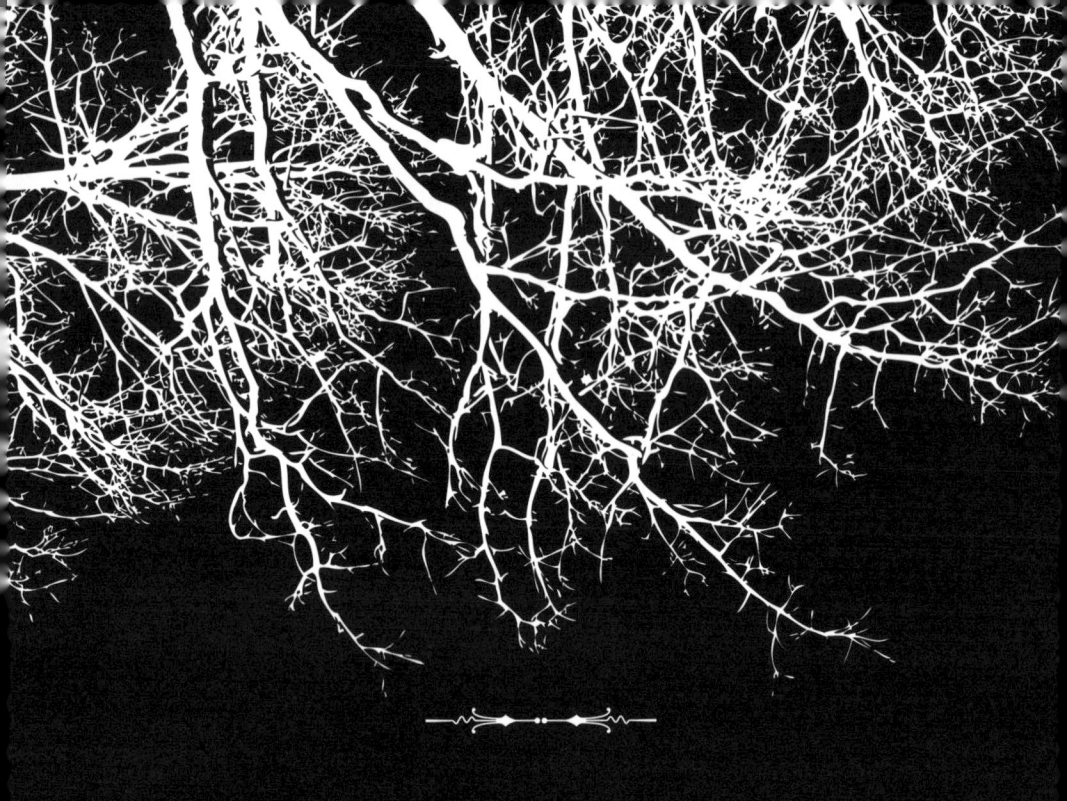

A BENGALA DE PRAGA

Fábio R. Peracini

Todos os bosques do mundo são um só e cada um traz em si sussurros aterrorizantes. Ninguém sabe disso. Mas Priscila logo viria a descobrir.

Aos quarenta anos, enfim chegou à Europa pela primeira vez. Realizava um sonho. Iria visitar uma ex-República comunista, e nela tentaria escavar a cortina de ferro que cobria a verdade de seus sonhos vermelhos dos tempos da faculdade. Nesta jornada, estava acompanhada da irmã, do cunhado e dos amigos Juca, Rute e Anderson. Assim, no leste fez a sua morada de momento e em Praga maravilhava-se em cada esquina, hipnotizada pelas abóbadas cinzentas e obeliscos verticais, que a Deus pareciam buscar. De repente, ela percebeu a dor lhe roer as pernas, fazendo-a andar sem retidão. De pronto identificou as brotoejas protuberantes, fruto de extensas caminhadas alucinadas. Ao crepúsculo, decidiu retornar ao belo hotel, de moda mais gótica do que luxuosa, devido à abundância de desnecessários afrescos. No quarto submergiu na banheira de expectativas para o próximo dia. Convencida pelo cansaço a adormecer, demoveu-se do intuito pela fome, ainda que reticente pela dificuldade que o caminho iria lhe impor. Todavia, contra os desígnios fisiológicos não há luta frutífera e decidiu ao caminho do restaurante se lançar, guiada por uma ideia a iluminá-la.

Reunindo o grupo, interrompeu-se pela recepção e perguntou se uma bengala existia para usar, e para a sua surpresa, o sorridente atendente uma pôs-se a lhe ofertar, e lá estava o belo objeto esculpido em madeira nobre acobreada, repletos de entalhes com formas de animais antropomorfizados, escavados à mão, e com um cabo preto coberto com as cinzas dos séculos. Com uma expressão na face que não prometia alegria mas entregava suspeitas, o rapaz ainda ressaltou o fato de que a bengala era feita da melhor madeira, retirada do bosque situado no cantinho do parque perto da cidade. Ao segurar o cajado pela primeira vez, a moça viu tudo se passar mais devagar, como se fosse um pássaro flutuando por entre árvores, e aspirou um ar que a invadia dobrado, lhe trazendo a estranha segurança de que tudo podia.

Em um segundo tudo voltava ao normal, e Priscila olhava para os lados um tanto encabulada, temendo uma cena ter feito, ou no mínimo uma face engraçada tê-la abandonado. À sua volta, tudo se encontrava inalterado, os amigos conversavam distraídos, o rapaz à sua frente mantinha os dentes a mostrar e uma senhora vestindo um luxuoso vestido negro e grená, complementado por um véu anacrônico, de onde escorriam belos cabelos do mesmo tom, tal como uma condessa. A senhora jazia poderosamente sentada junto ao balcão do bar vazio e lhe acenava como se respondesse a um cumprimento, que a ela nunca foi entregue. De súbito um clarão vermelho sangue lhe atacou a visão e Priscila rolou sutilmente a cabeça para a esquerda enquanto apertava os olhos com toda a força, como se quisesse se livrar de um cheiro azedo que jamais sentiu. Recobrou-se e pôs-se fora para um jantar precoce, sob a última luz do dia. A bengala era maravilhosa, e lhe parecia sustentar muito mais do que simplesmente o peso, pois proporcionava uma segurança que começava a inebriar. Ela poderia ir aonde desejasse.

Sentada no restaurante, mastigava um pedaço de *kebab* e estranhamente pensava que aquela carne poderia estar mais rosada. Divertiu-se em constatar que a comida poderia ser como muitas coisas da vida: "sem sangue, sem movimento e sem graça". Foi quando, dentro da risada histérica dos amigos, fitou um elegante homem a atravessar a rua de pedra, entrando no acanhado estabelecimento. Imaginou que aquele senhor distinto deveria ter obtido o seu dinheiro através de um antepassado explorador e violento, que lavava o chão com o suor do trabalho de outrem. Sem saber o motivo, aquilo a enfureceu. Então, de súbito, mirando uma distância que jamais percorrera, se levantou com um pulo, atravessou a mesa, e por trás, com toda a violência, atingiu as pernas do homem com a bengala, que foi forçado a ficar de quatro apoios perante ela, tentando virar a cabeça trêmula, com os olhos a fitá-la arregalados de desespero, enquanto os gritos de seus amigos emolduravam a cena. Priscila então sorriu discretamente embaixo dos cabelos que haviam escorrido pela face, e com um movimento firme, de baixo para cima, com o bastão em riste, acertou um vigoroso golpe na face do prostrado, que teve o nariz e a mandíbula fraturados na hora, e um rio de sangue a lhe escorrer pela face.

Priscila então acortinou o riso vitorioso, quando percebeu que o homem estava de pé novamente, de frente ao caixa, com um pacote nas mãos e recolhendo o troco que lhe era entregue. Ela própria estava de volta à mesa, e um pedaço de carne bem passado e acebolado se projetava de sua boca entreaberta.

— Tudo bem? — perguntou a irmã, sempre vigilante, que em troca recebeu um meneio de cabeça e um sorriso.

No caminho de volta, pouco falou, pois tinha a sua mente repleta de lembranças recentes e do torpor que o roçar da bengala em sua palma insinuava. Ia apenas andando, e olhando o topo das árvores escuras, que ao longe guardavam a cidade, e agora a sua alma.

Ao entrar no saguão do hotel, ainda pensativa, despediu-se dos amigos que iam subindo exaustos as escadas rumo aos seus aposentos cálidos, e sentou-se junto ao bar, no mesmo lugar que a mulher de véu antes ocupava. Pediu uma dose de uísque e passou a observar o parco movimento entre as estranhas estátuas do saguão, e principalmente o rapaz rechonchudo da recepção. Notava que ele era uma versão mais nova de um homem que se sentava com ar soberano em uma luxuosa poltrona vermelha, naquele mesmo saguão, como se podia observar no quadro em cima da cabeça do rapaz, que trazia em dourado as palavras "Em honra do Barão Von Holster". Ainda estava a saborear a semelhança quando foi retirada de seu transe por um pequeno movimento do recepcionista, quase imperceptível, em direção à porta do hotel. Era um sinal que dizia "vai embora" para um pedinte que ameaçara adentrar as gigantes e opressoras portas de vidro, transbordante de palavras eslavas, aparentando estar em busca de comida. Priscila percebeu que o gesto era casado com um olhar de desprezo e, com efeito, naquele segundo, passou a sentir um calor sufocante, que lhe pareciam duas mãos que apertavam seus ombros contra a terra. O ar à sua volta estava parado, quente, e lhe subia pelas narinas de forma incandescente. Tomada por uma espécie de fulgor socialmente igualitário, ela agilmente projetou-se da cadeira como um tigre ameaçado, rodopiou o cajado no ar e acertou na nuca o menino, que nem teve tempo de saber de onde vinha o golpe fatal. O corpanzil chocou-se na queda com o balcão de madeira lisa, agora repleto de água escarlate, e atingiu o chão com um estampido curto e refrescante. O choque do barulho fez Priscila largar a bengala imediatamente e, tentando sugar o pouco ar quente que não lhe vinha, buscar outra vez a visão segura do balcão do bar do hotel ou da mesa do restaurante que certamente estariam à sua frente, como uma reprise insípida do que ocorrera durante o jantar. Mas dessa vez foi diferente. Os seus olhos sobressaltados encontraram apenas outras pupilas acinzentadas a encarando de volta, portais que já haviam abandonado todo o passado, sem vida e sem esperança. Pensou em gritar e chorar, mas evitou fazê-lo, com medo de ser encarcerada naquele país estranho, frio e de antecedência cruel. Enquanto tentava decidir o que fazer, assustou-se ao sentir uma mão tocar-lhe o ombro com doçura, nutrindo-a de toda a ternura que precisava naquele momento. Era a condessa de véu, que lhe oferecia a bengala de volta, enquanto piscava seus olhos vermelhos e cruéis.

Priscila aceitou o cajado e sentiu as forças tomarem suas veias. Fechou os olhos por um instante e em sua mente a imagem de um bosque banhado em sangue a acalmou, e a fez sorrir. Já abandonada por todos os rigores das fronteiras, olhou para a escada, e sem questões a nublar sua razão, subiu tranquila. Enquanto os degraus eram vencidos com a ajuda do seu recém-adquirido bastão empoderante, foi assaltada pela autoconsciência. Já estava em um corredor repleto de pinturas de nobres mortos havia muito, quando passou a considerar o quanto os seus amigos eram privilegiados dentre os miseráveis. Como faziam parte de um seleto grupo de compatriotas que tinham condições de deixar o seu país e visitar terras distantes. Sentiu ódio de si mesma, e de seu grupo.

Após uma parada, estava diante do seu quarto triplo. Girou a maçaneta com cuidado e viu a luz sobre a porta do banheiro acesa e o marido da irmã dormindo de boca arregalada, como se tivesse sido arrebatado pelo quadro de Kafka que pairava sobre a cama. Com um último olhar para a porta iluminada, firmou-se perante a cama, e levantou a bengala com as duas mãos, perpendicularmente, e com muito cuidado e firmeza, a introduziu na boca do cunhado, que acordou já afogado pelo sangue que lhe jorrava da garganta perfurada pelas lascas de madeira da parte inferior da bengala. Ele se contorcia em agonia enquanto Priscila apenas enrijecia o corpo e sorria. Foi quando tudo se acalmou. Ela tranquilamente se aprumou, limpou o suor da testa enquanto tirava o cabelo do rosto, quando ouviu um grito quase inumano atrás de si. Era a voz de sua irmã, sensualmente enrolada em uma toalha branca, que passava correndo por ela, quase a desequilibrando, para acudir o marido imóvel. Mas Priscila não se desequilibraria mais, nunca mais. A bengala já a tinha feito vencer a distância das consequências.

A irmã então buscou o olhar dela, procurando ajuda, mas Priscila apenas a encarava friamente, com os olhos nadando em sangue e o sorriso ensandecido, apoiada na bengala. Sua figura era algo abjeto, inumano. E, atrás dela, a condessa de véu também se apoiava em um instrumento semelhante, tal como muitas outras pessoas de olhos escarlates por trás. E seus sorrisos eram o dela. Priscila então deu um passo adiante, e a irmã então a tudo entendeu, e se arrastando para trás, apenas fechou os olhos e pensou em todos os momentos que viveram juntas, e o quão feliz havia sido por ter a sua companhia, por tantos anos. E deu-se o impacto. Dela nutriu-se. E a partir de então, uma só para sempre seriam.

Priscila então caminhou em direção à porta, atravessando-a, desceu as escadas indiferente, embebeu as botas no sangue do recepcionista, e deixou pela cidade pegadas vermelhas que sumiram na entrada do bosque, onde foi abraçada pelo silêncio.

No dia seguinte, as camareiras Aneshka e Kalina se cumprimentaram no corredor e abriram as portas dos dois quartos simultaneamente, como se fosse um balé. Kalina encontrou os corpos do casal no quarto, um deles cheio de moscas. No segundo quarto, a primeira coisa que Aneshka sentiu ao entrar foi o aroma adocicado da podridão, a segunda, foi o terror. A imagem que tomou a camareira foi a de três cadáveres, de faces que uma vez confiaram demais. Rute estava afogada em uma banheira sebosa, rubra, e tinha em seu peito a marca de um cajado que a fizera submergir até afogar-se. Anderson estava caído no tapete, com a cabeça esmigalhada como um ensopado de carne. Ele vestia uma camisa alvinegra que, de tão empapada de sangue, tornara-se tricolor. O último, Juca, estava sentado no sofá e parecia ter simplesmente desligado, ante a visão do cajado, sua alma aparentava ter viajado para outro lugar e nunca mais voltado, tal qual as condessas, que para junto do silêncio das almas agoniadas retornaram. Até hoje, dizem que de relance são vistas no bosque que circunda a cidade, sempre com seus belos trajes, remontados a épocas evanescentes.

Mas isso não importava mais naquele hotel, porque junto aos cinco corpos havia seis passaportes e o esquecimento eterno, ao menos até que alguém, sobre o poder, ou sobre os seus rancores e lamúrias, precisasse mais uma vez se apoiar.

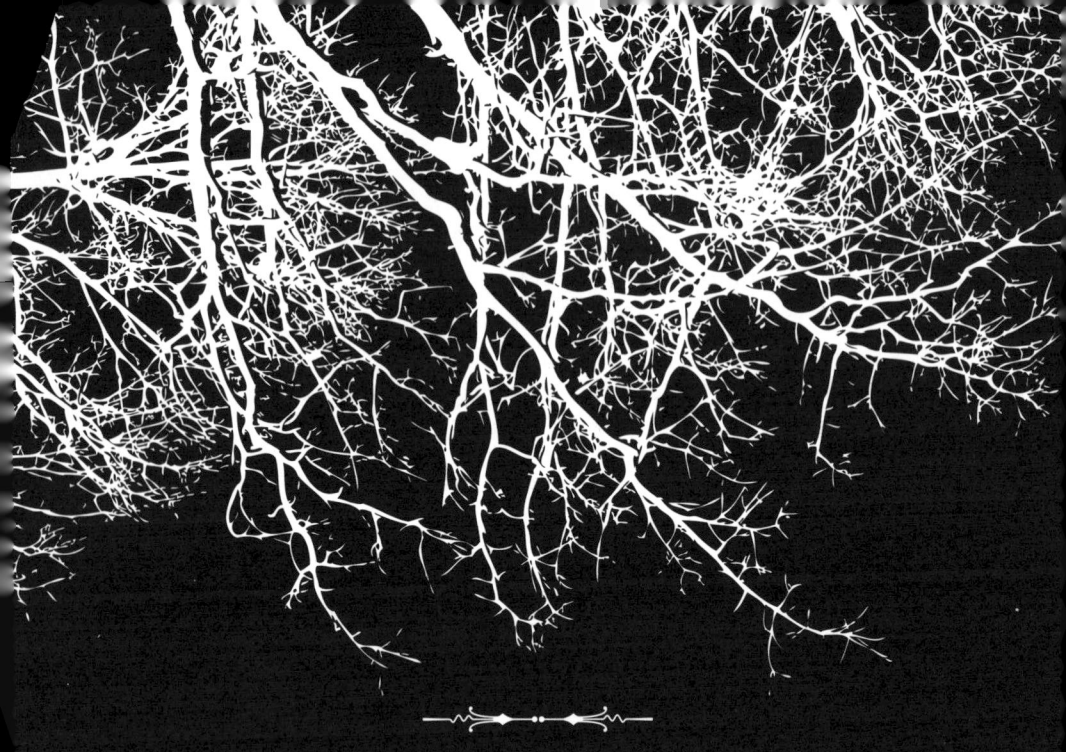

ONDE OS GRITOS SÃO SILENCIADOS...

Felipe R.R. Porto

(...) *Ela está à espera da Morte.*
Envolta em lama e vergonha.
E eu a ouço gritando...
Como ela grita...!
— Die Schreie sind verstummt, LACRIMOSA.

PRÓLOGO

Há quem diga que às vezes o passado se torna um fantasma.

Penso diferente. Acredito que o passado *sempre* se torna um fantasma. Às vezes, no entanto, ele se veste de saudade, nos assombrando com tempos belos demais que tentaremos revisitar ou recriar, mas falharemos em ambos. Em outras vezes, ele se veste de um espectro doentio do qual não se pode — ao menos não facilmente — se desvencilhar. Um que nos abraça, que nos cerca feito firmes ramos de mórbidas ervas daninhas.

O meu passado foi o segundo.

Um passado imerso em uma mística valsa de silêncios e gritos — gritos estes que ecoam persistentes na minha memória. Eles me convidam em lamúria constante a fazer algo que eu deveria ter feito, porém não fiz.

Talvez não ainda.

I

Vivo em uma terra interiorana, uma terra embraçada por frequentes épocas chuvosas. Ao redor é possível avistar escarpadas montanhas escurecidas pelas nuvens que constantemente pairam sobre toda a região; montanhas que se tornam negras, agourentamente negras, quando o dia se despede contente, pois finda o seu passar por estes cenários, dando então espaço para o reinado da noite. Vales e prados cobertos de grama estendem-se no seio destas intimidadoras cordilheiras. Tudo, todavia, traja matizes de cinza. O verde que haveria de reluzir sob a carícia do sol cá muito raramente o faz, pois há pouco que este mesmo sol consiga tocar. Vez ou outra, seus raios perfuram parcamente a espessa abóboda que as nuvens formam. O que mais se sabe do toque de tal astro vem da lua que, como se fosse sua pálida emissária, por desígnio inumano, às vezes também consegue sondar através do véu nublado, sendo misteriosamente a mais presente luminária sobre estas terras.

Quando vem tal luz, entretanto, não vem com alegria. Vem fria para banhar a paisagem em tons cadavéricos. E é por esta mesma paisagem que vi aquele homem caminhar. Era um retorno, na verdade. Ele estivera aqui anos antes, quando eu chegava aos meus dez anos. Para aqui chegar ele havia peregrinado por tortuosos caminhos, velhas ravinas e sombrias florestas, revisitando não apenas as sombras existentes entre as distorcidas árvores, mas também aquelas que passaram a habitar sua alma desde que o vi, há tantos anos. Cada metro, eu sei, para ele é escabroso, pois assim também hoje os vejo. Ainda assim, ele retornou para este estranho vale. Escolhera aprofundar-se uma vez mais entre as antes mencionadas escrutadoras cordilheiras, quais assomando ao redor a tudo emparedam e quase asfixiam em tons pouco menos que negros da quase sempiterna noite.

Em um dia como hoje, após tantos anos, o vi outra vez nestes vilarejos imersos em turva melancolia. Cada pedra, cada árvore ou casa soa-me consciente do que houve por aqui no passado. São conscientes daquilo que também o sou. Algo que o trouxe aqui uma segunda vez e a mim pela terceira.

Porém, ainda persistem em mim as imagens da primeira vez que o vi. Ainda vividamente me lembro. Eu era jovem, mas me lembro. Hoje, mesmo após a passagem de anos e anos, as lágrimas que de seus intensos olhos fluíram permanecem por mim lembradas, as quais arderam contra seu rosto quando teve sua amada pela última vez nos braços. Eu o vi vertê-las duas vezes. É a terceira vez que estou aqui e também choro pela segunda, pois os gritos persistem. Os gritos dela e também os dele.

Recordo-me que, antes da chegada dele, apenas ela sob aquelas copas caminhava, somente ela entre a multidão de caules que povoa o seio deste bosque anormalmente silencioso. Lembro-me do seu choro, da agonia. Lembro-me dos gritos angustiados dela, que era alva feito a lua, feito a mais pálida das pétalas do mais olente jasmim. Lembro-me de quando ela, com um punhal que reluziu prateado naquela invernal tarde que preludiava a noite, feriu-se fatalmente. Neste mesmo bosque, os gritos dela foram silenciados.

Ao menos para ela.

Pois foi em seguida que ele chegou e pela primeira vez o vi, o sol já tendo se escondido outra vez, feliz por não prosseguir assistindo àquela funesta peça. Em seguida, ainda que eu fosse jovem demais para entender, ouvi os prantos daquele homem também pela primeira vez. Ouvi, mas não entendi a razão. Hoje eu entendo. Hoje entendo os prantos dela. Hoje entendo os prantos dele.

Unidos, tornaram-se a Trenodia que até hoje comigo carrego, que em mim ressoa.

II

Pouco tempo se passaria até que eu soubesse do prólogo daquela tragédia. A jovem, tendo sido hediondamente violentada, não havia suportado a ideia de conviver com tal mácula; mácula esta que fora logo conhecida de tantos ouvidos e multiplicada por viperinas línguas dos moradores dos arredores do bosque. Após o epílogo desta mesma narrativa, havia quem julgasse a jovem por ter desistido. Havia quem a consolasse em vida, os quais por ela se puseram a lamentar quando souberam que escolhera partir. É dito, todavia, que o mundo jaz no maligno, não na benignidade. Assim, infelizmente, o primeiro grupo era maior.

Às vezes sinto que ainda é.

Como julgar o fardo de alguém? Como entender o peso que tal fardo deve ter? Deve-se fazê-lo? Ouvi outrora que não é certo o mero dizer "eu sei como você se sente", pois como é possível sabermos exatamente o que cada um sente?

Quando vi aquele homem pela segunda vez, cerca de quatro anos depois, eu continuava jovem demais para entender plenamente o que o fizera voltar até este lugar. Em um momento, acreditei que fosse apenas uma forma peculiar de relembrar, pois nem todos convivemos com a dor da mesma forma. Há quem prefira se afastar dela, esconder-se e tentar fingir que ela não está lá — em algum canto escuro das vastas galerias da mente, à espreita. Há outros que preferem senti-la, jamais ignorá-la e, assim, estes podem acabar aprendendo com ela. Há também aqueles que a conhecem, a sentem, mas precisam que ela cesse.

Cada dor é única, embora tenham todas o mesmo nome.

Hoje eu sei. Hoje sei que havia ecos na mente dele. Havia gritos que o chamavam até ali. Ele ainda era capaz de ouvir os gritos dela. Eu soube disso, pois era o que os gritos dele me diziam. Eu soube disso, pois os ouvia também, ainda que não os percebesse ou sentisse da mesma forma.

Cada dor é única…

Era inverno outra vez quando ele silenciou os gritos dela. Houve um fatal estampido em meio às árvores inertes — árvores que, em meus sonhos, anos depois, não estariam inertes, mas eu as veria movendo seus galhos, tapando seus caules envelhecidos onde sulcos eram olhos encovados e também bocas escancaradas de onde escapava um choro do qual eu jamais conheci o som. Aquele estampido expulsou as poucas aves que se atreviam a estar ali mesmo sobre o clima gélido. E se fez silêncio.

Ao menos para ele.

III

Mais seis anos se passaram, eu sutilmente envelheci. E mudei. Entendi mais coisas. Contudo, eles continuam comigo — uma companhia mais presente do que os poucos amigos que fui capaz de fazer. Poucos, mas leais. Sim, eu ainda os ouço. Agora mesmo os ouço. Eu ainda os via e ainda os vejo em meus sonhos. Em noites apenas ela, em outras apenas ele e, nas mais terríveis, ambos. Os gritos haviam sido silenciados, mas apenas para eles. Apenas em suas gargantas hoje transformadas em pó e em suas mentes escurecidas tomadas pelo aguardado vácuo da inexistência.

Os gritos não foram silenciados, afinal. Ainda estão aqui.

Felizmente, ao contrário deles, tenho outras formas de lidar com estes gritos. De silenciá-los. Não haverá sangue banhando este gramado enquanto vozes delatoras ecoam entre as árvores. Não haverá estampidos rompendo o silêncio pacato e quase místico que impera neste bosque. Não haverá som ou gritos para que outros se lembrem e por estes se achem atormentados.

Não, esta história não precisa terminar como as outras. Finalmente, os gritos serão de fato silenciados.

EPÍLOGO

Nota: O texto acima se trata de uma transcrição da carta encontrada junto ao velho salgueiro de onde pendia o cadáver do jovem autor, que se aproximava de seus vinte e um anos. Ele, após muita procura dos pais, foi encontrado dois dias depois do ato. Ninguém o viu chegar ao local, pois após os dois primeiros ocorridos uma incômoda superstição passou a cercar o bosque. Ninguém ouviu gritos, o que foi facilmente explicado pelo fato de que o rapaz havia se amordaçado. Ele havia conseguido algemas e estava com as mãos presas atrás das costas. Nunca se soube do paradeiro das chaves. Pela narrativa da carta, se torna também evidente que tanto a mordaça quanto as algemas tinham o propósito de que ele, de fato, não fosse ouvido por ninguém, ainda que hesitasse quando o desespero viesse assim que o ar lhe faltasse.

Alguns moradores das redondezas passaram, devido ao conteúdo revelador da carta e o ocorrido com o próprio jovem, a chamar o lúgubre local de "Bosque do Silêncio".

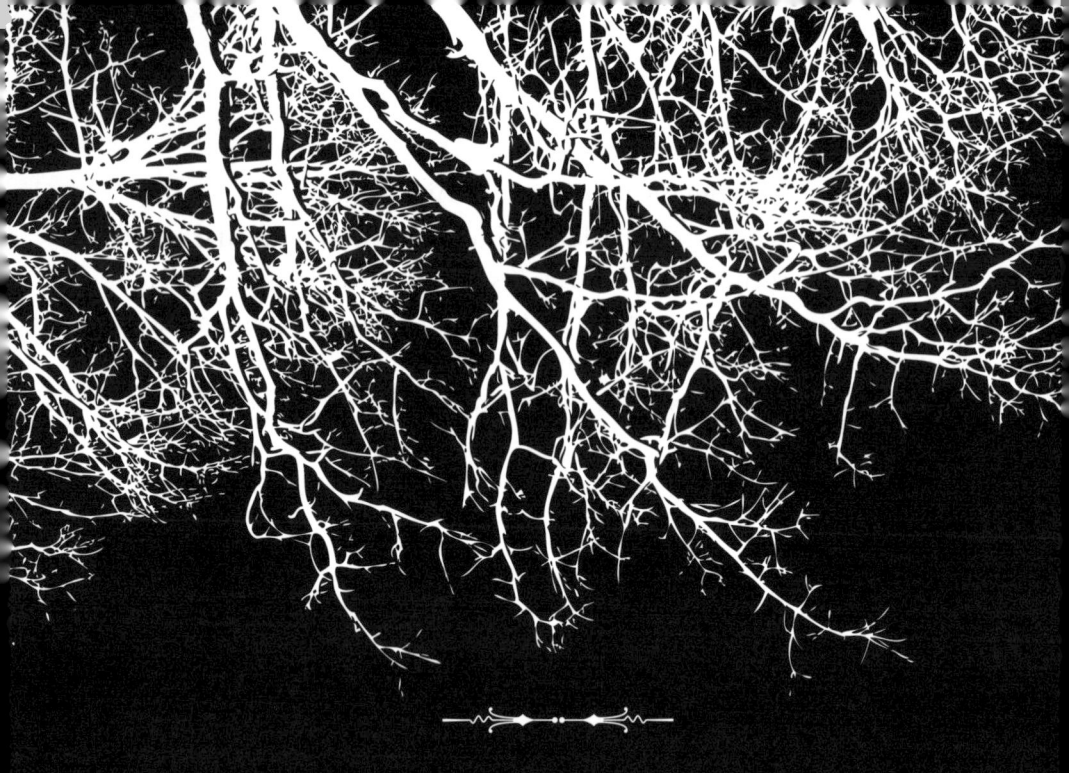

HYBRIS

Fellipe Montezano

"*Quos volunt di perdere dementant prius.*"[1]

Os passos trôpegos e sinuosos eram indícios inegáveis daquela marcha constante que assolava a pequena unidade orgânica havia dias.
As meias, qual esponjas, retinham a umidade daquelas regiões pantanosas, permanecendo ensopadas por longos períodos do dia, o que não ajudava na moral e, muito menos, na saúde dos pés daqueles homens.

---

[1] "Os deuses primeiro enlouquecem aquele a quem querem destruir." Autoria desconhecida.

Ao longe, em contraste com o efeito sépia provocado pelo arrebol crepuscular, via-se três homens esquálidos do que restou de uma brigada.

Os uniformes militares, outrora cosidos com esmero e alinho, a essa altura retorcidos emaranhados de tecidos, serviam de tipoia ao integrante mais novo e de amarra ao primeiro-sargento, com o intuito de estancar um sangramento em sua cabeça.

Contudo, o corpo alquebrado não era o único vestígio das batalhas passadas, os olhos profundos e escuros, portais incautos da alma, transpareciam, entre tentativas vãs de manter o mistério, as traumáticas veredas percorridas por aqueles com gana de viver. Desertores!

Caminhamos ao longo de várias semanas, enfrentando intempéries e gastando grande parte de nossa munição atrás da pouca caça que encontramos naquelas paragens.

O frio cada vez mais intenso prenunciava a chegada do inverno e lembrava, pelo tilintar dos ossos, o tamanho de sua brutalidade.

Enquanto isso, o pensamento vagueava por recantos verdejantes e quentes do meu eu menino, de um tempo mais simples e alegre, quando nos deparamos com uma bifurcação no meio daquela mata marginal.

O caminho da direita, claro e desbastado pela ação de mãos humanas, formavam uma pequena estrada rudimentar que nos aproximaria, rapidamente, da cidadela mais próxima.

Já o segundo caminho, à esquerda, quase não se fazia visível, partia de um terreno acidentado encravado entre duas montanhas, uma verdadeira grota pouco utilizada ou quiçá percorrida em tempos imemoriáveis.

Ao longe, podia-se determinar que aquele segundo terreno era bem inclinado e culminava num bosque de arvoredos retorcidos e pontiagudos que, provavelmente, contornaria as cidadelas principais, nos colocando numa região mais interiorana e segura.

— O que acha, Cabo?

Ouvi o chamado do primeiro-sargento.

— Ainda estamos perto demais — pontuei, lacônico.

— Senhor, temos fome e frio. Temos que parar — quase gritava o taifeiro em sua voz esganiçada, enquanto ajustava a tipoia.

— A decisão é sua, sargento. A morte se faz iminente. Ou pereceremos, quase certamente, na ponta de uma corda ou arriscamos a morte por inanição na busca de um lugarejo escondido por trás desse bosque.

O sargento cofiou, demoradamente, sua barba avermelhada, enquanto olhava o horizonte e perguntou:

— O que me diz, Cabo, uns dois dias e duas noites para atravessarmos o bosque?

— De acordo — respondi.

— Munição? — questionou o sargento.

— Nada — apontou o taifeiro, com os olhos marejados.

— Nada — menti, descaradamente, já que guardava no bolso interno do jaquetão uma pistola mosquete municiada com um disparo.

— Ainda tenho um disparo para emergência — disse o sargento, encabulado. — Armem as baionetas, senhores, hoje dormiremos entre espinhaços.

A natureza rochosa em nosso entorno se tornava mais escarpada, se fechando sobre nossas cabeças, nos obrigando, em certos trechos, a dar passadas laterais, como as dos caranguejos, para poder passar pelas aberturas rasgadas nas pedras.

Na linha do horizonte, um bosque despontava.

A noite se apressava e não podíamos perder muito tempo em pensamentos se quiséssemos chegar do outro lado daquela mata.

Assim sendo, como nos ensinado na infantaria, evitamos perguntas sem sentido e caminhamos a duras penas por entre a mata fechada, seguindo os poucos vestígios de uma trilha quase não mais navegada.

De início, algumas gavinhas ainda se prendiam em nossas roupas e cabelos, mas a vegetação foi se tornando mais hostil, mais desconfiada dos seres estranhos que invadiam seus domínios e, assim, passaram a prender e arranhar, por meio de espinhos afiados, nossas peles delicadas.

Vencidos os primeiros quilômetros, com a noite já sobre nossas cabeças, guardamos vigília de costas um para o outro, esperando o raiar de um novo dia. Adormeci. E dormi uma noite sem sonhos.

Acordamos assustados, sem saber definir que horas eram, já que os ramos entrelaçados ofuscavam bastante a passagem da luz do sol e os pássaros pareciam ter desaparecido de suas árvores.

Nem mesmo os insetos haviam demonstrado interesse pela nossa pouca carne e sangue. Reinava naquele ambiente de sombras um desconcertante silêncio.

O caminho na mata havia sido decidido naquela bifurcação, aceitando, conforme apontavam traços na geografia do local e evidências de fumaça ao longe, que uma leve curva à esquerda nos afastaria daquela vegetação e nos lançaria em um pequeno vale adiante.

Ou seja, contornaríamos uma das montanhas pelo meio da mata com o intuito de alcançar algum pequeno vilarejo no vale. Pelo menos, apostávamos nisso.

O silêncio era tão denso e palpável que nossa própria respiração criava um barulho ensurdecedor.

O farfalhar dos galhos e o estalar das pedras sob nossos pés criavam uma tensão tamanha que nos obrigava, instintivamente, a permanecer calados. Apenas os olhares e acenos eram nossa linguagem. Nosso guia.

O dia se tornou noite quando avistamos uma diminuta clareira à nossa frente. Tivemos pouco tempo, mas conseguimos, com a ajuda de nossas baionetas, cortar alguns galhos secos que nos serviriam de fogueira.

Retiramos a panela da amarra de uma das bolsas de guarnição e, com um pouco da água de nossos cantis, providenciamos uma sopa de cintos de couro. Nessa altura, as calças dos uniformes se mantinham no lugar com a ajuda da alça de nossos mosquetes.

Em seguida, nos ajeitamos entre algumas espécies de bancos de pedra dispostos em círculo. O sargento e eu escolhemos aquelas que forneciam um tipo de encosto para as costas e abrigo ao frio. O taifeiro, ainda jovem, permaneceu com um banco com a pedra de respaldar partida.

A sopa, por mais amarga e intragável que fosse, dava uma sensação de aconchego, que ajudava a aplacar um pouco da dor lancinante que sentia no estômago. Mas, Pai, como ansiava pelo sabor gorduroso da carne.

Entre uma colherada e outra acabei adormecendo, um sono leve, em meio às risadas irritantes de meus companheiros de viagem, e me peguei sonhando com os afagos de minha mãe.

No sonho, enquanto cantarolava, minha mãezinha me colocava de pé e me puxava pelo braço por um descampado até um círculo de pedras onde homens bestiais, embebidos em sangue visceral negro, em profunda adoração, ofertavam a um Deus pérfido o fruto recém-retirado do ventre de uma gestante, em oferenda.

Em seguida, névoas cobriam meus olhos e o tempo parecia dispersar a cena. E, assim, o mato cresceu no lugar, pedregulhos riscaram o chão e o grande círculo aparecia em ruínas diante de mim. Em seu centro uma tigela fumegante de um maravilhoso guisado.

Por fim, minha mãe, agarrando meu rosto e o esbofeteando repetidamente, olhou dentro de mim e disse:

— Acorde e veja minha criança. É chegada a hora. Acorde!

Eu cantarolava baixinho, ainda dormindo, antes que um tapa do sargento e uma voz em contralto me tirasse daquele torpor. O taifeiro havia sumido.

Os olhos, ainda retomando a nitidez daqueles que despertam sem dificuldades, reconheceram os padrões dos sonhos ali naquele local. E no lugar do sacrifício, o infante taifeiro.

O riso deu lugar ao desespero! E como que tragado pela própria noite, o corpo do rapaz haveria de ter sido puxado ao vazio. O grito em ânsia e dor do garoto se fez escutar ao longe.

Entrecortando o clamor agonizante, notas altas e graves de estalos guturais e guinchados inumanos maculavam o altar sepulcral, ao passo que uma lufada de ar nauseabunda fazia do carvão da fogueira brasa incandescente.

O silêncio mais uma vez imperou, e ainda incrédulos permanecemos antes que o som de passos rompesse o nada.

Covardes! Mil vezes covardes. Isso e nada mais me passava na cabeça antes de correr mata adentro naquele bosque maldito.

Não levei nada comigo, mas à sombra de meus calcanhares seguia atônito o sargento carregando consigo o último artifício de defesa.

Corremos sem destino até perto do amanhecer, e nenhum obstáculo era resistente o bastante para barrar meu caminho. Apenas meus pulmões colapsados me fizeram parar, brevemente, em busca de ar.

Quem sabe a luz do dia afastaria o mal em sua forma e deleite?

Ainda apoiado em seu mosquete, o sargento vomitava toda a água de seu corpo, quando os passos recomeçaram próximos de nós e uma voz conhecida cortou o ar.

Eram risadas estridentes e depois palavras:

— Monstro! Espere por mim!

— E o garoto? Você viu o rapaz? Onde ele foi? — balbuciou o sargento, ainda se recobrando de ter sido acordado às pressas.

— Esquece o rapaz, ele já era — pontuei em desespero.

— Monstro! — *Nod, nod, nod*, o som de estalos. — Espere por mim, *iiihhh* — veio o guinchado.

Pegando a arma, o sargento correu sem hesitar em direção à ruína. Gritei.

— Espere, homem, não percebe que esse som não é humano? Ele caça imitando os sons como um corvo. É uma abominação. Corra!

— Que som? — perguntou, aflito, meu companheiro.

— Abominação!

— Abominação! — *Nod, nod, nod*, vieram os estalos. *Iiihhh*, o guinchado.

Eu o puxei pelo colarinho e disparamos floresta adentro em direção à outra margem da mata. Não havia mais motivo para esperar.

Corremos por horas em direção ao sol nascente, às bordas das últimas amarras em forma de galhos.

Sentamos um de costas para o outro para comer algo e descansar. O sargento fez o primeiro turno. Apanhou a minha bolsa de mantimentos que acabara resgatando na correria e acomodou-se, calmamente.

Adormeci.

Todavia, o mar de silêncio foi rompido pelo cantarolar de uma bela melodia, a mesma de minha mãezinha. Acordei. E arrastado em pensamentos me vi enfeitiçado pela voz doce que me atraía.

Atirado ao chão, me vi indefeso em frente àquele Ser ancestral, atroz e faminto. Gritei em loucura procurando por ajuda, mas em vão.

Meu companheiro, descrente, olhava fixamente dentro de meus olhos, enquanto apertava firme a bolsa contra o peito. Nunca desviou o olhar de mim, mesmo diante do que se aproximava, apenas atirou a bolsa em minha cabeça e correu deixando tudo para trás.

— Mil vezes maldição! Besta maligna! — gritava o sargento na direção da criatura e de mim.

Nesse passo, já havia me colocado em fuga atrás dele, mas a divindade com certeza me alcançaria. Sem contar com o suporte de meu companheiro, não me restava muita escolha, caso quisesse, ao menos, escolher os meios de minha morte.

Novamente, escolhi o caminho dos covardes, jamais me permitiria ser predado. Saquei a arma em meu jaquetão, engatilhei, apertei-a contra a têmpora com força, momentaneamente, fiz mira e atirei.

Um corpo inerte jazia ao chão. A bala entrara pela parte mole do flanco direito, levando consigo tudo em seu caminho. Os joelhos não resistiram ao impacto e se dobraram, levando aquela massa de carne ao solo.

Sangue negro corria entre seus lábios. Nunca pude lembrar as últimas palavras do velho sargento, sequer olhei para trás e divisei o que a atrocidade fez dele, apenas cruzei os pórticos retorcidos daqueles galhos malditos para fora do bosque.

Não obstante, hoje, sentado num canto sujo em meu cárcere, já velho, cansado e em meio a lampejos de lucidez, posso afirmar, sem sombras de dúvidas, que aquela criatura asquerosa e vil nunca foi contida e não ficou em meu passado, mas me seguiu de perto, sobre meus calcanhares, para fora do silêncio daquele bosque.

Em verdade digo, posso nunca ter escutado as últimas palavras de meu sargento, mas a criatura agourenta, ao longo dos anos, nunca deixou de me cobrar o preço em sangue, bradando em meus ouvidos a todo instante os ecos de palavras do passado em sua própria voz:

— Monstro! — *Nod, nod, nod*, os estalos. — Abominação! *Iiihhh* — o guinchado.

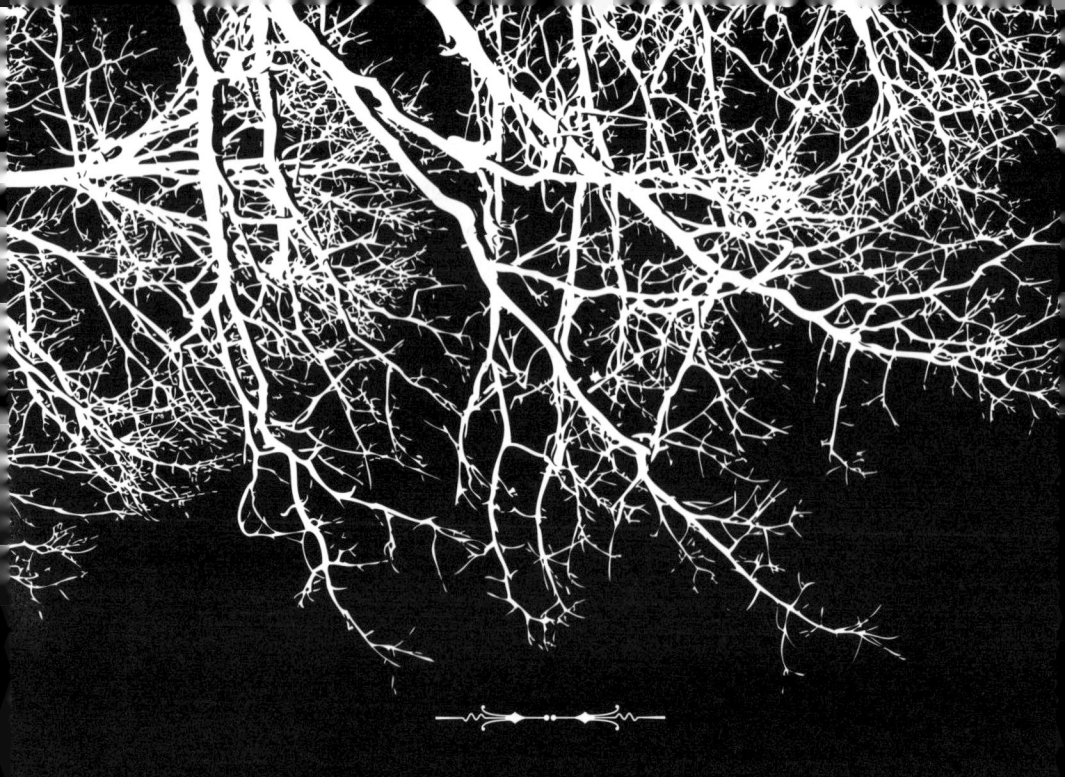

HELENA
Fernanda Filgueiras

Faz exatamente 364 dias que ela se foi. Helena morreu à meia-noite do dia 30 para o dia 31 de outubro, mas como o cemitério estaria fechado neste horário, achei que seria melhor ir durante o dia. Mas não no Dia das Bruxas, pois seria muito mórbido.

Ela era minha namorada. Primeira e única. Eu a conheci em um barzinho, em uma noite de verão em nossa cidade no interior de São Paulo. Ela estava se apresentando como dançarina, e eu fiquei fascinado. Não demorou muito para eu descobrir que ela era namoradeira, mas não me importava, porque eu estava apaixonado e ela mudou por mim. Assim eu achava.

No dia 24 de outubro, uma semana antes de sua morte, eu a flagrei em sua casa com outro homem. Ela tentou me impedir e se explicar, mas fui embora, sem a ouvir. Eu devia ter imaginado. Eu a via receber mensagens no celular, mas ela sempre desconversava e eu sempre confiava.

Depois de dias tentando entrar em contato comigo e mandando várias mensagens pedindo para me ver, decidi dar uma segunda chance, então fui a sua casa, mas era tarde demais. Quando cheguei lá, tudo estava em chamas. O amante a matou. Ele, Gustavo, levou de mim a única mulher que eu havia amado, a única pessoa que eu tinha, para sempre.

Desde sua partida, eu ainda não tinha ido ao cemitério para visitá-la, mas agora eu me sentia pronto. Peguei as flores que havia deixado em cima da mesa e alguns objetos que lhe pertenciam, mas que ela havia deixado em minha casa, e saí.

Já na rua, chamei um táxi e segui para o cemitério, que ficava atrás de um grande bosque que eu precisaria atravessar a pé. O local era um tanto quanto macabro. Havia muitas plantas por todas as partes, mas não cortadas de um jeito bonito ou harmonioso: eram selvagens e tomavam conta de tudo. Algumas partes do muro também estavam caídas. Fiquei triste pelo espírito dela estar descansando em um local como aquele.

Adentrei o cemitério pelos grandes portões de ferro. Não havia mais ninguém ali, apenas eu e o vento que soprava, balançando as árvores secas do bosque e arrepiando minha espinha. Segui as direções do túmulo dela, que eu tinha anotado em um papel, e de repente senti que estava sendo observado. Parei de andar e olhei em volta, então avistei um homem encostado em um tronco, segurando uma pá. Um coveiro. Seu olhar parecia me cortar por inteiro, era como se esperasse que eu fosse o próximo a morrer para que pudesse enterrar. Tossi e decidi ignorá-lo.

A sepultura de Helena estava tão abandonada como o resto do local. Em sua lápide não havia nenhuma mensagem, apenas o seu nome. Falha minha. Ela só tinha a mim, mas eu estava chateado demais para cuidar de qualquer coisa.

Me abaixei e posicionei as flores na terra e, ao lado delas, um espelho de mão que ela costumava amar, além do batom vermelho que sempre usava.

— Eu queria muito você de volta, Helena. Eu só queria dizer que te perdoo. Eu não queria que você tivesse morrido sem saber disso.

As lágrimas rolaram pelo meu rosto. Fiquei lá por um tempo, abaixado, até começar a chover, então me levantei enquanto as gotas engrossavam. Notei que o coveiro estava mais próximo, ainda me observando, então saí correndo sem olhar para trás. Adeus, Helena.

Ao chegar em casa, fui direto para o banheiro. Eu estava encharcado e precisava de um banho. Tirei a roupa e me virei para o espelho. Foi quando dei um pulo para trás com o reflexo que vi. Por um segundo, ao me olhar no espelho, eu o vi. Gustavo. Vi seu rosto no meu. Meu coração estava tão disparado que minha visão ficou turva e precisei me sentar.

— Se acalme, Eduardo. Se acalme. Você só está chateado pelo dia de hoje — disse para mim mesmo.

Tomei o meu banho ainda assustado, depois coloquei um pijama e fui para a sala. Eu esperava ficar o resto da tarde e da noite deitado no sofá, vendo TV. Mas quando passei pela mesa de jantar, vi algo que não estava lá antes: um jornal.

Caminhei até a mesa e peguei o papel. No canto direito da página principal havia uma notícia circulada com tinta vermelha. A manchete dizia: "Juiz absolve suspeito de assassinato por ser paciente psiquiátrico".

Meu corpo foi descendo até o chão enquanto eu lia a notícia, até me sentar nos tacos de madeira. Era sobre ela e o Gustavo. Depois que a Helena morreu, passei meses sem olhar as notícias, nem no jornal, nem na TV, nem na internet. Fiquei depressivo demais para isso e não queria ter que reviver essa dor de novo.

Eu não fazia ideia de que ele estava solto por aí. E então, uma dúvida surgiu na minha cabeça: Quem tinha deixado aquele jornal dentro da minha casa? Um pânico se instaurou no meu peito e eu saí correndo, procurando em cada canto para descobrir se havia alguém dentro do meu lar, mas não encontrei ninguém.

— O que está acontecendo? Eu estou ficando louco.

Passei um tempo parado, com a respiração e coração acelerados, buscando alguma explicação lógica para o que estava acontecendo, mas simplesmente não havia. Então liguei a televisão e coloquei em um filme de comédia para ver se conseguia esquecer aquele dia, e acabei pegando no sono.

Algum tempo depois, acordei e não ouvi o barulho da TV. Será que eu tinha desligado e não lembrava? Quando abri os olhos, eu o vi de novo. Na minha televisão. Saltei para trás e acordei de verdade. Era só um sonho, o filme de comédia que eu tinha colocado ainda estava passando.

Talvez ter ido ao cemitério não tenha sido uma boa ideia. Eu tinha ficado impressionado e agora estava tendo visões e pesadelos. Só podia ser isso. Tentei manter este pensamento e respirei fundo até pegar no sono novamente, mas acordei, de novo, e desta vez, com um grito que doeu até na minha alma, um grito de horror, um grito de mulher. Saltei do sofá e a vi. Helena queimando em chamas na minha frente. Ela olhava e gritava, apontando para mim.

Saí correndo e, quando cheguei na porta, estava escrito em batom vermelho: "Campos da Eternidade", o nome do cemitério. Eu sabia o que tinha que fazer.

Passei correndo pela minha entrada e ouvi o vizinho gritando:

— Ei! É meia-noite! Está tudo bem?! Precisa de alguma coisa?!

Meia-noite. A hora que Helena morreu. Eu tinha que acabar com isso tudo, havia começado depois que visitei seu túmulo, então teria que terminar depois que eu voltasse lá.

Não chamei um táxi desta vez. Fui correndo pelas ruas por muito tempo e, cada vez que olhava para trás, eu o via. Gustavo estava atrás de mim, talvez tivesse armado tudo desde o início. A cada esquina que eu virava, ele aparecia atrás de mim. Como ele estava indo tão rápido se não parecia estar correndo?

Finalmente, atravessei o bosque na maior velocidade que pude. Os galhos enganchavam em minhas roupas e arranhavam minha pele. O cemitério estava fechado, claro. Então eu lembrei da parte caída do muro e pulei para dentro.

Aquele lugar parecia mil vezes mais assustador de noite, dava para ouvir sussurros e o soprar do vento, que fazia assobios agudos entre as árvores. Então continuei correndo em direção ao túmulo, mas ouvi um som atrás de mim e me virei. Foi quando me choquei contra alguma coisa e caí no chão.

Era o coveiro. Aquele mesmo que havia ficado me encarando durante a tarde. Ele ainda estava segurando sua pá.

— Ela espera por você — disse o homem.

— Ela? Ela quem? Helena?

Ele não respondeu, apenas saiu arrastando a parte de metal de sua pá no chão. Aquele barulho fez um calafrio percorrer meu corpo. Quando me levantei e olhei para trás, ele já tinha desaparecido da minha vista. Comecei a correr de novo até meu destino e, quando cheguei lá, as flores estavam secas.

— Como isso é possível? Eu deixei essas flores aqui hoje e estava chovendo!

Peguei o espelho e olhei o reflexo. Eu o vi de novo. O espelho caiu de minha mão.

— Eu estava esperando por você.

Quando eu olhei em direção àquela voz que eu conhecia tão bem, não pude acreditar. Era ela. Era minha Helena. Mas com uma pele cadavérica, suas vestes de dançarina queimadas, e toda envolta em fumaça.

— Helena, mas... o quê? Como isso é possível?

— Por que você nunca veio me visitar?

— Eu não estava pronto... eu...

— Por que não estava pronto?

— Era doloroso.

— Doloroso é morrer queimada... Principalmente por alguém que você ama.

— Você o amava? — perguntei, enquanto lágrimas caíam dos meus olhos.

— Eu amava você, Gustavo.

— Do... do que você me chamou?

— Gustavo, Eduardo. Você. Você é ele. Você é os dois.

Eu não estava entendendo. Coloquei a mão no bolso e peguei meu documento de identidade. Meu nome era Gustavo.

— Eu... eu não entendo.

— Claro que entende. Eu deixei uma dica na sua casa hoje de tarde. Por que você fez isso comigo quando tudo o que fiz foi tentar te ajudar? — perguntou ela, dando um passo em minha direção. Eu fui para trás.

— Eu era a única pessoa do seu lado e você me matou.

Ela veio dando passos em minha direção e eu dei vários passos para trás, até cair dentro de uma cova aberta.

— Helena! Por favor, me deixe ir.

— Gustavo, eu não te perdoo. Eu não queria que você morresse sem saber disso — eu a ouvi dizer. Suas palavras me cortaram como uma lâmina.

Então ela apareceu na borda da cova, deu um sorriso, pegou uma pá, a mesma pá do coveiro, e me enterrou vivo. Ouvi sua risada enquanto ela jogava cada amontoado em cima de mim. Eu tentava gritar e a terra entrava na minha garganta e no meu nariz. Até eu parar de respirar.

Agora eu estava perto dela para sempre.

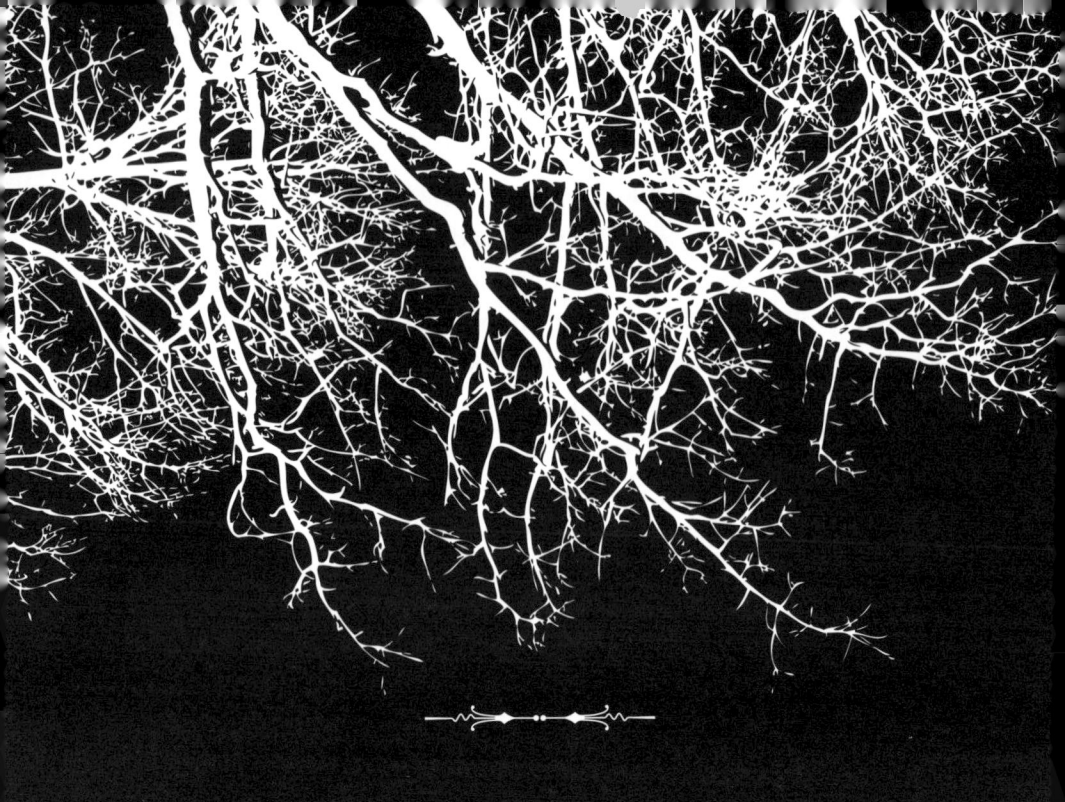

RUÍDOS

Flavio Igor

Você saiu da grande São Paulo, cidade dos sonhos e de grandes anseios, e foi direto para o campo, repassando para si os reais motivos que a incomodavam. Pensou nos velhos prédios em que muitas vezes vestiu e lhe serviram de tela, recheados de uma opaca e monocromática aquarela, e bradou aos sete ventos a sua ânsia por novas cores. Pensou no pragmático cinza que fazia ao sol, redoma, empilhando-o sob cinzas e mais cinzas de tabaco e fósseis carburados, repelido pelos ventos para os céus salpicados de um já senil azul. Antes de partir, deixou para trás o tique-taque ornamentado que por tanto tempo insistiu em marcar as horas, perdidas dentre as tantas estações das enferrujadas malhas ferroviárias. E agora, quando finalmente se vê aqui, de pés descalços nas trilhas de sua nova morada, respirando o ar verde que tanto buscava suspira e admite à nossa mais íntima obviedade — pois queria mesmo era fugir dos gritos da grande babilônia, do ruído dissonante, que insistia em ressoar.

Mas, de repente, se surpreende — quer por ironia do destino —, ao ver que a natureza também gargalha.

Não demoraria para que voltasse a se afogar e sentisse o ruído que a perseguia, aquele som incômodo, estridente, que surgira há algum tempo, pouco a pouco, sem pedir licença ou fazer menções de desculpas. O som que lhe provocava arrepios, enjoos e insônia. *Você correu, correu o máximo que pôde, não é mesmo?* Numa torpe tentativa de vencer a corrida contra o que reside dentro de sua própria cabeça.

— Mas... por que eu? — você pergunta com a voz embargada. — Por que vocês não podem simplesmente ir embora?

Talvez porque seja preciso deixar que fiquemos.

— Eu só gostaria de ter alguma paz, alguma maldita paz, mas os ruídos... ah, os ruídos se tornam cada vez mais fortes e constantes.

E para onde vai? — lhe pergunto. — Pretende encontrar a paz, passo a passo, perseguindo o silêncio, penetrando as entranhas de um bosque que jamais esteve silencioso?

Você nos afasta, momentaneamente, ao perceber cada som novo à sua volta. E o seu cérebro vibra, castigado pelo chacoalhar das árvores sobre os tímpanos. Sente-se desorientada, percebendo que ali existem tantas outras vozes quanto as suas e que agora os seus olhos pairam à deriva de tantos outros, que por inteiro se alimentam do seu barulho. Você se detém por um momento, ofegante, pressionando sob as solas dos pés os galhos secos que possam vir a provocar alguma dor, e a sua pele repuxa, e pergunta se está tudo bem. O suor distorce aos moldes de sua face e a ele se faz amigo às lágrimas escondidas, que servem de repelente contra os incessantes rugidos.

As vozes persistem. Persistem. Persistem... e você torna a correr, ainda mais, sobre a densa relva não explorada.

Você já não pode ver os raios de sol lá fora, não é? Mas continua a correr, sem se importar, se dia ou noite. Por que não acolhe as muitas vozes que falam? — pergunto. — O último dos caminhos é a aceitação.

É um silvo constante, áspero, fragmentado, como se as vozes fossem a sua voz, e nós, apenas partes do que compõe o seu ser.

Você não suporta mais! E está tudo bem fazer o que pensa em fazer. Mas saiba que nós não iremos embora. É sempre difícil aceitar que as coisas são como deveriam ser.

Hesita, por um instante, e se ajoelha na mata fechada. Quem sabe o cara lá de cima pensasse que fosse fazer uma prece. Mas, não para a nossa surpresa, você apanha o primeiro galho à disposição e perfura os próprios ouvidos.

— Aaaargh! — *Seus gritos se unem ao coro e todos choram por você, embargados pelo sangue que escorre por entre as suas próprias mãos. O flagelo do templo é penitência, é pecado, e de sua carne nada sobraria se lhe calassem todas as vozes, mas elas não calam.*

A chuva, que bate à sua porta como um convidado ilustre chegando em momentos oportunos, deságua lavando o seu corpo e a prepara para a santa ceia. Você está trôpega, lenta, ziguezagueando por entre os bosques — agora silenciosos — e vê ao longe o monolito de rocha maciça estirado na pequena clareira. As brumas lhe calçaram os pés com ternura e fizeram de suas roupas um véu esbranquiçado. Você caminha, delicadamente, sabendo exatamente por onde deve caminhar, e sente o cheiro adocicado e pútrido um pouco mais perto.

Você pode nos ver agora, não pode? Vá, não tenha medo, abra os olhos.

E você finalmente nos ouve.

Meus olhos, que aos seus, negros como portais para uma distante e misteriosa Era, fitavam-na com fascínio. A curiosidade que demonstra ao ler o nosso corpo espia-nos e não esconde, perante a nossa primitiva nudez, a ardente blasfêmia. Desde os cascos bipartidos, que em sua mente ressente uma aparência sofrida, até a pelagem espessa, escura, que sobe de maneira viscosa pelo membro torpe e viril, repleto de dualidade, assim como o visto nas águas em que Salmacis banhou. E seus olhos não cessam, percorrendo os seios grandes, descobertos, expostos por nós com indiferente luxúria, e para além de nossa singular escultura, você se pega, entretanto, paralisada olhando as nossas várias cabeças e seus chifres retorcidos como os de um carneiro.

As correntes do último juízo se arrastam vagarosas pela densa névoa e produzem um som agourento de metal sobre rocha afiada, ecoando até os arredores da grande árvore mãe, saudando a carniceira, ovacionando a meretriz anciã e a tua prole incestuosa.

— Mas não tenha medo — repito, estendendo as mãos de encontro às suas. — Flutue sobre o solo enegrecido e prostre-se de joelhos perante a minha presença. E do seu, o mais esperado desejo, faça de meu corpo morada, e de você farei a minha.

O odor da decomposição vinha de todas as vozes silenciadas no bosque e, soberano, restara apenas uma.

A sua.

A nossa.

A derradeira a ser silenciada.

E então, despejo-me sobre o monolito enfeitado e me entrego à sua carne e ao seu ruído.

Com sutileza reconfortante, se eleva sobre mim o seu corpo, como num sonho profundo, calmo, bonito. Me extasio à sua entrada em minha morada e sinto preencher em mim toda a casca antes vazia. Percorra o meu ventre e me possua, assim como o fiz com este bosque. Suas mãos ásperas me tocam e sinto a sua boca próxima à minha, e sobre o seu pescoço coloca as suas próprias garras, porque se pudesse falar, diria.

Derrame o néctar viscoso sob o cálice de minha garganta, não se precipite ao olhar — *corte-se e sangre*. E do seu corpo se faz pão, se faz vinho, e saboreio o férreo silêncio que tanto buscava.

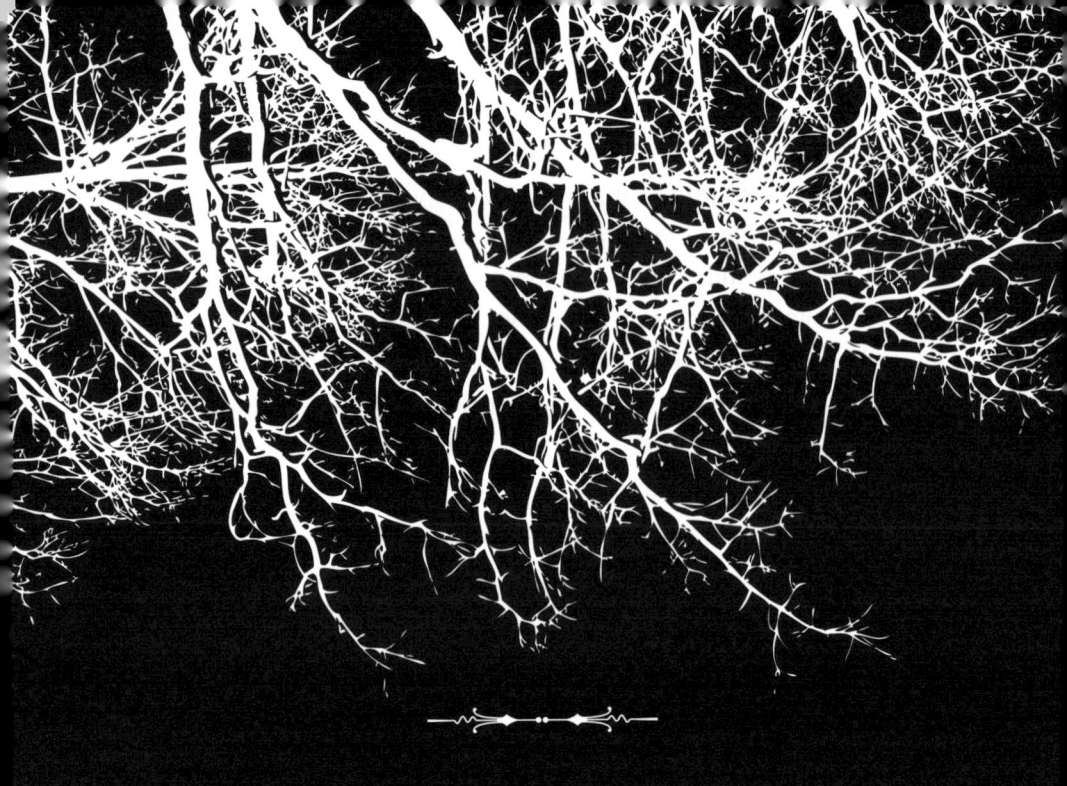

CORRIDA NOTURNA

Gil Marcel Cordeiro

A baixou-se para amarrar o cadarço e finalizou o laço com pressa. O ritual era praticamente o mesmo: calçar o Adidas com as meias pretas grossas de cano alto, vestir a camiseta e o short, não esquecer o relógio de pulso e sair depressa levando o squeeze, o walkman e as chaves do apartamento, antes que o sofá se tornasse tentador demais.

Quando *More Than a Feeling* (a primeira faixa da fita cassete batizada de "Corrida Noturna do Rick") começou a pulsar nos fones, ele já marchava pelo saguão em direção à saída, fazendo questão de ignorar o aceno do porteiro. Sabia bem o que o velho da portaria pensava a seu respeito, apesar de nunca ter levado ninguém para o apartamento, especialmente outro homem. Também havia prometido, desde sua última mudança, nunca mais se sentir obrigado a ser simpático com ninguém. Via aquilo como uma forma de compensar todos os anos de olhares, piadas e desprezo que havia suportado. E tinha até uma palavra favorita para definir aquela decisão: retribuição.

O ar gelado da noite o recebeu lá fora e ele fez questão de encher o peito, sentindo a tensão acumulada ao longo daquela quinta-feira começar a aliviar os ombros e a mandíbula. Nas duas últimas semanas, aquele havia se tornado o *seu* momento do dia, todos os dias. Caminhou até a esquina e esperou o sinal fechar. Atravessou a rua com passos decididos, deixando para trás o letreiro luminoso que marcava onze e vinte. Ao entrar pelo portão de acesso D, os sons da cidade diminuíram à medida que avançava a trilha principal.

O parque se tornara seu novo refúgio, um labirinto de vegetação e de longos caminhos entrelaçados onde ele podia, finalmente, se perder enquanto praticava seu mais novo esporte favorito. Logo ele, que detestara os tempos de escola, fugindo e se escondendo dos meninos que o atormentavam, havia tomado gosto justamente pela corrida. É que, assim como os primeiros metros de corrida o ajudavam a deixar para trás o cansaço e a frustração de mais um dia de trabalho, correr também o ajudava a deixar para trás o velho Ricardinho da escola — desajeitado, rechonchudo e tão incompatível com qualquer atividade das aulas humilhantes de educação física.

O *Ricardinho-peitinho-de-moça*.

O *rolha-de-poço*.

O *poço-sem-fundo*.

A raiva e frustração das lembranças alimentavam suas pernas, fazendo-o correr cada vez mais rápido. Seu corpo se movimentava com precisão quase mecânica: braços dobrados a noventa graus balançavam em sincronia com as passadas, enquanto ombros e costas geravam um ritmo fluido. Antebraços paralelos ao chão, mãos levemente fechadas e relaxadas, e ombros largos e alinhados, que permitiam uma rotação natural do tronco e auxiliavam na propulsão das pernas.

Aos vinte e sete anos, era como uma nova máquina. E embalada num belo físico, é verdade.

Seus pulmões trabalhavam em sincronia com as pernas, inflando-se com o ar gelado da noite e expulsando-o em rajadas quentes. O coração bombeava sangue e adrenalina, forçando cada músculo a colaborar com a cadência imposta pela música nos fones de ouvido. Tarde da noite e ele ali, serpenteando no ritmo de *You Get What You Give*, descoberta e ouvida incessantemente na última semana. O suor brotava da testa, escorrendo pelas têmporas num caminho delineado do rosto para o pescoço, até se acumular no colarinho. Entre as pernas, a fricção constante também gerava calor e suor, mas ele gostava da sensação. Assim como gostava quando o suor fazia a camiseta colar à pele, destacando os músculos do peito e do abdômen.

O Ricardinho-peitinho-de-moça estaria orgulhoso dele.

Mas o Rick não. O Rick queria mais.

Seus pés batiam no asfalto num ritmo forte e constante, cada impacto lembrando-lhe da nova força que havia conquistado, especialmente no último ano. Daquele novo corpo. Das corridas noturnas que o levavam para a vida que ele sempre quis.

E dane-se o rolha-de-poço. Danem-se todos eles.

Após vinte minutos alternando entre caminhadas, trotes e corridas, decidiu fazer uma pausa. Avistou um bebedouro perto de uma interseção de trilhas, onde o caminho oficial se cruzava com a saída para o portão A e um atalho até o velho bosque do educandário. Encheu seu squeeze com água e, enquanto bebia, notou um homem correndo, vindo do mesmo trajeto. O sujeito era magro, cabelo castanho preso em um coque baixo, e tinha músculos bem definidos à mostra na regata. Os dois trocaram olhares, e Rick notou o desejo nos olhos verdes do outro homem, que brilhavam sob a luz suave dos postes do parque.

O rapaz reduziu a velocidade e tomou o atalho do bosque, olhando para trás antes de desaparecer na curva, sinalizando sua intenção. No mesmo instante, um casal passou devagar, caminhando em direção ao portão A. Rick logo notou, com desdém, o excesso de gordura que transbordava do short apertado e alargava a camiseta empapada de suor daquele sujeito.

"Parece um porco", pensou, terminando de encher o squeeze.

Faltavam quinze para a meia-noite quando precisou revisar suas opções ainda na intersecção deserta: retornar pelo caminho de onde viera (outros trinta minutos de corrida), seguir o casal e sair pelo portão A (contornando o parque), ou pegar a rota alternativa pelo antigo internato de padres e chegar ao portão F, do outro lado. A última opção pareceu a mais atraente, e o olhar desejoso do sujeito o impulsionou a tomar o caminho da trilha não demarcada.

Avançou pelo atalho, sentindo o impacto do chão batido sob os pés. Os galhos das árvores altas se entrelaçavam acima dele, bloqueando parcialmente a luz. Nunca tinha seguido por aquele caminho, mas já tinha ouvido falar do lugar pelos caras do escritório, que cochichavam piadinhas nojentas, falando de homens que se embrenhavam no tal "bosque do silêncio", longe dos olhos da segurança do local (que era inexistente depois das nove da noite), em busca de outras formas de suar a camisa além de correr ou pedalar altas horas.

"O que se faz no bosque do silêncio, fica no bosque do silêncio."

Mesmo cercado de neblina, ele não sentiu medo. Seguiu em frente numa mistura de curiosidade e excitação. Conforme adentrava o coração do parque, os ruídos da cidade iam se dissipando, substituídos pelo leve farfalhar da vegetação. O som dos carros ao longe, as vozes baixas das conversas ocasionais do caminho principal e até os ruídos dos insetos foram desaparecendo, substituídos por uma quietude densa, quase palpável.

Mas Rick permaneceu alheio, com *Closing Time* ecoando nos tímpanos.

A rota alternativa tornou-se ainda mais fechada à medida que ele avançava, o que o fez se perguntar se teria, por alguma razão, errado alguma das curvas naqueles últimos minutos. Até que, ao chegar num novo cruzamento, avistou, a alguns metros do desvio, um grande portão. Atrás dele, a silhueta de uma construção em ruínas erguia-se como a carcaça de um gigante. Rick afundou o botão de *pause* no walkman, interrompendo a música, e deslizou o fone em arco das orelhas para o pescoço. Notou o telhado destruído, as janelas quebradas e as paredes altas cobertas de trepadeiras, iluminadas pelo brilho etéreo da lua cheia.

Só depois de contemplar a visão daquele colosso desmoronado — mas ainda assombroso e fascinante, como se retirado de um conto gótico — foi que ele avistou o rapaz de regata, parado em frente ao portão pesado enferrujado, esperando por ele. Olhando fixamente para Rick, com o rosto suado cintilando à luz da lua, passou para dentro. Rick sentiu uma onda de adrenalina percorrer seu corpo. Seguiu o rapaz sem hesitar, espremendo-se pelas grades retorcidas, que emoldurava aquele encontro proibido.

Alguns metros adentro, Rick caminhou por um caminho de pedras que rangia sob seus pés. Contornou o prédio principal, passando por bancos de madeira deteriorados e um busto de santo (que ele desconhecia) com olhos e boca recobertos de musgo. O ruído de cacos de vidro quebrando sob seus pés ecoava enquanto ele pisava no que restava dos vitrais estilhaçados. À medida que avançava, percebeu sua ansiedade aumentar. Sentiu o coração bater acelerado, não apenas pelo esforço físico, mas pela expectativa do desconhecido. Cada passo o fazia questionar sua sanidade.

O que alguém, em sã consciência, estaria fazendo metido naquele lugar deserto àquela hora da noite?

Dobrou uma esquina e chegou ao que parecia ser um velho jardim, mas o fato de não avistar logo o rapaz de regata só fez aumentar sua apreensão. Já sentindo o coração querer sair pela boca e prestes a dar meia-volta para escapar daquele mausoléu, o som de um galho quebrando logo atrás o fez se virar bruscamente: ali estava o outro, surgindo das sombras feito um espectro, com um sorriso enigmático no rosto.

Assustado, Rick deu um salto, mas antes que pudesse reagir, o jovem avançou e o puxou para um beijo intenso. Ao sentir a língua do outro homem massageando a sua, o fogo que começou nos lábios se espalhou rapidamente por todo o seu corpo. Rick não podia acreditar que aquilo estava mesmo acontecendo. Era bom demais para ser verdade! No instante daquele beijo, refez todos os passos desde que entrara no parque até o momento em que seus olhares se cruzaram.

A corrida, seu melhor momento do dia, e que começou como qualquer outra noite, lhe trouxera o melhor momento de todos.

— *Shhh!* — disse Rick, interrompendo o beijo.

O rapaz o encarou, alerta.

Trêmulo, Rick virou o rosto para o educandário e estreitou os olhos na direção de uma área mergulhada na escuridão. Esticou o braço direito e apontou para o centro do breu.

— O que é aquilo?

Compartilhando da tensão imediata, o sujeito também estreitou os olhos para tentar enxergar alguma coisa, sem perceber quando Rick levantou o pé esquerdo por detrás da perna, retirando seu velho canivete vermelho de dentro da meia preta de cano alto e levando a arma até o queixo do outro.

O silêncio foi interrompido assim que Rick apertou o botão de acionamento e uma lâmina afiada perfurou violentamente o pescoço e a língua do rapaz, que lançou um urro violento e descrente. Rick puxou o canivete e o sangue escuro começou a escorrer pela regata.

A vítima levou a mão ao corte, tentando assimilar o que havia acabado de acontecer. Quando estava prestes a se lançar sobre Rick, foi atingida novamente, uma, duas vezes, e depois mais três, quatro, cinco golpes rápidos e consecutivos que perfuraram seu peito, sua bochecha esquerda e novamente seu pescoço.

O sexto e o sétimo golpes de canivete acertaram-lhe as mãos, enquanto ele tentava se defender. O rapaz gemia muito, mas não gritou outra vez. Virou-se de costas e começou a caminhar na direção oposta do portão, atordoado e com a visão turva, até perder as forças, cambalear e cair na grama alta. Ainda com o coração a mil, Rick observou a cena, imóvel por alguns instantes, ouvindo apenas a própria respiração.

Sentindo-se calmo, notou algo a poucos metros do corpo: um antigo poço de pedra, também tomado pelo musgo. Espiou lá dentro, mas só viu escuridão. Ao se aproximar, notou que a profundidade era tal que quase conseguia ver o próprio reflexo naquele buraco negro aparentemente sem fim. Com determinação, arrastou o corpo do jovem até a borda do poço, levantando-o pelos braços com certa dificuldade. Num esforço final, lançou o rapaz, que ainda agonizava, na escuridão do buraco. O som da queda ecoou por três ou quatro segundos antes de um estrondo abafado indicar que o poço, afinal, não era raso. Enquanto os ecos se dissipavam, Rick recolocou os fones e liberou o botão de *pause*, religando o cassete.

"Mais suave que a sombra, e mais rápido que as moscas, seus braços estão ao meu redor e sua língua em meus olhos", sussurrava, em inglês, a canção de The Cure.

Ele olhou para o vazio lá embaixo uma última vez, absorvendo toda aquela adrenalina (ou seria a endorfina tomando conta do seu corpo e lhe oferecendo aquela sensação de prazer e recompensa, tão inesperada e satisfatória?). Já era tarde, e ele precisava ir. Mas sabia que as corridas noturnas o fariam retornar ao bosque e ao educandário outras vezes.

O velho Ricardinho tinha um novo poço para encher.

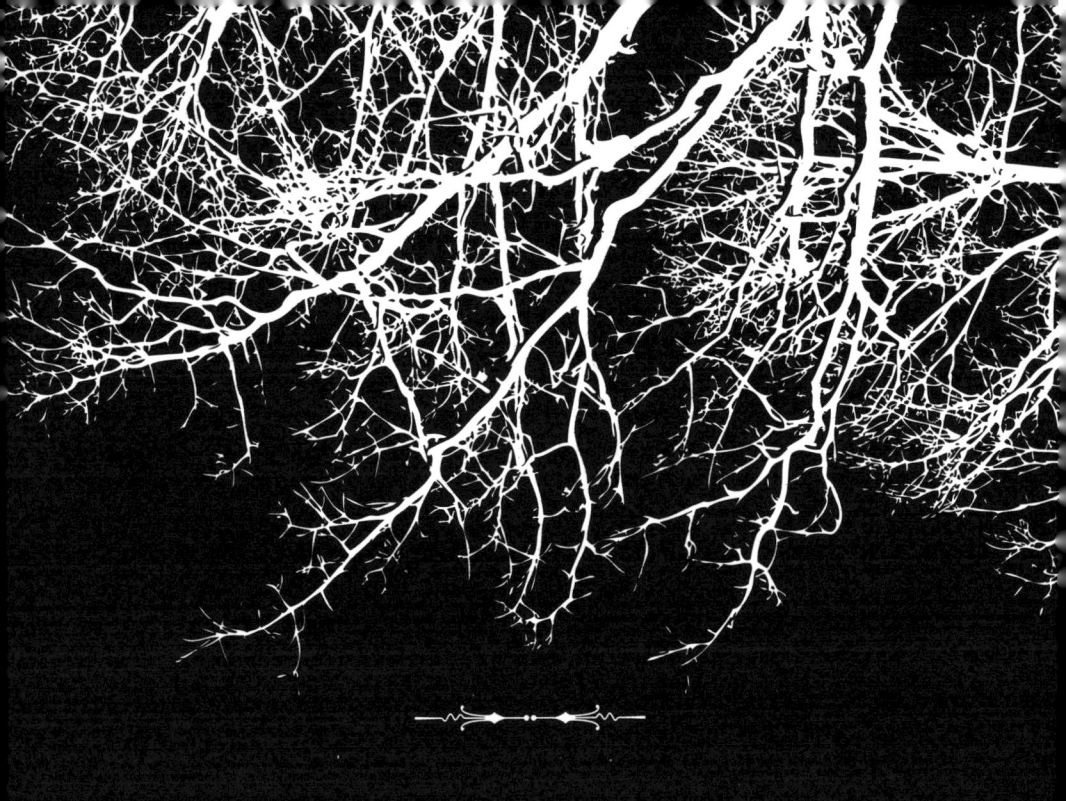

INICIAÇÃO

Guilherme M. Bonfim

— Mãe, tô saindo. Os meninos chegaram.

— Qual deles tá dirigindo, Ana?

— O Lucas é o único que tem habilitação, você sabe que o Gab e o Léo são menores de idade.

— Isso não impede os dois de ficarem rodando por aí com esta porcaria de carro que eles compraram. E você sabe que eu não gosto que fique andando com eles por aí. Esses garotos bebem muito, me disseram que até maconha fumam. Se te pego fumando, eu te arrebento, Ana!

Ana se aproximou da mãe e beijou seu rosto carinhosamente.

— E isso são horas de uma menina de dezesseis anos sair de casa? Olha o tamanho da sua saia, Ana.

— Mãe, menos. Fui...

Maria do Socorro compreendia que não dava para simplesmente prender a filha em casa ou criá-la sob as mesmas regras rígidas com que fora criada. Viúva desde que Ana era bebê, sua dedicação ao trabalho e sua fé em Nossa Senhora do Perpétuo Socorro garantiram, segundo ela mesma, a boa criação da filha até então.

Como parte de um ritual próprio, assim que avistou a filha entrar no carro dos amigos, Maria acendeu uma vela, ajoelhou-se diante de um pequeno altar montado na cômoda ao lado da cama e rezou à sua santa predileta pedindo pela proteção de Ana.

Ao som de Black Sabbath, desta vez em um volume bem menor que o habitual, Lucas guiava o carro ao lado de Gabriel. Eles revezavam goles em uma garrafa que trazia o drinque predileto daqueles jovens (ou quem sabe o único acessível a eles): uma mistura de vodca barata com energético ainda mais barato. No banco de trás, Ana conversava com Leonardo sobre o novo livro que ele estava lendo.

— "Há muitas gerações, o Bosque do Silêncio era considerado um local sagrado onde cultos ecumênicos e até algumas missas católicas costumavam ser realizados. No entanto, em uma noite de outubro, há aproximadamente duzentos anos, um grupo de satanistas estrangeiros realizou ali um ritual de iniciação que acabou profanando o local ao invocar entidades trevosas. Relatos contam que houve uma grande batalha espiritual, vencida pelas chamadas forças do mal, o que amaldiçoou para sempre o bosque.

"Desde então, o Bosque do Silêncio se tornou um limiar entre o mundo dos vivos e dos mortos, atraindo almas perdidas em busca de alívio para seus tormentos e satisfação dos desejos carnais ainda presentes no espírito. Durante a noite, os lamentos dessas almas podem ser ouvidos como sussurros entre as árvores.

"Os moradores locais evitam ao máximo a aproximação ao bosque, e muitos relatam histórias de aventureiros que nunca retornaram de lá ou, em outros casos, voltaram totalmente perturbados. Apenas os mais bravos ou insensatos se arriscam a entrar no Bosque do Silêncio, por mera curiosidade, na esperança de encontrar respostas ou realizar seus desejos mais proibidos."

Logo após colocar um baseado na boca e acendê-lo, Leonardo virou-se para Ana, curioso para saber sua opinião sobre o que havia acabado de ler para ela.

— Cara do céu, você tá fumando muito.

Lucas e Gabriel não conseguiram conter as risadas.

— Eu já falei isso pra ele, Aninha — brincou Lucas.

Leonardo encarava Ana de um jeito diferente. Em silêncio, seu olhar demonstrava um misto de admiração pela beleza da menina, irritação por não ser levado a sério em seus estudos e frustração por ninguém mais compreender que aquilo era real.

— É? Vamos ver como vai ser quando a gente chegar lá, então. Aqui é fácil dar risadinha — desafiou Leonardo.

Foi neste momento que Ana se deu conta de que estavam seguindo um caminho totalmente diferente do que costumavam fazer. Leonardo guiava o veículo em direção a uma estrada de terra que ligava o centro a uma região bem mais afastada da cidade, na zona rural.

— Aonde a gente vai hoje? — quis saber Ana.

— No Booosqueee do Silêêêncioooo… — respondeu Gabriel fazendo, ironicamente, uma voz fantasmagórica.

— Quê?

— É coisa do Léo, Ana — explicou Lucas.

— Não é coisa minha, Ana. O livro traz um mapa antigo do nosso estado e mostra a exata localização do Bosque do Silêncio. Ele fica aqui na cidade, naqueles lados onde tem os sítios e as plantações de cana.

— E o que a gente vai fazer lá, Léo? — perguntou Ana.

— Eu tenho estudado bastante sobre o assunto e…

— Que assunto? — interrompeu Ana.

— Satanismo — disse Lucas.

Gabriel agora ria com um pouco mais de descontrole.

— Ah, vai à merda, Léo. Eu não quero ir, me levem de volta pra casa — pediu Ana.

— Relaxa, Aninha — respondeu Lucas.

— A gente vai lá só dar um rolê, beber, fumar um e, se você quiser, claro, a gente dá uns beijinhos enquanto o Lucas dá uns pegas no Léo — brincou Gabriel.

— Vai se foder — disse Lucas, rindo.

Ana, que até ali não havia bebido nem fumado, não respondeu nada. Evitou se opor à aventura ou questionar as bobagens que havia acabado de ouvir, mas decidiu que ficaria sã pelo resto da noite. Ao mesmo tempo, sentiu curiosidade e quis saber mais sobre o que Leonardo vinha estudando.

— E qual que é a parada do satanismo aí, Léo?

Sorridente, o jovem começou a explicar um pouco do que conhecia a respeito do assunto.

— Tem que ter a mente aberta, Ana. É um lance que sofre muito preconceito, por pura ignorância, sabe? Mas é massa. Eu já li um livro sobre o assunto e ontem chegou este aqui que comprei na internet.

— Tá, mas o que rola? Tem tipo uma missa, tem uma bíblia do capeta? Sei lá.

Lucas olhou para Gabriel e cochichou:

— A outra vai se converter nessa porra também.

Gabriel gargalhou mais uma vez.

— Não. Nós, satanistas, cremos que nossas entidades, que o mundo por ignorância conhece como demônios, são como seres ou inteligências à parte do ser humano. São seres que podem ser invocados e que agem como nossos auxiliares, nos ajudando a evoluir, prosperar e conseguir o que queremos aqui na Terra.

— É praticamente a mesma ideia de quem acredita em Deus e nos anjos da guarda, só que vocês usam roupas pretas e ouvem rock — provocou Ana.

— É bem diferente, Ana. Para nós não tem essa de rezar, pedir, esperar acontecer e, se por acaso for abençoado, agradecer. Aqui a coisa é real, recebemos uma missão clara em troca daquilo que pedimos. Ou seja, para conquistar o que queremos, basta dar algo em troca.

— Tipo o motoqueiro fantasma?

— Vai brincando. — O tom usado por Leonardo estava um pouco mais ameaçador.

Os minutos restantes até o local indicado pelo GPS foram feitos em total silêncio pelos quatro amigos, e só se ouvia a melodia barulhenta e a voz de Ozzy Osbourne vindo dos alto-falantes.

— Tá falando que é aqui, mano — disse Gabriel olhando para o navegador em seu celular.

— Puta que pariu, esqueci de abastecer! — exclamou Lucas, assustado.

O marcador mostrava o nível de combustível totalmente zerado.

— Onde vamos achar um posto aberto neste fim de mundo, quase meia-noite? — perguntou Lucas em voz alta, ainda que para si mesmo.

— Fica tranquilo que o que tem no tanque vai dar pra voltar — falou Leonardo.

— Mano, não era nem pra gente ter chegado aqui — explicou Lucas.

— Eu sei. Vamos que agora o resto do caminho é a pé — disse Leonardo enquanto descia do carro e pegava a mochila no porta-malas.

A temperatura parecia cair a cada passo dado pelos jovens em direção ao centro da mata.

— Léo, já era o GPS. Aqui não tem sinal de celular, pelo menos o meu não tem — falou Gabriel, preocupado.

Ana e Lucas conferiram seus aparelhos e constataram o mesmo. Leonardo, que vinha em total silêncio até ali, tranquilizou os amigos.

— Não precisamos mais, só venham comigo.

Ele de fato parecia saber bem a direção certa a seguir.

Algumas centenas de metros à frente, o grupo deparou-se com um local descampado em meio às árvores. O espaço formava um círculo e, bem ao centro, havia uma espécie de altar feito de pedra. Leonardo não conseguia disfarçar o entusiasmo.

Em silêncio, retirou a mochila das costas, abriu-a e entregou cinco velas negras a Lucas e um saquinho com pó vermelho a Gabriel.

Enquanto Lucas acendia as velas e as posicionava nas pontas do pentagrama que Gabriel desenhava com o pó vermelho, Leonardo posicionou-se de joelhos em cima do altar, fazendo algum tipo de oração silenciosa.

— O que vocês estão fazendo? — quis saber Ana enquanto olhava os três rapazes que, numa espécie de transe, pareciam saber exatamente como deveria acontecer aquele ritual.

Com o palco totalmente montado, velas acesas e um pentagrama perfeitamente desenhado, os três jovens começaram a se despir. Totalmente nus, eles se viraram e caminharam em direção a Ana.

Em total desespero e após percorrer uma distância bem menor do que gostaria, Ana se viu apanhada pelos três amigos, ainda que os olhos e a expressão de cada um deles denunciasse que, ao menos conscientemente, nenhum deles se fazia presente.

Carregada até o centro do altar, Ana gritava por socorro e tentava em vão se desvencilhar dos braços daqueles que, mesmo sem dizer uma palavra, representavam certamente a maior ameaça já vivida por ela.

— Por que vocês estão fazendo isso? Por favor, me solta… Léo? Gab? Lucas?

Ana foi posicionada bem no centro altar, imobilizada por Lucas e Gabriel, enquanto Leonardo à sua frente iniciou uma prece em um idioma desconhecido.

— Você tem ideia da raridade que você é, Aninha? — Leonardo agora parecia ter recobrado a consciência. Na interpretação de Ana, ele estava de volta, o que lhe deu certa esperança.

— Por favor, Léo, para de palhaçada.

Aproximando-se um pouco mais, Leonardo acariciou o rosto da garota, o que acabou assustando-a ainda mais.

— Fica calma, minha linda. Vai ser tudo muito rápido.

Bastou apenas um olhar na direção dos outros jovens para que eles começassem a despir a garota, que tentava evitar a todo custo o pior.

Leonardo olhava a cena com total admiração, enquanto Ana chorava e implorava, mais uma vez.

— Por favor, Léo. Não faz nada comigo.

— É preciso, Ana.

Por alguma razão que Leonardo nem sabia ao certo, Ana era a escolhida. Ao cumprir sua missão, ele seria definitivamente iniciado e poderia almejar uma série de avanços dentro da hierarquia na comunidade satanista que estava em formação na cidade.

Agora, vestida apenas com uma lingerie bastante imprópria para a sua idade, de acordo com os valores morais de Leonardo, Ana era segurada pelos moribundo Lucas e Gabriel, que aguardavam as próximas ordens de Leonardo.

— Precisa ser à meia-noite em ponto, vamos ter que esperar — declarou Leonardo.

— Do que você tá falando? O que vão fazer comigo?

Um longo e incômodo silêncio só foi interrompido quando Leonardo, após mais uma de suas preces estranhas, decretou:

— Chegou a hora, podem deixá-la nua.

A voz já não vinha mais de sua boca. Uma entidade densa e desconfigurada, com roupas escuras, materializava-se atrás de Leonardo. Aquele ser estranho agora tomava a frente das ordens.

— Faz muito tempo que eu te espero, Aninha!

Atônita e em completo pânico, Ana sentiu que cada músculo do seu corpo sofria de uma paralisia total. Ela só conseguiu pensar em sua mãe antes de fechar os olhos e sentir mais uma lágrima rolar por sua face.

Repentinamente, um clarão surgiu ao céu e, após um estrondo parecido com o de um raio, Ana viu-se liberta das mãos que a continham instantes antes.

Com dificuldade por conta da ofuscante luminosidade, ela abriu os olhos e viu uma cena de que jamais se esqueceria.

Uma outra entidade, essa bem mais definida e bela, coberta por um manto azul, dirigiu-se até a macabra criatura que ameaçava Ana.

— Não foi para isso que permitiram trazê-los até aqui — disse a figura que fez Ana lembrar-se de uma das imagens do altar de sua mãe.

Bastou para que aquela deidade profana se prostrasse e, aos poucos, desaparecesse sem dizer nem mais uma palavra ou esboçar qualquer reação.

A garota caiu em um sono profundo.

Assim que o sol raiou, Ana viu-se sozinha naquela mata. Vestiu-se e avistou três jovens nus. Eles estavam mortos.

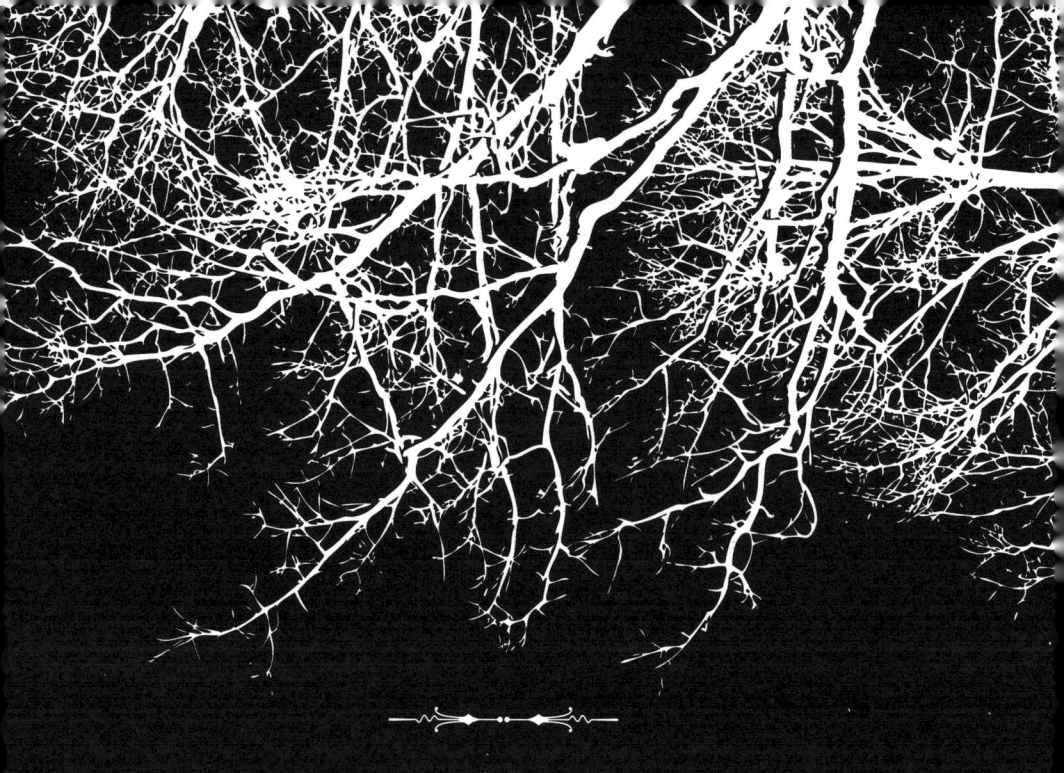

A CAPELA DO EXCOMUNGADO

Guilherme Rezk

À beira do Bosque do Silêncio existe uma capela abandonada. Faz muitos anos que ninguém habita aquela região, muito menos frequenta o pequeno templo, exceto por uma pessoa: eu. É engraçado contar isso aqui neste relato, uma vez que, se o lê, consegue vê-la bem de perto, através da janela.

Desde quando fui excomungado e escapei das grandes cidades, frequento a pequena construção. Diariamente, religiosamente. Hum, é até irônico o uso do termo "religiosamente", se eu parar para pensar. Fui banido da minha religião por descobrir um dos seus segredos profanos e, ainda assim, mantenho os rituais em minha rotina. Claro, não há muito o que fazer por aqui, solitário, além de plantar, comer e meditar. Ainda assim, é tragicômico: um homem amaldiçoado, vivendo sob a sombras de uma floresta maldita, orando numa capela condenada.

Não atribuo esses adjetivos para dar algum tom de dramaticidade ou algo parecido. Falo sem pretensões literárias, nem para que haja alguma empatia da sua parte, leitor desta explicação. Afinal, se você tem acesso a este texto, significa que estou morto e não voltei para contar o que aconteceu comigo após a minha decisão referente ao caixão deixado diante do altar. Eu volto nisso, uma coisa de cada vez. Alerto: não vá até ele antes de terminar esta leitura.

Os eventos que me trouxeram para cá foram, no mínimo, peculiares. Veja, o chamado religioso chegou a mim antes de eu sequer nascer. Um sacerdote apontou para a minha pobre mãe, grávida, carregando baldes de leite para seu mestre, e profetizou:

— A única salvação desta pequena alma é o caminho sagrado!

Não foi necessário repetir tais palavras para que minha mãe, ainda vertendo sangue do parto, me deixasse na entrada do templo em um cesto puído. Assim, os símbolos sagrados foram a minha primeira linguagem. Os processos litúrgicos, os mantos brancos, os ecos dos rituais, todo o meu mundo se resumiu ao tal "caminho sagrado". Ainda jovem, exalando puberdade, fui alçado aos altos níveis sacerdotais. Fui tido como uma promessa sagrada, um enviado para salvar a religião decadente. Eu não queria ser o milagre deles, mas assim me tratavam, como um acólito prodígio enviado dos céus.

Eu teria prosseguido até o mais alto cargo se me encaminhassem com sabedoria, mas não foi o que aconteceu. Foram precipitados ao me apresentar os registros secretos da fundação religiosa, em uma fase da vida com tantos conflitos internos, externalizados ao acessar tais informações. Eu vi a grande farsa, de que a nossa figura messiânica foi criada por alguns membros da elite do passado, em uma narrativa pensada minuciosamente para controlar seus plebeus. O molde, as técnicas, tudo estava registrado naqueles arquivos. A ideia de controlar um grupo com maldições e bênçãos ultrapassou as fronteiras daqueles feudos e se espalhou pelo mundo. O sabor do poder tocou os lábios dos primeiros "sacerdotes" e, desde então, somos vassalos de suas ideias. Ao me deparar com esse grande segredo, fui confrontar meus superiores, surtado com toda a falcatrua pela qual fui moldado. A resposta foi o banimento imediato, com ameaças aos meus familiares no caso de aquela informação vazar das paredes sagradas. Por essa razão, sou, sim, um homem amaldiçoado.

Após vagar sem rumo pelo mundo, encontrei o maior vazio existencial que poderia existir: o entorno do Bosque do Silêncio. Existem muitas histórias sobre o que acontece por aqui e, sinceramente, acredito que a maioria seja verdade. Nunca vi muita coisa vindo dele, mas senti toda sorte de demônio, criatura, escolha o nome que quiser, em meio a mais pura ausência de som. Mesmo sabendo disso, decidi me estabelecer aqui. Seria a minha penitência, o meu local para viver açoitado para sempre pelos meus pecados. Além disso, sem que eu possa explicar, há por aqui algo de magnético para a alma humana. Talvez seja o cheiro da mata, ou então o toque fresco do ar.

Bem, talvez eu tenha me precipitado ao dizer nunca ter visto nada de diferente no Bosque. Há um fenômeno específico que já me ocorreu: a Aura Vermelha. Nomeio-a assim por conta própria, pois nunca li nada sobre tal fenômeno. Caso possua alguma nomenclatura oficial, científica ou sagrada, perdoe-me. Fato é que, em algumas ocasiões ao longo desses anos, despertei em minha cabana vendo uma iluminação encarnada invadindo o ambiente pelas janelas. Sempre me furtei de levantar e investigar, pois nunca tive coragem ou vontade de adentrar a floresta, mas é fato que emanava de lá aquela luz infernal. Junto dela, ouvi os ruídos monstruosos e os gritos de desespero. Minha doutrina diz que ali é uma espécie de portal para o inferno; o que, para as minhas penitências, é o ideal. Quanto mais próximo da escuridão da alma, melhor poderei enxergar a luz da minha e, quem sabe, entender os reais desejos do meu espírito.

Diante desses fatos, confirmo o que disse: essa floresta é maldita.

Sobre a alegação da capela ser condenada, afirmo isso tanto no campo estrutural quanto no campo espiritual. Quando cheguei, encontrei apenas duas construções, já citadas: uma cabana de madeira, deveras conservada, e a capela, com sua madeira rachada e vidraças estilhaçadas. Dirigi-me primeiro à residência de cômodo único, onde havia apenas um estrado de madeira, o qual logo forrei com folhas e palha colhida, uma mesa e cadeira. Perfeito para um ermitão solitário, como desejei ser desde quando comecei minha jornada. Espalhei meus parcos pertences pela mesa (livros sagrados, papéis e tinta para escrituras, ferramentas básicas de sobrevivência e algumas mudas de roupa) e fui a investigar a construção religiosa.

    A porta permanecia cumprindo sua função, ainda que sem tranca. Ao adentrar, vi que não havia cadeiras ou locais para visitantes atenderem a uma cerimônia. A nave era composta apenas de um simples altar, dotado de símbolos antigos da minha crença, um livro sagrado muito antigo e alguns panos envelhecidos. Se o sol alcançasse aquele canto do mundo, penetraria pelos buracos do teto e pelas janelas destruídas, com restos de vitrais indistinguíveis. A única torre, central, era oca, pouco mais alta que uma casa de dois andares. Não havia salas adjacentes. Um coreto ampliado, um altar cercado, muito menos que uma capela mas que, por hábito ou simbolismo, chamo-a assim.

    Falo no passado como se hoje estivesse muito diferente. Apenas diminuí a invasão da natureza e retirei parte do pó do local. De resto, nem me esforcei: deixei que a chuva a invadisse e que o vazio permanecesse. Não era e ainda não é do meu interesse (caso eu retorne da minha próxima ação) modificar o local. Sou tão abandonado quanto ela, vazio e empoeirado, sendo apenas a lembrança do quão sagrados fomos.

    Sobre o campo espiritual, afirmo tranquilamente: o local é condenado. Desde o meu primeiro contato visual pude sentir na pele o arrepio de um lugar desconectado com o divino. Não há sinal de que alguma alma poderia se conectar. Faria eu mesmo o meu próprio sagrado naquele local, nos ressignificando. Ah, claro, importante: nos fundos da capela há um cemitério sem história. Digo isso pois são cerca de quinze lápides de pedra, deterioradas de todas as formas possíveis, sem nomes ou datas gravadas. Talvez as intempéries do tempo tenham desaparecido com os textos sobre os seus mortos, não saberia dizer.

    Há mais um detalhe antes de voltar ao que se sucedeu nos últimos dias, motivo pelo qual escrevo este relato e por ter dito que seriam "cerca de quinze lápides", não fornecendo número exato; afinal, depois de tantos anos por aqui eu saberia quantos são, mas nunca é tão simples nesses lugares sem alma. É o seguinte: vez ou outra uma lápide desaparece ou outra surge, estando esse evento sincronizado com a ocorrência da Aura Vermelha.

Sei que para qualquer outra pessoa com o mínimo de sanidade, todos esses fatores misteriosos seriam suficientes para o abandono total desse lugar, mas reforço minhas intenções. Toda maldição será bem-vinda para que eu entenda as minhas bênçãos, caso existam. Sobre isso, finalmente, chego ao motivo de esta carta existir e prossigo.

Como já citei, por anos estive por aqui, nas proximidades do Bosque do Silêncio, sardônico em seus momentos barulhentos em que resolve se tornar encarnado. Convivi com os gritos e rosnados noturnos, vivendo da minha plantação e orações durante o dia. Essa bizarrice se tornou parte da minha rotina. Sabe como é a alma humana: para sobreviver, adapta-se a qualquer coisa que a aflija, escondendo as dores no fundo do coração; assim o fiz e passei a tentar me reconectar com meu espírito.

Acho que eu passaria a vida inteira no mesmo hábito, se não tivesse adormecido na capela anteontem. Não sei o que houve, exatamente. Sei que decidi ampliar meu esforço em orações até o limite do crepúsculo, pronto para literalmente correr para minha cabana ao final. O frenesi religioso exigiu muito do meu corpo subnutrido e, mesmo ajoelhado, os olhos fechados se tornaram sonhos profundos e pesadelos presentes. Foi quando algo divino (ou profano) finalmente se comunicou comigo.

Não ouvi palavras doces ou canções angelicais, mas apenas uma frase: "não abra os olhos". A voz era igual à minha, mas também igual a todas as outras que já ouvi na vida. Aquele comando era além do meu consciente e permaneci de olho fechado, obediente, quando, através das pálpebras fechadas, vi que a Aura Vermelha tomou o mundo ao meu redor. Os gritos e rosnados cresceram, não vindo apenas da floresta lá fora, mas de dentro da capela. Eram pessoas em extrema dor, pedindo clemência, ajuda, clamando por socorro e chamando pelo meu nome. Os rosnados também falavam comigo, ameaçando, zombando. Senti me farejarem, me tocarem. Me arranharam e babaram. Minha única proteção era uma oração silenciosa, sem ter certeza de ela ter algum efeito. De joelhos, resisti ao medo e à tentação de abrir os olhos, mesmo quando o som de algo pesado sendo arrastado ter vindo da entrada da capela e se aproximado de mim. Parecia ser madeira contra madeira, vindo de um ponto às minhas costas, uma vez que me encontrava voltado para o altar. Resisti mesmo quando ouvi o baque seco daquele "algo" ser largado no chão, a poucos centímetros de mim. Me mantive ali até o amanhecer de ontem, quando a Aura e as presenças desapareceram.

Quando finalmente abri os olhos, vi que o "algo" era um caixão aberto, vazio, com a tampa ao lado. Simples, de madeira lisa. Não resisti ao impulso de tocá-lo, e talvez esse tenha sido o meu pecado fatal. O caixão falou comigo, disse o meu nome, enumerou os pecados da minha alma em todas as vidas dela. Algo de diferente estremeceu em mim, talvez devesse correr dali e nunca mais voltar.

Havia outra possibilidade: finalmente chegara a hora do meu último teste. Sim, era isso! Decidi continuar ali, em jejum, rezando, até o retorno do crepúsculo. Era hora de iluminar a minha alma, alcançar o divino ao lado do último dos leitos, lembrando de cada horror que já ouvi na capela abandonada.

Assim o fiz, até retornar para a cabana e a noite cair lá fora. Mal me alimentei e deitei, em um sono intranquilo e sem luzes encarnadas.

Hoje, tomei uma decisão. Não sei explicar de onde veio, mas me parece inevitável. Escrevo este relato e deixo para quem encontrá-lo, pois vou me deitar no caixão, que ainda se encontra diante do altar. Sinto que ali devo encontrar a maior de todas as escuridões. Sinto que a capela me pede isso e que o Bosque do Silêncio me ofereceu essa solução. Talvez eu me torne mais uma daquelas lápides e passe a ser parte da maldição desse lugar, ou então finalmente entenderei o que torna esse canto aqui algo tão desconectado do divino.

Vou aceitar o caminho da morte para ver se ressuscito, como nas falsas histórias criadas para mim e para o mundo. O que me conforta é que, se você está lendo isso, a capela não está mais abandonada.

Só espero que tenha fé. Sem ela, sua alma está condenada a viver, para sempre, à beira do Bosque do Silêncio.

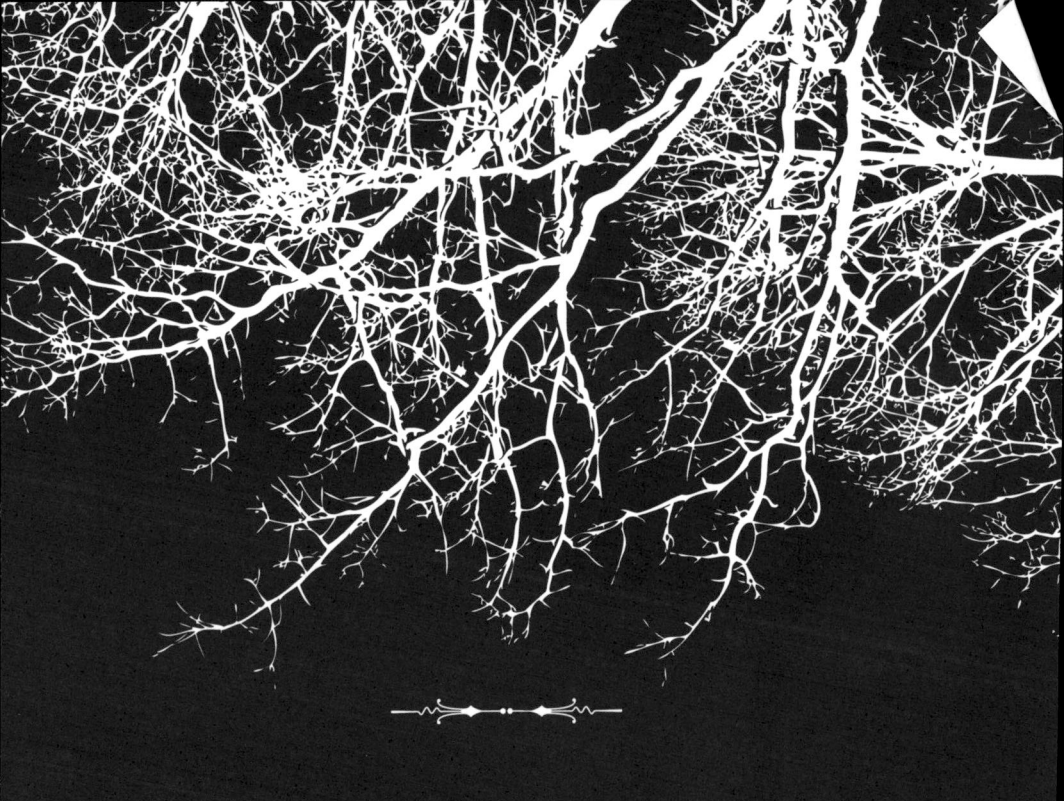

AMOR INFERNAL

Henri Vaz

No coração do Bosque do Silêncio, Apolônio definhava em um leito de musgo, vítima de um pacto sombrio feito anos antes. Aproximei-me com uma bandeja de casca de árvore, carregando um bule fumegante. O vapor denso subia, misturando-se com a névoa do bosque.

Servi o chá numa xícara de madeira entalhada. "Como está, cara?", perguntei, forçando um sorriso. "Melhorando, você não acha?", respondeu Apolônio, com voz fraca. Quando ele levou a xícara aos lábios, dei um tapa, estilhaçando-a contra as raízes. O ritual seria minha última tentativa.

"Por que fez isso?", ele indagou. "Foi instintivo. Impedi que se queimasse", respondi, tremendo, consciente de minha impotência. Exausta, adormeci próxima a ele, apenas para despertar horas depois, atormentada: "Não... Não! Eu não quero!"

Aquele crápula do Capeta não parava de me assombrar nos sonhos da noite em curso. Acordei tremendo e fedendo a suor, os lençóis enrolados no corpo. Podia sentir a respiração quente e fedida dele na nuca. Então puxei a cortina e olhei para fora — o céu ainda negro feito breu.

Abri a porta e fui até o bosque, silenciosa como uma sombra. O ar frio da madrugada arrepiou minha pele, enquanto o cheiro úmido de terra e folhas apodrecidas invadia minhas narinas. Meus pés descalços afundavam na grama orvalhada, cada passo cuidadoso para evitar galhos secos que pudessem estalar. O coração batia acelerado no peito, um misto de medo e determinação me impulsionando adiante.

As árvores pareciam sentinelas silenciosas, seus galhos retorcidos formando sombras sinistras à luz fraca da lua minguante. Ouvi o pio distante de uma coruja, sobressaltando-me por um instante. O bosque, que durante o dia era um refúgio de paz, agora se tornava um labirinto de escuridão e segredos.

Conforme me aproximava do local onde deixara Apolônio, meu coração se apertava de apreensão. Na penumbra, vi que o peito dele mal se mexia sob os cobertores. Toquei a testa dele — quente feito brasas, a pele pegajosa de suor. Seus olhos, semicerrados, pareciam vidrados e distantes. Dei água e um pano úmido, rezando em silêncio para que aguentasse mais um dia, meus lábios se movendo em uma prece desesperada que nem eu mesma entendia.

Com um suspiro pesado, percebi que não poderia deixá-lo ali. Reuni todas as minhas forças, tanto físicas quanto emocionais, e me preparei para a tarefa hercúlea de carregá-lo para casa. Enrolei-o nos cobertores o melhor que pude, tentando protegê-lo do frio cortante da madrugada.

Ao erguer seu corpo, senti o peso de uma vida se esvaindo em meus braços. Cada passo era uma batalha contra a gravidade e o cansaço. Meus músculos ardiam, protestando contra o esforço sobre-humano. O suor escorria pelo meu rosto, misturando-se às lágrimas silenciosas que eu não conseguia conter.

O caminho de volta parecia interminável. As sombras do bosque dançavam ao nosso redor, como se zombassem de nossa situação desesperadora. A respiração de Apolônio, fraca e irregular, era o único som além do farfalhar das folhas e do meu próprio ofegar.

Finalmente, após o que pareceu uma eternidade, avistei as luzes fracas da casa. Meus braços tremiam, ameaçando ceder a qualquer momento. Com um último esforço, atravessei a soleira da porta, carregando meu fardo precioso.

Deitei Apolônio cuidadosamente na cama, ajeitando os travesseiros para tentar deixá-lo o mais confortável possível. Olhei para seu rosto pálido e abatido, uma sombra do homem que costumava ser. Naquele momento, uma certeza dolorosa se instalou em meu peito: estava carregando-o para casa já sem esperança, como quem prepara um leito de morte.

Sentei-me ao lado da cama, segurando sua mão quente e frágil entre as minhas. As horas que se seguiriam seriam uma vigília silenciosa, uma luta contra o inevitável. E enquanto a escuridão lá fora começava lentamente a ceder lugar aos primeiros raios de sol, eu me perguntava se Apolônio veria mais um amanhecer.

Foi quando senti aquele toque gélido nas costas, antes de ouvir a risada sombria atrás de mim. "Chegou a hora, minha querida. É quando você cumpre sua parte no acordo."

Virei-me para encarar o Capeta, sentindo o medo gelado na alma. Apesar dos séculos no Inferno, a beleza ainda roubava o fôlego e a razão. "Não posso fazer isso", sussurrei, fraca. "Amo demais o Apolônio."

Os olhos vermelhos do demônio flamejaram. "Você sabia das regras quando casamos. Suas vontades não significam nada para mim." Aquilo acabou comigo.

"Você pode me usar, mas nunca terá o meu amor!", retruquei. Ao vê-lo rir, procurei uma escapatória.

Corri cega até encontrar um padre. Contei-lhe tudo sobre minha vida amaldiçoada. Ele ofereceu ajuda, disposto a trocar sua alma por duas.

Na minha casa, Apolônio mal tinha pulso. À meia-noite, o demônio surgiu, furioso ao ver o círculo de sal. Propus um acordo para salvar Apolônio.

O padre interveio brevemente, explicando: "Ela oferece o coração de Apolônio. Você viverá ao lado dele, amando-o como mulher, mas o amor dela permanecerá intacto."

O demônio ponderou, um sorriso torto nos lábios. "É uma proposta ousada. Como garantirei que cumprirá sua parte?"

Olhei para Apolônio, tão frágil. Meu amor por ele era maior que o medo. "És minha perdição, eu já não tenho uma alma a perder", disse-lhe. "Trato feito! Nada mais que a carne é o meu fim.", ele retrucou. "Dê-me sua palavra diabólica."

Após longos minutos de tensão, ele concedeu. Com um estalar de dedos, Apolônio despertou curado, para o nosso alívio. A partir daquele dia, meu destino estava selado, dividida entre dois amores impossíveis. "Você está curado!", o padre disse. Olhei em volta, mas o demônio havia sumido.

O demônio, disfarçado de mulher, seduziu Apolônio, formando um triângulo infernal conosco. Nossa relação pecaminosa tornou-se explícita, com encontros carnais em lugares improváveis.

No porão de uma igreja abandonada no coração do Bosque do Silêncio, onde árvores retorcidas sussurravam segredos sombrios, nos reunimos pela última vez — eu, Apolônio e o Capeta. Apolônio jazia em êxtase numa cama improvisada, enquanto a névoa etérea do bosque se infiltrava pelas frestas. O demônio anunciou: "Chegou a hora de cumprirem o acordo."

Apolônio jazia numa cama improvisada, seu corpo contorcido em espasmos de êxtase e agonia. Seus olhos, outrora cheios de vida e amor, agora estavam vidrados e distantes, refletindo o horror indizível que sua alma experimentava. A névoa etérea do bosque se infiltrava pelas frestas das paredes e do teto, serpenteando pelo chão de terra batida como dedos espectrais, ansiosos para nos tocar.

O Capeta, uma figura imponente e terrível, pairava sobre nós. Sua presença era sufocante, emanando um calor infernal que fazia o suor escorrer pela minha pele gelada. Com um sorriso cruel que revelava dentes afiados como navalhas, ele anunciou: "Agora não tem mais volta." Sua voz era como o raspar de unhas em ardósia, fazendo meus ossos vibrarem de pavor.

Forçada a participar deste ritual macabro, assisti horrorizada ao tormento de Apolônio. Cada grito seu era uma adaga em meu coração, cada contorção de seu corpo uma tortura para minha alma. Lágrimas quentes escorriam por minhas faces, misturando-se ao suor frio do medo.

Com a alma de Apolônio arrancada de seu corpo em um lampejo de luz profana, senti minha própria essência se despedaçar. Num ato final de desespero e amor, ergui a adaga amaldiçoada. A lâmina cintilou à luz das velas, refletindo promessas de dor e libertação.

"Perdoe-me", sussurrei, a voz embargada pela emoção e pelo terror. Com um movimento rápido e decidido, cravei a adaga em nossos peitos unidos num abraço final. A dor foi intensa, mas curiosamente distante, como se já estivesse além dos limites da consciência mortal.

O riso demoníaco do Capeta ecoou no porão, reverberando nas paredes de pedra e penetrando até o âmago de meu ser. Era um som de triunfo, de vitória sobre nossas almas condenadas. A escuridão começou a nos envolver, mais densa e impenetrável que a noite mais profunda.

Através da névoa da morte iminente, pude sentir o Bosque do Silêncio ao nosso redor. Seus galhos espectrais pareciam se estender até nós, testemunhas silenciosas de nosso fim trágico. O sussurro das folhas era como um lamento, uma elegia para os amantes perdidos.

Num último esforço, busquei os lábios de Apolônio. Nosso beijo final foi amargo e doce, repleto de arrependimento e amor eterno. Nele, selamos nosso destino: unidos na morte, mas não salvos do Inferno que nos consumia.

Enquanto a vida se esvaía de mim, ouvi passos apressados descendo as escadas do porão. Através de olhos semicerrados, vi uma figura em vestes eclesiásticas emergir das sombras. O padre, com o rosto pálido de horror, correu em nossa direção.

Com mãos trêmulas, ele nos tocou, verificando sinais de vida. Seu rosário tilintava suavemente, um contraponto gentil ao silêncio sepulcral que havia se instalado. Senti suas mãos fortes me erguendo, juntamente com o corpo inerte de Apolônio.

Minha consciência oscilava, mergulhando na escuridão e retornando em lampejos breves. Em um desses momentos de lucidez, percebi que o padre nos carregava para fora do porão, subindo as escadas com dificuldade sob nosso peso.

O ar fresco da noite tocou meu rosto, um último presente do mundo dos vivos. As estrelas piscavam no céu noturno, indiferentes à tragédia que se desenrolava sob elas. O sussurro das árvores do Bosque do Silêncio parecia mais gentil agora, como se nos oferecesse consolo em nossos momentos finais.

Minha visão escurecia, mas pude sentir o padre nos deitando suavemente na grama úmida. Sua voz, grave e reconfortante, murmurava uma oração. Em meus últimos instantes de consciência, senti sua mão em minha testa, fazendo o sinal da cruz.

"Eu te absolvo", eu o ouvi dizer, sua voz embargada pela emoção. "Que Deus tenha misericórdia de suas almas."

A bênção do padre foi a última coisa que registrei antes que minha consciência se apagasse por completo. Era um fio tênue de esperança em meio à escuridão que nos envolvia, uma promessa de redenção que talvez, apenas talvez, pudesse nos salvar do destino que havíamos selado.

Com um suspiro final, deixei-me levar pela correnteza da morte, carregando comigo a lembrança do toque gentil do padre e a esperança de que, apesar de tudo, nossas almas pudessem encontrar paz.

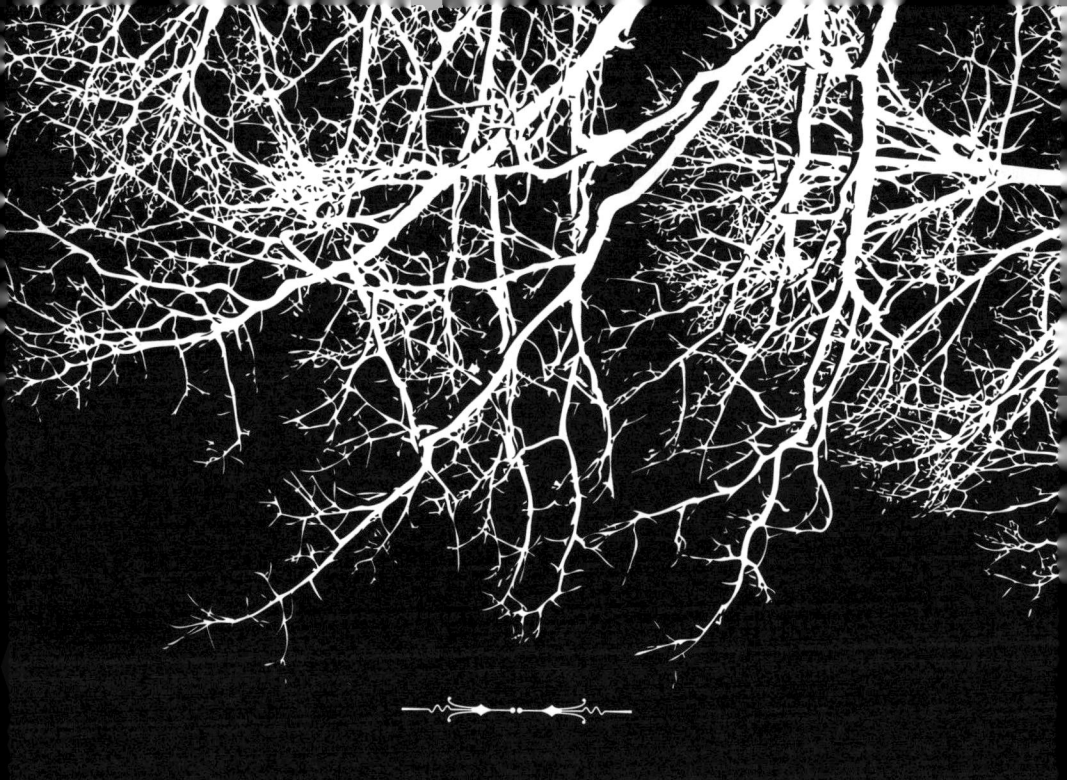

SILENCIANDO A MENTE

Henrique D. Dentzien

As folhas secas farfalharam sob os pés de Ricardo. Mas ele percebia que o som vinha ficando cada vez mais baixo. Fazia apenas alguns minutos que deixara para trás o riacho, que dera as costas a Afonso e a seus risos, e já haviam cessado o ruído da água e o canto dos pássaros, restando apenas os sussurros das brisas e o farfalhar daquelas folhas.

A aposta era simples: uma hora no infame Bosque do Silêncio. Afonso não acreditava que Ricardo teria coragem. Via nele um covarde que voltaria correndo na primeira meia hora. Mas ele estava prestes a provar que o amigo estava errado, pois havia algo que aquele bastardo não sabia: Ricardo queria entrar naquele bosque. Ansiava por pôr à prova um dos boatos sobre aquele lugar, e torcia, até mesmo rezava silenciosamente para que fosse verdade.

Muito se dizia sobre o bosque. De pessoas que teriam entrado e nunca mais voltado a até mesmo imagens fantasmagóricas marchando em meio à neblina, boatos que nem sequer faziam sentido. Mas um deles cativava a atenção de Ricardo, atrelado diretamente ao nome dado àquela mata inabitada: diziam que aquele que entrasse no bosque poderia encontrar o absoluto silêncio. Alguns chegavam a afirmar que ali não seria possível sequer ouvir a si mesmo.

Um local onde ele finalmente estaria sozinho, no silêncio, sem poder ouvir sequer a si mesmo? Talvez nem mesmo os próprios pensamentos? A ideia era completamente ilógica, mas exatamente do que precisava. O que ansiava desesperadamente, após tantos anos de desnecessária melancolia, de tantas noites de sono roubadas pelo medo de coisas que nunca aconteceriam, de tantos rituais repetidos compulsoriamente, dia e noite. Após tantas vezes em que se sentira pequeno, defeituoso, aberrante, pelo simples fato de não conseguir controlar o que pensava.

Um lugar onde sua mente descontrolada, sempre em constante turbilhão, não o atingiria? Não o fizesse reviver seus momentos mais desagradáveis? Onde pensamentos sombrios não se tornariam obsessões e medos não se tornariam compulsões? Onde poderia ter paz? Parecia bom demais para ser verdade, e por isso ele o queria e buscava. Lembrava-se das palavras do doutor, de que o transtorno que trazia pensamentos tão vis também vinha com traços positivos. Criatividade, atenção aos detalhes, empatia. Mas Ricardo rechaçava a ideia. Estava certo de que não era nada mais que uma dor e uma maldição.

Mas será que deveria temer as histórias de desaparecimento a respeito daquele bosque? Não... não, pois não deveria temer lendas urbanas, e ele sabia identificar uma história falsa. Afinal, se pessoas haviam ali desaparecido, quais eram seus nomes? Uma das primeiras perguntas para se identificar um boato.

Não, outras pessoas poderiam ter medo dessas bobagens. Mas não ele, pois era um homem racional.

Racional.

━━•◦◦◎◎◎◎◦◦•━━

Mas... se ele era tão racional assim, por que sentia a necessidade de reafirmar isso para si?

Enquanto se perdia nesses devaneios, Ricardo notou que já não havia mais folhas no chão. E não conseguia ouvir seus passos na terra. Ou a brisa. Ou qualquer outro som esperado em um bosque.

A neblina cercava a área ao seu redor. Tudo surpreendentemente quieto. Era isso? Havia adentrado o Bosque do Silêncio? Só poderia ser. Então, por que sua mente continuava tão inquieta e acelerada? Por que se sentia nervoso, seu coração batendo cada vez mais rápido?

Ele notou que estava prestes a pisar na grande raiz de uma árvore que serpenteava no solo. Um movimento que levaria menos de um segundo, mas não tão rápido quanto o pensamento. De imediato, a ideia surgiu em sua mente: *Se eu pisar aí, nunca sairei desse bosque.*

Era algo absurdo demais para se levar a sério, mas como de costume, ele reagiu de acordo: moveu bruscamente o pé no último instante, escorregando na terra úmida. Derrapando no chão. Seu coração disparou. Havia ele tocado a raiz? Não vira, mas já não tinha certeza. Estremecendo, rastejou até o tronco de uma árvore, tentando convencer a si de que aquele momento não significara nada, porém tomando-se de pavor pela mera ideia de que as consequências imaginadas se tornassem reais.

Em meio a tais delírios, algo ainda mais apavorante veio-lhe à mente: e se ele tivesse interpretado errado os rumores sobre o bosque? E se o lugar não silenciasse seus pensamentos, mas sim tudo exceto os seus pensamentos? Deixando-o à mercê deles, seu maior temor, dono de seus piores momentos?

A esse ponto, Ricardo se apoiava no tronco da árvore, ofegante. Seu coração parecia prestes a explodir no peito. Entrar no bosque fora um erro. Toda aquela aposta imatura era um enorme erro.

Para piorar a situação, enquanto ele digladiava contra o próprio corpo em rebeldia, notou que não estava sozinho. Havia um único som externo. *Passos*. Era um ruído baixo, suave, seria inaudível em qualquer outro lugar, mas não no silêncio opressor daquele bosque.

Quem seria? Um bandido escondido no mato? Estaria ele prestes a ser assaltado? Sequestrado? Morto? Ou seria apenas Afonso? E se a aposta fosse parte de um plano para chamar outros amigos da vizinhança e zombar dele, rir do patético Ricardo, assustado e encolhido sob uma árvore como um animal indefeso? Nenhum desses cenários o tranquilizava.

Ele apertou o canivete preso em seu cinto. Se sua vida estivesse ameaçada, precisaria reagir, mas como? Mal conseguia forças para manter o foco.

De repente, tudo cessou.

Sua mente, por alguma razão, desacelerou. Não pensava nas possibilidades, na humilhação ou na morte incerta. Não pensava sobre erros passados a assombrá-lo ou as muitas possíveis consequências futuras. Não sentia a necessidade de pensar em nada, a não ser no que acontecia naquele instante. Estava com medo, alerta, mas não estava nervoso. Seu coração já se acalmava. A tensão, as compulsões, tudo se esvaía.

Os passos se aproximavam. Mais focado que nunca, ele se preparou... mas antes que percebesse, uma silhueta já se prostrava diante dele.

Era... ele mesmo?

À sua frente, uma figura idêntica a ele. Ou quase. Usava as mesmas roupas, tinha o mesmo rosto, a única peculiaridade sendo sua expressão, o rosto congelado em um sorriso desconfortante, os olhos arregalados encarando-o, olheiras como se houvesse passado a noite acordado.

Ricardo congelou. Não entendia o que via, não sabia como reagir, seus músculos se recusavam a ceder enquanto a mente tentava compreender. Então, algo inesperado... aquele misterioso clone deu um passo à frente e estendeu-lhe a mão.

— Ricardo. — Ouviu a própria voz chamá-lo. — Não tenha medo, Ricardo. Eu estava esperando que pudéssemos conversar.

Embora a situação lhe desse arrepios, Ricardo notou: o sorriso da figura não mostrava malícia, nem escárnio. Parecia tentar ser amigável, ainda que algo nele soasse... errado, torto.

Intrigado, apertou a mão que se estendia, e então sua… cópia… ajudou-o a se levantar, gentilmente.

Eles ficaram cara a cara. Exatamente a mesma altura.

— Quem… o q-quê… como… — Ricardo queria perguntar alguma coisa, mas só conseguia balbuciar. Nada daquilo fazia sentido. Mas o que quer que fosse aquele ser, parecia recebê-lo de braços abertos.

— Ora, não era o que você queria? — perguntou o clone. — Que eu saísse um pouco?

— Que você saísse? Do que está falando?

— Ora, não entende? Eu sou a parte com que você mais precisa fazer paz — começou a explicar a réplica, calmamente. — Sou seus pensamentos mais obscuros, aqueles que só você entende. Sua preocupação para com o mundo.

Ricardo franziu a testa. Pausou. Pensou por um longo momento antes de perguntar.

— Você… é meu transtorno? Meus pensamentos obsessivos?

A figura ergueu as sobrancelhas e assentiu, indicando que ele estava entendendo. Sim, é uma forma de chamar a mim. Agora que estamos aqui, podemos… Não houve tempo para terminar. A fala foi interrompida pelo punho de Ricardo, que colidiu com força contra aquele rosto igual ao dele. O reflexo ofegou, surpreso, o rosto marcado pelo golpe. Tentou falar. Ricardo interrompeu com outro golpe, dessa vez no estômago, e então um terceiro, jogando neste toda a força de seu corpo, atingindo-o furiosamente na face, forçando-o para trás.

Antes que aquele ser, aquela manifestação maldita recuperasse o equilíbrio, Ricardo empurrou-o ao chão, fazendo-o derrapar no solo sujo. E então abateu-se violentamente sobre ele, não o deixando levantar, desferindo socos com toda a sua força contra aquele rosto que ousava se parecer com o dele. Em meio à sua respiração pesada, ao fôlego que juntava para atacar alguém como nunca havia atacado antes, bradou o motivo de sua cólera.

— Então a culpa é sua! — Ao longo de toda a sua vida, nunca tivera alguém a quem culpar, um responsável a apontar pelo sofrimento que surgia dentro de seu próprio crânio. Odiava aqueles pensamentos. Odiava não conseguir controlá-los, como eles se intrometiam nos mais diversos momentos, como persistiam, perseguindo-o por horas, dias, semanas, meses inteiros. Odiava não tudo que eles representavam em sua vida.

Mas agora, pela primeira vez, o mal tinha forma física. Ali estava o culpado, um culpado para odiar, para julgar, para punir. Para descontar toda a frustração e toda a angústia que acumulara por todos esses anos.

— Era você! — gritou, ao sentir aquele nariz idêntico ao seu fraturar sob sua mão fechada.

Aquele reflexo torpe não lutava de volta, apenas tentava se proteger, sem sucesso. Tentava erguer as mãos sobre a cabeça, em defesa própria, mas os golpes passavam. Hematomas se formavam. Feridas se abriam, banhando o rosto em vermelho. Em algum momento, cuspiu um ou dois dentes. As mãos de Ricardo, sujas de sangue, doíam cada vez mais com seus sucessivos ataques, mas ele não parava. Queria atingir aquele rosto até que não houvesse mais traço semelhante ao seu. Reduzi-lo a uma massa disforme de carne e sangue, esmagá-lo até que não restasse nada.

Ofegando, respirando com dificuldade, o reflexo ferido tentou suplicar, dialogar e implorar.

— Eu... eu sou voc... — começou a murmurar entre suspiros.

— NÃO! — vociferou Ricardo, interrompendo-o com as mãos em torno da garganta, não lhe dando ar para que pudesse proferir suas palavras venenosas, nunca mais. — Não!

Aquela coisa, aquele transtorno, aquelas obsessões... não era ele, não, não podia ser. Era um parasita, invadindo sua mente, infectando-a com sua doença, causando-lhe pensamentos que não eram seus, tirando sua paz e satisfação, arruinando seus momentos de maior alegria, aprisionando-o em um ciclo de repetição e melancolia, fazendo-o se sentir como um verme rastejante em vez do homem que deveria ser.

Ele apertava seus dedos em torno daquele pescoço, o pescoço daquela coisa vil, asquerosa, indigna da lâmina do canivete, cujo fim só poderia vir pelo uso das mãos. Uma vingança pela dor que aquilo lhe causara por todos esses anos. Retribuição por todo o sofrimento, toda angústia, toda...

Logo ele notou que seu adversário já não tentava mais respirar. Não reagia, não fazia qualquer movimento. Retirando as mãos daquela pele repugnante, observou a imagem distorcida. Aquele rosto pouco se parecia com o dele agora. Inchado, coberto de sangue, faltando-lhe dentes. Inerte. Sem vida. Morto.

Morto!

Seu maior problema estava morto!

Ele se pôs a rir. Deixou-se cair para trás. Sua gargalhada ecoou na mata.

Ele riu por toda a ansiedade que nunca mais teria.

Com lágrimas nos olhos, riu por todas as noites de sono que não mais perderia.

Por todos os momentos que agora seriam só seus.

Ele riu, em prantos, porque destruíra aquilo que mais odiava.

E ele chorou, porque no fundo sabia que era ele mesmo.

Afonso aguardava à beira do riacho quando viu Ricardo se aproximar.

Correu ao encontro dele. Onde estivera? Havia passado muito mais de uma hora!

Ricardo não respondeu. Sustentava um olhar sério, vazio.

Em um segundo, uma dor aguda no peito. Afonso tentou gritar, mas uma mão ensanguentada o silenciou.

Olhou para baixo... a outra mão de Ricardo cravava-lhe o canivete. E torcia.

Ele havia encontrado a paz. Sem mais loucura. Sem criatividade. Sem empatia.

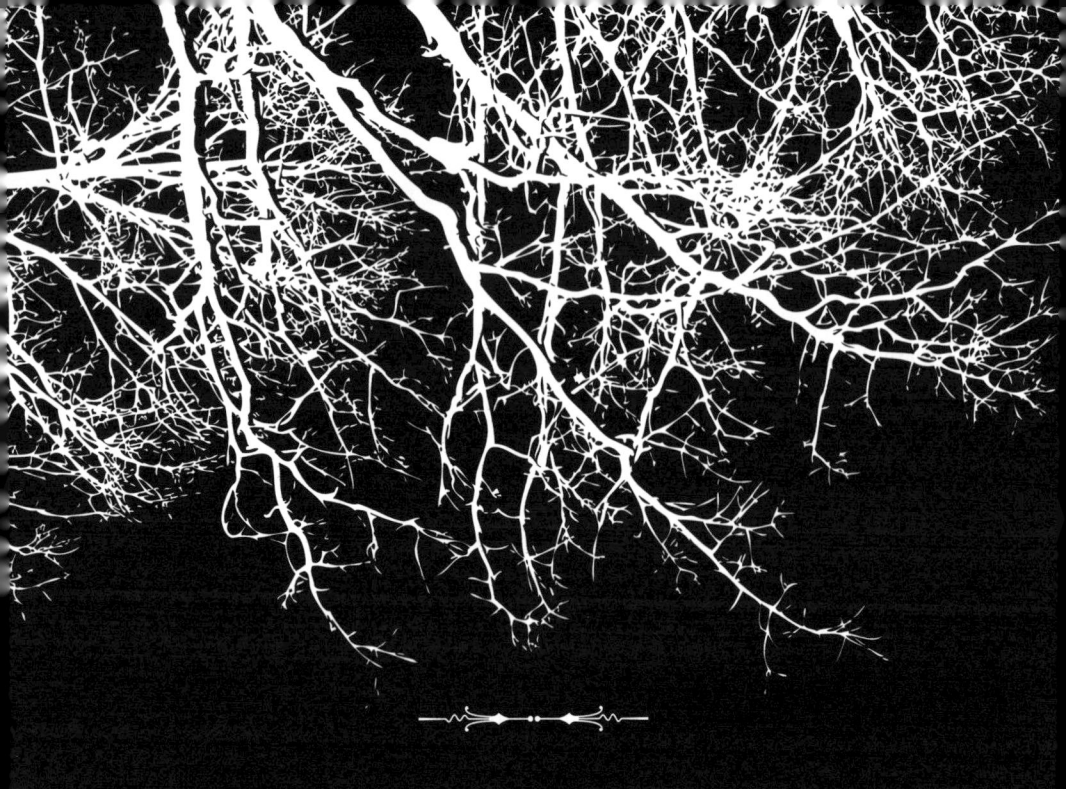

O SINISTRO DESTINO DE MARY ANN

Henrique D. Dentzien

Em uma manhã fria e pálida, ela caminhava em direção ao bosque enevoado.

Carregava nas mãos uma cesta florida. Flores não muito bonitas, mas que exalavam um agradável aroma.

Enquanto percorria a trilha, um homem chamou-lhe a atenção:

— Mary Ann, Mary Ann... por onde vai?

Ela se virou e o reconheceu. Era Spencer, o velho coveiro. Havia múltiplos cemitérios nas redondezas, pertencentes a diferentes povoados, e ele trabalhava naquele mais próximo de onde a jardineira Mary Ann vivia. Porém, havia uma área localizada bem no meio de todos aqueles cemitérios onde corpos raramente eram enterrados, e era para lá que seguia a trilha percorrida pela mulher.

Naquele momento, Spencer encontrava-se de folga. Fora de seu local de trabalho, sentado sobre uma pedra, fumando um cigarro. Ela cumprimentou-o brevemente.

— Não me diga que vai pegar a trilha pelo Bosque do Silêncio? — ele indagou, sorrindo.

— Deixe-me adivinhar, Spencer, mais uma de suas histórias de fantasma?

O sorriso do velho esticou-se ainda mais. Como alguém que trabalhava em um cemitério, Spencer gostava de contar histórias assustadoras a outras pessoas. Ele gostava quando conseguia entreter um morador, e mais ainda quando chegava a deixar um viajante com medo.

— Ah, sim, minha cara... — ele começou. — Você tem certeza de que quer adentrar o Bosque do Silêncio? Onde os vivos só são bem-vindos quando vão enterrar os mortos? Onde cadáveres se levantam dos túmulos que ainda não foram cavados pelos *ghouls*, para onde também andam todos os corpos que se levantam à noite e fogem dos cemitérios ao redor... onde só se ouve os sussurros dos fantasmas, mas nem as *banshee* ousam gritar, pois os demônios...

Ela forçou uma risada, interrompendo-o.

— Demônios? Fantasmas? Por favor, velho coveiro! Desculpe, mas preciso seguir o meu caminho...

— Muito bem, muito bem... — Ele parecia decepcionado. — Apenas deixe-me dizer uma coisa, um conselho de amigo, eu prometo! — Seu rosto mudou: dessa vez não vestia a expressão animada de um contador de histórias. Pelo contrário, parecia um tanto sério. — Não faça muito barulho no Bosque do Silêncio. Você nunca sabe o que pode atrair, você nunca sabe o que pode acordar.

A moça forçou um sorriso, como que para se fingir entretida, se despediu educadamente e avançou. De início, Spencer respondeu com um aceno. Mas assim que ela lhe deu as costas, fez mais uma pergunta:

— Só mais uma coisa, para que essas flores que leva com você? Vai visitar algum finado? Talvez no seu antigo povoado?

Por um momento, ela parou. Mas não respondeu. Voltou a andar, e continuou até desaparecer na mata.

―•∘⊙⊙⊙⊙⊙∘•―

Conforme a mulher adentrava o bosque, todos os sons da natureza iam desaparecendo, fazendo jus ao nome. Os pássaros já não cantavam, o vento não soprava, e logo não se ouvia nem mesmo os insetos. Tornando o cenário ainda mais macabro, a névoa ficava cada vez mais densa, jogando as cores do lugar em tons de cinza, branco e negro. Mas ela prosseguia.

A moça caminhou por mais de uma hora, e a mata parecia mudar ao seu redor. Quanto mais ela se aprofundava na trilha, mais densos eram os arbustos e mais frio era o ar. As árvores antes pareciam tão cheias de vida, mas a essa altura ela avistava cada vez mais árvores mortas, as cascas cobertas de fungos, os galhos tomando formas cada vez mais estranhas. Nem tudo era vegetação. Em diferentes momentos, ela avistou túmulos, alguns com lápides, outros com crucifixos estaqueados no chão. Alguns encontravam-se abertos, a terra atirada ao redor ou acumulada em montes ao lado das covas. Ela não se aproximou para ver se havia caixões.

Em algum ponto, em meio àquela branca névoa, ela notou dois grandes portões, cobertos de ferrugem e trepadeiras aos montes. Não havia dúvidas: era o antigo cemitério abandonado. Muito longe bosque adentro, ele já não era usado havia muitos anos. Aqueles que escolhiam enterrar seus entes queridos — ou não tão queridos — no bosque o faziam em túmulos independentes, separados dos demais, em covas isoladas como aquelas que ela vira ao longo da trilha.

Segurando com força a sua cesta, a mulher acelerou o passo, tentando sair dali rapidamente. Em algum momento, vultos negros pareceram surgir ao longe, no canto de sua visão, em meio à névoa. Ela girou, com um olhar espantado, mas não viu nada ao seu redor. E então disparou para longe daquele cemitério, daquele lugar maldito, mas não largou a cesta. Todo o seu corpo estremecia. Um sapato se perdeu no caminho, mas ela não parou.

Quando já estava bem longe das redondezas do cemitério, enfim se deteve. Curvando-se para a frente, apoiando seu peito na mão, uma expressão de horror em seu rosto.

Foi então que ela ouviu a voz. Uma voz familiar a Mary Ann.

— Mary Ann… Mary Ann! — sussurrava uma voz rouca, ameaçadoramente. — Eu sei que está aqui, Mary Ann! Onde está? Onde está?! — Os sussurros já se tornavam berros. — Eu sinto o seu cheiro, Mary Ann!

Com as pernas trêmulas, ela recuou, suas costas indo de encontro ao tronco de uma grande árvore morta. Ela se virou e olhou. No alto daquele caule, buracos se formavam na madeira, duas fendas negras que lembravam dois grandes olhos, como se a própria árvore, o próprio bosque a julgasse, como se julgasse seus pecados mais cruéis.

Os gritos continuaram:

— Mary Ann! Não se esqueça do que fez, Mary Ann! — Havia dor e cólera naquela voz. — Eu não me esqueci! ONDE VOCÊ ESTÁ?!

Tremendo, sem conseguir identificar de que lado vinha aquela horrível voz, cercada pelo terror além do túmulo e pela pálida névoa, com sua face contorcida em uma expressão de horror, a mulher se abaixou e, com as mãos sobre a cabeça, como alguém que se rendia à pressão ao seu redor, ela chorou. Chorava e gritava. Lamúria que poderia ser ouvida a longas distâncias naquele bosque outrora silencioso como a morte, um choro que lembrava alguém perdido, indefeso, tomado pela desesperança.

Então, em meio à névoa, como se esta abrisse caminho, ele surgiu. Uma silhueta cambaleava na direção dela, as pernas já não funcionando tão bem quanto no passado, mas ainda se movendo em um ritmo constante. Os braços não mantinham equilíbrio ao redor do corpo, contorcendo-se a cada passo.

A voz cadavérica voltou a falar. A julgar Mary Ann por seus pecados. A questionar como uma filha poderia abandonar um pai, sabendo que ele estava velho, debilitado, sozinho, doente. A indagar, agressivamente, como ela poderia negar auxílio a um pai que estava morrendo, e após sua morte, pagar para enterrá-lo longe dela e longe da família.

Ele se aproximou. Vestia trapos das roupas com que fora enterrado. Seus braços e pernas já não tinham nenhuma pele, revelando a carne putrefata que se prendia em seus ossos, esses muito visíveis, os dedos terminando em extremidades ósseas pontiagudas. Seu rosto era completamente pútrido, dilacerado, e os vermes ainda rastejavam sobre ele, entrando e saindo de suas órbitas oculares vazias. Sua boca sem lábios exibia dentes desgastados, escuros, um líquido negro escorrendo dela para o queixo, exalando um hálito terrível. Restos sujos de um cabelo grisalho ainda se prendiam sobre a cabeça, uma das poucas coisas que permitiriam a identificação do homem que aquele cadáver um dia fora.

— Eu não tenho mais olhos, mas eu posso te ver, Mary Ann. — A boca se moveu. O morto já quase alcançando a mulher encolhida sob a árvore. — Também posso te cheirar. Obrigado pelas flores. O aroma foi um rastro inconfundível — disse a voz rouca e seca, em tom de deboche. — Estive vagando aqui todo esse tempo, esperando, esperando muito por este momento, Mary Ann!

A mão horrenda, fétida, se estendeu, abrindo-se para agarrá-la.

Tudo aconteceu em menos de um segundo.

Uma enorme garra. Ossos e carne pútrida cortados. Um braço cadavérico jogado longe.

O morto-vivo deu um passo para trás, surpreso, agora com apenas um braço. Olhou para o membro decepado, confuso.

A mulher parou de chorar. Em seu lugar, soltou uma terrível gargalhada que ressoou na mata. Primeiro era a voz de Mary Ann, mas logo foi se transformando em outra, uma cacofonia não humana, que além de uma risada, também se assemelhava aos sons de uma hiena e rosnados de um cão raivoso. Uma combinação horrenda, como se o próprio diabo estivesse rindo naquele bosque.

Ela se levantou e encarou o cadáver ambulante. Em vez da delicada mão da jardineira, uma enorme garra pálida, unhas longas como facas. Parte de seu rosto ainda se parecia com o de Mary Ann, mas estava lentamente se transformando, transformando-se em uma vil face de aspecto canino, com dentes afiados e olhos em brasa.

— *Mary Ann! Mary Ann!* Céus, como os mortos são dramáticos! — ela zombou com uma voz gutural, fantasmagórica. — Mas eu fico feliz que tenha me encontrado. Quando cavei o seu túmulo, você não estava lá! Admita, atuei no meu papel com maestria!

Ainda confuso, frustrado, e sendo tomado por outra emoção que não sentia havia muito tempo, o morto recuou mais um passo.

— Você não é Mary Ann! Eu não entendo, onde ela está?! *O que é você?!* — A agressividade enfraquecia, dando lugar a um estranho nervosismo, de alguém que voltou do túmulo e de alguma forma ainda voltava a encarar o desconhecido.

— Ora, meu velho… devia prestar mais atenção nas histórias. — A criatura riu. — Mas eu *sou* Mary Ann… bem, agora eu sou. Afinal, um *ghoul* é o que um *ghoul* come!

O monstro soltou outra gargalhada, que ecoou no bosque. O morto-vivo mantinha-se imóvel, boquiaberto e, pela primeira vez em muito tempo, horrorizado.

— Então… então Mary Ann está…

— Sim, eu fiz uma visita à sua filha. Ela tinha uma ótima carne, uma ótima forma para assumir, também. — A criatura olhou para o braço que ainda parecia humano, a mão delicada de Mary Ann. — Sabe o que isso significa? Não há nada nesse mundo para você! Você esteve vagando e esperando por nada! Prendeu-se a esse mundo condenado por nada!

Agora o *ghoul* gargalhava em zombaria e, ao mesmo tempo, o morto-vivo gritava, um berro de frustração, mas também de pavor por finalmente entender a condição em que se encontrava.

— Mas você deve estar pensando: por que eu fiz tudo isso? Por que atrair você até aqui? — A outra mão da criatura também se transformava. Todo o seu corpo mudava. — Bem, meu velho… não foi só para caçar, eu prometo! Sabe… nós *ghouls* comemos os vivos e os mortos. E você, para mim, é um espécime especial. Pois eu adoro principalmente a carne morta, mas saboreio melhor a carne… que se move!

E pela primeira vez desde o túmulo, o velho sentia medo. A criatura rasgou completamente as roupas de Mary Ann, revelando sua verdadeira forma. Seu corpo era de uma cor pálida levemente acinzentada, magro como um homem faminto, mas se curvava para a frente, exibindo as garras como um animal. Em vez de pés, tinha um par de cascos fendidos. Suas orelhas caninas eram pontiagudas, seus lábios negros não cobriam completamente seus dentes afiados, sua boca salivando como um cão raivoso.

— Eu preciso avisá-lo... — disse, se curvando antes do bote. — Não haverá descanso para você!

E naquele dia, qualquer um que andasse pelo bosque veria que ele já não estava tão silencioso, assombrado, em vez disso, pelos lamentos desesperados e gritos de horror dos mortos.

Pois embora a morte não seja generosa ou confortável, qualquer coisa era melhor que ser devorado, corpo e alma. Qualquer destino era melhor que o estômago de um *ghoul*.

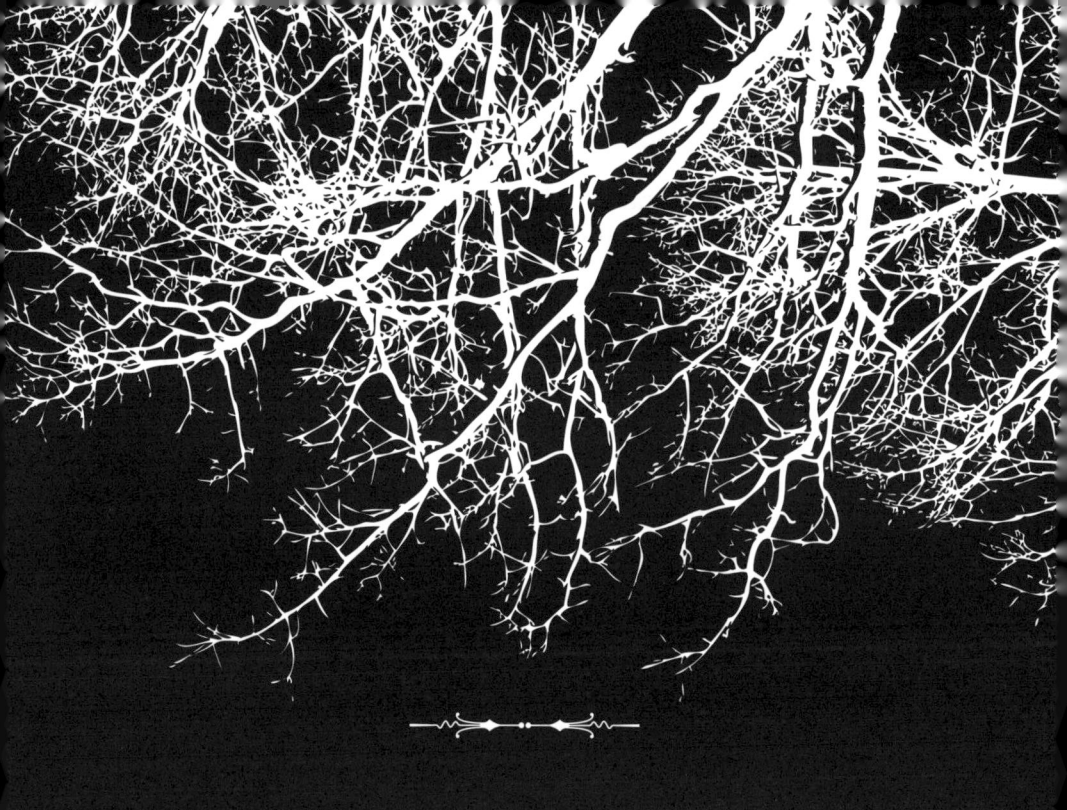

RENASCIMENTO

Isaac Viana

A insegurança de Elena, às vezes, acabava por ajudar. Como na vez em que discutira com um ex-namorado por causa de uma amiga dele. Ele insistia que era só amizade. Ela sentia que tinha algo a mais. E tinha. Essa espécie de sexto sentido da garota, na verdade, já a acompanhava desde muito nova. Soube que os pais se separariam meses antes do acontecido. A morte da mãe, embora tenha deixado Elena muito triste, também não fora uma surpresa para ela.

Sem saber se dom ou maldição, a garota, cada vez mais, ia se retraindo após cada episódio previsto. Ensimesmada, fazia tudo com esmerada cautela, na tentativa de driblar o destino. Dessa vez, não estava sendo diferente.

Quando soube da gravidez da cadela, sentiu um misto de alegria e preocupação. Dias antes, tinha sonhado com uma cadela morrendo durante o parto. As previsões de Elena, normalmente, ocorriam por intermédio de sonhos, embora, na maior parte das vezes, em face de tamanha lucidez, ela não soubesse discernir se estava dormindo ou acordada quando eles aconteciam. Após os episódios, a jovem sempre voltava a si suando muito e com forte dor de cabeça.

Resolveu procurar uma clínica veterinária perto de sua casa. Era um estabelecimento de médio porte que ficava no coração de um bosque. Pessoas de vários bairros levavam seus animais com regularidade para lá. A boa fama e tradição do lugar eram motivo de orgulho para a vizinhança.

Após ser atendida pela recepção, Elena foi encaminhada com sua cadela, Laika, para o consultório da doutora Brígida. Cabelos ruivos, estatura mediana e voz firme, Brígida aparentava mais idade do que os trinta e seis anos que tinha. Os anos de experiência permitiam que falasse com ar de autoridade.

— Como posso ajudá-las, senhoritas? — perguntou, olhando de Elena para a cadela e da cadela para Elena, sempre com um sorriso no rosto.

— Minha cadela está grávida, doutora. Trouxe apenas para um exame de rotina. Precaução.

— Precaução é sempre bom, minha jovem. Nós, grávidas, precisamos de cuidado.

Tensa como estava, foi só aí que Elena reparou na barriguinha, ainda tímida, embora já aparente, da doutora. *Nós? Não, é impossível ela saber que também estou grávida. Ainda não contei pra ninguém desde que descobri hoje pela manhã. A não ser que ela também...*, Elena ponderava.

— Doutora, parece... sei lá... estranho, mas também estou grávida — disse Elena.

O ar autoritário, e até maternal, de Brígida lhe inspirava confiança para compartilhar seu segredo. Aos vinte e dois anos, estudante universitária, Elena não sabia como criaria coragem para dar a notícia ao pai, com quem ainda morava e por quem era sustentada. Também não sabia como o namorado reagiria à notícia.

— Está tudo ótimo com a cadela — disse Brígida, depois de breve exame. — Mas você precisará trazê-la uma vez por semana até o dia do parto. Minhas pacientes são atendidas com o máximo de atenção e cuidado possível. Não é à toa que sou a melhor médica veterinária da cidade — arrematou a doutora.

Desde a postura, sempre ereta, até o sorriso, que quase nunca se desfazia, tudo deixava claro o grau de autoconfiança de Brígida. Para alguns, beirava a arrogância, mas não para Elena. *Queria ser assim...*, pensava.

Para a surpresa de ambas as mulheres, no entanto, poucos segundos após as palavras da médica, a cadela entrou em trabalho de parto. Não fazia sentido. Ainda era a primeira semana da gestação. A cadela, inquieta, começou a tremer e arfar.

O sorriso desfeito, Brígida tentava entender o que estava acontecendo. Elena, pasma, olhava com espanto para a doutora.

— Doutora, o que está acontecendo com Laika?

— Minha filha, eu nunca vi isso em quatorze anos de experiência. Ela está parindo... — respondeu, entre incrédula e contrariada.

O parto, que já era atípico, se tornava difícil porque o primeiro filhote, saindo de patas traseiras, era demasiado grande para ser expelido pela mãe sem ajuda. Nesse momento, o celular de Elena tocou. Era o namorado, querendo notícias do exame da cadela, a quem era muito apegado.

Mal tinham começado a se falar quando a energia do bairro acabou. No escuro, o parto, que já era delicado, poderia se tornar impossível.

O que nem Brígida, nem Elena, tampouco o namorado, sabiam era que sobre aquele lugar pacato repousava uma antiga profecia. Séculos antes, dentro daquele bosque, no exato local onde agora estava construída a clínica veterinária, uma bruxa fora queimada viva. Acusada de pacto com uma entidade das trevas que assombrava o então humilde vilarejo, as últimas palavras da mulher foram:

Quando o destino das Três-Damas-Grávidas
sobre este solo se cruzar,
o Mal que aqui se finda ressuscitará.
Das entranhas da Dama que caminha sobre quatro pernas,
Belial ressurgirá.

À luz de velas, depois de mais de uma hora de muito esforço, finalmente Brígida conseguiu retirar o primeiro filhote da mãe, que já se encontrava extremamente debilitada. Um cheiro forte exalava no ambiente. Na pouca luz, Elena e Brígida mal conseguiam discernir as formas do filhote recém-nascido, quando duas luzes vermelhas começaram a se destacar no meio da escuridão.

As duas mulheres, percebendo que eram os dois olhos do recém-nascido, ficaram sem ação. De repente, uma voz grave, que nunca poderia ter saído de dentro de um filhote, estrondou na pequena sala onde se encontravam.

— Meu nome é Belial. Eu vim tomar o que é meu.

As luzes se acenderam e, entreolhando-se, as mulheres não disseram palavra. O cheiro forte havia desaparecido, assim como o recém-nascido. Elena correu e abraçou sua cadela, que estava quase desmaiada. Chorou compulsivamente sobre aquele solo maldito.

Alguns dias depois do acontecimento, Elena ainda chorava a morte de Laika, que não resistira ao trauma vivenciado. Todos os outros filhotes também tinham morrido. Fora isso, apesar da promessa de Belial, nada de atípico acontecia no bairro.

Certa noite, no entanto, Elena sonhou. Mas, dessa vez, não teve uma previsão do futuro; ela estava num vilarejo antigo e caminhava dentro de um bosque. Pouco mais à frente, uma multidão se aglomerava em torno de grande fogueira. Em meio às vozes que emanavam da multidão, uma se destacava.

Era a voz de uma mulher, que, em meio ao fogo, parecia não sentir dor. Elena se aproximou, olhou através das chamas e viu: a bruxa profetizava o retorno de Belial. Sem entender e sem acreditar, a jovem via a si mesma bradando e sendo queimada dentro da fogueira.

Voltando a si, ofegante, transpirando e com muita dor de cabeça, olhou, assustada, ao redor da cama onde estava deitada. O quarto estava mergulhado em escuridão. Foi quando Elena ouviu:

— Séculos atrás, você profetizou minha volta. Nosso pacto ainda está selado. Caminhe comigo mais uma vez e logo se lembrará da sua real identidade.

Dessa noite em diante, Elena mudou. Todos os dias, quando o sol se punha, adentrava o bosque e só voltava para casa depois da meia-noite. Ninguém sabia o que fazia por lá, mas de uma coisa toda a vizinhança tinha certeza: o bosque também já não era o mesmo. Antes vivo e povoado pelos mais coloridos e diversos sons de animais, agora, do local, só se ouvia o som do silêncio, de modo que, quando uma criança, animada, pedia aos pais para que fosse levada ao lugar para brincar, sempre ouvia como resposta: "Não. Não no bosque do silêncio".

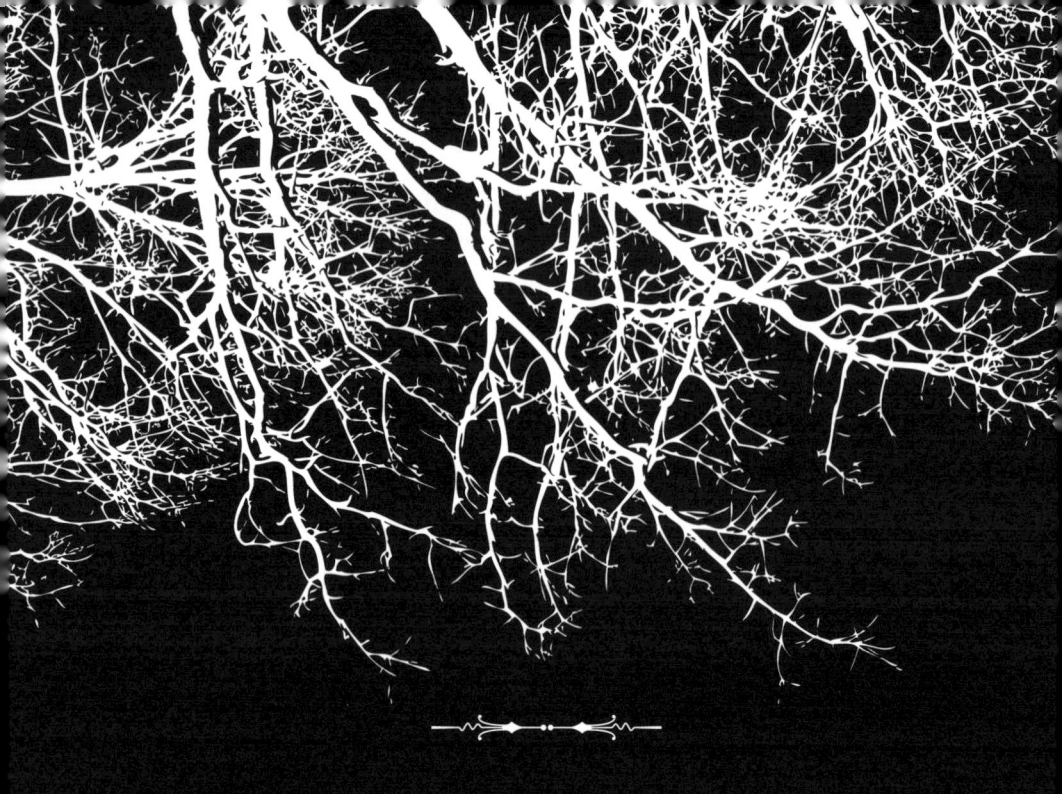

A GAROTA DO BOSQUE

Ilma Guedes

"Quase todos os passageiros morreram após a queda do Boeing 337 com destino a Paris; com exceção das duas irmãs, que foram resgatadas com vida após dois dias perdidas no bosque."

Isso foi o que os jornais e toda a imprensa noticiaram a respeito do acidente, entretanto, posso dizer que não foi bem assim! Eu estava lá! Eu e minha irmã Anny, mas até agora não entendi como tudo aconteceu. Só sei que não foi bem assim! E por falar nisso, nunca mais vi minha irmã, desde o dia em que ela foi resgatada daquele maldito acidente.

De uma coisa eu sei. Os mortos-vivos estão em toda parte. É claro que você não vai acreditar e vai dizer que é loucura, que é impossível.

Muito bem! Eu entendo. Na maior parte do tempo, nem eu consigo acreditar em mim mesma. Contarei como tudo aconteceu, desde o instante em que o avião começou a cair.

Naquela manhã, o céu estava claro e o avião, embora ainda estivesse sobre as nuvens, inclinou-se para baixo como se estivesse iniciando uma descida e seguiu afundando no vazio, cada vez mais rápido.

A aeromoça passou aos tropeços entre os assentos, em direção à cabine da aeronave, pouco antes de as máscaras de descompressão caírem sobre nossas cabeças. Os compartimentos das malas se abriram e tudo foi ao chão. Fui empurrada contra o assento da frente e alguém que estava na parte de trás fez um som estranho com a garganta:

— Estamos caindo!

A caixa com meu remédio foi arremessada em direção aos pés da Anny. Tentei alcançá-la, mas não consegui. Uma das vigas de aço próximo à asa se contorceu, fazendo o avião se inclinar à esquerda. As pessoas gritaram.

Vi quando Anny desafivelou o cinto para pegar meu remédio e acabou escorregando até a metade do corredor, em direção à parte frontal do avião.

— Anny! — Gritei.

— Segurem-se em algum lugar! Todos! Segurem-se! Estamos caindo... — uma das aeromoças gritou, enquanto tentava afivelar o cinto.

Senti o avião girar em torno de si mesmo. Por um segundo, tudo ficou branco. Meus cabelos ficaram pendurados e, de repente, Anny agarrou nas minhas pernas. Ela gritou, mas não consegui ouvir o que dizia.

Uma nuvem escura se formou ao meu redor, e o local foi tomado por um ruído ensurdecedor. Senti uma pancada forte contra meu peito e um líquido quente escorrer pela minha bochecha. Tudo se apagou.

Quando finalmente abri os olhos, eu me encontrava esticada no chão sobre um barranco muito inclinado. Tinha formigas sobre mim. Provavelmente, fiquei ali por um bom tempo. Eu disse "provavelmente" porque não sei por quanto tempo fiquei desmaiada. Talvez tenha sido por dez dias ou dez anos. Talvez por dez mil anos. Mas isso não importa, o que importa agora é que eu estava perdida em um bosque escuro e fechado, sem minha irmã e sem meu remédio. A dor no peito era muito forte, onde a haste de ferro havia me atingido, mas, pelo menos, voltei a sentir meus braços e pernas.

A dor no peito, parecia uma punhalada latejante que irradiava até minha cabeça. Contudo, eu precisava me levantar e sair daquele lugar. Eu tinha que procurar a Anny, pois ela só tinha dez anos e devia estar assustada.

Quando enfim consegui me levantar, senti um vento frio passar pelo meu rosto e se esconder nas dobras do meu corpo. Os galhos das árvores se entrelaçavam, sendo quase impossível caminhar, o solo era escuro e afundava conforme eu pisava. O cheiro de morte estava em todo o lugar.

Por um momento, eu olhei para o céu, ainda era dia. Mas no bosque parecia noite, tudo era cinza. Saí pisando nos corpos até encontrar a Anny, que estava espremida entre os bancos, e o pé esquerdo dela estava quebrado. Tive vontade de vomitar. Contudo, percebi que ela estava viva, pois fez um pequeno movimento quando a chamei.

— Graças a Deus! — Eu disse.

— Dany! — Ela falou.

Eu ignorei o osso quebrado e a puxei com força, pois nunca havia sentido tanta felicidade ao encontrar a minha irmãzinha.

— Onde estamos? — Perguntou ela, enquanto se escondia nos meus braços.

Eu a segurei com mais força ainda enquanto olhava ao redor.

— Não sei! Parece um pântano! Fique calma, o resgate logo chegará. Vou cuidar de você.

Examinei-a por alguns minutos e, aparentemente, ela estava bem, exceto pelo pé quebrado, olhos fundos, pele pálida e fria, bastante fria.

— *Deve ter perdido muito sangue*, pensei.

Rasguei um pedaço do meu vestido e envolvi o pé quebrado com muito cuidado. Caminhamos mancando por um longo tempo até encontrar uma cabana. De longe, dava para ver a fumaça saindo pela chaminé. Um sorriso de esperança se espalhou pelo rosto de Anny.

— Vamos pedir ajuda naquela casa — falei.

Quando chegamos próximos à cabana, meu estômago pulou e o nariz ardeu ao sentir o cheiro de carne na brasa. Parecia churrasco. Apressamos o passo.

— Precisamos de ajuda! — gritou Anny, antes mesmo de chegar.

Era uma cabana feita de barro e madeira, com uma porta e uma janela pintadas de azul.

— Olá! Tem alguém aí? — reforcei o apelo da Anny.

— Olá! Tem alguém aí? — insistiu Anny.

Nenhuma resposta! Empurrei a porta que estava entreaberta e, quando ela se abriu totalmente, um chumaço de poeira, terra, teias de aranha caíram sobre nossos pés. Ouvi um rangido vindo de lá de dentro. Um cheiro horrível de mofo e coisas velhas invadiu meu nariz. Anny arregalou os olhos e se escondeu atrás das minhas pernas trêmulas. Sem falar da boca seca e a respiração ofegante que eu não conseguia controlar.

— Tem alguém aqui? Olá! — minha voz tinha um som estranho.

As lagartixas e outros bichos pequenos se escondiam a cada passo que dávamos. Estava tudo escuro e abandonado dentro da cabana. Inclusive o fogão, que parecia não ter sido usado há um milhão de anos.

— O que aconteceu com a carne na brasa? — a voz de Anny estava trêmula e abafada.

— Olá, tem alguém aqui? — insisti.

— Uma pessoa passou por detrás de nós e desapareceu pela parede — a Anny gritou.

Um grande pavor se instalou, porém eu precisava me concentrar, tinha que proteger a Anny. Reuni forças e falei, embora a voz tenha saído abafada.

— Quem está aí?

Um grande silêncio abalou nossos corações.

— Tenha calma, Anny. Vai dar tudo certo.

— Acho melhor a gente sair daqui — escutei a voz dela.

Fugimos desesperadas. Anny nem mancava mais, mesmo com o pé quebrado. Eu não entendia e queria falar para ela ter cuidado. No entanto, os galhos secos rasgavam meu rosto toda vez que eu me virava para ela. Atrás de nós, a fumaça ainda saía pela chaminé, e uma pessoa nos olhava através da janela. Corremos até não aguentar mais e caímos na lama. Vi quando uma mão saiu de dentro da terra e nos arrastou até um poço.

— Dany! Me ajuda — gritou Anny.

O pânico estampou meu rosto quando ela foi puxada com mais força para dentro de um poço fundo e escuro. Eu não conseguia ver o fim do poço e escutei o grito de Anny sendo sugada para o abismo.

— Anny! — eu tentei gritar bem forte, mas o som não saía.

A boca de Anny estava aberta, sem sair nenhum som, enquanto ela caía em direção ao abismo negro abaixo de nós. Com muito esforço, eu consegui sair.

Fiquei deitada chorando na beira do abismo por muito, muito tempo. Até que uma voz ecoando muito longe me chamou a atenção. Caminhei por cerca de duas horas em direção ao som e avistei, à distância, outra cabana. *Ou seria a mesma?*, refleti.

A fumaça saía pela chaminé, assim como na outra cabana. Estreitei o olhar e notei que parecia até ser a mesma. Olhei para trás. Era impossível! *Caminhei em linha reta, portanto não posso ter chegado ao mesmo lugar*, pensei. Fui até a casa que, por enquanto, estava com a luz interna acesa. Tinha alguém lá.

Parecia estranho, mas era a mesma casa. Ao me aproximar, escutei um cantarolar bem baixinho, abafado, que ecoou do interior da cabana. Tinha alguém lá. Era uma voz feminina.

— Anny? — respirei fundo, sentindo minha mão suar e a garganta pulsar; quando, de repente, fui tomada por um aroma floral. — Anny? Não, não é possível.

Coloquei a mão no bolso e não encontrei meu remédio. Eu sempre o tomava quando ficava com medo. Vagarosamente eu me aproximei, semicerrei os olhos, respirei mais uma vez e consegui ver a silhueta através das brechas. É ela! A Anny! Meus olhos acompanharam seus movimentos delicados. Meu coração explodiu, assim como o ódio.

Sem nem pensar, empurrei a porta, e os destroços desabaram. O estrondo não me perturbou, mas o espaço novamente vazio, sim. Fiquei aterrorizada! A Anny não estava lá! Meu olhar trêmulo percorreu o teto, os quatro cantos e o chão. Nada! Duas mãos em forma de garra pousaram fortemente sobre meu pescoço, mas eu não conseguia identificar de onde vinham, pois não conseguia ver. Senti meu rosto queimar e as veias do meu pescoço se sacudirem tentando escapar. Quase desmaiei de tanta agonia, mas consegui sair e corri por cerca de trezentos anos, até chegar ao local onde o avião havia caído. Foi então que avistei a minha irmã Anny e eu. *Eu?* — me assustei. Mas, incrivelmente, era eu! Que estava próximo ao avião esticada no chão, com uma haste de ferro atravessada no meu peito. Tinha formigas na minha boca! Tinha formigas no meu cabelo! Senti o cheiro da morte. Um terror se instalou. Senti uma forte dor. Caí de joelhos no chão. Anny olhou para mim e sorriu. Ela estava com outra garota, que também olhou para mim e sorriu. "Outra garota? Quem é aquela garota? — eu queria saber.

Ambas tinham a pele em decomposição, os olhos fundos e vazios, rosto pálido e magro, boca funda e caída, os cabelos e as vestes pareciam trapos velhos e sujos. Estavam comendo os restos mortais dos tripulantes. Pareciam mortas-vivas implacáveis. Entretanto, foram levadas. Gritei, mas não me ouviram. Gritei mais ainda e nada. Vi apenas as duas garotas, sorrindo para mim e indo embora naquele resgate. Depois que elas se foram, um silêncio profundo se instalou naquele bosque e nada mais eu ouvi. Já se passaram mil anos desde aquele maldito acidente e eu ainda estou aqui, sozinha, no escuro, no bosque, no silêncio. Esperando a Anny vir me buscar.

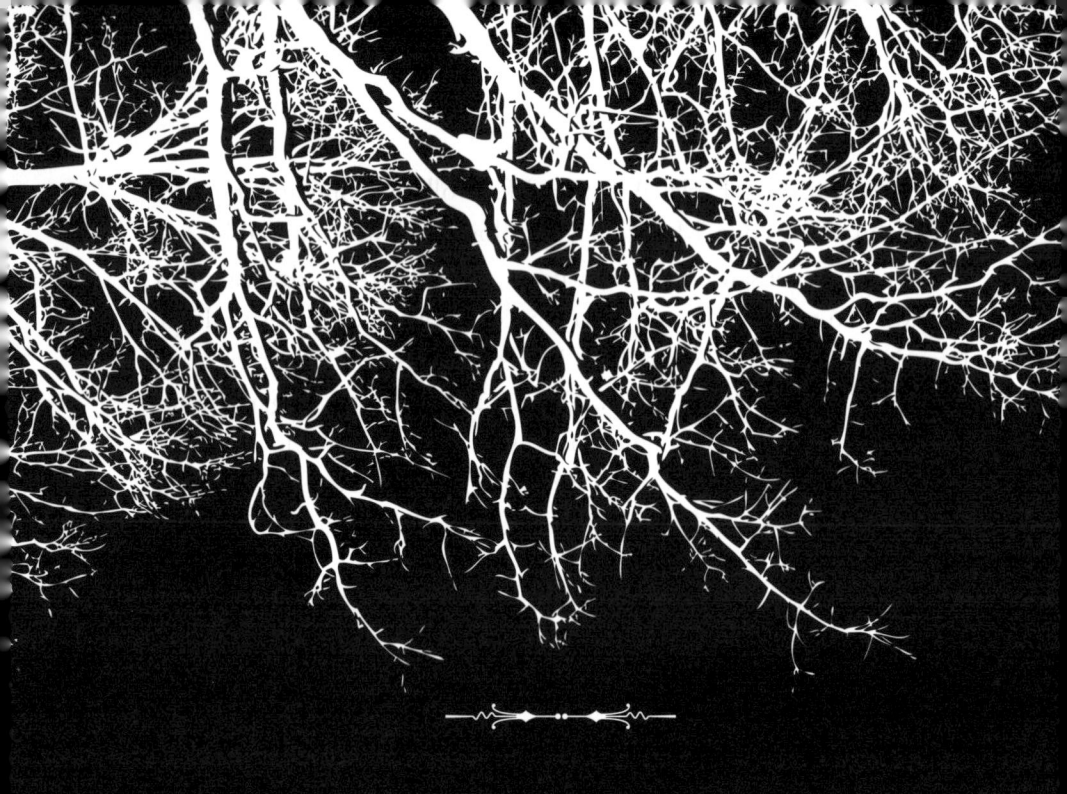

ABRA OS OLHOS

J.R. Valadares

"O DEMÔNIO É COMO UMA ESTAÇÃO DE RÁDIO, VOCÊ PRECISA SINTONIZAR PARA OUVI-LO."

Já se passaram dez anos desde que ela esteve aqui para selar nosso pacto. Entrou nesse bosque, que se tornou o local de nosso casamento, trazendo a terra retirada do túmulo do falecido dentro de uma caixa junto ao seu membro representante maior de sua masculinidade patética. Embrenhou-se na mata buscando o local correto para enterrar. Ainda posso sentir o cheiro do mato misturando-se com o fedor de sua excitação em poder reencontrar seu amado.

Estamos ligados. Olhava, mas não me via, mesmo eu tendo a acompanhado o caminho todo. Saiba, caro leitor, que eu sempre estou ao seu lado, mesmo que não me veja, assim como estava do lado dela, estou ao seu lado agora. Arrepiou, né? Mantenha os olhos no livro, por favor.

O tempo do nosso pacto acabou e agora ela está de volta no mesmo bosque, o bosque do silêncio onde somente eu posso te ouvir.

Pensa que tem o domínio da situação. Mas são as circunstâncias que têm domínio sobre ela. Eu não venho para seguir ordens, venho para quebrar as regras. Rasgarei o véu que cobre seus olhos e, assim como Adão e Eva, conhecerá a verdade.

Quero vê-la gritar por misericórdia, seu sofrimento será meu deleite e sua agonia será minha vitória.

Para aqueles que acham que não temem a morte e a buscam assim como ela, saibam que ela não pode ser encontrada por ninguém. A morte sempre te encontrará primeiro.

O medo é meu alimento, eu me fortaleço através da fonte gerada pelo desespero. E quanto mais medo ela tem, mais forte eu fico. Ela mergulha entre as árvores como se fizesse parte da floresta, e logo fará.

Acha que me conjurou? Estou contigo muito antes disso. Eu acompanho seu sofrimento, sei que tudo o que queria era seu marido de volta. O sexo não seria o mesmo com outro homem, tinha que ser com ele, e por isso me conjurou.

Ela estava disposta a tudo por isso, mas não tinha noção do que significava realmente esse "tudo".

Agora que abri a porta da minha casa, está em meu mundo. E quem dita as regras sou eu.

Mesmo sabendo que não sou ele, quer acreditar na mentira. Olha para mim, mas o enxerga. Acha que estou nele, mas a verdade é que estou em você.

Durante dez anos, como prometido, eu te dei o que você queria, um homem para chamar de seu novamente, para te atender e para saciar seus desejos mais obscuros. Você o matou por ciúmes e o trouxe de volta por orgulho. Lá no fundo, sempre soube que era eu o tempo todo, e mesmo assim não se importou.

Agora vem me pedir misericórdia? O pacto foi feito e não pode ser desfeito, sua alma agora é minha e desse bosque nunca mais sairá.

O medo envolve seu corpo e não tem para onde ir, para qualquer lugar que olhe só a escuridão da floresta, sufocante, paralisante, envolvente… Prende a respiração o quanto pode, apenas a morte lhe resta.

Não pode fugir porque eu estou em toda parte. Ela sentiu prazer ao matá-lo. Eu sei que sentiu. Gozou de prazer ao ver a chama da vida de seu marido se extinguir, mas guardou seu pênis, este seria a chave para trazê-lo de volta.

"Ele teve o que merecia." Concordo com ela. E você, concorda comigo? Estou apenas castigando uma assassina, uma vida por outra, nada mais justo.

No momento em que entende que vai morrer, me empurra e tenta fugir. É hora de caçar!

Começa a correr, as folhas das árvores se fechando diante dela. Minha casa tem uma entrada, mas não existe saída. Seus gritos são como a terceira sinfonia de Beethoven. Agraciando meus ouvidos e ecoando pela penumbra enquanto eu a arranho nas costas, como se não estivesse conseguindo apanhá-la, e então permito que possa se distanciar um pouco, para que acredite que talvez consiga fugir. Ela olha para trás e não é possível ver nada, a escuridão está por toda parte, principalmente a que vem de dentro. Enfim chega a um penhasco, é o fim da linha.

De olhos fechados, se vira para mim com os braços fechados. Escuta meus passos, cada vez mais próximos, quebrando galhos secos cada vez mais perto.

— Onde você está? — pergunta para a floresta, sua única companheira no momento. Quer gritar, mas sua boca não obedece, não passa de uma condenada assim como eu. Porém, apenas um de nós sobreviverá a essa noite. Já é possível sentir o calor do meu hálito próximo ao seu rosto. Passo a língua sobre sua pele suada e seguro seus cabelos.

— Abra os olhos!

Ela finalmente consegue me ver. Através de dois olhos negros grandes, ela enxerga o calvário da minha alma, o local onde passará a eternidade.

Meu beijo suga sua alma para dentro da minha, seu ar já não existe, sua pele vai secando como a de um cadáver em decomposição enquanto me alimento, me renovo e me transformo, tornando-me mais forte do que nunca.

Ouço um chamado, outra pessoa acaba de entrar no bosque. Mais um desgraçado qualquer querendo fazer um pacto. Minha missão aqui está cumprida, mas minha sede não pode ser saciada.

Existe alguém do outro lado, me chamando. Sim, estou falando de você, não é coincidência. Posso sentir seu cheiro, você se acha superior a ela? Você tem o cheiro dos incrédulos, daqueles que acham que não podem ser atingidos, mas você me sintonizou, agora eu vejo você. Não adianta fechar o livro, não adianta fingir que isso não aconteceu, porque eu estou ao seu lado. Você me sintonizou, assim como ela.

Feche os olhos e pense em mim, imagine como eu sou e como posso te servir.

Sentirá o calor em sua mão, sentirá a presença de minha alma e eu estarei diante de você. Enquanto Deus te castiga por tudo, satã te ama do jeito que você é.

Abra os olhos!

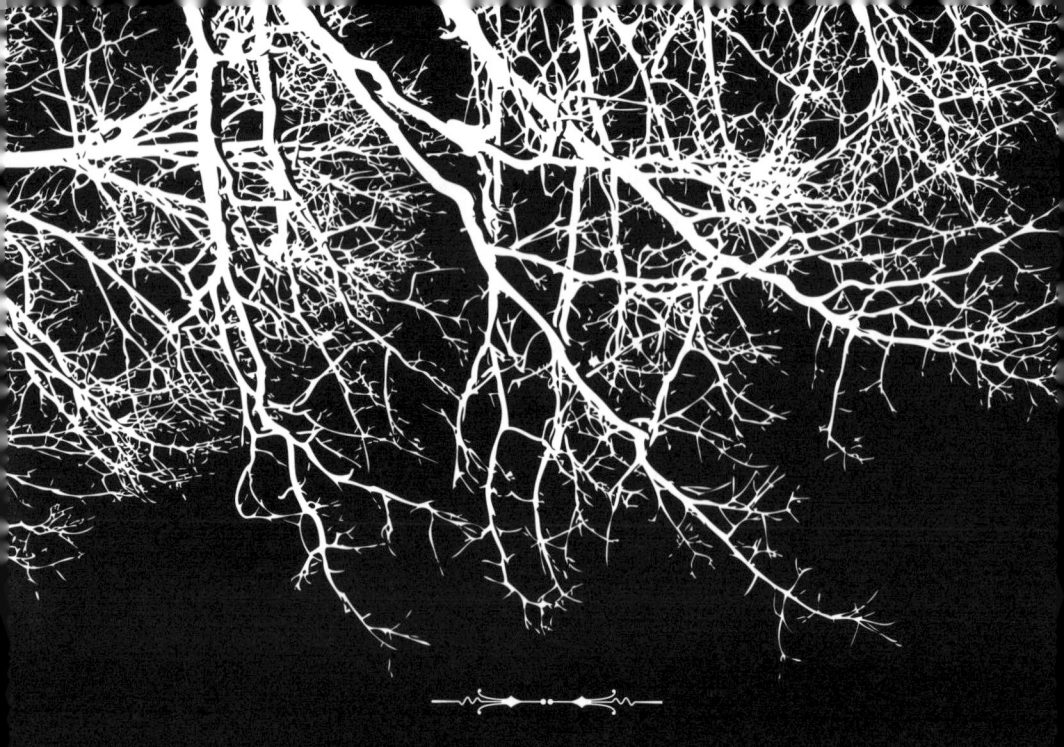

O BOSQUE DOS DESENCANTOS

Jack Forest

Delegacia de Lagoas Verdes, interior da Bahia, 8:22.

Batidas na porta chamam a atenção do delegado.
— Senhor! Encontramos um suspeito do caso de desaparecimento, mas vou logo avisando, o sujeito é esquisito pra cacete!
— Me leve até ele.
O policial Rodrigues leva o delegado até uma saleta onde se encontra outro policial e um homem magérrimo, as roupas rasgadas, todo sujo de musgo e folhas secas no cabelo.

— Encontraram algo com ele?
— Sim. Isso estava com ele. — O policial apresenta um celular.
— Pode ser só um ladrão.
— Foi encontrado perto do bosque. Ah! O celular está desbloqueado, vai dar pra saber o dono.
— Ele não fala? — O delegado imaginava ser mais um mendigo.
— Não. Parece que é mudo.
— José! Fique de olho no sujeito, eu e o Rodrigues vamos descobrir o que tem no telefone.

De volta à sala do delegado. O atalho para arquivos do celular é acessado. Ao ver as fotos, ele percebe que o aparelho pertence a um agente da polícia federal.

— Vamos ver o material mais recente, não quero me complicar com os superiores dele — diz o delegado.

Acionaram uma série de áudios realizados na semana anterior.

Gravo este áudio na esperança de que alguém consiga encontrar este aparelho. É um registro pessoal de uma investigação não oficial. Sou Jeffrey Souza, um investigador da PF, mas estou aqui numa missão sigilosa a serviço do senador Menelau Veríssimo. A filha dele, Joana, e o namorado, Zé Mário, sumiram durante uma viagem para esta região. Estou no sul da Bahia, no lugar onde o casal foi visto pela última vez, entre a cidade de Lagoas Verdes e seu distrito, um lugarejo chamado Morro Santo.

— É o celular de um dos caras que vieram tentar achar a garota, filha do político!
— Sim. Vamos ouvir o que mais tem aqui.

Na cidade de Lagoas Verdes, as pessoas falaram muito pouco e me aconselharam a desistir, então decidi ir até Morro Santo. Na estrada, vi umas ruínas e logo atrás um trecho de mata fechada. Minha intuição dizia que aquele era o lugar, apesar de me passar uma sensação ruim. Mais adiante encontrei uma velhinha em frente a um casebre onde se vendia maçãs, encostei o carro e fui perguntar a ela sobre os jovens. A velhinha disse que todos os anos muita gente desaparece naquele bosque. A mão descarnada apontava para o trecho que eu havia passado. Eu já estava de saída quando ela segurou meu pulso, me encarou com aqueles olhos embaçados e assustadores e me contou uma história.

Segundo a idosa, há sessenta anos uma moça chegou para morar naquelas redondezas. Era a mulher mais linda que jamais havia existido ali. Os homens pareciam enfeitiçados pelo seu corpo sinuoso, rosto de traços finos e uma cabeleira negra dividida em duas tranças. Sua beleza e independência geravam inveja entre as demais mulheres da região. Um dia, sob a falsa acusação de que ela usava feitiços para seduzir os homens casados, a mulher foi cercada por um grupo de moradores de Morro Santo. Amarraram-na a uma árvore bem grande e depois atearam fogo. Antes, porém, deram uma surra nela, cuspiram em seu rosto e a chamaram de bruxa amante de satã. O que se sabe é que, antes de seu corpo virar cinzas, ela jogou uma praga na cidade, dizendo que ela jamais se desenvolveria e que aquele bosque seria dela para sempre, assim como todos que ali entrassem.

Quando eu falei da investigação, a velhinha me disse que eu iria por minha conta e risco, que o alerta havia sido dado. Ela me deu uma maçã, este seria meu único alimento durante muito tempo. Eu não me assusto fácil, mas não era só o casal que havia sumido, dois outros colegas da PF vieram aqui e não voltaram, assim como um investigador particular que o senador contratou, mas ele acredita que o sujeito tenha sumido com seu dinheiro sem nem se dar ao trabalho de viajar para este fim de mundo.

De posse de uma lanterna e minha arma, entrei num terreno com uma areia cinzenta e cheia de folhas caídas, arbustos de galhos espinhosos e árvores e plantas das mais diversas formas. Em alguns lugares, as sombras causavam um frio que parecia penetrar os ossos. Caminhei por uns dez minutos até encontrar a primeira pista: uma carteira caída no chão. Peguei e abri, vasculhei a documentação e encontrei um cartão do investigador particular. Nesse momento, algo me acertou a cabeça. Era um sapato. De imediato, olhei para cima e vi uma cena inacreditável. O tal detetive particular estava amarrado com cipós no tronco de uma árvore a uns trinta metros do chão. Eu apontei a lanterna e o que vi revirou o meu estômago: pássaros pretos devoravam o pescoço e o rosto do sujeito. Bicavam e retiravam nacos de carne, o que fazia respingar gotículas de sangue em mim. Dei um tiro para assustar as carniceiras, embora soubesse que era um esforço inútil, pois o cara estava morto e fora de meu alcance. Quando as aves levantaram voo, mais uma coisa caiu lá de cima, acertando meu ombro direito. Aquela coisa gosmenta me encheu de nojo: era um dos olhos do detetive.

Ouvi um barulho mais adiante, fui naquela direção e encontrei coisas estranhas: amontoados de palha, depois encontrei um barraco de madeira destruído, no chão, uma trilha sangrenta. As gotas vermelhas apontavam para uma construção de tijolos. Antes mesmo de chegar eu já sentia o fedor de carniça e ouvia o zumbir de moscas. Quase sufocado com o ar tóxico, encontrei dois corpos suínos estraçalhados. E dentro do lugar, que era um chiqueiro, havia mais um porco trucidado, este com suas entranhas espalhadas como se decorasse o local, mas o pior de tudo estava no fundo. Com as costelas quebradas apontando para o teto e os intestinos misturados com os restos do animal, jazia um colega da PF, um cara que eu mal conhecia, mas sabia que era legal, um trabalhador da lei, assim como eu!

Restava saber onde estava o parceiro daquele agente e o casal. Apesar das cenas chocantes, eu estava progredindo na investigação, sabia que ia encontrá-los. Maldita teimosia a minha!

Algo estava se aproximando. Era ele! O agente que veio na segunda incursão, junto com o outro eviscerado no chiqueiro, e vinha correndo em minha direção. Ele gritava para eu me afastar dele! Tentei alcançá-lo, mas ele sacou sua arma. Joguei-me pro lado, mas ele não estava falando comigo e os tiros também não eram para me acertar. Foi aí que eu quase borrei as calças! Numa fração de segundo, eu vi um enorme animal. Pensei que fosse uma onça, mas não! Era um lobo imenso. Felizmente escorreguei e caí para trás, indo parar num buraco. De onde estava eu pude ver o vulto passando e ouvi mais disparos. Por falar nisso, durante a queda minha pistola caiu e eu não consegui achar.

O som dos tiros havia cessado, e foi substituído por um uivo medonho que fez um calafrio percorrer meu corpo. Evitando fazer barulho, liguei a lanterna e apontei para o entorno. Vi a pistola a uns dois metros, mas quando ia me esticar para pegá-la, tive que recuar e me espremer contra a parede de barro ao meu lado. Algo cobriu a claridade da abertura do buraco: era o enorme lobo que se abaixava, farejando o ar. Ele deve ter me visto antes de eu cair. Para minha sorte, a lateral da cara do bicho que estava voltada para mim estava gravemente ferida, parte do focinho e um olho haviam sido estragados pelos tiros de meu colega, o sangue pingava no chão a poucos centímetros de meu braço. O bafo do monstro fedia a morte. Eu tentava a todo custo não me mover. Fechei os olhos e pedi a Deus que a minha morte fosse rápida. Ver aquela bocarra sangrenta, cheia de dentes pontiagudos enquanto a criatura rosnava fez com que eu urinasse nas calças. Acredite, isso aconteceria com qualquer um. Bastava que o bicho virasse um pouco mais a cabeça na minha direção para que pudesse me ver, eu ia morrer, o que só não aconteceu porque ouvi um novo disparo, um tiro que me pareceu vir de uma espingarda... Seria algum caçador nas redondezas? Só sei que o ser monstruoso decidiu me deixar em paz e voltou-se para a superfície.

Fiquei encolhido por meia hora, temia a volta da fera, mas eu tinha que reaver minha arma caso o lobo se metesse novamente naquele buraco. Devagar, estiquei o braço, mas minha mão encontrou algo macio no caminho. Era outro animal. Direcionei o facho de luz e vi ali um grande coelho branco, e o miserável segurava a minha arma. Assustado com a luminosidade, o bicho deu dois pulos, sumindo na escuridão, e só então percebi que aquele lugar era uma galeria de túneis baixos. Corri sem perder o felpudo de vista, mas o danado pulava de um lado pro outro, até que decidi fazer o mesmo. Pulei e consegui segurar o bicho na terceira tentativa, tomei-lhe a arma e em retaliação recebi uma dentada na mão. Sangrando e exausto, voltei para a saída daquele lugar. Com dificuldade, saí do buraco e constatei minhas suspeitas, o outro agente também morrera, seu corpo estava espalhado por metros ao redor de uma árvore. Restava agora achar o casal e rezar para que o monstro não os encontrasse antes.

Andei muito tempo por entre as árvores até que o cansaço me derrubou, desmaiei e acordei pela manhã sendo atacado por insetos nojentos que me picavam e rastejavam pelo meu corpo. Ainda estava escuro quando ouvi barulho novamente. Havia um grupo de árvores baixas, com galhos espinhosos, e foi ali que os encontrei. Joana e Zé Mário, só podiam ser eles. Pensei que fossem árvores frutíferas, como pitangueiras ou umbuzeiros, que eram comuns naquela região, mas a luminosidade do amanhecer veio me revelar outra cena grotesca para a qual eu não estava preparado.

O casal se embrenhava pelos galhos secos sem se importar com os espinhos arranhando e perfurando sua pele. Tentei procurar possíveis frutos, mas não havia nenhum! Tanto a filha do senador quanto o namorado retiravam lascas dos galhos e comiam. Por vezes, retiravam nacos cheios de espinho e abocanhavam como se fossem o mais delicioso confeito. Apontei a lanterna para eles e gritei por seus nomes, mas era como se eu não estivesse ali. Corri para tentar retirá-los daquele devaneio. Bem de perto, eu vi o estado em que se encontravam, e era de doer o coração. Seus lábios estavam estraçalhados, o sangue escorria sem parar, pois, a cada mordida nos gravetos com espinhos, suas bocas, bochechas e gargantas se abriam em chagas.

Segurei firme o braço da moça para fazê-la parar. Ela finalmente me encarou, abriu um sorriso com aquela boca rasgada, se lançou sobre mim e me beijou! Quando ela fez isso, por um instante vi o que ela enxergava. Ela não via um monte de espinhos, mas uma casa feita de doces! Exatamente como naquela história antiga, ela retirava pedaços da parede e comia. Tudo era colorido e recheado de fantasia. O aroma atiçava o estômago, e resistir era praticamente impossível! Mas fui desperto por uma dor terrível no braço: eu havia recebido uma mordida de Zé Mário. Por reflexo, eu o empurrei, fazendo-o cair entre os galhos. Alguns lhe atravessaram o corpo e ele ficou ali pendurado como se fosse um boneco. Tentei a todo custo tirar a moça daquele lugar, mas algo segurava meus pés. Olhei para baixo e percebi que uma trepadeira se deslocava como uma serpente e se enroscava em meus pés, subindo pelas pernas até chegar ao meu pescoço. Tentei me livrar, mas fui arrastado dali.

Agora estou aqui, sentado na beira de um rio, sem saber como voltar para casa, sem esperança de encontrar o casal vivo e vendo meu corpo definhar. Tirei fotos do que narrei aqui. A última mostra o estado em que fiquei depois desse tempo neste lugar maldito. O tempo neste bosque maldito corre diferente, e nada é o que parece ser! Gritei por horas, pedindo socorro, até perder a voz!

— Acabaram os áudios, vamos para as fotos! — grita o delegado.

As imagens conferem tudo que foi dito, mas a última era a mais perturbadora, pois mostrava como o policial havia ficado.

— José, rápido! Traga o suspeito aqui. Esse tempo todo era o próprio agente que estava aqui, bem debaixo dos nossos narizes!

O policial José responde, porém, que numa fração de segundo, num momento de distração, o suspeito não estava mais lá. No lugar, havia apenas restos de fungos.

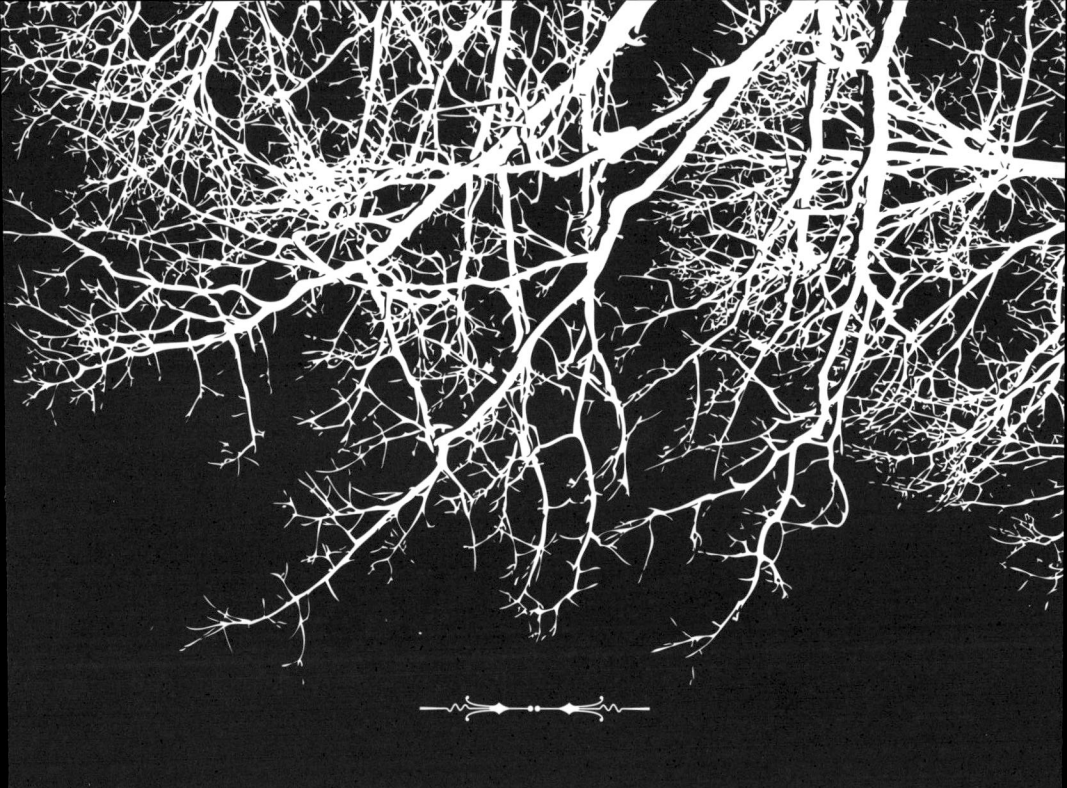

O CONTO DO PASSARINHO

Júlio César Bombonatti

Um grito de dor interrompeu o silêncio do bosque naquela noite. Do meu ninho, pude ver uma jovem humana ter seu peito apunhalado por um homem que a deixou agonizando junto à minha árvore e, em seguida, avançou pelo mato fechado. Por aquela jovem não havia mais nada que pudesse ser feito, mas voei pelo mesmo caminho que ele para tentar entender o que tinha acontecido.

Depois de caminhar por pouco mais de meia hora, aquele homem de silhueta forte seguiu em direção a uma mulher que o esperava ao lado de uma grande pedra na clareira. Ela segurava uma vela acesa em suas mãos e um lenço cobria parcialmente a sua face. O homem tentou abraçá-la, mas antes que ele fizesse isso a mulher perguntou:

— E então, fez o que pedi?

Ele demonstrou que sim movimentando a cabeça, e ela então o abraçou, deixando que a vela caísse no chão e se apagasse. Em meio à escuridão, pude ainda ouvi-la dizer:

— Agora só precisamos ter paciência.

Após um longo beijo, os dois se separaram e cada um tomou um caminho diferente.

Quando amanheceu, o corpo da jovem assassinada jazia pálido, e alguns insetos já pousavam sobre ela atraídos pelo cheiro do sangue. Logo chamaria a atenção de outras criaturas do bosque. Voei até a cidade à procura de comida, fui até a feira que ficava ao lado da igreja, pois ali sempre havia ótimos grãos que as pessoas deixavam cair no chão.

A praça da igreja estava mais movimentada do que o normal! Havia um grande fluxo de pessoas muito bem vestidas circulando por ali. Tudo levava a crer que se tratava de um casamento. Sempre gostei dessas cerimônias humanas e entrei na igreja por uma de suas grandes janelas laterais para apreciar a cerimônia.

Devia se tratar de um casamento entre famílias endinheiradas: os convidados ostentavam roupas elegantes e joias caras, pessoas importantes da cidade estavam ali, a decoração estava ricamente ornamentada e o próprio bispo realizava a cerimônia. Quando todos se levantaram ao som de trompetes e violinos, as portas da igreja foram abertas e eu pude ver com clareza: era ela!

A noiva era a mesma mulher que vi no bosque com o assassino daquela jovem. Embora estivesse escuro na noite anterior e eu não tivesse conseguido ver o seu rosto por completo por causa do lenço que ela usava, eu tive certeza de que se tratava da mesma mulher. O noivo era outro homem, e isso despertou ainda mais a minha curiosidade.

Quando a cerimônia terminou, os noivos se retiraram da igreja sob os aplausos dos convidados, e a igreja lentamente esvaziou. Decidi voltar para o meu ninho e enquanto voava não deixei de pensar em tudo o que vi. Quando cheguei, aquele corpo jovem e sem vida continuava ali. Algumas criaturas já se aproximavam à espreita de um naco daquela carcaça que cumpriria sua função natural de alimentá-las se continuasse ali por mais tempo.

Ao anoitecer, o assassino voltou para o local de seu crime. Ele trouxe consigo ferramentas e uma lona com a qual enrolou aquele corpo e amarrou-o na altura dos pés, cintura e pescoço. Cavou uma cova razoavelmente adequada para aquele volume e o enterrou. Não seria dessa vez que os animais carniceiros iriam se fartar. De qualquer modo, acreditei que aquela ação não se tratava de um gesto de compaixão ou de dignidade, mas, sim, de uma tentativa de esconder a principal evidência de um assassinato: o cadáver.

Decidi novamente segui-lo quando notei que ele finalizou seu trabalho. Dessa vez, o homem tomou um caminho diferente e caminhou até a cidade. A noite já tinha avançado pela madrugada. Ele demorou algumas horas para concluir aquele enterro, e o caminho foi um pouco longo até chegar aos fundos do jardim de uma casa enorme. Sentou-se atrás de alguns arbustos e esperou.

Depois de algum tempo, ela novamente apareceu: a mulher do bosque, a noiva! Com a cabeça coberta por um lenço, ela surgiu de um caminho que parecia vir da casa, parou em frente ao homem e perguntou em voz bem baixa:

— Conseguiu dar um jeito no corpo dela?

— Sim. Estava fazendo isso até agora — respondeu ele com seriedade.

— Está feito. Não há mais nada que possa nos comprometer. Agora só preciso engravidar daquele idiota e depois que a criança nascer você dá um jeito nele. Com um filho nos braços, a herança será minha e daí poderemos ficar juntos.

Voei silenciosamente até um arbusto próximo deles, onde pude ouvir com exatidão tudo o que conversaram. Com muita tensão em sua voz, o homem então perguntou:

— Você acha que foi realmente necessário matar a sua irmã? — vocês não poderiam pelo menos tentar um acordo?

— Eu tentei impedi-la de contar sobre a gente, mas a Marcela não aceitou cooperar! — respondeu a mulher. — Ela estava decidida a contar para o Augusto tudo o que descobriu sobre nós.

— Eu entendo, Tamara, mas acho que não precisávamos ter chegado a isso. Não neste momento! — respondeu o homem.

— E onde nós estaríamos agora, Afonso? Se a Marcela tivesse contado tudo o que descobriu sobre nós para o Augusto às vésperas do casamento, como ficariam nossos planos?

— Eu não sei, Tamara. A única certeza que tenho é a de que fomos longe demais!

— Olhe para mim! — ela o segurou pelos ombros e encarou-o com seriedade. — É muito tarde para desistir agora. Você quer ou não a fortuna do seu primo? Tudo o que precisamos agora é de paciência, temos o tempo a nosso favor. Eu vou engravidar, essa criança vai nascer como única herdeira do Augusto e, quando isso acontecer, nós nos livraremos dele como fizemos com a Marcela, só então estaremos livres para ficarmos juntos. Ricos e felizes! Desistir não é mais uma opção. Agora vá embora! Não podemos deixar que mais ninguém descubra nada sobre nós.

Depois de um beijo, os dois se separaram.

Enquanto eu voava de volta para meu ninho, consegui assimilar tudo o que vi e ouvi e, enfim, conectei os pontos que uniam aquela história: Marcela foi morta por Afonso a mando de sua própria irmã porque descobriu o caso dele com Tamara e estava decidida a contar tudo o que sabia para Augusto às vésperas de seu casamento. Além disso, Tamara e Afonso tinham como objetivo matar Augusto para ficar com todo o seu dinheiro, mas antes ela precisava engravidar para gerar um herdeiro natural. Humanos! Nada de muito original entre tantas outras intrigas familiares.

Quando cheguei em minha árvore, me acomodei em meu ninho e, antes de pegar no sono, olhei mais uma vez a cova onde estava enterrada Marcela. Agora eu sabia o nome daquela pobre jovem assassinada.

O tempo passou, a vegetação cobriu aquela cova aos pés da minha árvore, e a vida seguiu sem maiores agitações naquela parte do bosque. Um dia, novamente avistei Afonso e Tamara chegando. Já podia chamar aqueles dois pelo nome. Eles pareciam discutir, estavam nervosos e a primeira fala que consegui compreender foi a de Afonso:

— Já se passaram mais de dois anos desde que você e Augusto se casaram e vocês ainda continuam juntos!

— Você se esquece de que eu ainda não engravidei? Nem você nem o seu primo conseguiram colocar um filho no meu ventre. Nós só vamos poder dar um fim no Augusto quando eu parir um herdeiro legítimo que possa receber tudo o que ele tem.

Afonso segurou Tamara pelos ombros e gritou:

— Esqueça esta ideia, Tamara! Vamos fugir. Nós podemos recomeçar a vida em outro lugar. Eu tenho algum dinheiro.

— Algum dinheiro, Afonso? — ironizou Tamara. — Algum dinheiro para viver uma vidinha miserável junto de você?

— Eu matei sua irmã por você. Estou disposto a acabar com a vida do meu primo por você e você não está disposta a fazer nenhum sacrifício para ficar comigo.

Tamara empurrou Afonso e gritou:

— Você é um fraco! Eu tenho pena de você. Se é para continuar fazendo esse tipo de coisa, é melhor terminarmos tudo.

Afonso puxou-a pelo braço para junto de si e gritou ainda mais alto que ela:

— Depois de tudo o que eu fiz por você, você teria coragem de terminar comigo?

— Eu estou terminando tudo agora, Afonso! — disse ela, enquanto puxou o braço e saiu andando.

Após dois ou três segundos, o som metálico de uma arma sendo engatilhada interrompeu aquele curto silêncio.

— Tamara! — gritou Afonso.

Ela olhou para trás, mas não teve tempo de esboçar nenhuma reação. Afonso apertou o gatilho de sua arma e um tiro preciso acertou o coração da amante. Tamara caiu e esperou pela morte em silêncio.

Afonso ficou parado por alguns instantes como quem contempla com incredulidade algo que fez, ajoelhou-se ao lado do corpo sem vida da amante e chorou por alguns instantes. Quando as lágrimas secaram, ele respirou fundo, engatilhou a arma mais uma vez, apontou-a contra sua cabeça e a disparou. O corpo de Afonso despencou sem nenhuma vida sobre o de Tamara, e o sangue dos dois se uniu para regar a mesma terra que cobria o corpo de Marcela.

Dessa história, isso foi tudo o que fiquei sabendo. No mesmo dia em que Tamara e Afonso tiveram suas vidas encerradas, decidi procurar outra árvore onde pudesse fazer um novo ninho. Aves como eu não gostam de lugares muito agitados. Prefiro o silêncio, pois me ajuda a permanecer concentrado. Quem algum dia encontrar aqueles corpos naquela parte do bosque não terá informações sobre o que de fato aconteceu. O final das vidas de Marcela, Tamara e Afonso está guardado apenas na memória deste passarinho.

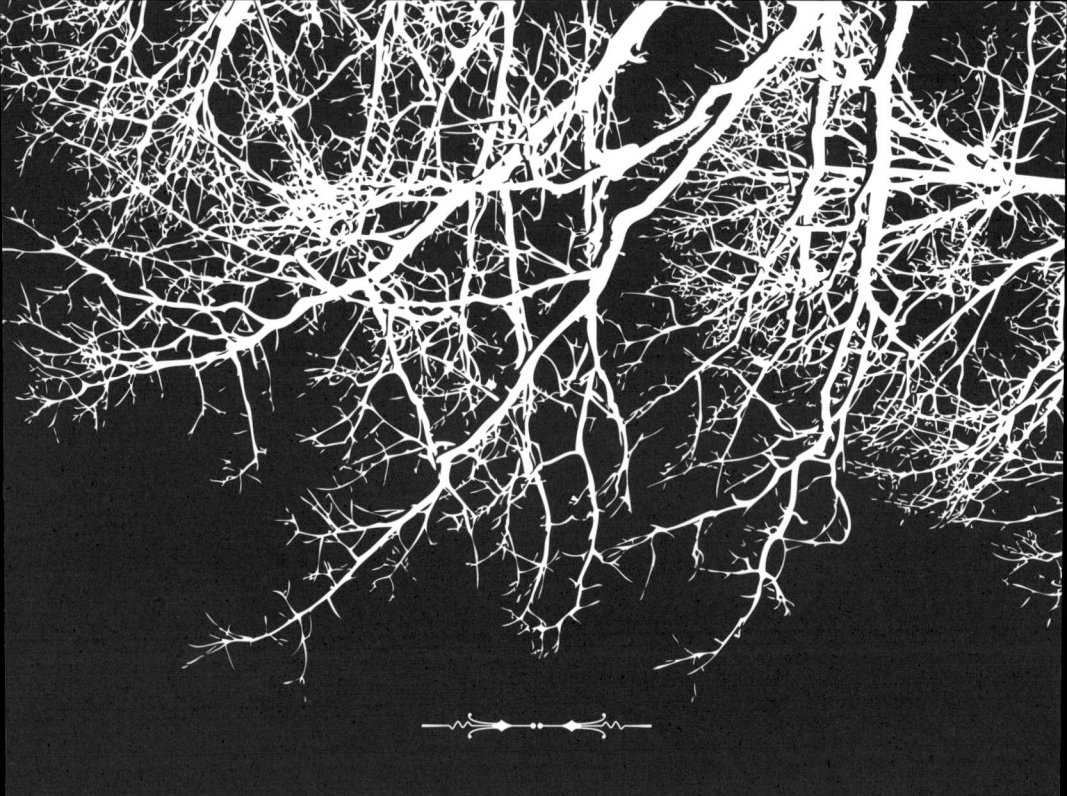

CICATRIZES TEMPORAIS
João Lunge

A cidade do interior ainda mantinha as lembranças de João em um caldeirão de sensações. Viajar e visitar antigos colegas o deixava tenso, sem jeito, mas ainda tinha a vontade de saber se tudo que viveu era parte da história real ou só um fragmento assombrado da memória imaginativa.

— João? Você parece distante. O que está pensando?

Os olhos castanhos de Ana esquadrinhavam e não deixavam escapar quase nada. Ela o conhecia há tempos.

— Ana, a escola ainda existe?

A pergunta fez uma sombra esquisita passar por trás do olhar alegre e crítico da amiga.

— Deixa de bobagem — disse ela. — Aquilo aconteceu há tempos. Acredite em mim, éramos crianças curiosas. Naturalmente, o susto que levamos foi obra da nossa imaginação. Esqueça isso, pegue esse refrigerante e aproveite o momento.

— Ana, eu gosto de você, mas não quero acreditar, preciso saber. Leve-me até a escola e no caminho eu mostro o e-mail que recebi.

O vento quente fez os cabelos de ambos costurar o ar, e Ana sabia que João não era do estilo desistente.

— Vamos, mas saiba que fecharam a escola e agora dominam as ruínas enfiadas no meio do bosque. Tenho guarda-chuva no carro. Aquelas nuvens no horizonte estão se aproximando trovejantes demais para o meu gosto.

Durante o trajeto, João sentia o frescor da infância ao passar pelas ruas outrora coloridas, o nervosismo e a tristeza o martelavam com a quantidade de prédios cinza erguendo-se como feras sem vida e de concreto, guardiões armados para proteger incontáveis cifras sem nenhum sentido aparente. As pessoas na rua aumentaram a velocidade do passo. A divagação foi interrompida por uma gota grossa na janela, seguida por outras em ritmo aleatório, escorrendo pelo vidro com intensidade. O mundo sumiu com a pancada da água atingindo o veículo. Apavorado, João sentiu o suor verter, empapando a camiseta vermelha, as mãos colaram no assento e seus olhos tentavam acompanhar o limpador de para-brisa.

— Respire fundo, seu bobo. Esqueceu que estamos na temporada de tempestades?

Ana se concentrava, mas não conseguia esconder o desconforto de atravessar a estrada outra vez, justamente aquela, cenário recorrente de sonhos e pesadelos. Os dedos entrelaçavam o volante com força, a ponto de os nós das mãos saltarem com violência e desenharem montanhas pontiagudas na pele suave e esticada.

— ANA, CUIDADO!

No meio da estrada, estava a silhueta parada, contornada pela chuva. O carro dos amigos derrapou e parou com um estampido seco enquanto a sinfonia aquática desabava no teto metálico. O pisca alerta soava como o tique-taque do relógio e as respirações, rápidas e entrecortadas, entraram em sintonia, transmitindo medo entre João e Ana.

— Batemos em alguma coisa! — disse ela. — Vá lá ver, por favor!

Ao virar a cabeça, Ana só encontrou a nuca ensopada com suor, a floresta de fios pretos e lisos de João. Na janela do carona, olhos vazios abriam espaço pela água, pareciam flutuar pelo lado de fora. A sombra do rosto bateu com força no vidro e o estrondo fez os dois ocupantes entrarem em desespero.

— QUEM É? — gritava João. — O que é isso, Ana? Ligue o carro! Ligue o carro!

Seus lábios se mexiam, contudo a voz se abafou. Um grito estridente e contínuo, alto o suficiente para causar dor nos tímpanos, fez a dupla tapar os ouvidos e abaixar a cabeça, forçando os olhos, tentando espantar em vão a dor e a confusão. Um raio, estrondoso e violento, dissipou todo o caos em um instante. As luzes explodiram no interior do veículo.

Escuridão completa, silêncio.

Os perfumes se misturavam no ar com o cheiro do suor, os dentes lançavam as notas no espaço. João saiu do carro em um ato desesperado. O trovão recortou as nuvens e derramou luminosidade pela noite, trazendo à tona a sombra de um edifício, desenhado e sobreposto por galhos, folhas e chicotadas de árvores. No movimento inicial, João percebeu que Ana já corria, aos tropeços, para lá.

— Precisamos respirar — disse João quando chegou à proteção que envolvia uma grande porta, entrada da escola nas lembranças. — Vamos entrar, ligaremos a lanterna dos celulares, encontraremos um lugar seguro e esperaremos pelo amanhecer. Ana, aquele rosto na chuva, era quem eu penso que era?

— Sim. Era quem você está pensando. Dizem que ficou cega há um tempo, mas ninguém mais a tinha visto. Estou com medo. Naquele tempo, éramos crianças, esse lugar esbanjava cores divertidas, exceto quando encontrávamos as salas escuras.

— É para lá que nós vamos. Você lembra o caminho?

— Tá maluco? Lá é o último lugar aonde devemos ir!

A luz da lanterna do celular do amigo já se movimentava para dentro do prédio, rebatendo e sendo absorvida por longas paredes de tintas descascadas, teto alto e telhas expostas, parecidas com o infinito, engolidas pela sombra das lembranças. Ana, sem alternativas, seguia João. Passaram por janelas enferrujadas e vidros parcialmente quebrados. Vez ou outra, raios iluminavam o interior, mostrando salas que outrora abrigaram sonhos. Os rastros da infância surgiam aos olhos. Carteiras de ferro verde, cartolinas amassadas pelo chão, quadros de giz pendurados pela metade, apagadores estacionados perto de cadeiras amontoadas e espalhadas. O efeito do vento arrastando vários lápis coloridos provocou sensações arrebatadoras de medo e nostalgia.

Em um despertar repentino, a chuva os atingiu. A estrutura da escola era de corredores abertos que ligavam externamente os prédios. Onde outrora existia uma quadra vermelha e espaçosa, agora estavam destroços misturados com bolas de basquete perfuradas, redes enroscadas e apenas um pedaço de banco concretado na parede. Ao fundo da visão, no fim da antiga quadra agora encharcada pela tempestade, estava o prédio da biblioteca. Sem ter muito para onde correr, com muito entulho atrapalhando os caminhos para a antiga cantina, o teto despedaçado e a forte água que lhes amassava o rosto, João e Ana correram para além de mesas de pingue-pongue e se abrigaram no prédio onde se encontravam os livros. Parados no saguão de entrada, observavam as janelas grandes e amadeiradas quando um fino grito paralisou os corpos.

— Está ouvindo, Ana? Que som é esse?

Ao se virar, a figura de uma criança o encarava. Olhos extremamente abertos, pálpebras trêmulas, a íris dançava com um ar questionador, e linhas de expressão se desenharam.

— João, o que está acontecendo?

Risadas romperam no ambiente, gritos de dor invadiram as paredes, o tempo se desordenou e uma onda de frio atingiu as duas pequenas pessoas, paradas no escuro, com lanternas na mão.

Ana, estou com medo. Não consigo ler o que está escrito nas paredes e acho que fiz xixi nas calças. Por que estamos tão baixos? Que cheiro é esse? Vou vomitar!

— Olhe, João!

Vacilante, uma luz em tom de roxo pairava sobre a entrada de uma espécie de escada.

— O subsolo, João. Vamos!

Passos apressados, chão escorregadio. Em alguns minutos, chegaram ao destino. Eram degraus largos e desciam em espiral. Havia nas paredes formas desenhadas, arrastadas e luminosas, levando para o fundo da escuridão.

— Não toque, Ana. Vamos descer.

Subitamente o frio se tornou glacial, penetrante e perturbador, para cada movimento abaixo. Os músculos tremiam com força, em atos espasmódicos de aquecimento.

— Vamos continuar, João.

Algo os puxava para o fim da espiral. Enxergaram a saída, porém, antes de a alcançar, passaram por um jogo de espelhos nas laterais que os fez estremecer. No primeiro, passaram sem perceber. No segundo, o reflexo das crianças, sombras de um passado esquecido, atormentou furiosamente a realidade.

— Ana, estou tonto. Sinto meu corpo se arrebentando. Parece que avanço e volto, cresço e diminuo, sensações adultas e infantis, meus ossos estão explodindo meus tímpanos com sonhos terríveis. É como se…

Um grito interrompeu a fala, e no ar rompeu a chuva roxa de papéis afiados, vindos de lugar nenhum da escuridão acima de suas cabeças. Os amigos se viraram, encaravam um ao outro através dos reflexos e, ao mesmo tempo, pelo véu do tempo distorcido. As bocas abertas em um pavor indescritível confundiam os próprios sons, os corpos se dilaceravam entre adultos e crianças, o que era interno se externalizou, e ambos desabaram na pedra fria do chão úmido.

Empapados de suor, lágrimas e saliva, tentavam se levantar e, depois de um esforço tremendo, vomitaram.

— João… — disse Ana com muito esforço. — Os retratos, você lembra? — Apontou para a parede com a luz vacilante da lanterna. No foco emergiram, em perfeito estado de conservação, dois retratos emoldurados por uma oval dourada. Pessoas jovens, com ar de superioridade.

— Os Fundadores. Foi aqui que viemos. Eu me lembro desses olhares, mas não me lembro dessa jovialidade. Precisamos seguir. Eu não aguento mais, porém algo me atrai para o fim desse labirinto.

— Labirinto? Minha memória acaba aqui, foi onde me encontraram. Até onde você chegou?

Mas João se afastava em silêncio enquanto Ana, hipnotizada, conversava sozinha com uma esfera luminosa. Pequenos tentáculos se entrelaçavam aos cabelos da mulher, lentamente em ondas pelo ar convergiam para os poros da pele e, subitamente, uma espécie de lança pontiaguda e fantasmagórica levantou o corpo no espaço. João observava, passivo. As roupas da amiga se enrolavam, mudavam de cor e tamanho, as características físicas se desfiguravam em formas geométricas enquanto o tom roxo aumentava. A simbologia humana de João o incapacitava de conceber uma definição precisa.

— O que está acontecendo?

O infinito espetáculo se dissipou em um momento eterno e instantâneo. A escuridão completa envolveu João e o silêncio só foi quebrado pelas batidas repentinas e surpreendentes do coração, parecendo lhe voltar à vida.

Assustado, angustiado, enjoado e trêmulo, olhou ao redor e foi tomado por uma vertigem. Lembrou-se do labirinto à frente. Algo o atraía pelos corredores, e o cheiro forte parecia vir acompanhado da melancolia, do choro contínuo. A lanterna do celular piscava, as paredes se desmanchavam em cores fortes, e o frio encerrou com um baque de calor intenso. João sentia poder e fraqueza, medo e coragem, os olhos giravam nas órbitas e, nas mãos, a pele se descolava. Sentiu na ponta dos dedos a textura arranhada, como se houvesse ficado tempo demais debaixo d'água. Como um estalo mágico, os dedos se roçaram. Tornou-se criança, adulto, jovem e velho. Caiu de joelhos e na sua mente tudo se apagou.

A tempestade rugia feroz sobre as ruínas da escola, ainda adormecida no bosque, concedendo vida às árvores que dançavam freneticamente. O som metálico do carro se retorcendo, sendo engolido pela terra, foi atravessado por um raio estupendo. No portal de entrada, uma esfera roxa pairava no ar e a silhueta, que a acompanhava, desenhava símbolos geométricos, deslizando com elegância, entre as gotas e a criatura, movimentos parecidos com o digitar de um teclado invisível. Entre os códigos, irrompia o portal de estrelas. Os olhos flutuantes, as duas figuras se uniram em uma simetria assustadora e reflexiva, expandindo tentáculos parecidos com sinapses humanas. No fundo da estrutura corporal transparente, sinuosa e sem uma forma definida, suspendiam dois corpos inertes, amolecidos e desfigurados, estampando no que restou dos rostos expressões de um instante final horroroso. Das pálpebras fixas, duras como concreto, escorria um líquido viscoso e cadeias de DNA se deformavam, para no instante seguinte se adaptarem em frascos de coleta.

A explosão roxa atingiu todo o céu da cidade do interior, marcando como cicatriz profunda a extensão escura, rasgando o tecido atmosférico. Os moradores foram tomados pelo medo. Desabaram em sono profundo e de esquecimento permanente.

O celular de João apitou no último sofrimento da bateria e na tela se apagou, como uma bolha de sabão no ar, o vestígio daquilo que parecia ser um e-mail, confuso e letrado, como um chamado para retornar ao lar.

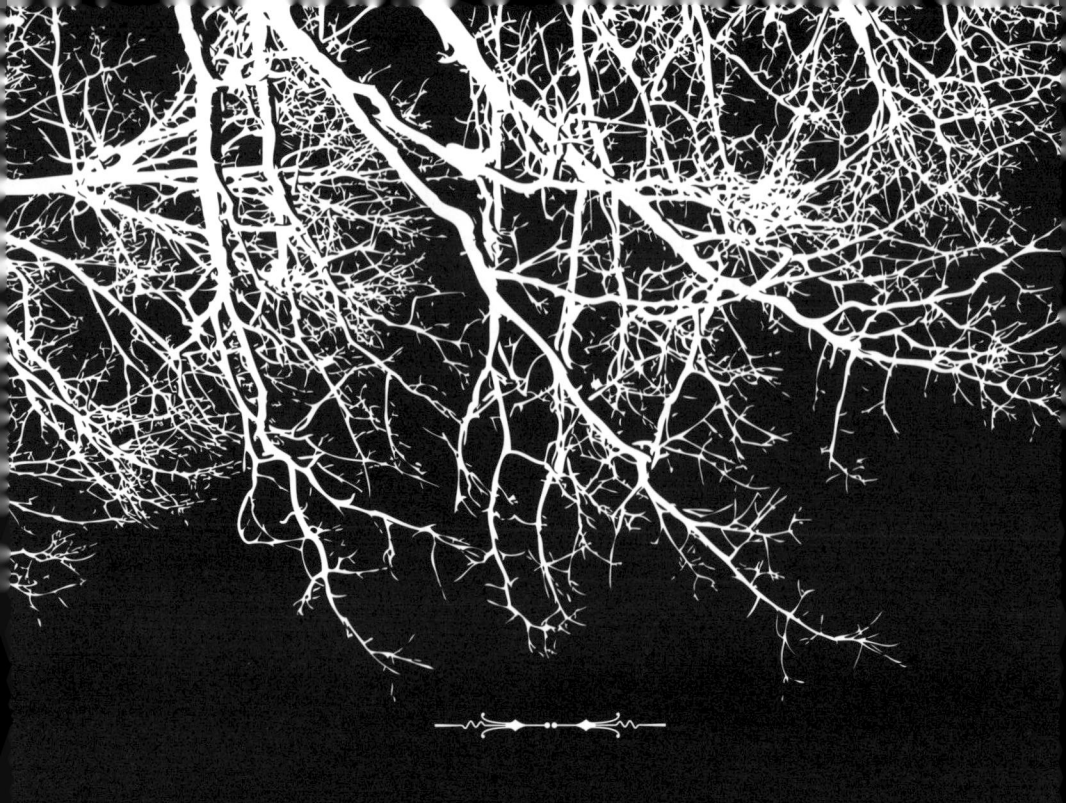

EXERCÍCIO NOTURNO

Juan Sebastian L. F.

O cheiro de *diesel* queimado e o ar abafado sob a lona do caminhão deixam Estevão com dor de cabeça. Há horas não consegue nenhum sopro de ar fresco naquela carroceria nem encontra uma posição que o deixe confortável no banco de madeira. A animação dele e dos demais soldados os manteve falantes pela primeira hora da viagem. Na segunda, apenas os mais espirituosos arriscavam algum comentário jocoso e, na terceira, cada um ruminava em silêncio, já estafados pelo que seria um longo exercício noturno.

O último sacolejar e o cessar do ronco do motor foram logo acompanhados pela cara de um oficial aos fundos do transporte, gritando ordens e informações. Grupos de três. *Drill* de orientação e navegação noturna. Furtividade e mínimo contato de rádio são imprescindíveis.

Comunicação com o comando apenas em caso de emergência médica. Cuidado com as armas, municiadas com projéteis de verdade.

Tão logo a ladainha termina, Estevão trota rumo à floresta, uma parte remota do Bosque do Silêncio, acompanhado do Garcia e do sargento Arruda. Dando uma rápida olhada ao redor, nota vários oficiais e membros desconhecidos do exército, muitos em volta de equipamentos que parecem drones. A última coisa que percebe antes de adentrar no limiar das árvores são seus colegas de regimento se espalhando pela clareira, alguns carregando uma espécie de máquina portátil.

Alguns passos através das árvores e a luz da lua cheia já é quase toda obstruída pela folhagem alta, obrigando que acionem as lanternas em seus capacetes.

— Ok pessoal — chama o sargento, em voz baixa. — Vamos nos movimentar rápido, em silêncio, e terminar logo com isso. Garcia, você é o navegador. Eu sigo na frente, com apenas a minha lanterna ligada. Estevão, a retaguarda é sua. Ouvidos atentos caso algum desses putos queira nos pregar uma peça.

Os dois soldados concordam com um aceno da cabeça e então se esgueiram pelo caminho.

Mesmo que não exista uma trilha definida, o avanço não é complicado no começo. Porém, conforme avançam, a vegetação rasteira se torna alta, uma mistura de folhas marrons e gramíneas. O ar fica úmido, e os sons de insetos e pequenos animais são cada vez mais distantes, como se abafados por alguma coisa. Ao redor e acima deles, estalos se destacam dos demais ruídos, cada vez mais ritmados.

Não tarda para que a umidade impregne seus uniformes, fazendo com que colem nos seus corpos. E aquilo parece ter se embrenhado também nas árvores, com galhos e tocos podres espalhados até onde a vista alcança, sempre coberto por suaves linhas verdes, como o princípio de algum fungo ou musgo se formando.

À frente, o bosque rareia, quase como se em uma clareira. O sargento segue até uma grande árvore caída no limiar da área, faz uma varredura ao redor com a mira do rifle e sinaliza para que avancem.

Os três sentam em um círculo, abrigados pelo tronco.

O sargento pega seu cantil e abre uma pequena embalagem de ração militar.

— Ok, rapazes, o ritmo está bom. Se continuarmos assim, logo chegaremos ao primeiro posto avançado. — É estranho para Estevão ouvir as vozes sussurrantes, quase roucas, após tanto tempo em silêncio. Arruda pega o mapa. — Garcia, o que você acha se...

Os companheiros começam a discutir uma rota pela mata fechada, uma tentativa de poupar ainda mais tempo, mas Estevão vai perdendo a atenção, inquieto. Uma sensação de incômodo, que antes se misturava com a excitação do exercício, toma conta dele.

Seu coração parece acelerado e há uma espécie de peso em seus ombros e estômago. Tenta focar na própria respiração entrecortada, acalmando-a, mas sua atenção volta ao ambiente. Ele lança olhares furtivos ao redor, procurando sabe-se lá o que e evitando que os companheiros o vejam encarando extensivamente as árvores.

O sargento parece notar, porque olha para sua cara por alguns instantes, o semblante sério, e se apruma, como se também percebesse algo errado.

Nunca antes Estevão experimentou tamanho silêncio em uma mata à noite. Os três homens seguram a respiração com receio, pois sequer a leve brisa roçando a grama alta parece emitir um ruído, ainda que mínimo.

Então voltam os estalos. Agora de forma repetida e contínua. Uniforme, como se marcando uma marcha.

Os sons parecem vir do lado oposto, além daquele espaço de árvores esparsas. Com um sinal das mãos, o Sargento ordena que se abaixem e, de forma lenta, olha sobre o tronco que os abrigava.

— Que merda! Tá tudo bem aí?

Um outro grupo?, pensa Estevão. Ele e Garcia se levantam completamente, acompanhando o movimento brusco de Arruda.

Do outro lado, há o que parece ser uma árvore morta, pendendo em um ângulo de quarenta e cinco graus do solo. Escalando nela, uma figura humanoide pálida, de membros largos, se destaca contra o luar.

Ela sobe apoiada nos braços e pernas, como alguma espécie de símio, mas os membros longos e as juntas protuberantes, em ângulos agudos, lembram mais uma aranha que qualquer outra coisa.

A cada movimento dela se escutam os sons de estalo, mais nítidos do que nunca. Em algum canto do cérebro de Estevão, o som é associado a dor, como ossos e tendões se rompendo, só que ampliado em um eco horrível. E, num recanto ainda mais primitivo de sua mente, uma parte que sequer sabia que existia dentro de si até aquele momento, surge a onda de medo. *Corra* é a mensagem transmitida.

A pessoa? Figura? Entidade? Escala até o topo, como se procurando ou farejando algo. Então, o segundo chamado do sargento atrai sua atenção para o trio. Estevão se encolhe com o grito agudo que ela lança, e, num salto, o ser já está no chão, apoiado em quatro membros e correndo na direção deles.

Arruda ajusta o rifle no ombro e grita:

— Você tem que parar agora! Essa é uma área de atividade controlada do exército. — Ainda com a figura sob sua mira, ele resmunga para Estevão: — Tiro de advertência.

Estevão puxa sua pistola e faz dois disparos para o alto.

A criatura solta mais um grito, contínuo e ritmado. E, de algum lugar ao redor deles, um par de respostas lamentosas, acompanhadas de estalos distantes. Ela ainda avança meio metro antes de Arruda abrir fogo. Uma dupla de projéteis a atinge no tronco.

— Central, câmbio! Aqui é o sargento Arruda! Tivemos uma emergência, repito, tivemos uma emergência. Precisamos…

Mas a frase morre como em um gorgolejar molhado quando aquela coisa salta uma dúzia de metros e crava dentes finos e serrilhados em seu pescoço.

Num reflexo, Estevão dispara meia dúzia de tiros e seus gritos se misturam com os de Garcia e do sargento, que é arrastado se debatendo.

Os sons de outras daquelas coisas se aproximando são cada vez mais nítidos. Estevão agarra Garcia e juntos correm sem direção no escuro entre as árvores, tropeçando por folhas e madeira podres, querendo apenas fugir de todos aqueles ruídos horríveis.

A floresta ao redor deles parece ter ganhado vida novamente. Mas agora há gritos agudos e pedidos de socorro distantes. Sons de armas e mais estalos.

A adrenalina começa a diminuir, e a dupla se encosta em uma árvore. Garcia vomita. Estevão coloca a mão no ombro do amigo em sinal de apoio e querendo mostrar alguma espécie de controle, apesar da tontura e palpitações em seu peito. Testa o rádio. Sem resposta.

— Alguma ideia de onde estamos? A gente tem que tentar encontrar a porra de algum dos oficiais — sussurra Estevão.

Garcia balança a cabeça em negativa.

— Nem ideia — ele puxa o mapa amassado e tentando esconder a luz de uma pequena lanterna com o corpo, o analisa. — Essas coisas parecem estar entre nós e o objetivo que deveríamos alcançar. Ou voltamos para o início ou fazemos um desvio por aqui — ele passa o dedo pelo mapa, traçando um caminho.

— Ok, vamos por aí.

É difícil precisar por quanto tempo tropeçam, em silêncio e no escuro, por aquela mata. Os gritos e estalos continuam ao redor, ora mais altos, obrigando que avancem com cuidado ou se agachem no chão, próximos à vegetação rasteira, e noutras vezes mais distantes, permitindo que sigam em velocidade.

De repente, divisam entre as sombras uma figura humana, apoiada no chão, imóvel. Com cuidado, miram suas armas para o alvo, que continua sem se mexer. Não há nenhum som de estalo, e os membros são proporcionais... humanos.

Eles se abaixam para auxiliar, mas hesitam. Como um manequim, quem quer que seja está paralisado, coberto por um musgo denso e esponjoso. Uma espécie de líquido pinga e encharca o chão ao redor.

Os soldados trocam um olhar. *Que porra de pesadelo é esse?*, pensa Estevão. Garcia se abaixa e escuta uma respiração sôfrega vindo da pessoa, um som rápido e rouco.

— Tem alguém aqui embaixo! — o medo faz sua voz sair mais alta, quase como um grito depois de tanto tempo se comunicando por sussurros. — Me ajuda aqui.

Garcia agarra o ombro do desconhecido e puxa, tentando limpar a substância, mas com um som nojento aquela parte do corpo do sujeito é arrancada. Os olhares saltam da mão de Garcia para o que seria a omoplata da pessoa. Não se distingue osso ou músculo, apenas musgo denso. A figura perde um ponto de apoio e desaba, de lado. Um som abafado vem dela.

Antes que possam ter qualquer outra reação, escutam os sons dos estalos e movimento nas copas das árvores vindo sobre eles.

Estêvão segura o amigo pelo uniforme e fogem em disparada. Folhas caem e troncos se agitam metros atrás deles conforme os perseguidores se aproximam. Ele sente Garcia se atrasar cada vez mais, e cada passo exige mais força para puxar o amigo.

Ele se vira e sob uns poucos raios da pálida luz da lua vê o companheiro em choque, lágrimas escorrendo pelas bochechas. Suas pernas estão cobertas daquela coisa, as linhas verdes subindo por seu tronco e o empurrando para baixo. Paralisado, ele não demora a cair, aos berros.

Estêvão vê no limiar aqueles monstros pálidos chegando. Murmurando um pedido de desculpas, ele arranca o mapa do torque apertado da mão de Garcia, rasgando uma parte. Sem direção, apenas corre.

Os sons da perseguição cessaram no local onde deixou Garcia. Mesmo assim, continua a correr, procurando alguma espécie de segurança no meio de tudo aquilo. A dor no peito se espalhou até o braço esquerdo, e sua respiração nunca esteve tão rasa. Em meio às lágrimas, vê uma luz branca, elétrica, escapar por entre a floresta mais à frente e paralisa. Holofotes, como aqueles da base.

Em uma clareira que aparenta ter sido derrubada há pouco, há uma casa, rodeada por tendas militares. Pelo espaço aberto, estão espalhados uma dúzia de corpos, a maioria próximo das máquinas que lembram drones. Ele corre para a construção de alvenaria, lançando todo seu peso contra a porta, que se escancara, derrubando-o no chão.

Lá dentro, o ressonar de aparelhos eletrônicos enche seus ouvidos. Homens de jaleco branco estão na frente dos equipamentos, lendo quaisquer que sejam as medições que saem dali. Em uma mesa de metal, um oficial e um homem com farda repleta de medalhas conversam, cada um em frente a um pequeno equipamento portátil. Todos encaram Estevão, e alguém faz uma breve anotação em um *tablet*.

    Ele se vira para trancar a porta atrás de si. Escuta o disparo ao mesmo tempo que o joelho direito explode em dor. Talvez ele esteja gritando ou os sons venham daqueles homens lá dentro. Depois de tudo que passou naquela noite, é difícil já saber o que é realidade e o que é pesadelo. Ele pensa que está sendo arrastado para o lado de fora. Quando tenta se virar, sente uma pressão em suas costas, forçando-o contra o chão e impedindo que se vire. É atingido com o cheiro de algo podre e a bile sobe pela sua garganta. Uma espécie de líquido morno pinga em seus ombros e nuca. A última coisa que a consciência lhe reserva é o desejo de descansar e que tudo aquilo se apague de uma vez por todas.

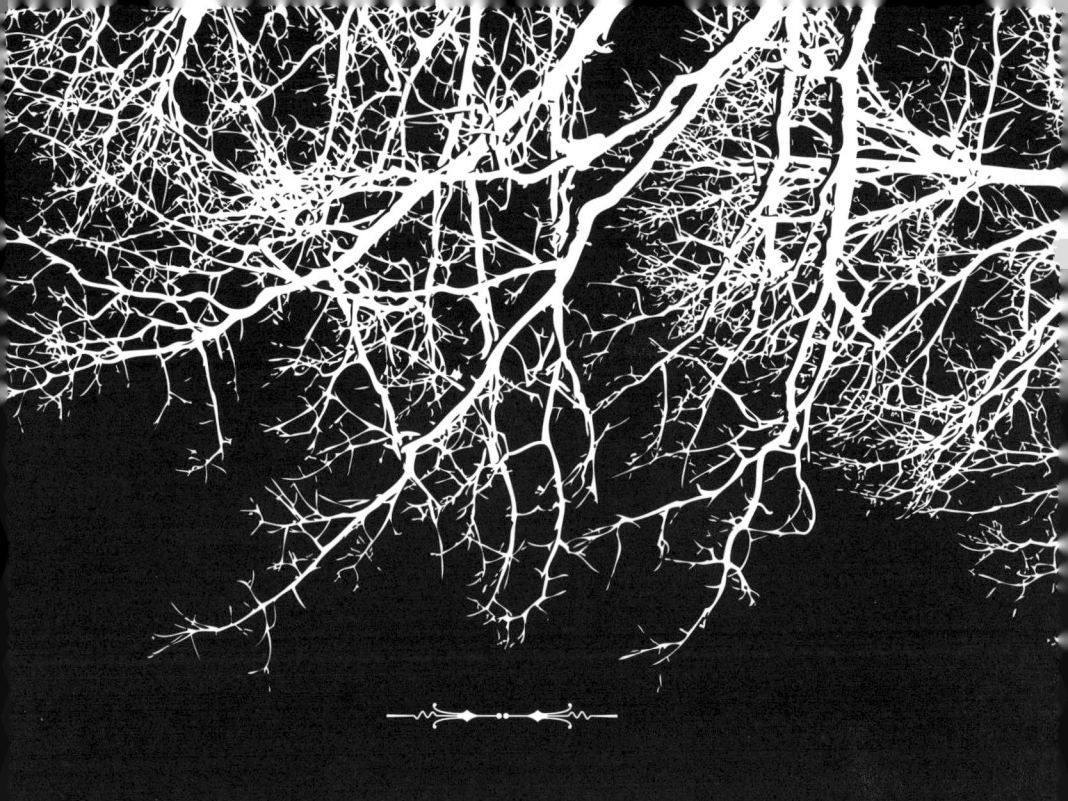

PALAVRAS SEM SOM

Kai Sodré

Igor tinha saído para beber novamente. Já era a sétima vez essa semana, o que significava que ele tinha bebido ao longo de todos os dias. O combinado era de que levaríamos as crianças para acampar, mas, como sempre, ele ignorou os próprios filhos para passar o tempo na companhia das garrafas no bar.

Para mim, esse não era o pior. O pior começava quando ele voltava, tonto, fedido e pronto para adicionar novas marcas ao meu corpo.

Encarei o pedaço de pau da noite anterior, que estava no chão. Ele trouxera da rua, com um prego enferrujado na ponta. Minha coxa ainda ardia. Eu não tinha criado coragem suficiente para me aproximar da arma para jogá-la no lixo, mas deveria fazê-lo antes que ele retornasse.

— Mamãe, que horas vamos sair?

— É, mamãe, já arrumei minha mochila.

Olhei para trás e vi meus filhos. Lia, de 7 anos, e Tom, de 10. Os dois parados na porta da cozinha, com as mochilinhas nas costas e o sorriso no rosto.

Ergui as mãos, gesticulando para eles.

"O papai ainda não chegou", falei em libras. Os dois ficaram me olhando. Eles entendiam a linguagem de sinais porque eu os tinha ensinado desde criança.

— Então não vamos sair? — Tom perguntou, cabisbaixo.

"Espere mais um pouco, tá?", respondi em gestos, e os dois deixaram a cozinha.

Suspirei quando fiquei sozinha. Encarei o pedaço de pau no chão. Abaixei e o peguei. Saí pela porta dos fundos da casa.

Nós tínhamos nos mudado há pouco tempo. Ali, na beiradinha da cidade, nossa casa era a última, e o terreno dos fundos seguia inexplorado. Pensei que talvez pudesse levar as crianças para um piquenique mais tarde, já que Igor não os levaria para acampar.

Eu caminhava arrastando o pedaço de pau. Minha garganta coçava sobre a cicatriz. O maior motivo pelo qual Igor se empoderava na hora de me agredir era porque eu não podia gritar. Eu chorava, mas ninguém ouvia. A dor me cortava e nenhum ruído saía de mim. O câncer tinha deformado minha laringe e levado minhas cordas vocais. Eu sobrevivi, mas constantemente pensava que deveria ter morrido.

Tinha medo pelos meus filhos. Não sabia se eu acordaria no dia seguinte. Mesmo assim, lá estava eu, tentando sobreviver novamente.

Sem perceber, caminhei bastante pelo matagal. Quando me dei conta, estava longe de casa.

O pedaço de pau estava na minha mão, e eu o agarrei com força. Olhei ao redor para tentar encontrar o caminho de volta, mas não sabia mais qual era a direção da cidade.

Comecei a correr para qualquer lado. Precisava conseguir voltar para os meus filhos antes que Igor chegasse.

Não notei quando os pássaros pararam de cantar, nem quando as árvores não faziam mais barulho ao vento. Não reparei quando meus passos na grama se tornaram gradualmente mudos.

Só me dei conta da estranheza quando, de repente, tudo ao meu redor era completo silêncio.

O bosque de mato alto e árvores longas não emitia nenhum ruído. Os animais estavam ausentes, o vento não soprava. Nem mesmo os galhos secos crepitavam sob os meus pés.

Andei devagar, olhando ao redor. As copas densas deixavam a luz numa meia penumbra eterna. A madeira em minha mão estava em posição de ataque, caso eu precisasse.

Ao longe, avistei uma pedra como uma lápide larga. No topo dela, jazia uma estátua encapuzada na forma de um homem sentado com o rosto oculto por um pano negro. O realismo daquela imagem me espantou e eu me aproximei.

Meus passos lentos pairavam na quietude plena. Larguei o pedaço de pau e nem mesmo ele fez barulho ao cair no chão.

Ao redor da estátua, diversos túmulos se posicionavam em círculos largos. Quantas pessoas tinham sido enterradas ali? Esqueletos de vários tamanhos, despedaçados sobre as covas, se amontoavam ao redor das lápides.

A grama se tornou pedra quando eu cheguei à área dos túmulos. Mesmo assim, o solado de madeira de meu sapato não produzia ruído algum.

Aproximei-me mais. Queria ver o rosto por baixo do véu da estátua.

Então, ela abriu os olhos para mim.

Meu corpo gelou. Os olhos de pedras vermelhas me encaravam diretamente e derramavam sangue vivo pelas órbitas.

O dedo de mármore preto desprendeu da estrutura, a mão esculpida na aparência de ossos se ergueu até os lábios cerrados da estátua cadavérica. Ele posicionou o indicador na frente da boca num gesto universal.

"Silêncio."

A pedra se movendo também não tinha produzido som. Os olhos rubros não vertiam mais sangue. Eu o encarei por longos momentos.

"Quem é você?", gesticulei para a estátua.

A estátua me olhava fixamente. Vi a mão de mármore subir até abaixo do seu queixo. Seus movimentos eram lentos. Com a palma virada para baixo, a estátua deslizou os dedos na frente do pescoço.

"Morte."

Meu corpo tornou a gelar. Fitei o chão e os inúmeros túmulos que me cercavam. Aproximei-me um pouco mais. Era louca de chegar perto daquela estátua, mas algo nela me atraía. Talvez fosse o silêncio completo ou a beleza mórbida.

Ela, então, apontou o dedo para baixo. Mostrava minha coxa que sangrava pelo short. Um dos ferimentos que Igor me infligira na noite anterior estava novamente aberto.

Ergui as vistas e notei que a estátua tornava a verter sangue pelos olhos.

"Meu marido me bateu", fiz os sinais para que a figura me entendesse em meio ao silêncio eterno daquele matagal.

Mais uma vez, a estátua levou a mão até o pescoço, num deslizar que simulava a decapitação.

"Morte."

Tentei interpretar aquilo. Ela queria que eu matasse Igor?

"Como faço para voltar para a cidade?", movi as mãos e o rosto nos sinais necessários para exprimir minha dúvida. "Você pode me ajudar?"

A resposta veio lenta como um devaneio. Com o indicador na frente dos lábios, a imagem sinalizou para mim.

"Silêncio."

Suspirei em frustração. Virar as costas para uma criatura daquelas era simplesmente inaceitável. Mas a morte não me assustava. Não a minha, ao menos. Contudo, eu pensava nos meus filhos e em Igor voltando bêbado e não me encontrando para agredir. Quem receberia sua fúria?

"Desculpe, eu tenho que ir." Sinalizei novamente e não fiquei para ver a resposta.

Corri como pude pela grama alta. Os ferimentos nas minhas pernas doíam bastante, mas a adrenalina me impulsionava a continuar. Disparei pelo bosque, demorando a perceber quando os ruídos voltaram a ressoar.

Já estava de noite e eu não fazia ideia de quanto tempo tinha ficado longe.

O pânico de ter deixado meus filhos sozinhos finalmente me invadiu. Eu corri o mais rápido que conseguia. Escorreguei e levantei. Ouvi cães latindo e o motor de um carro. Estava chegando perto da estrada que beirava minha casa.

Avistei a cerca e acelerei ainda mais. Quando desviei da quina do portão, vi Igor parado na frente da entrada, com a chave na mão.

Minha chegada ruidosa atraiu seu olhar e ele virou lentamente para me ver. Estava fedendo, com a cara vermelha, o botão da calça aberto e uma expressão de pleno ódio estampado no rosto.

— Onde você estava? — ele falou, com a voz grogue. Ouvi o som da TV vindo de dentro de casa e a risada dos meus filhos. Parecia que estavam bem. Ao menos isso serviria de consolo para o que viria com Igor lá fora.

"Só fui na vizinha um minuto!", — sinalizei para ele, com as mãos trêmulas.

— Pare de ser mentirosa, você tá toda suada! — Igor grunhiu as palavras e encurtou rapidamente a distância entre nós. Seus dedos agarraram meus cabelos. — Anda, onde você estava?!

Tentei me soltar, tentei gesticular, mas não consegui fazer nenhuma das duas coisas.

Igor me soltou e desferiu um tapa contra o meu rosto. Eu caí e me encolhi rapidamente. Estávamos do lado de dentro do portão e ninguém ia me ver ali. Também não podia gritar. As lágrimas já escorriam mudas pelos meus olhos.

Tudo o que eu queria era tirar aquele homem de perto de mim.

O bico da bota de Igor doeu em minhas costelas. Eu agarrei uma das correntes que usávamos para fechar o portão e bati contra ele. O peso do ferro açoitou sua calça e ele grunhiu de ódio.

— Sua desgraçada!

Levantei, movida por alguma força que eu desconhecia. Eu o vi cambalear por causa da bebida, mas, mesmo assim, ele me perseguiu.

Corri pelo portão, na esperança de ser vista por alguém, mas quase ninguém cruzava aquela estrada, ainda mais de noite.

Sem pensar, disparei pelo matagal, esperançosa que ele me seguisse e deixasse as crianças em paz. E, para meu alívio, ele o fez.

Eu caí pelo mato e senti quando Igor puxou meu pé. Soltei-me dele, perdendo um dos sapatos no processo. Ele me seguiu bosque adentro enquanto os galhos secos dilaceravam minha pele descalça. Mesmo assim, eu não parei.

Notei quando os ruídos cessaram. Não havia mais o som dos cães nem das corujas. As árvores não farfalhavam, a grama não crepitava.

— Eu vou te matar! — ele gritou, rodeado pelo silêncio completo.

Continuei correndo até chegar aos túmulos. Avistei a estátua sentada ao longe e rezei para que eu não tivesse simplesmente alucinado a minha interação com ela. Ergui a mão para gesticular para a figura e pedir ajuda. Porém, Igor gritou antes que eu pudesse fazê-lo.

— Hoje você não escapa da morte! — a voz dele saiu ofegada quando seus passos reduziram.

A estátua, então, moveu a mão, erguendo o indicador para a frente dos lábios.

"Silêncio."

Meu coração estava disparado, mas nem isso eu conseguia ouvir. Apenas a voz de Igor ecoava pela quietude.

— Que bruxaria é essa? Você é bruxa agora?! O que é isso?! — ele ia falando, mas sua voz ia sendo sugada pelo vazio.

Eu o vi gritar, mas nenhum ruído saiu. A estátua permanecia parada, na pose de silêncio. Os berros de Igor eram visíveis em seu rosto, o medo estampado em suas pupilas contraídas, no arquear de suas sobrancelhas e na boca escancarada, mas simplesmente nenhum som saía dele.

Eu vi quando as raízes se desprenderam dos túmulos, agarrando Igor pelas pernas. Ele tentou se livrar, mas não era capaz. Olhei para a estátua e a vi parada, com a mão na frente do pescoço.

"Morte."

Voltei as vistas para Igor. As raízes estilhaçavam seus ossos. O fêmur escapou pela pele. A dor intensa estava pintada em sua face. O suor escorria pela têmpora, as lágrimas pelos olhos e o sangue pelas pernas, mas nem um absoluto som ecoava.

Seu corpo se contorceu sob os galhos. A mão dele tentava alcançar o vazio. A raiz grossa pressionava seu crânio, e a veia da testa estava saltada. Era visível o esforço que ele fazia para gritar, para ser ouvido. Mas os ruídos estavam ausentes. Será que ele entendeu como eu me sentia?

Igor foi estraçalhado. Suas partes explodiram sangue pelas folhas das árvores e no meu rosto. Eu perdi as forças e caí sentada. Estava chorando e tomada pelo pânico.

Lentamente, as raízes se recolheram, deixando os restos de Igor espalhados no chão, junto com outros ossos escondidos sob a relva. O sangue era absorvido pelas pedras.

Virei-me para ver a estátua atrás de mim, e ela estava de volta em sua posição de meditação, porém, com os olhos novamente respingando lágrimas rubras.

Arrastei-me pelo chão, desesperada para ir embora. Só pensava em meus filhos. Aquele monstro estava morto, e eu nunca mais pisaria naquele bosque.

Enquanto tentava me levantar, raspei a mão em uma das lápides. Havia um epitáfio gravado ali, perfeitamente legível.

Afastei a grama para ler.

"Respeite o silêncio dos mortos.

Só se deve quebrar a quietude no momento da oração.

Aquele que trouxer o sacrifício, deverá entoar o cântico de oferenda e, então, fazer um ano de silêncio.

Se não obedecer ao ritual, terá sua vida ceifada."

Meu estômago gelou. Vi o cântico cravado na pedra logo abaixo do epitáfio. Levei a mão até a garganta. Eu não podia entoar o cântico.

Ergui os olhos e lá estava a estátua, com a mão erguida abaixo do queixo, com a palma virada para baixo. Seus olhos fixos em mim.

"Morte."

Dessa vez, parecia mesmo que não tinha mais como escapar.

Estreitei as sobrancelhas para a estátua e levei a mão até a garganta. A voz da estátua era a mesma da minha. Meu idioma não tinha som, mas era perfeitamente capaz de entoar o cântico. Ela tinha que me entender.

Rapidamente, gesticulei as palavras da oração. Minhas mãos tremiam violentamente.

Notei a sombra da estátua se movendo. Ergui os olhos em desespero. Então a vi com o indicador parado em frente aos lábios.

"Silêncio."

Ela tinha me ouvido.

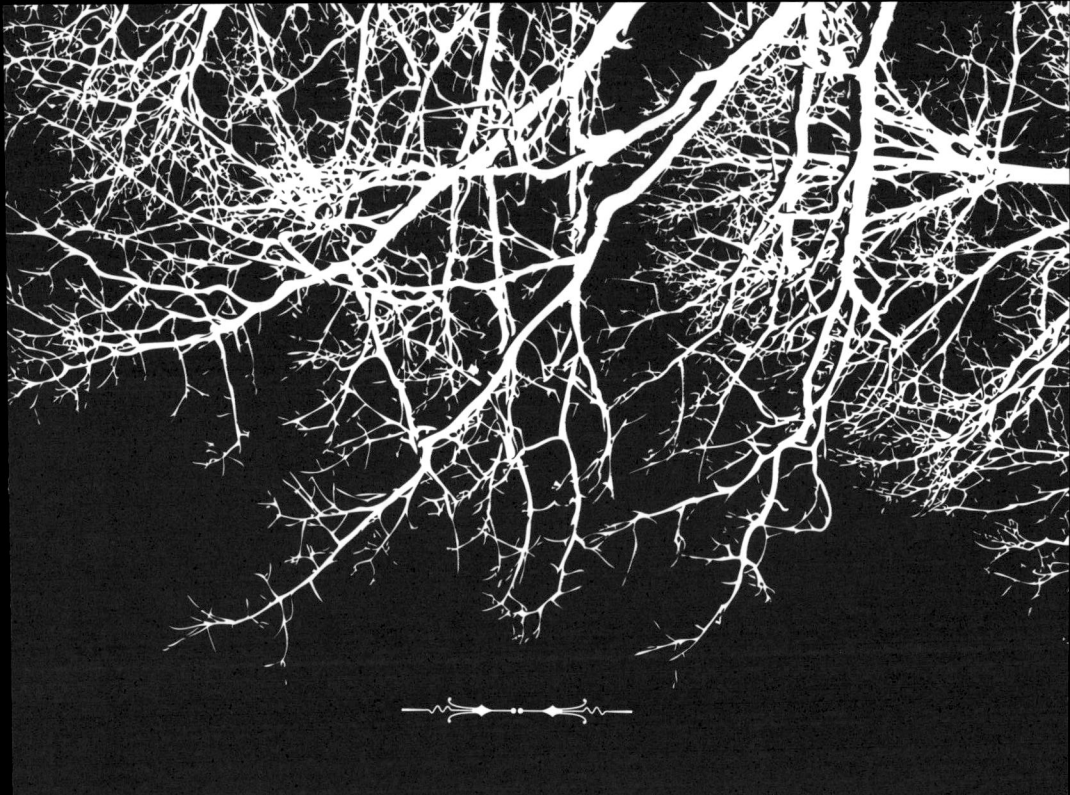

A TRILHA DO FOGO-FÁTUO

Leonardo Zamprogno

Que lugar é esse? Por que estou deitado no chão? Ai, minha cabeça! Nossa, que dor. Alguém me bateu?

Enquanto me levanto, percebo que estou em algum tipo de bosque. Um bosque familiar. Será que foi um assalto? Não me lembro de nada. Mas é estranho. Parece que já estive aqui antes. Mas quando? Será que foi na semana passada? Pode ter sido durante uma de minhas caminhadas. Mas, aparentemente, estou no meio desse bosque, não me lembro como entrei e não vejo uma saída.

O dia nublado, cinzento e frio está quase no fim. O que vou fazer se anoitecer? Ainda bem que ainda estou com meu casaco forrado e meu gorro de lã, mas cadê meu celular? Não está em nenhum bolso. Com certeza, fui assaltado. Ah, que ótimo! Merda! O jeito é começar a andar e procurar ajuda. Meu avô já dizia, "se estiver perdido, continue em frente até chegar a um lugar".

Já se passou uma eternidade e nada! Nenhuma pessoa, nenhum animal. Apenas sombras crepitantes e, fora o som de meus próprios passos na folhagem, um silêncio arrebatador. Como pode ser tão silencioso? Nem o vento faz barulho aqui. Não faz sentido, afinal é um bosque! Natureza!

— Alô-ou? — gritei bem alto, será que alguém me ouviu? Apenas silêncio. Que diabos é este lugar?

Árvores antigas retorcidas, quase sem folhas. Apenas elas me observam. Não sou de me assustar facilmente, mas tem algo errado aqui. Espere, ali começa uma trilha! Bem fechada, mas uma trilha aparentemente feita por humanos. Com certeza, vai me tirar deste lugar. A luz do dia está acabando, é melhor eu apressar o passo.

Pronto, agora já era. Escuridão total! Ainda bem que é lua cheia, porém a densidade da mata ao redor prejudica toda a visibilidade. Será que estou realmente chegando em algum lugar? Essa trilha parece que não tem fim. Quem sabe depois dessa curva...

Uma clareira! Um belíssimo facho de luz da lua iluminando logo ali. Maravilhoso de olhar. Uma esperança. Vou correr até lá.

— Meu Deus do céu!

Caí para trás de susto. Sangue! Sangue por todo lado! O que é isso? Corpos?!? Minha nossa... parecem todas mulheres. Seus corpos estão todos abertos e dilacerados! Que que eu tô fazendo aqui?!? Tenho que ir embora. Com certeza, há um assassino por perto! Pra onde eu vou?

Sinto alguém me encarando. Do outro lado da clareira, uma mulher bonita, de pele negra e cabelo armado, está de pé, usando um vestido branco. Seu semblante é muito sério. Uma grande mancha vermelha brilhante toma todo seu ventre. Será que está ferida?

— Moça? Ei! Você está bem? Espera! Para onde você vai?

Sumiu no meio da mata! Será que ela precisa de ajuda? Vou atrás dela. Para onde ela foi? Droga!

Uma luz! Parece fogo. Será que estou ficando louco? Deveria procurar sair daqui, mas estou tentando ajudar alguém que nem sei quem é! Preciso ver o que tem ali.

Saio da mata para outra clareira circular. Uma grande fogueira queima no meio. A súbita claridade agride momentaneamente meus olhos já acostumados à escuridão. Mas é estranho, pois não sinto o calor do fogo.

De repente, avisto algo entre as sombras. Formas escuras, envoltas em vestidos brancos esfarrapados, dançam ao redor da fogueira crepitante. Bruxas, penso, o terror me paralisou por completo. Seus olhos brilham com uma luz fria e faminta, e suas vozes ecoam em cânticos que parecem puxar minha sanidade para um abismo sem fim. No meio da fogueira, percebo uma figura humanoide distorcida e enegrecida pelas chamas. Ela se move grotescamente. Elas estão queimando uma pessoa viva!

De repente, elas silenciam todas ao mesmo tempo e apontam para mim. Pânico! Preciso sair daqui agora. Mas cada passo que dou para trás parece me aproximar mais delas, e o terror me consome.

Tropeço e corro, sem direção, até que encontro uma cabana no meio do bosque. A estrutura é velha e decrépita, mas a única coisa que me oferece uma esperança de segurança. Corro até lá, batendo desesperadamente na porta. Uma luz fraca emana de dentro, indicando presença.

— Por favor, me deixe entrar! — imploro, mas a porta não cede.

Olho pela janela embaçada e vejo uma pessoa lá dentro, os olhos arregalados de medo, como se estivesse vendo um espectro. Tento gritar novamente, mas minhas palavras parecem não alcançá-la. Ela treme, o rosto contorcido em terror absoluto, enquanto eu bato e puxo a porta com todas as minhas forças.

— Por favor, abra! — grito, mas a resposta é o silêncio desesperador.

Então, a pessoa dentro da cabana se levanta, cambaleando, e corre para a porta. No momento em que ela a abre, vejo o horror refletido em seus olhos. Ela grita e tenta me afastar, como se estivesse enfrentando seu pior pesadelo. E, quando finalmente consigo forçar a entrada, a luz fraca do interior ilumina brevemente seu rosto. Aparenta ser um homem de meia idade e barba por fazer. Seu rosto, distorcido pelo medo, me encara com olhos vazios e sem vida. Eu o reconheço de algum lugar, mas não me recordo de onde.

— Fique longe de mim! — ele me empurra e sai correndo mata adentro, desaparecendo na escuridão do bosque.

— Espere!

Dentro da cabana, olho em volta enquanto coloco a mão na cabeça, tentando entender o que está acontecendo. O aposento, sujo e bagunçado, parece inabitável. A parca iluminação provém de uma lareira, com a lenha quase ao fim.

No assoalho de madeira cheia de farpas e buracos, vislumbro uma grande mancha vermelho-escuro. Parece sangue velho e pisado. Como se um corpo houvesse sido arrastado ali há algum tempo.

Sigo o rastro até um pequeno quarto escuro, no canto mais afastado da parede. Ali, em cima de uma cama quebrada, se encontra uma mulher deitada. O rastro de sangue leva diretamente a ela. Quando chego mais perto, outro susto. É a mesma mulher negra que me encarava na clareira de corpos. Mas ela está morta, com uma faca cravada em sua barriga. Como pode ser ela? Será que era um fantasma?

Um devaneio vem à minha mente. É ele! Ele é o assassino daquelas mulheres da clareira. Desgraçado! Ele tem que ser parado! Não tem mais ninguém aqui. Tem que ser eu a fazer isso.

Vários pedaços da cama quebrada encontram-se espalhados pelo chão. Este aqui é bem grande. Vai ter que servir.

Na completa escuridão, munido apenas de um porrete improvisado, saio correndo mata adentro em perseguição ao assassino sanguinário.

Bruxas, assassinos de mulheres, o que mais me aguarda nesse lugar maldito?

No chão do bosque, salpicado pela luz da lua, pegadas parecem emanar uma luz fraca esverdeada. Fogo-fátuo! Ou boitatá, como os antigos diziam. As pegadas do assassino. Quase como se uma força sobrenatural me indicasse o caminho a seguir. E o caminho me leva entre trilhas tortuosas, subitamente de volta à fogueira das bruxas, me enchendo de pavor.

Porém, estranhamente, e felizmente, o local está vazio. Alívio! A fogueira, apagada, aparenta não ter sido acesa há muito tempo. Há quanto tempo eu estive aqui? Não tenho muito tempo para pensar, porque no meio da clareira encontra-se o assassino. Ajoelhado, de costas para mim, com o rosto voltado para baixo. Em uma mão segura uma faca, ainda suja de sangue, na outra, um celular. A tela brilha na escuridão, indicando que está ligado. Será que vai chamar ajuda? Comparsas?

Não tenho muito tempo. Tenho que agir agora. Esses assassinatos não podem continuar. O cara está armado. Apenas uma pancada na cabeça tem que ser suficiente, ou ele pode reagir e tentar me matar. É agora!

— Toma desgraçado!
— Ah!

Com uma forte pancada, o assassino cai de costas no chão. O celular também cai enquanto está fazendo uma chamada. Observando mais atentamente, percebo que a chamada é para o meu pai! Aquele é o meu celular! Será que esse também é o bandido que me assaltou? Mas como ele sabe quem é meu pai?

De repente, o rosto do assassino, distorcido pela dor, é iluminado pela luz da lua. Como se um véu místico se desvanecesse, percebo uma realidade terrível. O assassino tem o meu rosto! Não apenas o rosto, mas usa roupas iguais às minhas também. O que está acontecendo?

Subitamente as mulheres, que até então eu considerava como bruxas, surgem magicamente à minha volta. Parecem satisfeitas. Vingadas, na verdade. Incapaz de controlar meu corpo, eu me dirijo ao centro da fogueira e chamas esverdeadas aparecem ao meu redor. Uma dor excruciante preenche todo meu ser enquanto observo meu outro eu deitado no chão da clareira.

Nesse momento, a realidade me atinge como um golpe cruel. Eu estou morto. Este bosque é o meu inferno, onde estou condenado a reviver este momento de terror para sempre. As bruxas que vi, os espectros, são as almas atormentadas das mulheres que matei. Fantasmas de meu passado, retornando para me assombrar eternamente.

Enquanto as chamas me consomem, eu adquiro a consciência de que aquela pessoa — o eu — deitada no chão em breve vai se levantar, no meio do bosque, esquecendo o que aconteceu, e tudo recomeça. Eu permaneço, preso entre a consciência e a condenação, esperando o ciclo recomeçar, sabendo que a cada repetição meu tormento só se intensifica.

Enquanto isso, do outro lado do véu, um pai recebe em seu celular, todos os anos, a ligação de seu filho morto, religiosamente na data de sua morte. Ele atende, mas ninguém responde.

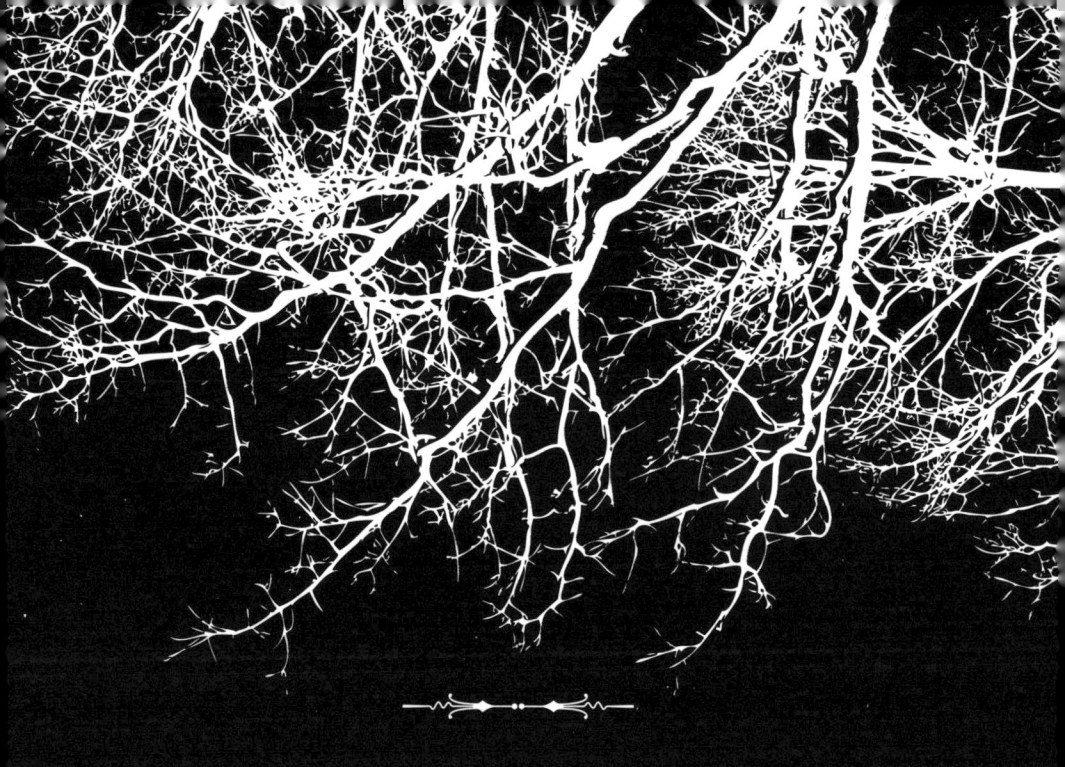

OLHOS DO MEDO

Líver Roque

A rua estava tranquila naquela noite de inverno. Não havia pessoas nas ruas, pois todas estavam no calor de suas casas. A pequena cidade estava adormecida. Eram duas horas da madrugada. Chovia. A noite estava escura, contudo, não amedrontava Jacinta, que estava acostumada a ir sozinha para a sua casa, que ficava em um pequeno sítio afastado da cidade. Ela estava voltando da fábrica onde trabalhava. Seu turno terminava a uma hora da madrugada. Saíra do serviço acompanhada de uma amiga que morava na cidade. Conversaram sobre os assuntos costumeiros e, quando chegaram à casa de Marluci, pararam por um tempo nas mesmas conversas.

O tempo passou, e Jacinta se despediu para continuar seu caminho e descansar do longo dia de trabalho pesado. O lugar onde morava era bem longe e teria de atravessar um bosque que terminava na divisa do sítio.

Jacinta caminhou por uma ruazinha deserta até a parte mais afastada da cidade onde deveria pegar um caminho por dentro do bosque fechado. Não temia essa caminhada, pois a fazia todas as noites durante vários anos. Nunca vira nem encontrara nada que fizesse medo. Não havia animais ferozes naquele lugar. Por vezes, encontrava alguns cachorros, mas não eram bravos, pelo contrário, conduziam a moça em segurança até o sítio. Eram seus companheiros das noites. A única diferença era que sempre teve sorte de ter a lua iluminando as trilhas por onde passava. Nessa noite, não havia lua, apenas a chuva fina que caía sem cessar e molhava o caminho, deixando-o liso e escorregadio.

A moça levava uma lanterna consigo para iluminar o caminho e evitar os riscos de cair em algum buraco ou rolar na ribanceira que terminava em um fosso. As altas árvores deixavam os caminhos escorregadios nos dias sem chuva e, nessa noite, o risco se tornava ainda maior. Era um perigo escorregar na grama molhada e rolar pelo declive acentuado. Ainda estava longe do meio do bosque quando a chuva aumentou. Os relâmpagos cortavam os céus e os trovões retumbavam com forte barulho. Não se enxergava um palmo diante dos olhos. A luz fraca da lanterna iluminava apenas alguns metros à frente. Afora o barulho ensurdecedor dos trovões, o silêncio era apavorante.

Jacinta procurava prestar atenção onde pisava para não cair. Seus sapatos estavam pesados pelo barro e folhas que se grudaram nas solas. Cada passo tornava-se mais difícil. Mesmo que quisesse andar mais depressa, era impossível. A chuva batia em seu rosto, dificultando a visão.

De repente, os trovões emudeceram. Fez-se pesado silêncio em todo o bosque. Era como o prenúncio de que algo estava para acontecer. Um arrepio percorreu todo o corpo da moça. Ela fixou os olhos para ver se enxergava um pouco mais distante. Impossível. A escuridão impenetrável não possibilitava ver nada. Caminhar estava cada vez mais difícil pela lama e pelas folhas escorregadias. Olhou para o céu em busca de uma estrela que fosse.

Nada viu além da escuridão.

Um barulho entre as árvores chamou sua atenção. Será que alguém também se aventurara a atravessar o bosque com aquela chuva? Olhou para trás e nada viu. Arrastou os pés pesados de barro. Caminhou mais uns passos. Novo ruído entre as árvores como um arrastar pesado de pés. Novamente olhou.

Nada viu além das árvores e arbustos altos.

De repente, o barulho aumentou junto de um rosnar canino. Jacinta teve medo. Tentou acelerar a marcha, contudo, não conseguiu. Tentou correr, mas foi impossível. Recostou-se em uma árvore e aguardou. Poderia ser um cachorro perdido e, quem sabe, tão assustado quanto ela pela chuva forte que caía. Quem sabe estivesse ferido e uivasse para ser ouvido por alguém e ser salvo. Se fosse um cão machucado, poderia levá-lo para casa e cuidar de seus ferimentos.

A moça virou a lanterna para onde o rosnado foi ouvido e, por uma fração de segundo, viu um enorme vulto meio oculto pelo escuro e pelas árvores. Estava um pouco longe de onde ela se encontrava. Seu coração acelerou. Não podia ser um cão. Jamais vira um cão daquele tamanho. Era muito grande para ser um cachorro. O vulto foi em sua direção. Ela tentou andar mais rápido ainda. Ouvia o rosnado e os uivos cada vez mais próximos de onde estava. O pânico tomou conta de sua mente. Seus ouvidos tentavam captar outro som que lhe trouxesse alívio. Barulho de carro, moto ou alguém assobiando. Nada. Não havia ninguém por perto. Virou a lanterna para a direção do rosnado e, entre apavorada e horrorizada, viu apenas um par de olhos vermelhos e brilhantes.

Jacinta tentou correr, contudo seus tênis estavam pesados demais pelo barro que se grudou nas solas. Mais do que depressa, tirou os calçados e correu. Na pressa e pelo enorme medo que sentia, não percebeu que estava entrando mais para o meio do bosque em vez de ir para a saída, que ficava próxima à cerca de divisa do sítio. Seus olhos não conseguiam enxergar quase nada. A luz da lanterna em sua mão pouco adiantava nas trevas da noite chuvosa e no escuro da mata. O vulto se aproximava cada vez mais. Ela ouvia o arrastar de seus passos pesados fazendo barulho nas folhas e galhos de árvores caídos no bosque. Ouvia seus uivos horripilantes como se fossem ao seu lado. Seu corpo todo tremia e ela não conseguia acelerar os passos. Em um esforço desesperado, começou a correr, mesmo que sua corrida não fosse muito acelerada.

No desespero de sair daquele lugar apavorante, Jacinta cada vez mais se embrenhava no meio da mata cerrada. Quanto mais corria, mais longe da saída ficava. O desespero era enorme. Ela sentia o coração bater cada vez mais rápido. Sentia faltar o ar pela corrida. Os cabelos molhados caíam em seus olhos, dificultando a visão. Ela arfava de tanto cansaço, mas continuava correndo. Seus pés estavam doloridos por pisar em galhos e pedregulhos. Era uma corrida pela vida. Sabia que algo terrível aconteceria se o vulto a alcançasse.

A chuva cada vez mais forte a cegava, e a água quase a afogava. Olhou novamente para trás e viu que o perseguidor estava se aproximando. Iluminou com a lanterna e viu um animal parecido com um cachorro, porém bem maior e mais peludo. Seus pelos marrom bem escuro estavam encharcados. Seus olhos brilhavam na escuridão da noite, causando arrepios em Jacinta. Ela corria o mais rápido que podia, contudo, a distância entre a moça e o animal diminuía.

Em dado momento, ela vê uma luz fraca e o barulho do motor de uma moto na estrada bem distante e percebe que estava no meio mais sombrio do bosque. Juntando o que lhe restava de força, gritou o mais alto que pôde, porém, a luz foi se afastando rapidamente sem parar, e o som do motor diminuindo, mostrando-lhe que quem quer que fosse que estivesse passando por ali, tinha ido embora sem ouvir seu chamado. Jacinta sentia as forças abandonando-a.

O medo aumentava à medida que o tempo passava.

Subitamente, ela tropeça em um galho caído e cai ao chão. Sua lanterna se apaga. Ela a pega e a sacode na esperança de que a claridade volte. Em vão. Está sozinha no meio da noite escura sendo perseguida por um animal que não sabe o que é e sem forças para continuar correndo. Mesmo assim, com um esforço sobre-humano, consegue ainda andar bem depressa, pois correr não pode mais. As forças a haviam abandonado.

Jacinta chegou ao ponto mais ao centro do bosque. Estava com as roupas encharcadas, o fôlego curto, os pés feridos e sangrando. Sentia muita dor, todavia, parar não era a melhor saída para ela. Como gostaria que seu pai e seus irmãos fossem procurá-la, pois sabia que estava atrasada para chegar em casa. Quem sabe tivessem a ideia de ir ao bosque ao seu encontro. Nada disso aconteceu, e ela continuava sozinha e desamparada no meio da noite fria.

Ao ir em direção a uma parte mais clara do bosque, sem conseguir ver nada a sua frente, subitamente pisou na terra molhada e caiu. Seu corpo deslizou na terra escorregadia até que parou em uma vala funda entre a vegetação mais rasteira e formada por grama molhada e mais escorregadia. Ela gritou de dor e desespero. Na queda, torceu o tornozelo e a dor foi lancinante. Jacinta gemeu e se contorceu na terra fria e molhada. Um relâmpago cortou a noite clareando o buraco onde ela se encontrava. Os rosnados e uivos estavam cada vez mais perto. Ela prendeu a respiração no desejo de não ser encontrada. Passou um tempo infinito em apenas alguns segundos. A moça se encolheu na parte mais funda da vala. Tentou se esconder nesse buraco e aguardou.

Por uns momentos, fechou os olhos desejando ardentemente que aparecesse alguém e a salvasse da queda, do buraco onde estava e do monstro que ia em sua direção. Ninguém apareceu. Ninguém apareceria.

Os minutos passavam. Os rosnados estavam ainda mais próximos. A dor no tornozelo aumentava. O frio enregelava seu corpo. Não sentia mais as mãos. Os pés também estavam adormecidos. O pescoço estava enrijecido pela friagem. A mente estava confusa. Os pensamentos eram desordenados. Sentiu o torpor tomar conta de seu corpo. Tentou com desespero se manter consciente. Os olhos foram se acostumando à escuridão e podia ver alguns metros de onde ela se encontrava. O enorme animal se aproximou. Ela sentiu o cheiro fétido dos pelos molhados. Ouviu os passos na beira da vala. Seu corpo estremeceu. Seus olhos se abriram na escuridão. O enorme animal podia ser visto em toda sua horripilante aparência: assemelhava-se a um cão muito grande com a boca salivando e os grandes olhos vermelhos fixos nela. A fera soltou um uivo tão alto e forte que estremeceu a terra e reverberou no bosque. O monstro atirou-se sobre ela. Um forte arrepio percorreu todo o corpo de Jacinta, e ela abriu a boca tentando chamar alguém. Não conseguiu sequer um balbucio.

O grito ficou preso em sua garganta.

A moça sentiu os dentes pontiagudos em sua carne. A dor foi inexplicável. As unhas afiadas rasgavam seus braços e pernas. Suas roupas estavam em frangalhos. Sentiu o sangue quente jorrar dos ferimentos. Seus olhos se abriram para a última imagem que viu naquele momento, e um pensamento de pavor passou por sua mente: iria morrer ali e não seria encontrada.

Repentinamente, um grito lancinante ecoou na noite escura, perdeu-se entre o silêncio enevoado do bosque e foi abafado pelo barulho da chuva forte que caía. O silêncio se tornou ensurdecedor. Nenhum ruído se ouvia.

A noite abafou os últimos gritos e pedidos de socorro de Jacinta.

Seu corpo inerte ficou estendido no fundo da vala.

O monstro desapareceu na escuridão da noite.

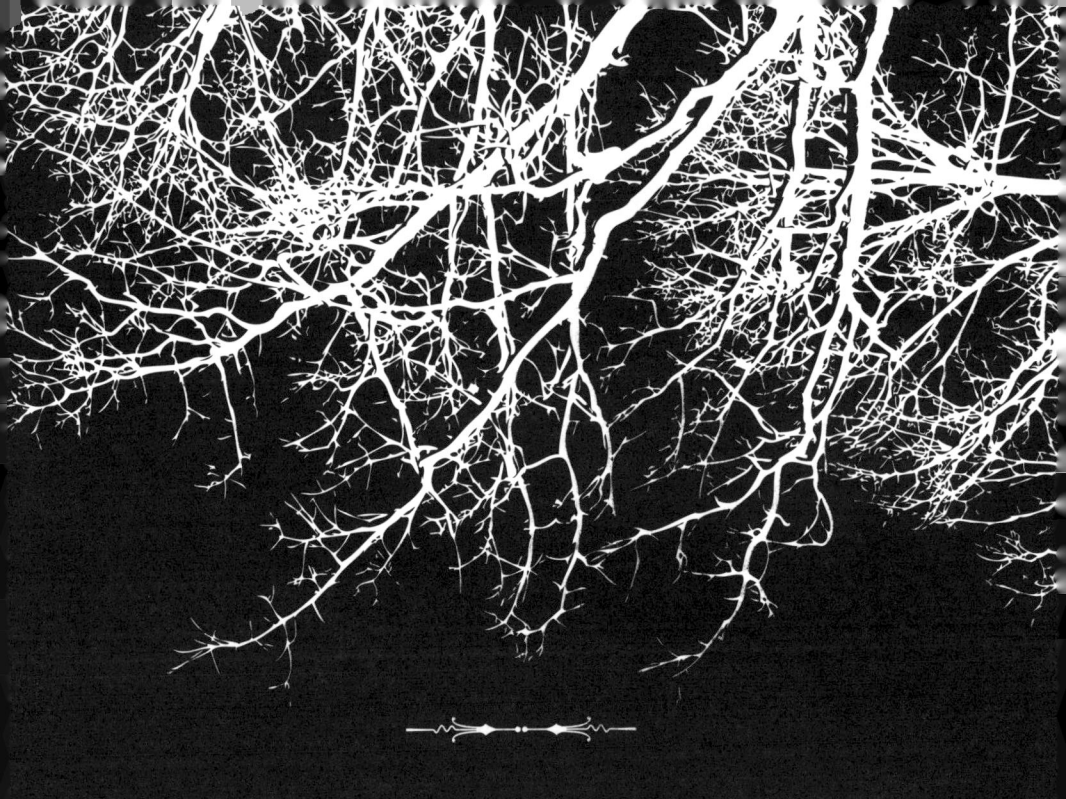

O QUE ESCONDE O BOSQUE

Lucas Alves

A carruagem seguia por uma trilha de terra muito irregular, cercada por árvores muito altas que pareciam pilares que sustentavam o céu. Já havia um certo tempo que estavam na estrada e logo iria anoitecer. Precisavam de um lugar para dar uma pausa e seguir viagem nos primeiros horários da manhã do dia seguinte. Logo adiante, conseguiram avistar um vilarejo.

— Lembre-se, mantenha-se oculto — disse a mulher. Ela usava vestes simples, um pouco surradas, e os sapatos gastos. Ao seu lado, estava o seu irmão, um garoto que não passava dos seus nove anos, coberto por uma manta verde muito escura.

Quando a carruagem chegou ao vilarejo, pôde sentir que todos os olhos estavam voltados para eles. Era uma sensação desconfortável

Ao descerem da carruagem, o garoto correu, afastando-se da mulher. Ela se assustou com seu repentino movimento e foi atrás, antes que alguém o descobrisse. O garoto corria em direção ao que parecia uma densa floresta, mas havia algo que chamava a atenção, que logo compreendeu a ação do garoto. Um pé de macieira, onde uma maçã vermelha e suculenta pairava. O garoto parou diante dela e apontou para o suculento fruto.

— Está com fome? — perguntou a mulher, sabendo da resposta. Avançou em direção à árvore, mas foi impedida por um alerta de alguém. Ao se virar, deu de cara com um homem com uma idade avançada, vestindo trajes pretos. Um padre.

— Não pode comer este fruto. Não pode passar desses limites. É proibido — disse ele, aproximando-se.

A mulher agarrou o irmão mais novo para mais próximo de si, ocultando o rosto dele com o capuz da capa da melhor forma possível. Apesar de velho, o homem andava com passos firmes e de olhar severo.

— Ele só está com fome — disse a mulher.

— Mantenham-se afastados do bosque. O bosque é traiçoeiro. Há coisas nele que não devem ser reveladas. Esse bosque um dia foi o Éden, mas, por causa do pecado original, encontra-se corrompido. *Dele não comereis, nele não tocareis, para que não morras!* — disse o padre, como se estivesse em uma missa.

A mulher conhecia aquela passagem, Gênesis 3. A clássica história em que Deus proíbe Adão e Eva de comerem o fruto proibido, mas a serpente, audaciosa e dissimulada, faz com que os dois caiam em tentação e provem do suculento fruto proibido.

— Onde estão todos desse vilarejo? — perguntou a mulher, querendo mudar de assunto. Havia algo muito denso se espalhando pelo ar, ela não conseguia identificar o que era, mas queria fugir daquela situação o quanto antes.

— Esse vilarejo muito foi castigado, mas a ordem foi instalada. O pecado foi eliminado. Não desobedecemos a Deus novamente, a tentação não cairá sobre a terra. Estamos limpos — disse em resposta.

As palavras não fizeram o menor sentido para a mulher, mas ela não estava disposta para que aquilo virasse uma pregação. Seu irmão agarrou-se a sua perna e logo percebeu que ele começara a ficar agitado. Ela fez o que pôde para acalmá-lo, mas a agitação dele fez com que o capuz deslizasse, deixando o rosto do garoto à mostra.

Um espanto surgiu no rosto do padre. Rapidamente, a mulher cobriu o rosto do irmão, constrangida. Ficou um tempo olhando para o capuz do pequeno garoto, como se não olhar para o padre os fizesse ser invisíveis.

— Esse garoto foi amaldiçoado — disse, num sussurro. — Podemos ajudá-lo nisso…

— Não! — disse a mulher, num tom mais forte do que deveria ter usado. — Não — repetiu ela, dessa vez, em um tom mais ameno e calmo. — Só precisamos de um lugar para dormir e comer, amanhã partiremos — disse ela por fim.

— Ali há um albergue que pode instalar vocês. O pecado anda com você, minha jovem. Podemos ajudá-la nisso, livrar-se desse fardo pesado…

— Obrigada — disse ela, guiando o irmão para longe do bosque e do padre, ignorando o que ele dizia.

O albergue se encontrava quase mergulhado em uma penumbra, as velas espalhadas pelo amplo espaço não davam conta. Uma lareira ali longe estava acesa. Havia cheiro de cerveja e gordura no ar, várias mesas e cadeiras vazias, e as que estavam ocupadas possuíam homens moribundos bêbados. Dava para perceber que aquele lugar já tivera dias melhores, mas que agora se encontrava em um estado de decadência. Ao se aproximar da recepção, uma mulher gorda com cara de poucos amigos encontrava-se do outro lado do balcão. A mulher solicitou um quarto e um pouco de comida. Foi oferecida uma sopa de carne fria e borrachuda, mas a mulher não poderia reclamar. Seu irmão pouco tocou na sopa, o que pareceu ofensivo para a mulher gorda.

O quarto era um pequeno muquifo apertado, com uma cama de solteiro, uma mesa com uma cadeira, um guarda-roupa velho e uma janela. O garoto ficaria na cama, e ela dormiria no chão. Aproximou-se da janela tentando abri-la, mas constatou que estava emperrada. A vista era para o estranho bosque. As copas das árvores eram altas e dançavam ao ritmo do vento. Ali diante do bosque estava o padre, mas a figura estava olhando em direção à janela. Assustada, fechou as cortinas a fim de ocultar-se.

Ela colocou o garoto na cama e o cobriu com o lençol fino. No guarda-roupa, pegou uma roupa de cama e forrou o chão, onde se deitou. Ficou olhando para o teto velho até pegar num súbito sono.

Um grito longínquo a fez acordar. Um grito que vinha do fundo da garganta, que saiu arranhando. A mulher acordou assustada. Ainda conseguia ouvir o som ecoando pelo ar. Uma brisa cortante passou pelo seu rosto e ela percebeu que a janela, que antes estava emperrada, se encontrava escancarada, fazendo a cortina dançar. Levantou-se para ver como seu irmão estava e encontrou a cama vazia. Assustada, procurou-o pelo quarto, sabendo que não estava ali. A porta se encontrava trancada. Aproximou-se da janela e viu o garoto diante do bosque. Parado. Imóvel.

Saiu às pressas do cômodo sem perceber que estava descalça. A noite estava cruelmente fria, e a lua era o novo sol que iluminava. A mulher correu em direção ao garoto, mas antes que pudesse alcançá-lo, ele adentrou no bosque. Percebeu que a maçã, ali mais cedo, não estava mais. Entrou no bosque, onde foi surpreendida por um nevoeiro rastejante, traiçoeiro como uma cobra. Abraçou seu corpo e andava apressada olhando para os lados, tentando localizar o garoto.

Era um silêncio profundo e ensurdecedor ali. As silhuetas das árvores pareciam perigosas, como se fossem criaturas de garras afiadas prontas para atacar. O frio fazia doer-lhe o nu de sua pele, quase não sentia mais os pés nem o rosto. As poucas lágrimas que escorriam pareciam que iam congelar em seus olhos. Não havia sinal do garoto, nem sequer ouviu o som de passos; o único que ouvia era dos seus próprios contra as folhas secas.

O bosque foi ficando mais denso, e o ar ganhava uma atmosfera pesada. Cada passo dado era um mergulho para uma escuridão mais profunda, até que se deparou com algo mais adiante. Algo grande surgia diante de si, uma construção. Deteve-se por um instante até seus olhos se acostumarem à escuridão e constatar que se tratava de um casarão no meio do bosque. A mulher rapidamente sentiu um calor no coração, um certo alívio. Seu irmão certamente correu naquela direção para se abrigar. Acelerando os passos, a mulher foi até a porta do casarão.

Não foi necessário bater na porta, ela já se encontrava entreaberta. A porta fez um barulho que fez ecoar por todo o interior do recinto. Silêncio, assim como o bosque. Estava tudo escuro ali, nenhum sinal de luz por perto. A mulher esperou que algo acontecesse, mas tudo permaneceu imóvel. O silêncio era tão absurdo que sua respiração era audível.

Entrando no casarão, percebeu que ali havia uma espécie de recepção, então talvez ali não fosse uma residência? Será que tinha alguém ali? O cheiro era forte, como se fosse álcool. Certamente, não era um lugar abandonado. A mulher esgueirou-se por um corredor comprido, onde todas as portas estavam fechadas. Havia uma cadeira de rodas no meio do corredor. Um arrepio percorreu por trás de seu pescoço. Seu corpo ficou em estado de alerta. Havia algo de errado naquele lugar.

Ainda mergulhada na escuridão, novamente ouviu-se um grito desesperador, mas dessa vez o grito era de perto. Muito perto. O grito vinha de dentro da casa. Foi possível ouvir sons de passos. Assustada, ela correu em direção a uma das portas do corredor. Nelas não havia maçanetas e sim travas do lado de fora e uma pequena janela. Achou estranho, mas destrancou a porta, entrou e fechou em seguida, esperando que se sentisse segura ali.

Seu coração batia com tanta força no peito que chegava a doer, sua respiração estava tão descontrolada que não conseguia inspirar o ar com perfeição. E foi nesse momento que ela sentiu algo ruim. O cheiro ali era fétido, forte demais, a ponto de sentir a bile amargar. Antes que pudesse fazer algo, sentiu algo úmido a agarrar e balbuciar. Ela se assustou e escancarou a porta, caindo no chão. Uma figura esquelética se arrastava no chão. A mulher ficou em pânico, mas alguns segundos depois, percebeu algo familiar. A pouca luz da lua que conseguia passar pela janela iluminava a figura humana, e alguns traços eram semelhantes aos de seu irmão: olhos puxados, pescoço curto, orelhas pequenas e um comportamento infantil. Como um lampejo, a mulher se levantou e abriu a próxima porta e encontrou uma mulher com os mesmos traços. O quarto também cheirava mal, e ela usava roupas piores que as de um mendigo. Abriu a outra porta, outra e mais outra... A maioria se encontrava no mesmo estado desumano, e quase todos com as mesmas características. Não era um casarão, era uma prisão para pessoas indesejadas da sociedade, disfarçadas de uma casa acolhedora.

"Esse vilarejo muito foi castigado, mas a ordem foi instalada. O pecado foi eliminado."

Os presos não tinham forças para andar, estavam em um estado de desnutrição muito avançado. Tinham o olhar coberto de lágrimas que pediam súplicas silenciosas. A mulher queria poder ajudar e então se lembrou das palavras do padre: "Esse garoto foi amaldiçoado, podemos ajudar nisso." Então percebeu o grande perigo que o irmão corria.

Ela correu pelos aposentos e corredores até chegar a uma escadaria que levava para o subterrâneo. Desceu as escadas com insegurança e desconfiança, mas sabendo que deveria ir ali. Diferentemente do andar de cima, havia alguma luz e dessa vez ouviu novamente o grito. Era um corredor cheio de celas, como se fosse uma prisão. Havia uma mulher ali, seus olhos pareciam perdidos, mas assustados, e seu corpo tremia. Ela não tinha nenhuma característica como dos outros lá em cima.

A mulher da cela gritou novamente. Um grito de horror, de súplica e de choro. Uma sombra surgiu no corredor e a voz soou como um trovão:

— Você não deveria estar aqui! — disse a sombra, e logo em seguida muitas outras surgiram.

A mulher tentou escapar, mas foi lenta demais. Foi capturada. Tentou lutar com todas as suas forças, mas as mãos que a seguravam tinham uma força sobrenatural. Enquanto isso, na cela, a outra mulher gritava loucamente. As sombras a estavam arrastando para algum lugar. Uma sala mais bem iluminada. Ali pôde ver o que parecia uma cama de concreto. Foi amarrada e o pânico se instalou sobre ela. O que iriam fazer? O que era aquilo tudo? Quem eram eles? Onde estava seu irmão? E então uma voz. Uma voz que ela reconheceu muito bem. Uma voz que parecia doce, mas havia espinhos em suas palavras.

— "Dele não comereis, nele não tocareis, para que não morrais!" — era a voz do padre. Pôde ver o seu rosto logo acima do seu. — Mais uma vez, a mulher desobedeceu e foi sucumbida pela tentação. Lamento, minha jovem, mas o que viu aqui não poderá sair daqui. O garoto está a salvo, sua alma foi perdoada. Já a sua, eu não sei dizer.

Então a mulher percebeu que nunca sairia dali. Que seria engolida pelas trevas, que sua voz seria arrancada para sempre, mergulharia em um silêncio profundo e sumiria para sempre dentro do bosque.

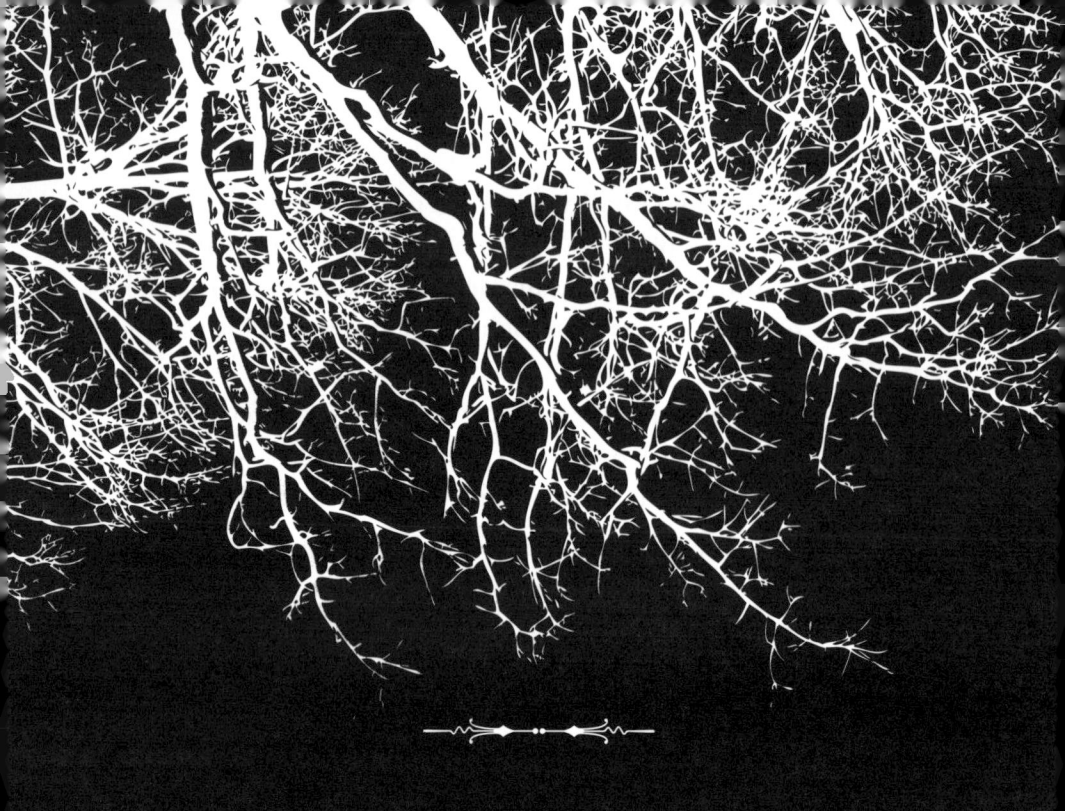

ENTRE AS ÁRVORES FALANTES

Rodrigo Pascal

A madrugada na floresta é repleta de sons. Em lugares cheios de árvores e animais, onde os humanos raramente vão, como instrumentos musicais, os barulhos da natureza se harmonizam e ecoam nas noites frias. Há o coaxar dos sapos, o barulho dos grilos e os uivos do vento que serpenteia por entre troncos e galhos; há os passos apressados das pequenas patas de seres noturnos em busca de suas ainda menores presas, que produzem um farfalhar rápido e baixo ao esmagar as folhas que cobrem o chão frio da floresta; há as criaturinhas que se escondem entre os arbustos e os morcegos que guincham e batem suas asas

E há, em alguns lugares, em recantos obscuros dos bosques e matas, os sons daquelas coisas que nem supomos existir.

No meio da primeira noite que inadvertidamente passou em um destes lugares, fugido das angústias e medos da vida quotidiana, Rafael acordou de um sono instável com uma forte queimação na boca do estômago.

Sentou-se no colchonete gelado, o frio do chão úmido atravessando terra, folhas, lona e tecido. A coberta era fina demais para aquecê-lo, e havia um pequeno furo na barraca que permitia a entrada do ar frio da madrugada, sibilando baixinho.

E havia, é claro, a dor no estômago.

— Porcaria de azia dos infernos — resmungou baixinho o homem. Esperou que a queimação passasse e ficou ainda alguns instantes sentado. Tomou um gole da garrafa de água mineral que tinha ao lado do colchonete e voltou a deitar a cabeça no travesseiro. A combinação de azia com pensamentos turbulentos o havia impedido de pegar no sono, permitindo apenas alguns rápidos cochilos entre os quais era acometido ora pela queimação no estômago e ao longo esôfago, ora por imagens incômodas que iam e vinham em sua mente, quando entrava naquele estado confuso entre a consciência e o sono. *Belo retiro espiritual*, pensou.

E aquela era apenas a primeira noite.

Talvez tudo aquilo fosse um erro, afinal de contas. Talvez devesse focar suas energias na busca por um novo emprego; talvez devesse criar vergonha na cara e utilizar o dinheiro que tinha guardado para pagar uma terapia. Tudo isso estava em seus planos, de qualquer modo, mas quem sabe ele devesse já estar fazendo isso, em vez de deixar para a semana seguinte, como vinha deixando já há alguns meses. Talvez o isolamento que ele achava que tanto lhe faria bem na verdade fosse deixá-lo ainda mais paranoico, mais depressivo e mais ansioso. Quem sabe, a semana que pretendia passar nas profundezas do Bosque do Silêncio seriam apenas dois ou três dias, se conseguisse aguentar.

Rafael fechou os olhos, respirando fundo e tentando calar os pensamentos. Ele sabia que não conseguiria dormir se continuasse daquele jeito, aflito, ansioso e pensativo. De qualquer maneira, mesmo que decidisse desistir daquele retiro, ele só poderia deixar o bosque durante o dia. Iria arrumar as coisas assim que acordasse e percorreria o caminho de volta até a propriedade que alugara, onde pegaria o carro e voltaria para casa. No mesmo dia, iria atrás de emprego e procuraria uma psicóloga. Colocaria novamente sua vida nos eixos.

Mas, naquele momento, enquanto a noite não desse lugar ao sol, ele precisava dormir.

Tentou se concentrar nos sons da floresta lá fora, na sinfonia noturna incessante que brotava da escuridão e se dispersava por entre os troncos grossos das árvores altas, atravessando o ar úmido da mata; uma melodia relaxante ao som da qual poderia finalmente dormir.

Após alguns minutos, a dor havia passado e os pensamentos aos poucos esvaziavam-se em si mesmos, deixando a mente pronta para desligar e dar lugar ao inconsciente cheio de sonhos. *Agora sim*, pensou ele, *agora...*

Rafael franziu a testa, sem abrir os olhos. "Mas que merda." Havia algo estranho na melodia. Uma vez livre dos pensamentos e concentrado na sinfonia da mata, ele tomou consciência da nota dissonante em meio aos sons. Sutil, baixinha, mas definitivamente estava lá, descompassada, fora do lugar. Um chiado incômodo. Rafael perguntou-se como não havia notado antes aquele estranho barulho; afinal, não começara de repente, estivera lá o tempo todo; ele simplesmente não o *percebera*. Entre lufadas um pouco mais fortes de vento, que elevavam o volume do incessante farfalhar produzido pela brisa, o som se tornava mais claro, ainda que indistinto. O que o estaria produzindo? Fosse o que fosse, parecia emergir dos demais sons e acompanhá-los, sem, contudo, soar natural o suficiente; era quase um delírio, algo produzido pela mente divagante que, ainda que produto da realidade, era de algum modo distorcido ao ser percebido e interpretado. Seria possível que ele próprio tivesse dormido e que o som fosse só mais um dos tantos barulhos da mata, mas deformado por sua mente sonolenta? Talvez. Precisava ter certeza, e por isso sentou-se na cama improvisada, tateou o chão da barraca, verificou o celular e respirou fundo. Sabia onde estava e como havia chegado ali, e tudo que o rodeava era de fato real. Não, não era um sonho.

O barulho era real.

O que diabos seria, então? Não pertencia ao conjunto dos sons da mata, parecia alheio, externo, estranho. Como descrevê-lo? Talvez como um chiado constante, ora um pouco mais alto, ora quase inaudível, mas incessante; quase como um rádio velho que ninguém se dá o trabalho de desligar.

Mas era mais do que isso; menos sujo, mais oscilante, distinto do crepitar monótono da estática. Tinha tom, tinha timbre, quase como uma voz chiada, baixinha.

Um sussurro.

Rafael sentiu um arrepio percorrendo o corpo quando a palavra veio à sua mente. Não podia ser. Ele estava sozinho lá, propositalmente embrenhara-se nas profundezas do Bosque do Silêncio até chegar a um local onde tinha certeza de que ninguém o encontraria. "Não, não pode ser..."

Mas, de alguma forma, era. Um sussurro baixo murmurado na noite, uma conversa em palavras rápidas ditas com cautela. Quantas vozes eram? Duas? Três? Era impossível dizer, tão indistinto era o dito som.

Em silêncio, ele deslizou a mão pelo chão da barraca até sua mochila aberta, devagarinho, e dela retirou a faca que por precaução trouxera consigo. Deveria sair da barraca, ou deveria ficar ali, fingindo não notar as presenças ao seu redor? A segunda opção lhe pareceu mais segura.

E assim Rafael ficou, estático, por sabe-se lá quanto tempo. Os músculos tensos doíam; respirava devagar, tentando acalmar o coração acelerado.

Até que, eventualmente, os sussurros pararam; não do nada, de forma abrupta, mas minguando lentamente até serem por completo engolidos pelo farfalhar das folhas.

A madrugada avançou enquanto Rafael esperava, certificando-se de que os sussurros não voltariam. Seria seguro sair da barraca? Deveria ele, agora que os sussurros haviam cessado, verificar se estava realmente sozinho? Ligou a lanterna do celular e se inclinou em direção à entrada da barraca, com cuidado abrindo o fecho e deslizando a mão pela abertura. Espiou lá fora, procurando algo fora do comum na clareira onde armara a barraca.

Nada. Apenas os restos fumegantes da fogueira e a grama úmida iluminada pela luz da lanterna. Aos poucos, Rafael se tranquilizou. Talvez o sussurro tivesse sido, de fato, fruto de sua mente turbulenta. Ele estava sozinho, e não havia nada por ali que pudesse machucá-lo.

Mas precisava ter certeza. Com cautela, saiu da barraca e mirou a lanterna nas árvores ao seu redor. Não havia nada ali, nenhum homem ou criatura espreitando por entre os galhos; nada, pensou ele, apenas a paranoia em sua mente. Não seria improvável, afinal, que ele tivesse tido alguma alucinação, não no estado em que se encontrava; ao menos, foi isso que disse a si mesmo naquele momento, na tentativa débil de calar a voz de sua consciência que o instigava a permanecer alerta.

Os olhos cansados mais uma vez percorreram os arredores, verificando-os uma última vez. *De fato, sozinho*, pensou.

Rafael virou-se para a barraca e, antes de entrar, jogou a faca e o celular lá dentro, para que com as mãos livres pudesse se apoiar no chão para engatinhar para dentro com maior facilidade.

E foi nesse momento que a luz da lanterna iluminou algo durante a fração de segundo em que o aparelho cruzou o ar na direção do interior da barraca, e com o canto do olho Rafael pôde vislumbrar a coisa esbranquiçada poucos metros à sua direita.

Num sobressalto, Rafael soltou um grito e se jogou para dentro da barraca. Buscou o cabo da faca e segurou-o com força; com a outra mão, apanhou o celular e mirou a lanterna para a entrada da barraca.

— O que você quer?! — berrou, e então voltou a ouvir as vozes, agora não mais sussurros baixos, mas grunhidos animalescos erguendo-se muito acima dos demais sons da floresta. Sentiu xixi quente escorrendo pelas pernas encolhidas, e em seu horror, começou a chorar, meio balbuciando, meio soluçando palavras desesperadas entre saliva e ranho que lhe vertiam da boca e do nariz. — O que você quer, porra?! Fala! Fala!

E então ele viu o rosto, a coisa branco-leitosa esgueirando-se lentamente pelo vão da entrada da barraca; primeiro o cabelo preto molhado, os fios banhados em brilho oleoso balançando com o movimento lento, escorrendo, pingando; depois a pele pálida como a luz da lua, quase translúcida, naquele tom abissal de coisas que nunca viram a luz do sol. Por fim, viu os olhos, pretos como o céu noturno sem lua, esbugalhados em uma expressão doentia; buracos negros que pareciam vomitar o vazio, janelas da não existência desesperadora de algo sem alma, sem vida, sem nada, que pareciam engolir com força inexorável tudo o que havia no homem encolhido na barraca, sangrando, mijado, deixando apenas o mais puro sentimento de medo e horror; olhos que engoliram a força de vontade, engoliram o instinto de sobrevivência, engoliram a dignidade, engoliram o discernimento, engoliram a esperança e engoliram o pensamento.

E como se fosse este último que estivera impedindo Rafael de absorver as palavras antes sussurradas, agora gritadas pela anti-coisa diante de si, interferindo na capacidade de entendimento do pobre coitado, o que dizia a criatura agora ele pôde finalmente compreender, claro como o mais puro cristal, na voz grunhida a preencher a barraca entre as árvores.

Abalado pela compreensão agora clara do que dizia o pálido não--ser, que não parava de o encarar com seus não-olhos de inexpugnável negrume, Rafael foi compelido a permanecer imóvel enquanto a abominação avançava para dentro da barraca, deslizando seu corpo esguio, esquelético e cinzento pela abertura. Uma vez privado do instinto de sobrevivência, da força de vontade e da esperança, o homem aguardou inerte o toque da coisa, uma mão ossuda de dedos compridos terminados em unhas enegrecidas que encontrou seu rosto de expressão vazia. Sentiu a textura áspera e o cheiro de carniça exalado pelo bafo quente, e nada fez, paralisado pelo horror que como num abraço de serpente o envolvera por completo.

Com os músculos tensionados e os ossos congelados, ele não reagiu quando os dedos compridos subiram em direção os seus olhos, nem quando as unhas deslizaram para baixo das pálpebras; ele não se moveu, nem gritou, quando a coisa espremeu seus olhos como grãos de uva madura, amassando-os contra o crânio, transformando-os em gelatina negra e vermelha, ainda que a dor lancinante o consumisse por completo.

    E os não-olhos sem pálpebras só faziam encarar enquanto esvaía-se em sangue e mijo a vida miserável do homenzinho na barraca, do pobre coitado que nada fazia enquanto sentia o toque morno e molhado de seus fluidos lhe percorrendo o corpo e ensopando suas roupas.

    Rafael foi poupado dos últimos segundos daquela insuportável dor, pois as mãos ossudas, agora com os polegares afundados nos buracos dos olhos, abriram-lhe o crânio em dois. O cérebro, ainda dotado de um último e efêmero resquício de consciência, deslizou para fora da cabeça e rolou para o colo do agora cadáver, e então Rafael já não mais existia.

    De repente, as vozes cessaram, e a noite na floresta foi novamente entregue à sinfonia de sons da madrugada.

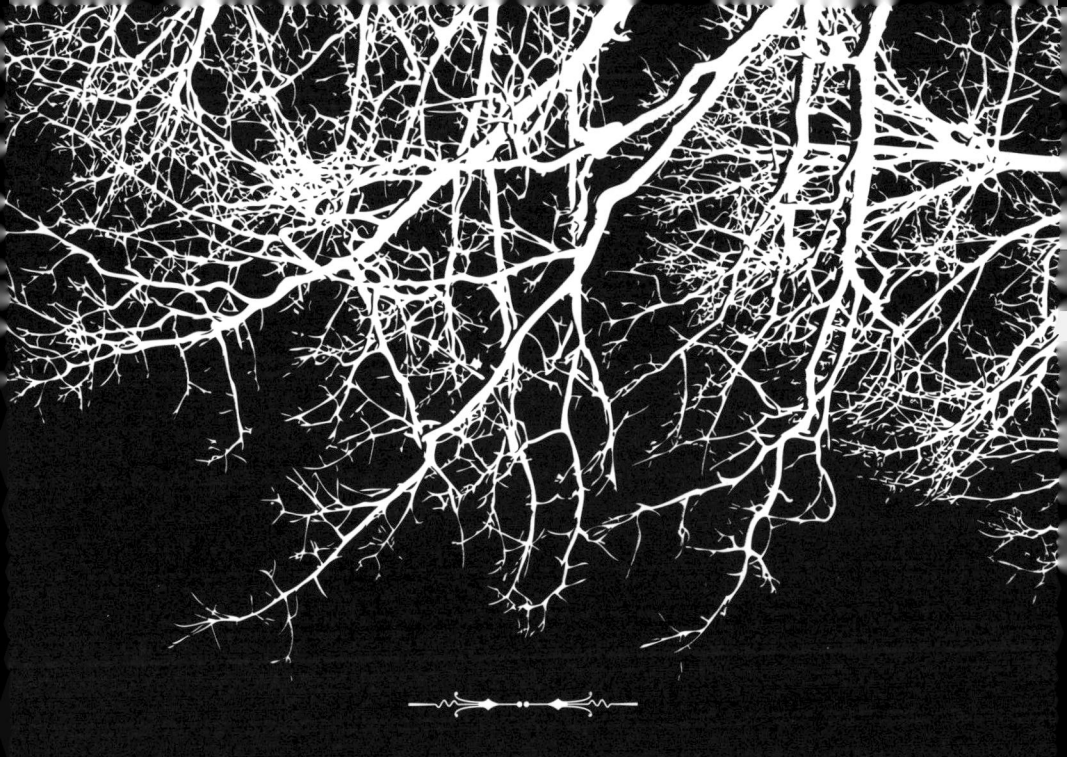

A CANÇÃO DOS PÁSSAROS MORTOS

Rodrigo Pascal

Sob a imensidão cinzenta de um nublado céu de julho, Cecília pensou sobre a morte. O devaneio veio junto de um sopro da brisa invernal, rimando com seu toque frígido, em acordes de uma canção fúnebre; ela a ouvia no fundo de sua mente, do pouco que sobrava dela, a embalar o olhar perdido, como em transe, numa dança por entre as copas das árvores, silhuetas negras tão imponentes quanto misteriosas. Ao seu redor, tudo era de um azul pálido, quase cinza, e ela achou apropriado que o dia se findasse nesses tons enquanto pensava naquelas coisas todas.

Como que levada pela brisa, ao longo dos minutos arrastados que antecediam o pôr do sol, Cecília atravessava o terreno ligeiramente inclinado diante da casa da colina, a majestosa construção a elevar-se acima do pequeno povoado. Pertencia a um casal de médicos, gente muito querida pela comunidade. Diante da casa, espichava-se entre a estrada de chão batido e o bosque mais além um gramado comprido, pelo qual andava calmamente a jovem, a contemplar a própria solidão. Talvez estivesse sorrindo, se apresentando ao mundo através de lábios finos petrificados numa expressão doente; talvez, não estivesse, ainda que, de alguma forma, encontrasse motivos para sorrir. Não sentia frio (devia sentir?), embora reconhecesse na pele a agudez da temperatura em seu entorno — nos termos do contraste gritante entre o pulsar do sangue quente sob a pele e o torpor do ambiente do outro lado do tecido. Respirava fundo, devagar. Queria sentir o ar gélido perfurando seus pulmões, mas não conseguia; tampouco era capaz de aprazer-se do toque da grama alta sob os pés descalços, ainda que quase pudesse sentir as minhocas se remexendo no solo lá embaixo, implorando ao Deus dos Vermes pela carne que ansiava em retornar à terra.

Talvez ela estivesse cantando, ou ao menos declamando, suas palavras incompreensíveis — uma ode aos pássaros mortos, que já não cantavam mais. A falta de seu gorjeio, de seu lamento ou choro engasgado, incutia nos restos de sua alma um interminável e pronunciado vazio, traduzido na incompreensão do mundo. À Cecília, restava proclamar a eles sua eterna fidelidade, prometendo que voaria como um dia tinham voado.

Assim, entregando-se aos auspícios da noite que se aproximava, ela seguiu na direção do bosque, deixando para trás a casa no alto da colina; um passo de cada vez, num caminhar lento e contemplativo, ainda que firme e constante. As árvores pareciam convidar, num abraço, à resolução de seus sombrios mistérios, agigantando-se a cada passo. Não havia luz para lançar sombra, não havia cor para pincelar de vida a tela lúgubre pintada por seu olhar; não havia calor para aquecer os ossos congelados sob a carne, ou a alma neles entrelaçada.

E ela gostava assim, pois sentia que tinha sido ela própria, no rompante de sua ferocidade, quem concebera aquele estado das coisas; como se o findar daquela tarde de julho fosse um apropriado epílogo a uma infinitude de atrocidades, dialeticamente sofridas e cometidas. Quem sabe o fim definitivo viria logo em seguida, quando o lusco-fusco desse lugar ao breu da noite, ou quando ela limpasse, nas correntes águas do córrego além das árvores, o sangue entre os dedos das mãos, salpicado no vestido branco.

Chamavam aquele lugar de Bosque do Silêncio, e à Cecília tal nome nunca pareceu tão apropriado. Outrora, pensou ela, aquelas árvores a teriam cochichado seus segredos antigos, conforme se aproximava. Tocou-lhes os troncos, sentiu que elas queriam falar algo, expressar seu pesar ou chorar suas desventuras, mas que, como os pássaros, tinham sido privadas de suas vozes, assim como ela própria. Sua garganta doía, as palavras como um gole seco entalado na epiglote, entre cordas vocais que não podiam mais vibrar. Árvores mortas, pensou ela, como todo o resto.

O chão ali descia num aclive mais ou menos íngreme em direção ao córrego lá embaixo, onde os troncos davam lugar à grama alta e a um punhado de protuberâncias rochosas que emergiam do solo. Cecília gostava daquele lugar, embora sua mente, de tão violentada, já não conseguisse acessar as memórias da infância vivida entre aquelas pedras, junto àquela água corrente; a demência induzida tinha se tornado demasiado severa. Naquele ponto, as lembranças pareciam nuvens disformes, obscuras, entre as quais pairava um sentimento agradável, sim, ainda que não acompanhado de imagens claras. Havia sons, cheiros, mas não havia luz. Cecília quis se lembrar das imagens, quis viajar por elas em sua mente, e chorou ao perceber que não conseguia. Malditos sejam, pensou, malditos sejam.

Ela se lembrava de outras coisas, no entanto. Enquanto tirava o vestido e agachava-se junto ao córrego, lembrou do picador de gelo e do martelo, da agressão perpetrada por mãos enluvadas e coisas metálicas pontiagudas; enquanto lavava as mãos e via o vermelho diluir-se na água veloz, tal qual esvaíram-se as vidas dos donos daquele sangue, lembrou-se dos bisturis e dos curativos no pescoço; enquanto entrava nua no córrego, a lavar o corpo esquelético dos rastros de seus pecados, lembrou-se da voz que lhe fora tirada, das canções que jamais poderia cantar, da vida que nunca teria.

E lembrou-se, enquanto deitava-se nas pedras polidas pela correnteza, do porquê de ter feito tudo o que fez, enquanto os cachos castanho-claros eram lavados do sangue que os empapava. Ainda que os destroços de sua mente fossem uma coisa difusa e disforme, bagunçada e confusa, essa lembrança, esse único fiapo de pensamento lógico, permanecia claro como cristal.

Cecília morreu naquela noite. Hipotermia, diria mais tarde o legista que examinou seu corpo, encontrado no riacho na mesma posição em que ela própria se deitara. Mas ela não sentira frio, e deixara este mundo com um sorriso no rosto.

Muito diferentes, no entanto, estavam os rostos de seus pais e de seu irmão mais novo, severamente mutilados. Um dos policiais que encontrou os cadáveres não conseguiu segurar o vômito ao ver os buracos de onde tinham sido removidos os globos oculares e as vísceras espalhadas pelo chão da sala. Um exame mais detalhado mostrou que os lábios tinham sido cortados com uma lâmina cega, expondo gengivas enegrecidas de sangue coagulado.

A comoção diante do massacre só foi suplantada pelo choque decorrente das notícias que se seguiram, quando foi divulgado o relatório final do legista que examinou o cadáver de Cecília.

Quem poderia imaginar, afinal, que o simpático casal de médicos, tão querido pela comunidade local, seria capaz de tal crueldade? Quem poderia antever, em seus mais premonitórios sonhos, que o tamanho de seu desgosto os levaria a remover as cordas vocais de sua filha esquizofrênica e depois lobotomizá-la?

E quem poderia, por fim, revoltar-se diante da aparente justiça da vingança de Cecília?

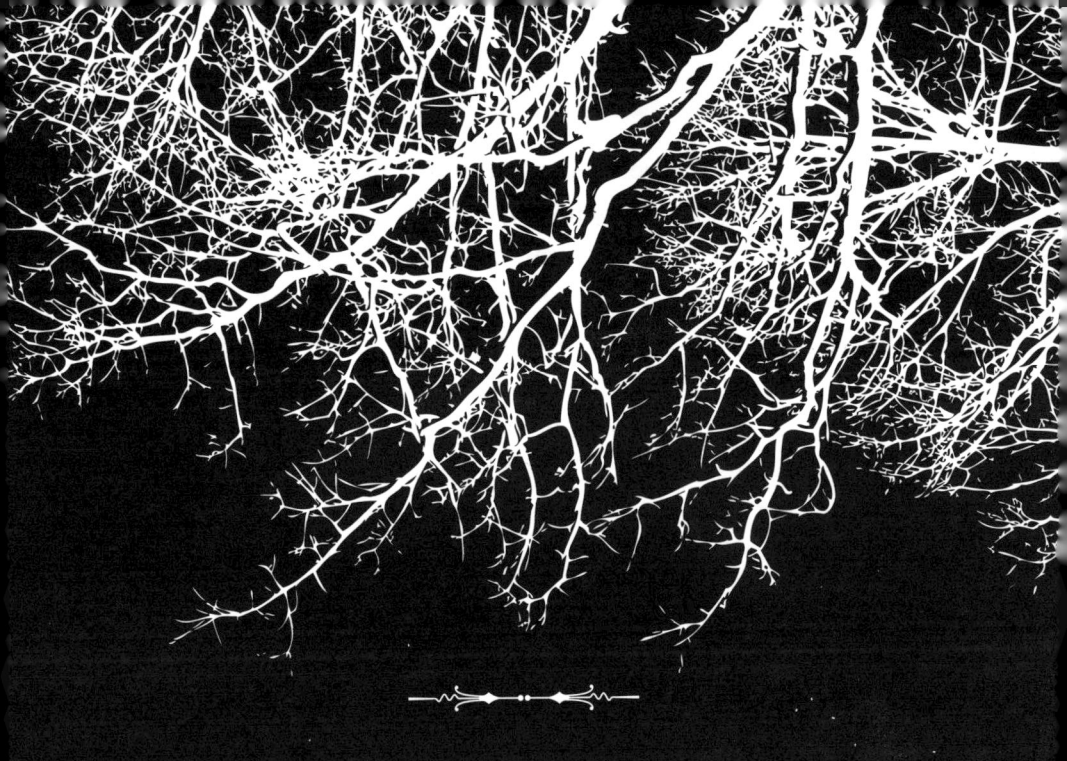

A FLORESTA DAS SOMBRAS

Lucas Steenbock

As árvores me arranhavam, e pareciam ganhar vida à medida que eu adentrava o bosque. Já estava ali fazia um tempo, não sabendo como eu havia chegado. Só pensava em como eu iria sair daquela escuridão profunda. As folhas sussurravam entre si, como se contassem algo sombrio. O vento frio cortava minha pele, e o chão úmido parecia sugar minhas forças a cada passo que eu dava. O crepitar dos galhos sob meus pés soava como um alarme, avisando a floresta da minha presença indesejada.

Uma névoa espessa se fechava ao meu redor, tornando difícil enxergar a poucos metros à frente. Comecei a sentir que não estava sozinho. Sombras dançavam nas periferias de minha visão, desaparecendo sempre que eu tentava focar nelas. Meu coração acelerava, e a respiração se tornava ofegante. De repente, um som agudo rasgou o silêncio. Parecia um lamento distante, um choro que vinha das profundezas do bosque. Instintivamente, me virei para trás, mas não havia nada além de escuridão. Sem alternativa, continuei a caminhar, com o pavor crescendo dentro de mim. A cada passo, o chão parecia mais traiçoeiro, como se mãos invisíveis tentassem me segurar. O som do lamento continuava, ora distante, ora próximo, sem uma direção clara. O ar estava pesado, carregado com um cheiro de terra molhada e algo mais, algo podre.

Em meio à penumbra, avistei uma figura esguia, imóvel, a poucos metros de distância. Meus olhos arregalaram-se de medo, e um arrepio percorreu minha espinha. A figura não se movia, mas eu podia sentir seu olhar fixo em mim, penetrando minha alma. Com a respiração trêmula, dei um passo para trás, mas tropecei em uma raiz saliente e caí de costas no chão úmido. Por um instante, fiquei paralisado, sem saber o que fazer. O lamento transformou-se em um sussurro incessante, como se dezenas de vozes falassem ao mesmo tempo, formando palavras ininteligíveis. Levantei-me rapidamente, ignorando a dor que irradiava de minha perna, e comecei a correr sem olhar para trás. Os galhos das árvores rasgavam ainda mais minha pele e minhas roupas, mas eu não podia parar. Corria sem rumo, guiado apenas pelo instinto de sobrevivência. O sussurro parecia me seguir, cada vez mais alto, cada vez mais próximo. Minhas forças começavam a se esgotar, e a exaustão ameaçava tomar conta de mim.

Tropecei novamente, caindo pesadamente no chão úmido. Sentindo uma dor aguda no tornozelo, tentei me levantar, mas minhas pernas tremiam de cansaço. O sussurro agora estava ao meu redor, como se as próprias árvores estivessem falando comigo. Olhei ao redor desesperadamente, procurando uma saída, mas tudo que via era a escuridão crescente. Enquanto lutava para me manter de pé, percebi uma mudança na floresta, as sombras que antes dançavam nas periferias da minha visão agora pareciam se aproximar, tomando formas mais definidas. Podia ver rostos contorcidos de sofrimento e olhos vazios fixos em mim. Um frio gélido percorreu minha espinha, e eu soube que precisava continuar.

Arrastando-me com dificuldade, avancei entre as árvores, sentindo que minhas forças estavam se esvaindo.

O lamento se intensificava, ecoando em meus ouvidos como um coro de agonia. Cada passo era uma luta contra o medo que ameaçava me paralisar. O chão parecia vivo, pulsando sob meus pés, como se a floresta inteira estivesse conspirando para me deter. Olhei para baixo e vi uma mão sombria e deformada saindo do chão, suas garras afiadas cravando-se em minha pele. Tentei me soltar, mas outra mão surgiu e agarrou meu braço, me puxando para o chão. As sombras ao meu redor se agitaram, formando uma figura monstruosa, com olhos brilhantes e um sorriso cruel. Senti o terror tomar conta de mim enquanto o monstro se aproximava, suas garras afiadas prontas para me devorar. Com um esforço desesperado, consegui me soltar por um momento. Eu me levantei, sentindo uma dor lancinante no tornozelo, e comecei a correr, mancando. O lamento ao meu redor se transformou em uma cacofonia de risos grotescos, como se a própria floresta estivesse zombando de minha tentativa de fuga. Mais à frente, avistei uma velha cabana, parcialmente escondida pelas árvores. Com o coração batendo forte, corri em direção a ela, minha última esperança de escapar do monstro.

Ao chegar à porta, forcei-a com todas as minhas forças e entrei, trancando-a atrás de mim. Dentro da cabana, o ambiente era escuro e abafado, como se não tivesse sido habitado por anos. O ar estava pesado, carregado de poeira e um cheiro de mofo. As paredes de madeira eram rústicas e parcialmente cobertas por teias de aranha, que balançavam suavemente na corrente de ar que entrava pelas frestas. A única janela estava coberta por uma cortina esfarrapada, bloqueando a pouca luz que poderia entrar. Em um canto, havia uma lareira antiga, cheia de cinzas e pedaços de madeira carbonizados. O chão de tábuas rangia sob meus pés, e eu podia sentir a umidade subindo pelas minhas pernas, uma mesa de madeira grossa estava coberta de objetos aleatórios: velas derretidas, livros antigos com páginas amareladas e um mapa desgastado. Havia também um candelabro de ferro forjado, com velas que pareciam prontas para serem acesas. Do outro lado, prateleiras velhas, pregadas nas paredes, exibiam frascos de vidro cobertos de poeira, contendo substâncias indeterminadas e um armário de madeira escura, com as portas parcialmente abertas, revelava trapos de roupa e mais livros, todos empoeirados e esquecidos pelo tempo. No canto oposto à lareira, uma cama estreita com um colchão de palha estava encostada na parede, coberta por um cobertor remendado e desgastado. O travesseiro estava sujo, como se ninguém tivesse dormido ali por décadas.

Enquanto vasculhava a cabana, meus olhos se fixaram em um velho machado, encostado na parede ao lado da porta. Peguei-o, sentindo o peso da madeira e do ferro em minhas mãos, enquanto tentava afastar o medo crescente. A lanterna, pendurada em um gancho perto da lareira, foi a próxima coisa que peguei, esperando que a luz me ajudasse a encontrar uma saída. De repente, ouvi um ruído alto do lado de fora. A porta da cabana estremeceu como se algo estivesse tentando entrar. Com as mãos trêmulas, acendi a lanterna e a apontei para a porta. A luz revelou uma sombra grotesca, mais alta e ameaçadora do que qualquer coisa que eu já tinha visto. O monstro começou a bater na porta com força, rachando a madeira. Segurei o machado firmemente, preparado para lutar até o fim. A porta cedeu e a criatura entrou, seus olhos brilhantes fixos em mim. Eu gritei e avancei com o machado, mas o monstro era rápido demais. Suas garras me atingiram, jogando-me contra a parede com uma força brutal. Senti a dor se espalhar pelo corpo, e minha visão começou a escurecer. O último som que ouvi foi o riso triunfante do monstro, antes de tudo se apagar.

Game Over apareceu na tela em letras vermelhas e pulsantes. João soltou o controle e se recostou na cadeira, sentindo o coração ainda acelerado pela intensidade do jogo. O quarto estava em silêncio, iluminado apenas pela luz suave do monitor. Ele suspirou, desapontado por não ter conseguido escapar da floresta sombria, mas ao mesmo tempo aliviado por saber que era apenas um jogo. Desligou o console e esfregou os olhos, tentando afastar a tensão acumulada.

O som da rua voltou a preencher o ambiente, trazendo-o de volta à realidade. João se levantou e se jogou no sofá, refletindo sobre a experiência. A floresta, as sombras, os sussurros — tudo parecia tão real enquanto ele jogava. Ele pegou o telefone e mandou uma mensagem para seu amigo Marcos: "Cara, quase consegui sair daquela floresta maldita, mas o monstro me pegou no final. Amanhã vou tentar de novo. Esse jogo é realmente intenso!"

Marcos respondeu rapidamente: "Eu te disse que era difícil! Boa sorte na próxima tentativa!"

João sorriu, determinado. Prometeu a si mesmo que, da próxima vez, encontraria uma maneira de escapar da escuridão profunda e vencer o jogo. Com esse pensamento, ele se levantou, se espreguiçou e foi para a cozinha preparar algo para comer, ainda sentindo a adrenalina da partida recém-terminada. Amanhã seria um novo dia, e ele estaria pronto para enfrentar o desafio mais uma vez.

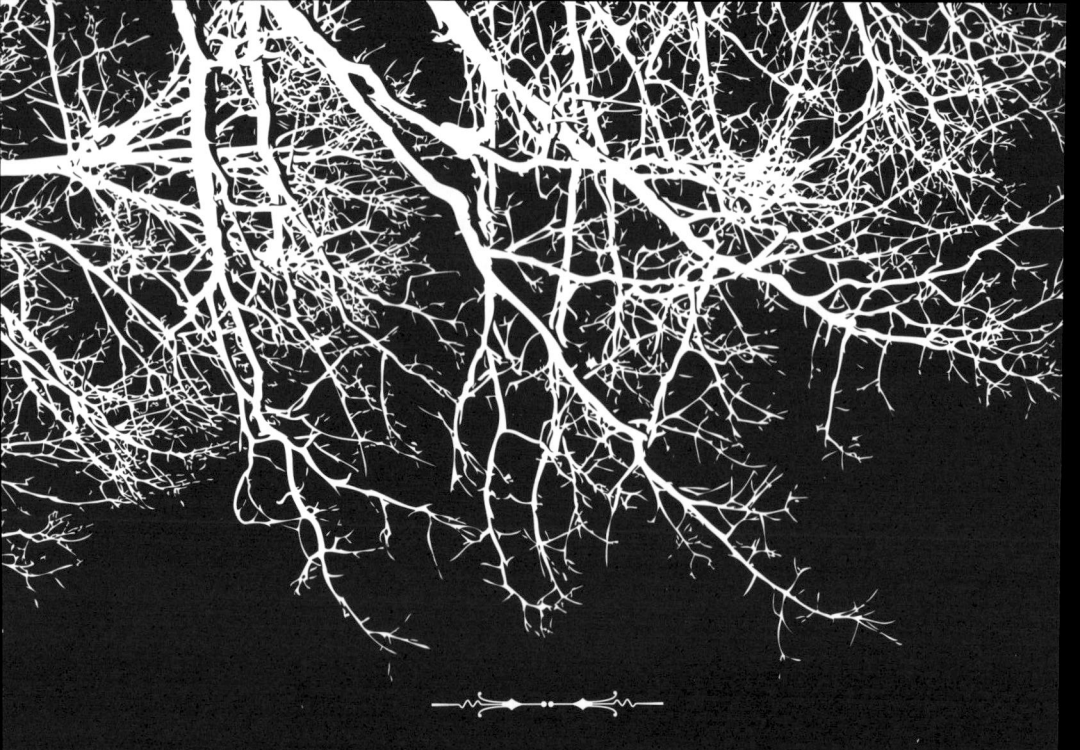

ATRAVÉS DOS SEUS OLHOS

Maison dos Anjos

Ninguém deveria conhecer o que está oculto. Seja do passado, seja do futuro. Pandora foi a prova disso. Revelou o oculto e a humanidade paga por seus atos. Ela viu os monstros que toda a humanidade criaria e aqueles que fugiram da canastra dada por Zeus e passaram a viver nas mais escuras cavernas, possuindo e se alimentando do pior das criaturas.

Pandora não ficou ilesa. Muito menos suas filhas. Netas. Herdeiras. A sua maior maldição foi ver, prever e reviver o que os olhos dos homens lutam para não presenciar. As filhas de Pandora não puderam escolher, apenas receberam um dom. Para aquelas que as procuram, seria uma bênção tal talento, mas para elas é reviver a todo instante a dor infligida pelos bestiais que caminham pelos campos.

Toda vez que uma mulher engravidava, suas irmãs pediam aos deuses, sejam eles quais fossem, qualquer um que ousasse ouvir, para serem misericordiosos e não nascessem com o fardo da visão. Porém, os deuses são vingativos e jamais esquecerão a afronta que a primeira delas cometera.

Durante gerações, elas sofreram. Umas foram queimadas em fogueiras, outras mergulhadas em rios de águas negras, houve aquelas que sofreram sob uma saraivada. O fim sempre era o mesmo, a morte. Cedo ou tarde eram identificadas, perseguidas. Elas não tinham escolha. Na menarca, o dom se manifestava e, além do sangue morno que escorria entre as pernas, a cegueira física era outro fator. Suas íris aos poucos iam descolorindo até ficarem totalmente brancas, dando-lhes um aspecto incômodo.

Ao primeiro toque de quem fosse, seus olhos espirituais se abriam, e elas conseguiam ver as atitudes mais bestiais das pessoas, seus crimes e vontades. Bastava um toque e o véu se rompia e só voltava a se fechar quando tudo o que precisava ser revelado era apresentado às filhas de Pandora.

O pior de tudo era que enquanto, em transe, as flageladas eram levadas a conhecer as monstruosidades que se espalharam pelo mundo, expandindo seus domínios, as que as tocavam assistiam, pelos seus olhos, a mesma coisa.

Era literalmente pelos seus olhos.

Como se assistissem a um espetáculo, os olhos das filhas de Pandora eram o palco, e os expectadores eram os presentes que as tocavam.

Quando se descobriu o talento dessas mulheres e o que podiam fazer, começaram a ser caçadas como bichos, capturadas e usadas por homens sem escrúpulos que as levavam a teatros e salas de divinação, sendo forçadas a mostrarem o que os pagantes queriam saber, até mesmo o seu futuro. Quanto tempo viveriam? Como morreriam? Quem seriam seus esposos e esposas? E claro, onde estaria um ente querido desaparecido há anos?

Lauras, Julietas, Rosas, Helenas. Quantas dessas mulheres viveram a dor de assistir às dores de centenas de pessoas. Muitas dessas visões eram revividas em seus sonhos. Quanto mais violenta era a visão, mais forte ficava marcada em suas lembranças, e assim eram seus sonhos à noite.

Elas sofreram bastante, mas estavam longe de serem donas de seu destino. Foram desprovidas de esperança, logo passaram a viver cada dia com o medo de reviverem os males dos outros.

Até que aprenderam a sobreviver.

Algumas cumpriram seu destino até o último dia de suas vidas, presas em quartos, e só saíam para atender às ordens de seus raptores para ganhar dinheiro das almas desesperadas que queriam testar a sorte ou alento para seus sofrimentos.

Até que aprenderam a sobreviver.

As que não sucumbiram nas mãos dos captores se esconderam onde puderam. Cavernas, casas e igrejas abandonadas, florestas e bosques, todo e qualquer lugar onde puderam se isolar e sobreviver daquilo que Gaya pudesse lhes fornecer. Claro que não foi o suficiente, todavia paliativo enquanto durasse o autoexílio.

Com o tempo, a fama de bruxas em florestas sombrias tomou o lugar das filhas de Pandora, porém seus talentos não foram esquecidos. Assim, o medo de uma bruxa não era maior do que o medo de uma mãe em nunca mais ver o corpo de uma filha desaparecida e a vontade de vê-la ainda viva.

Muitas mães desbravaram esses bosques distantes e escuros em busca de alento para seus corações sofridos através dos olhos daquelas que eram chamadas de bruxas. Mortificadas, não havia medo que as impedisse de às vezes caminhar por dias, quase perdidas pela ajuda daquelas mulheres, lamuriando como um uivo ante a dor que sentiam pela perda de alguma filha.

Ananda foi uma dessas muitas mulheres. Em meio a um festival em agradecimento pela boa colheita, distraiu-se, encantada com um arco-íris de flores. Ao procurar com a mão direita a mão da filha, só sentiu o vazio da ausência. Girou sobre os próprios calcanhares gritando por Beatriz. Seus olhos não podiam alcançar a presença da filha. Correu entre a multidão. Rogava para que fosse uma brincadeira da infante. Pediu ajuda, e até o fim da festa permaneceu a procurar a filha.

Voltou para casa mortificada.

O silêncio só era quebrado pelos soluços da mulher, deitada em sua cama, abraçada com as roupas da menina desaparecida.

Numa manhã triste e sem cor, lembrou-se das histórias que a avó contava. A velha sempre alertava para que jamais entrasse no bosque das árvores antigas. Um dia perguntou, e a avó desconversou o motivo de se manter distante daquele lugar. Mas ela insistiu tanto que a senhora contou. No fim, alertou a neta que a ignorância também deve ser vista como um dom.

Naquela mesma noite, colocou um xale preto sobre os ombros. Apagou a única vela que iluminava o quarto e, caminhando acompanhada pela luz da lua cheia, adentrou no bosque.

Pela copa das árvores, ainda conseguia ver a lua, e a luz que refletia a ajudava a não tropeçar nas raízes aéreas de algumas árvores. Chamou por alguém que nem tinha certeza da existência, porém a esperança é a última que morre, e a isso se apegava. Ao último fio de expectativa que pudesse revelar o paradeiro da filha.

Andou sem rumo até achar uma pequena clareira. Nada de espetacular naquele lugar. Somente as árvores ao redor.

Ajoelhada, olhou para o céu e pediu qualquer tipo de ajuda. Chorou copiosamente até ser colhida por Morfeu. Sonhou como há tempos não sonhava. Viu o rosto da menina mais uma vez. Era tão real que poderia jurar sentir o cheiro de alfazema em seus cabelos.

Um galho sendo quebrado a trouxe de volta do sonho para o pesadelo que estava vivendo, não saber o paradeiro da própria filha.

Olhou em volta.

De imediato, não encontrou nada.

Ergueu-se e, nesse instante, avistou uma figura esguia saindo de dentro do bosque e caminhando em sua direção. Não teve certeza se aquela figura era verdadeiramente real até que ela chegou a pouco menos de três metros de si.

Os olhos sem íris da figura lhe causaram uma inquietação assustadora.

Quando aquela criatura perguntou quem era ela é que constatou ser uma mulher. A voz era sussurrada, parecia nem querer ser ouvida. Mas a resposta dada foi a mais sincera que qualquer pessoa pudesse dar naquele momento: uma mãe que sofre a perda da filha, de sua alma.

Ananda fitou a outra mulher com mais atenção. Sua pele era tão pálida que podia ver suas veias pulsando a cada batida do coração dela.

Em lágrimas, a desesperada mãe ficou a um palmo de distância daquele ser. Ousou tocar seu braço desnudo e teve certeza de que ela era real. Apesar da palidez e magreza, a mulher era quente, havia vida naquele corpo. Disse à mulher que precisava da ajuda dela. Não tinha nada a oferecer, a não ser a si e a dor que a consumia.

A filha de Pandora quis se afastar, mas Ananda a segurou com bastante força. Voltou a chorar, implorando para que fosse atendida. Não sabia se a mulher era mãe, mas usou o argumento que une todas as mães: e se fosse sua filha?

Ananda foi avisada de que não teria volta. Seria uma viagem única. Sem a possibilidade de esquecer o que ali seria apresentado. Ainda assim, implorou pela benesse que ela poderia lhe proporcionar.

No fim, a filha de Pandora cedeu.

As duas mulheres se sentaram uma de frente para a outra na clareira, dentro do bosque. A lua já não mais podia ser vista no céu. Logo o sol surgiria com seus primeiros raios. Assim, a noite se tornara mais escura. O silêncio entre as duas permitia ouvir o som dos animais noturnos e dos primeiros pássaros que despertavam. Um vento frio corria, mas não forte o suficiente para incomodar as mulheres.

A filha de Pandora estendeu as duas mãos com as palmas para cima, apoiou-as sobre os joelhos e pediu para que Ananda colocasse as suas mãos sobre as delas, com as duas palmas se tocando.

No instante em que as duas palmas se tocaram, Ananda pronunciou o que a avó lhe ensinara uma única vez: deixe-me ver através dos seus olhos.

O véu foi rompido. E naquele momento as duas mulheres vivenciaram o que acontecera com a pequena Beatriz.

As mulheres tremiam.

Ao mesmo tempo em que a filha de Pandora assistia em sua mente o que acontecera com a filha de Ananda, esta assistia pelos olhos sem íris daquela. Ambas pareciam duas espectadoras de um macabro espetáculo.

Ananda viu a mão que segurou a mão de sua filha. Inocentemente, a menina apertou a mão de seu raptor. Quando se deu conta de que não era a mão de sua mãe, já era tarde. Ao tentar desvencilhar-se daquela mão, foi segurada com força.

Naquele momento, as duas mulheres choraram.

Beatriz foi agarrada com força. Teve a boca tapada pela mão esquerda da pessoa que a carregava. Foi levada até uma casa, dentro do próprio vilarejo. Após ser amordaçada, foi trancada em um baú escuro, úmido e apertado.

O cansaço de querer se soltar a fez dormir. Foi acordada quando um homem abriu o baú e a arrancou com brutalidade de dentro. Reclamou com a mulher que ela era muito magra, quase não tinha carnes. Ela retrucou que a menina serviria, sim. Pois, apesar de franzina, já era crescida e não teriam mais do que quatro convidados para o jantar na noite seguinte.

Com um rápido movimento, a mulher cortou o pescoço de Beatriz. Como estava amordaçada, nem pôde gritar.

O único grito foi de Ananda ao descobrir o que acontecera à filha.

Nada poderia ser pior. Beatriz fora esquartejada. Pedaço a pedaço. Sua pele arrancada. Organizadas suas partes em uma grande bandeja, fora colocada sobre um fogão de barro. Cozinharam-na durante a noite até a manhã do dia seguinte. Seus ossos retirados e atirados aos cães da rua. O macabro ensopado feito da carne de Beatriz foi servido aos dois canibais e seus quatro convidados, que elogiaram o prato, apesar da pouca gordura.

Ananda recolheu as mãos. Soluçava após descobrir o destino de sua menina.

A filha de Pandora se levantou, virou de costas e saiu da clareira de volta ao bosque. Enquanto esteve viva, rememorou o flagelo de Beatriz.

Já a pobre mãe nunca mais foi vista. Mas seu lamento sempre pode ser ouvido nas noites de lua cheia em bosques lúgubres.

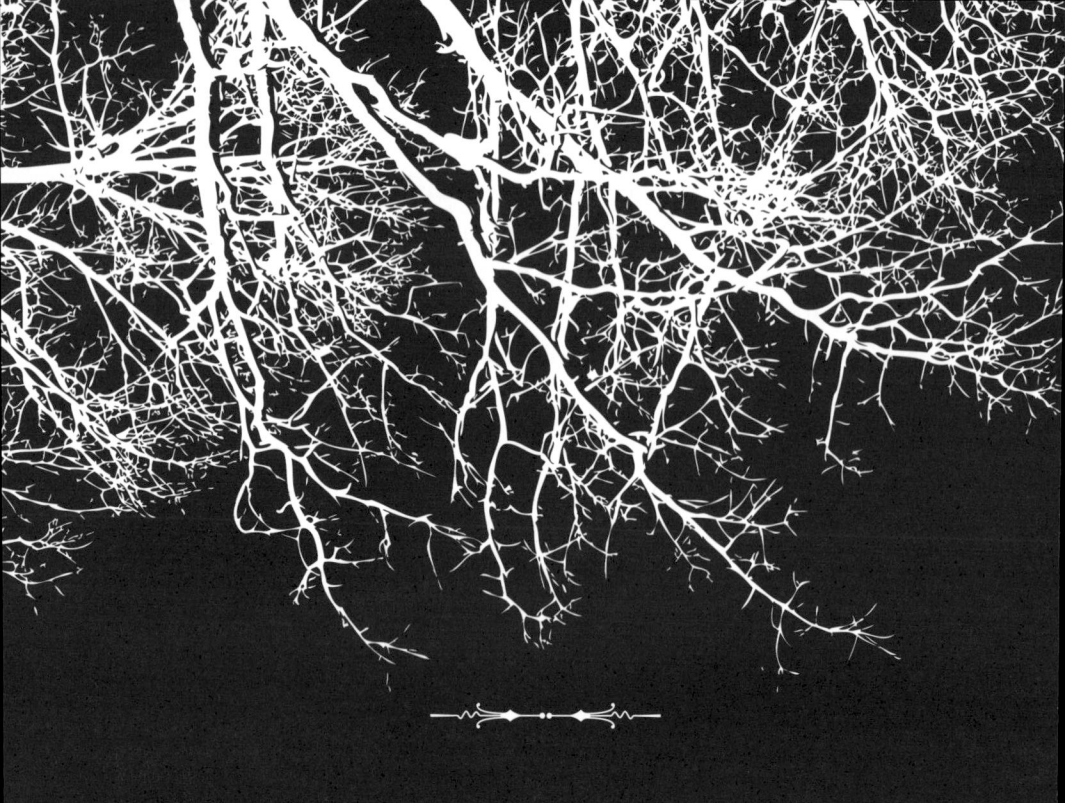

MALDITO ACAMPAMENTO

Marcela Leonhardt

Meu melhor amigo me convidou para acampar no bosque de Elm Falls. Ele também trouxe outro amigo, um garoto estranho e perturbado que acreditava no sobrenatural. Ele contava histórias inquietantes sobre coisas bizarras que aconteceram quando morava com seu colega de quarto e o cachorro. Qualquer um ficaria perturbado se seu colega de quarto desaparecesse misteriosamente. O que aconteceu com o cachorro dele ainda é um mistério. Isso foi há anos, mas as sombras daquela época ainda o seguiam.

Fomos eu, meu amigo, o amigo perturbado dele e mais dois conhecidos nossos. Estávamos animados para acampar naquela região, que tinha uma área específica para campistas. Imaginei que seria divertido, uma escapada da rotina. Mas me enganei profundamente.

Entramos no bosque e, a princípio, tudo parecia normal. Estava perto do outono, e as folhas já começavam a secar, tingindo as árvores com tons amarelos e vermelhos. Chegamos durante o dia, a luz do sol filtrando-se através das copas das árvores, criando um contraste inquietante entre a beleza da natureza e a sensação de que algo estava errado.

Procuramos um bom ponto para montar o acampamento naquela zona isolada. Jason, meu amigo atlético e obcecado por aventuras, liderava o grupo com entusiasmo. Lucas e Chris, sempre se provocando, tropeçavam um no outro, suas risadas ecoando pelo bosque. E então havia Taylor, o cara estranho que andava atrás de nós. Seus ombros estavam encolhidos, como um animal assustado, seus olhos constantemente vasculhando o ambiente. *Se ele tem tanto medo, por que veio?*, pensei.

Escolhemos um local aberto o suficiente para montar as barracas. Lucas e Chris dividiram uma, Jason ficou com Taylor, e eu fiquei sozinho. Isso me deixou um pouco desconfortável, mas compreendi. Taylor ainda estava se acostumando com nosso grupo e, claramente, tinha medo do bosque. Era compreensível Jason ficar com ele.

À noite, nos sentamos ao redor da fogueira para comer *marshmallows* e outros lanches.

— Que tal contarmos histórias de terror? — sugeriu Lucas, animado.

— Sim, por favor — respondeu Chris, igualmente entusiasmado.

Olhei para Jason, que parecia preocupado. Ele olhou para Taylor e para mim, provavelmente esperando que respondêssemos. Conhecendo Jason, ele estava preocupado porque Taylor era medroso, e eu estava dormindo sozinho. Ele não queria duas pessoas assustadas durante a noite.

— Por mim, tudo bem — disse Taylor, talvez tentando impressionar os garotos.

— Claro, pode ser — respondi, e vi Jason balançando a cabeça em concordância com os garotos.

— Eu começo! — disse Lucas, animado. — Dizem que este lugar é assombrado pelo espírito de um lenhador velho que morreu bem aqui. Ele cortava madeira para vender na cidade. Eram tempos antigos, então vendia muito para alimentar as lareiras das casas. Um dia, o lenhador caminhava sozinho por aqui quando viu algo bizarro mais adiante. — Ele apontou para uma parte escura cercada de árvores. — O pobre homem ouviu barulhos assustadores, como gente gritando, coisas sinistras, cara. Então, ele quis dar uma de herói e ir resgatar a pessoa na floresta, mas se deparou com uma figura alta, toda torta, coberta de sangue. Era assustador. Ela foi se aproximando dele lentamente e… — Buuu! — gritou Chris atrás de nós.

Estávamos tão concentrados na história que nem o vimos vir por trás. A risada nervosa ecoou pelo acampamento, mas o ar parecia mais frio, e as sombras ao redor da fogueira se tornaram mais densas.

Lucas e Chris riram como dois idiotas, enquanto eu dei uma risada sem graça. Jason estava sério, e Taylor, visivelmente assustado.

— Eu também conheço uma história, e esta, ao contrário daquela, é real — disse Taylor. Todos se voltaram para ele. — Quando eu morava com meu melhor amigo, nós queríamos um cachorro. Adotamos um, ele adorava presunto, então o chamamos de Ham. Semanas se passaram, e coisas estranhas começaram a acontecer. Animais mortos de formas horríveis apareciam no meu apartamento. Eu jurava que era meu amigo me pregando uma peça, mas um dia vi nosso cachorro me encarando à noite. Seus olhos eram mortos, vazios, assustadores. Parecia que ele olhava para o fundo da minha alma. Um dia, o cachorro começou a andar sobre as duas patas. Eu ouvi seus ossos se quebrando enquanto mudavam para que ele pudesse andar como uma pessoa. Ele tinha garras enormes, dentes meio humanos, mas extremamente afiados. Ele matou meu amigo e desapareceu.

Todos ficaram em silêncio.

— Credo — disse Lucas, finalmente parecendo assustado. Chris também parecia incomodado.

Tarde da noite, fui me deitar. Minha barraca estava afastada da fogueira para que a luz não me atrapalhasse. Estava entrando na barraca quando, de longe, vi dois pontos brancos que pareciam me observar. Achei estranho, pois aquela parte estava tão escura, mas decidi ignorar e fechar a barraca. Quando olhei para baixo para levantar o zíper e depois olhei novamente para frente, os pontos brancos estavam mais próximos. Pareciam olhos, uma silhueta no escuro. Senti um calafrio desconfortável. Aqueles olhos mortos e estranhos estavam fixados em mim, e a sensação de ser observado se intensificava, tornando o ar ao meu redor pesado e opressor.

Tentei pegar minha lanterna na barraca para iluminar aquilo. No instante em que me virei para pegá-la e voltei a olhar, a coisa se mexeu para mais perto. Estava a poucos metros de distância. Iluminei seu rosto e vi Chris, mas algo estava terrivelmente errado. Sua boca estava anormalmente aberta, como se alguém tivesse forçado as mandíbulas além do limite humano. Seus olhos estavam brancos e mortos, vazios de qualquer emoção.

— Chris, você está bem? — perguntei, com a voz trêmula.

— Chris, você está bem? — ele repetiu exatamente o que eu disse, mas cada movimento de sua boca fazia um som horrível, como se sua mandíbula se quebrasse a cada sílaba. O som era um estalo nauseante, ecoando na escuridão. O mais aterrorizante foi que ele repetiu com uma voz idêntica à minha, sem emoção, sem alma.

Saí correndo da barraca, desesperado, e fui até a barraca de Lucas e Chris. Sacudi a porta até que Lucas abriu, sonolento e confuso.

— Acho que tem algo de errado com o Chris! Eu o vi no meio da floresta — disse, ainda ofegante. Lucas estava confuso.

— Cara, o Chris tá bem aqui — ele disse. Olhei para dentro da barraca e vi Chris, confuso, acordando.

— TEM ALGO NA FLORESTA IGUAL A ELE! — gritei.

Ouvi a barraca de Jason se abrindo, ele e Taylor saindo confusos.

— O que está acontecendo? — perguntou Jason.

— Eu vi algo na floresta, uma pessoa que parecia o Chris — minha voz tremia de medo.

— Se acalma, cara — disse Jason, colocando a mão no meu ombro.

— Tem algo nas árvores, algo escondido no escuro — eu dizia freneticamente, quase sem respirar. Todos ficaram em silêncio, me olhando.

Eu estava ofegante, respirando desesperado, tão silencioso que eu podia ouvir o som acelerado do meu coração.

— Respire, está tudo bem. Foi só um pesadelo — disse Jason, esfregando minha nuca.

— Como pode ser um pesadelo se eu nem cheguei a dormir? — respondi.

Então nós vimos, atrás de Jason e Taylor, uma figura idêntica a Jason se movendo em nossa direção. — MEU DEUS, ELE É IGUAL AO JASON! — gritou Lucas. Jason e Taylor olharam, assustados. — CORRAM! — Chris gritou, puxando Lucas e disparando dali. — ISSO É TIPO UM *DOPPELGÄNGER*, CARA! — ele gritava enquanto corria. Jason, Taylor e eu saímos correndo.

Em certo momento, me separei deles. Lá estava eu, completamente perdido no escuro, com tanta falta de ar que parecia que meus pulmões iam explodir. Meu coração estava fora de controle. Caí de joelhos no chão, ouvindo gritos assustados por toda parte, lágrimas escorrendo pelo meu rosto.

— Aí está você — ouvi a voz de Jason, olhando para mim. Ele veio até mim, preocupado.

— Cadê o Taylor? — perguntei, mal conseguindo falar, sem pensar em nada naquele momento. — Eu me perdi dele. Vamos chamar a polícia. Está com seu celular?

— Não.

Eu me levantei e segui Jason para procurar os meninos. Algum deles deveria ter um celular.

Jason e eu continuamos avançando, nossos sentidos em alerta máximo. De repente, vimos três criaturas saírem das sombras. Uma era alta e retorcida, com uma pele pálida e olhos vazios que pareciam perfurar a alma. A segunda era uma figura grotesca, com um corpo alongado e membros que pareciam se contorcer em ângulos impossíveis. A terceira, uma monstruosidade encurvada com um rosto distorcido em um sorriso macabro, seus olhos brilhavam na escuridão, refletindo uma fome insaciável.

Assistimos, horrorizados, enquanto essas abominações se moviam lentamente, seus corpos emitindo sons de ossos estalando e carne se rasgando. O ar ao nosso redor ficou pesado, cada respiração parecia ser sugada por uma força invisível, tornando o simples ato de respirar um esforço monumental. As criaturas se aproximavam, e cada passo delas trazia consigo um sentimento de puro terror.

Com cuidado, nos afastamos lentamente, tentando não fazer nenhum ruído que pudesse atrair a atenção dessas entidades horríveis. Finalmente, conseguimos nos distanciar sem sermos vistos. Nossos corações batiam descontroladamente enquanto continuávamos a procurar Taylor.

Finalmente, o encontramos. Taylor estava parado, aparentemente ileso, mas antes que pudéssemos chegar até ele, uma quarta criatura surgiu das sombras. Esta era a mais aterrorizante de todas, uma figura esquelética com um sorriso malévolo e olhos que brilhavam com uma insanidade primitiva. Em um movimento rápido e brutal, a criatura agarrou Taylor, quebrando seu pescoço com um estalo horrível que ecoou pelo bosque. Em seguida, arrancou suas tripas e as jogou em um saco de carne humana que carregava consigo.

Nós estávamos paralisados, incapazes de nos mover ou gritar, apenas observando em choque e horror enquanto a criatura realizava seu ato macabro. O bosque ao nosso redor parecia respirar com uma vida própria, cada árvore sussurrando segredos de um mal antigo e insondável. Estávamos à mercê dessas entidades monstruosas, e a sensação de desespero era esmagadora.

Eu vi aquela coisa andar para uma direção, arrastando aqueles sacos de carne humana. Queria sair dali, mas Jason começou a segui-la.

— O que você está fazendo? — perguntei. Ele não respondeu, continuou seguindo. Vi que ela estava descendo um morro, e Jason estava atrás dela, em uma espécie de transe. No topo do morro, vi várias caixas brancas, como contêineres. Eram quadradas, espalhadas por um terreno enorme, com uma distância de uns três metros entre elas. A criatura jogou a carne em uma máquina, e dela saía uma espécie de ração.

Então eu vi, de longe, algo que fez meu sangue gelar. Jason, com uma barba rala, roupas sujas, velhas e rasgadas, o cabelo um pouco crescido. Eram as mesmas roupas que ele usava no dia em que veio acampar sozinho, semanas atrás. Ele estava sendo arrastado e gritando por uma dessas criaturas. Mas se aquele era o verdadeiro Jason, quem era esse que estava comigo? Olhei para o Jason ao meu lado, que começava a se deformar horrivelmente. Eu corri, deixando o verdadeiro para trás. Ele estava ferido, confuso, as roupas diferentes. Percebi que o Jason que estava conosco era o monstro o tempo todo, e o verdadeiro tinha sido levado há muito tempo.

Não quis saber de mais nada, apenas corri. Encontrei Lucas e Chris juntos na beira da estrada. Fiquei longe deles, não sabia se eram os verdadeiros. Um carro parou e o motorista perguntou se eu precisava de ajuda. Pedi para me levar até uma delegacia.

Agora estou sentado dentro de uma delegacia, escrevendo isso no meu celular. E pensar que todo esse tempo o verdadeiro Jason já tinha sido levado. Jamais vou esquecer do que vi e das criaturas que nos perseguiram, e nunca vou entender o que foi aquilo que vi, aquelas caixas, eles levando o Jason vivo para lá, esse é um mistério que nunca ousarei solucionar.

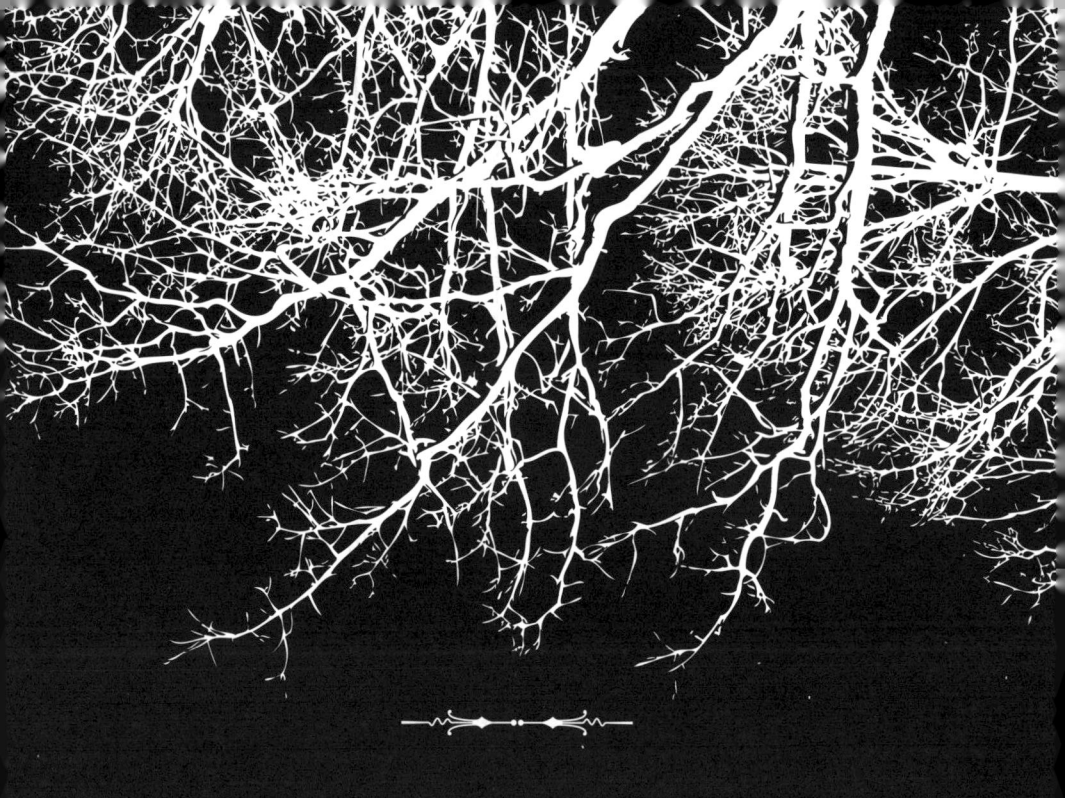

PANTERA

Marcella Boehler

Astor era a pessoa de quem ela mais gostava nesse mundo. Além dele, havia apenas uma mãe que se propunha a escovar os cabelos da filha só para bater nela com a escova quando esta agarrava em seus cabelos. O pai ela mal via, porque passava semanas longe do bosque e, ao voltar para casa, só dava atenção à aguardente e à sanfona. Astor era sua única companhia.

Uma companhia particularmente irritante naquela tarde, desfilando os sapatos novos que usaria no baile daquela noite. Uma burrice, ela tinha dito a ele, porque não estariam mais novos quando chegasse a hora da festa. A festa que ele fazia questão de lembrar que ela não veria, já que a mãe a proibira de ir por ser tão endiabrada. "Quem mandou ser brava como uma onça?" Uma onça, não. Pantera, era o que a mãe dizia, com aquela pele preta e aqueles olhos amarelos.

Ela passou o jantar emburrada, mesmo depois que o irmão lhe deu o maior pedaço da carne, culpado por se divertir sem ela. Quando o rapaz se despediu das duas, havia chegado a hora de a menina pegar no baú os tamancos para que a mãe lavasse os pés na bacia e fosse para a cama sem sujar o lençol de algodão branco. Se a mãe soubesse o que aconteceu depois, com certeza diria que o plano tinha sido arquitetado desde o início, mas a verdade é que a menina só pensou em fugir para o baile ali, naquela hora, ao bater os olhos nas novas sandálias de ir à igreja da mãe. Antes de se deitar, colocou escondida seu vestido de chita e voal, depois ficou com os ouvidos atentos. Pulou a janela assim que ouviu o ressonar alto da mãe e saiu correndo com as sandálias nas mãos. Não podia perder o final da festa. Só parou de correr muito tempo depois, quando avistou as luzes da pequena cidade. Fez questão de lavar os pés na primeira bica que encontrou e, finalmente, colocou a sandália. Não queria gastá-la à toa.

Chegou ao baile meio mancando, porque os pés não estavam acostumados a usar calçado. Quando Astor a viu, não pareceu surpreso, mas lembrou que Dona Quitéria iria matá-la. Ela não estava nem aí para isso. Ela estava era prestando atenção na festa: as mulheres e homens que ela nunca tinha visto antes; os lampiões a gás espalhados pela praça, muito mais fortes que as velas e lamparinas que tinha em casa; a música alta e animada, tão diferente do som melancólico da sanfona do pai. Aquilo era o paraíso. Deus, certamente, haveria de perdoá-la por desobedecer a mãe. Ela puxou Astor pela mão para o centro da praça, onde vários pares dançavam, e os dois rodopiaram como faziam desde criança, parando só quando os pés, grossos de tanto andar descalços, começaram a latejar dentro dos sapatos apertados. O irmão quis ir para casa, e ela se despediu sem cerimônia. Só foi embora quando a banda parou.

Quando voltou, foi cortando caminho até o bosque pelo cafezal. Depois dos lampiões da cidade, o escuro da roça tinha ficado ainda mais escuro, mas ela não se importou. Foi sonhando e cantarolando o ritmo que ouvira, dois passos para lá e dois para cá, enquanto levava as sandálias abraçadas contra o peito. Não se deu conta de que estava sendo seguida até ouvir o galho quebrando sob o peso de alguém. O homem era bonito como a peste, como ela imaginava serem os galãs das novelas que a mãe ouvia no rádio de pilha. Era alto e parecia forte, mas as mãos eram finas demais, a pele queimada de menos. Ela se lembrou de tê-lo visto na praça insistindo em uma dança. Achou que sentiria medo quando ele se jogou sobre ela, lançando longe as sandálias entre os arbustos. Mas ela ficou foi brava. Brava porque tinha perdido as sandálias. Brava porque ouvia tanto da mãe que ela não passava de um bicho pela braveza, e para que lhe servia braveza agora? Queria era unha e dente afiado. Se pantera ela fosse de verdade, sabia exatamente o que faria: cortaria o pescoço do homem para parar aquele grunhido asqueroso, só o suficiente para deixá-lo engasgar com o próprio sangue; então, com ele ainda vivo, arrancaria no dente suas tripas e não passaria fome nunca mais. Ela sorriu ao imaginar isso.

Acordou na cama com o galo cantando, levantou-se no susto e viu o lençol sujo de vermelho. Ao se descobrir, deu com o próprio corpo nu e imundo. Não pensou duas vezes. Correu até a cisterna para se limpar e lavar o lençol. Se a mãe brigasse por ter usado tanta água, contaria que seu sangue havia descido mais cedo.

Quando Astor se juntou a ela para a colheita no pequeno arrozal inundado, indagou que horas ela tinha voltado para casa. Ela não se lembrava bem, só lembrava de sonhar que corria pela terra rápido demais para uma pessoa. Tinha gostado, nunca se sentira tão livre.

A cabeça avoada só voltou para o ali quando saíram da água, e Astor choramingou para que ela arrancasse a sanguessuga agarrada em seu tornozelo. Isso era corriqueiro, e ela sempre carregava um pedaço de fumo para ajudar o irmão. Mas nesse dia, ao tirar o bicho, foi dominada por uma vontade incontrolável de pegar o animal que se contorcia por mais sangue e esmagá-lo entre os dedos. O vermelho escorrendo lhe trouxe a lembrança de um gosto bom que só foi embora quando Astor interrompeu novamente seus devaneios para que se apressassem a buscar a merenda dos lavradores. Já era hora do almoço, e esse era o ganha pão da família: a mãe cozinhava para fora, e os filhos levavam a comida até o cafezal.

Chegaram na hora em que um grupo de homens conversava sobre o assunto que parecia ter dominado o dia até então, um corpo encontrado no cafezal naquela manhã. "Morreu todo rasgado, atacado por uma onça", disseram. Ela quis saber mais, saber onde estava o corpo e se podia vê-lo, mas nenhum homem lhe deu atenção. No estado distraído em que estava, esqueceu de soltar a saia que havia prendido para não molhar no arrozal. Os joelhos ficaram à mostra e os homens só conseguiam olhar para as pernas dela. Astor a cutucou e ela soltou a saia, cobrindo o corpo com uma raiva que só cresceu quando foi dispensada sem cerimônia depois disso.

Ela ficou mexida pelo resto do dia. Nem ligou quando a mãe deu o pedaço maior do frango ao irmão, ou quando deu a ela a tarefa de fazer o escalda pés. Foi até o baú para pegar os tamancos de dormir e deu por fé de que as sandálias da mãe não estavam mais ali. Quando deitou na cama mais tarde, ficou pensando em como queria sentir-se livre de novo. Queria era poder andar nua como a onça que bota o homem para correr. Estava cansada de esconder joelhos e abaixar cabeça.

Sonhou que foi ao barracão dos lavradores que ficava no limite do bosque. Escutou os homens jogando baralho, o cheiro da pinga forte no ar gelado da mata. Os sons dos sapos e das cigarras eram vez ou outra abafados pelos gritos de truco. Ela queria vê-los gritando outra coisa, mas iria com calma. Queria contemplar cada corpo, cada gota de sangue, cada chaga. E, dessa vez, não aceitaria ser contrariada.

Quando um dos homens saiu do barracão, baixando as calças e urinando ali perto, ela se aproximou sem fazer nenhum som. Nem as folhas quebravam debaixo dos seus passos. Ele não a viu até o último segundo. Quando levantou a cabeça e deu de cara com todos os dentes à mostra em seu sorriso, contorceu o rosto num guincho de horror que não teve tempo de sair. O próximo, ela prometeu a si mesma, ela deixaria gritar.

Ela o sacudiu entre seus dentes como se fosse uma boneca de pano e o lançou para dentro do galpão, assustando os outros homens. Tão logo reconheceram o corpo dilacerado do colega, os gritos começaram. Ela entrou em seguida, admirando a cena em que homens corriam por cima uns dos outros para escapar pelas janelas. Um deles tentou pegar uma arma pendurada na parede, mas ela o alcançou com um pulo, pregando-o ao chão sem esforço. Riu antes de ceder ao desejo de fechar os dentes e rasgar a pele. Não era fome que ela sentia agora, era um comichão, uma vibração em sua pele, como uma coceira boa que ela só saciaria fazendo aquilo. Divertiu-se rasgando tudo que viu pela frente.

No final, agarrou o pé de um rapaz que já saía pela janela e o puxou de volta para que visse bem o cenário de horror antes de ele mesmo morrer. Perdeu a conta de quantos corpos despedaçou, o chão do lugar completamente vermelho, as paredes pingando. Espojou-se em todo aquele sangue quente e dormiu sem frio.

Acordou com o galo cantando. Mas, em vez de sua cama, ela se viu dentro do riacho que passava atrás de sua casa. Olhou para o céu lilás do fim da madrugada e sorriu feliz com o sonho bom que tivera.

Surpreendeu a mãe ao preparar o café antes de que ela acordasse. É que não conseguia ficar parada. Mas foi surpreendida pelo irmão quando ele colocou um embrulho na sua frente. Só quando Astor e a mãe a parabenizaram foi que ela se deu conta de que era seu décimo sexto aniversário. Dentro do embrulho: um metro de algodão bom. Ela precisava de um vestido novo para ir à missa, a mãe explicou, e mandou que fosse logo buscar seu vestido de chita para tirar as medidas. Ela se levantou devagar, sabendo muito bem que seu vestido velho não estaria lá, e sorriu ao escutar a comoção se aproximando do lado de fora.

A violência das batidas na porta assustou Astor, e a mãe foi gritando saber o que estava acontecendo. Deu com vários homens rodeando o casebre, mas nem precisou indagar o porquê de novo, eles já foram contando sobre o bicho ruim que tinha matado tanta gente naquela madrugada. A menina sentiu um arrepio gostoso no estômago e se aproximou da porta para ver o grupo. Eram uma dúzia de homens carregando armas e facões, e nenhum deles conseguia esconder o próprio medo.

Astor, que tremeu só de ouvir a história, ficou ainda mais apavorado quando pediram que ele fosse junto caçar o animal. Dona Quitéria os botou para correr, filho seu não se meteria com uma história dessas, que claramente tinha o dedo do Diabo. Ainda assim, ela foi atrás da espingarda, só por precaução, caso o Diabo aparecesse por ali. Quando abriu o baú para procurá-la, outra coisa lhe chamou a atenção. Gritou pela filha e a esperou com um tamanco na mão, praguejando que ela havia sumido com suas sandálias. Quando a menina a via assim, costumava se encolher esperando pela surra. Mas, dessa vez, se aproximou e segurou o braço da mãe até ficar roxo. A mãe ficou assustada, mas não disse nada. Puxou o braço para se soltar do apertão, entregou a espingarda ao filho e se trancou no quarto, lendo em voz alta todos os trechos notáveis da Bíblia. Astor, de olhos esbugalhados, murmurou baixinho que ia ficar de ronda na frente da casa. A menina ficou na sala, ouvindo o murmúrio da mãe por trás da porta e vendo o irmão passar de um lado para o outro da soleira. Pensou em conversar com ele sobre como aquele lugar era pequeno demais para ela, mas ele nunca entenderia que ela não podia mais ficar confinada a sonhos. Foi até a janela do quarto, olhando para trás uma última vez, e pulou. Andou pelo bosque ouvindo os gritos dos homens ao longe e sentiu o cheiro da carniça queimada. Chegou à beira do riacho e se despiu. Caiu com as mãos no chão e enfiou as unhas na terra. Sentiu o corpo todo vibrar. Agora seria livre.

Ouviu um barulho atrás de si e deu de cara com Astor, o rosto ainda mais assombrado que antes, apontando a espingarda para ela com as mãos trêmulas.

— Você é o diabo?

Ela não soube responder. Só sabia que era brava demais, e uma mulher não podia ser brava. Aproximou-se do irmão com pesar. Sabia que não precisava fazer isso, mas ao mesmo tempo queria. O Astor que ela conhecia bem acabaria tropeçando um dia em sapatos novos e quebrando o pescoço. Agora, teria a glória de morrer lutando.

Ela se despediu do corpo inerte do irmão, sussurrando uma prece que os dois haviam aprendido na catequese e beijando sua testa ensanguentada. Foi até a água lavar as mãos, mas se deteve em seu reflexo. O sorriso tomou conta de seu rosto porque ela finalmente gostou de tudo que via: a pele preta, os olhos amarelos, nenhum medo.

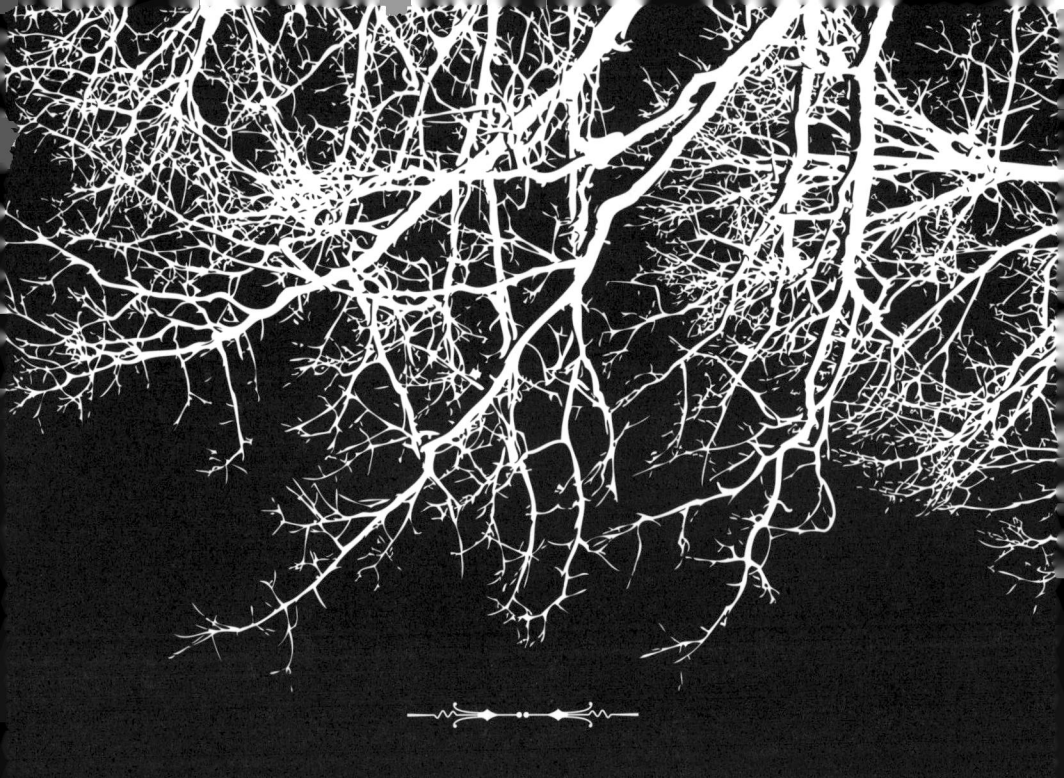

O PRISIONEIRO E O HOMEM DE TERNO

Márcio Pacheco

No Bosque do Silêncio, existe uma casa onde eu sou prisioneiro.

Já nem me lembro mais há quanto tempo estou preso. Quando se é exposto a uma situação por um longo período, ela simplesmente se torna sua nova realidade. Uma grossa corrente prende meu tornozelo, impedindo que eu consiga sequer circular pelo quarto que me mantém cativo, enquanto a porta fica aberta, uma lembrança de que algum dia eu tive liberdade.

Nessa bela casa de madeira, vivem agora duas pessoas: eu e o Homem de Terno.

Ele quase nunca está presente, mas hoje é dia de tempestade, e eu sei que nesses dias ele volta para casa.

Ainda me lembro da primeira vez que o vi. Estava perdido no Bosque do Silêncio, e ele surgiu à distância, sem fazer ruídos. Era um sujeito misterioso e tinha um ar sedutor. Seu terno era bem alinhado, parecia feito sob medida pelo melhor alfaiate da Terra. Sua elegância não combinava com aquele bosque inóspito cheio de árvores retorcidas e trilhas pavimentadas com folhas secas de tons laranja e avermelhado. Ele disse que conhecia um caminho, que poderia me levar de volta para o mundo de onde vim.

Infelizmente, eu acreditei.

Ele me guiou por uma trilha e chegamos até uma casa cercada de árvores verdejantes. Era linda, feita de madeira e tinha o cheiro dos campos floridos da primavera. Fui convidado a entrar e não hesitei, pois ansiava em ver como era por dentro. Ele me atingiu enquanto eu estava distraído, me arrastou até o quarto e acorrentou minhas pernas, dizendo que estava fazendo aquilo para o meu bem. Depois disso, ele desapareceu por dias. Eu tentei me livrar das correntes, golpeei as paredes de madeira e gritei por ajuda até meus pulmões ficarem sem ar. Ninguém apareceu para me ajudar.

No Bosque do Silêncio, havia apenas aquele homem e eu.

O tempo parece dilatar-se quando você está preso em uma situação em que não quer estar. Eu tentava me distrair, mas naquele quarto vazio não havia nada além das paredes e o buraco da porta, por onde eventualmente entrava um pouco de luz. Era a única coisa que me permitia ter noção do tempo. Preso com meus pensamentos, pensei em dar um fim em tudo várias vezes, mas gosto de viver, gosto da vida que eu tinha e imagino que deve ter alguém que esteja sentindo a minha falta. Precisa ter.

Então me flagrei ansiando pela volta do Homem de Terno. E naquela tarde ele apareceu. Parecia feliz por ter feito algo importante, pois subiu os degraus de madeira cantarolando, seus sapatos se arrastaram pelo assoalho de madeira enquanto dançava pela sala. Fiquei observando atentamente, esperando que entrasse no quarto para que pudéssemos conversar, mas ele pouco deu importância à minha existência.

— Ei! — chamei alto na tentativa de ser notado. — Eeeei!

A dança cessou. Os sapatos ecoaram no piso de madeira, vindo na direção da porta. Meu coração disparou e comecei a me perguntar se aquele homem realmente poderia ser uma ameaça. Por que a presença dele me deixava tão fascinado e aterrorizado ao mesmo tempo? Uma sombra cresceu na porta, esgueirando-se para dentro do quarto. A figura se materializou diante de mim, com o sol lhe banhando as costas, conferindo-lhe a silhueta sombria de um algoz impiedoso. Sua face estava engolida pela sombra do chapéu, mas eu sabia que seus olhos estavam fixos em mim, e isso me fez arrepiar. É incrível como uma pessoa pode se tornar superior a você só pelo fato de considerá-la assim.

— O que quer de mim? — perguntei, sem saber ao certo como criar uma conexão com aquela figura que sempre se mostrou bonita aos olhos, mas que nunca me permitiu uma conversa mais profunda.

Sem dizer nada, ele simplesmente caminhou até a porta e puxou a folha de madeira.

— Espere! — implorei, gritando tão alto que o fez parar de súbito. — Estou com fome. Não me deixe sozinho, por favor.

As palavras o atingiram como um tapa, e ele fechou a porta, me jogando na escuridão. Chorei durante horas, até adormecer. Quando acordei, no outro dia, havia uma cesta de café próxima de mim: pão torrado, manteiga, geleia de uva, ovos mexidos e suco. O Homem de Terno havia deixado enquanto eu dormia. Tentei chamá-lo para agradecer, mas estava sozinho novamente.

Nos dias seguintes, nossa relação melhorou. Ele ainda não falava comigo, mas tentava me fornecer certo conforto. Trouxe-me um colchão e vários livros para que eu pudesse passar o tempo enquanto ele vagava no mundo lá fora. Percebi que seu repertório de ternos começou a mudar, cada vez mais elegantes e exuberantes. Tivemos uma boa relação por muito tempo, mesmo sem trocar uma palavra. Aprendi a me alegrar com a presença dele, mesmo que fosse passageira, e achava que ele gostava da minha também... o tempo, porém, revelou o que eu mais temia: o Homem de Terno me visitava apenas para certificar-se de que eu estava vivo.

Em um dia de tempestade, ele chegou em casa e entrou no quarto, como de costume, mas dessa vez não parecia interessado em meu bem-estar. Tentei dialogar, entender o que queria, mas a sua reação foi horrível. Ele me espancou, chutando e dando socos como se eu tivesse culpa de algo que lhe aconteceu, até que eu ficasse inconsciente.

— Me deixa te ajudar — eu sibilei entre os lábios cortados.

O Homem de Terno se levantou, bateu a poeira do terno e saiu do quarto. Não conseguia ver o seu rosto, mas posso jurar que estava chorando.

Depois disso, ele começou a me ignorar. O pouco contato que havíamos iniciado se tornou uma relação fria e distante. Quando estava bem, tratava de fazer várias reformas na casa, tentando torná-la ainda mais bela do que no dia em que nos conhecemos. Mas muitas vezes ele chegava embriagado, em outras ele simplesmente ficava na sala assistindo à televisão que comprara, em um volume ensurdecedor.

Então, percebi que o Homem de Terno era tão solitário quanto eu.

Pensei durante horas sobre como começar uma conversa com ele. Queria muito dizer que o entendia, que a minha vida toda foi assim. Um dia, ele retornou para casa e não estava sozinho. Ouvi uma voz distinta elogiando a casa como eu mesmo fiz quando havia chegado lá e meu coração acelerou. Dentre as várias hipóteses possíveis, a pior delas indicava que era uma próxima vítima. Eles subiram as escadas até o quarto, o Homem de Terno sabia ser muito sedutor. Não sei dizer por quanto tempo ficaram lá, mas poderia apostar que foram horas.

No meio da noite, acordei com som de passos na escada.

— Olá? — passos leves fizeram a madeira gemer suavemente, e uma mulher projetou metade do corpo na porta. — Me ajuda...

Era uma garota morena de olhos verdes, a primeira que vi em meses e provavelmente a coisa mais linda que já vi na vida. Ela ficou me encarando boquiaberta, e não a julgo, pois imagino que a situação lhe soasse horripilante: descobrir que há uma pessoa acorrentada escondida na casa do homem ao qual você se entregou. Pensei em pedir ajuda, mas o Homem de Terno foi mais rápido e surgiu das escadas para arrancá-la dali, como se mais um pouco de exposição fosse deixá-la cega, louca ou algo parecido.

Ela nunca mais apareceu, e o Homem de Terno ficou furioso. Dias depois, ele me visitou, com um rolo de linha grossa e uma agulha para garantir que eu jamais tentasse me comunicar com alguém. Fedia a álcool e cigarro. Eu não precisava conversar com outra pessoa, queria apenas atenção por alguns momentos, que respondesse as dúvidas que corroíam meu coração.

Por que está fazendo isso comigo?

Por que guarda tanta raiva de mim?

O que eu fiz para você?

Então vamos retornar para o presente… hoje é dia de tempestade e tenho certeza de que ele vem. Tenho medo do que pode fazer comigo, mesmo que já tenha tirado tudo de mim. A pior afronta que pode fazer a alguém é lhe dar a certeza de que ela não pode afetar você. O Homem do Terno já me tirou tudo: minha liberdade, minha voz, identidade, dignidade e amor-próprio. Minha alma definha a cada dia que passa. Não há mais nada que ele possa me roubar além da vida.

Ouço a porta ranger suavemente. A chuva cai pesada lá fora. Dois passos adentram a casa e a porta se fecha. Seu silêncio é o que mais me incomoda. Tento espiar além da porta, mas tudo o que consigo ver, entre um relâmpago e outro, é a parede da sala. Tudo fica escuro novamente e uma silhueta surge na porta, com roupas chiques e chapéu de aba reta. Ele está apropriadamente vestido para alguma festa de gala, mas seu semblante é triste, posso sentir isso. Tento falar qualquer coisa, mas a linha prende minha boca, saindo apenas um lamento abafado.

Ele avança dois passos para o interior do quarto, e quando um relâmpago rasga a atmosfera lá fora, eu consigo ter um vislumbre das chamas que permeiam seus olhos. Ele está cheio de ódio. Repentinamente, sou atingido pela certeza de que, de alguma forma, ele me culpa disso, de que eu sou o motivo da sua ruína.

— É tudo culpa sua! — ele rosna as palavras entre os dentes.

De joelhos, eu o encaro com olhar de súplica. Como qualquer coisa pode ser culpa minha? Será que ele fala da garota? Eu não a deveria ter chamado? Queria apenas conversar com alguém, poder dizer como me sinto preso aqui, deixar explodir o sentimento contido em meu coração. Um relâmpago desce furioso contra o Bosque do Silêncio e é o suficiente para tirá-lo da inércia.

Ele se joga contra mim. Desabamos no chão e as fortes mãos do Homem de Terno fecham-se como a mandíbula de uma fera em meu pescoço. Tento lutar, mas sinto o peso dele me imobilizar. Estou fraco, não tenho forças para revidar. Os dedos começam a apertar, sinto a garganta fechar enquanto escuto o vento aumentar lá fora. O chão começa a se abrir às minhas costas, e as madeiras das paredes começam a estalar com rachaduras. O Homem de Terno não percebe, está obcecado por me fazer parar de respirar.

— Não... — e tudo que consegue escapar entre a costura dos meus lábios. Um sussurro que não viaja muito além dos pontos que rasgam a minha carne.

O vento penetra uma das fissuras e arranca o chapéu da cabeça do homem. O horror toma conta do meu coração quando um relâmpago ilumina o cômodo e descubro que o Homem de Terno que me mantém prisioneiro por anos dentro daquela casa sou eu.

Ele percebe que eu sei e agora, pela primeira vez na vida, sinto medo pelo que pode acontecer comigo.

O Homem de Terno, entretanto, pouco se importa para o que penso e segue com as mãos pesadas sobre a minha garganta. Percebo que quando ele tenta me sufocar, seu pescoço se comprime também, fazendo-o perder um pouco das forças. No fim das contas, a minha ruína é a ruína dele também. Quando ele hesita, encontro um momento para atacar. Empurro-o com o pé para trás e uso a corrente que me prende à parede para laçá-lo pelo pescoço, atirando-me contra ele para aumentar o aperto.

Meu algoz sufoca enquanto a casa explode em lascas, prestes a desmoronar.

Encaro-o nos olhos, estando em superioridade pela primeira vez na vida.

Não consigo matá-lo, matar o que sou. Não quero conviver com esse fardo.

Então ele se recupera, me acerta um soco, agarra a corrente e a envolve em meu pescoço, puxando-a com vigor. Sinto os elos de aço interromperem o fluxo de sangue e ar. Se o Homem de Terno também está sofrendo, dessa vez esconde muito bem. A respiração cessa e milhares de círculos brancos explodem diante de meus olhos. Em uma última tentativa, balbucio um desesperado "por quê"?

— Eu te amo — disse ele, consternado —, mas eles não te aceitariam.

A corrente se aperta em meu pescoço como o abraço de uma cobra. Sinto a raiva dele até o momento em que meus pulmões não bombeiam mais ar. As paredes colapsam e a casa desaba sobre nós. Morro ali, naquele quarto, onde jamais deveria ter permitido ser trancafiado. O Homem do Terno sucumbe ao meu lado, esmagado pela casa vistosa que ele mesmo construiu.

Mal sabia ele que poderíamos conviver em harmonia.

Que eu poderia ser uma boa companhia.

Que eu só queria conversar.

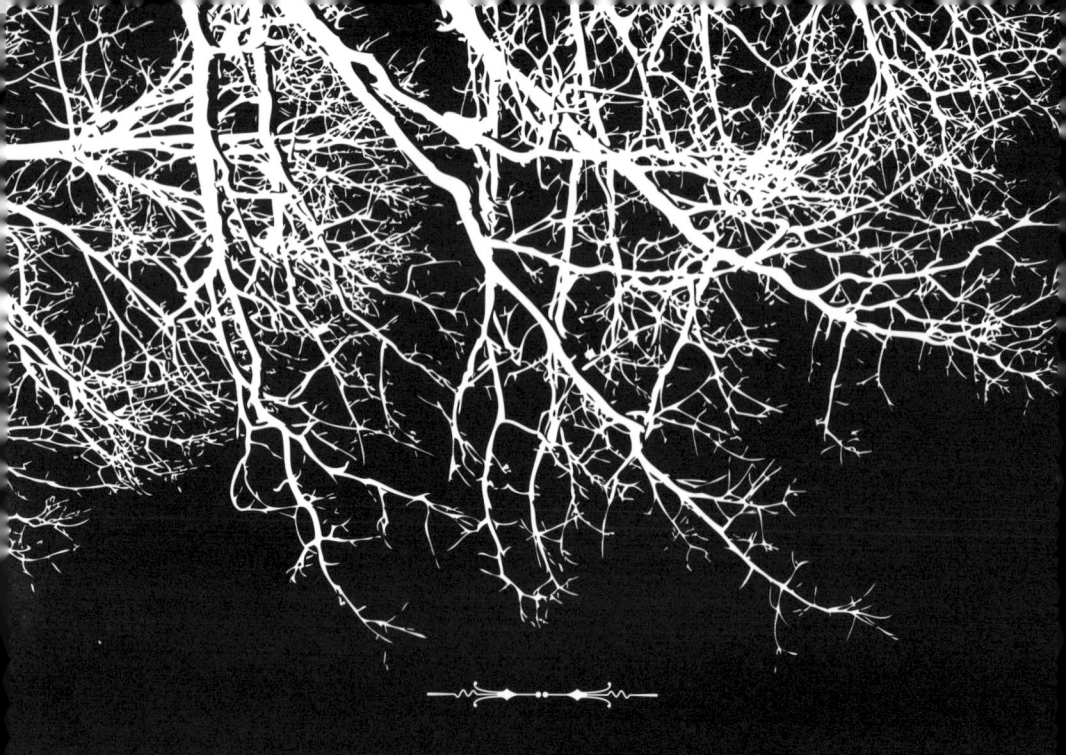

EU NÃO MATEI BERENICE

Marcos Tourinho Filho

A tarde, tão cinzenta, encobria-se por nuvens geladas, toda rabiscada de branco e gris de uma garoa pálida. Nas noites invernais, ecoavam, entre as araucárias tenebrosas, os gemidos de lamúria de dor dos velhos, e o choro lamentoso das mães embalando cadáveres tenros ceifados pelo frio, em vão. Não importa o quanto gritassem, o quanto os apertassem, os corações daquelas crianças nunca voltaram a bater... dizem.

À tarde em questão, pareciam estar tentando derrubar a porta do chalé com espaçadas, porém decididas, batidas, apesar da chuva fria.

— Tenente?! — gritaram uma vez. — Tenente?! Ei, Tenente?! — tentaram outra vez, com mais batidas.

Há muito, muito tempo, o suficiente para que restassem poucas lembranças de sua origem, o Velho Tenente, e ninguém o conhecia por nome diferente, havia se mudado, sem contar a ninguém de onde viera. Morava ali por, pelo menos, quinze, talvez vinte anos. Surgira depois da Guerra, apossando-se de uma construção abandonada no topo de um morro lamacento, de costas para o Bosque. Uns diziam que ele comprou a propriedade depois que o dono cometera suicídio. Outros falavam que o suicida era seu tio, e, logo, recebera o lugar por herança. Era muito temido por seus mistérios, mas, principalmente, por sua viagem à Itália. Mais precisamente sua passagem pelos seis conflitos em Monte Castella e outros tantos horrores. Indiscutivelmente, não faltavam razões para seu exílio.

Havia uma única luz tremeluzente emanando lá de dentro, e quem batia à porta resolveu tentar outra vez ao notar uma silhueta projetando uma sombra veloz, passageira:

— Abra a porta, Tenente!

Uma fresta abriu-se tão bruscamente que fez recuar o solicitante. Uma parte de um rosto pouco amigável, todo barbado, surgiu. Senhor Roberto, o padeiro, e quem batia à porta, jurou ter visto, assim de relance, o brilho metálico do aço.

— Bem... é... Boa tarde, Te... Tenente — disse o padeiro, sem certeza. Pigarreou, encheu-se de coragem: — Um corpo... Acharam um corpo lá... lá no Bosque, senhor.

— No Bosque? — respondeu o outro com sua voz grave.

— É, sim.

— Muita gente morreu ultimamente, senhor Roberto. Por que haveria de ser problema meu?

— Bom, é que esse não foi o frio que matou.

— O que quer dizer, seu Roberto?

O homem gorducho, de bigode bem negro, parecia assombrado.

— Eu mesmo vi o... o cadáver — o padeiro pareceu que vomitaria. — Cortaram... cortaram a garganta — fez um reflexo de ânsia.

— Fale com a polícia.

— A noite vem caindo, Tenente, e não há policial qualquer por aqui. O senhor é o único...

— O quê?

— Bem, deixe para lá. Desculpe o incômodo.

— Espere um pouco aí, seu Roberto. Queira desculpar minha rispidez.

A porta se fechou outra vez, e ouviu-se um barulho de algo pesado sendo largado sobre madeira. Talvez fosse algo de vidro, quem sabe uma garrafa. Seria um revólver?! O senhor Roberto estava profundamente nervoso. Repentino, o Tenente ressurgira, metido num pesado casacão de lã. A barba castanho-clara já tinha mais de uma semana, com suas mechas brancas brotando. Os cabelos ralos, desgrenhados, esconderam-se sob o chapéu.

— Vamos — disse o Tenente. — Verei o que posso fazer.

O Bosque era lugar de mau agouro, cheio de medo e tristeza. As más lembranças vagavam por entre aquelas árvores, e o pavor arruinara os homens que se aventuraram por aquelas veredas há muito tempo. Desde os desbravadores e a construção da pequena igreja no topo da colina, trezentos anos antes, mortes inexplicáveis, aparições e criaturas estranhas são atribuídas àquele pedaço de mata, como se aquilo que o habita quisesse silenciar os vivos corajosos o bastante para enfrentá-lo, tornando-se, assim, o Bosque do Silêncio. Nele, todos sabiam, criança ou velho, aventurar-se era arriscado.

— O senhor tem arma? — perguntou o padeiro quando chegaram à borda do Bosque.

— Por quê? — respondeu o Tenente. — Acha preciso?

Roberto encarou aquele lugar. Era possível ver que sua carne tremia sob o casaco negro. O Tenente meteu a mão por dentro do agasalho e puxou uma cigarreira Chesterfield adornada, mas muito gasta. Tirou dois cigarros prontos e ofereceu um a Roberto.

— Não sou de fumar.

— Não vou encarar um cadáver sem um cigarro, e não quero fumar sozinho — o Tenente riscou o fósforo e acendeu dois cigarros. — Vamos acabar logo com isso, então.

Roberto, de tão medroso, aceitou o cigarro. Lá estava, finalmente. Desfigurado, à distância, como todas as vezes são os cadáveres.

Uma tentativa simplória de evitar o inevitável, o horror, o pavoroso, mas sempre sobrepujado com facilidade pela cega curiosidade humana. Nada é mais atraente do que algo com o que não se pode lidar.

É possível disfarçar e dar voltas dizendo que qualquer outra coisa chamava mais a atenção do que o pescoço degolado de orelha a orelha com tanta força que, por pouco, não se via a coluna vertebral, mas seria uma mentira irreparável. O cheiro encorpado de sangue humano ainda estava bem fresco, apesar da palidez e da rigidez demonstradas pelo corpo. Memórias malditas bombardeavam uma mente atormentada por fantasmas macabros. Todavia, algo ainda faltava: o aroma da pólvora.

— É o Bernardo — disse o padeiro. — O menino mais novo do Bastião.

O Tenente não expressou resposta audível, senão por uma careta de desagrado por não poder evitar ter que abaixar-se para perto do cadáver. Tirou de um dos bolsos pequenos óculos dourados, bem maltratados.

— A dona Berenice sumiu. O senhor soube? — disse o padeiro. — Agora isso.

Obviamente o Tenente sabia. Berenice, mulata de insuperável beleza, era seu caso tórrido, mas era impossível prever aquilo que seus vizinhos sabiam sobre isso. Se Roberto sabia, aquilo era um blefe, e, ainda pior: se aquele padeiro bonachão fosse tão astuto, certamente ele devia manter os dois olhos bem abertos. Acendeu outro cigarro, talvez para encobrir o cheiro da morte, e se concentrou.

O casaco do cadáver estava fechado, mas não abotoado; um lado sobreposto ao outro, quase cuidadosamente. Alguém o havia fechado, talvez o assassino, talvez não. Abriu o longo sobretudo com avidez, mas a camisa esverdeada estava abotoada precariamente. Puxou, estourando os botões. O resultado arrancou o almoço das entranhas de Roberto.

O peito pálido, todo coberto de sangue, estava aberto, as costelas afastadas feito as de um frango. Um buraco vermelho, cheio de vísceras, delatava a falta do coração.

— Isso não faz sentido — concluiu o Tenente. — O corte do pescoço tem a limpeza de uma cirurgia, um único golpe. Mas isso… isso é grotesco.

— Um bicho? — sugeriu Roberto, cobrindo a boca. Estava pálido como o cadáver.

— Que só levaria o coração? — retrucou o Tenente. — Não vejo rastro de onça.

— Que diabo faria isso?

— Não sei, não, seu Roberto. Se o diabo existisse, eu o teria topado, acredite.

Olhando ao redor, via-se apenas os rastros por onde o sangue lavou o limo cinzento das pedras. O Tenente se levantou, soltando o longo trago que dera no Chesterfield. Andou um pouco ao redor do corpo até uma pedra enorme. Atirou a sobra do cigarro. Contornou a rocha sem saber o que procurava. Mas sabia que estava em busca de algo.

Lá estava. As pequenas letras douradas distinguiram-se com facilidade: Kobar. Tratava-se de uma navalha Solingen. O Tenente apanhou o objeto, mas guardou.

— Bem — suspirou —, não há mais o que possamos fazer. Você terá de enterrá-lo.

— Eu?! — Roberto sobressaltou-se.

— Ora, sim. Você e quem mais estiver disposto a ajudá-lo. Não eu, é claro. O coveiro, mesmo, ocupa um buraco lá no cemitério. Alguém tem de cavar. O padre Osório cuidará do resto. É para isso que ele veio, afinal, não é? Não preciso do corpo para fazer o resto daqui em diante, seu Roberto. Tenha uma boa noite, e procure se aquecer. Até mais ver. — O Tenente quebrou o chapéu na testa e afastou-se.

A noite caía ligeira naquele fundo de mata, e o veterano de guerra queria sua casa. Sua passada era larga e decidida, carregando-o de volta sem muita demora. Mas, ali, logo da entrada, já no escuro, se notava de longe a porta entreaberta. Olhou ao redor e para o Bosque, que contornava o lugarejo numa meia-lua por trás do chalé. O Bosque do Silêncio era lugar escuro, gelado. Parecia, mesmo, assombrado agora. Bobagem! Riscou o fósforo e acendeu outro cigarro.

Foi se aproximando, notando pela primeira vez que nada se ouvia naquele Bosque de fato. Não tinha grilo nem cigarra, e nem a coruja ou o urutau cantavam ali, tampouco. Nunca.

O vento cantava no meio das árvores, mas até ele baixava a voz para entrar no Bosque, e seu canto era tão triste que parecia assombração. Entretanto, sempre havia algo que não se via, mas se sentia. Com certeza se sentia. Um arrepio, um aperto no peito, uma certeza inexplicável: uma presença. Seria — a presença — do próprio Bosque, feito a que se sente no cemitério, ou havia algo manifestado, desencarnado, que vivia ali?

Uma garrafa de vidro quebrou-se no assoalho, fazendo grande alarde no silêncio profundo. Se uma presença habitava o Bosque, poderia manifestar-se no mundo dos vivos daquela maneira? Que grande besteira! Só havia os homens e sua maldade, e contra eles uma dose de chumbo quase nunca falhava.

Ele sabia que se alcançasse a gaveta do aparador ao lado da porta, teria uma boa chance de se defender. Aproximou-se devagar da soleira, evitando o facho de luz. Havia sons estranhos vindo lá de dentro. Apurando os ouvidos, distinguiu passagens arrastadas. Também parecia que algo farejava. Não! Algo lutava para respirar, quase como se enforcado, esganado, gemendo baixinho.

O Tenente lutava para que as dobradiças enferrujadas não o delatassem. Esgueirou-se, abriu a gaveta e apalpou a coronha de seu precioso revólver, um raríssimo INA Tiger .38 cromado com seis polegadas de cano.

Finalmente podia entrar na casa. Mas, logo ao primeiro passo, notou um estojo de navalha Solingen aberto sobre o assoalho. Ela havia sido apresentada há muito tempo, junto com seu Tiger .38.

— Conte as balas, Tenente — disse uma voz muito rouca.

O Tenente se virou. Da escuridão, arrastaram-se mais passos, e à luz do lampião apareceram olhos opacos, enfiados em órbitas arroxeadas. O pescoço rasgado chiando a cada tentativa de respirar.

— Berenice está chorando… — gemeu o cadáver ambulante.

— Pelo sangue de Cristo, volte para o inferno, criatura! — gritou o Tenente.

— Você a matou…

— Eu não matei Berenice! — O Tenente disparou porta afora para o Bosque. — Eu não matei Berenice!

O Bosque do Silêncio o engoliu feito uma boca negra. Ao seu redor, ecoavam sons de passos, risos e gargalhadas terríveis. Luzes moribundas de olhos pálidos começaram a se fazer notar no escuro, espreitando. "Conte as balas, Tenente", sussurravam ao seu redor.

Atingiu uma enorme clareira, na qual uma única capela azulada se erguia no centro de um círculo não natural. Caiu pela porta. Os candelabros estavam acesos. Um caixão de madeira jazia aberto no chão, diante do altar. Dele, provavelmente, adivinha um cheiro terrível de podridão. De onde estava, era impossível ver quem, ou o quê, fora depositado ali. De repente, a madeira rangeu, e, lentamente, algo lutou para levantar-se. Apesar do frio, as moscas infestavam o ar.

A pele morena lembrava Berenice, mas as larvas e vermes arruinaram sua face, infestando-lhe as órbitas vazias dos olhos, a cavidade no nariz e a boca, derramando pelos furos de bala.

Num estrondo, a porta se abriu outra vez. Roberto irrompera por ela, brandindo uma pá, até estar sobre o Tenente. Contra os vivos o remédio não falharia. Rastejou sobre as costas, enfiando a mão no bolso e puxando sua arma. Puxou o gatilho. Nada. Outra vez. Nada.

— Devia ter contado as balas, seu Tenente — disse Roberto.

O Tenente abriu o tambor: vazio. Como poderia? Tinha grande apreço por aquele INA Tiger, mantendo-o sempre limpo, carregado e polido.

Antes de desaparecer para sempre, o Tenente olhou para trás. O cadáver nu de Berenice havia se levantado, quase como se os vermes estivessem por trás daquele espetáculo hediondo, tamanho era o número deles. A pá foi erguida.

— EU NÃO MATEI BERENICE!

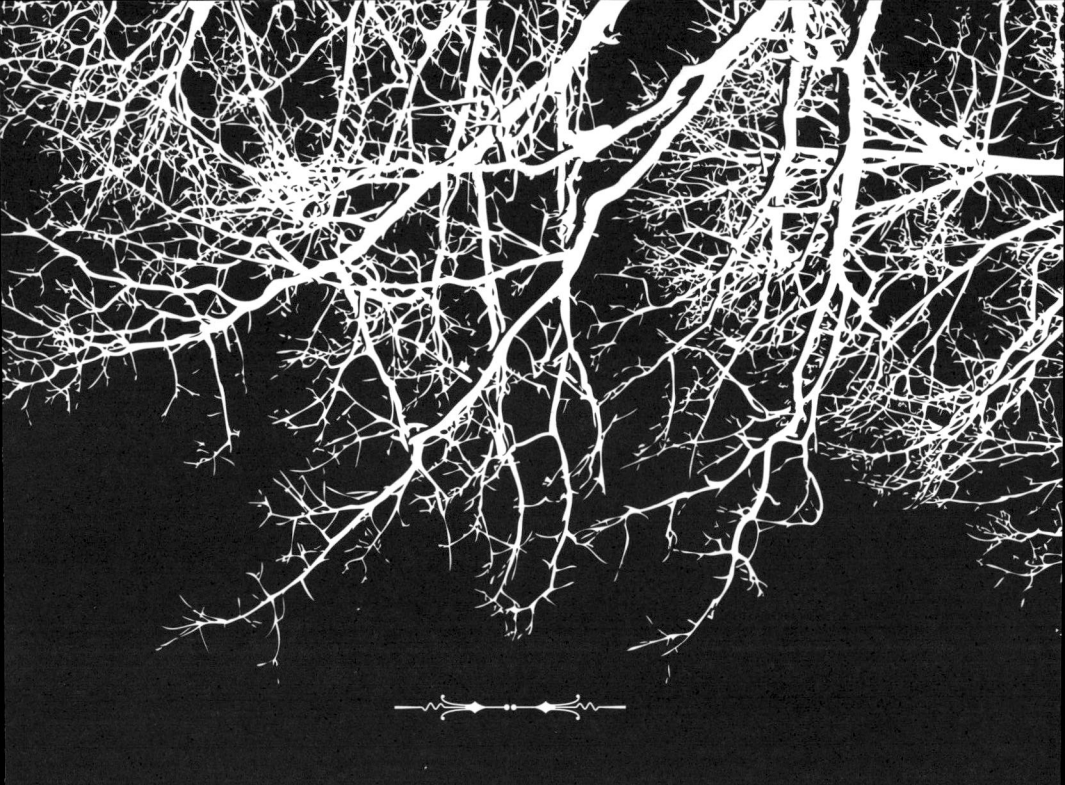

TADLY TALL – O JOGO INFERNAL

Maryah J. Cruz

A polícia havia bloqueado a entrada no Bosque do Silêncio depois dos crimes nos últimos dias, porém ainda era possível adentrá-lo através do furo no alambrado.

Foi assim que Renan e Oliver se esgueiraram para dentro do recanto proibido, carregando garrafas de cerveja e um pouco de erva. Era difícil encontrar na cidade um canto tranquilo para aproveitar a noite e brisar. Não tinham medo dos tais assassinos, fantasmas ou qualquer idiotice que andavam falando por aí.

— Cuidado com esse galho! — berrou Oliver instantes antes de Renan ser chicoteado no rosto.

— Não ria, idiota! — respondeu, irritado pelo riso do amigo. — Só trouxe isso de cerveja?

Eles já tinham bebido suas duas garrafas cada, enquanto caminhavam até uma mesa de concreto no meio das árvores, rindo e fazendo troça um do outro.

— Credo, Renan, que fedor é esse? Foi você?

— Claro que não! Não bota a culpa em mim!

Um cheiro de enxofre pareceu invadir todo o lugar. Os dois taparam o nariz instintivamente.

— Pô, Oliver! É você que tá podre! Caramba, cara!

— Não sou eu, não!

E se, em outra ocasião, os rapazes ririam até estourar as barrigas, agora estavam enojados demais com o forte odor.

Fez-se um silêncio sepulcral.

As árvores não balançavam mais. Os pássaros noturnos se calaram. Até mesmo o vento parou de soprar, e justamente por isso Oliver se impressionou com o ar gélido que subiu por suas pernas até alcançar a espinha.

Tremeu e se assustou.

— Acho melhor a gente ir embora. Algo não parece certo aqui — disse Oliver.

— Acabamos de chegar, e eu ainda não usei nada — Renan meteu a mão no bolso e tirou o saquinho com a erva. — Não vou embora antes de acabar com tudo isso.

— Que seja, eu vou embora.

— Medroso! — riu o outro, com desdém.

— Vamos, Renan...

— Pode ir sozinho, seu covarde!

Oliver não revidou, apenas girou nos calcanhares em direção ao mesmo trecho que os levou até ali.

Renan sentou no banco de concreto e colocou o saquinho sobre a mesa, buscando o papelote na jaqueta quando um grito chamou sua atenção.

A voz era de Oliver.

Renan sentiu medo, mas não deu o braço a torcer.

— Deixe de besteira, Oliver, não vou cair nessa! — disse, mas começou a caminhar lentamente pelo bosque, desejando muito que fosse apenas uma peça do seu amigo. — Certo, você já conseguiu me assustar, agora apareça, eu vou embora com você...

Repentinamente, foi dominado por um frio intenso.

Estremeceu. Então, teve uma sensação muito forte de que algo estava atrás dele.

Era uma presença gigantesca que parecia sombrear a pouca luz refletida pela grande lua no céu. O medo dentro dele foi tomando proporções avassaladoras e ele não teve coragem de se virar.

— Q-quem está aí?

Uma risada baixa e gutural ecoou entre as árvores, fazendo seu sangue gelar. Passos lentos e pesados se aproximavam, esmagando galhos e folhas secas.

Renan sentiu sua respiração acelerar, o peito apertado pelo terror. Quando finalmente teve coragem de se virar, uma figura demoníaca estava diante dele.

O último som que ouviu foi o de sua carne sendo rasgada. O coração lhe foi arrancado tão rápido que beirou a misericórdia.

"Foi um golpe rápido, o garoto nem deve ter sofrido como os demais..."

Foi isso que Luci ouviu o policial comentar com o parceiro, ignorando totalmente sua presença ao lado deles. Às vezes, as pessoas achavam que, por ser uma garota cega, ela também era surda e falavam coisas estúpidas na sua frente. Luci já havia se acostumado com a ignorância das pessoas.

Renan era seu irmão mais velho e a pessoa mais legal do mundo. Enquanto todos a tratavam como uma inválida, ele fazia questão de envolvê-la em seus projetos mais ousados, esperando que a irmã prudente analisasse com cuidado suas ideias mirabolantes. Foi numa dessas ocasiões que ela quebrou um braço, testando uma tirolesa caseira para Renan.

Luci o amava demais e agora tinha que conviver com a realidade de que seu irmão estava irremediavelmente morto.

Ela não podia enxergar, mas a descrição de como seu rosto estava distorcido e cadavérico, as mãos tortas e um arrombo no meio do peito era informação suficiente para causar-lhe náuseas. Imaginá-lo assim, desfigurado e macabro, transformava o amor que sentia em uma dor insuportável.

Enquanto a polícia e seus pais especulavam sobre o crime, Luci não conseguia parar de pensar que a morte de Oliver havia ocorrido exatamente como descrito no jogo *Tadly Tall*. Ela se lembrava de estar na sala com sua amiga Renata, enquanto Renan e Oliver testavam o aplicativo misterioso instalado em seu celular.

— Como será a sua morte? Quem baixa esse tipo de jogo ridículo? — comentou Renata para Luci, enquanto escutava os outros dois rindo como bobalhões.

— Olha só, Oliver, aqui diz: "E me darás o teu coração" — escutou Renan falar ao amigo. — Só parece macabro, mas é muito romântico.

— E o meu? Coloca meu nome e a data de nascimento aí — pediu Oliver, e então leu o resultado: — "Buscarei seus lábios e os farei meus."

Agora, Luci recordava, com horror, que Oliver teve o rosto arrancado da boca para baixo. Não poderia ser apenas uma coincidência, mas quem a levaria a sério? O medo crescente a fazia questionar se havia algo mais sombrio por trás do jogo.

A ideia de que Renan não se lembrava de tê-lo instalado no celular era perturbadora.

Estava trancada no quarto, o único refúgio que parecia ser tranquilo naquela casa, longe dos gritos histéricos da mãe.

Tateou a escrivaninha até encontrar o celular e então ligou para Renata. Demorou um pouco, mas a garota de voz estridente atendeu.

— Luci? Que bom que ligou. Estou cheia de caraminholas na cabeça.

— Eu também. Andei pensando muito sobre como as mortes do Renan e do Oliver coincidem com aquela brincadeira do celular.

— Exatamente! — Renata deu um gritinho no outro lado da linha que fez os ouvidos de Luci arderem. — Por isso eu tentei descobrir se aquelas outras três meninas que morreram antes também fizeram o teste no celular.

— Descobriu alguma coisa?

— Sim. A Diane, que mora aqui do lado, andava com essas garotas. Eu mostrei o jogo, e ela reconheceu. Disse que as amigas jogaram no intervalo da escola, no mesmo dia em que morreram. Por sorte, não deu tempo de colocarem o nome da Diane, porque bateu o sinal e tinham prova.

— Então é isso? Um aplicativo determina o destino das pessoas? — Luci questionou, duvidosa. — Não pode ser só isso.

— Eu sei — Renata suspirou do outro lado da linha. — Eu pesquisei na internet e não tem nada. Achei um único artigo sobre uma entidade antiga chamada *Tadeiun*.

— O jogo se chama *Tadly*.

— Falava algo sobre eventos lunares. Coincidência ou não, estamos no sexto dia da Lua de Sangue. Amanhã é o último dia.

— Então a lua é importante...

— E o bosque. Seja lá o que ou quem está fazendo isso, todas as mortes acontecem dentro daquele lugar.

As mortes não eram apenas um padrão sinistro, mas uma mensagem envolta em mistério e terror, e Luci sentiu que estava à beira de descobrir algo ainda mais horrível.

— E eu percebi algo também, Renata — Luci balbuciou, trocando o celular de orelha. — Renan teve o coração arrancado e Oliver, a boca. Uma das garotas estava sem os olhos e a outra teve as pernas arrancadas e essas partes nunca foram encontradas. Não lembro o que a terceira garota perdeu...

— Ela tinha um rasgo das orelhas ao nariz.

— Isso. E as primeiras vítimas, uma perdeu os braços... enfim, você percebe?

— Sim. Não tinha pensado nisso, mas agora que você falou, parece que estão pegando partes e montando um novo corpo. Como um Frankenstein.

— Exatamente.

Elas ficaram em silêncio por um tempo, tentando absorver a informação assustadora. A ideia de um ser horrível e reanimado tomando forma a partir das partes dos corpos a deixava inquieta.

— Nós jogamos também. O meu falava sobre o que eu tenho dentro da cabeça me fazer excepcional — murmurou Renata.

— Seu cérebro… não estou surpresa, você é muito inteligente.

— E você, Luci?

— Não me lembro das palavras exatas, mas tinha a ver com a alma.

— Estranho…

— O que vamos fazer? Estou ficando apavorada!

— Eu falei para minha mãe e ela achou que estou maluca — Renata suspirou longamente. — Acho que precisamos nos manter a salvo até o final da Lua de Sangue e nem nos aproximar daquele maldito bosque! Estou praticamente acampada no meu quarto. Trouxe comida, uma faca de cozinha, a Bíblia e todos os artigos religiosos da minha mãe.

— Eu vou pensar em algo para me proteger também…

Desligaram.

Naquela noite, mais uma jovem foi encontrada morta dentro do bosque. O cadáver estava sem os quadris e a pelve, as partes ausentes deixando um vazio macabro no corpo. A polícia ainda tentava entender como a garota de dezesseis anos conseguiu furar a vigilância que agora era permanente ao redor do Bosque do Silêncio e ser assassinada tão próxima ao portão de saída. Se ela havia gritado, nenhum policial ouviu.

Do seu quarto, Luci ouvia as sirenes nas ruas e o burburinho das pessoas nas calçadas. Sua casa estava perigosamente vizinha ao bosque; seu pai escolhera aquele imóvel pela proximidade com a área verde.

Saiu do quarto, caminhando cautelosamente pelo corredor.

— Pai, quero falar com você — disse, descendo as escadas e escorando-se no corrimão de madeira. — Pai, você está aí?

Ele não respondeu, o que era estranho, pois havia escutado passos na cozinha. Luci queria pedir ao pai que a deixasse ir para a casa da avó e ficar lá até que liberassem o corpo de Renan para o velório. Diferentemente de Renata, que morava longe do bosque e enxergava, Luci percebia que era uma presa fácil.

No entanto, o pai não respondia.

— Pai?

Nenhuma resposta.

— Mãe! Pai? — chamou. Eles nunca a deixavam sozinha em casa. Eram superprotetores antes da morte de seu irmão e provavelmente seriam ainda mais agora.

Deu alguns passos e tropeçou em algo grande no chão. Caiu com os braços na frente do rosto e sentiu uma dor aguda nos punhos. Apalpou o chão até encontrar o corpo grande estendido no piso da antessala.

— Ah, caramba! Pai?

Debruçou-se sobre o corpo e procurou sinais vitais. Ele respirava e parecia estar preso em um sono profundo.

— Acorda, pai!

Sacudiu-lhe o corpo com força quando, de repente, um cheiro podre invadiu o lugar. Sua mente ficou entorpecida e, em poucos segundos, Luci perdeu a consciência, mergulhada em um vazio escuro e ameaçador.

⸻

Não era preciso enxergar para saber que estava no bosque.

Luci despertou e sentiu as folhas úmidas em suas costas. O barulho incessante do vento contra as árvores denunciava que ela estava no epicentro do mal.

Levantou-se num supetão e tentou correr, mas algo se agarrou em suas pernas e começou a subir, entrelaçando-se em seu corpo como uma serpente. O cheiro terrível dominava todo o lugar, e o medo se intensificava a cada segundo.

Quando uma mão humana agarrou seu pescoço e a levantou, Luci compreendeu que a podridão vinha daquele corpo remendado.

— O que é você?

Não houve resposta. Então, a mão asquerosa pousou sobre seu rosto, e Luci sentiu-se sendo sugada, como se estivesse sendo absorvida por uma força sinistra. O terror a envolvia completamente, e o tempo parecia se esticar em uma interminável agonia.

Houve um longo intervalo quando Luci reabriu os olhos.

Ela enxergava.

Observou, perto de seus pés, o corpo de Renata com o crânio arrancado. Havia uma segunda garota no chão, quase intacta exceto pelo rosto distorcido.

Era seu cadáver.

Horrorizada, percebeu que habitava um corpo asqueroso, não pelo aspecto, mas pela agonia fundida em cada parte remendada. Lutou para manter-se dona da própria mente e caminhou para fora do bosque em direção à cidade, parecendo imperceptível aos olhos humanos. Enquanto sua alma se esvaía aos poucos, um cheiro delicioso lhe invadiu as narinas.

Carne...

Agora que conseguia enxergar, concluiu que os humanos pareciam bastante apetitosos. Salivou, mas logo sacudiu a cabeça, assustada com o rumo de seus pensamentos. Não conseguiu lutar contra a aura tenebrosa e maligna que engoliu sua consciência. Perdeu-se na escuridão.

Só conseguia pensar no quanto estava faminta.

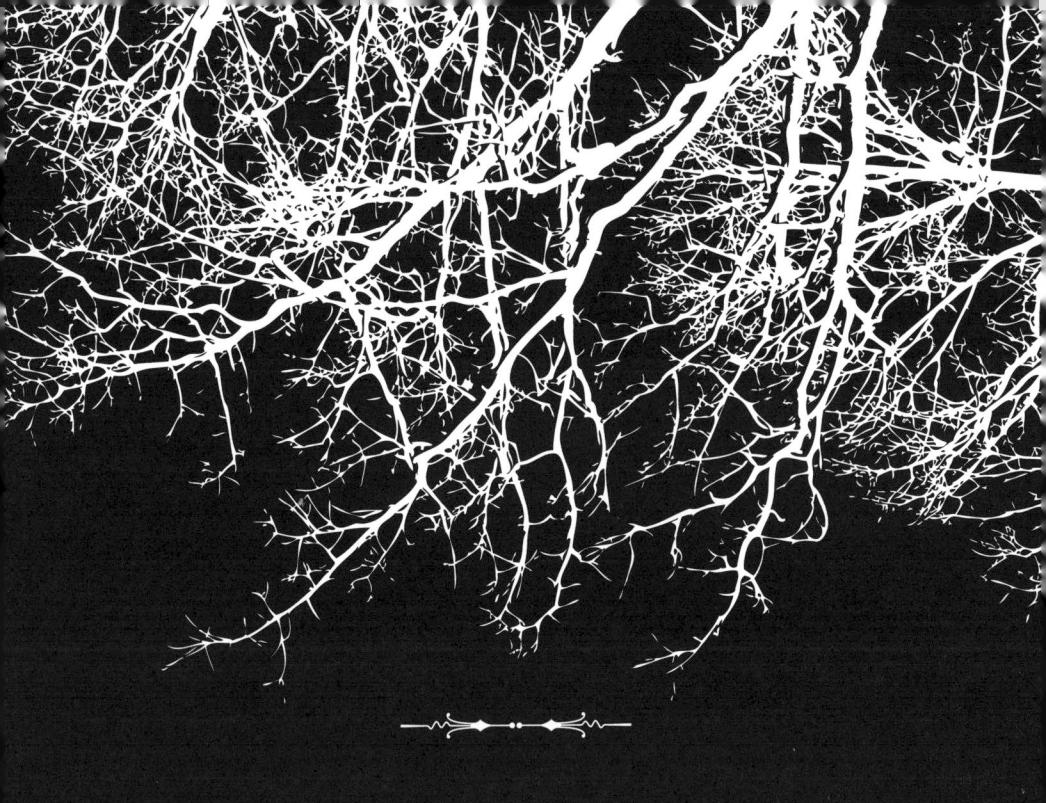

SOB A LUZ DA LUA, O BOSQUE SILENCIA

Mel Moscoso

Ando pelo pequeno vilarejo, um rápido reconhecimento, um lugar popularmente conhecido como assombrado ao qual vim parar a convite de uma amiga. Uma nova aventura assustadora a cada mês, esse é o nosso trato. Ela escolheu esse bosque por sua fama: fantasmas, criaturas noturnas, mortes misteriosas e, para o gosto dela, homens grandes e sexy espalhados pela área urbana, com muitos bares lotados de turistas atraídos pelo mesmo motivo que o meu, o misterioso bosque local que leva o nome de Bosque do Silêncio. Pequenas hospedarias trazem em suas decorações tons quentes e objetos duvidosos espalhados, deixando evidente que esse lugar esconde muitos mistérios. No quarto em que estou hospedada, alguns crânios encontram-se sob as mesas de canto. Não sou especialista em ossos humanos, mas posso jurar que esses são muito reais.

A pequena civilização, tão vazia de dia e tão movimentada à noite, parece ter uma parede invisível delimitando o bosque do vilarejo. Exato ponto onde muitas pessoas se reúnem para beber, festejar, contar histórias locais assustadoras, gerar desafios idiotas e duvidar do sobrenatural. Não é à toa que muito do que é dito se confirma vez ou outra com desaparecimentos e mortes sem solução, e depois viram casos arquivados.

Existe algo mágico na água desse lugar que deixa as pessoas mais dispostas à noite, com uma beleza hipnotizante e uma aura sinistra. Não vejo uma pessoa que não chame atenção com sua beleza exuberante na mesma proporção que causa arrepios. Gosto do mistério, toda vez que chego a uma nova cidade, gosto de explorar o local, descobrir seus mistérios e segredos, e essa cidade transpira isso. Essa noite, com a lua cintilando em sua plenitude e pairando no alto do céu, parece potencializar essa áurea. Não posso me limitar apenas aos arredores, nem me basear em histórias contadas, preciso ver com os meus próprios olhos. Já a minha amiga, bem… essa já deve estar na cama de um bartender qualquer. "Um homem em cada cidade", cada uma com seu objetivo.

Sigo minha caminhada para dentro do bosque e, aos poucos, a claridade do luar é trocada pelas sombras. Estou curiosa e não preciso de desafios para encarar a escuridão. Ela me fascina desde criança e nunca tive medo, até gostava dos meus amigos imaginários. Com passos cautelosos, vou avançando cada vez mais. A noite está fria e sinto o sopro gelado na nuca, o assobio do vento canta nos meus ouvidos, as folhas balançam, é a natureza em movimento no mais completo breu. Avanço mais alguns passos e ouço algo. Paro, apuro os ouvidos… é o gemido de uma mulher. Sigo o som intrigante bem devagar, preciso descobrir por que ela geme. Ou seriam gritos abafados? Os barulhos ficam mais altos à medida que adentro a escuridão e não vejo nada além de árvores em meio à penumbra. Uso o som como guia, a essa altura já não sou capaz de dizer o quanto percorri. Eu me sinto atraída pelo som e nada mais importa.

Ao me aproximar, avisto as costas de um homem grande, musculoso, talvez tenha cabelos negros, não sei ao certo. Está escuro demais e apenas algumas partes são nítidas, onde a luz da lua consegue se esgueirar entre os galhos. Ouço um som conhecido: o farfalhar de um chicote. Esse barulho, com o qual tenho tanta afinidade, me coloca em alerta, e não é de medo. Merda, preciso ver a mulher. Dou mais alguns passos tentando fazer o mínimo de barulho possível e a vejo. Está amarrada a duas árvores, como um X, e seus olhos estão vendados. Ela tem a pele clara, cabelos longos escuros, está nua e é dela quem vêm os gritos. Logo, descubro o porquê: o homem passa as cerdas do chicote pelas costas dela bem de leve, como numa carícia terna. Me arrepio só de olhar, imaginando o que ela está sentindo. Ele tem movimentos que eu reconheço, sinto o ar esquentar, minha boca fica seca. Conto um, dois, três, e no tempo certo, como previ, o chicote açoita o corpo da moça. Prendo um grito na garganta junto da mulher. Não consigo identificar o que vejo, seria sexo ou tortura? Sei o suficiente sobre o uso do chicote, porém, algo não se encaixa. A cena se repete mais algumas vezes, cerdas leves, um, dois, três, e a chicotada na sequência. Ele sabe o que está fazendo, trocando de local para criar a expectativa do próximo local a ser açoitado. A mulher faz um esforço para não deixar escapar o grito preso. Agora não tenho dúvidas, estou presenciando uma tortura no meio do bosque.

O homem larga o chicote e eu prendo a respiração. Num piscar de olhos, ele está no alto, flutuando, com a boca aberta e, em meio à escuridão, dentes enormes brilham. Com uma só investida, ele abocanha o pescoço e o sangue corre livre pelo corpo nu. O grito é tão alto que sinto doer meus tímpanos. Não há prazer, somente dor.

Tento ficar em silêncio, mesmo com o coração martelando o meu peito. Ele é um vampiro e eu não pretendo ser a próxima presa. Dou uma última olhada, a mulher já foi desamarrada e está deitada no chão sobre um lençol de seda vermelho, ainda vendada. Não consigo decifrar se está desacordada ou morta, mas com certeza está coberta de sangue. Eu me viro para sair do transe que entrei sem perceber. Não sei o que fazer para ajudá-la, e ficar parada aqui não vai ajudar a nenhuma de nós duas. Forço minhas pernas a se mexerem, pronta para correr, e dou de cara com a parede de músculos.

— Vai a algum lugar, gata sorrateira?

O homem tem uma beleza que me deixa sem ar e apavorada na mesma medida. Um descompassado louco acontece no meu peito, a adrenalina correndo em minhas veias como um rio frenético. A cena macabra que acabei de presenciar era surreal, pesadelo misturado com realidade. Um gigante de olhos flamejantes e sorriso cínico matinha os olhos presos nos meus. Já era tarde para mim, ele me ergue com uma facilidade, e com olhos assustados, mal consigo perguntar:

— Ela está morta?

Com uma risada macabra e uma voz rouca, ele responde:

— Você vai descobrir.

Tudo fica escuro. Perco os sentidos ou talvez o movimento tenha sido rápido demais, pois tudo é um borrão.

Quando percebo, estou deitada ao lado de um corpo coberto de sangue e posso jurar que é o da mulher. Não tenho tempo de avaliar se ela está viva ou morta. Tento me concentrar em me manter viva.

Eu não me movo. O homem, que parece ter cerca de dois metros de altura e de largura, está parado com os olhos fixos nos meus, como poços de fogo. Parecem penetrar em minha alma, desvendando meus segredos mais íntimos. Um ronco baixo ecoa pelo bosque, um sorriso preso numa linha fina no rosto sujo de sangue. Sinto um arrepio na nuca e, mesmo me esforçando para não desfazer o contato visual, sinto que não estamos sozinhos. Desvio o olhar e sou surpreendida por uma multidão: homens e mulheres extremamente belos, rodeados por uma corte de perversos vampiros.

Devo estar tendo fortes alucinações, será que caí caminhando e perdi a consciência? Vim em busca de espíritos errantes e caí numa seita, covil, ou seja lá como chamam. Clã de vampiros, talvez? E se existem, vou acabar morta como esse corpo ao meu lado? Pelo tempo que estou aqui, prefiro acreditar que ela esteja morta. O pânico se apoderou de mim. Eu, apenas uma jovem em busca de aventura, nunca imaginei que me depararia com uma criatura tão terrível, tão real.

— Tantas perguntas, tantas dúvidas, devia tê-las tirado antes de cruzar os limites do vilarejo. Gostou do que viu? Assistiu a todo o show, não foi? Agora é tarde para explicações e seu cheiro é doce demais para ignorar. Você só precisa decidir o jeito que deseja: pode se entregar como cordeiro ao matadouro e deixar que eu decida seu destino. Ou pode começar a implorar para se tornar uma de nós. Talvez eu tenha piedade, talvez não, tudo vai depender de como se comportar.

Não podia ser tão simples, eu sentia que era uma armadilha, uma piada muito sem graça. Na verdade, era claro como a luz da lua, que era a única testemunha a meu favor, que eu não poderia escolher nada. Era um jogo e, qualquer fosse a minha resposta, não iria importar.

Meu corpo não para de tremer e lágrimas quentes insistem em descer pela minha bochecha. Como fui burra em entrar nesse bosque sozinha. De todas as viagens, aventuras, mistérios, sempre ficavam para histórias contadas sem fundamento algum, acabavam com vultos e portas batendo, mas dessa vez é real demais para duvidar.

A multidão caminha lentamente formando uma roda ao meu redor, tantos olhos em mim.

— Já tomou sua decisão? Lágrimas não me comovem. Na verdade, quase nada me comove.

Não tenho tempo de responder, meu corpo é levantado e rapidamente preso em X. Agora, é o meu amarrado. Sinto o tecido da roupa escorregar pelo meu corpo, foi tão rápido que não sei quem ou o que rasgou o que eu vestia. O vento frio assola meu corpo com uma ardência que faz com que a tremedeira se intensifique, lágrimas e mais lágrimas teimam em escorrer como uma cachoeira. Meus olhos pinicam tanto que mal pisco sem sentir dor.

Tenho um homem de cada lado, e o que me pegou está de frente comigo, pairando majestosamente no ar, segurando o olhar firme no meu, com o chicote nas mãos, uma única frase e sei que será a minha ruína:

— Vamos começar ou seria recomeçar? Eu vou decidir o seu destino, a partir de agora.

Sinto a primeira chicotada, antes mesmo de tocar minha coxa, o vento chega primeiro que o couro, que bate quente na minha pele. Ouço o estalo. Um grito de dor sobe pela minha garganta e ecoa pelo bosque como um assombro, não consigo controlar o som, que sai e se parte nos quatro cantos do pequeno vilarejo.

Analiso a expressão de satisfação no rosto do homem, procurando entender que tipo de sadismo seria esse. De todas as histórias vampirescas, essa estava bem diferente. Ele estala a língua tão alto que sinto doer meus tímpanos:

— Acho mesmo que isso pode ficar ainda melhor.

Sem avisar, ele solta o chicote, que acerta meus seios, a dor é tão excruciante que o grito não sai. Eu apago, ou pelo menos quero acreditar que sim. O ar fica suspenso e tudo para, não escuto, não sinto e não vejo nada. Perdi os sentidos ou será essa a morte?

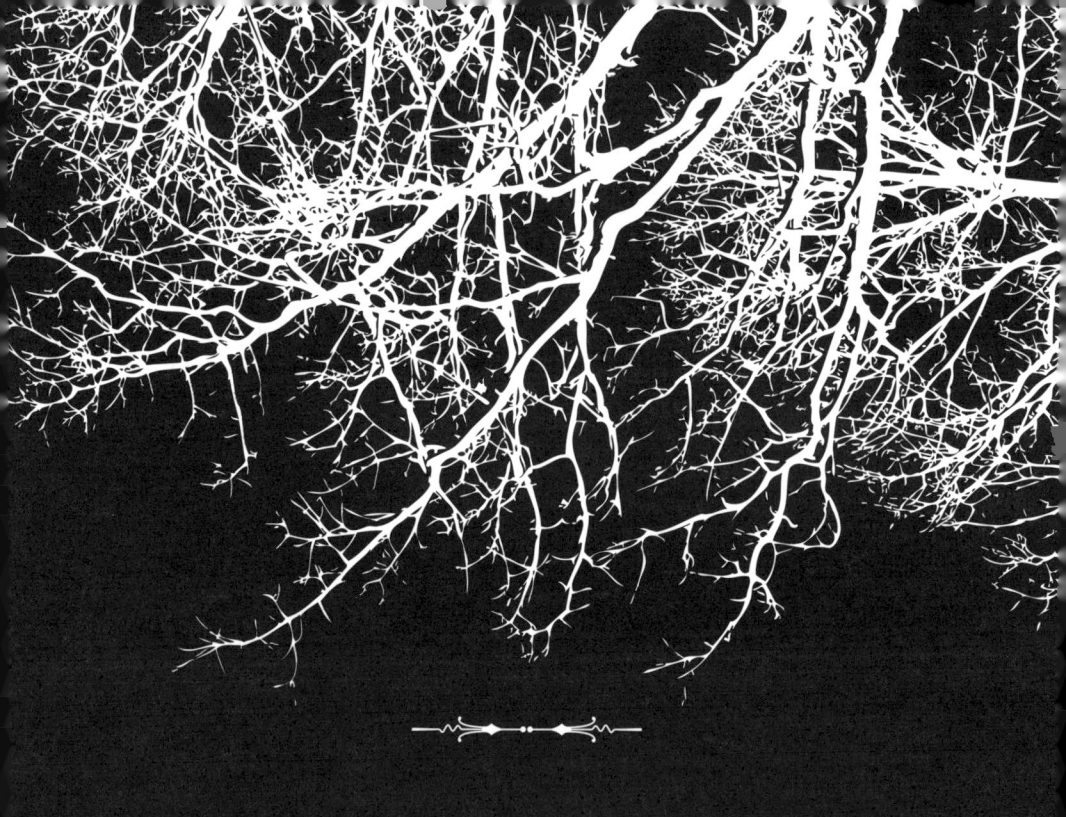

A CABANA
Miguel T. Sergio

Um homem de meia idade, recém-divorciado e estressado com seu trabalho, estava para tirar suas esperadas férias. Passaria todo o mês em uma cabana da família em um bosque na saída da cidade.

Ninguém usava o local há muito tempo, desde a morte de seu avô em circunstâncias incomuns. O corpo foi encontrado totalmente sem sangue com várias marcas de mordidas e algumas partes despedaçadas. Na época, as autoridades afirmaram que foi algum tipo de animal, o que não era comum naquele bosque. Mesmo assim, ele não estava preocupado com o que acontecera e queria apenas descansar dos seus problemas pessoais. Foi casado por muitos anos, não teve filhos e todos os seus parentes já eram falecidos. Estava se sentindo sozinho e cansado e uma temporada ao ar livre lhe faria bem. Era o que pensava.

Finalmente, o grande dia chegou e se despediu dos colegas de trabalho, foi para casa e pegou a bagagem que já estava preparada, entrou no carro e começou a dirigir. Enfrentou um enorme trânsito comum nas grandes cidades e do qual já estava cansado, e esse era também um dos motivos para tirar férias na cabana da família no bosque. Depois de horas dirigindo, chegou ao local. Era necessário parar o carro em um estacionamento de uma loja e seguir o restante a pé por uma estrada de terra. A cabana ficava bem para dentro do bosque, longe de tudo e de todos. Foi uma caminhada cansativa, mas ele chegou, e a aparência da casa o surpreendeu pelo bom estado de conservação, mesmo após muitos anos sem ninguém a usar. Aproveitou que ainda estava de dia e cortou um pouco de lenha para passar a noite sem problemas.

Para que sua família tivesse essa cabana, tinham de cumprir algumas exigências ambientais, como não deixar lixo espalhado, não fazer fogueira do lado de fora para evitar riscos de incêndios, não caçar animais em extinção e outras questões. Entrou, largou a lenha próxima à lareira, tirou o pó dos móveis, quadros e tudo mais e varreu o chão para deixar tudo habitável. Ligou o celular e deixou tocando músicas de relaxamento e foi preparar o jantar no fogão a lenha. Sentou no sofá coberto com uma manta de retalhos e saboreou sua refeição. Cansado pela viagem, por cortar lenha e tudo mais, seus olhos começaram a fechar lentamente e antes que se desse conta estava dormindo.

Pela madrugada, ouviu vários barulhos do lado de fora da cabana. Parecia que eram pessoas andando ou até mesmo animais, não tinha como saber ao certo. Um forte vento fazia galhos de árvores baterem nas portas e janelas, alguns arranhavam os vidros de tal forma que atormentava os ouvidos. O vento ficou mais forte e parecia que a cabana cairia com tamanha força da natureza. Alguém bateu na porta e ele se assustou. A princípio ficou paralisado, sem saber o que fazer. Bateram novamente, e novamente, e não paravam. Decidiu abrir e, para sua surpresa, era seu avô, ali parado diante dele. Como isso era possível? O que estava acontecendo? Teve seus braços segurados e lhe foi dito para que não deixasse ninguém entrar, essa era a sua proteção. Quando questionou o que estava acontecendo, acordou. *Foi apenas um sonho*, pensou.

Um sonho tão real que o fez se perguntar se era mesmo um sonho. Mas o vento lá fora estava forte e batendo nas janelas e na porta e rangendo o assoalho de madeira da casa.

Ainda assustado pelo pesadelo, ouviu passos chegando perto da porta da cabana seguidos de batidas. Questionou-se se estava dormindo, se era uma ilusão ou realidade. Novamente batidas foram ouvidas... Mais uma vez, mas junto uma voz de menina pedindo ajuda. Pensou no que faria, se era uma menina mesmo, se estava sozinha. A casa era simples de madeira, não tinha pertences para serem roubados. E por alguns segundos, que mais pareciam anos, pensou se abriria ou não a porta. Mais batidas na porta seguido de um pedido de ajuda. Fechou os olhos, respirou fundo e decidiu abrir a porta. Deparou com uma menina de cabelos longos e pretos aparentando uns dez anos de idade e de vestido branco com babados.

— Obrigada, moço. Eu me perdi dos meus pais e tô muito assustada. O senhor me deixa entrar e esperar a noite passar? Amanhã meus pais me acham — disse a menina, com o rosto bem assustado.

O homem pensou no que seu avô dissera, mas lembrou que era apenas um sonho e, olhando para a menina, não conseguia imaginar nenhum perigo. Ele falou:

— Claro que você pode entrar! Se quiser, tem comida no fogão pra você.

— Não precisa, obrigada. Mais tarde eu como alguma coisa com certeza — respondeu, com um grande sorriso no rosto.

— Então vou preparar a cama pra você deitar e eu fico no sofá.

— Não precisa! É só por essa noite.

— Eu insisto!

Foi para o quarto e o arrumou para que a menina pudesse deitar e dormir. Ela agradeceu e pediu para deixar a porta do quarto aberta. O homem, muito cansado, se deitou no sofá e rapidamente dormiu.

Algum tempo depois, ele acordou escutando uma risada de criança. Levantou-se e, perto do fogão, estava a menina de costas, rindo.

— Do que você está rindo, menina?

— Não há nenhuma menina aqui! — respondeu a criança, com uma voz grossa.

Ela se virou e não mais era uma menina. Seus olhos eram totalmente negros, sua pele estava mais pálida, seus dentes pontiagudos, suas unhas longas parecendo lâminas e sangue preto escorrendo pela boca.

— O que é você?

— Eu sou a sua morte.

A criatura pulou na parede e em direção ao pescoço do homem, que não teve reflexo para se defender. Eles caíram no chão, e o homem sendo mordido e tendo a pele arrancada. Sangue jorrava pelo chão, e puxando forças de onde não tinha, ele a segurou e jogou para longe. A criatura caiu no chão de quatro e gargalhando com a voz grossa. Como se fosse um animal, correu de quatro atacando e com reflexo o homem pulou em direção à lareira. Quando ele caiu no chão, viu aquele ferro que serve para mexer nas madeiras no fogo. Foi atacado novamente e desferiu um golpe certeiro no rosto da criatura, que ao cair estava totalmente desfigurada. Parte da boca rasgada e pendurada de lado, mas ela continuava a gargalhar. Nesse momento, começou a regeneração da face e a criatura estava totalmente refeita. Sabendo que não teria chance, o sobrevivente correu para a porta onde estava pendurado um lampião e depois pegou álcool em uma tentativa desesperada de colocar fogo na cabana.

— O que você pensa que está fazendo? — perguntou a criatura, com o sangue preto escorrendo pela boca.

— Se eu vou morrer, levarei essa cabana e você comigo! — falou com ódio.

— Se você acha que consegue, então tente!

A criatura pulou e mordeu o braço que segurava o álcool, que caiu no chão. Ele pegou o ferro e acertou a cabeça da menina, que continuou mordendo e arrancando pedaços de seu braço. Continuou acertando com força e mais força e gritando com ódio para que ela soltasse de seu braço. Um golpe certeiro arrancou um dos olhos dela, que o soltou. Ele correu para pegar o álcool, jogou no chão em volta dele e perto do sofá e quebrou o lampião. Logo o fogo se espalhou pela cabana, que era toda de madeira. Novamente, a criatura pulou no pescoço, arrancando mais e mais pedaços do homem, que já estava esgotado fisicamente. Em um último esforço, ele conseguiu rolar o corpo no fogo, fazendo com que a menina o largasse. Enquanto ele gritava de dor ao estar queimando vivo, ela gargalhava, olhando tudo pegar fogo. Uma parte do telhado da cabana cedeu, caindo sobre a criatura, que parou de se mexer. Em segundos, tudo foi ao chão. As chamas foram muito altas, alertando pessoas que passavam perto do bosque e logo os bombeiros foram chamados.

Depois de algum tempo, só restaram cinzas. Apenas um corpo foi encontrado identificando o homem que só queria tirar férias e descansar. Como ele não tinha parentes vivos e a cabana tinha seguro, a propriedade foi leiloada. O comprador foi um empresário de entretenimento. Dentre suas propriedades, hotéis, pousadas e empresas de turismo que organizavam trilhas.

Passaram-se uns dois anos e a cabana foi reconstruída e trilhas começaram a ser organizadas ao bosque.

Há quem diga que em algumas noites é possível ver uma garotinha de cabelos longos e negros, um homem de cabelo branco e outro um pouco mais jovem rondando a cabana. Nenhuma morte foi confirmada novamente, mas alguns desaparecimentos aconteceram, e outras pessoas que voltaram ao passar uma noite na casa se tornaram totalmente diferentes de quando foram para o bosque.

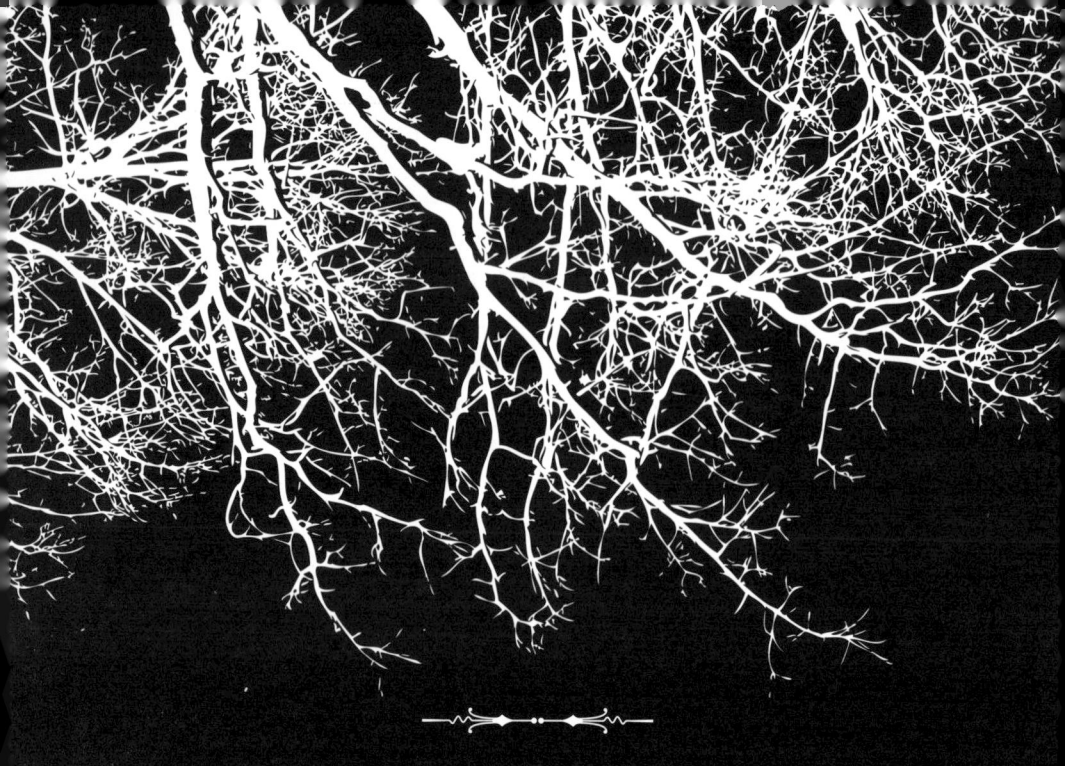

ATALHO PELO BOSQUE

Murilo J. Catâneo

Que mal faria atravessar o bosque?

    Já estava atrasado para encontrar minha namorada, e o atalho por dentro dele economizaria uns vinte minutos de caminhada. Nunca peguei aquele caminho à noite, mas a trilha estava livre de obstáculos, sugerindo que muitos pés já haviam passado por ali. Além do mais, a lua deixava a trilha tão iluminada quanto os postes da rodovia.

    Andando alguns metros, percebi que não havia som algum vindo da mata. Naquela época do ano, ao menos as cigarras estariam cantando. Aos poucos, senti um aroma adocicado que lembrava um pouco as amêndoas, inundando o ambiente, acompanhado por uma leve neblina.

    Acelerei o passo para terminar o atalho o quanto antes, enquanto coçava o nariz repetidamente. A temperatura havia mudado, e um vapor saía da minha boca e nariz ao respirar. Cruzei os braços, friccionando-os. Resmunguei por ser teimoso e não trazer uma jaqueta.

Ao longe, percebi que um menino seguia na mesma direção. Naquele horário, não era seguro uma criança andar sozinha pelo bosque, ainda mais com todos os casos de desaparecimentos na nossa região.

Tentei agilizar meus passos para alcançá-lo e lhe fazer companhia até o fim da trilha. Porém, senti minhas pernas mais pesadas, como se estivesse subindo uma escada com pesos amarrados aos tornozelos.

— Ei, garoto, espere um pouco!.

Minha voz não saiu. As palavras apenas ecoaram na minha mente. Tentei em vão falar outras palavras, mas minha boca não emitia nenhum som. Experimentei bater palmas e nada. Estalei os dedos, sem resultado. Estava mesmo surdo e não tinha como saber se minha voz era audível ao menino.

Senti meu coração martelando no peito e a respiração ficando cada vez mais ofegante, como se cada inspiração fosse uma luta. Atribuí, ao menos, o problema com a respiração à minha rinite. Aquele aroma adocicado era persistente, quase sufocante, impregnando todo o ar.

Procurei o menino com certa dificuldade, pois a neblina estava mais densa. Ele estava parado a alguns metros de mim, virou o rosto rapidamente, sorrindo, e correu em frente.

Meu corpo congelou, um arrepio percorreu meus braços. Seria alucinação.

"Era o meu irmão?"

Não podia ser, meu irmão mais velho desapareceu há mais de uma década. Ele tinha apenas dez anos quando tudo aconteceu, dois a mais que eu. Nunca tivemos notícia do seu paradeiro. Agora ele estava ali, sem envelhecer um ano, era uma aparição?

Meu instinto gritava para que eu fugisse, mas a visão daquele menino, tão familiar, me puxava irresistivelmente para frente. A adrenalina injetou a energia de que eu precisava para correr atrás daquela criança. Precisava confirmar se era mesmo o meu irmão.

— Gui, é você? Me espera!

Torci para que minha voz pudesse ser ouvida por ele, já que eu não podia escutá-la. Continuei seguindo-o até que o vi entrar dentro do bosque, entre a densa vegetação. Não raciocinei muito na hora e me atraquei pelo mesmo caminho.

Minutos depois, cheguei a uma clareira de terra batida. Ao olhar os meus braços, notei um líquido carmim escorrendo. Sangue? As árvores do bosque, com seus galhos secos e espinhos, cortaram minha pele feito navalha. Apesar dos machucados, não sentia dor, mesmo cutucando-os com as pontas dos dedos.

No centro, toda imponente, uma velha árvore negra repousava, com folhas que mesclavam entre as cores vermelho e verde, e longos galhos retorcidos que se balançavam na leve brisa. Ao seu redor, havia algumas pedras espalhadas, como se quisessem formar um círculo. Na base do caule, uma fenda se abria, grande o bastante para que uma pessoa atravessasse. Era de lá que saía aquela estranha névoa.

Uma mão apareceu de repente na borda daquela fenda tentando sair, sendo puxada de volta com certa violência. Só podia ser o Gui, precisava ajudá-lo. Tentei correr até ele, mas meus pés não obedeceram. Fui ao chão sem o reflexo de me proteger com os braços. A pancada na testa me trouxe uma dor aguda. Arrastei-me como pude até a árvore, cada metro em sua direção era um suplício, mas uma força invisível me atraía até ela. A névoa ao seu redor pulsava, viva, quase respirando.

Ao me aproximar, enfiei a mão dentro do escuro buraco, era um local quente e úmido. Tateei ao redor procurando algum sinal do meu irmão, mas encontrei apenas uma pilha de algo que se assemelhava à cerâmica quebrada e esbranquiçada. Ao retirar algumas delas para examinar, me joguei para trás. Eram fragmentos de ossos e, pelo formato da última peça, pertencia a um crânio humano.

Tentei me levantar, mas meu corpo não obedeceu, meus braços e pernas pesavam toneladas, conseguia apenas mexer a cabeça, mesmo assim com certa dificuldade. Em um primeiro momento, não percebi que algo se enrolava nas minhas pernas. Era uma espécie de cipó fino que subiu prendendo meus braços ao meu tronco até chegar ao pescoço. A pressão aumentou, cortando minha pele. Não sentia muita dor, de algum modo meu corpo estava anestesiado. No entanto, no momento que o osso da minha perna partiu, uma dor dilacerante irradiou pelo meu corpo. Soltei um grito, ao menos mentalmente.

A respiração estava cada vez mais carregada com meu pescoço sendo comprimido. Senti meu corpo ser arrastado em direção à fenda. Mais ossos se quebraram com o aperto contínuo. Um sabor metálico inundou minha boca. O ar já não chegava mais aos pulmões. Conforme era arrastado para mais perto da árvore, minha visão foi se turvando até escurecer por completo.

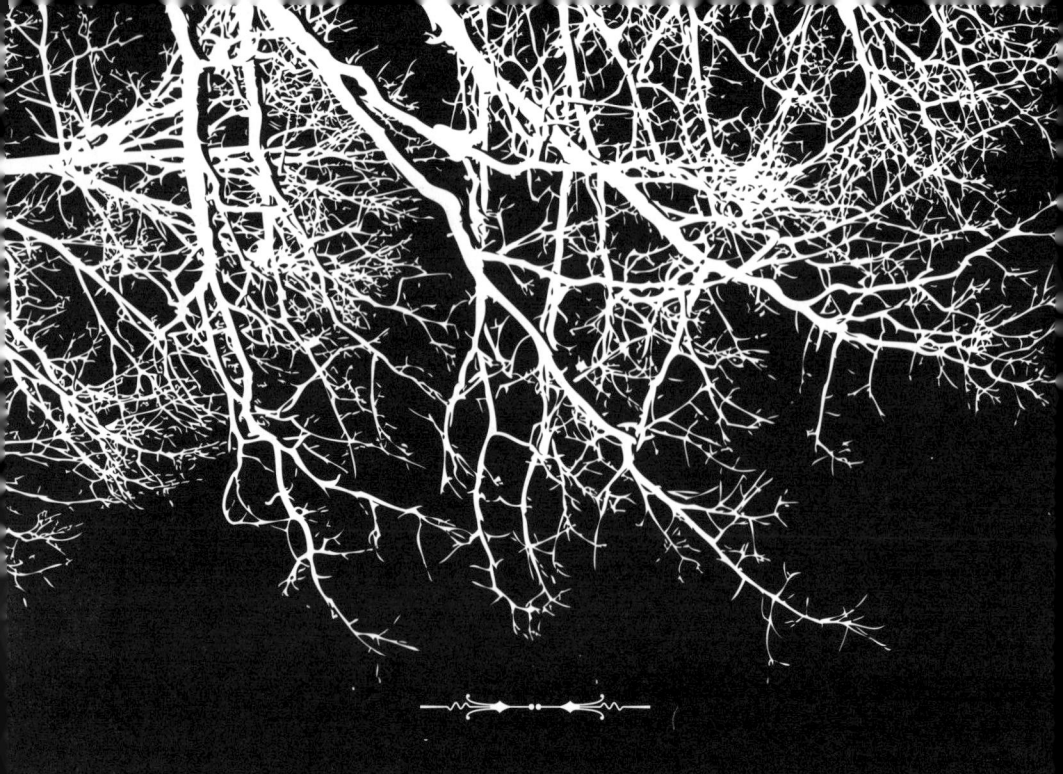

O CADERNO
Oseas História

— Mas que droga! Tinha certeza de que o caminho era por aqui. Roberto estava cansado, muito cansado. Tantos problemas com os quais tinha de lidar, tantas coisas acontecendo ao mesmo tempo, e ele se perguntava: "Por que isso acontece comigo"?

De fato, muitas coisas ocupavam sua mente nesse momento. Perder o emprego, separar-se da esposa, discutir com amigos, isso era apenas uma parte delas. Mas o que o atormentava há algum tempo era uma lembrança, uma evocação de tempos que ele não saberia dizer quais teriam sido ou o que envolveriam. Ele dirigia tão concentrado nesses pensamentos que perdeu a noção do tempo. Estava nesse caminho por uma hora ou por várias horas? E, aliás, que caminho era esse?

Ele também se perdera quanto a isso. Sua intenção era chegar a uma cidade não muito longe de onde estava, mas agora ele se via em uma estrada sem nenhuma sinalização, que parecia não ter fim, margeada por um bosque muito fechado.

Seus problemas eram tantos, e ele estava tão cansado, que por várias vezes sua mente se desligou da estrada, deixando-o a dirigir no piloto automático. Voltar à atenção ele conseguia, mas não conseguia manter por muito tempo. Cansado, muito cansado... De repente, algo como um animal cruzou ligeiro sua frente e Roberto, automaticamente, virou o volante na direção do bosque. A batida na árvore foi tão forte que o fez perder os sentidos.

Acordou sem noção de quanto tempo havia passado. Seu nariz sangrava, provavelmente quebrado, e todo o lado direito de seu rosto doía muito. Com certo esforço, conseguiu soltar-se do cinto de segurança e abrir a porta de seu carro. Pegou seu celular, mas descobriu que naquele lugar não havia sinal nenhum. Andou um pouco para a frente, depois para trás, e nada; apenas notou que suas pernas também doíam, e essa dor somente aumentava. Retornando ao carro, ele viu algo que brilhava dentro do bosque, o que lhe pareceu uma chance de encontrar ajuda, e por isso seguiu nessa direção.

À princípio, ele não notou nada de estranho. O bosque era bem fechado, sem sinal de estrada passando por ele, e muito silencioso. Apenas o som de seus próprios passos ele podia ouvir. Mas, a certa altura, passou a sentir algo estranho. Aquele silêncio todo não era normal, além de não avistar nenhum animal, nenhum pássaro, nem mesmo sentir o vento por entre as árvores. Então ele gritou:

— Olá?

Mas não obteve nenhuma resposta. O silêncio continuava o mesmo. Porém, havia algo a mais naquele lugar, algo que lhe parecia estranhamente conhecido, apesar de ele não se lembrar de alguma vez ter estado nesse bosque. Aquela sensação de estranhamento foi crescendo dentro dele, e isso estava a ponto de o fazer retornar para a estrada, quando ele avistou uma cabana. Imaginou que o brilho que ele vira poderia ter vindo de lá, e para lá foi.

Era uma cabana com aparência de muito velha. Uma pequena varanda em sua frente tinha um chão coberto de tábuas empoeiradas. Duas janelas, com vidros muito sujos, e uma porta torta eram tudo o que se podia ver aí. Roberto foi até a porta, bateu e chamou:

— Tem alguém aí? Preciso de ajuda — mas não houve nenhuma resposta. Tentou a maçaneta e viu que a porta não estava trancada; ele a abriu um pouco, hesitou, mas tornou a chamar por alguém. Como ninguém respondeu, entrou na cabana. Aquela sensação de estranhamento que havia sentido aumentou, de forma abrupta, e ele sentiu como se algo não quisesse que ele ficasse lá, mas ele ficou e observou seu interior. Este tinha uma aparência tão desolada quanto a parte de fora. Havia apenas um único cômodo, com uma cama quebrada e coberta de poeira, assim como um armário, uma mesa e duas cadeiras, todos no mesmo estado. Ao lado da porta, um facão muito sujo, encostado na parede, e ao fundo um espelho bastante opaco.

Os únicos objetos sobre a mesa eram um copo de vidro e um caderno. Este tinha uma capa muito amarelada, encrostada de sujeira. Tudo ali era muito simples, mas havia algo mais, um sentimento de solidão, de opressão, pairava no ar, e Roberto engoliu em seco, aparentemente sem motivo algum. Ele foi até o espelho e viu-se refletido, mas havia algo de estranho. Seu olhar estava parado, morto, e, sem se dar por isso, sorriu, mas havia algo de maligno naquele sorriso, um sentimento que lhe percorreu todo o corpo. Voltando-se devagar para a mesa, foi até ela e pegou o caderno, seguiu até a cama e sentou-se na parte que ainda estava presa à cabeceira. A luz que havia ali não era muita, mas o suficiente para que ele lesse. O que ele encontrou ali foi um relato, sem nomes, sem datas, que fez com que se esquecesse de tudo o mais.

"Nada sei das razões que me levaram a isso. Apenas sei o que aconteceu, isto é, até certo ponto. Também sei que há algo aqui, sobrenatural, que eu não entendo. Eu havia brigado com minha mulher, nem me lembro o porquê, e fui para o bar que fica na estrada da Vila Nova. Isso já havia me acontecido muitas vezes, e nunca havia passado de uma crise passageira, mas, assim que saí, fui tomado por uma sensação estranha, uma certeza de que eu estava bem e que merecia me divertir. No bar, encontrei uns amigos. Nós conversamos, rimos e bebemos muito, muito mesmo. Conforme a noite avançava, um sentimento de potência crescia em mim. De fato, eu me sentia muito bem, sentia que poderia fazer qualquer coisa, que nada me impediria nessa noite, e foi justamente nesse momento que avisaram que o bar iria fechar. Meus amigos assentiram simplesmente, mas não eu. Eu não queria, e não estava disposto a ser contrariado. Eles tentaram me convencer a sair, o que eu não aceitei, e acabamos nos desentendendo. O dono do bar nos expulsou, e cada um deles se foi, me deixando só, com um ódio que vinha substituir toda aquela euforia que me dominava há pouco. Mas não era simplesmente um ódio pelo fato de ter sido expulso do bar, havia algo a mais nele. Descontrolado, eu entrei no bosque e me dirigi para minha cabana."

Aquele relato mexeu com Roberto. Era um relato de um estranho, então, por que o incomodava tanto? Sem motivo aparente, a palavra "loucura" passou por seu pensamento, como uma lembrança. Ele voltou a ler.

"Eu andei cada vez mais depressa pelo bosque. Já fizera aquele caminho muitas vezes, mas, naquela noite, eu me perdi. Não entendia como isso poderia ter acontecido, mas aconteceu. Tudo me parecia diferente, como se aquele bosque não fosse o que eu tanto conhecia. O silêncio nele me incomodava e, não sei se sob efeito da bebida ou por algo mais, comecei a ser tomado por um misto de medo e de fúria. Para que lado eu deveria seguir? Parecia que qualquer direção que eu tomasse me levaria mais para dentro do bosque. Não sei dizer quanto tempo fiquei vagando, apenas me lembro de uma pressão enorme em minha cabeça, e meus pensamentos como que sendo tomados por algo que não era eu. As histórias que eu ouvira sobre o bosque, sobre coisas estranhas e seres avistados nele, que tanto me assustavam quando criança, nunca mais haviam mexido comigo desde que me tornei adulto, mas agora voltavam a povoar minha mente. Tentei lutar contra essas lembranças, mas, quanto mais o fazia, mais elas surgiam. Assim, fui caminhando até avistar minha cabana. Antes de entrar, passei por minha carroça e a descobri. Por que fiz isso, não sei, mas lá estava o meu facão. Eu o peguei antes de entrar."

Roberto sentia que não precisava terminar de ler o relato. Sabia, com certeza, do que viria em seguida, e isso o assustava. Como ele sabia? Não tinha ideia disso. Um suor frio lhe cobria a testa e começava a escorrer por seu rosto, e como um vento repentino lhe passou pelo pescoço. Aquele relato, tudo o que encontrava nele... Mesmo assim, continuou.

"Minha intenção não era a de ficar em casa. Eu queria voltar para o bar e encarar o dono que me expulsou, agora com meu facão, e a quem mais tentasse me impedir. Isso não ficaria assim, e o facão em minha mão me dava a certeza de que ninguém me impediria, independentemente do que eu precisasse fazer. Mas entrei na casa e lá estava minha mulher, sentada em uma cadeira, e um casal nosso conhecido. Ela chorava e gritava, perguntando por onde eu havia estado, enquanto a mulher, em pé ao seu lado, tentava acalmá-la, e seu marido se dirigiu a mim exigindo uma explicação. A partir desse ponto, já não me recordo de como as coisas aconteceram."

Mas nem era preciso. Roberto se levantou e voltou-se para o espelho. Foi até ele e o encarou de forma fixa, e o medo passou a controlá-lo. Ele sabia exatamente como isso se deu, ele sentiu isso. Como algo que entrasse em seu corpo, aquilo era como a lembrança de algo que vinha preencher suas memórias. A mão com o facão desceu na cabeça daquele homem que lhe falava. O crânio foi partido, o sangue escorreu imediatamente e seu corpo caiu para trás, ainda com uma das mãos levantadas. As mulheres gritaram, desesperadas, e aquela que estava em pé saiu correndo para o fundo da cabana. Grande erro. Não havia saída por lá, e ela foi encurralada. Encostada à parede, tentava afastar a ameaça com movimentos descontrolados dos braços, mas nada conseguia. Virou-se para a parede e o facão lhe abriu um corte nas costas. Ela se curvou para trás e se virou. Sua cabeça rolou com o próximo golpe, indo parar aos pés da outra mulher, enquanto seu corpo caía em meio a um jato de sangue que se projetava do que lhe sobrara do pescoço preso a ele. A outra mulher nem conseguiu se levantar, tão apavorada estava. Levantou um braço, que foi decepado de um único golpe, à altura do cotovelo. O sangue esguichava, seu grito fez-se o mais pavoroso de todos, mas foi cortado quanto o facão lhe atravessou o peito. Seus olhos se injetaram de sangue, e a voz tornou-se um ganido que foi morrendo conforme se encurvava para a frente, fazendo com que a lâmina apontasse por suas costas.

O que era aquilo tudo? Que rosto era aquele que ele via no espelho? Então, um sussurro lhe chegou aos ouvidos, vindo do interior do bosque. Era como se todas as histórias que ele ouvira ganhassem vida e estivessem ali, ao seu lado, chamando-o, lhe recordando algo que ficara por fazer, que tinha a ver com ele e com seu passado. Tudo era verdade então, e sua mente foi dominada. Possuída.

Roberto voltou para a cama, pegou o caderno e o olhou fixamente. O que estava lá era algo maior do que poderia ter imaginado a princípio, era algo que ele buscava, sem ao menos se dar conta disso, era o que ele era, ainda que totalmente inconsciente de seu ser. Então, deixou o caderno de novo sobre a mesa, pegou o facão e saiu para o bosque. O silêncio continuava aterrador, mas outra palavra, que ele agora tinha certeza vir do bosque, passou por sua mente: "Faça."

Ele tinha algo a terminar, e dirigiu-se para o bar da Vila Nova. O massacre ainda não havia terminado.

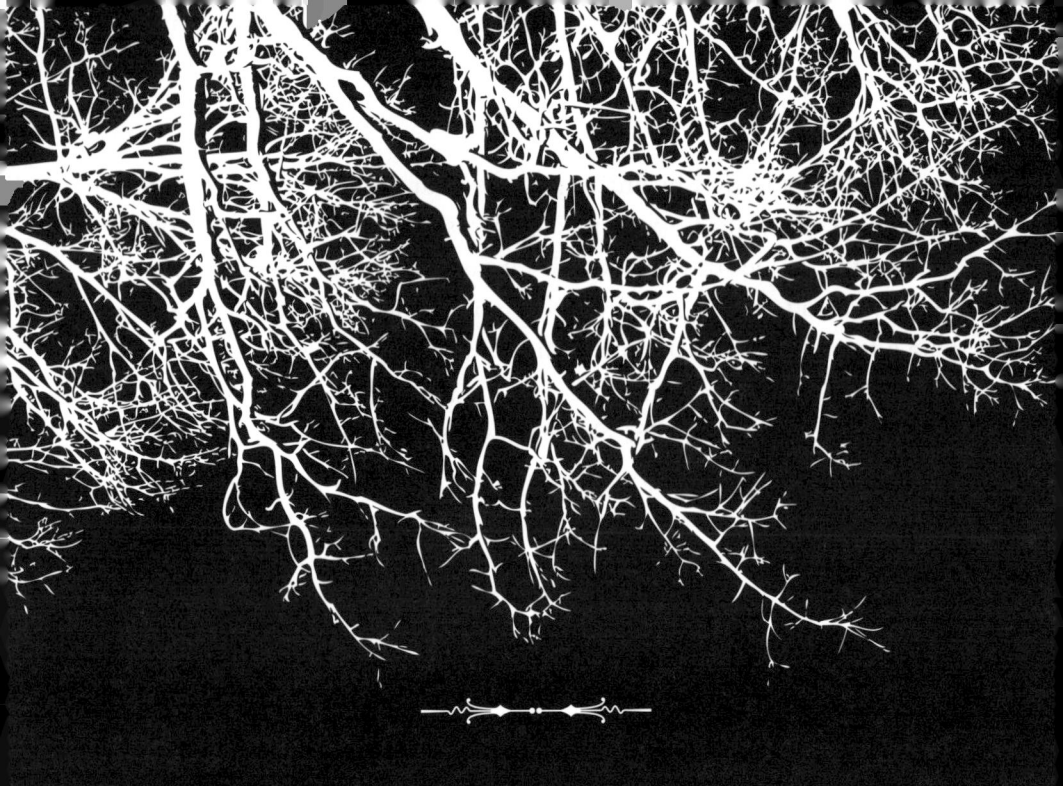

O ESPÍRITO DO BOSQUE

R.A. Szeliga

Já passava de uma da manhã quando Helena se deu conta de quantas horas havia gastado procurando informações na Internet sobre um tal Bosque do Silêncio. As informações que sua colega de sala, Mariana, havia passado faziam menção a um espírito em alguma clareira que atendia os pedidos de quem tivesse sentimentos verdadeiros. Difícil era saber qual era exatamente o bosque. E se fosse uma lenda urbana muito antiga, poderia muito bem já ter dado lugar a algum condomínio de prédios ou algo parecido. Parecia uma busca inútil.

No dia seguinte, comentou no café da manhã com seu pai sobre o assunto. Bobagem, menina, essas coisas não existem, são apenas histórias que contam, disse Samuel, dividindo a atenção entre a xícara de café e as notícias na tela do celular. A adolescente contra-argumentou com mais informações, como ser necessário levar uma fotografia até o local de forma que o espírito julgaria o sentimento da pessoa para atender o pedido ou não. Samuel logo se levantou, pegando as chaves do carro. Disse que recebeu uma mensagem de urgência da delegacia e então precisaria deixar a filha mais cedo na escola.

No caminho, a garota insistiu no assunto, passando mais detalhes sobre o suposto espírito chamado Aysu. Seu pai, incrédulo, e sem dar muita atenção, falou que nos tempos modernos era mais fácil achar relacionamentos em aplicativos. Mas ela o corrigiu e disse que o intuito de Aysu era na verdade se vingar de pessoas. Ou pelo menos era isso que ela havia achado na internet.

Deixou a filha na escola e rumou para o trabalho. Na escola, Helena e sua amiga Mariana conversaram sobre suas pesquisas online. Mariana disse que descobriu a localização do bosque e que elas poderiam ir lá visitar para sentir a atmosfera do local e, quem sabe, deixar a fotografia de alguém lá, apenas como teste, para ver se o tal fantasma aparecia mesmo. Sem chance, Mari, tá maluca, foi a resposta de Helena.

Na delegacia, Samuel não se demorou e partiu logo para o serviço de investigação em campo para juntar-se aos demais colegas. Era uma manhã de chuva fina e gelada com um nevoeiro proeminente, e o policial estacionou na beira da rodovia procurando o local mais seguro que havia para abandonar a viatura. A partir dali, o trajeto seria feito a pé em um estreito caminho de chão. A equipe que já estava em campo havia dado conta de mais uma fotografia encontrada no bosque que se localizava na beira da rodovia. Não era um retrato qualquer, mas mais um de uma série de até então quatro deles. Todas as fotografias anteriores prenunciaram um corpo que seria encontrado alguns dias depois nos arredores da estrada, dentro do famigerado bosque. Como investigador de polícia, era sua atribuição averiguar o local na busca de alguma pista que levasse a, no mínimo, um suspeito e, na melhor das hipóteses, evitar mais um assassinato.

A estrada de terra fazia a ligação da rodovia até as chácaras do interior. A sequência de eventos no pequeno bosque já começava a despertar sentimentos de mau agouro entre os moradores da região. Depois de caminhar por alguns minutos, Samuel se reuniu com outros dois investigadores que já estavam lá. Ele questionou sobre a foto encontrada. Felipe, seu companheiro de delegacia, afastando-se de Sônia, puxou Samuel para um canto, mas hesitou antes de responder. Falou para o colega ter calma e que precisariam ainda descartar a possibilidade de trote ou alguma brincadeira de adolescentes enquanto entregava o envelope com a fotografia encontrada mais cedo. Samuel abriu e o que viu o deixou de pernas trêmulas. Era um retrato de sua própria filha, sorrindo. A foto estava rasgada ao meio, de forma a deixar uma outra pessoa no retrato de fora. Tentou imaginar que lugar era aquele e deduziu que era a escola. A outra pessoa ao lado provavelmente era algum colega de sala.

Samuel questionou se já haviam ido falar com os moradores ao final da estrada. Ouviu que estavam à sua espera antes de continuar. O trio, então, percorreu a pé o trecho de poucos quilômetros sem encontrar nada que fosse de relevância.

Ao final da concentração maior de árvores, o caminho conduzia às primeiras casas que já apontavam com moradores e curiosos ávidos por fazer perguntas. O investigador também as tinha para eles. Não conseguiu nada de muito importante, nada que já não tivesse ouvido de outros colegas policiais a respeito do local. O doutor vai se arrepender de fuçar demais essas terras, disse um deles. Um outro também o preveniu para não lidar muito com o oculto, pois as pessoas que desapareciam no bosque, coisas boas não deveriam estar fazendo. Por fim, uma informação que não passou despercebida. O bosque estava recebendo a alcunha de Bosque do Silêncio pelos moradores da região. De fato, no caminho não havia muitos sons com os quais se incomodar. Nada de animais, pássaros ou insetos e, tirando as imensas e centenárias árvores, era como se a própria vida evitasse a região. Mas a coincidência com a história da filha lhe arrepiou o corpo.

Samuel precisava agir, pois do outro lado havia alguém brincando com a polícia e com a população local. Praticando um sádico e funesto jogo. Entre uma crendice e outra, ele foi recolhendo tudo o que podia de informações até se deparar com uma pequena garotinha que parecia acompanhá-lo a distância desde que ele começou a bater de casa em casa. Ele não viu quando ela se aproximou. A garota, aparentando a mesma idade de sua própria filha, não chamava muito a atenção por si só, com vestes em tons ocres que pareciam se misturar ao fundo de árvores e chão de terra.

Eu não a conheço, tio, disse a menina, ao olhar a fotografia. Apresentava uma desenvoltura fluida e uma frieza ao falar, bem diferente dos outros moradores dali, quase todos assustados com o que vinha acontecendo. Isso causou um grande desconforto no policial. Não se preocupe, continuou a garota, por enquanto o bosque não quer o tio, mas é bom ficar longe, pois isso pode bem mudar, sempre é necessário mais uma árvore. As palavras lhe cortaram os ouvidos como uma lâmina afiada ao mesmo tempo que um calafrio descomunal lhe subiu pelas espinhas. Conforme a menina falava, era como se o vento lhe soprasse diretamente na alma. Samuel, ignorando a aflição e tentando conduzir a situação, perguntou à garota quem eram seus pais e se ele podia falar com eles. A resposta da menina foi tão direta e linear que ele não soube como se portar. Disse que eles já não estavam aqui e que provavelmente estariam junto aos demais jovens das fotografias anteriores. E se o policial não quisesse se juntar a todos eles, era melhor deixar essa história toda de lado. Ficar fora disso era a opção mais fácil, disse ela. Por um instante, ele esqueceu que se tratava de uma menininha, abaixou-se na altura dela e olhando diretamente nos olhos lhe advertiu com o dedo em riste que não deveria brincar com um policial daquele jeito. Aysu não brinca com ninguém, tio, e apenas quer ajudar, disse a menina. Samuel se afastou. Aysu. Aquele nome ressoou dentro de sua cabeça.

Olhou ao redor e viu que todos os moradores já haviam entrado em suas casas. Perto dali, seus dois colegas tinham terminado de tomar os relatos e conversavam. Quando foi se dirigir novamente à pequena para lhe fazer mais perguntas, ela já estava se afastando, porém, de costas, ainda falou mais uma vez um pouco antes de desaparecer na neblina.

O que ela disse tamborilaria na cabeça de Samuel o restante do dia. Se quer cuidar da menina, tio, faça como os outros aqui, esqueça o

Bosque mas saiba que sempre há outra opção. Uma vida por outra vida. Sempre é possível negociar.

A neblina não permitiu ver por onde exatamente a menina foi, mas Samuel percebeu que ela desapareceu na direção de uma das casas. Sentiu novamente um calafrio lhe invadir o corpo, conforme a voz solene da garota ecoava em sua mente. Olhou as horas no relógio de pulso. Pensou no caminho de volta tendo que passar pela estrada do bosque. Sacou o telefone do bolso, bateu uma foto da residência e chamou seus colegas.

— Gente simples, não? Qualquer crendice já assusta a todos — disse Samuel aos colegas enquanto faziam o caminho de volta.

— Sim, mas é no conhecimento popular que conseguimos pescar alguma coisa — replicou Felipe.

— A garotinha me deu uns calafrios.

Felipe e Sônia se olharam, sem saber exatamente do que Samuel falava. Afinal, haviam falado com tanta gente que não dava para prestar atenção em todos.

Na escola, Mariana insistentemente pedia para ir até o bosque com Helena. Falava que talvez encontrassem alguma coisa lá. O que ela não contava é que na noite anterior já tinha armado uma brincadeira com a foto da amiga. Ela queria ver a cara dela quando achasse sua fotografia lá. Uma pequena e irresponsável brincadeirinha de mau gosto.

No fim do dia, Samuel passou na escola para pegar a filha, e o trajeto até em casa foi feito em um silêncio sepulcral. Quando chegaram, antes de falar qualquer coisa, perguntou se ela tinha o costume de tirar fotos em frente à escola. Diante de tão estranha pergunta, Helena titubeou antes de responder e se lembrou de uma *selfie* dela feita por Mariana. Ele pediu a ela para lhe enviar a foto para que ele pudesse entender alguma coisa sobre comportamento de jovens. Ela não engoliu a história, mas, ainda que receosa, enviou o arquivo mesmo assim.

A conversa seguiu com Samuel contando alguns detalhes à filha de como foi sua manhã e as interações com os moradores da região. Apenas não mencionou que a foto encontrada era a dela. A garota, então, pediu para ir até lá e ver como eram as coisas. Para ela, finalmente o trabalho do pai parecia ter alguma emoção além de papelada e rotinas maçantes. E chegaria à escola contando as novidades para sua colega.

Sempre havia possibilidade de negociar. Uma vida por outra vida.

Na manhã seguinte, ele concordou em levar a filha com o carro particular até a entrada do bosque, dada a insistência da garota. Sairiam de casa mais cedo e, antes da escola, passariam pelo local. Já na garagem, Helena voltou para buscar o telefone celular que havia deixado no quarto. Samuel, enquanto aguardava dentro do carro, repassava as anotações que havia feito desde a manhã anterior. Estava com a foto que a filha lhe havia enviado anteriormente. Mais cedo, antes do café, havia feito uma impressão dela. As duas garotas sorridentes. A posição e o pedaço do braço esticado no canto denunciavam que quem havia fotografado era mesmo a amiga de sua filha. Rasgou a foto no meio e juntou com a que foi encontrada no Bosque. Encaixavam. A informação faltante era sobre quem havia deixado a foto no bosque. A dúvida que não existia era que, fosse quem tivesse sido o autor do fúnebre ato, a foto recuperada do bosque era a de sua filha. Enquanto observava, sentiu alguém entrando na parte de trás do carro. Estranhou a rapidez com que a filha voltou e, tentando esboçar naturalidade, sem tirar os olhos de suas anotações, comentou que quando era pequena a menina insistia para vir na frente e agora iria no banco de trás. Mas a voz sem emoção que ouviu como resposta fez o coração de Samuel parar por um instante. Eu disse que a opção mais fácil era ficar fora disso, mas faça como quiser, uma vida por outra vida, por mim tanto faz, disse a voz. Olhou pelo retrovisor e viu sentada a misteriosa garota da manhã anterior. Nesse instante, Helena entrou no banco do passageiro, na parte da frente, e fechando a porta avisou que podiam ir. O pai olhou para ela. Virou os olhos novamente para o retrovisor. Helena estava totalmente alheia à companhia deles para essa viagem.

Fechou sua agenda, não sem antes dar mais uma olhada na fotografia rasgada apenas na parte com a Mariana e guardá-la no bolso do colete. Uma vida por outra vida. Aysu do Bosque do Silêncio, afinal, estava aberta a negociações.

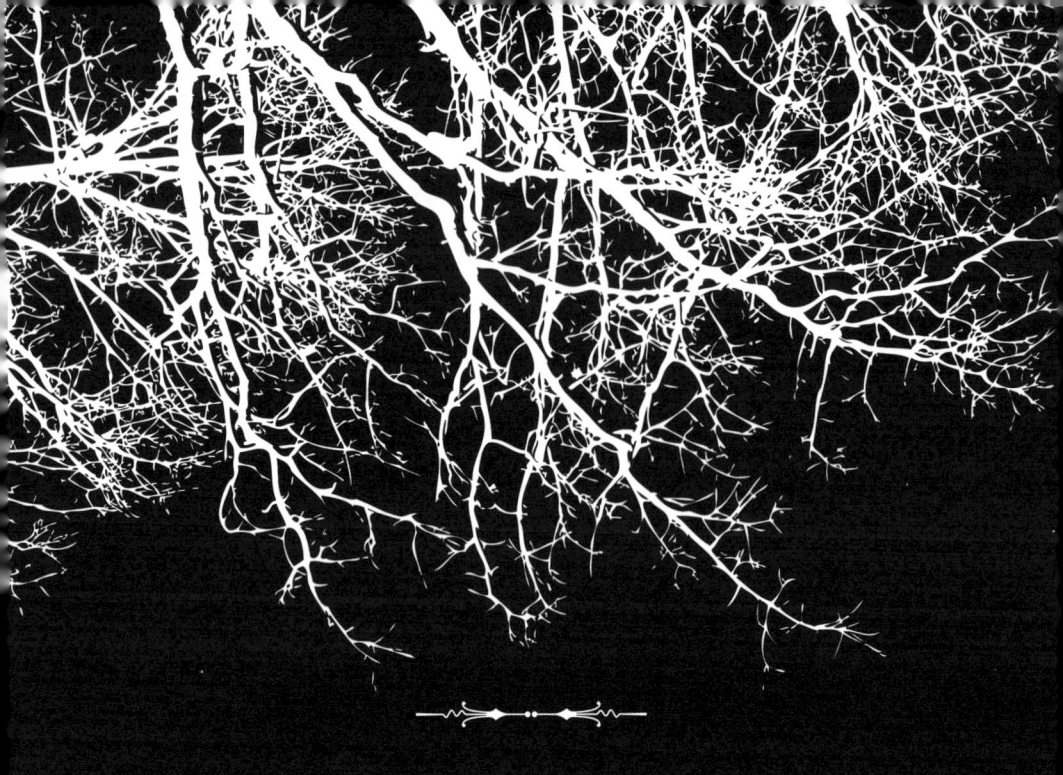

O LADRÃO DE VOZES

R.F. Jorck

Como um vulto incorporado à escuridão, minha existência se resume apenas a um rastro de vento disperso em meio à neblina rasteira desse bosque sepulcral. Há um grande vazio em minhas memórias. Não sei ao certo quem ou o que eu sou, menos ainda a razão de estar aqui.

Contudo, independentemente de meu passado desconhecido, existe uma verdade concreta e inexorável neste lugar. A presença de uma força oculta, camuflada no abraço soturno dos galhos ressecados de árvores mortas, no aguardo de uma vítima para ser predada.

Um conjunto de luzes bruxuleantes acima e distantes de minha posição me convocam à atenção, obstruídas parcialmente pela mata.

Lembro-me de uma vez já ter sido envolto nessa mesma luminescência, provinda das lâmpadas dos postes de uma estrada elevada.

Foram esses os postes que me possibilitaram vislumbrar o bosque enquanto dirigia. Nessa ocasião, um pensamento me surgiu.

Esse lugar é perfeito!

Todavia, ainda me falta esclarecimento da razão de tal ponderação.

Vagando pelo bosque, as lembranças começam a ressurgir lentamente, flutuando como a névoa sob meus joelhos. Só não posso dizer se para me elucidar ou assombrar.

Estava correndo desolado por esse mesmo matagal, acreditava estar sendo perseguido, ter sido percebido. No fim, acabei andando em círculos por causa de meu desespero e retornando à clareira de onde fugira. Lá me deparei com o cadáver de uma mulher, prostrada sobre as folhas decompostas. Entretanto, não era o corpo de qualquer mulher, mas, sim, o da minha até então esposa, Beatriz.

Sua estrutura física seria idêntica, não fosse a garganta com laringe e esôfago ausentes, restando apenas ossos e fatias espalhadas de pele rasgada. Muito diferente dos hematomas pregressos em seu pescoço.

Contrariando qualquer explicação racional, comecei a ouvir Beatriz me chamando, enquanto encarava com horror o seu corpo inanimado à minha frente. Clamava por minha ajuda.

Senti os músculos do meu corpo se tensionando e em seguida tremerem de aflição. Minha atenção em meio a tontura nauseante transitava entre as palpitações cardíacas e o úmido suor que escorria entre meus dedos.

Despertei desse entorpecimento quando suas lamúrias se transformaram em convites amorosos, solicitando minha companhia com seu tom doce de voz que eu tanto adorava. Porém, ao invés de atração, senti uma incompreensível repulsa por aquelas palavras e novamente voltei a correr.

Lancei-me em disparada por entre a ramagem, tropeçando em raízes, arranhando os braços e rosto nos galhos durante o caminho. Nada disso importava, eram apenas feridas superficiais comparadas ao pânico que me consumia.

Em determinado momento, esbarrei em uma moita seca, afastando com as mãos as ramificações espinhosas. Quando finalmente consegui alcançar o outro lado, não estava mais no bosque.

Encontrava-me em casa, sentado à mesa, acompanhado de Beatriz e um casal de amigos que havíamos convidado para jantar. Era inverno e minha esposa vestia um casaco de lã com gola alta. Mesmo assim, quando ela foi servir o macarrão à carbonara preparado para as visitas, foi possível avistar as marcas arroxeadas em seu braço, deixando um clima insólito.

Na tentativa de resolver a situação, coloquei a mão em seu joelho e comecei a apertar, na esperança de que tomasse a decisão certa, pois estávamos todos em silêncio por um bom tempo.

— Você sabe que precisa tomar mais cuidado — vi-me obrigado a tomar a iniciativa da situação, continuando a tensionar seu joelho. — A Beatriz sempre teve dificuldade com localização espacial. De vez em quando, aparece com um ponto roxo pelo corpo. Não é mesmo amor?

— É… sempre fui meio atrapalhada.

Aliviado, soltei sua perna. Retribuí seu apoio com leves tapinhas e um sorriso. Logo voltamos a jantar.

Após nos despedirmos de nossos amigos, tentei conversar com Beatriz sobre o ocorrido, porém ela pareceu me ignorar enquanto retirava a louça da mesa. Segurei seu pulso para conseguir sua atenção. Ela se desvencilhou e afastou o braço de mim e começou a me olhar com frieza.

— Só quero conversar com você. Ver se tá tudo certo. Olha, eu sei que temos os nossos problemas. Confesso que passei um pouco dos limites.

— Um pouco? — disse, ríspida, massageando o braço marcado de roxo.

Frustrava-me o quanto, a meu ver, ela gostava de se fazer de vítima. Não importava o quanto me esforçasse, os presentes que comprasse. Bastava apenas um pequeno deslize para ela me tratar como o vilão da história.

Respirei fundo para poder me acalmar e voltar a conversar.

— Eu estava afetado pelo estresse do trabalho, ainda mais hoje com toda essa correria do jantar, e ainda tive que sair por aí pra comprar os ingredientes que faltavam. Você sabe o quanto eu odeio ter de resolver um problema de última hora. Eu te amo, mas se continuar assim, querendo empurrar para terceiros os nossos problemas, as pessoas vão começar a ter pensamentos errados sobre nós. Prometi ser o responsável pelas despesas, assim como não pretendo voltar atrás com minha palavra. Mas tenho medo de que não consiga se manter caso alguma coisa aconteça comigo, já que passou os últimos anos apenas em casa.

— Eu não falei nada.

— Mas você olhou, Beatriz. Você olhou na intenção de falar. Que tipo de pessoas você quer que eles pensem que somos?

A resposta que tive tornou a ser o silêncio e o olhar de apatia. Ela sabia exatamente como me tirar do sério. Não tinha mais paciência para continuar com aquilo.

— Tudo bem, faça como quiser. Já aviso que só vai sair perdendo se continuar com essa atitude.

Atravessei o corredor esbravejando em direção ao quarto e abri a porta apressado, já preparado para bater com toda minha força quando fosse fechar. Todavia, como antes e de forma instantânea, estava outra vez no bosque. Cercado e oprimido pela densa escuridão.

Cheguei à compreensão de que toda essa alucinação do jantar era, na verdade, lembranças recentes. Sentia nessas memórias uma tentativa de me trazer um sentimento de culpa, como se algo estivesse querendo me punir.

Um baque seco de galho quebrando foi o responsável por me arrancar de meus devaneios. Olhei espantado para todos os lados, encontrava-me em outra clareira, sem o corpo de Beatriz dessa vez. Do mesmo modo que qualquer outro lugar naquele matagal, as árvores ressecadas me cercavam por toda a extensão.

Naquele emaranhado de ramificações, um pequeno amontoado de galhos parecia se destacar dos demais, se movimentando de maneira singular e autônoma.

Observando mais detalhadamente, os tais galhos possuíam uma fisionomia bastante peculiar, semelhante à de garras, e estavam agregados a um acúmulo pútrido de lodo. Além do odor insalubre, dezenas de vermes esbranquiçados rastejavam pela superfície em torno de pequenas lascas de pedras amareladas, e essas pedras estavam dispostas ao longo de diversas cavidades mucosas.

Afastei-me em ojeriza ao entender a verdadeira natureza daquele volume grotesco. Os vermes eram na verdade lábios dotados de furúnculos pustulentos, assim como os pedregulhos eram dentes fétidos. Bocas, todos aqueles orifícios dispostos ao longo da massa hedionda eram bocas dantescas. Em meu espanto, acreditei vê-las mudar de posição.

Foi de uma daquelas malditas cavidades que a voz de Beatriz ressurgiu e, unindo-se à dela, outras vozes começaram a emitir ruídos. Não se ouvia mais palavras inteligíveis, apenas lamúrias das mais diversas tonalidades vocais.

Sequer tive tempo de me virar para a aberração se tornar um vulto e desaparecer na mata. Pude apenas a ouvir aterrissando nas árvores, para logo em seguida saltar novamente, seguindo assim de forma contínua. Em raros momentos, consegui vislumbrar um resquício de seu rastro, apenas por causa do balançar dos galhos. Durante todo esse acontecimento, as vozes ecoavam agonizando de forma ininterrupta.

Sem mais opções do que fazer, me pus a fugir na direção das luzes. Tinha a esperança de haver alguém passando pela estrada e assim conseguir ajuda. Infelizmente, a criatura era rápida e não tardou para que suas garras amadeiradas alcançassem meu pescoço.

Por mais estranho que parecesse, não senti dor alguma, pois novamente fui aprisionado em memórias dolorosas. Recordações de poucas horas atrás. No momento em que cheguei em casa e me deparei com Beatriz na sala, de malas feitas, uma pasta e celular em mãos, chamando um motorista por aplicativo.

Um sentimento amargo de traição me dominou e num impulso arranquei a pasta de sua mão para saber do que se tratava. O poço era ainda mais fundo do que imaginei. Dentro dela tinham fotos impressas de hematomas de seu corpo ao longo do tempo, assim como capturas de tela comprometedoras das nossas conversas, todos os seus documentos e, por fim, depoimentos escritos de alguns conhecidos em comum. No seu celular, consegui avistar o destino selecionado, delegacia da mulher. Pretendia me comprometer.

Percebendo meu olhar em seu dispositivo, ela recuperou a pasta de minha mão com agilidade e correu para o quarto. Mas para o azar dela, eu também consegui ser rápido e coloquei meu pé no batente da porta antes que conseguisse fechá-la por completo.

Quando parte da adrenalina se esvaiu e compreendi a minha situação, estava com as mãos ao redor de seu pescoço, sufocando-a. Ela tentava com fracasso digitar o número da polícia em seu celular. Parei apenas quando seus braços penderam de seu corpo e pude ouvir o som do celular e da pasta tombando no chão.

O decorrer dos eventos foram um profundo sentimento de desespero, seguido da ideia primitiva e irracional de que deveria dar um jeito naquele corpo. Eu a amava, entretanto o medo de ser descoberto, de ter minha vida e carreira destruídas, dominaram qualquer outro tipo de emoção que já tive algum dia.

Coloquei o corpo no porta-malas do carro e segui sem rumo. Decidi me afastar da zona urbana da cidade para poder pensar em como me livraria dele. Foi passando pela estrada elevada que avistei o bosque e o pensamento me surgiu.

"Esse lugar é perfeito!"

Continuei pela rua até achar uma entrada para o matagal e estacionei mais para dentro do local. No momento em que arrastava o corpo de Beatriz, ouvi barulhos distantes. Fiquei aterrorizado com a possibilidade de haver testemunhas e tentei correr de volta para o veículo. Porém, quando me dei conta, não estava me encaminhando na direção desejada, estava perdido naquele labirinto lúgubre, sem noção alguma do quanto adentrara a região florestal.

Agora consigo compreender a razão de minha vaga existência neste plano. Tornei-me um espectro condenado a vagar eternamente por esse bosque, dirigindo-me para um rumo incerto ao passo que sou torturado pelos pecados cometidos em vida. Talvez seja esse o meu purgatório, ou quem sabe o próprio inferno.

Os momentos antecessores ao meu fim foram marcados apenas por sons e sensações táteis, pois minha visão estava turva quando cambaleava em direção às luzes dos postes, tendo meu sangue escorrendo da ferida exposta de minha garganta. Em minha imaginação, avistei através de borrões um carro parado à margem da estrada, talvez alguém estivesse trocando a roda de um pneu furado.

Tão perto, mas ainda assim inalcançável.

Enquanto isso, a criatura continuava a me cercar. Agora voltou a clamar por mim com a voz doce de Beatriz e junto a isso retornou também o sentimento de repulsa. Contudo, não era repulsa de minha esposa, ou até mesmo, pelo meu espanto, da besta, mas, sim, uma repulsa de mim mesmo, por tudo que fizera ao longo do relacionamento com a pessoa que eu chamava de amada.

Não cheguei a entender o motivo de o monstro ainda insistir em mim, pois assim como Beatriz, a coisa já atacara a minha garganta. Talvez fosse porque eu ainda continuava caminhando, ou quem sabe fosse parte da penitência. Independentemente do motivo, nos instantes antes de ter a vida ceifada por suas garras perfurando e revirando minhas entranhas, pude ouvir uma última vez uma das vozes roubadas de meu algoz. Para meu temor, não era a voz de Beatriz que me confortava nem a de qualquer outro, mas a minha própria voz falando.

— Está tudo bem, você sabe que pode confiar em mim. Porque eu te amo.

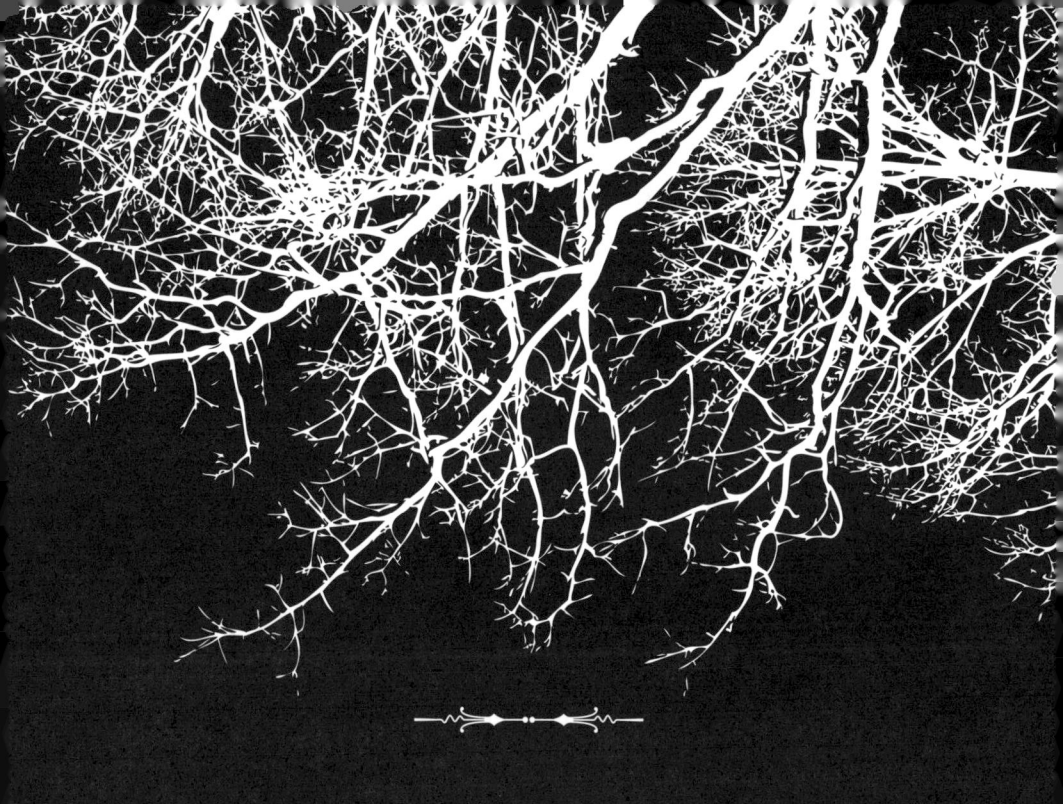

O GUARDIÃO

Raquel Saraceni

J á começava a escurecer quando o cheiro amadeirado da mata exalava todo o seu frescor através do ar cada vez mais frio. Temia que o farfalhar dos meus passos, esmagando as folhas secas, denunciassem a minha fuga.

Sempre tive falta de sorte; nunca fui uma pessoa premiada, ganhava é nunca e definitivamente por isso eu não entrava em tolas apostas. Minhas escolhas amorosas também não foram as mais sensatas, eu sempre ficava com os abusivos.

Contudo, se existe algo de que eu não possa reclamar é a sorte no azar. Sim, pode parecer estranho possuir sorte em momentos de infortúnio, mas é exatamente isso que garante a minha sobrevivência.

Ele errou todos os tiros, apesar de um dos disparos por uma questão de milímetros e uma fração de segundos ter passado bem rente ao meu rosto, ensurdecendo-me. Agora um zumbido infernal quebra o silêncio e a paz dentro da minha cabeça. Por sorte no azar, a pistola de John era velha, e enquanto ele recarregava, eu corri alucinadamente.

Fúria e descontrole se apoderaram dele a partir do momento em que eu decidi cair fora.

A moto não me levaria muito longe, até que parou por falta de combustível. Tive que fugir a pé, em silêncio, pois o John estava vindo atrás de mim. A pequena estrada de terra acabava bem na entrada do Bosque das Almas. Muita gente dizia escutar vozes ou mesmo enxergar espíritos em seu interior. Mas havia um em especial que era avistado por algumas pessoas, o grande gato negro, que aparecia e desaparecia muito rapidamente sempre ao cair da noite com os olhos resplandecentes a seguir os mais desavisados. Todos que viram este espírito diziam que era bem grande e possuía um par de olhos hipnotizantes, guiando aqueles que se perdiam até a saída para depois sumir no ar. Se a índole da pessoa fosse malévola, ele atacava. Certa vez, um garoto que adorava maltratar gatos foi hospitalizado após tentar caçá-lo. Como um espírito teria tais poderes?

Assim que eu me embrenhei pela trilha, um enorme desalento inundou o meu ser. Contudo, eu não parei de correr nem por um instante. A imensidão verdejante de suas árvores agitava os seus galhos freneticamente, produzindo o ruído de madeira seca se quebrando em conjunto com o assobio dos ventos que batiam no meu rosto como chicote.

Eu tinha que encontrar ajuda, mas para isso precisava percorrer todo o labirinto verde até chegar a encontrar um mínimo de civilização. Eu conhecia bem aquele local, cresci por ali, percorrendo as suas trilhas, me refrescando nas fontes e subindo em algumas de suas árvores. Em relação ao que diziam sobre espíritos, eu nunca fora importunada por eles. Na verdade, eu estava cheia de temor era mesmo do John, que se familiarizava com a região tanto quanto eu.

Apesar do frio do início do inverno, eu suava e sentia calor, mas tive que parar um pouco de correr para recobrar o fôlego. Uma coruja me observava atentamente.

A fome já era uma constante, mas eu sabia que havia uma fonte bem próxima onde eu poderia beber água. E neste momento a noite já caía plena em sua escuridão sobre todo o horizonte. Recordei o quanto John havia me ludibriado com promessas não cumpridas, traições e um ciúme doentio que começou disfarçado de proteção e cuidado quando ele sugeria que não era bom que eu saísse sozinha, pois a criminalidade era tão assustadora e blah, blah, blah!

John sentia muito ódio pelo término do relacionamento e nada tirava de sua cabeça que Maria era uma traidora e isso ele jamais perdoaria. Como ela se atrevera a ser tão mal-agradecida? Logo ele que se considerava muito generoso e provedor, cedendo um casebre sujo e decrépito no meio do nada como ninho de amor. Mas nada era suficiente para as mulheres, sempre tão ambiciosas! As inúmeras traições a que ele a submetera, ah, isso é coisa normal na vida de um homem! John percebera que ela fugira com a sua moto, mesmo assim sabia que não chegaria muito longe. As outras duas antigas namoradas que ousaram dar o fora estavam agora descansando na paz do bosque. Ele mesmo as enterrara sem deixar pistas. Ou ele terminava os seus relacionamentos quando porventura enjoava delas, ou então lavava a desonra e a traição com sangue. Não, ele nunca pagaria de corno abandonado, não! Carregou a pistola e percorreu a estrada que dava no bosque. Lá ele resolveria tudo!

Uma espécie de choro ecoou, mas o zumbido constante ainda maltratava a minha cabeça e ignorei o som. Saciei a minha sede e segui em frente. Avistei no meio das folhagens um par de olhos luminescentes que quebravam a escuridão do ambiente. Foi quando percebi que o choro mais parecia um miado. Finalmente enxergava o dono do par de olhos. Grande e majestoso, ele atravessou bem na minha frente, o gato negro. Com o susto, meu coração disparou, mesmo assim reprimi o grito com receio de que John já estivesse na área. A partir daí, ele passou a me acompanhar. Eu pensava que fosse somente uma lenda em todo o meu ceticismo, e lá estava o felino ao meu lado. De tão grande e forte, a sua altura chegava quase nos meus joelhos. Parecia que ele sabia de todo o meu sofrimento e estava ali para me guiar e proteger. Lenda ou não, apreciei a companhia. Eu cheguei a tocá-lo e percebi que ele era sim de carne e osso! Porém, eu não tinha tempo para reflexões e continuamos a fuga.

Estranhamente, o gato a certa altura parou numa pequena clareira, como se quisesse me dizer algo, e começou a cavar. Eu não podia esperar por ele, mas a minha curiosidade fez eu me aproximar do local. Avistei horrorizada o que parecia ser uma mão já em avançado estado de decomposição. Novamente eu tive que reprimir o grito a fim de preservar o silêncio. O grande animal fez um gesto com a cabeça me mostrando um anel em seus dentes: uma aliança. Contendo o nojo, eu peguei o objeto e observando melhor notei algo que aumentou ainda mais o medo que sentia, transformando-o em pavor. A aliança era idêntica à que John havia me presenteado e tinha o seu nome gravado nela também! Guardei-a em meu bolso, e continuamos a acelerar nossos passos.

John pegou a bicicleta para ganhar velocidade e alcançar Maria. Chegou finalmente ao bosque e enquanto caminhava percebera um incômodo silêncio. Ele odiava o silêncio tanto quanto odiava as mulheres e no fundo a sua própria existência. Quebrou a sacralidade da ausência de som com gritos de ameaça. Ele sabia que Maria o ouviria e aterrorizá-la fazia parte do ritual de vingança.

Apesar de a minha audição estar seriamente comprometida em um dos meus ouvidos, pude escutar os gritos dele. Isso não me surpreendeu, mas nem por isso deixei de sentir pavor, principalmente depois de descobrir a mão e a aliança.

Relembrei as notícias sobre o desaparecimento de uma garota que morava em uma vila próxima. Também remexendo nas coisas do John, eu encontrei fotos de uma mulher, o que nos fez discutir, então estranhamente ele me disse que no lugar em que ela estava nunca mais daria sinal de vida. Isso ficou martelando em minha mente, até que resolvi ignorar, porque o John não tinha limites para traição, e a garota deveria ser alguma das inúmeras aventuras sem sentido que ele mantinha.

Ainda faltava um bom pedaço de chão até a saída do bosque, cerca de dez minutos se eu continuasse correndo, e mesmo saindo de lá eu ainda teria que andar mais e mais até chegar à pequena cidade. Pensei em me esconder, mas não havia lugar seguro com o John por perto a não ser que eu chegasse pelo menos à estrada para tentar parar algum carro. O gato sempre ao meu lado também corria sem se importar com absolutamente nada. As ameaças e a histeria dele impregnavam a atmosfera sagrada da natureza, mas o que John desconhecia era que tanto ódio assim poderia se voltar contra ele próprio, por quebrar o respeito em um território místico, quase santificado pelos mais antigos. Diziam que há muitos anos o bosque era considerado um portal espiritual pelos povos originários que foram quase totalmente dizimados na sua totalidade. As muitas almas que lá jaziam pertenciam a esses povos que foram massacrados sem chance de defesa. Agora eu sabia que não somente os nativos lá jaziam injustiçados, mas também alguma ou algumas das namoradas do John.

O gato ou o seu espírito tinha uma audição muito sensível e começava a se irritar profundamente com aqueles gritos. Ele se preocupava em acompanhar a garota e levá-la em segurança até a saída. Depois, ele se encarregaria do homem que ele já conhecia. Ele assistiu quando esse homem trouxe a primeira garota para enterrar. Em pouco menos de dois meses, o homem trouxera outra moça para sepultar bem ao lado da primeira. Porém, nestas ocasiões, o gato notou que ele agira silenciosamente na solidão da madrugada. Assim que ele e a moça chegaram ao final da trilha na saída do bosque, o gato ainda esperou a jovem entrar num veículo, pois ele sabia que assim ela estaria segura. Maria se abaixou e beijou a face do felino, que em retribuição piscou um dos olhos, lambendo de leve as bochechas da moça. Então, o animal retornou para acertar contas com o homem.

John, aos berros, chamava por Maria, proferindo inúmeras ofensas. Sentia que se não a matasse todos iriam apontá-lo e rir dele. O que diria para as pessoas se ela aparecesse com outro homem?

Maria era para ele um troféu que gostava de exibir para todo mundo. Uma moça de grande beleza que demorou para conseguir conquistar. Ele investira tempo e paciência, pois nunca fora um homem bonito. Dava presentes como flores, chocolates, ursos de pelúcia e dizia toda a bobagem romântica que as mulheres gostam de escutar. No início do namoro, comportava-se como um príncipe, sempre atencioso, gentil e paciente. A máscara começou a cair quando ela aceitara o convite para habitar a casa dele. Foi quando ele passou a controlar horários, roupas, idas e vindas, afastando-a dos amigos e família habilidosamente. Depois vieram os tapas, murros e insultos seguidos de pedidos de desculpas, choro e mais presentes românticos.

Uma densa neblina tomara conta do bosque, cegando a visão e encobrindo suas árvores, arbustos e trilhas. Ele percebeu que estava andando em círculos. Por mais que conhecesse o local como a palma de sua mão, notou que estava perdido. Como assim? E sempre acabava saindo na pequena clareira onde enterrara os corpos das suas antigas namoradas. Um estranho arrepio percorrera a sua nuca descendo até as costas. Foi quando ele achou que estivesse escutando a voz de Ingrid sussurrando o seu nome. Mas que besteira! Isso tudo era coisa da sua imaginação. Saiu correndo da clareira e por mais que andasse voltava para o mesmo lugar. A terra com a qual ele sepultara as mulheres estava se remexendo. John nunca foi de frequentar a igreja, mas neste momento começou a rezar. Contudo, Deus não ouviria aqueles clamores.

Avistou ao longe um par de olhos de fogo que resplandeciam iluminando a escuridão. Repentinamente, uma coisa negra atravessou à sua frente. Assustado, pegou seu revólver para matar o gato. Mesmo com a mão tremendo, tratou de mirar e firmar o seu alvo, o grande gato negro, que estava ali parado, sem se mexer e sem demonstrar nenhum receio. Que moleza matar assim! Acertou em cheio e se deliciou quando ele caiu no chão e berrou de dor. Chegou bem próximo para atirar na cara dele, não por misericórdia, mas para ver os miolos voarem. Assim que se colocou bem ao lado do estúpido animal, ele o empurrou com um dos pés.

Quando John pensou que o corpo do bicho fosse rolar já inerte, num salto ele se pôs de pé; os sedosos pelos negros eriçados, quando o corpo arqueado dobrou de tamanho ele riçou, mostrando os longos dentes!

Sem dar tempo para qualquer reação, o felino, retornando muito irritado do mundo dos mortos, voou no pescoço de John, enterrando os dentes direto na sua jugular. Mas isso não foi suficiente para o grande gato, que também cravou as suas presas na cara do homem, furando seus olhos. E percebeu que não era mais um gato, mas pantera.

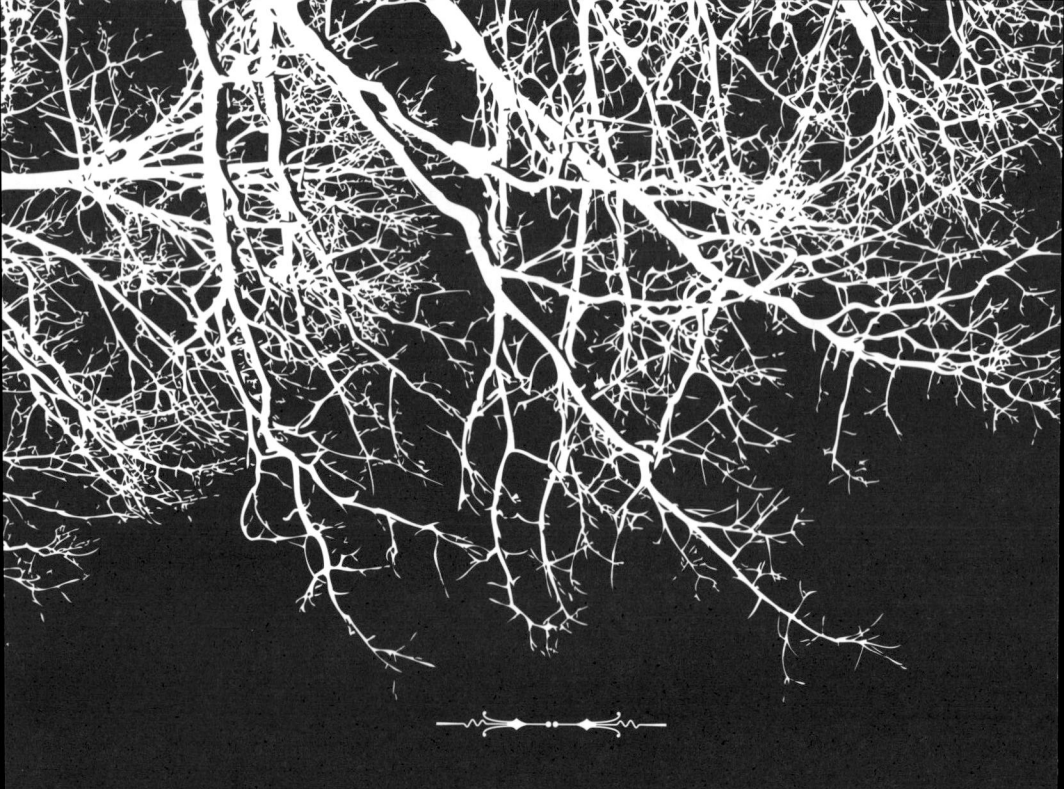

O HOMEM DA MALA PRETA

Renzo Traspadini

— Quer ver algo assustador? — diz Ênio. Ele dirige usando uma só mão, enquanto o outro braço se apoia na janela, com o cotovelo para fora. — Algo que vai deixar você de cabelo em pé.

A garota dá de ombros. Ela tem o cabelo preto e longo, com uma franja escorrida que lhe tapa os olhos. Sua pele é clara feito talco, e ela é magrinha, diferente das garotas atléticas e bronzeadas com quem Ênio costuma sair.

— Prometo que vai ser divertido — reitera o rapaz.

Ênio já fez isso antes. Ele acabou de tirar sua habilitação e esse plano é tiro e queda. Primeiro, ele convida a garota para um encontro. Depois, pega o carro emprestado com o pai, um Honda Civic verde-escuro e barulhento cujo dono Ênio alega ser ele próprio. Após buscar o alvo, Ênio leva a garota para um passeio; quem sabe até param para comer algo. Mas no meio do caminho, a fim de reforçar o quanto é atrevido e engraçado, Ênio faz um desvio. Ele passa com o veículo pelas extremidades da cidade, perto do Bosque do Silêncio, um lugar frio, com árvores caracachentas e que nunca dão flores. Todos têm medo de lá, o que torna tudo perfeito para seu plano. Ênio dirige devagar, o motor ruge e o Honda Civic solta fumaça para todos os lados. Ali, no bairro sujo e ermo, ele lança a isca: a história assustadora. Então estaciona o carro bem ao lado do Bosque, com uma visão lateral para a casa. A casa é uma estrutura grande e torta que parece prestes a ruir, e as residências mais próximas estão a um quarteirão. Há poucas janelas nas paredes desgastadas. A grama ao redor da casa é alta e irregular, como se ninguém morasse lá há tempos. As telhas estão cheias de musgo, e há uma antena velha coroando o prédio. Um distraído acharia que a casa já faz parte do Bosque do Silêncio.

— O que estamos fazendo aqui? — pergunta a garota.

Ênio desliga o carro e deixa a chave na ignição. Ele esconde um sorriso traiçoeiro, pois sabe que a curiosidade é o germe para seu plano dar certo.

— Você não conhece esse lugar? — suas sobrancelhas se erguem numa careta falsa. Ele estica o dedo para fora da janela, em direção à casa. — Ali é onde mora o Homem da Mala Preta.

A garota não se mexe. Seu rosto é um papel em branco, e ela suspira de tédio.

Tudo bem, pensa Ênio. Pode se fazer de difícil o quanto quiser. Eu só estou começando.

— O Homem da Mala Preta é o sujeito mais famoso da cidade — ele diz. A ruela está deserta, um cachorro late ao fundo, e os últimos raios de sol atingem as árvores do Bosque do Silêncio. Ênio se aproveita daquele clima carregado e suas feições ganham contornos soturnos. — Acontece que todos os dias, ao anoitecer, um homem sai daquela casa carregando uma mala. É uma mala preta, pesada, daquelas que vemos em aeroportos. E dela escorre um líquido estranho, fedorento... vermelho.

Nesse instante, ele faz uma pausa dramática.

— Dizem por aí que esse homem tem uma filha, uma garota reclusa que não pode sair de casa por causa de uma doença rara. A menina teria nascido amaldiçoada, deformada, com sete dedos em cada mão. E, o pior de tudo, a garota é canibal. Ela come apenas carne humana, tem unhas enormes, iguais às do Freddy Krueger, e cabelos negros e emaranhados que vão até o joelho. Os dentes dela são como os do chupacabra, e ela só pode sair à noite porque sua pele é frágil e enferma. Quando está faminta, ela sai de casa ao cair da noite e abate garotos distraídos, que dão bobeira por aí.

A menina boceja de forma exagerada. Ênio engole em seco e se ajeita na poltrona. A esse ponto, ela deveria estar assustada, ao menos tensa. Depois de falar sobre a filha canibal, geralmente ele ganha um abraço. Algumas moças até se fazem de assustadas só para caírem em seus braços.

— Como você é bobo! — elas dizem, com um sorriso travesso de canto de boca. — E esse bosque é tão frio.

E Ênio lhes dá um abraço e promete que vai ficar tudo bem. Nada de ruim vai lhes acontecer; ele irá protegê-las. Ali mesmo, com o carro estacionado entre o Bosque e a casa, Ênio já conseguiu até alguns beijos.

Mas aquela garota é diferente. Ela olha para o relógio arranhado que carrega no pulso e diz:

— Sabe, eu até gosto de histórias de terror. Mas essa aí… essa é bem caidinha.

Ênio aperta os olhos. De fato, aquela garota não é nada parecida com as "Barbies" com quem ele costuma sair. Apesar de bonita, a menina não parece tão delicada como as outras. Ela mora na cidade ao lado e, por isso, talvez não conheça as histórias aterrorizantes sobre o Bosque do Silêncio. Uma ignorante. Pensando bem, ela também não frequentou a mesma escola que ele. Na verdade, Ênio conversou com a garota só uma vez antes de chamá-la para sair, quando ela se aproximou dele numa lanchonete enquanto ele terminava seu milkshake. Não importa. Ele não vai se dar por vencido agora.

— Ah, mas eu não terminei! — ele estufa o peito. Agora é questão de honra assustá-la.

Os olhos de Ênio faíscam, mas ele se embola com as palavras. A língua trabalha mais rápido que o cérebro:

— Eu esqueci de dizer, mas os dois são psicopatas notáveis! São monstros ao estilo Hannibal Lecter, piores que o Chico Picadinho. O pai é procurado pela polícia e a filha é fugitiva de um hospício. Ela arrancou a orelha de uma enfermeira usando apenas os dentes e depois devorou o lóbulo na frente da coitada. São açougueiros, adoradores do demônio e agora vivem escondidos perto desse bosque, sempre à espreita de uma vítima descuidada. Para piorar, os dois mantêm relações incestuosas. Sim! A filha abortou três vezes: crianças com duas cabeças; e o pai coloca os natimortos em malas pretas e joga os bebês no Bosque do Silêncio para virarem marmita de lobo.

De tanto falar, Ênio arqueja feito um cão velho. Só agora ele se dá conta de que anoiteceu e do quão escuro está lá fora. Os postes ao redor da casa estão queimados, à exceção de um, que pisca uma luz amarelada e fraca. Uma brisa fria vem do bosque e o faz bater os dentes, e está tão escuro que ele tem de arregalar os olhos para ver a menina ao seu lado.

E a garota permanece imóvel, lábios comprimidos, fitando-o com olhos de peixe morto.

— Vou lhe ensinar uma coisa — ela diz. — Para contar uma história de terror, você nunca deve exagerar. A parte da garota, por exemplo, é quase verídica. O homem realmente tem uma filha problemática. Mas o que você falou sobre ela ter unhas enormes, dentes de chupacabra... não tem nada a ver. E que história é essa de ele jogar restos mortais de bebês no Bosque? Você acha que o pai seria idiota a esse ponto? A polícia o descobriria num piscar de olhos.

Ênio torce o nariz. A garota continua:

— E tem mais. Nunca adicione relações incestuosas na sua história. Primeiro porque é nojento. Segundo porque você só confirma que não tem criatividade nenhuma.

Então ela abre um sorriso. É um sorriso largo, nada amigável. Ênio se dá conta de que é a primeira vez que a vê sorrir.

— Mas a parte dos adoradores de Satã… Isso pode até ser verdade.

A veia na testa de Ênio começa a pulsar. Se aquela pentelha acha que pode assustá-lo, está muito enganada.

— Ah, é? E como você sabe disso tudo?

Ainda sorrindo, a garota estica o dedo na direção da janela. Lá fora, em frente à casa, um sujeito grande, calvo e com a camisa empapada de suor está carregando algo. Uma mala. Uma mala preta!

Ênio dá um pulo no assento.

— É ele! — o rapaz põe as mãos na cabeça. — Puta merda! Eu nunca o vi de verdade. Achei que era só uma lenda. Mas é ele mesmo! O Homem da Mala Preta!

Ênio olha de relance para a garota.

— Acha que ele consegue nos ver?

A menina faz que sim.

— Ele o vê toda semana. Com todas as garotas bobas que você já trouxe para o nosso bosque.

Ênio enruga a testa. O que ela quis dizer com aquilo?

Ele olha para fora de novo e… o homem está mais próximo, gotículas pingando da mala que ele carrega. O sujeito tem a cara gorda, sobrancelhas peludas e um sorriso repuxado. Ênio sente um arrepio. Ele se recompõe e se prepara para ligar o carro, mas sua mão passa direto pela ignição.

A chave não está mais lá.

— Estão aqui.

A garota balança o molho de chaves com a ponta dos dedos. As mãos dela não são delicadas como as das líderes de torcida com quem Ênio costuma sair. Pelo contrário. São cheias de calos, as unhas sujas e desiguais.

— Às vezes — a menina diz —, ao contar uma história de terror, você não deve focar nos exageros. Os exageros não enganam as pessoas.

Ênio escuta os passos do homem cada vez mais próximos. Ela continua:

— A parte sobre atrair jovens distraídos, por exemplo, foi muito boa.

O rapaz escuta uma voz rouca do lado de fora:

— Muito bem, filha.

A garota joga as chaves pela janela.

— Os detalhes — ela diz. — São nos detalhes que você tem de prestar atenção.

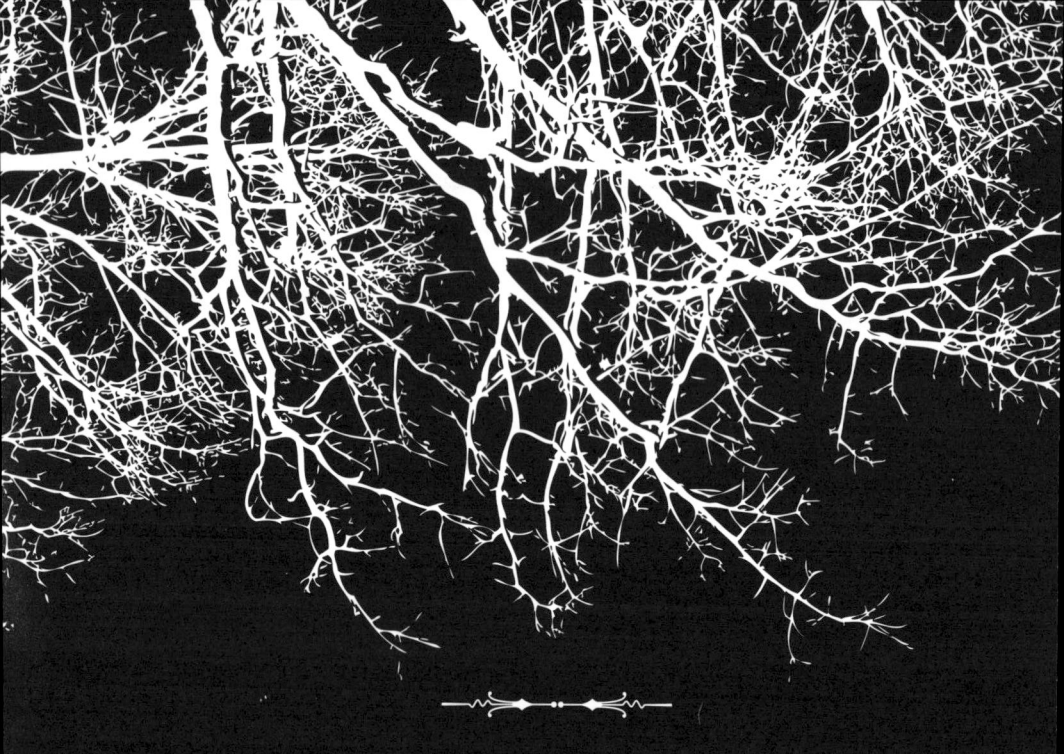

BÁLSAMO DESCELESTIAL

Rick Bzr

P or entre os grandes troncos sombrios que se assemelhavam a árvores, ele vagava, seguia por um caminho sem rumo, sem destino. Apenas um grande borrão escuro em meio à escuridão daquele limbo.

Seus pés se moviam fora do ritmo para uma caminhada, mas seu corpo mantinha-se indo sempre para frente. Não havia luz, lua ou estrelas acima da copa das árvores, apenas mais e mais de puro nada.

Uma leve descarga elétrica o percorreu por inteiro. Prontamente, das laterais superiores de seu vulto, formas pontiagudas começaram a brotar, dando origem a suas orelhas animalescas que se moviam, tentando encontrar a origem das súplicas. Um grito reverberava por entre os galhos secos ao seu redor, um eco vindo de longe, e só então o vazio que era sua face começou a tomar forma. Suas narinas surgiram ao centro, era comprida e fina e farejava o ar à frente de modo predatório.

O aroma de ferro encontrou o rumo até seu olfato agressivamente, deixando-o excitado. Deliciou-se com a sensação que experimentava, sentiu que era moldado lentamente por aquelas estranhas sensações, tanto no físico quanto no espiritual. Em seu interior sentiu que alguma coisa remexia, era como se algo ganhasse vida repentinamente e ansiasse mais uma vez pelo doce perfume do sangue.

Grunhiu enquanto aos poucos uma bocarra cheia de presas pontiagudas se desenhava abaixo do focinho, sentiu o aroma levemente se transformando em sabor, aguçando seus instintos primitivos. Quando por fim sua face se definiu, uivou para o alto, anunciando a plenos pulmões seu estado de penúria.

Novamente ouviu um som percorrer pelos arredores, dessa vez não apenas um eco, mas sim um chamado, o seu chamado. Girou aquilo que se podia entender como cabeça até encontrar as vibrações de onde vinha aquela voz que o buscava, e imagens distorcidas e sem cores chegaram até Ele. Assim que ficou nítido para onde deveria seguir, quatro pontos brilhantes brotaram acima da narina como tochas acesas numa noite fria. As chamas piscaram, se ajustando ao breu de seu corpo e de seus arredores.

Voltou a seguir o chamado agora ritmado e com palavras entoadas como num coro, e um calor reconfortante alcançara seu corpo conforme as vozes ficavam mais próximas. Ele se deslocava levemente quando notou que, logo acima, a cor negra que tingia tudo naquele mundo apresentava rachaduras alaranjadas que pulsavam em vivacidade. Um estrondoso baque quebrou todo o silêncio que reinava no lugar, em seguida raios avermelhados rasgaram os céus.

Algo caiu do alto, pequenos pontos rubros despencaram em sua direção encharcando seu corpo por inteiro. Estava lavado com líquido pegajoso e saboroso que saciaria sua fome brutal por um certo tempo, aquela chuva de sangue caía em sua boca, transbordando seus lábios.

O coro de vozes ritmadas ficou mais forte, as rachaduras acima se encontraram em um ponto criando uma espiral luminosa que descia até o solo próximo de onde se encontrava, uma forte ventania o acertou, fazendo acelerar a caminhada em direção ao centro da tempestade.

Corria em disparada por entre as árvores em duas pernas quando notou algo se atirando na mesma direção, mas estava alguns bons metros acima dele. Sentiu a raiva tomando conta de seus membros, esforçava ao máximo seus membros inferiores e mesmo assim se via perdendo aquela disputa. Sem pensar muito, atirou os braços ao chão e ganhou um impulso a mais de força e velocidade. Trotava ferozmente, ganhando terreno.

Via o vórtex brilhando à sua frente, um halo caloroso que lhe inspirava aconchego e aflorava vontades mais prazerosas que poderia sentir. Avançou mais alguns metros, desviando dos obstáculos em seu caminho, e por fim chegou ao seu destino, que agora o repelia levemente com seus ventos ágeis.

Sua intenção era se atirar contra aquela fenda assim que a encontrasse, mas à sua volta, em meio ao silêncio daquele bosque, via os Outros se aproximando. Assim como ele, suas formas e aparências eram únicas, alguns com asas, outros com chifres, outros com garras, mas todos tinham algo em comum: tinham sido moldados pelas vozes e prazeres prometidos do outro lado, e todas elas sabiam que só um deles passaria pelo portal entre mundos.

Suas silhuetas estavam todas manchadas em vermelho como se estivessem em um rito de passagem, o líquido vital escorria por todos os seres ali presentes. A chuva ficava mais torrencial, pingos grossos e ligeiros se chocavam com violência contra o chão.

Como em resposta ao coral que ouviram no começo, todas as formas rugiram em um som gutural ensurdecedor, e avançaram uns contra os outros. Sem perder tempo, Ele se lançou contra um ser alado que tentou ganhar altitude, abocanhou-lhe a asa esquerda e fechou a mandíbula em torno do membro, rapidamente arrancando-o com suas presas. Rolaram pelo chão, ainda agarrados um ao outro.

Uma dor desceu rasgando de seu pescoço em direção ao peito. O bico serrilhado da criatura o feria gravemente, e sentiu uma leve fraqueza o consumindo. Rolou pelo local tentando ganhar espaço para um novo ataque, mas não via sequer uma brecha se abrindo para avançar. Com muito custo, conseguiu tirar o equilíbrio de seu desafeto e o virou para baixo, usando três de suas patas para imobilizar o atacante por tempo suficiente para cravar suas garras livres na direção do pescoço. As lâminas da ponta de sua pata invadiram o tecido espectral e num golpe o decapitou, seguido pelo som estridente de um trovão.

Sem comemorações, se ergueu da carcaça moribunda que já começava a se dissolver e partiu para um novo alvo com oito pernas compridas, ligeiras e peludas. Antes de chegar até a nova criatura, sentiu algo frio o perfurando. Uma ponta de chifre se materializou na direção de uma de suas patas dianteiras. Ele rugiu de dor quando foi erguido do chão e arremessado para o lado, sentindo que faltava algo em si. Arrebentou-se com a face colada no chão quando caiu, depois lutou para se levantar, vendo que havia perdido o membro perfurado. Sua energia vital se esvaía pelo rasgo em seu corpo. Encarou o ser que o havia decepado, com a pata ainda presa em um dos chifres que saltavam de sua testa e seguiam para o alto até terminar numa ponta. Mantinha-se na forma bípede, com uma cauda pontiaguda que vez ou outra surgia por trás de sua forma.

Partiu para o combate rugindo contra a fera que avançava calmamente, como se o confronto fosse alguma desavença do passado entre os dois. Seus braços eram feitos de rocha, Ele sentiu o impacto do soco desferido em sua mandíbula, quase o nocauteando no mesmo instante.

Virou-se como se fosse fugir, se equilibrou no membro dianteiro e, num impulso, golpeou o peito da criatura com as duas patas traseiras, descontando o arremesso sofrido num primeiro ataque. Caiu a vários metros de distância, mas antes de conseguir se levantar por completo, Ele já avançava brutalmente, jogando-o para baixo de seu antigo alvo, que havia perdido várias de suas pernas e despencava pesadamente na direção do ser com braços de pedra.

A matança à sua volta diminuía, havia poucos seres se massacrando debaixo do sangue que chovia sem cessar. A cada nova aniquilação, um trovão estourava acima da arena.

Um a um foram sendo eliminados até restar apenas Ele, que havia perdido um membro e metade de seu rosto durante os combates. Assim que o último corpo sem essência evaporou pela arena, seguiu cambaleando em direção à fenda brilhante do centro da tempestade que por fim cessava, deixando para trás uma geosmina embebida no doce aroma ferroso de sangue.

O sussurro da chuva carmesim agora exalava um profundo suspiro de satisfação tendo em vista um vencedor, as vozes que antes se faziam presentes agitando a carnificina agora clamavam por um único nome. Tocou a fenda com a pata dianteira sem receio algum, todo seu *eu* estremeceu sentindo a descarga elétrica que recebia daquela anomalia.

Foi sugado para dentro da fenda prontamente, toda a escuridão que vivera desde o início dos tempos agora substituída por uma claridade cegante. Sentia, em seus lábios primordiais, o gosto da vida e da morte enquanto transitava entre um plano e outro.

Um novo rasgo surgia à frente.

As vozes rogavam por sua presença.

Seus olhos queimavam, notando o novo mundo ao redor.

Um choro inocente ecoou pelo local onde faria sua morada.

O gosto de ferro estava em sua boca.

Em seu peito, sentia o pulso...

Estava vivo!

Abriu os olhos, agora tinha apenas dois, se encontrava aninhado nos braços de uma pessoa encapuzada que o encarava, com orgulho do trabalho. De alguma maneira, sabia que Ele estava ali. Mesmo tendo apenas olhos humanos, as chamas deles ainda se mantinham acesas por trás das retinas, e o encapuzado via isso facilmente, reconhecendo o ser que estava em sua presença.

A pessoa o carregava, contornando o local por onde Ele havia sido trazido à vida. Um cheiro bem conhecido o fez parar de chorar e virar seu pequeno rosto na direção do aroma, era um altar de pedra negra, assim como o bosque por onde vagava. Em cima dele havia uma mulher já sem vida, com o sangue ainda quente escorrendo de seu corpo e pingando no piso gélido.

Fora erguido como um troféu na frente de uma multidão igualmente encapuzada, e logo todos ali presentes fizeram uma longa reverência ao recém-nascido, colocando o punho direito no centro do peito e se ajoelhando em seguida.

— Vida longa a Halluc Ivör — o encapuzado clamou. — Senhor do Caos e da Insanidade. Somos seus humildes servos daqui até a eternidade.

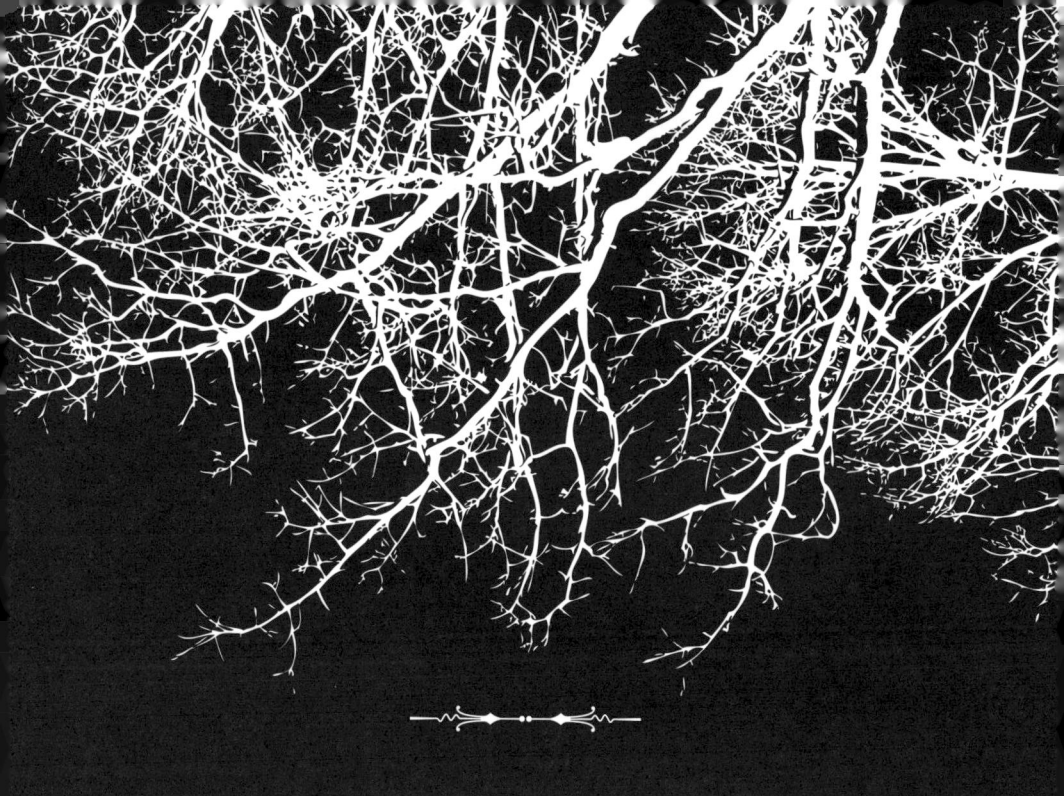

DO OUTRO LADO DA COLINA CINZENTA

Rômulo Acácio

Embora não houvesse vento, folhas e galhos do Bosque balançavam suavemente, e Túlio, alheio, empurrava a rede com o pé, queimando a vista na galeria do celular. Ora, a Fazenda do Serro Azul ficava tão longe de tudo que o sinal de dados móveis sumia com mais frequência que aparecia, e muitas vezes ele se pegava passando os olhos inquietos por fotos e vídeos do telefone apenas para surpreender-se com alguma memória do recém-falecido pai.

Como os irmãos, Túlio nasceu no interior, para lá da Colina Cinzenta, mas há tempos se tornaram todos homens da cidade, onde Seu Raphael pagou estadia e estudos dos filhos até que dessem conta de si mesmos, mas o amor de pai e de filho nunca é por igual, e mais vezes que deveria é também injusto, de modo que, no agravo de Seu Raphael, ele estaria sozinho não fosse Túlio, pois nenhum dos outros quis ver os momentos finais do pai.

Túlio se ressentia, mas de certa forma entendia o espanto deles. Empregados à parte, Seu Raphael era um homem sozinho, mas não de todo velho nem fraco, apenas insistente em morar na Fazenda e nos cuidados com o Bosque do Silêncio, que era como chamavam a estranha mata de Serro Azul, preservada por sua família desde os tempos do pai do pai dele... e também às margens de onde ele foi encontrado, doente e debilitado.

Largando o celular sobre o peito e deixando parar a rede, Túlio refletiu que "estranho" não descrevia o Bosque. Viera no primeiro trem, tão logo soube do estado do pai, atravessando a névoa que cercava aquela cidadezinha desde manhã cedo até quase às dez, mas que insistia em preencher os vazios do Bosque, onde nem vento nem sol queriam entrar, e mesmo os pássaros, se é que havia algum lá, não piavam nem batiam asas que se pudessem ouvir.

Como Seu Raphael veio parar na estrada, junto ao Bosque, exausto e desidratado, com terra sob as unhas, é algo que nem a polícia soube explicar. Buscas foram feitas, mas não muitas, a despeito do bizarro da situação, pois ninguém, supersticioso ou não, queria demorar no Bosque mais que o necessário, e como não havia indícios de nenhum estranho em Serro Azul, as investigações se acomodaram em estudar a mente frágil do homem, debilitada além da recuperação pelo tenebroso incidente.

Mas se Túlio se magoava com os irmãos, o amor dos empregados lhe causava intensa e aberta repulsa, frustrado com a traição de homens e mulheres em quem o pai confiou por uma vida: assim que viram a possibilidade de escapar do escrutínio das autoridades, todos concordaram com a debilidade mental do homem, e mesmo o confiável Mário fazia do menor dos descuidos ou esquecimentos do homem uma temível desorientação, subitamente pintando-o como um desgraçado, magoado pela vida e doente de memória.

Absurdo! Túlio lembrava perfeitamente do pai apenas um ano antes, forte como um touro, apenas mais magro e ressequido, mas saudável o bastante. Não perdeu tempo em mandar todos embora. Quando pudesse, arrumaria outros, gente do lado certo da Colina. Não obstante… não estava confortável. Podia muito bem ser o vazio que deixavam na casa, a falta de interação e de sinal de telefone, mas havia algo de estranho em Serro Azul e, com frequência, tal como agora, Túlio se pegava observando o Bosque, uns trinta metros além da casa.

O Bosque era comumente preenchido por algum volume de névoa, maior pela manhã e noite, menor ao longo do dia, e chegava quase à Colina Cinzenta, ao redor da qual o trem dava a volta quando vinha para a cidade. Em geral, a vida prosperava do lado de lá da Colina, onde há anos encontraram um ouro cujo brilho refletia no bom humor do povo, mas do lado cinzento do nevoeiro, a gente era mais reclusa e muito pouco se falava. Menos ainda agora.

Havia alguém no Bosque. Túlio estreitou os olhos. Levantou. Nada. Devia ser algum efeito estranho do sol poente, supôs. Que horas eram? Quis ver no celular, mas não o achou nem virando a rede do avesso.

Coçando a cabeça, Túlio veio arranjar o que comer. Àquela altura, tudo que devia estar empacotado já estava pronto e o que seus irmãos queriam de objetos pessoais já estava separado, os livros, as roupas e, em especial, um retrato de Seu Raphael ainda jovem com a esposa. Era um belo retrato, em preto e branco, que mostrava seu rosto mais cheio de carne que Túlio lembrava e os olhos tão vivos quanto sempre, além daquela barba que sempre deixava crescer demais.

Foi Cicinho quem pediu o retrato, o mais jovem dos irmãos, o mais apegado à falecida mãe, e também quem menos desejava voltar à Fazenda. Quando criança, Túlio lembrava bem do dia em que o menino se perdeu e que foi o pai quem o achou, no limite do Bosque.

Assustado, Cicinho dizia que foi a mãe quem o levou para lá, mas que estava estranha e não lhe olhava nos olhos. Feliz que ela estivesse melhor da doença, ele a seguiu para o fundo na mata. Dizia que a névoa era densa como água e serpenteava viva entre seus pés quando chegaram a uma caverna de pedra rubra e interior muito escuro, exceto pelas luzinhas, como pedrinhas brilhosas e flutuantes, que piscavam para ele.

Quando a mãe ordenou que entrasse, Cicinho recusou e ela insistiu, insistiu tanto que se aborreceu e, apertando forte seus ombros, fez com que visse bem dentro de seus olhos como eram opacos feito duas bolas de vidro. Cicinho berrou e a coisa-mãe-que-não-era-mãe o soltou como se ele estivesse em brasa. Depois disso, ele correu.

Ninguém acreditou realmente na história, fruto da imaginação fértil de um rapazote que tinha medo do Bosque. Outrossim, Cicinho foi encontrado longe demais de casa para que tivesse ido andando tão rápido e, pior ainda, o tempo todo sua mãe esteve de cama. Mas bem, como tudo havia dado certo no final, ninguém mais tocou no assunto, perdido no luto de quando a pobre mulher faleceu.

O som da tampa da panela caindo trouxe Túlio de volta das reminiscências, e ele fez uma careta, vendo que, em sua distração, fizera besteira e agora teria de limpar o fogão, sujo da água do arroz borbulhante. Foi somente por isso que não viu a coisa-que-não-era-homem o observando pela janela. Mas como não viu, continuou cozinhando e em pouco estava servido, sentado no sofá defronte à televisão e de tudo que o pai se recusou a vender, assistindo ao seu time jogar com a habitual lentidão que só a incompetência justifica, a voz do locutor como que abafada pela frieza do ambiente.

Quando Túlio xingou o batedor de faltas, o palavrão fez um eco seco, seguido do distinto som de alguém batendo à porta.

Cerveja de lado, careta no rosto, Túlio juntou a faca e foi ver o que era àquela hora da noite. Na infância, ouviu histórias sobre espíritos que batiam à porta na madrugada fria de dias santos, espíritos que deviam ser ignorados se não se quisesse sua atenção, mas agora ele já era homem feito e não tinha mais medo deles que de ladrões.

Com a confiança de quem não sabe onde está se metendo, Túlio abriu a porta sem rodeios:

— Senhor? — e do lado de lá, deu com a forma redonda do velho Mário, cujos olhos bovinos miravam baixo, incapaz de encará-lo após maldizer seu pai às autoridades.

— O que você quer? — Túlio, porém, não estava para conversa. Que fosse só um antigo empregado que entrasse sem dificuldades na Fazenda não fazia dela mais segura, agora que não confiava em ninguém deste lado da Colina.

— Ah, senhor! Vim avisar… não fique aqui. É perigoso… — Túlio se irritou com o bafo de álcool dele.

— Ora, Mário, já viu a hora? Vá para casa e não me aborreça! Não quero mais você nem seu tipo por essas bandas, me ouviu bem?

— M-mas senhor…! Nós… nós tentamos avisar o patrão! Ele não nos ouviu… disse que sabia… que o conhecia… que não devíamos nos meter!

— Que conhecia o quê? — a voz de Mário desceu a um murmúrio.

— A… coisa-que-anda-como-homem…

— A coisa que…? — Túlio explodiu. — Quem pensa que eu sou, homem? Saia daqui antes que eu o obrigue! Pensa que ainda sou criança? Pensa que…

Mas antes que terminasse a frase, Mário caiu, puxado pelo pé para dentro da mata alta e além. Seu grito longo interrompido por um gorgolejo às margens do Bosque, quando um vulto se debruçou sobre seu rosto e Túlio descobriu que caíra de susto no chão de madeira, bem a tempo de ver a coisa mergulhar no nevoeiro.

Ele quis fugir. Quem não quereria? Só que sua mente estava fixa na imagem do Bosque, os galhos das árvores mexendo para os lados numa dança hipnótica, a neblina circulando a mata e o corpanzil de Mário, e apesar disto, e apesar do frio e do negrume do céu, não havia vento nem som, só silêncio.

Tateou as calças. Onde estava o celular? Precisava ligar para a polícia se tivesse sinal. Pedir socorro. Mário… estava morto? Não sabia. Talvez… não podia deixá-lo largado ali se estivesse vivo. Túlio engoliu em seco… e bem devagar foi caminhando até ele, sem coragem para chamar-lhe o nome.

Quase no Bosque, confirmou que estava morto. Não era médico nem havia ferimento visível, mas estava claramente morto, e Túlio sentiu-se um imbecil ali. Um imbecil vulnerável. Mas não havia nada para ver além do corpo de Mário. Não à primeira vista.

Um pequeno quadrado de luz surgiu ante as raízes de uma árvore, quase perdido no nevoeiro, mas a voz do pai que veio do celular era inconfundível: "Filho?" Um dedo gelado subiu-lhe a coluna e ele sentiu o suor nas costas sob a camisa. "É você, Túlio? Venha aqui... preciso vê-lo... Túlio? Sou eu... só mais uma vez..."

Túlio apertou os lábios. Aquilo era como um pesadelo em que nada fazia sentido. A vida inteira o pai o preveniu contra entrar no Bosque e agora, do outro lado da morte, ele o chamava para lá? Que diabo seu telefone fazia ali? Diabo? Ora, que demônio era aquele que puxava um homem do tamanho de Mário tão rápido e tão fácil assim? Mas posto que não era sonho e sim real, precisava do telefone, e pé ante pé ele entrou no Bosque com a faca na mão. De pronto, seus sentidos se amorteceram: da audição que captava a chamada como se debaixo d'água, ao tato, que sentia o frio com uma sensação gosmenta.

— Pai? — quando atendeu a chamada, o coração martelava a caixa toráxica.

"A caverna, filho... é escuro aqui... ele não me deixa sair." Caverna? Ah, não, não não, não... isso de novo? Mas quando virou para trás, não achou o caminho de volta, subitamente muito mais fundo no Bosque do que julgava possível. "Precisa entender, Túlio... era meu dever. Nunca quis isso pra vocês... mas ele precisava de um corpo e quando fui contra ele, ele tomou sua mãe de nós."

Túlio escutava, mas não respondia, caminhando perdido pelo Bosque do Silêncio. "Eu fui seu guardião, filho, como foi meu pai... ah, Deus! Tantas e tantas mortes... e ele me puniu. Quis trocar com seu irmão, depois comigo... mas eu escapei, não escapei? Cavei para fora com minhas próprias mãos!"

Lá estava a caverna.

De algum modo, Túlio sabia que era para lá que estava indo. À luz da noite, era negra como carvão e cheia de pontas, um tanto diferente do que imaginava, mas sabia que era a caverna de Cicinho. Lá dentro, pequenas estrelas brilhavam, girando na própria órbita.

"Se você não entrar... ou se cavar pra fora da cova como eu fiz... ele irá atrás dos seus irmãos... tem de acabar, Túlio."

A ligação caiu. Dentro da caverna, ele viu uma forma se desgrudar da escuridão, um homem-que-não-era-homem, mas que tinha a mesma barba malfeita da foto... apenas seus olhos não podiam ser vistos direito na noite.

— E-n-t-r-e — sua voz estalou.

A imagem de cem corpos enterrados lá dentro tomou sua mente... e dentre todos eles, o pequeno Cicinho, não o homem feito que era agora, mas o menino que havia sido, e seu pai, velho além do que lembrava, além de muitos outros que não conhecia, que morreram muito antes de ele nascer, e que nasceram muito depois de ele morrer.

— Não!

Túlio avançou com a faca em punho.

Em seu coração, sabia que aquilo havia matado seu pai e não deixaria que viesse buscar Cicinho ou os outros. Mataria ele mesmo a coisa-morte ou morreria tentando.

Mas a coisa-morte não temia faca nem homem. Ela o derrubou, e a última coisa que Túlio viu foram seus olhos, opacos como vidro embaçado.

Ela inspirou o frio.

Precisava de uma nova família.

ELE

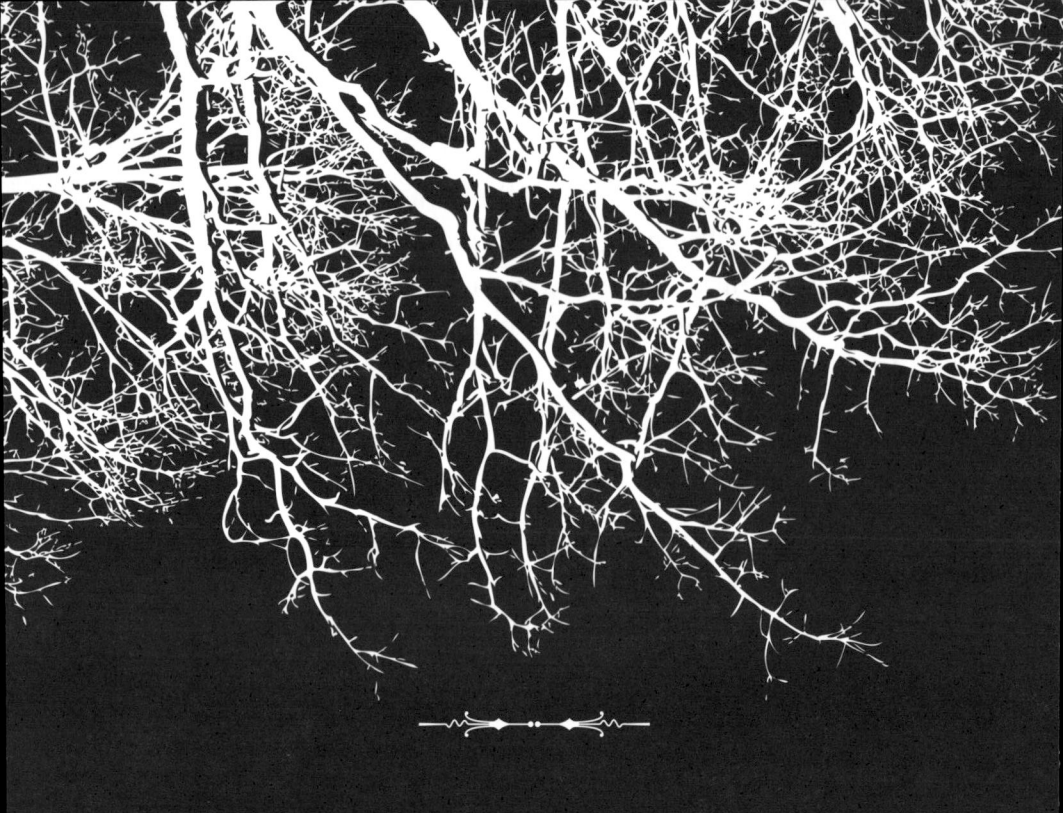

Rosangela Soares

No bosque do silêncio, lá estava Ele. Nenhuma voz naquele momento, nenhum sussurro. Somente Ele com toda a sua imponência e negritude, belo, parado em meio à bruma que vinha do interior do bosque sob a forma espiralada de uma árvore e tendo como companheiro o seu gato, igualmente negro, com olhos da cor do sol faiscante cuja radiação penetrava no âmago refletindo os sentimentos mais profundos no nosso íntimo.

Ele, todo vestido de preto, com cartola preta baixa, mas que revelava a íris cor de âmbar mesclada de vermelho de seus misteriosos olhos. Sobre os seus ombros, uma larga capa preta com o seu interior púrpura.

Ele... que aparição em meio ao nevoeiro noturno do bosque. Era como se fosse o protetor de todos os caminhos que se cruzavam e entrecruzavam naquele lugar soturno, tendo como única iluminação a luz de uma lua cheia, prateada, intensa, que enfeitava o céu numa linda noite de verão.

Pés descalços sobre as folhas secas do bosque, seu farfalhar enquanto caminhava, lá estava aquela figura destemida sob a luminosidade do luar que fazia acender o branco de seus dentes perfeitos num amplo sorriso e que, com um leve aceno, trouxe dos galhos mais altos da árvore para o seu antebraço esquerdo um pássaro com um canto assustador.

— Quem vem lá, mãe da lua? — pergunta Ele.

A resposta de mãe da lua preenchia o espaço noturno através do seu canto melancólico e fúnebre, eriçando até mesmo os pelos do gato que O acompanhava.

— Queres me dizer algo? — sussurra para o pássaro.

A ave abre as asas como se quisesse alçar voo de volta para os galhos da estranha árvore e lá se confundir com ele para a sua proteção. O canto de mãe da lua ecoava por todo o bosque. Naquele momento, Ele admirava a liberdade daquela ave altaneira, conhecedora como ele de todos os segredos que rondavam a psicosfera, pois gritavam ensurdecedoramente apesar do silêncio do dia e da noite.

O pavor do gato ao contato com mãe da lua foi tão grande que Ele teve que se manifestar. Abriu sua larga capa como se o quisesse proteger e disse:

— Meu amigo, quem caminha com Ele não deve ter nada a temer. Conheço todos os caminhos e encruzilhadas. Nada escapa aos meus sentidos.

De repente, ouviu uma voz que chamava do alto, de longe.

— Olá! Alguém aí embaixo?

— Quem está descendo? — a voz d'Ele ecoou pelo espaço.

Ele, ao lado de Nuncamais, sentiu na sola de seus pés as batidas dos sete segredos que reverberavam por todo o solo.

— Nuncamais, se aproxime! Com o farol de seus olhos, veja quem adentra o portal. Te dou esta tarefa.

Havia em todo o ambiente, sob a proteção da grande árvore, a sensação de náusea, ansiedade ou a impressão de estar sendo observado. É como se, através daquele portal, se buscasse uma saída para uma outra dimensão pela espessa bruma que invadia todo aquele lugar.

O olhar de Nuncamais emite um flash de luz tão fulgurante que ele próprio se assusta ao ver passar a velha senhora, Vó Parca, vestida de branco, com o seu banzo e se amparando em seu cajado. Ao lado dela, uma menina que portava um candeeiro com a chama bruxuleante, quase se apagando em meio à escuridão da noite.

Eis que, sobre o ombro de Vó Parca, pousa uma estranha ave com sinistro canto, a qual ela cumprimenta:

— Sabia que me seguiria, rasga-mortalha. Sempre sinto falta da sua companhia e me alegro muito quando surge diante de vó Parca durante o serviço — diz com voz cansada e rouca.

Segue caminhando vagarosamente, carregando o pesado corpo de uma avó com centenas de anos de histórias. Rasga-mortalha faz ecoar seu canto igualmente assustador ao vê-Lo.

Ele se aproxima soberano e, com voz firme e poderosa, cumprimenta a velha senhora, retirando sua cartola:

— Boa noite, moça! Que de banzo eu já conheço muito bem.

— Como sabes? — pergunta Vó Parca.

Ele, então, gargalha estrondosamente, abrindo sua capa em reverência à velha e conhecida senhora.

— Desces na minha encruzilhada e não queres que eu saiba? E sou os olhos que tudo veem. Moça, quem é a criança que a acompanha? — pergunta.

— Ora! Se és o guardião da encruzilhada, não sabes que acabei de ceifar?

— Sim. Agora entendo. Sua própria neta! Por isso, o banzo em toda a sua psicosfera. Mas, moça, em que posso ajudar, então?

— Segure o meu cajado e sentirás que venho em busca de sete segredos.

Ele, então, toma o cajado de suas mãos, batendo-o fortemente no solo, fazendo retornar mãe da lua com seu canto apavorante.

— Com licença, guardião. Dê-me o cajado!

— Moça, a mim não podes mais ceifar. Até mesmo caminhar sobre as minhas sete, sob o meu comando e sem a minha autorização.

— Não a ti. A ti, não, mas Nuncamais — sorrindo com o rosto encarquilhado e o corpo cansado de tanta andança há anos. — É o que eu preciso descobrir.

Naquele momento, a chama tênue do candeeiro estremeceu e se apagou.

— Sobe, moça, sobe! — ordena. — Jamais serão descobertos. Nuncamais...

Ele, gargalhando, com Nuncamais sobre seu ombro esquerdo, desaparece em meio à escuridão do bosque.

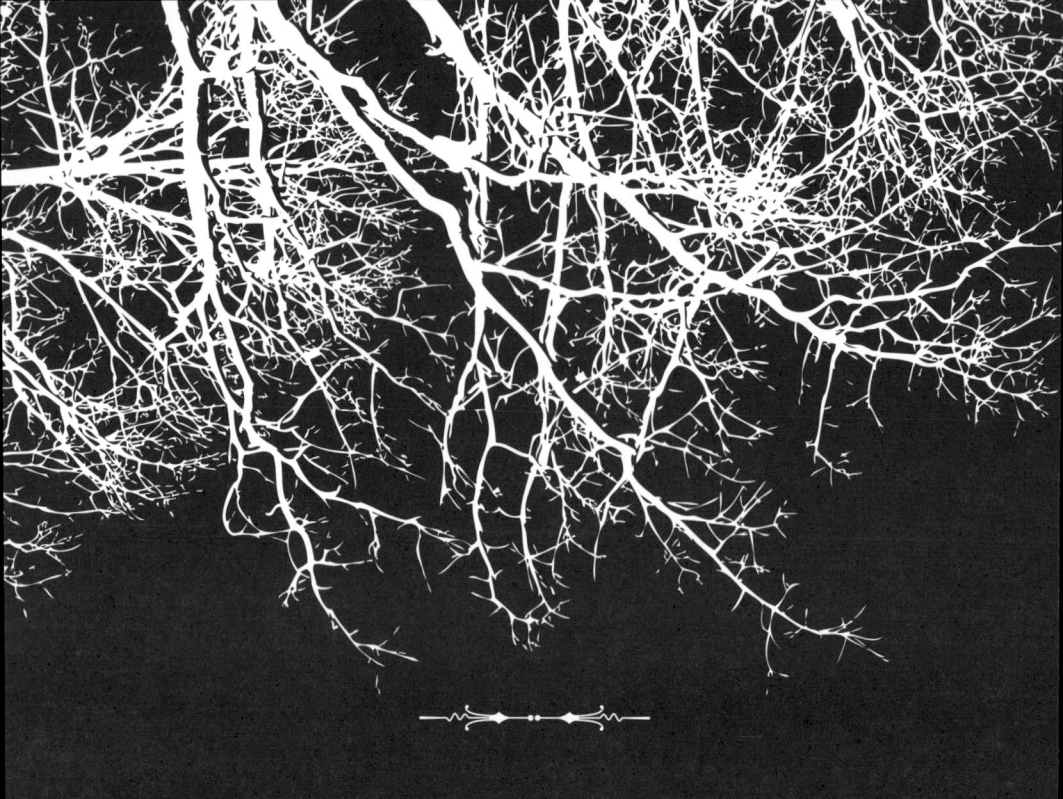

O SOM DO SILÊNCIO

Roseli Lasta

H á um lugar escondido, além das trilhas conhecidas, onde o silêncio se espalha como uma teia densa, um recanto sombrio e misterioso que desafia os intrépidos aventureiros. As árvores ali são altas e retorcidas, seus galhos são entrelaçados como dedos esqueléticos, e o chão, forrado de musgo, amplifica cada passo, transformando-o em um segredo sussurrado.

Os exploradores que ousaram adentrar o Bosque do Silêncio relataram sensações estranhas: o tempo parecia distorcer-se, e as sombras dançavam à margem de sua visão. Alguns nunca mais voltaram. Os que retornaram traziam olhares vazios e histórias desconexas. Diziam que o bosque tinha vida própria, que suas raízes se entrelaçavam com as almas perdidas.

Ao entardecer, quando o sol se esconde e as sombras se alongam, a verdade emerge. Os sussurros noturnos pertencentes aos espíritos das árvores observam com olhos invisíveis. Os ventos carregam histórias de caçadores que se perderam, de viajantes que enlouqueceram, e de pássaros, se é que se pode chamá-los assim, almas vestidas de penas negras como a noite, e olhos que brilhavam como estrelas agonizantes.

Os perigos espreitam em cada passo. Há abismos ocultos sob folhagens espessas, precipícios que se abrem como bocas famintas. As árvores, quando provocadas, podem mover seus galhos como garras afiadas. E os sons... ah, os sons! Às vezes, o vento traz risadas distantes, vozes que parecem familiares, mas que não poderiam ser. Outras vezes, é o choro de crianças perdidas, ecoando entre os troncos.

Dizem que há uma clareira no coração do Bosque do Silêncio, um lugar onde o tempo se detém. Lá, uma única árvore cresce, sua casca marcada por incontáveis entalhes. Cada entalhe representa uma alma que tentou escapar. Os que conseguiram deixaram marcas profundas; os que falharam, desapareceram sem deixar vestígios.

E assim, o Bosque do Silêncio permanece, um enigma envolto em névoa. Os corajosos continuam aventureiros, buscando respostas, mas poucos retornam. Aqueles que o fazem trazem consigo o peso do silêncio, o eco das histórias não contadas, e o bosque, impassível, aguarda novos visitantes, oferecendo-lhes a escolha: sair ou permanecer, esquecer ou ser esquecido.

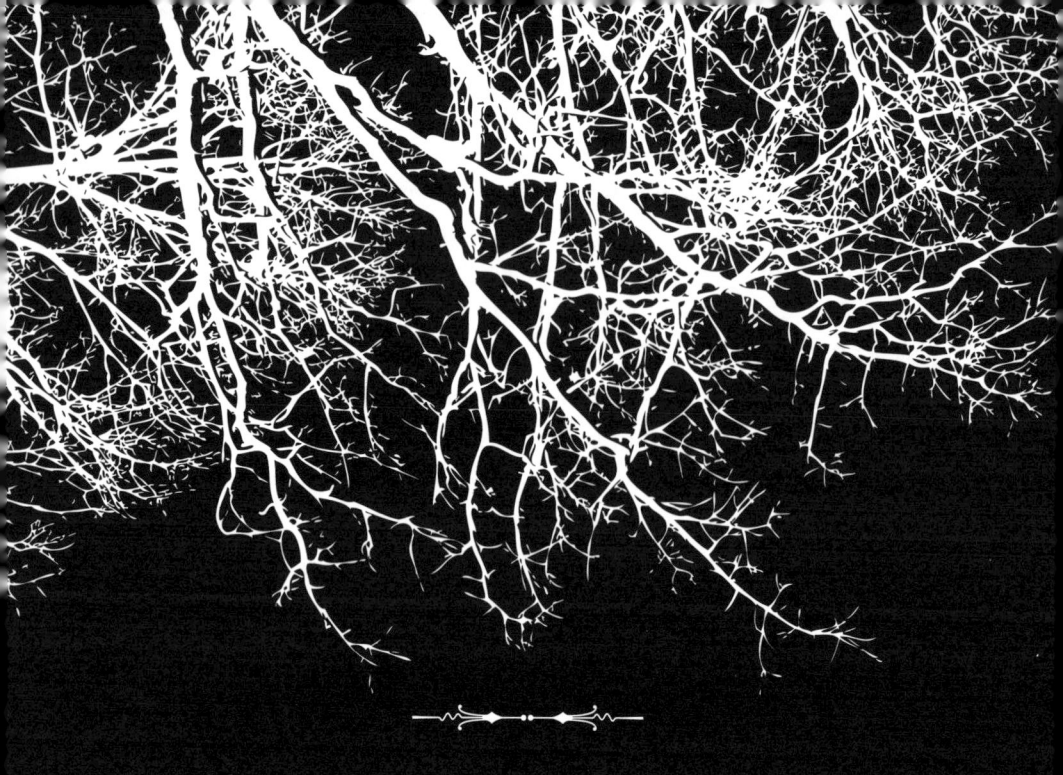

HINO DO INVERNO BRANCO

S. Malizia

— Volta, Ceifador! — Doralice corria, tropeçando na vegetação rasteira, sentindo o beliscar da primeira neve em seu nariz, adentrando trilhas desconhecidas, enquanto o diabólico *pinscher* de seu ex-namorado ia desaparecendo ao longe, no cenário brumoso e gelado.

— Por favor! Eu nunca te pedi nada... — ela implorava, com o choro preso embargando sua voz. Ajoelhou-se e tentou relaxar, focando a atenção no contraste entre as árvores negras e os raios de sol que esmoreciam, abandonando o bosque.

Talvez não fosse realmente a melhor das ideias ter saído naquela tarde, mas era difícil ignorar o que sua terapeuta havia dito na última sessão. O luto era um processo realmente demorado, com todas as suas fases, aceitações, ressignificados, e ela precisava descobrir a causa de sua insônia e inquietação.

A recomendação era a volta ao local onde haviam sido felizes uma vez, ela e Miguel, e era nisso em que pensava ao ouvir nos fones a canção que eles debateram por tantos meses, através dos risos e explicações malucas.

Aumentou o volume, segurando com força a coleira de Ceifador. Já não conseguia ouvir seus latidos raivosos. Imaginava que, onde quer que estivesse, ele poderia voltar, quem sabe. Como Miguel e suas interpretações de *White Winter Hymnal*, sobre revoluções e macabras cabeças infantis decepadas.

Tragou o ar numa respiração profunda e preparou-se para cantar, como sempre faziam, aquela parte que o lembrava, apesar da dor, do frio e do chicotear do vento sob a imensidão branca:

And I turned 'round and there you go
And Michael you would fall,
And turn the white snow
Red as strawberries in the summertime...

Cantou por um tempo, como dizia, destruindo a obra-prima de Fleet Foxes, e recordando com amargura a voz de Miguel, sempre tão afinada e que ela jamais gostaria de esquecer. No entanto, ainda não estava pronta para revisitar os áudios no comunicador instantâneo.

Tragada por lembranças felizes, colocando de lado os possíveis e aterrorizantes mistérios de Miguel, enlevada pela música alta, estremeceu ao sentir-se tocada no ombro.

Eram assim algumas pessoas, como notícias ruins, que vêm sorrateiras e derrubam você sob o solo nevado.

Virou-se com temor, tocando os fones para desligar e concentrar-se no que teria pela frente. Talvez, naquele momento, após a perda de Ceifador, única ligação à sua vida com Miguel, a morte fosse bem-vinda.

Se bem que a morte não costuma avisar; chega com seus passos de algodão e se instala na casa da vida, ocupando tudo, pintando as paredes de púrpura, como quando Miguel costumava levar aquelas garotas para casa, sempre tão idílicas quanto aparentavam em suas contas de Instagram. Uma vez, após clonar seu WhatsApp, ela pôde ler nas conversas do grupo que ele estava executando um lindo projeto artístico: "Unidade na multiplicidade" era o nome.

Piscou os olhos por um momento, para acostumar-se ao espesso branco, sozinha e desnorteada naquele bosque, tocada por um estranho.

— Não devia ter vindo aqui — a voz era como o chacoalhar dos galhos secos, agitados pelo vento, e a figura em si, aterrorizante demais para que ela não mantivesse os olhos fixos nela.

— Mas, já que veio, você me deve algo. Não acha? — ela disse, numa voz que parecia a soma de todas aquelas vozes femininas, tocadas quase ao mesmo tempo, em intervalos ínfimos, total desarmonia, cada qual em seu timbre.

A estrutura de madeira que sustentava seu corpo como um simulacro de esqueleto era magistralmente esculpida e rangia um pouco nos encaixes parafusados. A pele, muitas peles tatuadas, procuravam recobrir a estrutura, parcamente, soltando em muitas partes, numa costura desajeitada de quem não dominava a arte de coser.

Os olhos já estavam intumescidos, mas ela podia perceber suas cores: um verde e um azul, simulando heterocromia. Miguel achava linda a heterocromia, ela pensou, dentro daqueles instantes que pareciam anos e ela espiava através de todas as portas do passado que lhe permaneciam abertas.

Não lembrava em que parte do passado aquele ser adentrava sua vida, mas a cada pensamento era outra vez reconectada a Miguel, sentia suas mãos e seu trabalho ali, indubitavelmente.

— Venha — o ser fez um sinal para que a seguisse através da neve, numa trilha sinuosa que ela conhecia brevemente.

Passaram pela estátua de pedra, que apesar de parcialmente coberta, deixava entrever os contornos de sua face que ela podia recordar: um só olho, boca e nariz tortos. A comunidade local alegava ser um tipo de guardião natural, mas Doralice só conseguia pensar em uma coisa: aberração.

A dor da perda de Miguel a guiava e mantinha insensível ao horror, por isso ela não se assustou, como talvez devesse, quando percebeu para onde estavam indo: a caverna proibida que, mesmo após decorrido um ano desde a última vez que estivera lá, continuava ostentando a fita amarela e negra das interdições e os avisos nada amigáveis.

A criatura rangente fez um sinal com o dedo construído de mutilações para que ela entrasse primeiro, e Doralice não desanimou.

Em sua mente, fragmentos de lembranças fustigavam seus nervos, como aquela da primeira vez em que se encontraram, depois do *match* no aplicativo de relacionamentos.

"Artista em desconstrução", sinalizava a biografia, após o nome sugestivo de Miguel Ângelo Enriquez.

"Cê tá ligada no Michelangelo?", ele disse no primeiro encontro, depois de umas tantas garrafas de vinho, fixando nela um olhar entre maníaco e iluminado pelo gênio dos artistas. "Ele disse uma vez que dentro do bloco de mármore viu um anjo que precisava libertar".

"Eu te digo que tenho essa mesma *vibe*, só que com madeira, que é meu principal instrumento de trabalho", acrescentou para verificar o efeito, que em Doralice era nulo.

"Você tem um quê de mágico em sua presença", ele disse no segundo encontro. "Gostaria de captar isso. Também sou fotógrafo de nu artístico, se você topar…"

Doralice recordou cada detalhe agradável de sua relação, o que era bom, segundo sua analista. Não precisamos deixar morrer novamente quem amamos ao sepultá-los pela segunda vez, na memória. Ela gostava de revisitar os momentos felizes, até que um latido familiar a trouxe de volta para o convívio sobrenatural com a criatura a seu lado, com olhar de desaprovação.

— Então era aqui que você estava, Ceifador! — ela não recuou ante o rosnado do *pinscher*, levemente bloqueado pelo conjunto de falanges que ele retinha de maneira possessiva.

Naquele instante, entre o calor das lembranças, o reencontro e o insólito, os pensamentos se turvavam na mente de Doralice, e ela levou um tempo maior para perceber que os despojos mortais na boca de Ceifador vinham de algum lugar próximo, o que agora se tornara evidente pelo cheiro, por um tempo mascarado pelo ar frio.

— Ah, menino endiabrado! — ela censurou o cachorro, tentando tirar o objeto da boca, aproveitando a camada protetora das luvas de inverno. — Solta isso, Ceifador! Eu não vou falar de novo!

Vencendo a batalha com o animal, ela pôde comprovar um detalhe visto de relance: o anel ainda perfeitamente encaixado ao osso do dedo indicador, parcialmente corroído. Aquele anel, gravado com os sigilos góticos que ele tanto prezava. Sem dúvidas, aquela armação esquelética pertencia a Miguel.

Fora da caverna, o bosque estava coberto pelo tapete branco, igualzinho como estava da última vez em que ela e Miguel haviam se divertido tanto e que ele estava prestes a revelar o segredo de sua arte, em meio a cantorias desafinadas de "White winter hymnal", risos, beijos e promessas.

O choque com a realidade veio como um golpe seco na boca do estômago e, aos poucos, conforme a luz ia deixando a caverna, ela ativou a lanterna do celular, tateando os objetos jogados no chão, displicentemente, como o material de um artista em frenesi durante a confecção de uma obra-prima.

Agora ela podia lembrar, vagamente, e o ser, de braços cruzados e com as costas apoiadas na parede da caverna, lançava olhares perscrutadores e ansiosos.

As garotas. Matérias-primas da arte de Miguel, cuidadosamente desmembradas, as peles separadas dos músculos com precisão cirúrgica para cobrir a estrutura de madeira.

Ela se permitiu chorar, porém de ódio, ao relembrar cena por cena, as traições, todo o processo mantido em segredo até o fim. O funeral de Miguel com aquelas partes faltantes, nunca encontradas, e o caixão fechado.

Investigações policiais inconclusivas, seus medicamentos, as sessões de terapia infrutíferas, e aquele ser taciturno, amálgama de carne e madeira, que também estava presente na última vez em que vira Miguel com vida.

De olhos vendados, ele a havia conduzido ao interior da caverna, onde numa cadeira o ser repousava, recém-terminado, como que aguardando o cair da venda e as lamúrias de Miguel sobre sua inabilidade em costurar e do quanto precisara de sua ajuda, sem coragem de solicitar; ela, que era uma das mais habilidosas costureiras da região e detentora da magia do ponto invisível. Propôs futuras cocriações.

Doralice pôde se lembrar, com nitidez, de como, munida do bisturi, alcançou a jugular do artista, vulgo seu namorado, sem pestanejar, como se preparada para aquilo desde criancinha.

Com a respiração ofegante, procurou a cadeira, que estava a alguns metros para dentro da caverna, guiada pela luz da lanterna do celular.

Tal como havia deixado, sua obra artística jazia sentada na cadeira. Observou a face de Miguel, uma das partes que faltavam em seu funeral, costurada com o esmero do ponto invisível sob uma tosca estrutura de madeira, fazendo as vezes de um corpo humano, mas que denotava extrema inabilidade em esculpir. Eles eram assim, um casal de opostos e complementos. Ele não sabia coser, ela não sabia esculpir.

Um cachecol tricotado em vermelho vibrante utilizado como meio de disfarçar a conexão desajeitada entre a cabeça e o tronco ainda fazia jus e ecoava a canção que ela cantarolava baixinho, fazendo com que a cabeça da estátua permanecesse ereta.

Jogou o feixe de luz para o *pinscher* que, de repente, calmo roía o seu achado num canto, fazendo cair por terra o ditado sobre o cão ser melhor amigo do homem.

Consultou o bolso acolchoado do casaco e escutou o ruído dos palitinhos secos dentro da caixa, prontos para utilização.

A peça artística de Miguel pareceu sorrir, aprovando, e juntou as mãos como em prece, enquanto Doralice punha a coleira em Ceifador, agora dócil, e encaixava o anel com os símbolos em seu próprio dedo anular.

De agora em diante seria assim, seria artista também, ela decidiu, beijando Miguel uma última vez e riscando o fósforo.

MALDIÇÃO EM FAMÍLIA

Stella Becker

Todos na cidade sabiam que aquelas terras eram amaldiçoadas há séculos. Mas o que era lenda e o que era realidade só os muito corajosos tentavam descobrir.

Melina ouvia muitas histórias sobre o bosque desde a infância, de pessoas desaparecidas a espíritos perturbadores, inúmeros assassinatos cometidos ao longo dos anos. O noticiário sempre recheado, e curiosos de toda a parte do mundo vinham conferir se as lendas eram reais. As expedições costumavam ser barradas pelas autoridades locais, o que aumentava ainda mais a curiosidade de estrangeiros.

O toque de recolher foi determinado para garantir que a população pudesse se proteger, já que os crimes não deixavam vestígios.

Era treze de agosto, uma sexta-feira. Melina faria dezoito anos.

Sua comemoração seria uma reunião entre alguns amigos mas que significava muito... os tempos estavam mudando e as pessoas não podiam perambular pelas ruas. A velha *jukebox* do pai seria a protagonista do seu novo lar, uma edícula feita de alvenaria que comportava facilmente suas coisas.

O pai de Melina era um engenheiro respeitado que conhecia toda a planta da cidade. Sua maior preocupação foi construir uma casa longe das proximidades daquele bosque. Sabia de histórias e coisas macabras demais para deixar sua família à mercê do perigo e do "acaso".

Melina acordava naquela manhã chuvosa com um ronronar chegando em seu pescoço, as patinhas úmidas denunciavam a escapada noturna, o miado preguiçoso chamava por colo e abrigo quente entre as cobertas.

— Lúcio, seu vagabundo! — dando tapinhas na traseira do corpo do lindo gato preto, ela o fez se aninhar de vez em sua cama.

Espreguiçando-se, ela caminhou até a cozinha e se surpreendeu com uma grande caixa num embrulho de presentes azul, com um enorme laço vermelho rubro de camurça. O presente era quase todo do tamanho da mesa.

Ao pegar o grande pacote, percebeu que não havia algo pesado lá dentro. Abrindo o laço com cuidado, rasgou o embrulho. Uma caixa bonita de madeira tinha talhado na tampa o desenho de um corvo. Ao levantá-la, o conteúdo estava cheio de palhas e folhagens e, embaixo das folhagens, um porta-retratos com a foto de sua mãe. Ela usava um vestido preto longo, e os cabelos presos ao alto da cabeça.

Era uma foto muito antiga, já quase amarelada, e diferente de tudo o que se recordava dela, pelo menos até sua infância. Ainda na caixa, um camafeu dourado com a foto de um bebê.

Aurora morrera num acidente de carro quando Melina tinha 5 anos, e a menina carregava poucas lembranças dessa fase.

Enfim, a caixa não tinha nenhum cartão, nada que identificasse quem quisesse presenteá-la. Fechou a tampa da caixa e a guardou embaixo da cama. Não queria nenhum de seus convidados vasculhando suas coisas mais tarde.

Com a xícara de café em mãos, empurrou a porta de madeira dos fundos da casa de George, seu pai.

— Ei, moço, já acordado?

Na cozinha, a chaleira estava no fogo e George ao computador, na escrivaninha da sala, observando-a por cima dos óculos redondos.

— Alguém faz aniversário hoje?

Melina foi ao encontro do pai num abraço caloroso.

— Não entendi a caixa, nunca havia visto aquela foto…

— Que caixa?

— A caixa que está na minha cozinha.

— Estou curioso. Aliás, suas botas de esquiar estão lá em cima.

— O melhor presente!! Obrigada pai!

Outro abraço, agora mais breve, Melina, subiu as escadas até seu antigo quarto e calçou as botas de esqui, mesmo que não fosse ainda possível esquiar naquele começo de estação.

Ao fim da tarde, Melina conseguiu decorar a casa para que os convidados chegassem, ajeitava um ou outro balão preto, quando sua avó surgiu na cozinha.

— Minha netinha hoje completa a maioridade.

— Vovó! Que bom vê-la!

— Muitas felicidades, minha querida!

Um abraço aninhado na avó sempre a fazia lembrar da infância.

— Foi a senhora que deixou a caixa, não foi?

— Sim, minha querida!

— Não conheço aquele retrato.

— Sua mãe adorava aquele vestido preto, ela sempre se vestia assim. Guardei o retrato para este dia — a velha parou um momento. — Não quero que a lembrança de sua mãe se apague, minha querida.

— Lembro de poucas coisas, vó. Uma canção, um aroma, mas daquele vestido não me lembro.

— Naquela fotografia, você ainda era um bebezinho.

— Como está a casa nova?

— Gosto do meu quintal, e Dominic também tem mais espaço. Até seu latido rouco melhorou. Ele está idoso como eu. O pobrezinho merecia mesmo um lar adequado.

Melina notou que sua vó tinha um aspecto melhor.

— A senhora está bem, vovó?

— Estou, minha querida, mas vou me apressar. Dominic ainda não gosta de ficar sozinho na casa nova.

Elas se despediram num abraço caloroso.

— Melina, minha querida, cuidado com o porta-retratos. Sua mãe gostava muito dele.

A velha fechou a porta atrás de si. Melina achou a velha avó um pouco senil, pois o porta-retratos era bem mais atual que aquela foto amarelada. Ainda assim, checou novamente o presente e ao abrir a caixa, olhando mais uma vez a foto, notou que estava prensada ao vidro. Às costas do objeto, havia um fecho e um fundo falso com um papel bem dobrado e também já amarelado.

Ali estava a planta de toda a cidade, de forma tão projetada que só um engenheiro conseguiria desenhar.

O desenho formava um enorme corvo, sendo o coração dele o bosque.

Melina tentou assimilar tudo, o mapa, o corvo, a foto de sua mãe. O que poderia estar relacionado, mas nada vinha à sua memória.

Guardou tudo novamente e deixou sob a cama.

Antes das seis da noite, seus poucos amigos já tinham chegado e ficariam por lá até o outro dia.

Após as comemorações, seu amigo mais velho, Jonathan, estava um pouco inquieto.

— Acho que você merece uma aventura.

— Como assim? — Melina indagou, curiosa.

— Acho que podíamos pegar o jipe e dar uma voltinha — os olhos de Jonathan brilhavam.

— Tem polícia por todo o lado. Armaram postos nas avenidas principais.

Doroty se pronunciou em alerta.

— Exatamente! Nas principais... mas eu conheço cada beco desse lugar.

— Que isso, Jonathan! O que anda fazendo pelos becos?

— Melina, eu sou o rato dessa cidade. Hahaha.

Todos riram com a careta de Jonathan.

— Eu topo! Quem vem?

— Melina, é arriscado pegarem a gente — Nico era o mais jovem dos quatro.

— Acho que vale o risco se tomarmos cuidado.

Concordaram que seria breve, apenas uma hora, e retornariam antes que George voltasse para casa. Era a sua semana de trabalho no turno da noite.

Melina e Jonathan sentaram-se à frente no jipe, enquanto Doroty e Nico atrás.

O frio era intenso, o céu estava limpo, a lua despontava grande nele, iluminando a estrada e os locais mais escuros.

Jonathan pegou uma garrafa de bebida e levou o gargalo à boca enquanto dirigia. Melina tirou-a de sua mão.

— Se nos pegarem com isto, estamos encrencados. Foco na estrada.

Jonathan, rindo, fez o caminho em uma longa viela.

Melina reconhecia o lugar.

— Jonathan, vamos acabar saindo na principal!

— Calma, eu sei o que estou fazendo.

Contornando algumas ruas, de repente estavam atrás do bosque.

— O que estamos fazendo por aqui? Pode ser perigoso.

— Nico, meu querido. Tente curtir um pouco!

Jonathan acelerou o carro e neste instante um enorme lobo saiu das matas do bosque. Paralisado pelos faróis, só puderam ouvir seu choro debaixo das rodas enquanto o jipe passava por cima de seu tronco.

Jonathan tirou o pé do acelerador e fez uma parada brusca.

— Mas o que foi que você fez? — Melina gritou de dentro do jipe.

— Ele entrou na frente do carro. Vocês viram, não consegui frear! Doroty, olhando para trás, não viu o lobo no asfalto.

— Gente! Será que ele está preso entre as rodas? Coitado!

Um silêncio absoluto pairou, foi um momento estranho. O bosque estava ali presente, e seus pinheiros enormes pareciam vivos e condenatórios. A mata fechada lá dentro formava figuras no escuro, e uma neblina muito densa surgiu sobre toda a estrada.

Melina procurava a lanterna no porta-luvas quando algo surgiu a uns dez metros à frente do jipe.

Uma figura parecida com a de uma mulher caminhava lentamente em direção ao carro, usando um vestido longo, preto, os cabelos presos ao alto da cabeça.

— Vamos sumir agora daqui!!

Jonathan segurou o volante e deu partida no carro. Nada funcionava.

— Jonathan, rápido!— Doroty já começava a chorar.

— Esperem! — Melina, como que hipnotizada, abriu a porta do jipe e saltou, caminhando em direção à figura.

Ela não saberia dizer a eles que aquela era a figura de sua mãe, como no porta-retratos. Precisava ir até lá ver de perto.

A figura lentamente entrou na mata. Melina se apressou, seguindo-a.

— Santo Deus! Isso não está acontecendo! — Jonathan, apavorado, continuou a tentar dar partida no carro.

Enquanto isso, Melina se via cada vez mais hipnotizada. A figura continuava a caminhar num movimento tranquilo, transpassando pelos galhos das árvores. O silêncio absoluto fazia Melina ouvir seus próprios passos quebrando as folhas abaixo de suas botas.

A luz da lua refletia pelo caminho, e Melina encontrou um círculo sem árvores e sem pinheiros, onde um homem estava caído.

— Eu fui atingido.

Chegando mais perto, ela o reconheceu.

— Papai! Papai, você está ferido! — correu até ele.

George a fitou, surpreso.

— Melina, o que faz aqui? Me perdoe, tentei nos proteger por todos estes anos.

— Papai, você está sangrando muito. Preciso buscar ajuda!

Melina, ao tentar se levantar, paralisou. Uma enorme criatura, maior que qualquer lobo já visto, rosnava em sua frente, com a baba escorrendo entre os dentes enormes e os olhos amarelos, penetrantes e raivosos.

Não houve tempo para que Melina agisse. A criatura avançou, pegando-a pelo tronco e a arremessando contra uma árvore.

Melina sentiu o baque e a mordida ardendo por toda a sua corrente sanguínea.

— Sua velha maldita, deixe minha filha em paz!

A criatura, avançando contra George, rasgou seu peito com as garras de suas patas enormes. George uivava e gritava de dor.

Surgindo de dentro da mata, um enorme e lindo corvo pousou sobre George, encarando a criatura, que recolheu as garras, afastando-se como um cão obediente.

A neblina não permitiu que Melina pudesse ver, mas o corvo transformava-se na figura da mulher.

— Já chega disso… ele não sobreviverá a mais uma lua. O carro que o atingiu esmagou suas costelas! — gritou para a criatura, e sua voz era como o som de uma harpa.

Enquanto falava, aproximou-se de George, levantando sua cabeça como num afago.

— Aurora! Tentei proteger Melina. Agora ela está aqui e também foi mordida por sua mãe.

— O destino dela, George. Sabíamos que quando alcançasse a maioridade chegaria sua vez.

A criatura, ainda que em postura mansa, rosnava para George.

Melina, sem entender o que seus olhos presenciavam, levantou-se com dificuldade, perdendo muito sangue.

— Então você estava viva, todo este tempo?

Melina fitava Aurora com muito desapontamento e medo da verdade.

— Minha querida, eu sou parte de sua ancestralidade. Deixei este mundo quando era ainda muito pequena. Nossa maldição escolhe o destino de cada uma de nós como sentença.

— O que acontecerá comigo?

— Melina, me perdoe esconder a verdade. George já quase não conseguia falar. Seu sangue fazia uma poça embaixo de si.

Calafrios tomaram todo o corpo da garota. Sua visão agora era como um raio-x de toda a mata, cada pequeno ruído era ouvido com absurda nitidez e no máximo volume, uma sensação extrassensorial. Seu corpo arqueou para trás e sentia o coração disparar, acelerado.

— Aaahh, o que está acontecendo comigo? — Tentou tapar os ouvidos, ajoelhando-se para parar a sensação de vertigem.

— Seu corpo está em transformação, Melina, seu antigo mundo está morrendo — Aurora fechava os olhos de George, agora já sem vida.

Passos ao longe se aproximaram apressados.

— Melina, encontrei você! — era Jonathan arfando.

Neste instante, Melina soube o que era o novo mundo, a sede misturando-se num divino olfato e paladar, tudo o que pôde ouvir foi o coração daquele humano a pulsar alto, fazendo sua fome despertar.

Este então era seu verdadeiro presente.

A garota virou-se num súbito… e seus olhos eram amarelos.

FOME

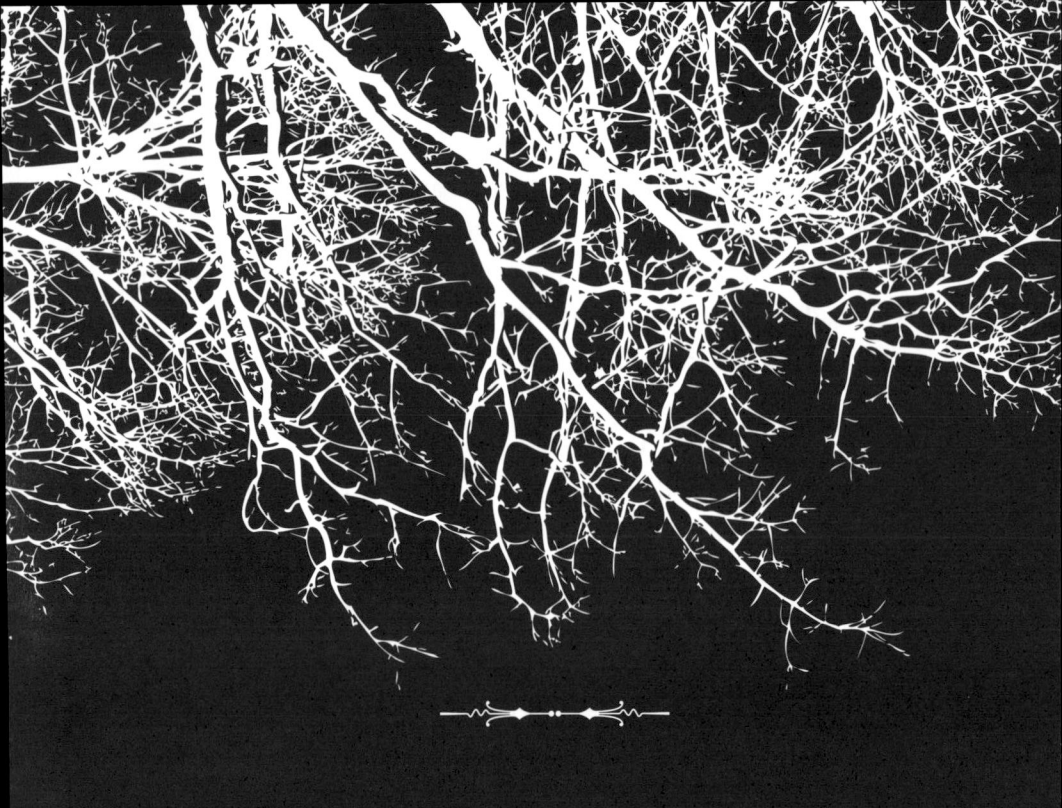

Tati Klebis

A gota de sangue tocou as folhas secas no chão sem fazer ruído. Marcus continuou apontando a lanterna do celular para a escuridão enquanto olhava mais uma vez para as horas. 11h13. Números primos. Bom sinal.

Outra gota tocou o solo, silenciosa. A dor na palma da sua mão livre o mantinha em alerta. Pé ante pé, passo a passo, sempre em frente, desviando o mínimo dos obstáculos naturais da reta que traçara na mente.

— Senhor, por favor...

Uma onda de adrenalina desceu pela espinha do homem, que estagnou. Aquilo era a voz de uma criança? No meio do bosque? Impossível!

— Estou com fome!

Apontou o facho da luz esbranquiçada do celular num giro de 360 graus, parando na mesma posição. Sombras dançavam um balé disforme enquanto a iluminação solitária passava pelas árvores, galhos e matos.

Silêncio. Sua pulsação acelerou quando se deu conta de que não havia o menor ruído além da sua respiração. Uma lembrança fugaz substituiu a fagulha indesejável do medo por uma leve nuance de indignação. Como pudera aceitar a ideia de uma trilha naquele bosque malfadado?

— *Shhhh...* silêncio! Ele vai te ouvir!

Outra voz, dessa vez de mulher.

Enterrou ainda mais as unhas na palma da mão, e a dor chegou como uma onda calmante. Fechou os olhos. Devia ser o cansaço. Seu estômago o lembrou de que também merecia um pouco da sua atenção fazendo um barulho que destoava da quietude ao redor.

— Não deixe ele ir embora!

Dessa vez, o som parecia distante e pesado. Talvez um homem. Marcus se manteve imóvel, esperando por mais vozes.

— Fome... estou com fome!

— Senhor, me ajude!

— Está tudo bem!

— Vou ajudar! Vou tirar você daqui!

— Está com medo?

— Preciso comer!

As palavras estavam nele, dentro dele, em sua cabeça, em seus ouvidos. Ao seu redor, penetrando o silêncio. Vozes de crianças, homens e mulheres.

Se alguém tivesse se aproximado, ele saberia. Principalmente pirralhos, que eram muito barulhentos para se deslocarem, ainda mais na mata fechada do bosque, à noite, sem luzes de orientação.

Estava sozinho. Absolutamente só. Precisava se concentrar e entender o que estava acontecendo. Fitou a tela do celular, que se acendeu enquanto movimentava o aparelho para todos os lados a fim de tentar localizar de onde as palavras vinham. 12h25. Números compostos. Isso não era um bom sinal. Estreitou os olhos, afugentou o pensamento de que não eram números primos e focou na situação.

Já ouvira histórias de pessoas que se perderam naquele bosque e não foram mais vistas. Ele não era como os outros que se desesperam e andam em círculos. Ele tratava essas pessoas, não era uma delas. Estava seguindo na direção contrária ao pôr do sol, em linha reta, e continuaria sem distrações.

— Eu sei o que fazer!

Uma voz emergiu do burburinho dissonante, melodiosa, quase como um convite. As demais se calaram.

Marcus arqueou as sobrancelhas.

Perguntas como "o que é você" ou "o que você quer" não faziam sentido. Aquilo devia ser delírio pela fome e cansaço. A mente era capaz de pregar peças nos outros sentidos.

Marcus fechou os olhos, desenterrou as unhas da sua palma e com as pontas dos dedos acariciou os machucados recém-abertos, fazendo pressões de leve para ativar o sangue do local. Finos tentáculos de dor percorreram sua mão e desaceleraram seu coração.

Respirando profundamente o ar inodoro do bosque, levantou as pálpebras. A alguns passos dele, estava uma criatura semelhante a um grande felino, porém sem contornos definidos, como se uma criança tentasse desenhar uma grande onça, mas não tivesse a precisão necessária para isso. Sua pele parecia feita de casca de árvore, e veias entravam e saíam dela formando intrincados corredores de um líquido escuro com brilho avermelhado. Faltava um pedaço do que deveria ser a mandíbula, e dentes pontiagudos enegrecidos estavam totalmente à mostra. O facho da luz do celular atravessava a coisa parada e formava sombras através dela.

Ele levantou um pouco mais a luz em direção à cara do bicho. O movimento mexeu com a criatura, que entortou lentamente para o lado a cabeça e deu um passo para frente. Depois outro. E outro. E um quarto passo, ficando à frente do homem.

"Eu estou com fome... muita fome!"

Sem conseguir compreender exatamente como, Marcus sabia que aquela criatura estava falando com ele, falando através dele. Na sua cabeça. Como se estivesse ouvindo um podcast com um fone de ouvido.

— Eu também tenho fome.

As palavras saíram dos lábios dele quase sem firmeza.

"Você vai ser meu alimento."

— Por que você acha isso?

"Porque estou faminta!"

— Você é grande e forte. Pode caçar!

"E você está aqui, sozinho e desprotegido."

— E também estou com fome. E você também está sozinha.

"Não! Eu tenho você!"

— Então, não estamos sozinhos. Mas ambos estamos com fome.

A barriga de Marcus se pronunciou, confirmando suas palavras.

Sem tocar o chão, a criatura circundou e parou atrás dele, que se manteve imóvel.

"Só dói um pouco. Depois a dor vai embora. E a fome passa. E você cheira estranho."

Marcus sentiu o estômago vazio revirar assim que o hálito pútrido da criatura atingiu a lateral do seu rosto. Uma descarga de adrenalina acelerou seu coração quando a besta parou novamente a sua frente, e dessa vez pôde ver com maior nitidez seus olhos, translúcidos, opacos e gelatinosos.

Olhos de uma pessoa que já perdeu a sanidade, como alguns de seus pacientes. Como os olhos de sua mãe antes de se matar. Olhos sem brilho, quase leitosos. Olhos de gente e não de monstro.

"Ahhh... agora, sim! Está começando a cheirar melhor!"

— E qual seria esse cheiro?

A criatura esfregou o focinho decrépito em sua face.

"Medo! É delicioso!"

Marcus trocou o celular de mão e enterrou lentamente as unhas na palma ilesa, sentindo-as afundarem até romperem a barreira da pele, trazendo dor e calma.

— Eu não estou com medo.

Agora sua voz era serena. Aquilo tudo devia ser algum tipo de alucinação que seu cérebro estava criando. Monstros não existiam. Somente homens. Ele sabia disso pois lidava com psicopatas, sociopatas e dementes todos os dias em seu consultório. E o homem era capaz de atrocidades inimagináveis! Aquilo que estava à sua frente não era uma pessoa, portanto, devia ser sua mente.

"Está com medo... e vou provar!"

Numa velocidade anormal, a criatura rasgou um pedaço da orelha de Marcus, que fechou os olhos com a intensidade da dor. Ele não infringiu essa dor a si próprio. Estremeceu, e seu coração perdeu o ritmo. Abriu novamente os olhos e encarou sua mão com o celular e a outra fechada. Não foi ele quem mutilou sua orelha.

Olhou para o ser à sua frente como se o visse pela primeira vez. Apontou o celular para os lados. Continuava na floresta. Perdido. Perdera-se da trilha quando resolvera ir mijar um pouco afastado do grupo. Estava andando havia horas. Estava cansado e com fome. Estava delirando e ouvindo vozes de um monstro que acabara de comer um pedaço de sua orelha. Estava enlouquecendo ou realmente tinha uma criatura tentando devorá-lo? A pergunta mais óbvia era a que nunca fazia a seus pacientes, pois eles tinham que encontrar suas próprias respostas. Mas era a única que conseguia pensar:

— Quem é você? — perguntou, enquanto se concentrava nas dores para se acalmar e não deixar o pânico tomar o controle.

A criatura o encarava enquanto engolia o pedaço de sua orelha.

"Seu gosto é estranho. Seu medo é estranho."

As horas brilhavam na tela do celular: 12h56. Números compostos. Marcus estremeceu e afundou um pouco mais as unhas, estabilizando a respiração.

— Como eu disse, não estou com medo. E você provou isso — disse, enfatizando o verbo provar. — Agora me responda. Quem é você?

"Eu sou... eu estou com fome!"

— Isso eu entendi. Eu vou alimentá-lo, se você me ajudar.

"Eu devoro você mesmo tendo gosto estranho."

— Eu sei. Mas você não quer sair daqui?

"Por que eu sairia?"

— Se está com fome, é porque não se alimenta há um tempo. Portanto, não tem comida suficiente aqui. Posso ajudar a encontrar um lugar melhor.

A criatura se afastou um pouco e continuou encarando-o.

"Como?"

— Você deve conhecer tudo por aqui. Me ajude a sair e levo você comigo.

"Não posso sair!"

— Por quê?

"Porque eu… não…"

Num ímpeto, a criatura derrubou Marcus no chão e mordeu seu braço, arrancando um pedaço de carne.

O segundo ataque deixou a mente de Marcus enevoada, e o medo invadiu seu sangue como uma corrente de espinhos. Precisava se controlar, mas foram palavras desesperadas que saíram da sua boca, num grito quase histérico que ele próprio não reconheceu:

— Tenha misericórdia, seu monstro maldito!

A criatura se afastou e o encarou.

"Eu não sou um monstro!"

— Claro que é! Está tentando me comer!

"Estou com fome."

— Eu também! Nem por isso estou tentando te matar!

Por um breve momento, a imagem da besta tremulou e pareceu se transformar numa mulher. Foi tão rápido que Marcus piscou algumas vezes.

Precisava recuperar o equilíbrio, o controle. Respirando profundamente, levou os dedos aos ferimentos, experimentando a dor provocada pelo seu toque. Dessa vez, a sensação era diferente. Não só pelos machucados não terem sido infringidos por ele, mas algo estava fora do lugar, fazia ainda menos sentido do que a criatura. Seu sangue tinha um toque aveludado e pegajoso. Uma dicotomia confusa. Encheu os pulmões e falou com a voz mais calma possível:

— Qual é o seu nome?

"Eu… não sei."

— Vamos fazer o seguinte. Vou ficar aqui com você e você me conta o que sabe, certo? Vamos esperar amanhecer e daremos um jeito de sair daqui.

"NÃO!", gritou a criatura, numa explosão de várias vozes. "Não posso sair! Eu quero! Não posso!"

— Certo, certo. Me diga, de onde você veio?

"Da escuridão."

— Ótimo! Para onde você quer ir?

"Embora."

— Certo. Você sabe como sair daqui?

"Acho que não."

— Você está com medo?

"Não… sei. "

— Olha, eu estou. Eu estou com medo de não encontrar meus amigos de novo. Estou com medo de morrer de fome. Estou com medo de ficar desidratado. Estou com vários medos.

"Medo é gostoso." A criatura farejou o ar e se aproximou novamente.

Aquilo não estava dando muito certo, pensou Marcus.

— Não, medo não é gostoso. Medo nos desorienta — Marcus puxou o ar profundamente antes de completar: — Eu preciso da sua ajuda.

"Eu…"

Mais uma vez, a criatura sibilou, e sua forma tremeluziu mudando para uma forma humana por alguns segundos a mais do que antes.

— Isso, isso — um lampejo de esperança cruzou o olhar de Marcus.

"Maria."

Ele olhou para o monstro que agora parecia uma mulher com um longo vestido branco, aos pedaços, com a pele carcomida por vermes que rastejavam pelo seu rosto.

"Eu fui Maria…mas… agora estou… com muita fome!"

A criatura se aproximou com olhos famintos, ficando a poucos centímetros de Marcus.

— Olá, Maria!

A mulher parou e o encarou com uma certa confusão.

"Meu nome."

— Sim, Maria. Seu nome. Você é uma mulher que está perdida, porém, sabe como sair daqui.

"Sei? Não! Não sei!"

— Sabe. Tente se lembrar.

A imagem tremulou e a mulher pareceu mais densa. Marcus poderia tocá-la. Já não tinham vermes pelo corpo e o vestido branco lembrava uma roupa de baile antiga.

— Eu acho...que sei.

Maria agora falava, e sua voz era melodiosa e clara.

Marcus estendeu a mão. Ao tocar a pele da mulher, uma escuridão ancestral brilhou em seus olhos. A dor em seu estômago se apoderou cruelmente de seus sentidos. Não era uma sensação prazerosa nem calmante. Era brutal e primitiva. Era fome. Uma fome capaz de distorcer os mais profundos pensamentos de civilidade, de humanidade. Numa última tentativa de manter a lucidez, enterrou os dedos no buraco em seu braço até tocar os ossos, porém, a agonia da fome suplantou quaisquer outras sensações. Num impulso desesperado e feroz, ele agarrou a mulher pelo pescoço, derrubando-a ao chão com violência.

Não houve tempo suficiente para que ela mudasse de forma e voltasse a ser a criatura etérea. Com um grito primal, ele cravou os dentes na garganta dela, a fome transformando-o em algo igualmente monstruoso. O sangue invadiu sua boca com uma doçura infinita, e ele devorou a criatura até que restasse apenas o silêncio do bosque.

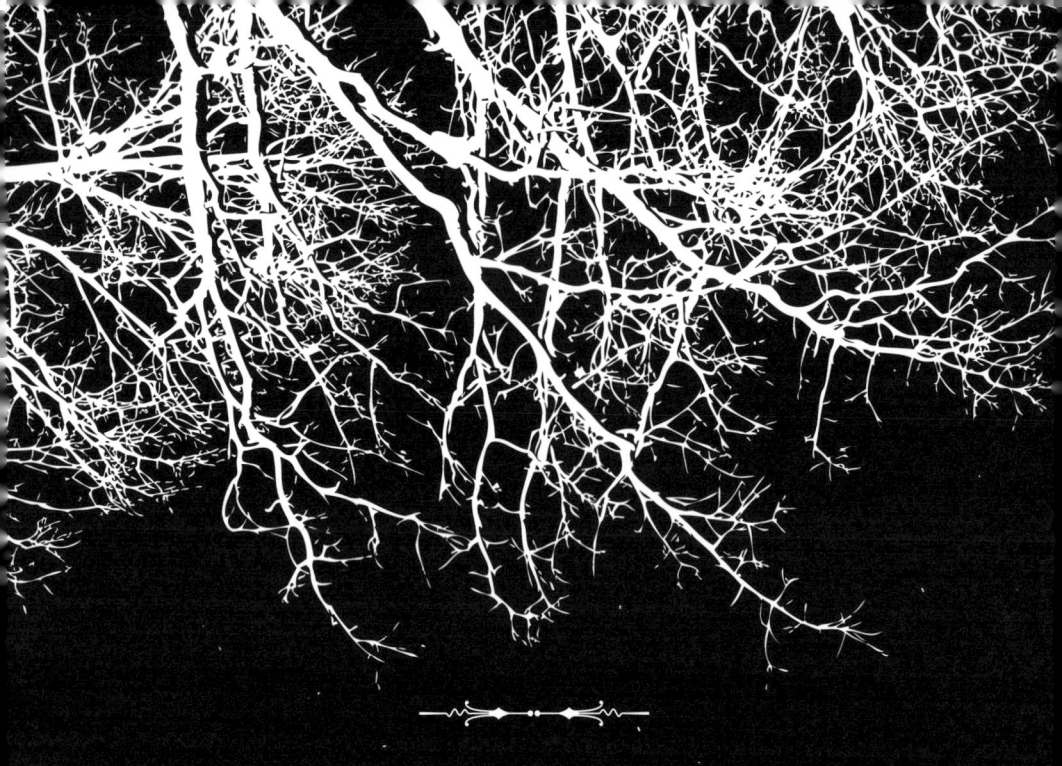

OS OBSERVADORES
Tereza Cristina

"Socorro! Alguém me ajude!"

O grito ecoou pela estrada escura e me fez gelar a espinha. Por um segundo, acreditei que aquela voz carregada de horror e desespero tivesse surgido do além. Senti meu corpo estremecer por inteiro.

Quando aceitei o emprego, alguns colegas me avisaram sobre as coisas estranhas que aconteciam no bosque durante a noite e me alertaram a não ultrapassar mais de cinco quilômetros dentro da mata durante a minha ronda.

Havia dois motivos. O primeiro que por ser mulher seria muito arriscado caso me deparasse com um animal selvagem, e segundo porque o último vigia enlouqueceu. O primeiro motivo era bem convincente, mas o segundo a coisa mais absurda que já me contaram apenas para que tivesse medo. Logo eu que sempre fui cética sobre essas coisas de paranormal.

Mas quanto mais eu andava em direção àquela voz, algo dentro de mim tentava me alertar para não continuar. Senti cada pelo do meu corpo ficar arrepiada e um frio atravessar minha espinha. Já havia sentido tal sensação em outras ocasiões, mas essa era peculiar. O desespero naquela voz era perturbador, talvez por causa da escuridão opressiva do bosque e pelo silêncio que fazia com que cada galho que eu pisava o estalo parecia amplificar. Deveria ter voltado, mas continuei. Era meu dever, e medo nunca foi algo que me deteve.

Chamei algumas vezes e percebi que cada vez mais minha voz soava fraca e trêmula, o que não fazia sentido, mas não recebia nem uma resposta. Estava cercada em um silêncio ensurdecedor. Ignorei a sensação que surgia dentro de mim. A sensação de ter alguém à espreita me observando crescia lentamente. Por vezes, era pega de surpresa com as sombras que pareciam se mover por conta própria e eram criadas com a luz da minha lanterna que dançava entre as árvores.

De repente, ouvi um sussurro. Parei imediatamente, segurando a lanterna com mais força. O sussurro se repetiu, mais claro desta vez.

— Ajuda... por favor...

Segui o som, meu coração batendo descontroladamente. O frio piorava ainda mais, e tinha certeza de que logo encontraria alguma pessoa perdida que não ouviu a sirene para sair do bosque. Algum adolescente desavisado, mas para a minha surpresa encontrei uma mulher, encolhida no pé de uma das árvores em uma pequena clareira. Eu me aproximei com cuidado para que ela não se assustasse.

— Ei, você está bem? — perguntei, mantendo minha voz o mais calma possível.

Ao levantar a cabeça para me responder, a mulher estava com o rosto pálido, olhos arregalados, sua expressão era de puro horror. Suas roupas estavam rasgadas e sujas. Pude perceber arranhões em seus braços e rosto, e fiquei aflita, pois ela claramente precisava de ajuda.

— Eles estão vindo... — ela sussurrou, seus olhos fixos em algo atrás de mim.

As palavras me pegaram de surpresa. Senti meu corpo inteiro se arrepiar, como se um vento muito frio tivesse acabado de me envolver. Virei-me rapidamente, e logo senti que não estávamos sozinhas ali, mas não vi nada além da escuridão. Quando olhei de volta para a mulher, seus olhos pareciam maiores e estáticos, me encarando com um olhar penetrante e perturbador. Sem saber o que fazer, decidi ajudá-la a se apoiar em mim e retornarmos para a entrada do bosque. Mas, enquanto a levantava, ouvi passos pesados se aproximando.

Acelerei o passo, tentando ignorar o som crescente atrás de mim. A cada passo, os ruídos ficavam mais altos, mais próximos. Finalmente, avistei a luz fraca da entrada do bosque. Com um último esforço, corri em direção à segurança.

Assim que saímos do bosque, os sons pararam abruptamente. Coloquei a mulher no chão, a expressão de puro pavor ainda permanecia no rosto dela. Os olhos pareciam sem vida, e a pele fria foi um alerta para que a cobrisse o mais rápido possível por causa do frio que fazia naquela noite.

— Eles não vão parar... — ela murmurou. — Eles nunca param...

Por mais que eu fizesse perguntas, ela nunca me respondia. Suas palavras eram as mesmas, sabia que ela precisava de ajuda. O posto da guarda tinha todos os suprimentos para os primeiros socorros, mas ela precisava ir para o hospital imediatamente. Não demorei para acionar o centro de comando e relatar o ocorrido e solicitar uma ambulância.

E enquanto esperávamos, decidi ver se havia algum ferimento mais grave, mas cada vez que tocava na mulher, ela se encolhia cada vez mais e fixava aquele olhar sobre o meu ombro, como se estivesse vendo algo atrás de mim. Não demorou para que a sensação de ter mais alguém conosco aparecesse e me deixasse com medo.

Havia alguém ali e apenas ela podia ver. Tentei afastar as histórias sem sentido dos meus colegas, sobre o que acontecia no bosque. Muitos faziam de tudo para trocar de turno ou pediam demissão no segundo ou terceiro dia de vigia.

Algumas pessoas diziam que o bosque era amaldiçoado, que antigamente muitas pessoas iam lá para morrer, e que foi por causa disso que colocaram um posto de guarda para se certificar de que mais pessoas quisessem encontrar seu fim ali. Para mim, isso era crendice de lugar pequeno. Diziam que as pessoas deixavam bilhetes de despedidas e que em sua grande maioria encontravam seus corpos com uma expressão de horror estampado no rosto. Que algo ou alguma coisa sugava até a última gota de sanidade daqueles que queriam aquele tipo de morte.

Muitos diziam que podiam ouvir os murmúrios das almas que pareciam estar arrependidas por causa da escolha fúnebre que faziam. E mesmo assim, jamais dei crédito.

Mas aquela sensação... não tive certeza no momento e talvez tenha sido por causa da situação, mas senti alguém respirar de leve em meu pescoço.

— Eles estão aqui... eles estão aqui...

Ela murmurou mais alto dessa vez, o que me assustou. Quase caí enquanto a examinava. Olhei pela janela, mas não vi nada. No entanto, a sensação de ser observada não desapareceu.

Dei de ombros e continuei a examinar. Não vi nada que chamasse a minha atenção, apenas uma mancha roxa em seu peito e em sua barriga. E dei um pulo quando acreditei ter visto algo se mexer dentro da barriga dela.

Eu olhei de novo, mas apenas a marca roxa estava lá. Um hematoma grande o suficiente para precisar de uma atenção especial.

Liguei novamente para saber se a ajuda demoraria a chegar, mas a orientação foi a mesma, aguardar.

Enquanto isso, a mulher começou a se balançar de um lado para outro, como se estivesse fazendo alguém dormir. Encolheu-se mais ainda com olhar estático, ela parecia catatônica. Não sabia o que fazer. Queria sair dali. Algo não parecia certo. E quando resolvi me reaproximar, ouvi um barulho ensurdecedor vindo do lado de fora, como se tivessem acabado de jogar uma bomba próxima do posto.

Estremeci e corri para fechar a porta do posto. Liguei o rádio para pedir ajuda da central, mas tudo que ouvi foi estática vindo rádio. Fiquei aterrorizada quando ouvi a mulher se levantar e se virar para a parede, permanecendo parada ali.

O barulho parecia aumentar mais ainda do lado de fora e a mulher voltar com seus murmúrios sem sentido.

— Eles estão aqui... eles nunca param...

De repente, ela começou a gritar de forma histérica. Precisei tapar os ouvidos e senti que corria perigo. Fiquei com medo de ela sofrer algum tipo de convulsão. Resolvi me aproximar, mas antes que isso acontecesse outro barulho surgiu, seguido por um uivo alto e ameaçador. Corri para fora do posto quando avistei pela janela a luz da ambulância.

Corri o mais rápido que pude, pensei que desmaiaria assim que um dos paramédicos me segurou. Ele me pediu para respirar fundo e contar o que estava acontecendo. Não conseguia falar, embora as palavras se formassem em minha mente, não conseguia emitir nenhum som, apenas apontei para o posto da guarda.

Outro paramédico e o motorista correram em direção ao lugar para socorrer a mulher que estava lá, gritando.

Assim que recuperei o fôlego, encostei-me na ambulância. Logo em seguida, um dos médicos se aproximou com o semblante perturbador.

— Tem certeza de que havia alguém ferido com você?

— Como assim? — respondi, cheia de preocupação.

— O posto está vazio. Não encontramos ninguém.

Aquilo não fazia sentido. Claro que havia alguém comigo ali. Por um instante, pensei que poderia ser alguma pegadinha deles ou que poderia ser uma pegadinha minha. Questionei minha sanidade, mas tinha certeza absoluta sobre o que havia acontecido.

Mas, ao retornar para o posto, realmente não havia ninguém lá, apenas os paramédicos que se entreolhavam, curiosos. Eles pediram para que eu contasse desde o início o ocorrido. Contei sem me esquecer de nenhum detalhe. No entanto, eles pediram para que fosse substituída imediatamente. Informaram a central de que não tinha condições de continuar no meu turno.

Deixaram-me em casa e me pediram para procurar um médico assim que possível, pois realizaram um exame rápido e me disseram que claramente estava sob forte efeito de tensão. Não conseguia acreditar naquilo. Não fazia sentido. Sempre fui cética e lúcida. Mas resolvi aceitar o conselho e descansar.

Naquela noite, não consegui dormir. Cada pequeno ruído me fazia pular, e a sensação de ser observada não me deixava em paz. E antes que fechasse os olhos, pude ouvir de novo:

— Eles estão aqui... eles estão me observando... eles estão te observando ...

Senti uma dor enorme no peito e fechei os olhos.

Na manhã seguinte, acordei com uma batida violenta na porta do meu apartamento, como se alguém quisesse entrar à força. Gritei com quem quer que fosse e pude ouvir vozes indistintas falarem ao mesmo tempo. Mas logo tudo voltou a ficar silencioso.

— Encontramos algo no bosque — ouvi uma voz dizer do outro lado da porta. — Mas precisamos ter certeza.

Abri a porta e era um dos policiais da noite anterior. Pediu para acompanhá-lo, precisávamos voltar para o bosque. Relutei, mas acabei concordando. Pediram para que eu refizesse o caminho onde encontrei a mulher. Assim fiz e, quando chegamos lá, já havia outros policiais no lugar. Havia uma expressão perturbadora no rosto de todos, e quando me aproximei mais ainda pude ver um lençol branco cobrir o que parecia ser um corpo.

— Foi essa mulher que você viu ontem à noite?

Assim que levantaram o lençol, fiquei petrificada. A expressão de horror estava lá, a boca aberta e torta, os olhos cinza arregalados. Senti uma dor violenta me atingir e tudo ficar escuro de repente, e tudo que pude me ouvir dizer foi:

— Eles estão aqui... eles estão me observando... não posso escapar...

Eles estão aqui. E eles nunca param.

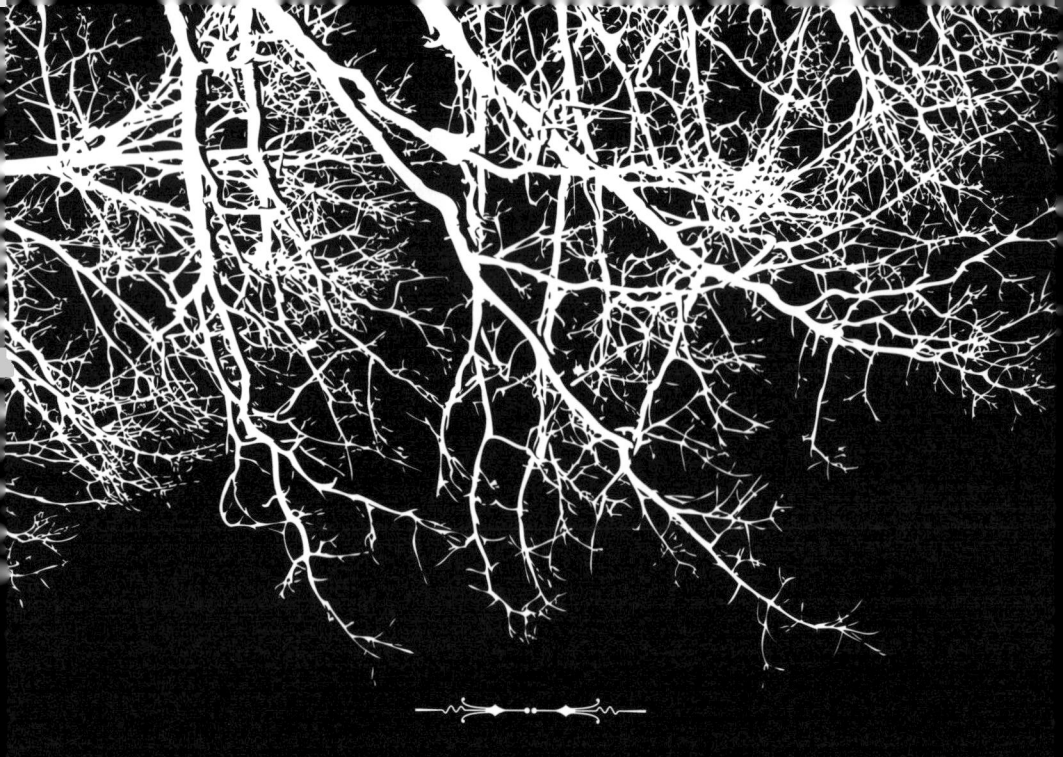

A APARIÇÃO DA CASTANHEIRA

Tito Prates

O ar gélido que entrava pela grande janela do quarto não congelara minhas pálpebras, impedindo-me de piscar. Apesar disso, sentia os olhos arregalados, em uma patética expressão de terror. A uma distância, que não permitiria dúvidas sobre o que eu avistava, vi surgir da terra, sob uma frondosa castanheira, uma curiosa "fumaça" esbranquiçada, rodeada de fogos-fátuos, que tomou a forma de um corpo humano envolvido por um manto.

A estranha ceia tardia, com outras três pessoas que mal conhecia e que beiravam o cômico de tão surreais e excêntricas, somada à refeição de alimentos pesados, havia me tirado da cama, insone, em busca de um pouco de ar fresco, por volta de três e meia da madrugada. Abri a janela e senti a tentação de contemplar o bosque ao redor da excêntrica mansão gótica.

Um morcego clichê decolou, assustado, de algum nicho próximo a uma imitação malsucedida de gárgula que sustentava a platibanda do telhado, e deu um rasante à fachada, o que me causou um pequeno susto e uma risada pela situação cômica de filme "B" de horror.

Contemplei o bosque, as árvores; era impossível não se surpreender com a total ausência de sons, mesmo com a brisa que agitava os galhos das árvores que rodeavam a casa. Nem um pirilampo, um coaxar de um anfíbio do lago, que podia ver através das árvores, a uma certa distância. Silêncio absoluto.

Depois de alguns minutos, vi surgir do solo a "fumaça". Eu sentia medo daquilo, mesmo sem saber o que era. Tentava me convencer que estava sendo contagiada pelas incoerências do cenário e daquelas pessoas, já meio arrependida de ter aceitado investigar o que acontecera com um hóspede da casa que havia desaparecido misteriosamente.

A figura etérea deslizou na direção do lago. Eu não consegui me mover, bater as venezianas e correr para algum lugar que julgasse seguro. O vulto não parou seu trajeto até a beirada do lago, onde se evanesceu.

Sentia os pelos da nuca como agulhas em um alfineteiro. Sabia que não iria dormir, se dormisse, tão cedo. Algum leite quente traria conforto.

Abri a porta do quarto e me aventurei pelo corredor sombrio. O piso de madeira rangia. Não queria acordar os outros e topar com aquelas pessoas.

A cozinha estava na penumbra, e localizei a geladeira, o leite e uma panela. Ao acender o fogão, o lume me revelou a figura de uma enorme mulher plantada ali ao lado, me fazendo jogar o leite para o ar e dar um grito abafado.

— Desculpe, senhorita, não queria assustá-la. Ouvi os degraus rangendo. Sabe, neste fim de mundo, qualquer barulho diferente se escuta. Não queria assustá-la.

Balbuciei um pedido de desculpas. A gentil cozinheira era a única pessoa que parecia real e simpática naquele cenário insólito e, prontamente, tirou a panela de minhas mãos, pegou-me pelos ombros e me colocou sentada em uma cadeira.

— A senhorita sabe que só a aceitaram aqui porque foram obrigados, não sabe? — disparou à queima-roupa.

— Como? — me surpreendi pela sinceridade.

— Alguém, que tem alguma influência sobre eles — apontou para o andar de cima —, exigiu que a recebessem aqui para tentar investigar o que aconteceu no mês passado. Não queriam de jeito nenhum e falaram que alguma bobeira, que "gente da cidade" estranharia, o fez ir embora no meio da noite. Depois, descobriram o tal desfalque que ele estava dando no escritório e ficou convencionado que ele havia desaparecido por livre e espancada vontade. — Fez aspas com os dedos quando falou espancada, apesar de não sorrir do próprio trocadilho.

— A senhora acredita nisso?

— Talvez… não seria o primeiro a ir embora daqui no meio da noite, mas nenhum desapareceu, antes dele.

— A senhora acha que eu deveria ir embora?

— Não, dona Pierrete, eles não fariam mal à senhora. São só estranhos, mesmo. Eu demorei a me acostumar.

— Está aqui há muito tempo?

— Doze, treze anos, por aí. Desculpe pela janta… eles que pediram o menu. Acho que foi uma refeição de más-vindas — fez novamente as aspas com os dedos no ar ao falar más-vindas. — A comida deve ter pesado.

Senti a última frase como o discurso da "Dona Aranha" com sua presa. Por outro lado, não queria perder a oportunidade de descobrir sobre o desaparecimento do advogado.

— Sim… ainda tentei me refugiar no arroz, mas acho que a sopa já havia feito um estrago…

— Acho que era o que eles queriam.

Novamente, o desconforto me invadiu, mas segui em frente.

— O que você acha que aconteceu com o advogado?

— Não sei. Ele era educado. Suspeito que colocaram nele a culpa pelo crime de outra pessoa…

Dizendo isso, levantou-se de súbito, pegou meu copo vazio, colocou-o na pia. Percebi que sorria para mim, enigmaticamente, ao ver seu rosto desaparecer com a luz sobre o fogão, que apagou.

A senhora Albuquerque e seu marido estavam sentados diante de mim, após o café da manhã. A mulher nada falou durante a entrevista, somente deixando claro que tudo aquilo lhe era bastante desagradável.

Ele, por sua vez, apesar da reserva do desagrado, tentou colaborar.

— Sim, eu ia, eventualmente, ao escritório. Foi a primeira vez que alguém de lá veio até aqui.

— Concordo. Com que frequência era isso? — perguntei.

A mulher se ajeitou na cadeira com uma expressão que sugeria "Ele já falou isso".

— Já disse, eventualmente — ele insistiu. — Preciso ver na minha agenda. De noite posso informar-lhe. Isso não é um inquérito formal, não é verdade?

Nesse instante, fomos interrompidos por Adriano, uma espécie de faz-tudo que havia me recebido no dia anterior e guardado meu carro. Achei que ele estivesse me trazendo as chaves, mas ele se dirigiu ao patrão:

— Parece que os Mendonça invadiram a cerca uns dez metros aqui para dentro. Acho melhor o senhor ir já olhar para falar com eles, ou com a polícia.

Percebi um calafrio percorrer a mulher ao ouvir a palavra "polícia". Albuquerque de pronto se levantou. Sorrindo meio cínico, acompanhou o caseiro. A mulher olhou para mim com evidente desprezo.

— Esse assunto sempre me dá enxaqueca — voltou-se para a cozinheira que acabara de entrar. — Margarida, leve-me chá preto bem forte no meu quarto. Vou descer somente para o almoço.

Fiquei sem ver ninguém durante toda a manhã. Procurei meu carro. Deveria estar em um celeiro, que avistei entre as árvores.

O almoço foi tão estranho quanto o jantar. Eles haviam me perguntado o que eu não comia, e foi exatamente tudo que serviram. Era evidente que não me queriam ali e faziam de tudo para que eu me sentisse desconfortável, o que apenas ativava meu senso de que ali tinha algo escondido.

A filha do casal, Edith, não almoçou conosco. Já haviam me prevenido que ela sofria de fotofobia.

Em meu quarto, olhando pela janela o local da "aparição" da madrugada anterior, me senti duas vezes ridícula. Uma pelo medo tolo que senti; outra por ver Adriano e seu patrão rindo, pescando na beira do lago.

Às três horas, fui ao quarto de Edith. O ambiente era todo escuro. Até as paredes eram pintadas de uma cor escura e as cortinas, pesadas, de veludo marrom, e as venezianas fechadas não deixavam passar nem mesmo uma pequena claridade.

Edith não usava os óculos escuros do jantar da noite anterior. Sua palidez era ainda mais evidente, e suas olheiras denunciavam sua má saúde.

— Sim, Ernesto veio aqui. Não era a primeira vez… — Havia algo que não conseguia definir em suas palavras, além do "Ernesto" sem o doutor formal que deveria precedê-lo, além do "mais de uma vez", que desmentia o pai. — Era a terceira vez que ele vinha.

— Seu pai falou que não era uma coisa comum o advogado visitar o cliente…

— Ele deveria vir por outro motivo — olhou para o espelho da penteadeira e ajeitou um pouco os cabelos. — Sabe que é tudo meu aqui, não é?

Levei um susto com a pergunta. Não sabia nada sobre aquilo.

— É, tudo meu — continuou —, eu que herdei da minha tia. Irmãos não são herdeiros necessários, sabe? — Agora sua atitude era infantil. — Papai não tem dinheiro. Parece que ele fez alguma coisa para desviar alguns trocados da minha herança para ele e o Ernesto percebeu. — Olhava as unhas e sorria.

— Por que ele foi embora?

— Deve ter sido de medo do papai... Ele fez coisa errada, eu não me importo, mas se o Ernesto descobriu, papai deve ter ficado com medo... Sabe que o lago é muito fundo? E que a água é alcalina? Por isso não tem sapos... — riu-se, divertida. — Acho que agora preciso dormir. Sabe, esses remédios da fotofobia...

Ela se dirigiu à cama e, antes que eu chegasse à porta do quarto, já ressonava. Aproveitei para voltar atrás e verificar os medicamentos sobre uma mesinha. Potentes soníferos e inibidores do sistema nervoso. Aquela garota estava dopada.

Voltei ao meu quarto e olhei pela janela. Adriano e Albuquerque continuavam entretidos na pescaria. A Sra. Albuquerque assistia a uma reprise de novela vespertina. Eu tinha pelo menos meia hora.

Por sorte, o escritório não estava trancado. A agenda de Albuquerque estava sobre a escrivaninha. Localizei as datas que fora ao escritório. Cheguei com as datas dos desvios na contabilidade do escritório de advocacia. Batiam.

Na hora do jantar, os três estavam à mesa. A Sra. Albuquerque com a boca retorcida; o marido sorrindo meio galhofa; Edith com seus óculos escuros, rindo para uma cadeira vazia.

O jantar foi carne de porco extremamente gordurosa. Notei o olhar conspiratório de Margarida ao trazer as travessas da cozinha.

Aventurei-me pelos arredores da casa, depois do jantar, porém um medo irracional não me deixava ir na direção da aparição. Tentava, em vão, algum sinal de celular para falar com a família de Ernesto, que me contratara, sobre as minhas descobertas.

Não vi mais ninguém naquela noite. Coloquei o despertador do celular para 3h20 da madrugada e escancarei a janela para contemplar o Bosque do Silêncio.

Às três e meia, a fumaça branca saiu do chão sob a castanheira. Voltou a formar a figura de uma pessoa enrolada em um manto. Meu medo guerreava com meu racional, mas eu esperava que ela se dirigisse ao lago. Porém, flanou sobre o solo em minha direção e parou bem à minha frente, congelando-me mais pateticamente que na noite anterior. Não tinha rosto, apenas uma forma.

Ouvi um sussurro em meu ouvido: "Fuja."

A aparição evanesceu.

Fiquei paralisada por mais alguns instantes. Não sabia onde estava meu carro. Por sorte, o veículo tinha um sistema no aplicativo do celular que equivalia à chave. O localizador mostrava que estava no celeiro, o que eu suspeitei.

Desci no mais absoluto escuro, às vezes não enxergando os móveis à minha frente, destranquei uma janela do térreo e pulei para a varanda.

Um vulto, semelhante ao que me assombrara e prevenira, surgiu do meio da mata, mas era muito humano. Olhei para cima e vi Edith na janela do quarto, com os óculos escuros. Sua expressão era de uma expectativa macabra.

Precisava correr pela minha vida.

Por sorte, eu era muito mais rápida que a assombração que me perseguia. O celeiro estava destrancado, e eu escancarei a porta enquanto ligava o motor do carro e destrancava as portas pelo aplicativo. Pude ver Adriano chegando, enrolado no manto da assombração falsa, com um machado nas mãos. Sua surpresa por me encontrar dentro do carro com o motor ligado o fez parar um instante, o suficiente para eu acelerar os mais de trezentos cavalos de potência em sua direção. Ele pulou para o lado.

O cenário era nítido na minha cabeça. O verdadeiro pretendente, em um romance secreto de Edith, não era Ernesto, mas Adriano. Os pais a mantinham dopada para ter controle sobre a herança. Ernesto descobriu e foi até a casa. Edith fingiu interesse no rapaz, que voltou para vê-la, provavelmente movido pelo interesse, também. Os pais perceberam e pressentiram o perigo de um casamento de Edith e da revelação de seus desfalques. Combinaram de tirar Ernesto do caminho com Adriano. Edith viu tudo e se divertiu com a ingenuidade dos próprios pais, que não perceberam quem era seu verdadeiro perigo.

Naquela noite, ela pretendia se divertir com a minha eliminação, mas eu consegui o que fui fazer no Bosque do Silêncio: agora eu sabia onde deveriam procurar o corpo de Ernesto.

— Você está certa... — foi o sussurro em meu ouvido.

Fui embora sem olhar para trás.

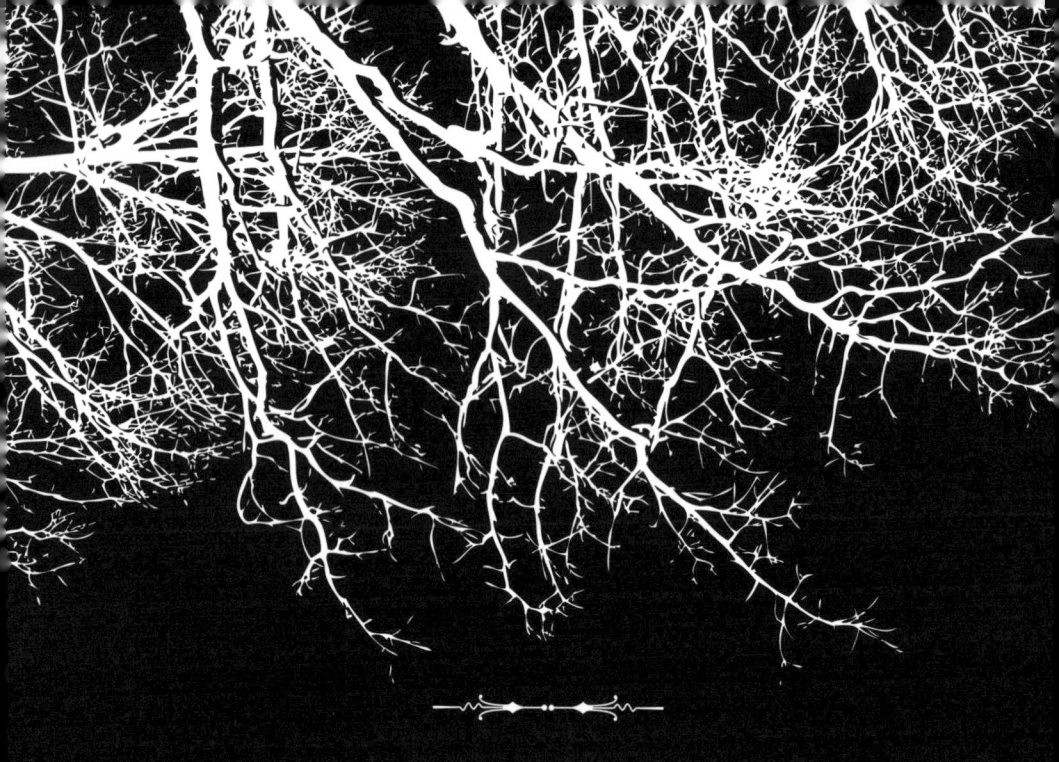

SUCESSO

Ulisses Mattos

Elias dirigia amaldiçoando a própria vida quando a bateria do carro arriou. Ali, no meio da estrada, no meio da noite. Saltou do veículo para esperar que alguém parasse para ajudá-lo, embora achasse que seria impossível. Isso porque se ele visse alguém na beira de uma rodovia deserta, pedindo que parasse, jamais o faria. Seria sua forma de revidar, de retribuir ao mundo o desprezo que sentia em cada dia dos 43 anos de sua trajetória por esta terra. Em todas as tentativas de ser feliz, Elias falhou. Quando foi demitido de seu último emprego, num escritório de contabilidade, achou que já tinha acumulado sofrimento suficiente para transformar o que sentia em arte. Iria finalmente se dedicar ao antigo sonho de ser escritor. Mas já havia passado sete meses desde que escreveu um livro desinteressante, recusado por três editoras que tiveram a infelicidade de analisá-lo. Elias já intuía que sua carreira não tinha o que era necessário para seguir adiante, exatamente como seu carro. Exatamente como sua vida.

De início, tentou ignorar as árvores que estavam às suas costas enquanto encarava a estrada. Mas uma vontade brotou em sua mente, de uma forma que não parecia vir de seus próprios pensamentos: entrar no bosque. Lutou contra a ideia, mas algo o impelia a caminhar na direção de um estranho silêncio. Ir atrás de um som específico é algo comum, orgânico, animal até. Mas detectar silêncio e tentar encontrá-lo era uma novidade naquele cérebro. Em uma mistura de busca pelo diferente e desapego da vida, adentrou no bosque.

Alguns metros depois, ignorando ruídos de galhos perturbados pelo vento e de animais que torcia para que fossem pequenos demais para se preocupar, Elias chegou aonde apenas o silêncio existia. Um silêncio tão denso que parecia tangível. E era, pois passou a ganhar forma. Diante dos olhos assustados de Elias, uma criatura delimitada por uma luz fosca se materializou, com uma voz que falava dentro de sua mente.

— Elias, você passou por muitas provações e privações. Por isso, receberá um presente, que poderá usar para realizar o sonho que mais desejar.

O ser misterioso esticou o que parecia ser um braço e tocou a cabeça de Elias, que não ousou se afastar, julgando-se merecedor de qualquer oferta que recebesse. Sentiu que algo havia sido acrescentado a sua mente, como um sentido a mais. Assim que a figura sumiu abruptamente, Elias pôs-se a caminhar de volta, em uma inesperada calma. Chegou à velha Fiat, sentou-se ao volante, virou a chave e... o motor funcionou. Era como se a bateria tivesse se exaurido com a determinação de deixá-lo no ponto correto da estrada, no caminho para o ponto mais silencioso do bosque. O sujeito então dirigiu em direção a sua casa, onde dormiu pesadamente quando chegou, sem ao menos conseguir trocar de roupa.

No dia seguinte, após o café, Elias viu sobre a mesa da sala os papéis onde havia imprimido seu livro. Foi até aquele aglomerado de folhas e sentiu algo diferente, uma repulsa. Um cheiro ruim, talvez? Era difícil explicar. Precisou jogar o texto na lixeira, para não vomitar. Era esse o presente que ganhara da criatura do bosque? O poder de vislumbrar seu fracasso? Parecia até uma piada de mau gosto. Saiu de casa resmungando enquanto dirigia até o supermercado, onde compraria o almoço. Na seção de congelados, sentiu um calor intenso pela lateral. Elias olhou para um jovem, que estranhou a encarada e se afastou para o lado oposto do corredor. O calor continuou atraindo-o. Aproximou-se cuidadosamente pelas costas do rapaz e se concentrou, captando uma sensação, uma vibração de potencial, de elogios, de aplausos. Conseguia enxergar um manancial de talento, como se estivesse conferindo os números de uma gorda conta bancária. Compreendeu que aquilo que lhe chegava à pele era... sucesso. Sim, da mesma forma que havia percebido o odor de fracasso de seu livro, agora sentia o calor da carreira promissora do garoto.

Elias não conseguiu lidar com a inveja. Abandonou as compras e correu para fora, procurando refúgio dentro do carro. Então, começou a maquinar sobre o que a criatura lhe contara. Pelo que recordava, havia recebido um presente para ser usado na realização de seu maior sonho, que no momento era escrever um livro bom o suficiente para ser publicado. Então, algo precisava ser feito. Com o poder. Com o rapaz. Em poucos minutos, o jovem chegou ao estacionamento deserto do supermercado. Andou com a sacola até sua moto sem saber que estava sendo seguido por Elias, que segurava a trava de volante que apanhou no carro. Ainda tinha dúvidas, mas assim que o rapaz levou o capacete até a cabeça, golpeou rapidamente sua nuca. Arrastou a vítima até o banco de trás de sua Fiat. O que fazer agora? Talvez no bosque do silêncio encontrasse resposta.

Ao fim de 25 minutos de viagem, Elias chegou ao trecho da estrada em que parou na noite anterior. Não precisou procurar o ponto exato, pois a bateria novamente arriou. Ele colocou o rapaz sobre os ombros e o levou para o bosque até onde foi capaz. Gritou pela criatura, sem retorno. O que fazer para tomar aquele sucesso para si? Sem orientação, não pensou em outro jeito quando olhou para uma pedra pontiaguda que parecia se oferecer. Tomou do chão o mineral, sentiu o peso e lhe emprestou mais energia, batendo-a com toda força contra a testa do rapaz. A corrente de sangue que escorria para o solo úmido do bosque se entrelaçava com um fluxo de pensamentos, vindos da mesma fonte. O rapaz tinha várias histórias na cabeça, algumas de própria criação, outras vividas por conhecidos. Todas pareciam registradas com instruções sobre a melhor forma de contá-las. Elias entendeu que sua vítima era um roteirista de TV, contratado por uma grande emissora. Tinha planos de escrever programas originais, filmes premiados... e queria dar cursos de escrita criativa. Parecia ter como propósito compartilhar suas tramas com o público e seus conhecimentos com colegas. Elias quase teve pena da vida que se extinguia diante de seus olhos, mas o calor interno que sentia não lhe permitiu. Era muito intenso, muito poderoso e prazeroso para não ser o sentimento que atraísse todo o foco do homem. Elias sabia que agora era outro.

Havia se passado apenas três horas desde que Elias tinha enterrado o jovem. Os mesmos dedos que tinham moldado uma cova imperfeita agora digitavam habilmente o laptop, dando vida a um texto brilhante. Não precisou copiar ideias que vislumbrou na passagem do roteirista. Apenas abordou sua história anterior por um novo ângulo, personagens falando de outras formas e uma narrativa diferente. Ao fim de uma semana, sabia que tinha terminado um livro de sucesso. Mas sua certeza não empolgou os editores que havia procurado anteriormente, ainda mais quando explicava que estava tentando emplacar a mesma história já recusada. O calor roubado do jovem não deixou que a frustração o abalasse. Em vez de bater ponto no bar da esquina, decidiu caminhar pela cidade.

Passando por uma galeria de arte, sentiu o impulso de entrar. Percorreu corredores até sentir um novo calor, vindo de um homem em seus 30 anos. Saboreou a quentura que emanava daquela alma, sabendo que se tratava de uma fonte vibrante de sucesso. Aproximou-se demais e despertou a atenção da futura vítima. Sim, sabia que seria sua próxima presa, não teria como evitar. Desta vez, as coisas foram mais fáceis, pois o homem abriu um sorriso convidativo, com a indisfarçável simpatia de quem procura companhia. O escritor nunca esteve em uma situação assim, mas não foi difícil trocar telefones e marcar um encontro para aquela mesma noite, em sua casa. No encontro, o sujeito nem teve muito tempo para descontrair, caindo depois do primeiro copo de uísque harmonizado com cetamina. O torpor durou por todo o trajeto até o bosque. Elias procurou a criatura com o olhar, sem esperar muito antes de usar a faca que levou para o sacrifício. A jugular aberta esguichou, além do rubro líquido, uma onda de pensamentos sobre estratégias de comunicação, conceitos de marketing, ideias de publicidade e… peças de divulgação para campanhas sociais. Era mais uma pessoa altruísta, disposta a ajudar quem precisasse. Lamentável, mas Elias jurou que faria justiça ao homem quando atingisse o sucesso.

E ele finalmente veio, como consequência de alguns poucos telefonemas para algumas editoras, com uma abordagem implacável, convincente como um clérigo pregando para desesperados. Depois de escolher a melhor editora para seu livro, bolou planos inovadores para deixar potenciais leitores ávidos pelo lançamento. As vendas foram absurdas, quanto mais para uma estreia. Os números dobraram no segundo livro, triplicaram no terceiro. Elias era uma unanimidade entre leitores e críticos. O sucesso se desdobrou na vida pessoal. Não sabia direito se atraía amigos e romances por ser um grande escritor ou se era pela habilidade adquirida da segunda vítima. Tanto fazia.

Em uma festa em sua homenagem, Elias sentiu de novo o calor. Vinha de uma adolescente, filha de um grande fã. A adorável imprudência da juventude a fez aceitar um convite para um passeio de carro, ocasião em que ouviria de Elias conselhos sobre que carreira deveria seguir. O automóvel, mesmo novo em folha, parou naquele mesmo ponto na estrada. Se ainda tinha dúvidas se deveria mesmo drenar mais alguém, uma vez que já conquistara tudo com que sonhara, a falha sobrenatural da bateria funcionou como um sim. Elias convenceu a moça de que no bosque morava um homem que poderia ajudá-los. Caminhou muito mais adentro, sentindo o calor da jovem, bem maior que os anteriores. Agarrou o pescoço da vítima, que lutou alguns minutos antes de cair asfixiada. Sua última exalação de ar veio acompanhada do fluxo de conhecimento instintivo sobre o corpo humano, racionalizações lógicas sobre interações entre células e… um desejo de fundar hospitais nos recantos mais miseráveis deste planeta. Elias não tinha ideia do que fazer com toda aquela carga de sabedoria.

Então, o silêncio mais uma vez se materializou. Elias chegou a duvidar que se tratava da mesma criatura, pois seu brilho era muito mais fraco.

— Você... é o demônio com quem fiz o pacto?

— Demônio? Sim, talvez agora eu seja. Quando o encontrei, era um ser neutro, tentando ascender. Senti o seu vazio e o trouxe ao bosque. Dei-lhe o poder de identificar pessoas que poderiam inspirá-lo, ensiná-lo e salvá-lo. Você só precisava entrar em suas vidas, mas preferiu levá-los à morte.

Elias ficou confuso. Então não era para sugar o sucesso? Deveria apenas... compartilhá-lo? Elas cederiam? Esse era mesmo Elias, definindo como eram as pessoas tendo por base apenas a forma infeliz com que agia. Parecia que agora compreendia melhor como era a vida. Mas uma dúvida gritava mais alto.

— Eu entendi como minhas primeiras vítimas me ajudariam. Mas a menina... O que eu tenho a ver com aquelas coisas?

— A menina teria um sucesso que lhe renderia condecorações de todo o mundo. Ela se tornaria uma cientista que descobriria a cura para um conjunto de doenças fatais.

Elias logo entendeu a conexão com a moça.

— Você pode me ajudar mais uma vez? Eu imploro! Preciso de mais tempo para aprender a pôr em prática o conhecimento dela e...

— E salvar a si mesmo? Eu poderia lhe dar esse presente. Se eu tivesse ascendido. Mas você desgraçou minha trajetória. Contaminou minha compreensão sobre os humanos. Não tenho mais jeito. Sou agora, como você mesmo definiu, um demônio. Então lhe darei algo, sim.

A criatura, parecendo agora menos brilhante, tocou a cabeça do homem e desapareceu. Elias olhou para dentro de si mesmo e encontrou um tumor, ao lado do coração. Sentiu um calor se expandindo. A criatura tinha acabado de acelerar o crescimento de um cisto, que agora se espalhava pelo peito de Elias, em um processo que a Morte classificaria como de extremo sucesso. Correu pela trilha, mas a tosse sangrenta o derrubou antes que conseguisse sair. Os horrendos sons de engasgo logo cessaram, levando de novo o bosque ao silêncio.

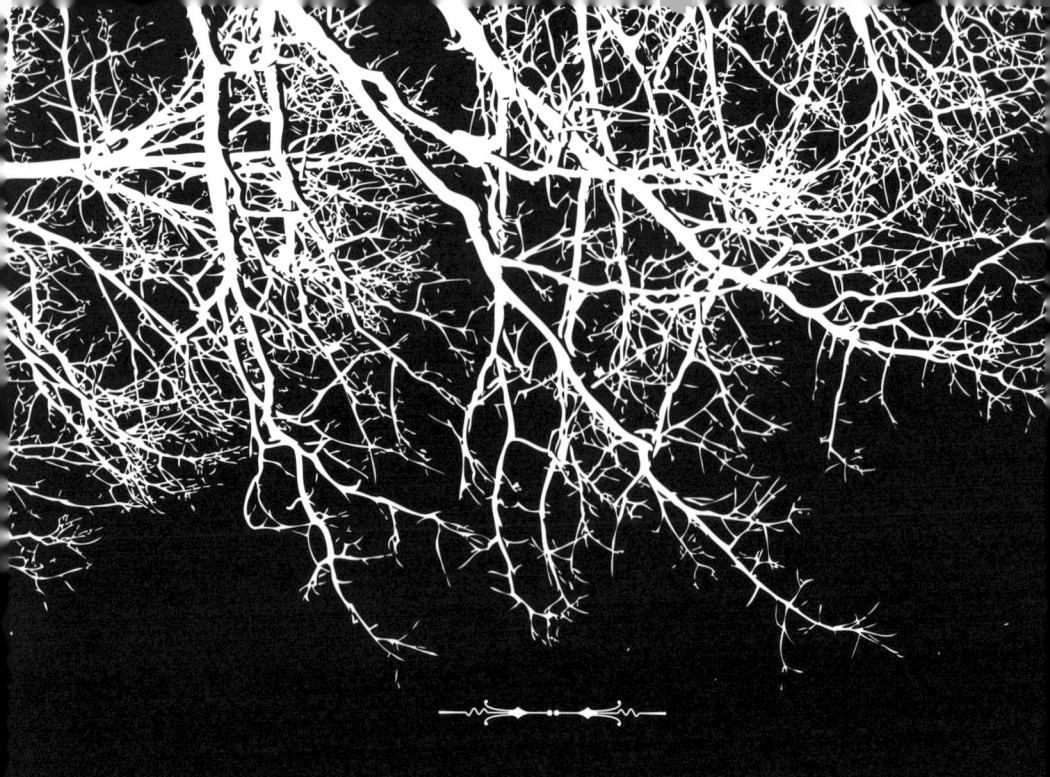

DOÇURA MORTAL

Valdemar Francisco

Era o final da tarde em Paris, e o sol tingia as ruas de dourado. Eu estava em um café. Comia um croissant e folheava distraidamente um livro que acabara de comprar.

— *Excusez-moi, Monsieur...*

Tirei os olhos do livro e vi um homem de meia-idade que sorria e apontava para a cadeira ao meu lado.

— À vontade. Pode levá-la.

— O senhor não entendeu — aumentou o sorriso, mostrando os dentes muito brancos. — Gostaria de lhe fazer companhia.

Fiquei atônito por alguns segundos e olhei em volta: havia várias mesas disponíveis. Por que aquele desconhecido queria sentar-se comigo? Não se tratava de um estrangeiro solitário: pelo sotaque, era francês.

— Claro... — respondi, desconcertado. Ele se sentou e pediu água ao garçom. Depois, tornou a olhar para mim, sempre sorridente.

— Perdoe-me a indiscrição, mas de onde o senhor é?

— Do Brasil.

— Ah! — exclamou ele, aumentando o sorriso. — Adoro o Brasil. Já estive lá com meus filhos. Eles adoram o sabor brasileiro.

— Nossa comida é muito boa e diversificada...

— Eles não gostam muito de comer... Mas isso não vem ao caso — olhou para o livro que eu segurava. — Interessa-se por contos de fadas?

— Muito! Leio-os desde minha infância.

— São realmente fascinantes. No entanto, nem sempre são confiáveis. Perrault e os irmãos Grimm omitiram muitos fatos.

— Como assim?

— Bem, eles nem sempre tiveram coragem de contar o que realmente aconteceu. Talvez por medo das consequências. O senhor sabe, nem todas as pessoas gostam de ter suas vidas expostas.

— Sempre pensei que fossem lendas, histórias populares...

— Nem todas.

Bebeu um gole de água e, com um olhar enigmático, perguntou-me:

— Qual seu conto preferido?

— Não sei, há muitos — pensei um pouco. — Talvez "João e Maria".

— Ah, o destino! Gostaria de saber o que realmente aconteceu? Essa é uma história que conheço muito bem! Tem tempo para ouvi-la?

— Claro! Mas como pode saber a "verdadeira história"?

— Digamos que eu conheça os protagonistas muito bem! — sorriu.

Fechei o livro. Tencionava dar uma volta pela cidade, mas ouvir as histórias de um velho excêntrico me pareceu mais interessante.

— Bem — pigarreou —, vou pular a parte já conhecida por todos, ou seja, quando os dois foram abandonados naquele bosque escuro por culpa da madrasta. O senhor ficará surpreso ao ver como modificaram a história.

João e Maria haviam andado por horas pelo bosque silencioso quando avistaram a casa. À primeira vista, era como qualquer outra, mas, ao chegarem mais perto, perceberam que havia algo diferente nela. Não parecia ser feita de tijolos, madeira ou qualquer outro material comumente usados na construção de casas: tudo parecia ser feito de doce!

Chamaram e bateram palmas várias vezes, mas ninguém apareceu. Contudo, havia alguém em seu interior.

O cheiro de bolo e frutas dominava todo o local, fazendo com que seu estômago gritasse.

— Acho melhor entrarmos sem bater mesmo — disse João. — Seja lá quem mora aqui, não escuta muito bem.

Os dois foram até a porta, e ele bateu. Como ninguém atendeu, voltou a bater com mais força e olhou para a mão, assustado. Teria batido com muita violência? Um pouco da tinta da porta grudara em sua mão! Passou a língua para facilitar sua remoção e surpreendeu-se ao sentir o gosto:

— Mariazinha! Não é tinta, é doce de abóbora!

— Quê? — replicou a menina, esfregando a mão na porta e levando-a à boca.

Ele arrancou um pedacinho da janela e dividiu-o com a irmã. A fome era tanta que teriam comido toda a casa se uma voz não os tivesse interrompido:

— Quem está comendo minhas paredes?

A janela foi aberta, e uma velhinha muito simpática os encarou, sorrindo.

— Entrem, queridos! Coitadinhos, devem estar morrendo de fome!

Após ouvir a história dos dois, prometeu ajudá-los a voltar para casa. No entanto, pediu-lhes que ficassem com ela por algum tempo. Sentia-se muito só.

Daquele dia em diante, foram tratados como se fossem seus netinhos queridos. Os dois nunca tinham se alimentado tão bem. Todavia, sempre acordavam cansados, como se tivessem perdido todas as calorias consumidas no dia anterior. Por quê? Afinal, dormiam profundamente durante toda a noite.

No final da tarde, a boa senhora sempre preparava um delicioso chá para acompanhar os deliciosos bolos. Naquele dia, porém, João derramou acidentalmente seu chá e, para não incomodá-la, limpou a mesa sem dizer nada.

Foram dormir e ele acordou no meio da noite com o ruído da porta se abrindo. Percebeu que um vulto se movimentava no interior do quarto. Movia-se tão silenciosamente que era quase impossível ouvir o som de seus passos. Fixou o olhar no espectro e, com a ajuda da luz da lua que entrava pela janela, divisou a figura da boa velhinha. Ela se curvou sobre Maria, como se a beijasse. Instantes depois, levantou a cabeça e limpou o sangue que escorria de sua boca com a língua, como se fosse um animal.

Aterrorizado, percebeu que ela vinha em sua direção. Fechou os olhos e fingiu dormir. Instantes depois, sentiu os lábios frios da criatura em seu pescoço. Era como se o estivesse beijando, embora sentisse uma leve dor. Apesar do pavor, conseguiu manter-se imóvel até que ela acabasse seu repasto.

Pela manhã, foram tratados calorosamente, como sempre. Ela havia preparado a mesa farta de sempre: pães, bolos, geleias, tortas... enfim, tudo aquilo que as crianças adoram.

Maria olhou para o irmão e, percebendo que ele não tocava na comida, cutucou-o preocupada.

— Não vai comer, Joãozinho?

— Que estão cochichando? — perguntou a velha da cozinha.

João arrepiou-se todo e tentou disfarçar, começando a comer vorazmente.

Mais tarde, contou tudo à irmã e pediu-lhe que não tivesse medo, pois ele a protegeria.

Naquela tarde, desceram a escada que levava ao porão onde a velha dormia logo depois de preparar o almoço para eles. A escuridão era total, e Maria estremeceu, fazendo a luz do pequeno lampião que carregava em uma das mãos bruxulear.

Sobre uma cômoda, havia vários crânios que, a julgar pelo tamanho, eram de crianças. Pareciam troféus, meticulosamente arrumados. Com certeza, aquele seria o futuro dos dois.

Não demorou para que encontrassem a cama da velha, que dormia imóvel como um cadáver. Maria estremeceu enquanto o irmão começava a amarrar a velha, que continuava imóvel. Estaria morta?

— Rápido, Mariazinha! Vá pegar a tocha!

Ela saiu correndo, levando a luz consigo. Ele ficou sozinho na escuridão por minutos que pareceram horas e foi com enorme alívio que viu a volta da luz nas mãos da irmã.

A velha pareceu sentir o calor do fogo e abriu os olhos.

— Que estão fazendo? — grunhiu ela, a voz desprovida da costumeira doçura.

Ele não respondeu. Simplesmente jogou a tocha na cama e puxou a irmã para fora do porão, passando o trinco na porta. Correram até a cozinha e encheram uma cesta com comida enquanto a velha soltava urros no porão e os amaldiçoava, jurando que os mataria assim que se visse livre das cordas. No entanto, logo seus gritos diminuíram pouco a pouco e por fim cessaram.

Eles saíram correndo sem olhar para trás. Precisavam achar o caminho de volta. Pelo menos agora tinham comida. Andaram todo o dia e, surpresos, perceberam que não sentiam fome, somente uma sede que não passava, por mais que bebessem. À noite, a sede aumentou e João apanhou um rato. Não foi preciso que ninguém lhes dissesse o que fazer: o instinto falou mais alto.

— Que fizemos? — exclamou Maria, alarmada.

— Não sei — gaguejou ele. — No entanto, não foi o suficiente...

— Ouça! — interrompeu a irmã. — Alguém se aproxima!

Espiaram por trás da vegetação e avistaram um caçador que retornava para casa.

— Bem, acho que você sabe o que fazer — olhou de soslaio para a irmã.

Ela sorriu e abandonou o esconderijo.

— Moço... — choramingou. — Estou perdida.

Ele se aproximou, penalizado. O que uma menina tão pequena estava fazendo no meio da floresta àquela hora? Não teve tempo de descobrir. Sua última visão antes da morte foi o vulto de um menino que saía das trevas.

Eles andaram durante toda a noite. Sua única companhia era o bosque silencioso; às vezes, o piar de uma coruja distante quebrava o silêncio. De repente, Maria soltou um gritinho de alegria e apontou o dedo na direção de uma diminuta cabana, quase invisível a olho nu.

— Joãozinho, veja! É nossa casa!

— É verdade — abraçou-a, sorrindo. — Que surpresa eles terão!

No interior da cabana, a mulher gritou e saltou da cama.

— Que aconteceu? — perguntou o marido.

— Tive um sonho horrível! João e Maria...

— Calma — disse ele, abraçando-a. — Amanhã vou procurar por eles novamente. Compreendo seu arrependimento.

— Cale-se! — gritou ela. — Não estou arrependida e não quero que vá procurá-los! Quero que morram no bosque — desvencilhou-se dos braços do marido com uma cotovelada e tornou a deitar, ainda tremendo. — Quero que morram! Eles têm que morrer antes de chegar aqui...

Repetiu a frase várias vezes antes de adormecer. Ao seu lado, o marido, horrorizado pelas palavras da mulher, chorava baixinho.

O sol começava a tingir o céu de dourado quando os dois chegaram. Maria corria na frente alegremente e bateu na porta violentamente, chamando pelo pai. Fizera isso não somente por saudade, mas também porque o iminente nascer do sol a aterrorizava.

— Não abra! — berrou a mulher, encolhendo-se em um canto, o rosto congestionado pelo terror.

— Está louca? São meus filhinhos que voltaram!

Ela tentou agarrar as pernas do marido para impedi-lo, mas foi em vão: ele se livrou com um movimento brusco e abriu a porta, abraçando os filhos e permitindo que entrassem. Ao verem a madrasta, sorriram.

— Isso não é jeito de nos receber — disse Maria. — Acho que você merece uma lição...

De repente, toda a doçura de seus olhos desapareceu, dando lugar a uma ferocidade só comparada à de animais selvagens. Ela se debatia e gritava, mas não conseguia se proteger dos dentes dos dois. O marido parecia cego. Via somente seus queridos rebentos que haviam retornado.

※

— E então? — sorriu o homem. — Gostou?

Eu estava transtornado. No entanto, tentei sorrir e respondi que sim.

Ele voltou a sorrir. Um sorriso enigmático que começou a me incomodar.

— O senhor está sozinho em Paris?

Senti-me compelido a mentir, mas acabei por dizer que sim.

— Gostaria que conhecesse meus filhos. São duas crianças adoráveis!

— Acho que não será possível. Preciso voltar para o hotel e arrumar as malas — menti. — Estou de partida. Volto ao Brasil amanhã cedo.

Ele pareceu aborrecido, mas logo voltou a sorrir.

— Não tem importância. O senhor jantará conosco esta noite e não aceitarei "não" como resposta.

Ele voltou o olhar para trás de mim e aumentou o sorriso. Voltei-me e deparei com duas crianças adoráveis.

— João, Maria! Venham conhecer nosso convidado desta noite. É brasileiro!

Senti um calafrio ao ouvir os nomes. Os dois rodearam-me e seguraram minhas mãos, sorrindo.

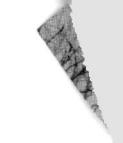

— Muito prazer, senhor! Nós adoramos o sabor do Brasil — murmurou a menina. — É tão... exótico!

— Teremos um jantar delicioso — replicou o menino, olhando para o pai, que os mirava com verdadeira adoração.

— O senhor será muito bem alimentado. Papai trata seus hóspedes muito bem!

Eu queria ir embora, mas minhas pernas não me obedeciam. O menino tornou a olhar para mim e sorriu. Seu olhar era extremamente doce. Sentou-se no meu colo e, percebendo meu pavor, murmurou docemente, como se acalmasse um animalzinho indefeso, os lábios rubros e carnudos roçando meu ouvido:

— Não se preocupe... Não vai doer nada...